林汉达
LIN HAN DA

—— 名师推荐 ——
学生课外
阅读经典

中国历史
故事集

ZHONGGUO LISHI GUSHIJI

林汉达／著

长江出版传媒　长江文艺出版社

图书在版编目（CIP）数据

中国历史故事集 / 林汉达著. -- 武汉：长江文艺出版社，2024.1
ISBN 978-7-5702-3397-7

Ⅰ.①中… Ⅱ.①林… Ⅲ.①中国历史－青少年读物 Ⅳ.①K209

中国国家版本馆 CIP 数据核字(2023)第 218628 号

中国历史故事集
ZHONGGUO LISHI GUSHIJI

| 责任编辑：杨 岚 余慧莹 | 责任校对：毛季慧 |
| 设计制作：格林图书 | 责任印制：邱 莉 胡丽平 |

出版：长江出版传媒 长江文艺出版社
地址：武汉市雄楚大街 268 号　　邮编：430070
发行：长江文艺出版社
http://www.cjlap.com
印刷：武汉科源印刷设计有限公司

开本：700 毫米×980 毫米　　1/16　　印张：35.5
版次：2024 年 1 月第 1 版　　2024 年 1 月第 1 次印刷
字数：506 千字

定价：68.00 元

版权所有，盗版必究（举报电话：027—87679308　87679310）
（图书出现印装问题，本社负责调换）

序　言

长江文艺出版社要出版一套《林汉达精品丛书》，希望我写一个序言。我拖了很久，一直没有动笔。因为，我面对的，不仅是一个真正的语言巨匠，还是一位伟大的民进先驱，有太复杂的情感和太多的话语要说。

自2007年底到民进中央工作开始，我就有意识地学习民进的历史，学习那些民进创始人的精神风骨。林汉达就是我首选的努力走近的人物之一。

首选林汉达的原因之一，是因为我在大学期间曾经读过他的《向传统学习挑战》一书，儿子出生以后又经常读他的《上下五千年》和《林汉达中国历史故事集》。在中国，或许人们不一定知道林汉达这个名字，但一般不会不知道《上下五千年》和《林汉达中国历史故事集》，因为，这是影响了中国数以亿计的几代人的儿童读物，发行量早已突破了1000万册。

以下我将从两个角度，写下我心中的林汉达先生，与读者朋友分享。

一、为中国孩子讲故事——大才做小事

1900年，林汉达出生在浙江宁波乡村的一个农民家庭。家境贫寒的他八岁就寄读在离家五里地的地主家，为地主扫院子、抱孩子、打杂差，以此作为他的学膳费。13岁时父亲准备把他送到慈溪一家米铺当学徒，远房姑妈念他聪颖好学，资助他去了教会学校继续上学。他十分珍惜这得来不易的学习机会，手不释卷，晨诵暮省。自此，勤奋、节俭、求学，成为他一生的关键词。他一心向学，从中国读到美国。据说他仅带300美元到美国留学，以演讲收入勤工俭学，博士学成回国时，还净余500美元。

中华人民共和国成立后，林汉达历任北京燕京大学教授、教务长，中央教育部社会教育司司长，全国扫盲委员会副主任，教育部副部长，《中国语文》杂志副总编辑、总编辑，中国文字改革委员会委员等职务，普及教育与语言文字改革是他的主要职责之一。

从20世纪50年代后期开始，林汉达先后编写出版了《东周列国故事新编》《春秋故事》《战国故事》《春秋五霸》《西汉故事》《东汉故事》《前后汉故事新编》《三国故事新编》等大量通俗历史故事读物，加上他生前未及完稿、由曹余章续完的《上下五千年》，著作等身。

在1962年中华书局出版的《东周列国故事新编》的序言中，林汉达说："我喜欢学习现代口语，同时又喜欢中国历史，就不自量力，打算把古史中很有价值又有趣味的故事写成通俗读物……我当初写中国历史故事的动机只是想借着这些历史故事来尝试通俗语文的写作，换句话说，是从研究语文出发的。"

身居高位、学至大家的林汉达致力于把用艰深的文言文记录的中国历史，用通俗易懂的白话文表达出来，他投入大量精力来做这样的"小事"，不仅造福了一代又一代孩子，也为历史知识的启蒙做了奠基性的工作。儿童文学作家任溶溶曾经说："林汉达的历史故事不仅可以让读者津津有味地读到我们祖国的历史，而且文字规范，对我们学语文、学作文都大有好处。"历史知识是爱国教育的基础与前提。这些中国历史故事已经成为儿童读物的一座丰碑，至今仍广为流传，几乎无人企及。

这套丛书收录的一百多个春秋故事、战国故事、西汉故事、东汉故事、三国故事，从一个侧面反映了林汉达为孩子讲中国故事的能力，所有的故事，都用一个浅显明了的四字标题，如"千金一笑""一鼓作气""放虎回山""起死回生"等表达，不仅文字规范，而且生动有趣。如果先生在世，去《百家讲坛》讲中国历史，恐怕会远比现在流行的一些讲座更加精彩。

二、用北京话翻译名著——学者亦学童

林汉达不仅是著名的儿童文学作家，也是著名的翻译家。据说在大学时，他每天早晨5：30就起床，面对滔滔甬江朗读两个小时的英文，曾经参加全国大学生英语演讲比赛，得到第一名的好成绩。

大学毕业以后，他担任过一段时间的英语老师。几年以后，28岁的他进入上海的世界书局，历任英文编辑、编辑部主任、出版部主任。此间，他编写、出版了一大批关于英语研究、英语教材、英语词典、英语翻译的著作，其中最著名的就是《标准英语读本》。

20世纪30年代，由开明书店出版、林语堂编的《开明英文读本》，风行一时。其后，世界书局出版了林汉达编的《标准英语读本》，隐隐有后来居上之势。但是，一场林语堂控告林汉达的课本抄袭、林汉达反诉林语堂诬陷的官司，由两人所在的开明书店与世界书局对簿公堂。一方是业内三大巨头之一的大书局和涉世未深的青年林汉达，一方是事业刚有起色的小公司和闻名遐迩的学者林语堂，公说公有理，婆说婆有理，官司持续了半年，打得天昏地暗。所幸，对于足够坚韧的船帆而言，风暴再大，也只是提供前进的动力。最终双方当事人都从此事获益：林语堂主编的课本因为官司得到宣传，销量大增；林汉达则因为官司期间，南京教育部的常务次长朱经农的一句"人家是博士，你是什么？一个大学毕业生竟敢顶撞林博士！"受到刺激，只身远赴美国留学，只用了两年半时间就分别拿到了硕士和博士学位，而且得到了金钥匙奖。据说，当时在留美学生中，金钥匙奖只有费孝通和他两人拿过。

在中国民主促进会，有两位学者堪称语言大师，一位是叶圣陶先生，据说当时中央政府的许多文件的语言文字，都是请叶老亲自把关的。一位就是林汉达先生，不仅是因为他在教育部负责语言文字的工作，写过许多脍炙人口的读物，也因为他能把晦涩难懂的英文，翻译成通俗流畅的白话文。

可叹的是，最终先生竟因英文而离开了我们——1972年7月初，他接受了周恩来总理委托审校《国际主义还是俄罗斯化》一书的任务。这位年过古稀的老人知道毛主席在等着看这本书，便夜以继日地伏案工作，认真校改，每天工作长达十六七个小时之久，7月24日深夜终于完成了这项任务。这是他最后的绝笔。7月26日凌晨3时半，因心脏病发作抢救无效，林汉达先生与世长辞。

生命如同琴弦，哪怕被时代之琴所限，林汉达先生已经付出全部努力，奏响了最美的乐音。他的著述非常丰富，在教育方面，有《西洋教育史讲话》《一个办农民文化学习班的报告》等；在文字改革方面，有《中国拼音文字的出路》《中国语文的整理与发展》《国语拼音课本》《新文字手册》等18种；翻译作品有《黑人成功传》《穷儿苦狗记》《新伊索寓言》等10余种，以及大量的英语教材、教育论文和翻译文章。

林汉达先生一生一心向学，却不求阳春白雪的学问，只盼如何让更多劳苦大众受益，其作如其人，被广泛认可。所以，《林汉达精品丛书》还有很大的丰富完善的空间。我们期待，长江文艺出版社能够继续整理出版他的著作，让更多的读者能够聆听巨匠的心声，领略先驱的风采。能够在文字中与先生进行一次心灵对话，对静心明目增智，无疑是大有裨益的。

2014年春节于北京滴石斋

朱永新

目　录

春秋时期

千金一笑	002
兄弟相残	006
暗箭伤人	010
管鲍之交	013
一鼓作气	016
老马识途	019
仙鹤坐车	022
唇亡齿寒	025
五张羊皮	028
"仁义"大旗	032
饱不忘饥	035
退避三舍	041
犒军救国	046
放虎回山	050
桃园打鸟	056

一鸣惊人	061
搜孤救孤	066
晏子使楚	071
混出昭关	073
鱼肚藏剑	078
掘墓鞭尸	082
夹谷之会	088
石屋养马	093
卧薪尝胆	097

战国时期

三家分晋	102
用人不疑	107
河伯娶妇	111
起死回生	114
不受蒙蔽	117
商鞅变法	121
孙膑下山	126
马陵道上	131
悬梁刺股	135
攻守同盟	139
合纵抗秦	144
连横亲秦	148
胡服骑射	153
屈原投江	158
鸡鸣狗盗	163

狡兔三窟	**166**
火牛陷阵	**171**
完璧归赵	**176**
负荆请罪	**181**
远交近攻	**183**
赠送绨袍	**187**
坑杀赵卒	**190**
毛遂自荐	**194**
盗符救赵	**197**
图穷匕见	**202**
统一中原	**208**

西汉时期

张良拜师	216
学万人敌	219
揭竿而起	223
天下响应	230
破釜沉舟	235
约法三章	240
鸿门忍辱	247
火烧阿房	253
韩信拜将	256
暗度陈仓	262
鸿沟为界	265
四面楚歌	270
汉王登基	276

制订朝仪	280
缇萦救父	286
晁错削地	290
李广射虎	293
张骞探险	298
再通西域	302
通神求仙	306
苏武牧羊	309
大雁带信	312
霍光辅政	316
昭君出塞	320
王莽称帝	324

东汉时期

绿林赤眉	330
刘氏举兵	335
昆阳大战	340
死守黄金	344
算卦先生	347
"铜马皇帝"	351
攀龙附凤	356
攻占两京	361
种地钓鱼	366
得陇望蜀	369
宁死不屈	374
取经求佛	379

投笔从戎	382
智除外戚	387
天知地知	392
豺狼当道	397
跋扈将军	402
宦官五侯	408
禁锢党人	412
官逼民反	417

三国时期

董卓夺权	422
同盟异心	427
曲意逢迎	432
董卓之死	437
迁都屯田	440
神亭交手	445
辕门射戟	449
割发代首	453
青梅煮酒	456
官渡之战	462
三顾茅庐	469
孙刘结盟	475
火烧赤壁	481
采用中策	488
一身是胆	492
痛失荆州	497

败走麦城	502
煮豆燃萁	507
火烧连营	512
街亭之战	517
三路伐魏	521
鞠躬尽瘁	525
装病夺权	530
带酒进宫	534
路人皆知	538
乐不思蜀	544
晋王称帝	548
三分一统	552
编后记	556

千金一笑

"千金一笑"的故事发生在两千七百多年以前。那时候,中国还没有皇帝,皇帝这个称呼是从秦始皇开始的。中国在三千年以前有一个朝代叫周朝。周朝最高的头儿不叫皇帝,叫天王。两千七百多年以前,周朝有个天王,叫周幽王。这位周幽王什么国家大事都不管,光讲究吃喝玩乐,还打发人上各处去找美人儿。有个老大臣叫褒珦(bāo xiàng),他劝天王要好好管理国家,爱护老百姓,不要把老百姓家里的姑娘弄到宫里来。周幽王听了,冒了火儿,把褒珦下了监狱。

褒珦在监狱里关了三年,眼看着没有放出来的指望了。褒家的人一直给他想办法。他们想:"天王既然顶(表示程度最高,最)喜欢美人儿,我们得在这上头打主意。"他们就上各处去找美人儿,还真给他们找到了一个顶好看的乡下姑娘。褒家把小姑娘买了来,就算是褒家的人了,取了个名字叫褒姒(sì)。褒家教她唱歌跳舞,把她训练好了,打扮起来,送到京都镐(hào)京(在陕西省西安市西边)献给周幽王,算是来替褒珦赎罪的。

周幽王看见褒姒长得这么漂亮,真是说不出地高兴。他越瞧越爱,觉得王宫里头的美女都加到一块儿也抵不上褒姒的一丁点儿。他马上免了褒珦的罪,把褒珦放出来了。从这儿起,天王日日夜夜陪着这位褒姒,把她当作心肝宝贝儿。褒姒可并不喜欢天王。她老皱着眉头叹气,暗暗地流眼泪,进了王宫没展开过一次笑脸。周幽王想尽办法叫她笑,可她怎么也笑不出来。天王就出了一个赏格:"有谁能叫娘娘笑一下的,就赏他一千斤金子。"(古时候把铜叫作金子)咱们有句成语叫"千金一笑",也许就是这么来的。

这个赏格一出去,就有好些人赶着想来发财。他们进了宫里,向褒姒说笑话,装鬼脸,演滑稽戏。褒姒见了这些人只觉得讨厌,把他们都轰出去了。

有一个顶能拍马屁的下流人姓虢（guó），叫虢石父，他想出了一个办法，说一定能叫褒姒笑痛肚子。他对周幽王说："从前为了防备西戎（róng）（西方的部族，周朝人把他们叫'犬戎'），在骊山（在陕西省西安市临潼区；骊 lí）一带造了二十多座烽火台，每隔几里地就是一座。万一西戎打进来，把守第一道关的士兵就把烽火烧起来，第二道关上的人见了烟火，也把烽火烧起来。这么一个接着一个地都烧着烽火，临近的诸侯（就是天王底下的小王）瞧见了，就发兵来救。现在天下太平，烽火台早就没有用了。我想请天王跟娘娘上骊山去玩儿几天。到了晚上，咱们把烽火点着，烧得满天通红，让临近的诸侯见了，上个大当。娘娘见了这么些兵马一会儿跑过来，一会儿跑过去，不会不笑的。您说我这个法儿好不好？"周幽王把眼睛眯成一道缝儿，拍着手说："好极了，好极了。就这么办吧。"

他们说走就走，带着褒姒到了骊山。有一位诸侯叫郑伯友，是周幽王的叔叔，他怕天王玩烽火出乱子，赶紧跑到骊山，劝天王别这么乱来。周幽王正在兴头上，这种话哪儿听得进去。他气着说："我在宫里闷得慌，难得跟娘娘出来一趟，放放烟火，解解闷儿，这也用得着你管吗？"郑伯友碰了一鼻子灰。

到了晚上，虢石父叫手下的人把烽火点起来，火越烧越旺，满天全是火光，烽火台一个接着一个都烧起来，远远近近，全是火柱子，好看极了，也可怕极了。临近的诸侯看见了烽火，以为西戎打进来了，赶紧带领兵马来打敌人。没想到到了那儿，一个敌人都看不见，也不像打仗的样子，光听见奏乐和唱歌的声音。大伙儿你看看我，我看看你，都不知道是怎么回事。周幽王叫人去对他们说："各位辛苦了，没有敌人，是天王跟娘娘放烟火玩儿，你们回去吧！"诸侯们这才知道上了天王的当，一个个气得肚子都快破了。

褒姒根本不知道他们闹的是什么玩意儿。她瞧见这许多兵马乱哄哄地忙来忙去，跟掐（qiā）了脑袋的苍蝇似的在那儿瞎撞，就问周幽王："这是怎么回事？"周幽王一五一十地告诉了她，说是为了让她看了发笑。他歪着脖

子，带笑地问："好看吗？"褒姒觉得又好气又好笑，不由得冷笑了一声，说："呵呵，真好看！亏得你们想出这玩意儿。"这位糊涂到了家的天王还当褒姒真笑了呐，别提多高兴了，就把一千斤金子赏给了那个小人虢石父。他们玩了几天，这才挺高兴地回到了京都。

隔了没多少日子，西戎真打进来了。头一道关的烽火一烧起来，周幽王就慌了，他连忙叫虢石父赶紧把这儿的烽火点起来。那些诸侯上回上了当，这回就当天王又在开玩笑了，全都不理他。烽火黑天白日地点着，也没有一个救兵来。京都里的兵马本来不多，只有郑伯友算是大将，出去抵挡了一阵。可是他的人马太少，打到后来，给敌人围住，被乱箭射死了。大将一死，小兵就乱了。西戎的人马像发大水似的拥了进来，把老百姓杀的杀，抢的抢。年轻的男女打不过敌人，被抓去当了奴隶。周幽王和虢石父都给西戎杀了，连那个老关在宫里没有真正展开过一次笑脸的褒姒，也给他们抢去了。

郑伯友是郑国（在陕西省华阴市）的诸侯，他的儿子叫掘（hū）突，一听见他父亲给西戎杀了，就穿上孝服，带着三百辆兵车，从郑国一直赶到京都去跟西戎拼命。

小伙子掘突胆子又大，人又机灵，加上郑国的兵马平日训练得好，一交战，就杀了不少敌人。别的诸侯这会儿才知道西戎真进来了，也都带着兵车上镐京来打西戎。西戎的头子看见诸侯的大兵到了，就叫手下的人把周朝多少年来积累起来的宝货财物全抢了去，然后放了一把火，乱七八糟地退回去了。

中原诸侯打退了西戎，大伙儿立周幽王的儿子为天王，就是周平王。诸侯回到本国去了，就剩下掘突给周平王留住，请他在京都里办事。不想各路诸侯一走，西戎又打过来，占去了周朝西半边的土地，一步步又打到京都的边上来了。周平王怕镐京保不住，自己又怕死，再说京都的房子给西戎烧了不少，库房里的财宝早给抢了个一干二净，要盖宫殿也盖不起。这么着，周平王就扔了镐京，迁都到洛阳（在河南省洛阳市）。因为镐京在西边，所以历史上把周朝在镐京做京都的时候，称为西周；洛阳在东边，公元前770年，周平王迁都洛阳以后，称为东周。

兄弟相残

周平王迁都以后,把东边的新郑(在河南省新郑市)封给掘突。后来,掘突娶了个妻子叫姜氏,姜氏生了两个儿子。大儿子叫寤(wù)生,据说姜氏生他的时候是难产,吓得直喊救命。婴儿什么都不知道,怎么能怪他呐?可是姜氏就是讨厌这个孩子。小儿子叫段,长得逗人喜欢,特别受到姜氏宠爱。姜氏老在他父亲跟前夸奖小儿子怎么怎么好,将来最好把郑国的君位传给他。父亲掘突可不答应,还是照当时的规矩,立大儿子寤生为太子。公元前743年,掘突死了,寤生即位做了国君,就是郑庄公。郑庄公接着他父亲在天王的朝廷里办事。

姜氏眼见心爱的小儿子没有好地位,就对郑庄公说:"你接着你父亲当了诸侯,你兄弟也大了,还没有自个儿的地方住,老跟在我身边,成什么样儿?"郑庄公说:"母亲您看怎么办呐?"

那时候,封王封侯都有个城和许多土地。哪个城封给谁,谁就可以剥削那儿的老百姓,过着很阔气的日子。姜氏一听郑庄公问她怎么办,就说:"你把制邑(在河南省汜水镇西;邑 yì;汜 sì)封给他吧。"郑庄公说:"制邑是郑国顶重要的大城。父亲早就说过,这个城谁也不能封。"姜氏歪着头想了一想,说:"那么京城(在河南省荥阳市东;荥 xíng)也行。"京城也是个大城,郑庄公觉得很为难,只好不言语。姜氏可生气了,她说:"哦,你这个城不许封,那个城不答应,还是把你兄弟赶出去,让他饿死得了!"郑庄公赶紧赔不是,说:"娘别生气,事情总可以商量的。"

第二天,郑庄公召集了文武百官,要把京城封给他的兄弟。大夫祭(zhài)足反对说:"这哪儿行啊?京城是个大城,跟咱们的都城一样,是个重要的地方。再说段是太夫人宠爱的,要是他得了京城,势力大了,将来必定生事。"郑庄公说："这是母亲的意思，我做儿子的不能不依。"他不管大臣们怎么说，把京城封给了段。从此，人们把段叫"京城太叔"。

段打算动身上京城去，来向他母亲姜氏辞行。姜氏拉着他的手说："别忙，我还有话说呐。"她就咬着耳朵嘱咐他说："你哥哥一点儿没有亲弟兄的情分。京城是我逼着他封给你的。他答应是答应了，心里准不乐意。你到了京城，得好好操练兵马，将来找个机会，你从外面打进来，我在里面帮着你。要是你当了国君，我死了也能闭上眼睛啦。"

这位年轻的太叔爷住在京城里挺得意，他一面招兵买马，一面操练军队。临近地方的奴隶和犯罪的人，逃到京城去的，他一律收留。这样十年二十年，太叔爷的势力就大起来了。这些事传到郑庄公耳朵里。有几个大臣请郑庄公快点去管一管京城太叔，说他要谋反。郑庄公自己有主意，反倒说他们说话没有分寸，还替太叔辩白说："太叔能这么不怕辛苦，操练兵马，还不是为了咱们吗？"大臣们私下里都替国君担心，说这会儿这么由着太叔，老虎养大了，就要吃人，到那时节，后悔也就来不及了。

没有多少日子，京城太叔真把临近京城的两个小城夺去了。那两个地方的官员向郑庄公报告太叔占领两个城的情形。郑庄公听了，慢慢地点着头，眼珠子来回转着，好像算计着什么似的，可不说话。大臣都着急了，祭足说："京城太叔操练兵马，又占了两个城，这不是造反吗？主公（这是臣下对诸侯的尊称）就该立刻发兵去镇压！"郑庄公把脸一沉，说他不懂道理。他说："太叔是母亲顶喜欢的。我宁可少了几个城，也不能伤了弟兄的情分，叫母亲伤心。"当时有个大将叫公子吕，他说："主公这会儿由着太叔，将来太叔不由着主公，怎么办呐？"郑庄公很有把握地说："你们不必多说。到了那会儿，谁是谁非，大伙儿就都知道了。"

过了几天，郑庄公吩咐大夫祭足管理朝廷上的事情，自己上洛阳给天王办事去了。姜氏得到了这个消息，赶紧写信，打发一个心腹人到京城去约太叔发兵来打新郑。

京城太叔接到了母亲的信，直乐。他一面写回信约定日期，一面对手底

下的士兵说："我奉了主公的命令发兵去保卫都城。"说着就发动兵车，打算动身。哪儿知道郑庄公早就派公子吕把什么都布置好了。公子吕叫人在半路上拿住了那个给姜氏送信的人，搜出信来，交给郑庄公。郑庄公原来假装上洛阳去，他偷偷地绕了一个弯儿，带领着两百辆兵车来到京城附近，埋伏停当，单等太叔动手，好像钓鱼的人等着鱼儿来上钩。

公子吕派了一些士兵打扮成买卖人的模样，混进京城。等到太叔的兵马离开了京城，他们就在城门楼子上放起火来。公子吕瞧见城门起火，立刻带领大军打进去，占领了京城。

太叔出兵不上两天，听说京城丢了。那还了得！他连夜赶回来。士兵们这才知道太叔出兵原来是要他们去打国君，乱哄哄地跑了一半。太叔一见军心变了，夺不回京城，就逃到了附近的一座小城里。大城都守不住，一个小城怎么禁得起两路大军的夹攻呐？太叔叹着气说："娘待我太好，反倒害了我了。"他就自杀了。郑庄公在太叔身上搜出了姜氏的信，恨透了他母亲姜氏。他叫人把去信和回信送回去让姜氏自己去瞧，还嘱咐祭足把姜氏送到城颍（在河南省临颍县；颍 yǐng）去住，起誓说："不到黄泉，再也不跟母亲见面了。""到黄泉"就是死的意思。那就是说，郑庄公一辈子也不愿意再见他的母亲了。

过了几天，郑庄公回到新郑。抢他君位的敌人已经灭了，他去了这块心病，不用说，够痛快的了。可是外面沸沸扬扬，都说他这么对待母亲太过分了。这个不孝的罪名，他可担当不起。做一个国君，就盼望臣民像孝顺父母那样对待他，他自己落了个不孝的罪名，人家还会来为他效力吗？母亲是他轰走的，他只要吩咐一句就能把母亲接回来。可是他已经起过誓，不到黄泉，不再跟母亲见面。起了誓不算数，往后人家还拿他的话当话吗？真是左右为难。

郑庄公正为了这件事，心里很不痛快。有个城颍的小官儿叫颍考叔，他给国君进贡来了，献上一只特别的鸟。郑庄公问他："这是什么鸟？"颍考叔说："这叫夜猫子，白天瞧不见东西，黑夜什么都瞧得见，真是日夜颠倒，不分是非的坏东西。这鸟小的时候，母鸟辛辛苦苦捉到了虫子，自己不吃，喂给它吃。母鸟待它多么好哇，它长大了，翅膀硬了，就把它妈吃了。真是个不孝之鸟，所以我逮了来，请主公办它。"郑庄公知道这话里面有骨头，也不出声，由着他说。可巧到了吃饭的时候，郑庄公就叫颍考叔一块儿吃，还夹了几块羊肉给他。颍考叔把顶好的一块羊肉包了起来，搁在一边。郑庄公问他为什么不吃。他说："我妈上了岁数。我们不容易吃上肉，今天主公赏给我这么好的东西，我想起我妈还没吃过，自己哪儿咽得下去？我想带点儿给我妈去吃。"郑庄公想，颍考叔准是来提母亲的事儿，倒要听听他怎么说，就叹了一口气说："你真是个孝子。我做了诸侯，还不能像你那么奉养母亲。"颍考叔显出惊奇的样子说："太夫人不是很健康吗？主公怎么说不能奉养她呐？"郑庄公又叹了一口气，把姜氏帮着太叔来打新郑的事，以及他赌咒（zhòu）起誓不到黄泉不再见面的话说了一遍。

颍考叔说："主公这会儿惦（diàn）记着太夫人，太夫人准也惦记着主公！虽然起过誓，可是人不一定要死了才到黄泉。咱们挖个地道，挖出水来，不就是黄泉吗？咱们再在地道里盖一所房子，请太夫人坐在里头。主公走进地道去跟太夫人见面，不就应了誓言了吗？"郑庄公觉得这倒是好办法，就派颍考叔去办。

颍考叔带了五百个人，连挖地道带盖房子，一齐办好了，就一面把姜氏接到地底下的房子里，一面请郑庄公从地道里进去。郑庄公见了母亲，跪在地下说："儿子不孝，求母亲恕罪！"说着，还咧着嘴哭呐。姜氏又害臊又伤心，她赶紧搀（chān）起郑庄公说："是我不好，哪儿能怪你呐！"娘儿俩抱头哭了一顿。郑庄公扶着他母亲出了地道，上了车，故意转了好几条大街，让百姓都看看，才慢慢地回到宫里。

颍考叔给郑庄公出了这么个两全其美的主意，郑庄公当然很感激，就把他留了下来，拜他为大夫。颍考叔原来就有一身武艺，本领很大，郑庄公就让他跟公子吕、公孙子都一同管理军队。

暗箭伤人

送夜猫子给郑庄公的那个颍考叔，脑子挺聪明，办事又周到。而且他是个直心肠人。

有一回，郑庄公打仗回来，开了个庆祝大会，大伙儿有说有笑，高兴得很。文武百官都赞扬郑庄公，把他称为诸侯的头儿。郑庄公听了很得意，只见颍考叔在那儿摇头，心里很不痛快。他拿眼睛瞪了颍考叔一下，说："颍大夫，你怎么不说话啊？"颍考叔说："大伙儿都奉承主公，叫我说什么呐？诸侯的头儿，上，必须尊重天王；下，要能叫列国诸侯服从命令。主公上次借天王的旨意出兵攻打宋国，原来叫许国（在河南省许昌市）一块儿去，可是许国不听命令。这哪儿行呐？"郑庄公点点头说："许国不服从天王，也不进贡，倒不能不去征伐。"

公元前712年，郑庄公打算去打许国。他做了一面锦缎旗子，上面绣着"奉天讨罪"四个大字，那就是说，奉了天王的命令去征伐有罪的人。这面大旗长一丈二尺，宽八尺，旗杆有三丈三尺高，插在一辆兵车上，当作旗车。郑庄公下命令说："谁能拿着这面大旗走，就派他当先锋，这辆兵车赏给他。"

命令刚一下去，就有一位黑脸膛、浓眉毛、满脸胡子的将军上来说："我能！"郑庄公一瞧，原来是瑕（xiá）叔盈（yíng）。瑕叔盈一手拔起旗杆，紧紧握住，朝前走三步，往后退三步，又把大旗插在车上，连气也不喘（chuǎn）。将士们见了，大声叫好。瑕叔盈正要把车拉走，又来了一位红脸长胡须的大汉，把他一挡，说："光是拿着走三步，不算稀罕。我能拿着大旗当长枪耍！"大伙儿一瞧，原来是颍考叔。他拿起旗杆，左抡右转，一会儿前，一会儿后，耍得那面大旗噗噜噜噗噜噜地直响。看的人惊讶得伸出了舌头，都缩不回去。郑庄公格外高兴，他夸奖着说："真是老虎一样的将军，当得起先锋，车给你！"话刚说完，又出来了一位挺漂亮的少年将军，就是公孙子都。他是个贵族，骄横惯了的，一向瞧不起颖考叔，说颖考叔是平民出身的大老粗。子都指着颖考叔吆（yāo）喝一声，说："你行，我就不行？车留下！"颖考叔见子都来势凶猛，再说郑庄公已经说过把车给他了，他就一手拿着旗子，一手拉着车，飞快地跑开了。子都骂他不讲理，拿着一支方天画戟（jǐ）直追上去。郑庄公赶紧叫大臣把他劝回来。子都这才住了手，嘴里还咕噜着："太不把我放在眼里了，不懂规矩的东西！"

　　郑庄公说："两只老虎不可相争。你也别生气，我自有道理。"说着，另外备了两套车马，一套赏给子都，一套赏给瑕叔盈，也没派颖考叔的不是。这时候，公子吕死了，郑庄公格外爱惜这几个将军。子都争了面子，也就不说什么了。颖考叔本来是个直心人，隔了一宿，早把抢车的事忘了。大伙儿还跟往常一样地练兵，准备去打许国。

　　到了七月里，郑庄公拜颖考叔为大将，子都和瑕叔盈为副将，率领大军去打许国。公孙子都嘴上不说，心里很不服气。他跟颖考叔肩膀一边齐，已经够别扭了，怎么能在他的手下呐？他就自己带领一支兵马，不听颖考叔的指挥。颖考叔是主将，格外卖力气。交战的时候，他杀了许国的大将，立了头功。许国的兵马逃进城去，再也不敢出来了。大伙儿兴高采烈地围攻许城。颖考叔叫士兵们挖土挑土，要在城墙下堆个小土丘。城上射箭，扔石灰；城下挑土，堆小丘，斗争得万分激烈。没多久工夫，小土丘已经堆得有城墙半截儿高了。颖考叔拿着一面大旗，往土堆上飞似的跑去，像跳高似的那么一蹦，一下子跳上了城头。子都一见颖考叔上了城头，怕他又立大功，一股子嫉妒的火焰在他心头烧着，再也压不下去，就在人堆里对准颖考叔，偷偷地放了一支冷箭，正射中后心。颖考叔连人带旗子，一个跟头从城头上摔了下来。瑕叔盈见了，还当他是给敌人打死的，气冲冲地拾起那面旗子，也像颖考叔那样一蹦，跳上了城墙，回身摇晃着旗子。那些士兵一瞅见，大伙儿吆喝着，全上了城头，杀了许国守城的士兵，打开城门，郑国的大军拥

进城去。许国的国君扮作老百姓，早已逃了。

颖考叔一死，子都率领着大军得胜回朝，还把颖考叔的功劳全都算在自己身上，那风光就不用提了。郑庄公赏赐有功劳的将士，子都得了头功。郑庄公赐给他许多金子和绸缎，还让他做了大将。

郑庄公想起老虎似的将军颖考叔，很难受地问子都："颖考叔是怎么死的？"子都听了，一愣（lèng），脊梁上好似倒了一桶冰水，他结结巴巴地说："我、我、我想准是给、给、给敌人射死的。"郑庄公见他说话吞吞吐吐，心里起了疑。他也模模糊糊地听人说，颖考叔是给本国人射死的，要不，那支箭怎么能由后心穿进去呐？他想："要是本国人的话，谁是他的仇人呐？也许是跟他夺过车的公孙子都吧？可是他哪儿能干出这种事来啊？大丈夫不能暗箭伤人。不，不能是他。"他就叫人上供，诅（zǔ）咒那个射死颖考叔的人。当时人都迷信，这么一上供一诅咒，将士们不由得互相猜疑起来。公孙子都见到大伙儿全都愁眉苦脸，心里别别扭扭的，他也只好跟着人家愁眉苦脸，跟着人家假装诅咒那个害死颖考叔的人。他一听到有人怀疑是这个人，有人怀疑是那个人，心里不由得害怕起来，好像别人都在讥笑他。他一闭上眼睛，就见颖考叔向他笑，笑他是个胆小鬼，笑他冒功领赏，不敢见人。他睁开眼睛向四周盯着别人，别人都变成了颖考叔，默默无声地瞪着他。他吓得直发抖。大伙儿诅咒，他受不了，大伙儿猜疑，他更受不了，要天天这么下去，还不如干脆死了呐。他就上郑庄公跟前直说："颖考叔是我射死的！"说完就自杀了。大伙儿这才知道颖考叔死得冤。没想到公孙子都外貌长得这么漂亮，可内心这么狠毒。

管鲍之交

郑庄公是个很能干的国君，郑国又很强，当时有不少诸侯国，像齐、鲁、宋、卫、陈等（齐，国都在山东临淄；鲁，国都在山东曲阜；宋，国都在河南商丘；卫，国都在河南淇县；陈，国都在河南淮阳；淄 zī；阜 fù；淇 qí）都跟他有来往，尊重他的意见，连周朝的天王都怕他三分，奈何不了他。可是他一死，四个儿子抢夺君位，闹得郑国没有一天能过太平的日子。大儿子刚即位，老二把他轰走，老二做了国君，老三又把他杀了。正好齐国的国君齐襄（xiāng）公打算扩张势力，他杀了老三，立老四为国君。郑国就这么越来越衰弱下去了。

那个齐襄公又凶恶又荒唐。他对外侵占别的诸侯国，对内压迫老百姓，连他自己的两个兄弟都逃到别的国家避难去了。他那两个兄弟是两个母亲生的，一个叫公子纠（jiū），母亲是鲁国人，就躲在鲁国姥姥家。一个叫公子小白，母亲是莒国（在山东省莒县；莒 jǔ）人，就躲在莒国姥姥家。两个公子各有一个师傅。公子纠的师傅叫管仲，公子小白的师傅叫鲍叔牙。管仲和鲍叔牙是很要好的朋友。我们有句成语叫"管鲍之交"，这个典故就出自这儿。

管仲和鲍叔牙两个好朋友一块儿做过买卖，一块儿打过仗。买卖是合伙的，鲍叔牙有钱，本钱出得多；管仲家里穷，出的本钱少。赚了钱，本钱少的倒多拿一份。鲍叔牙手下的人不服，说管仲"揩油"。鲍叔牙帮着管仲说："没有的话。他家里困难，等着钱使，我乐意多分点给他。朋友嘛，应当互相帮助，有的帮助没有的，这有什么奇怪呐？"说起打仗，更得把人笑坏了。一出兵，管仲能排在后头他就排在后头；退兵的时候，能跑在前头他就跑在前头。人家说他贪生怕死，鲍叔牙又替管仲分辩，说："谁说管仲贪生怕死！

中国历史故事集

他为的是母亲老了，又多病，不能不留着自己去奉养她。照实说吧，像他那么勇敢的人天下少有。你们当他真不敢打仗吗？"管仲听见了这些话，就说："唉，生我的是父母，了解我的，只有鲍叔牙！"

公元前686年，管仲带着公子纠逃到鲁国，鲍叔牙带着公子小白逃到莒国。不久，齐国发生了内乱，有一帮人杀了齐襄公，另外立了国君。第二年春天，齐国的大臣又杀了那一帮人和新君，派使者到鲁国来迎接公子纠，请他去做国君。鲁国的国君鲁庄公亲自出兵护送公子纠和公子纠的师傅管仲到齐国去。管仲对鲁庄公说："公子小白在莒国，离齐国近，万一他先进去抢了君位，那就麻烦了。好不好让我先带领一队人马去挡住那一头？"鲁庄公同意了。

管仲带着几十辆兵车赶紧往前走，到了即墨（在山东省平度市即墨故城），一打听，才知道莒国的兵马在吃一顿饭的工夫之前就过去了。管仲一想："哎呀，公子小白真的跑在头里了，那还了得？"他就使劲地往前追，一气儿跑了三十多里，真给他追上了。两个师傅和两国的兵车就碰上了。管仲瞧见公子小白坐在车里，就跑过去说："公子上哪儿去呀？"小白说："回国办丧事去。"管仲说："有您哥哥，您就别去了，省得叫人家说闲话。"鲍叔牙虽说是管仲的好朋友，可是他为了自己的主人，就睁大了眼睛说："管仲！各人有各人的事，你管得着吗？"旁边的士兵们挺凶地吆喝着，好像就要动手似的。管仲不敢多说，退下来，偷偷地拿起弓箭，对准了公子小白，"嗖"的一箭射过去。公子小白大叫一声，口吐鲜血，倒在车里。鲍叔牙赶紧去救，大伙儿一见公子直挺挺地躺在车里，眼看活不成了，全哭了起来。管仲急急忙忙带着人马逃跑，跑了一阵，想着公子小白已经给射死了，公子纠的君位稳了，就不慌不忙地保护着公子纠回到齐国去。

谁知道公子小白并没有死。管仲这一箭，恰巧射中他的带钩，他吓了一大跳，又怕再来一箭，故意大叫一声，咬破舌头，口吐鲜血，倒在车里。等管仲走远了，他才睁开眼睛，松了一口气。鲍叔牙叫人抄小道儿使劲地跑，管仲还在路上，他们早已到了都城临淄了。鲍叔牙跟大臣们争论着要立公子小白。有的说："已经派人上鲁国接公子纠去了，怎么可以立别人呐？"有的说："公子纠大，照理应该立他。"鲍叔牙说："齐国连着闹了两回内乱，这会儿，非立一位顶有能耐的公子不可。要是让鲁国立公子纠为国君，鲁国准得以恩人自居，以后齐国还得听鲁国的了。这怎么行啊？"大伙儿听了这话，觉得也有道理，就立公子小白为国君，就是齐桓（huán）公，又一面打发人去对鲁国说，齐国已经有了国君，请别送公子纠来了。可是鲁国的兵马已经到了齐国地界，齐国就发兵去抵抗。鲁庄公就是泥人儿，也有土性子，这一气呀，可就跟齐国打起来了。没想到打了个败仗，鲁国的大将差点儿丧了命。鲁国的兵马败退下来，齐国还夺去了鲁国的一大片土地。

鲁庄公吃了败仗，正没法儿收拾，齐国又打上门来了，要鲁国杀了公子纠，交出管仲，才跟以前一样地和好，要不，决不退兵。齐国多强啊，鲁国没有法子，都依了，就逼死了公子纠，拿住管仲。鲁国的谋士施伯说："管仲本事大，别放他活着回去。"齐国的使者央告说："他射过国君，国君要报一箭之仇，非亲手把他杀了不能解恨。"鲁庄公只好把管仲装上囚车，连同公子纠的人头交给了齐国的使者，让他押回齐国去。

管仲在囚车里想："让我活着回去，那准是鲍叔牙的主意。鲁君勉勉强强把我交给了使者，可是谋士施伯是不同意的。万一鲁君后悔，派人追上来，那怎么办呐？"他就在路上编了一支歌儿，教随从的人唱。他们一边唱，一边赶路，越走越带劲，两天的路程一天半就走完啦。等到鲁庄公真后悔了，再叫人追上去，他们可早出了鲁国地界了。

管仲到了齐国，好朋友鲍叔牙亲自到城外来迎接他，还把他介绍给齐桓公。齐桓公说："他拿箭射我，要我的命，你还叫我用他吗？"鲍叔牙说："那会儿他是公子纠的人，自然帮着公子纠。论本领，他比我强得多。主公要是能够用他，他准能给您做大事，立大功。"齐桓公完全听他师傅的话，拜管仲为相国（相当于后来的宰相），鲍叔牙反倒做了他的副手。

一鼓作气

齐桓公拜管仲为相国的消息传到鲁国，鲁庄公气得直翻白眼。他说："我当初真不该不听施伯的话，把管仲放了。什么射过小白，什么要亲手杀他才解恨，他们原来把我当作木头人儿，捏（niē）在手里随便玩儿，随便欺负，根本就没把鲁国放在眼里。照这么下去，鲁国还保得住吗？"他就开始练兵，铸造兵器，打算报仇。齐桓公听了，想先下手，就要打到鲁国去。管仲拦着他说："主公才即位，本国还没安定，列国还没交好，老百姓还不能安居乐业，怎么能在这会儿去打人家呐？"齐桓公可正为着刚即位，想露（lòu）一手，显得他比公子纠强，好叫大臣们服他。要是依着管仲，先把政治、军队、生产一件件都办好了，那还不知道要等到什么时候呐。公元前684年，齐桓公就拜鲍叔牙为大将，带领大军，一直往鲁国的长勺（古地名）打过去。

鲁庄公气了个半死，脸红脖子粗地对大臣们说："齐国欺负咱们太过分了！施伯，你瞧咱们是非得拼一下子不可吧？"施伯说："我推荐一个人，请他来带兵，准能对付齐国。"鲁庄公急着问他："谁呀？快去请他来！"施伯说："这人姓曹名刿（guì），从小跟我交好，挺有能耐，文的武的全行。要是咱们真心去请他，他也许肯出来。"鲁庄公马上派施伯去请曹刿。

施伯见了曹刿，把本国被人欺负的事说明白了，一定要他出来给本国出点力。曹刿是个平民，家里又穷，笑着说："怎么，你们做大官、吃大鱼大肉的，还要跟我们吃野菜的小百姓商量大事吗？"施伯赔着笑说："好兄弟，别这么说了。国家要紧，全国人的性命要紧！"他坚决地央告，怎么也得请曹刿帮助国君渡过这道难关。曹刿见他这么诚恳，就跟着施伯去见鲁庄公。鲁庄公问他怎么能打退齐国人。他说："全国上下一心，就能打退敌人。至于到底怎么打，那可说不定。打仗要随机应变，没有一成不变的死法子。"鲁庄公信任施伯，也就相信曹刿有本领，当时就拜他为大将，带着大军一块儿上长勺去抵抗齐兵。

他们到了长勺，扎下军营，摆下阵势，远远地对着齐国的兵营。两国军队的中间隔着一片平地，好像是一条很宽的干了的大河，两边的军队好像是挺高的河堤。只要两边往中间一倒，就能把这条河道填满。鲍叔牙上回打了胜仗，知道对面不敢先动手，就下令打鼓，准备冲锋。

鲁庄公一听见对面的鼓声响得跟打雷似的，就急着叫这边也打鼓。曹刿拦住他说："等等。他们打赢了一回，这会儿正在兴头上。咱们出去，正合了他们的心意，不如在这儿等着，别跟他们交战。"曹刿就下令，不许嚷，不许出去，光叫弓箭手守住阵脚。齐兵随着鼓声冲过来，可没碰上对手，瞧瞧对方阵势稳固，没法打进去，就退回去了。

过了一会儿，齐兵又打鼓冲锋。对手呐，好像在地下扎了根似的动也不动，一个人都没出来。齐兵白忙了半天，人家不跟你打，使不出劲儿，真没有意思，嘴里直唠叨。鲍叔牙可不灰心，他说："他们不敢打，也许是等着救兵呐。咱们再冲一回，不管他们出来不出来，一直冲过去，准能赢了。"这就打第三通鼓了。齐兵已经白冲了两次，都腻烦了。他们以为鲁兵不敢交战，冲出去有什么用呐？可是命令又不能不依，去就去吧，大家都懒洋洋地提不起劲儿来。谁知道对面忽然"咚咚咚"鼓声震天价响，鲁国的将士"哗"一下子都冲出来，就跟雹子打荷叶似的，把齐国的队伍打得粉碎。齐兵拼命回头逃，鲁庄公就要追上去。曹刿说："慢着，让我瞧瞧。"他就跳下车来，察看了一回敌人的车轮印子，又跳上车去，一手扶着横档往前细细瞧了一回，才发命令说："快追！一直追上去！"就这么追了三十里地，得到了好些齐国的兵器和车马。

鲁国打了个大胜仗。鲁庄公可不明白，他问曹刿："头两回他们打鼓，你为什么不让咱们也打鼓？"曹刿说："临阵打仗全凭一股子劲儿。打鼓就是叫人起劲儿。打头一回鼓，将士顶有劲儿，第二回就差了。第三回无论鼓响

得怎么厉害，也没有多大的精神了。趁着他们没有劲儿的时候，咱们'一鼓作气'打过去，怎么会不赢呐？"鲁庄公和将士们都点头，可是大伙儿还不明白人家逃了为什么不立刻追上去呐。曹刿说："敌人逃跑也许是个计，说不定前面还有埋伏，非得瞧见他们车轮印子乱了，旗子也倒了，才能够毫无顾虑地追上去。"鲁庄公挺佩服地说："你真是个精通兵事的将军。"

　　齐桓公打了败仗，自己认了输，向管仲认错，愿意听他的话。管仲就请齐桓公对外跟列国诸侯交好，对内整顿内政，发展生产。齐国又跟鲁国讲了和，还把从鲁国夺来的田地退还给鲁国。接着就一个劲儿地开铁矿、造农具、开荒地，多种庄稼，由公家大量地晒盐，鼓励老百姓下海捕鱼。齐国的东边就是海，晒盐捕鱼，极其方便。离海岸较远的诸侯国，没有鱼吃倒也罢了，没有盐那可怎么过日子呐？他们只好跟齐国交好，拿粮食去换齐国的盐。齐国因为齐桓公重用了管仲和鲍叔牙，越来越富强了。没有几年工夫，齐桓公当真做了诸侯的首领。

老马识途

公元前 679 年，齐桓公约会诸侯共同订立盟约。盟约上最要紧的有三条：第一条是尊重天王，扶助王室；第二条是抵御外族，不准他们向中原进攻；第三条是帮助弱小的和有困难的诸侯。十多个中原诸侯国参加大会，订立盟约，大伙儿都尊齐桓公为霸主（霸主是诸侯领袖的意思）。可是南方有个大国叫楚国（在湖北省），不但不参加中原的联盟，还把郑国拉过去了。齐桓公正跟管仲商议着怎么去征伐楚国，没想到北方的燕国（国都在北京市大兴区）派使者到齐国来讨救兵，说北边的山戎打进来了，来势非常凶猛，燕国打了几个败仗，眼瞧着老百姓都要给山戎杀害了，央告霸主快发兵去救。管仲对齐桓公说："主公要征伐楚国，得先打退山戎。北方太平了，才能够专心对付南方。"齐桓公就率领大队人马，往北方去支援燕国。

公元前 663 年，齐国的大军到了燕国，山戎早已逃回去了，抢走了一批壮丁、女子和无数值钱的东西。管仲说："山戎没打就走，等到咱们一走，他们准又进来抢劫。要安定北方，非打败山戎不可。"齐桓公就决定再向前进。燕国的国君燕庄公，要带领燕国的人马作为前队，打头阵。齐桓公说："贵国的人马刚跟山戎打了仗，已经辛苦了，还是放在后队吧。"燕庄公说："离这儿八十里地，有个无终国（在河北省玉田县），跟我们一向很好。要是请无终国出兵帮助我们，我们就有了带路的了。"齐桓公立刻派使者带着礼物去请无终国的国君。无终国答应了，愿意做向导，派了一位大将带着一队人马来支援燕国和齐国。

齐桓公请无终国的人马带路，把山戎打败了，救出了不少被山戎掳去的青年男女。山戎的老百姓投降了中原，山戎的大王密卢逃到孤竹国（在河北省卢龙县到辽宁省朝阳县一带地方）借兵去了。齐桓公和管仲决定再去征伐

孤竹国。

三国的人马就又往北前进，到了孤竹国附近的地方，就碰到了山戎的大王密卢和孤竹国的大将黄花。他们每人带着一队人马前来对敌，又给齐国的大军乒乒乓乓地打了个落花流水。齐桓公一瞧天不早了，就安营扎寨，打算休息一夜，第二天再去攻打孤竹国。到了头更天的时候，士兵们带着孤竹国的大将黄花来见齐桓公。齐桓公一看，他跪在地下，双手捧着一颗人头，就问他："你来干什么？"黄花两只手高高举起，奉上人头，自己耷拉着脑袋说："我们的大王答里呵不听我良言相劝，非得帮助山戎不行。这会儿我们打了败仗，答里呵把老百姓带走，亲自到沙漠去请救兵。我就杀了山戎的头子密卢来投降，情愿在大王手底下当个小卒子。我情愿带路去追赶答里呵，省得他回来报仇。"齐桓公和管仲把那颗人头仔细瞧了一阵子，又叫将士们认了认，还真是山戎大王密卢的脑袋，这就断定他们内部起讧，窝里反了，就把黄花留下。

第二天，齐桓公和燕庄公跟着黄花进了孤竹国的都城，果然是一座空城。他们更加相信了黄花的话。齐桓公怕答里呵逃远了，马上叫燕庄公带着燕国人马守住孤竹国的都城，自己率领全部人马跟着黄花去追答里呵。黄花在前头带路，中原的大军在后头跟着，浩浩荡荡，一路赶去。到了掌灯的时候，他们来到一个地方，当地人把它叫"迷谷"。只见平沙一片，就跟大海一样，一眼望去没边没沿。别说是在晚上，就是在大天白日（白天），也分不出东南西北来。中原人哪儿到过这样的地方，大伙儿全迷了道儿。齐桓公和管仲急得什么似的，赶紧去问黄花。嗬！哪儿还有他的影儿？大伙儿这才知道中了黄花的诡计了。原来黄花杀了山戎的头子密卢，倒是真的；投降中原可是假的。管仲说："我听说北方有个'旱海'，是个很险恶的地方，恐怕就是这儿，不可再走了。"齐桓公立刻下令收军。天一会儿比一会儿黑，又碰上冬天，西北风一个劲儿地刮着。大伙儿冻得直打哆嗦。

往后越来越黑，真是天昏地暗，什么也瞧不见。他们就在这没边没沿、黑咕隆咚的迷谷里冻了一夜。胆小的和怕冷的小兵已经死了好几十个。好不容易盼到天亮，可是又有什么用呐？眼前还是黄澄澄的一片平沙，罩着灰扑扑的一层雾气，道儿在哪儿呐？这块鬼地方连一点水都没有，要是走不出去，别说饿死，渴也得把人渴死。大伙儿正在不知道怎么办才好的时候，管仲猛然想出一个主意来了。狗、鸽子，还有蜜蜂，不管离家多远，向来不会迷路的。他就向齐桓公说："马也许认得路。不如挑几匹当地的老马，让它们在前头走，咱们在后头跟着，也许能走出这块地方。"齐桓公说："试试看吧。"他们就挑了几匹老马，让它们领路。这几匹老马不慌不忙地、自由自在地走着。真的，老马识途，领着大队人马出了迷谷，回到原来的路上。大伙儿这才透了一口气。

齐桓公的大队人马出了迷谷，走到半路，远远瞧见一批老百姓走着，好像搬家一样，就派个老兵扮作逃难的老百姓去问他们："你们这是干什么啊？"他们说："我们的大王打退了燕国的人马，下了命令叫我们回去。"齐桓公和管仲探听到这个消息，才知道当初所瞧见的空城也是黄花和答里呵使的诡计。管仲就叫一部分士兵扮作孤竹国的老百姓混进城去。到了半夜，混进城里的士兵放了一把火，从城里杀出来，城外的大军从外边打进去，直杀得敌人叫苦连天。黄花和答里呵全给杀了，孤竹国也就这么完了。

齐桓公对燕庄公说："山戎已经赶跑了，这一带五百多里的土地都是燕国的了，别再放弃。"燕庄公说："这哪儿行呐？托您的福，打退了山戎，救了燕国，我们已经感激不尽了。这块土地当然是属于贵国的了。"齐桓公说："齐国离这儿那么远，叫我怎么管得了哇？燕国是北边的屏障，管理这个地方是您的本分。您一方面向天王朝贡，一方面做诸侯国北边的屏障，我也有光彩。"燕庄公不好再推，就谢了齐桓公。燕国一下子增加了五百多里的土地，变成了大国。

仙鹤坐车

齐桓公自从打退山戎，救了燕国以后，又帮助鲁国平定了内乱，各国诸侯全都佩服他。齐桓公要当霸主的心愿早已做到了，没有事的时候，喝喝酒，打打猎，享起清福来了。这么一享乐，身子更发福了，人也懒起来了。

公元前661年，卫国派了一个使臣来见齐桓公，说北狄（北方游牧部族的总称）侵犯卫国，情况非常严重，请霸主会合诸侯帮助卫国抵抗北狄。齐桓公打了个哈欠，说："齐国的兵马到现在还没好好地休息过，等到明年开春再说吧。"

哪儿知道没过几个月工夫，卫国的大夫跑到齐国来报告说："北狄杀了卫国的国君，灭了卫国。卫国的老百姓活不了啦，能逃走的都逃到漕邑（在河南省滑县东南；漕cáo）去了。他们派我到您这儿来报告，请霸主做主。"齐桓公听了很害臊，他说："这全是我的不是，没早点儿去救。现在还来得及，我马上发兵去打北狄，给你们的国君报仇。"他就准备出兵到卫国去。

那个给北狄杀了的国君叫卫懿（yì）公。他有个特别的爱好，喜欢玩儿仙鹤。他养仙鹤养得入了迷，连国家大事都不管。他把养仙鹤的使唤人都封为大官，那些原来的大官有的反倒没有职位了。他为了养仙鹤，老向老百姓要粮。老百姓冻死饿死，都不搁在他心上。

卫懿公老带着仙鹤出去玩儿，这些仙鹤已经养熟了，没有一只是用笼子关着的，都是坐车出去的。他还把仙鹤分了等级，头等仙鹤坐头等车，二等仙鹤坐二等车，特等仙鹤坐的是大夫坐的棚车，那时候叫"轩（xuān）车"。那些坐棚车的特等仙鹤称"鹤将军"。鹤将军翅膀一扇，脖子一挺，大红顶子的脑袋显得特别威风。卫懿公老问人家："哪一个将军的脖子有鹤将军那么长？哪一个将军的脑袋能抬得像鹤将军那么高？"手下的人只好打躬哈腰地说："没有！谁也比不上鹤将军。"

有一天，卫懿公带着一连串的车马出去玩儿，有不少鹤将军前呼后拥地给他"保驾"，那股子神气劲儿就好像一队大官儿似的。他正玩得得意扬扬的时候，忽然来了个报告，说北狄打进来了。这可太扫兴了。他一边忙着打道回宫，一边吩咐将士和老百姓快去守城。万没想到老百姓全忙着逃难，士兵不拿兵器，将军不穿铠（kǎi）甲。卫懿公着急地说："你们怎么啦？北狄打进来，你们怎么不去抵抗啊？"他们说："打北狄也用不着我们，您还是吩咐鹤将军们去吧。"

到了这时候，卫懿公才明白：自己为了养仙鹤，不管理国家，得罪了文武百官，失去了民心。他哭丧着脸向大臣们认错，把仙鹤全放了。可是那些惯坏了的仙鹤轰也轰不走，净看着国君，伸着脖子，扑扇着翅膀，不断地向他献殷勤。卫懿公急得要哭出来了。明摆着，这群仙鹤现在变成他犯罪的证据了。他可真后悔了。他掐死了一只，狠狠地把它扔了，表示自己真想改过。这样，他才凑合着召集了一队人马。

卫懿公一瞧北狄在那儿杀卫国人，他亲自上马，拿着长矛（máo）出去跟敌人拼命。还真打得不错，北狄意料不到地受到了打击。可是卫国的兵马实在太少了，打到后来，挡不住如狼似虎的北狄。将士们打了败仗，连忙请卫懿公打扮成老百姓逃出去。可他不依。他说："我已经对不起全国的人了，到这时候要再贪生怕死，那不是罪上加罪了吗？我非得跟北狄拼个死活不可。"他无论如何不肯逃走。末了，卫国全军覆没，卫懿公给北狄杀了。北狄进了城，来不及跑的老百姓，差不多全都给杀了。卫国的库房，还有城里值钱的东西全给抢空。这些北狄原来是草原上的人，就会牧马放羊，不会种地，打进卫国来，为的是抢些值钱的东西，不一定要占领地盘。他们为了下一回抢着方便，把卫国的城墙也拆了。等到卫国的使臣到了齐国，北狄早就抢够后跑了。

齐桓公知道了卫国国破人亡，立刻派公子无亏为大将，带领一队人马到卫国，替卫国立了个新君，就是卫文公。卫文公到了漕邑，就瞧见那地方一片荒凉，哪儿像个都城呐。他直掉眼泪。他把遗留下来的卫国的男女老少集

合起来，一共才七百三十人。又从别的地方召集了一些老百姓，费了好大的劲儿，才凑了五千多人，重新建立了国家。

公子无亏一瞧北狄已经跑了，就打算回去。可是卫国连城墙都没有，万一北狄再来，那可怎么挡得住呐？他就留下三千齐兵，驻扎在那儿防备北狄，保护卫国，自己跟卫文公告别了。

公子无亏见了父亲齐桓公，报告了卫国的这份惨劲儿。齐桓公叹着气说："咱们得好好地去帮助卫国。"管仲说："留下三千人也不是办法，咱们不如替卫国砌上城墙，盖点房子，这一下往后可当大事了。"齐桓公很赞成这个主意，就约会了别的几个国家，替卫国砌城墙、盖房子。齐桓公还派人把木料什么的运到卫国去。卫国人没有一个不感激齐桓公的。齐桓公的名声更大了。列国诸侯，不管愿意不愿意，不能不承认他是霸主。大伙儿认为各国向霸主进贡是理所当然的。就因为做了霸主，各国向齐桓公进贡，听他的指挥，有几个大国的诸侯也想做霸主了。

唇亡齿寒

齐桓公老了。西方秦国（在甘肃省天水市一带和陕西省的一部分地方）的国君想趁着这个机会扩张势力，做中原的霸主。那位国君就是秦穆（mù）公。秦穆公一向不跟中原诸侯争地盘。他认为要做大事得有人才，单凭一两个人是不顶事的。他就想尽办法搜罗天下人才。在用人方面，秦穆公还有个与众不同的主张。他不愿意重用本国的贵族，他怕贵族权大势大，国君反倒受了他们的牵制。他宁可重用外来的客人，外地来的人权力尽管大，也只限于他一个人，不可能像豪门大族那样割据地盘，建立自己的势力，威胁国君。

秦穆公搜罗人才，还真给他找到了好些个。第一个人物姓"百里"，是个复姓，单名"奚"（xī）。百里奚是给人家看牛的，可秦穆公请他来当相国。百里奚是虞国人（虞国，在山西省平陆县东北，三门峡附近；虞 yú）。三十多岁才娶了个媳妇儿叫杜氏，生个儿子叫孟明视（姓百里，名视，字孟明）。

百里奚和杜氏生了孟明视，两口子恩恩爱爱，就是家里贫寒。百里奚打算出去找点事做，可又舍不得媳妇儿和孩子。有一天，杜氏对他说："大丈夫志在四方，怎么能老待在家里？您现在年富力强，不出去做事，难道等到老了才出去吗？家里的事您尽管放心，我也有一双手呐！"百里奚听了他媳妇儿的话，决定第二天就出门。第二天，杜氏预备些酒菜，替男人送行。家里还有一只老母鸡，杜氏把它宰了。可是灶下连劈柴也没有，杜氏就把门闩当柴烧，又煮了些小米饭，熬点白菜，叫百里奚阔阔气气地吃一顿饱饭。临走的时候，杜氏抱着小孩儿，拉住男人的袖子，眼泪是再也忍不住了，抽抽搭搭地说："您要是富贵了，千万别忘了我们娘儿俩。"百里奚也眼泪汪汪地劝了她一番。他们走到河边沿，杜氏从歪脖子柳树上攀了一根柳条，交给他作为分别时候的纪念。

百里奚离开家乡，到了齐国，想去求见齐襄公，可是没有人替他引见，只好流落他乡，要饭过日子。后来他到了宋国，已经四十多岁了。在那边他碰见个隐士，叫蹇（jiǎn）叔，比他大一岁。两个人一聊，挺对劲儿，就做了知心朋友。可是蹇叔也不是挺有钱，百里奚不能老跟着他过活，只好在乡下给人家看牛。

这两个好朋友后来跑了好几个地方，想找一个出路，可是怎么也找不到一个适当的主儿。蹇叔说："咱们还是回老家去吧。"百里奚想着他的媳妇儿，打算回到虞国去。蹇叔说："也好，虞国的大夫宫之奇是我的朋友，我也想瞧瞧他去。"他们两个人就到了虞国。蹇叔去看他朋友，百里奚去瞧他媳妇儿。

百里奚到了本乡，找到了以前的住处。破房子还在，连河边沿那棵歪脖子柳树也还像从前那样，可是他的媳妇儿和孩子哪去了呐？问问街坊四邻，没有一个认识的。他们说："这儿连年遭灾荒，死的死，逃荒的逃荒。一个妇道家（指女人），也许改嫁了，也许死了。"百里奚在门口愣了半天，想起他媳妇儿劈门闩、炖（dùn）母鸡的情形，不由得掉了眼泪，很伤心地走了。他去瞧蹇叔，蹇叔带着他去见大夫宫之奇。宫之奇请他们留在虞国，还说他一定带他们去见虞君。蹇叔已经打听明白了，他摇了摇头，说："虞君不知大体，爱贪小便宜，不像个有作为的人物。"百里奚说："我已经奔走了这么些年了，就留在这儿吧。"蹇叔叹了一口气说："这也难怪你。不过我还是回去。以后您要瞧瞧我，就上鸣鹿村好了。"打这儿起，百里奚跟着宫之奇在虞国做了大夫。哪儿知道果然不出蹇叔所料，虞君为了贪小便宜，连国也亡了。

公元前655年，临近的晋国派使者到了虞国，送上一匹千里马和一对名贵的玉璧，作为礼物。使者说："虢国（又叫北虢，在山西省平陆县，三门峡附近；虢 guó）老侵犯我们，我们打算跟他们打一阵。为了行军的方便，贵国可不可以借一条道儿让我们过去?"虞君瞧瞧手里的玉璧,又瞧瞧千里马,连连答应:"可以,可以!"大夫宫之奇拦住他说:"不行,不行!虢国跟虞国贴得那么近,好像嘴唇跟牙齿一样。俗语说'唇齿相依,唇亡齿寒',我们这两个小国相帮相助,还不至于给人家灭了。但虢国给晋国灭了,虞国也一定保不住。"虞君说:"人家晋国送来了这无价之宝跟咱们交好,难道咱们连一条道儿都不准人家走走?再说晋国比虢国强上十倍,就算失了一个小国,可是交上了一个大国,还不好吗?"宫之奇还想说几句,倒给百里奚拦住了。宫之奇退了出来,对百里奚说:"你不帮我说话也就罢了,怎么还拦住我呐?"百里奚说:"跟糊涂人说好话,就好像把珍珠扔在道儿上。"宫之奇知道虞国一定灭亡,就偷偷地带着家小跑了。

晋国的国君晋献公派大将率领大军经过虞国灭了虢国。回头一顺手把虞国也灭了,取回了千里马和玉璧。虞君和百里奚都做了俘虏。虞君后悔万分,对百里奚说:"当初你为什么不拦拦我呐?"百里奚说:"宫之奇说的您都不听,难道您能听我的?"

晋献公给虞君一所房子,另外送给他一副车马和一对玉璧,晋献公还要重用百里奚。百里奚宁可做俘虏,也不愿意做晋国的官。

五张羊皮

公元前655年,秦穆公派公子絷(zhí)到晋国去求婚。晋献公答应把大女儿嫁给秦穆公,还要送一些奴仆过去,作为陪嫁。有人说:"百里奚不愿意做官,不如拿他做了陪嫁的奴仆吧。"晋献公就叫百里奚跟着公子絷和别的陪嫁的奴仆一同到秦国去。百里奚只好自叹命苦。半道上人家一不留神,他就偷偷地溜了。东奔西逃,一点准主意都没有,后来居然逃到了楚国。楚人把他当作北方诸侯派到南方来的奸细,绑起来问他说:"你是干什么的?"他说:"我是虞国人,亡了国,逃难出来的。"大家伙儿瞧他上了岁数,又挺老实,就问他:"你是干什么营生的?"他说:"看牛的。"他们就叫他看牛。他只好答应,就给楚人看牛。他很有一套看牛的本领,他看的牛慢慢地都比别人的牛强。楚人给他起个外号叫"看牛大王"。看牛大王出了名,连楚国的国君楚成王也知道了,就叫他到南海去看马。

当初公子絷以为跑了个奴仆,算不了什么,一路回来没把这事搁在心里。他在半路上碰到一个大力士叫公孙枝,晋国人,也是个人才,可就是没有地位。公子絷把公孙枝带了回来,推荐给秦穆公。秦穆公结了婚,看了陪嫁奴仆的名单,上面有百里奚的名字,就问公子絷:"怎么没有这个人?"公子絷说:"他是虞国人,是个亡国的大夫,跑了。"秦穆公回头问公孙枝:"你在晋国,知道不知道他是怎么样的一个大夫?"公孙枝说:"挺有本领,可惜英雄无用武之地。一个亡国的大夫,情愿做俘虏,不愿意在敌国做官,这就很了不起了。"秦穆公一听,就派人到各处去打听百里奚的下落。后来居然打听着了,百里奚原来在楚国看马。

秦穆公就要送礼物给楚成王,请他把百里奚送回来。公孙枝说:"这可千万使不得。楚人叫他看马,是因为不知道他有多大的本领。要是主公这么去请他，分明是告诉楚王去重用他，那楚王还能放他到这儿来吗？"秦穆公就依照当时一般奴隶的身价，派使者带了五张羊皮，去见楚成王说："敝国有个奴隶叫百里奚，他犯了法，躲在贵国。请让我们把他赎回去，好办他的罪，免得叫别的奴隶学他的样儿。"楚成王叫人把百里奚逮住，装上囚车，交给秦国的使者。

百里奚一到秦国，就有公孙枝来迎接他。秦穆公一瞧，是个白头发白胡子的老头子，问他有多大岁数了。他说："我才七十。"秦穆公叹了一口气说："唉，可惜老了！"百里奚可不服气，他说："主公要是叫我去打老虎，我是老了；要是叫我坐下来商议国家大事，那我比姜太公还小十岁呐！"秦穆公觉得他的话很有道理，就跟他聊聊富国强兵的大道理。想不到越聊越对劲儿，越觉得他是个了不起的人物，一连谈了三天，就要拜他为相国。百里奚可不答应。他说："我算什么？我的朋友蹇叔比我强得多呐！主公真要搜罗人才，最好把他请来。"秦穆公见了百里奚，就觉得他是千里挑一、万里挑一的能人，非常信任他。现在听说还有比他更能干的人，怎么能轻易放过呐？他立刻叫百里奚写信，派公子絷上鸣鹿村去迎接蹇叔。

蹇叔可不愿意出去做官，直急得公子絷什么似的。他说："要是先生不去，恐怕百里奚不会一个人留在秦国。"蹇叔皱了皱眉头，过了一会儿，叹了口气说："百里奚有才能，一向没有地方去使，现在找到个主儿，我得成全他。"回头对公子絷说，"好吧，我就为了他走一趟。可是我还得回来种我的地呐。"公子絷又跟蹇叔的儿子西乞术和白乙丙（两个人都姓蹇，一个名术，字西乞，一个名丙，字白乙）聊了一会儿，觉得他们也是了不起的人物，一定要请他们一块儿去。蹇叔也答应了。

公子絷带着蹇叔和他两个儿子见了秦穆公。秦穆公问蹇叔怎么样才能够做个好君主。蹇叔一条一条地说了出来，乐得秦穆公连晚饭都忘了吃。第二天，秦穆公就拜蹇叔为右相，百里奚为左相，西乞术、白乙丙为大夫。这么着，秦国新得了五位能人——蹇叔、百里奚、公孙枝、西乞术、白乙丙。没几天又来了个勇士，就是百里奚的儿子孟明视。

原来百里奚的媳妇儿自从她男人走了以后，靠着双手凑合着过日子。后来碰上荒年，只好带着儿子去逃荒。也不知受了多少磨难，末了到了秦国，给人家缝缝洗洗，娘儿俩过着这份苦日子。没想到孟明视长大成人，不好好地干活，就喜欢跟着一群小伙子打猎练武，反倒叫上了岁数的妈去养活他。有一天，孟明视听那群小伙子说："我们的国君用了两个老头儿做相国，已经够有意思了。最特别的是一个叫百里奚的相国，说是用五张羊皮买来的，真是听也没听说过。"孟明视一听，心想："也许是我爸爸吧。"回来告诉了他妈。杜氏也起了疑，想尽办法到"五羊皮"的相府里去洗衣裳。手底下的人见她做事利落，都挺喜欢她。可是她哪儿能见得到相国呐？

有一天，百里奚在相府里请客，乐工在堂下作乐，有的弹琴，有的唱歌，挺热闹。杜氏在大厅外头，想瞧瞧这位相国。相府里的人知道她是洗衣裳的老妈子，也不去管她。她瞧了一会儿，觉得这位老头儿有几分像她男人，可也瞧不准。她瞧见一个弹琴的乐工出来，就挺小心地跟他探听一下，又说："我从小也弹过琴，让我弹弹，行不行？"乐工起了好奇心，就把琴交给她。她拿过来一弹，居然跟乐工差不了多少。相府里的人高兴极了，叫她唱个歌儿。她说："好吧！不过得请示相国。"百里奚正在兴头上，顺口答应了。杜氏对相国和来宾行了礼，唱了起来：

百里奚，

五羊皮，

可记得——

熬白菜，煮小米，

灶下没柴火，

劈了门闩炖母鸡？

今天富贵了，

扔了儿子忘了妻！

百里奚听得愣住了，叫过来一问，果然是自己的媳妇儿杜氏。他也不顾别人在场，抱着她哭了。老两口的伤心引出了大家伙儿的眼泪。秦穆公听说他们夫妻、父子相会，特意赏给他们不少东西。又听说孟明视武艺高强，就拜他为大夫，和公孙枝、西乞术、白乙丙共同管理军事。

秦国搜罗人才，操练兵马，开发富源，努力生产，国家越来越强大了。可是临近的姜戎（西戎的一支）还不断地来侵犯边疆，抢掠财物。秦穆公就叫孟明视他们发兵去征伐，把姜戎打得远远地逃走了。秦国占有了瓜州（在甘肃省敦煌市）一带的土地，更加强大起来了。

"仁义"大旗

秦穆公要做霸主，可是秦国在西边，离中原诸侯国远，他得先收服临近的许多小部族，然后再来跟中原诸侯打交道。除了秦穆公以外，宋国的国君宋襄公也要接着齐桓公做霸主。齐桓公去世以前，曾经跟管仲商量过，把公子昭托付给宋襄公。齐桓公一死，宋襄公就约会几个诸侯共同立公子昭为齐国的国君，就是齐孝公。以前大伙儿承认齐桓公是霸主，现在齐国的国君还得由宋襄公来立，那么宋襄公不是接着齐桓公做了霸主了吗？不过这是宋襄公自己这么想，人家可并不同意，尤其是楚国和郑国的国君，他们联合在一起反对宋襄公，当面侮辱了他。宋襄公气得翻白眼，一定要报仇。楚是大国，兵力强；郑是小国，兵力弱，宋襄公决定先去征伐郑国。

公元前638年，宋襄公准备发兵。宋国有两个出名的大将，一个叫公子目夷，一个叫公孙固，他们都反对出兵。宋襄公生气了，他说："你们不去？好，那我一个人去！"公子目夷和公孙固虽然不赞成去打郑国，但这会儿一见他冒了火儿，只好顺着他。宋襄公亲自带着公子目夷和公孙固率领大军去打郑国。郑国急忙打发使者向楚国求救。楚成王马上派大将成得臣带领大队兵马去对付宋国。

楚国人很能用兵，他们的大队兵马不去救郑国，反倒直接向宋国进攻。宋襄公没提防到这一着，急得连忙赶回来。大军到了泓水（在河南省柘城县北；泓 hóng；柘 zhé）的南岸，驻扎下来，准备抵抗楚军。成得臣派人来下战书。公孙固对宋襄公说："楚国的兵马到了这儿，是因为咱们去打郑国。现在咱们回来了，还可以跟楚国讲和，何必跟他们闹翻呐？再说，咱们的兵力也比不上楚国，怎么能跟他们打仗呐？"

宋襄公认为楚国一向不讲道理，强横霸道，不能叫人心服，就说："怕他什么！楚国就算兵力有余，可是仁义不足。咱们尽管兵力不足，可仁义有余呀。兵力怎么抵得住仁义呐！"他就写了回信，约定交战的日期。他一心以为空讲"仁义"，就可以当上霸主，就可以打败强敌。他做了一面大旗，上面绣着"仁义"两个大字，把它当作镇压妖魔的法宝似的，高擎着去抵抗楚军。万没想到楚军不但没给"仁义"大旗吓跑，反而从泓水那边渡到这边来了！

公子目夷瞧着楚国人忙着过河，就对宋襄公说："楚军白天渡河，明明是小看咱们不敢去打他们。咱们趁着他们渡到一半，迎头打过去，一定能够打个胜仗。"宋襄公指着大旗上"仁义"两个大字，对公子目夷说："哪儿有这个道理呀？敌人正在过河的时候就打过去，还算得上是讲仁义的军队吗？"

公子目夷对于那面大旗可不感兴趣，一瞧楚军已经上了岸，乱哄哄地正排着队伍，心里急得什么似的，又对宋襄公说："这会儿可别再待着了，趁他们还没排好队伍，咱们赶紧打过去，还能够打个胜仗。要是再不动手，咱们就要挨打啦！"宋襄公眼睛一瞪，骂他说："呸！你这个不讲仁义的家伙！人家队伍还没排好，怎么可以打呐！"

楚国的兵马排好了队伍，一声鼓响，就像大水冲塌了堤坝（bà）似的涌过来。宋国的军队哪儿顶得住哇。公子目夷、公孙固，还有公子荡拼命保住宋襄公，可是宋襄公大腿上早已中了一箭，身上也有几处受了伤。那面"仁义"大旗委委屈屈地给人家夺了去。公子荡不顾死活，挡住了楚军。公子目夷保护着宋襄公赶着车逃跑。公子荡死在乱军之中。公孙固带着残兵败将一边抵抗，一边后退。楚军乘胜追击，宋军大败，辎（zī）重粮草沿路抛弃，都被楚军拿了去。

宋襄公连夜逃回睢阳（在河南省商丘市南；睢 suī）。宋国人都怨他不该跟楚国人打仗，更不该那么打。公子目夷瞧着愁眉苦脸的宋襄公，问他说："您说的讲仁义的打仗就是这个样儿的吗？"宋襄公一边理着花白的头发，一边揉着受了伤的大腿，说："依我说，讲仁义的打仗就是以德服人。比如说看见已经受了伤的人，可别再去伤害他；头发花白了，可别拿他当俘虏。"

公子目夷再也耐不住了，很直率地说："这回咱们打了败仗，就因为主公不知道怎么打仗！要打仗就必须利用一切办法打击敌人，消灭敌人。如果怕打伤敌人，那还不如不打；如果碰到头发花白的就不抓他，那还不如让他抓去呐！"宋襄公没法儿跟公子目夷争辩，可是他像蠢猪一样，仍旧相信尽管这次打了败仗，仁义还在自己一边儿。

宋襄公逃回睢阳，受了很重的伤，不能再起来了。他嘱咐太子说："楚国是咱们的仇人，千万别跟他们来往。晋国的公子重耳挺有本领，手下人才很多，他现在虽然在外面避难，但要是能够回国的话，将来一定是个霸主。你要好好地跟他打交道，准没错儿。"

饱不忘饥

公子重耳逃难的事,说来话长,得先从他父亲晋献公说起。

晋献公跟夫人生了一男一女,男的就是太子申生,女的就是嫁给秦穆公的那个大闺女。夫人去世以后,晋献公又娶了两个夫人,生了两个儿子,一个叫重耳,一个叫夷吾。后来晋献公娶了两个妃子,生了两个儿子,一个叫奚齐,一个叫卓子。这样,晋献公前前后后娶了五个女人,生了五个儿子,就是申生、重耳、夷吾、奚齐、卓子。家里的事就够烦的了。

晋献公到了年老的时候,糊涂到了家。为了向年轻的妃子讨好,要把小儿子奚齐立为太子,他听了妃子的话,杀了太子申生。太子一死,重耳和夷吾分别逃到别国去了。晋献公听说他们哥儿俩跑了,就认为他们是跟申生一党的,立刻派人去杀那两个公子。可是夷吾早已跑到梁国(在陕西省韩城西南),重耳跑到蒲城(在陕西省蒲城县)。那个追赶重耳的叫勃鞮(tí),一直追到蒲城,赶上重耳,拉住袖子,一刀砍过去。古人的袖子又长又肥,勃鞮只砍下了重耳的一块袖子,重耳跑了。

重耳跑到狄国(在河北省正定县),就在那边住下了。晋国有才能的人多数全跑出去跟着他。其中顶出名的有狐毛、狐偃(yǎn)、赵衰(cuī)、魏犨(chóu)、狐射姑(狐偃的儿子;射yè)、颠颉(xié)、介之推、先轸(zhěn)这些人。公元前651年,晋献公死了,晋国起了内乱,奚齐和卓子先后做了国君,都给大臣们杀了。接着秦穆公帮助夷吾回国做了国君,就是晋惠公。晋惠公跟秦国失和,屠杀反对他的人,不得民心,就有一批人指望公子重耳能做国君。晋惠公担心重耳回来,就打发勃鞮再去行刺。

有一天,狐毛、狐偃接到父亲狐突的信,上边写着:"国君叫勃鞮三天之内来刺公子。"他们赶快去通知重耳,重耳跟大伙儿商量逃到哪儿去。狐偃说:"还是上齐国去吧。齐侯(齐桓公)虽说老了,他终究是霸主。"他们就这么决定了。

到了第二天,重耳叫仆人头须赶紧收拾行李,打算晚上动身,就瞧见狐毛、狐偃慌慌张张地跑来,说:"我父亲又来了个急信,说勃鞮提早一天赶来了。"重耳听了,急得回头就跑,好像刺客已经跟在身后似的,也不去通知别人。他跑了一程,跟着他的那班人前前后后全到了。那平时管车马的壶(hú)叔也赶来了,就差一个头须。这可怎么办呐?行李盘缠全在他那儿呐!别人全没带什么。赵衰最后赶到,说:"听说头须拿着东西逃了。"他这一跑,累得重耳这一帮人更苦了。

这帮"难民"一心要到齐国去,可得先经过卫国。卫文公为了当初齐桓公要诸侯帮卫国建造国都的时候,晋国并没帮忙,再说重耳是个倒霉的公子,何必招待他呐,就嘱咐管城门的不许外人进城。重耳和大伙儿气得直冒火儿,可是有难的人还能怎么样,只好绕了个大圈子过去。他们一路走着,一路饿着肚子,到了一个地方,叫五鹿(卫地,在河南省濮阳县南;濮pú),瞧见几个庄稼人正蹲(dūn)在地头吃饭。那边是一大口一大口地吃,这边是咕噜咕噜地肚子直叫。重耳叫狐偃去跟他们要点儿。他们笑着说:"哟!老爷们还向我们小百姓要饭吗?我们要是少吃一口,锄头就拿不起来;锄头拿不起来,就甭想活了。"其中有一个人开玩笑说:"怪可怜的,给他一点儿吧!"说着就拿起一块土疙瘩(gē da)送了过去,说:"这一块好吗?"魏犨(chōu)就冒了火儿,嚷嚷着要揍他们。重耳也很生气,嘴里不说,心里可向魏犨点了头。狐偃连忙拦住魏犨,接过那块土疙瘩来,安慰公子说:"要弄点粮食,到底不算太难,要弄块土地,可不容易。老百姓送上土来,这不是一个吉兆吗?"重耳也只好这么下了台阶,苦笑着向前走去。

又走了十几里,缺粮短草,人困马乏,真不能再走了。大家伙儿只好叫车站住,卸(xiè)了马,坐在大树底下歇歇乏儿。重耳更没有力气,就躺下了,头枕在狐毛的大腿上。别的人都去挖野菜,凑合着煮了点儿野菜汤,自己还不敢喝,先给公子送去。重耳尝了尝,皱着眉头,他哪儿喝得下这号东西。狐毛说："赵衰还带着一竹筒稀饭呐，怎么他又落在后头了？"说着说着，赵衰也到了。他说："脚底下起了大泡，走得太慢了！"他把一竹筒的稀饭奉给重耳。重耳说："你吃吧！"赵衰哪儿能依。他拿点水和在稀饭里，分给大家伙儿，每人来一口，接接力。

重耳他们就这么有一顿没一顿地到了齐国。齐桓公大摆酒席给他们接风。他送给重耳不少车马和房子，叫每一个跟随公子的人能够安心住下。可是没多久，齐桓公死了，齐国起了内乱，他们就去投奔宋襄公。宋襄公刚打了败仗，大腿上受了伤，正在那儿害病，一听见公子重耳来了，就派公孙固去迎接。宋襄公也像齐桓公那样待他们很好。重耳他们都非常感激。过了些日子，宋襄公的病不见好转，狐偃私底下跟公孙固商量。公孙固说："公子要是愿意在这儿，我们是十分欢迎的。要是指望我们发兵护送公子回到晋国去，这时候敝国还没有这份力量。"狐偃说："您的话是实话，我们全明白。"

第二天，他们离开了宋国，一路走去，到了郑国。郑国的国君认为重耳在外边流浪了这些年还不能回国，一定是个没出息的人，因此理也不去理他。他们又恼又恨，可是不能发作出来，只好忍气吞声地往前走。没有几天工夫，他们到了楚国。

楚成王把重耳当作贵宾，还用招待诸侯的礼节去招待他。楚成王对他越来越好，重耳越来越恭敬，两个人就这么做了朋友。有一天，楚成王跟重耳开玩笑似的说："公子要是回到晋国，将来怎么报答我呐？"重耳说："金银财宝贵国多着呐，我真想不出怎么来报答大王的恩典。要是托大王的福，我能够回国的话，我愿意跟贵国交好，让两国的老百姓能过上太平的日子。可是万一发生战争，那我怎么敢跟大王对敌呐？那时候，我只能退避三舍（古时候行军，三十里为一舍，退避三舍，就是退九十里的意思），算是报答您的大恩。"楚成王听了倒没有什么，可把大将成得臣气了个倒仰儿。他回头偷着对楚成王说："重耳说话简直没边儿，将来一定忘恩负义，还不如趁早杀了他吧！"楚成王说："别这么说。他到底是客，咱们得好好地待他。"

有一天，楚成王对重耳说："秦伯派人到这儿来，请公子到那边去。他有心帮公子回国，这是个好消息。"重耳故意客气一下，说："我愿意跟着大王，何必到秦国去呐？"楚成王劝他说："可别这么说。敝国离贵国太远了，我就是有心送您回去，还得路过好几个国家。秦国跟贵国离得最近，早晨动身，晚上就可以到了。再说秦伯肯帮助您，我也放心了。您听我的话，去吧！"重耳这才拜别了楚成王，上路到秦国去了。

秦穆公原来立夷吾为国君，就是晋惠公。晋惠公忘恩负义，反倒发兵去打秦国，可打了个大败仗，自己做了俘虏。秦穆公的夫人穆姬（jī）是晋惠公的异母姐姐，她替晋国求情。晋惠公也向秦穆公认了错，割让了河外五座城，又叫太子圉（yǔ）到秦国作抵押，秦晋两国这才重新和好。秦穆公为了联络公子圉，把自己的女儿怀嬴（yíng）嫁给他。公元前638年（就是宋国和楚国在泓水打仗那一年），公子圉听说他父亲病了，怕君位传给别人，就偷偷地跑回去。第二年晋惠公一死，公子圉做了国君，就不跟秦国来往。秦穆公后悔当初立了夷吾。现在夷吾死了，没想到公子圉又是一个夷吾。因此，他决定要立公子重耳为国君，把他从楚国接来。

秦穆公和夫人穆姬都很尊敬公子重耳。他们要跟他结成亲戚，想把他们的女儿怀嬴改嫁给他。怀嬴说："我已经嫁了公子圉，还能再嫁给他的伯父吗？"穆姬说："为什么不能呐？公子重耳是个好人，要是咱们跟他做了亲戚，双方都有好处。"怀嬴一想，虽说嫁给一个老头子，但这可是两国都有好处的事。她点头认可了。秦穆公叫公孙枝做大媒。狐偃、赵衰他们巴不得能够跟秦国交好，都劝公子重耳答应这门亲事。这么着，公子重耳又做了新郎。

大家正在那儿吃喜酒的时候，狐毛、狐偃哭着来见重耳，要他去给他们报仇。原来公子圉即位以后，就下了一道命令："凡是跟随重耳的人必须在三个月之内回来，改过自新；过了期限，全是死罪，父兄不叫他们的子弟回来的也是死罪。"狐毛、狐偃的父亲狐突就因为不肯叫他们回去，给新君杀了。重耳把这件事告诉了秦穆公，秦穆公决定发兵替女婿打进晋国去。

公元前636年，秦穆公出动大军，亲自率领百里奚、公子絷、公孙枝等护送公子重耳回到晋国去。他们到了黄河，打算坐船过河。秦穆公分一半人马护送公子过河，自己留下一半人马在黄河西岸作为接应。他对公子重耳说："公子回到晋国，可别忘了我们夫妇俩啊！"说着流下眼泪来。重耳对他们更是依依不舍。

上船的时候，那个管行李的壶叔，挺小心地把所有东西全弄到船上来。他还忘不了过去逃难时所受的苦。重耳这一班人曾经饿过肚子，要过饭，也喝过野菜汤。粮食不够吃，衣服不够穿，大伙儿都已经够困难的了，可是管供应的壶叔和他手下的人比别人更多操一份心。他们一辈子也忘不了过去穷困的情形，吃剩下的冷饭、咸菜，穿过的旧衣服、破鞋、破袜子等等，全舍不得扔下。公子重耳一瞧，哈哈大笑。他对壶叔说："你们也太小门小户儿的啦！现在我回国去做国君，要什么有什么，这些破破烂烂的还要它干什么？"说着就叫手下的人把这些东西全撇在岸上。有不少人听公子这么一说，也觉得自己太可笑了。公子回国做国君，跟着公子的都是有功之人，荣华富贵享受不尽，怎么还露出这份穷相来呐？大伙儿七手八脚地把这些破烂儿都撇在岸上，有的人干脆把咸菜倒了，把破鞋破袜扔到黄河里了。

狐偃一瞧他们未得富贵，先忘贫贱，全变成富贵人的派头了，就拿着秦穆公送给他的一块白玉，跪在重耳面前说："如今公子过河，对岸就是晋国。内有大臣，外有秦国，我挺放心。我想留在这儿，做您的外臣（在外国的臣下）。奉上这块白玉，表表我一点心意。"重耳愣了，他说："我全靠你们帮助，才有今日。咱们在外边吃了十九年的苦，现在回去，有福同享，你怎么说不回去了呐？"

狐偃说："以前公子在患难中，我多少也许有点儿用处。现在公子回去做国君，情形就不同了，自然另有一批新人使唤。我们就好比旧衣破鞋，还带去做什么呐？"重耳听了，脸红了，心里怪不好受，直怪自己不该得意忘形，存着享乐的念头。他流了眼泪，向狐偃认错儿说："这全是我的不是！我可不是忘恩负义的人。你们的功劳我更忘不了。我可以对天起誓！"他立刻吩咐壶叔再把破烂的东西弄上船来。手下的一些人这才知道做人应当饱不忘饥。狐偃他们也没话说了。

他们过了黄河,接连着打了胜仗。公子圉逃了。晋国的文武大臣就迎接公子重耳,立他为国君,就是晋文公。他很快地真正继承了齐桓公的事业,做了霸主。

退避三舍

晋文公靠着秦穆公的帮助，做了国君，首先整顿内政，安定人心。正在这时候，天王家里出了事啦。那时候周朝的天王叫周襄王。他的异母兄弟勾结朝廷上一些不三不四的人，借了外族狄人的兵马打进洛阳，来夺王位。周襄王打了败仗，逃到郑国，发了一个通告，派人送到齐、宋、陈、卫等国，说狄人占领了京都。各国诸侯收到了天王的通告，全派人去慰问天王，或者送点吃的东西去，可是没有人发兵护送他打回洛阳去。有人对天王说："现在只有秦国和晋国的诸侯想做霸主。秦国有蹇叔、百里奚、公子絷等一班大臣，晋国有赵衰、狐偃、胥臣等一班大臣，只有他们能会合大小诸侯，扶助天王，别人恐怕全不中用。"天王就打发两个使者，一个去见秦穆公，一个去见晋文公。

晋文公一听见天王逃难的消息，马上带领大队人马打到洛阳去。他的兵马刚动身的时候，秦国的兵马也已经到了黄河边了。晋文公立刻派人去见秦穆公，说："敝国已经发兵去护送天王，就不必劳您驾了。"秦穆公说："好吧！我怕贵国一时不便发兵，只好亲自出来。现在我就等着你们马到成功的好消息。"蹇叔、百里奚说："晋侯不叫咱们过去，分明是怕咱们分了他们的功劳。咱们不如一块儿去！"秦穆公说："我不是不知道。不过重耳做了国君，还没立过大功，这回护送天王的大功，就让给他吧。"他打发公子絷到郑国去慰问天王，自己带着兵马回去了。

晋国的兵马打败了狄人，杀了乱党的头儿，护送天王回到京都。周朝的大臣们把晋文公当作第二个齐桓公。周襄王大摆酒席，慰劳晋文公，还赏了他邻近京都的四个城。晋文公磕头谢恩。从此，晋国在洛阳附近也有了土地了。

晋文公接收了四个城回来以后，宋国来请救兵。那时候宋襄公死了，儿子即位，就是宋成公。宋成公打发公孙固来见晋文公，说是楚国派成得臣为大将，率领着陈、蔡、郑、许四国的诸侯来攻打宋国。晋文公召集大臣们商议怎么办。将军先轸说："楚是蛮族，老欺负中原诸侯，谁不向楚国进贡纳税，就打谁。主公打算帮助中原诸侯，做个霸主，这可是时候了。"狐偃说："曹国（在山东省曹县和定陶等地方）和卫国本来跟咱们有仇，新近又归附了楚国。咱们只要去征伐他们，楚国一定去救，宋国的围也能解了。"晋文公就答应公孙固的请求，叫他先回去，晋国的兵马随后就到。

公元前 632 年，晋文公打下了曹国和卫国。他以前逃难的时候在这两个国家受过侮辱，现在这口气总算出了。

楚成王听说晋国一口气打下了卫国和曹国，就打发人叫成得臣回去，还告诉他说："重耳在外头跑了十九年，现在已经六十多了。他吃过苦，是一个挺有经验的人。咱们跟他打仗，未必能占上风，你还是趁早回来吧。"

成得臣看到宋国早晚可以拿下来，就不愿意退兵。他派人向楚成王报告说："请再等几天，我打了胜仗就回来。如果碰见晋国人，也得跟他们拼个死活。万一打败了，我情愿受军法处置。"楚成王一瞧成得臣不回来，心里挺不痛快，就问大臣们怎么办。有个大臣说："现在晋国挺强，重耳帮助宋国是打算做霸主。我想还是通知子玉（成得臣字子玉）留点儿神，千万别跟他撕破了脸。能够讲和的话，还能得到一个平分南北的局面。"楚成王再派人去通知成得臣。

成得臣经不住好几次的通知，而且宋国又死守着城，他只好下令暂时停止进攻，可不好意思马上退兵。他派人去对晋文公说："楚国对于曹国和卫国，正像晋国对于宋国一个样儿。您要是恢复曹国和卫国，我就不打宋国，咱们彼此和好，省得叫老百姓吃苦。"晋文公还没说什么，狐偃开口就骂："成得臣这小子好不讲理！他放了一个还没打败的宋国，倒叫我们恢复两个已经灭了的国家。哪儿有这么便宜的买卖呐？"他把成得臣派来的使臣扣起来，把手下的人放回去。

为了打击楚国，晋国又办了两件重要的事情：第一，打发使者去联络秦国和齐国，请他们一块儿来帮助中原诸侯，抵御楚国这个南方"蛮族"；第二，通知卫国和曹国的国君，叫他们先去跟楚国绝交，将来一定恢复他们的君位。这两位亡国之君就写信给成得臣，说他们只好得罪楚国，归附晋国了。成得臣正替这两国说情，他们倒来跟他绝交。他这一气，差点儿气昏过去，双脚乱跳地嚷着说："这两封信明明是那个饿不死的老贼逼他们写的！算了！不打宋国了！找重耳这老贼去！打退了晋国再说。"他就带领兵马，一直赶到晋国人驻扎的地方。

晋国大将先轸一瞧楚国人过来，就打算立刻开战。狐偃说："当初主公在楚王面前说过，要是两国打仗，晋国情愿退避三舍。这可不能失信。"将士们都反对说："这怎么行呐？晋国的国君还能在楚国的臣下面前退避吗？"狐偃说："咱们不能忘了当初楚王对咱们的好意。退避三舍是向楚王表示好意，哪儿是向成得臣退避呐？再说，要是咱们退兵，他们也退兵或者不追上来，两国就容易讲和了。那不是很好吗？要是咱们退兵，他们还追上来，那就是他们的不是了。咱们有理，他们没理，咱们的将士个个理直气壮，打起仗来就更卖力，不是对咱们有利吗？"

大伙儿认为狐偃的话很对。晋文公吩咐军队向后撤退，一口气就退了三十里。远远望见楚军朝前移动，他们就再退三十里，把楚军抛远了。晋文公派人一探听，楚军又跟上来了，让晋军就又退了三十里，总共退了九十里，到了城濮（卫地，在河南省濮阳县南）才驻扎下来，不再往后退了。这时候，秦国、齐国、宋国的兵马也先后到了。

楚军瞧晋军一退再退，以为晋文公不敢跟楚国打仗，大伙儿不用提多神气了。副将斗勃对成得臣说："晋国的国君直躲着楚国的军队，咱们已经有了面子了。大王早就吩咐咱们回去，咱们也不能太固执了。我瞧咱们既然有了面子，就下了台阶吧。"成得臣说："我们没听从大王的命令，已经错了，现在回去也得办罪。倒不如打个胜仗，还可以将功折罪。咱们追上去吧。"楚军就追到了城濮。双方的军队都在那边驻扎下来，遥遥相对，好像密密层层的黑云遮住了整个天空，随时随刻都能来个狂风暴雨。

晋文公知道楚国多少年来没打过一次败仗，成得臣又是一员猛将，他瞧着楚军一步死钉一步地逼上来，心里多少有点儿害怕，要是万一打个败仗，别说不能当霸主，从今往后，中原诸侯只好听"南蛮子"的了。他越想越担心，越担心越心虚。他的心像是给蜘蛛网粘住了的小虫儿，越挣扎缠得越紧。到了晚上，他翻过来倒过去地睡不着，好容易睡着，就做了个噩梦。

第二天，晋文公对狐偃说："我可有点儿害怕。昨儿晚上我做了个梦，好像还在楚国，跟楚王摔跤（shuāi jiāo）。我摔不过他，摔了个大仰壳（ké）儿（仰面跌倒）。他趴在我身上，直打我脑袋，还吸我的脑浆。现在我脑袋还有点疼呐！"狐偃可真会说话，他直给晋文公打气，他说："大喜，大喜！咱们准打胜仗！"晋文公问："这话怎么讲？"狐偃说："我能详梦（解说所梦之事的吉凶），还详得很准。主公仰面朝天，分明是得到了老天爷的帮助；楚王向您一趴，他的脸朝下，表示向您服罪。"晋文公听他这么一说，脑袋也不疼了，觉得自己也有了胆量了，就鼓励将士们准备跟楚军对打，要打个胜仗。

两边一开战，先轸故意先败下来。成得臣一向骄傲自大，不把晋国的将士放在眼里。他一看晋军逃跑，就不顾前后地直追上去。先轸就这么把楚军引到有埋伏的地方，切断了他们的后路，杀得他们七零八落，腿长的快快地跑了。秦国、齐国和宋国的兵马也早有了准备，把楚国的军队切成好几段，围困起来。楚军彼此失了联系，后路又被切断，只能一边挨打，一边逃跑。陈、蔡、郑、许四国的兵马伤的伤亡的亡，活着的各自逃命，回到本国去了。

晋文公连忙叫先轸嘱咐将士们，只要把楚人赶跑就是了，不许追杀，免得辜负了楚王先前的情义，留个后路，还可以跟楚国和好。楚国的大将成得臣、斗勃、斗宜申、斗越椒（jiāo）带着那些败兵，沿着睢水跑。跑了一阵，正打算歇歇脚，突然一阵鼓响，出来了一队晋国的兵马，领头的将军正是楚国人最害怕的那个大力士魏犨。魏犨有的是力气，两头野牛都顶不过他。他瞧见了楚国的败兵,就把他们围困起来,打算一个一个地收拾他们。他正在那儿动手的时候,忽然来了个"飞马报",大声嚷着说:"千万别杀!主公有令,让楚国的将士好好地回去,好报答楚王的情义!"魏犫只好叫士兵们让开一条去路,吆喝着说:"便宜了你们,滚吧!"楚国的兵将这才低着脑袋,急急忙忙地滚了。

成得臣一直退到连谷城(楚国地名),唉声叹气地说:"本来想为国家增光,不料中了晋人的诡计,败得这个样儿,还有什么话说呐?"他就跟斗勃、斗宜申、斗越椒在连谷自己下了监狱,打发他儿子成大心带着军队去见楚成王。楚成王怒气冲冲地说:"我一再吩咐你们别跟晋人开仗,你们偏不听我的命令!你父亲自己说过愿受军法处置,还有什么说的?"成大心说:"我父亲早知道有罪,当时就要自杀。将军们都对他说,见了大王,让大王处置吧!"楚成王说:"打了败仗的将军不能活着回来,这是楚国的规矩,用不着废话!"成大心只好哭着回到连谷城去了。

有一位大臣知道了这件事,赶紧去见楚成王,对他说:"子玉是个猛将,就是没有计谋,本来就不该叫他独当一面。要是有个谋士给他出主意,一定能打胜仗。大王不如免他一死,让他有个戴罪立功的机会。"楚成王一想这话说得对,立刻打发使者去传命令:"败将一概免死。"

成大心回去向他父亲报告。成得臣叹了口气说:"我还有什么脸见人呐?"就拔出宝剑自杀了。等到使者到了连谷城宣布免死的命令,成得臣早已死了。斗宜申悬梁自尽,因为身子太沉,吊上去,绳子断了,还没死。斗勃正替成得臣刨坑,打算把他的尸首埋了之后再自杀。败将一概免死,就只死了一个成得臣。

晋国打败了楚国的消息传到了洛阳,周襄王就派大臣为天使(天子的使者)去慰劳晋文公。晋文公借着招待天使的机会,约会了十来个诸侯开了个大会,订立盟约。当时就正式称晋文公为盟主。

犒军救国

郑国在表面上加入了中原联盟，可是暗地里又跟楚国通同一气（串通在一起）。晋文公打算会合诸侯去征伐郑国。先轸说："会合诸侯已经好几次了，征伐郑国，咱们自己的兵马也够了，何必再去麻烦别人呐？"晋文公说："也好。不过上回秦伯跟我约定，有事一块儿出兵，这回倒不能不去请他。"他就派使者去请秦穆公发兵。

晋国的军队到了郑国，秦国的兵马也到了。晋国的兵马驻扎在西边，秦国的兵马驻扎在东边，声势十分浩大，吓得郑国的国君慌了神。有人替他出主意，叫他派个能说会道的人去劝秦国退兵。秦穆公还真答应郑国，单独讲了和，派副将杞（qǐ）子和另外两个将军在北门外留下两千人马保护着郑国，自己带着其余的兵马回去了。

晋国人一瞧秦国人不说什么就走了，都很生气。狐偃主张追上去，或者把留在北门的那些人消灭掉。晋文公说："我要是没有秦伯帮忙，怎么能够回国呐？"他就叫将士们加紧攻打郑国。郑国投降了晋国，依了晋国提出的条件，把一向留在晋国的公子兰立为太子。

秦国的将军杞子他们三个人带着两千人马驻扎在北门，一瞧晋国送了公子兰回到郑国，立他为太子，不由得气得直蹦。杞子说："主公为了郑国投降了咱们，才退兵回去，叫咱们保护着北门。郑伯反倒甩开了咱们，投降了晋国，太不像话了！"他们就派人去向秦穆公报告，请他快来征伐郑国。

秦穆公听了杞子的报告，心里很不痛快。不过他还不好意思跟晋文公撕破脸，只好暂时忍着。后来晋国几个重要的人物，像狐偃、狐毛、魏犨都先后死了。秦穆公一想，晋国的老大臣已经是死的死、亡的亡，秦国年轻的将军就好比雨后春笋般地长起来，就打算接着晋国来做霸主。可是中原诸侯还是把秦国看作西方的戎族，正像把楚国看作南蛮子一样。秦穆公想：要做中原的霸主，就得打到中原去，老蹲在西北角上是不行的。那些个青年将军，像孟明视、西乞术、白乙丙等也打算到中原去扩展势力。

公元前628年，秦穆公摩拳擦掌，要建立霸业了。可巧杞子又来了个报告说："郑伯死了，公子兰做了国君，他只知道有晋国，不知道有秦国。听说晋侯重耳刚死去，还没入殓（liàn）呐。现在赶快发兵来打郑国，晋国绝不会搁着国君的尸体来帮助郑国打仗的。请主公发兵来，我们在这儿做内应，里外一夹攻，一定能把郑国灭了。"

秦穆公召集了大臣们商议发兵去打郑国。蹇叔和百里奚竭力反对。他们说："郑国和晋国都刚死了国君，我们不去吊祭，反倒趁火打劫去侵犯人家，这是不合理的。再说郑国离咱们这儿有一千多里地，尽管偷偷地行军，路远日子久长，能不让人家知道吗？就说打个胜仗，我们又不能千里迢迢（tiáo）地去占领郑国的土地；要是打个败仗，损失可不小。好处小损失大的事，还是不干为妙。"

秦穆公说："咱们一向替晋国摇旗呐喊，做好了饭叫别人吃，人家可把咱们当作瘸（qué）腿驴跟马跑，一辈子赶不上人家。你们想想可气不可气。现在重耳死了，难道咱们就这么没声没响地老躲在西边吗？"他就拜孟明视为大将，西乞术、白乙丙为副将，率领三百辆兵车去攻打郑国。

大军出发那一天，蹇叔和百里奚送到东门外，对着秦国的军队哭着说："真叫我心疼啊！我瞧见你们出去，可瞧不见你们回来了！"西乞术和白乙丙哥儿俩是蹇叔的儿子，他们瞧着父亲哭得那么难受，就说："我们不去了。"蹇叔说："那可不行！咱们一向受着国君的重视，你们就是给人打死，也得尽你们的本分。"西乞术说："是！父亲还有什么吩咐，请直说吧。"蹇叔说："你们这回出去，郑国倒无所谓，千万得留神晋国。崤山（在河南省洛宁县北边，函谷关东边；崤xiáo）一带地形险恶，你们得多加小心。要不然，我就得到那边收拾你们的尸骨了。"孟明视只觉得他父亲和蹇伯父怕得太过分了，哪儿真会有这样的事呐！

秦国的军队在公元前628年十二月动身，路过晋国的崤山和周天王都城的北门。到了第二年二月里才到了滑国（在河南省洛阳市偃师区南）地界。前边有人拦住去路说："郑国的使臣求见！"前哨的士兵赶快通报了孟明视。孟明视大吃一惊，叫人去接见郑国的使臣，还亲自问他："您贵姓？到这儿来干什么？"那个使臣说："我叫弦高。我们的国君听到三位将军要到敝国来，赶快派我带上十二头肥牛，送给将军。这一点小意思可不能算是犒（kào）劳，不过给将士们吃一顿罢了。我们的国君说，敝国蒙贵国派人保护着北门，我们不但非常感激，而且我们自个儿也格外小心谨慎，不敢懈（xiè）怠。将军您只管放心！"孟明视说："我们不是到贵国去的，你们何必这么费心。"弦高似乎有点不信。孟明视就偷偷地对他说："我们……我们是来征伐滑国的，你回去吧！"弦高交上肥牛，谢过孟明视，回去了。

孟明视下令攻打滑国，弄得西乞术和白乙丙莫名其妙，问他："将军，您这是什么意思？"孟明视对他们说："咱们偷着过了晋国的地界，离开本国差不多有一千里地了。原来打算郑国没做准备，突然打进去，叫他们来不及抵抗。现在郑国派使臣老远地跑来犒军，这明明是告诉咱们，他们早已准备好了。他们有了准备，情况可就两样了。咱们是远道而来的，顶好快打。他们有了准备，用心把守，给咱们一个干着急。要是把郑国长时期地围困起来呐，咱们的兵力又不够，给养也有困难。因此，倒不如趁滑国没有防备，一下子就能把它灭了，多带些财物回去，也可以回报主公做个交代，总算没白跑一趟。"

没想到孟明视可上了弦高的大当。他这个使臣原来是冒充的！他是郑国的一个牛贩子。这回赶了一群牛到洛阳去做买卖，半路上碰见一个从秦国回来的老乡。两个人一聊，那老乡说起秦国发兵来打郑国。这位牛贩子一听到这个消息，急得什么似的。他想："本国近来有了丧事，一定没有做打仗的准备。我既然知道了，好歹得想个主意呀！"他一面派手下的人赶快回去通知国君，一面赶着牛群迎了上来。果然在滑国地界碰到了秦国的军队，他就冒充使臣犒劳秦军，救了郑国。

郑国的新君郑伯兰接到了商人弦高的警报，马上派人去探望杞子他们的动静。果然，他们正在那儿整理兵器，收拾行李，好像打算出发的样儿。郑伯兰派个大臣去对他们说："诸位辛苦了。孟明视的大军已经到了滑国，你们怎么不跟他们一块儿去呀？"杞子他们听了大吃一惊，知道有人走漏了消息，只好厚着脸皮对付了几句，连夜逃走了。

放虎回山

秦国的军队灭了滑国，把滑国的粮食和财宝抢劫一空，装满了几百辆大车，带了回去。到了四月初（公元前627年），他们走到离崤山挺近的地方，白乙丙对孟明视说："家父所说的险恶的地方可又到了，咱们得留点儿神。"孟明视说："有什么可怕的，过了崤山就是咱们的地方了。"西乞术可有点儿害怕，他说："话是不错，可是万一晋国人在这儿埋伏着，那可怎么办呐？咱们多少得留点儿神。"孟明视也觉得宁可信其有，不可信其无。他就把大军分成四队：小将褒蛮子率领第一队，自己第二队，西乞术第三队，白乙丙第四队。每队隔着一二里地，互相照应着，慢慢地进了崤山。

褒蛮子率领第一队，先到了东崤山，一路上没碰到什么，就是有点儿太静了。刚转过山脚，突然听见一阵鼓响，前边跑过来一队兵车，一个大将拦住去路，开口就问："你是不是孟明视？"褒蛮子反问一句："你是什么人？报上名来！"他说："我是晋国的将军莱驹。"褒蛮子冲他一翻白眼，说："快给我滚开！无名小卒，谁有闲工夫跟你动手！叫你们的头出来！"莱驹气得拿起戟就刺过去。褒蛮子把莱驹的戟轻轻拨开，就好比拿掸（dǎn）子掸土似的，回头就是一矛。莱驹赶快闪开，那辆车上的横档早给他戳成两截了。莱驹不由得把脖子一缩，嚷了一声："好个孟明视！可真了不得！"褒蛮子哈哈大笑，说："我是大将手下的小兵褒蛮子。我们的大将怎么能跟你交手？哈哈哈！"莱驹听了，好像鱼泡泄了气似的，赶紧说："我让你们过去，可千万别伤害我们的人马。"说着赶快跑了。褒蛮子打发小卒子去通报后队，说："有几个小兵埋伏着，已经给我们轰走了。请后队赶快上来，过了山，保准没事。"孟明视催着第三、第四队兵马一块儿过山。

孟明视他们走了没有几里，山道越来越窄，车马简直过不去了。后来只好拉着马推着车，慢慢地走。孟明视瞧不见前队的人马，想必已经走远了，就叫士兵拉着马小心地走。忽然后边有擂鼓的声音，大家伙儿吓得哆嗦成一个团儿了。孟明视对他们说："怕什么，道儿这么难走，他们追上来也不容易呀！咱们还是往前走咱们的吧！"他叫白乙丙先上去，自己留着压队。孟明视挺镇静，可是那些小兵一听见后面的鼓声，就吓得连头也不敢回，乱哄哄地把那些从滑国弄来的东西，一路走一路甩。又跑了一段路，大伙儿挤着挤着，好像挤进了一条死胡同，走又走不过去，退又退不回来。孟明视挤到头里一瞧，就瞧见山道上横七竖八地堆着不少大木头，当中立着一面大旗，五丈来高，上头有个"晋"字，四边可没有一个人，就连山鸟也没有一只！只有那面大旗，在微风中懒洋洋地飘着。孟明视一瞧，说："这是他们弄的假招罢了，不管是真是假，咱们已经到了这儿，后面又有追兵，也只好向前冲过去。"他立刻吩咐士兵们搬开木头，清理出一条走道来。那面大旗当然给他们放倒了。

哪儿知道那面大旗是晋军的暗号。他们全藏在山沟子里，眼睛盯着那面大旗，就好比钓鱼的人瞅着鱼漂似的。等到旗杆一倒，得！就知道秦国人上了钩了。才一眨眼，整个山沟里打雷似的鼓声来回地响，简直要把山都震裂了。孟明视抬头一瞧，就瞧见高山冈上站着一队人马。晋国的大将狐射姑嚷着说："褒蛮子已经给我们逮住了！你们赶快投降，还能活命！"孟明视立刻吩咐军队往后退。退了不到一里地，就瞧见满山全是晋国的旗子，几千个晋军从后边杀过来了。秦国的兵马只好又退回来。他们就好像叫淘气的孩子用唾（tuò）沫圈住了的蚂蚁似的，东逃西转，就是没有一条出路，前前后后全都给堵住了。他们只好向左右两边的山上爬。那些向左边爬的还没爬上十几步，又听见鼓声震天，上头挡着一支晋国的军队。少年将军先且居（先轸的儿子）大声叫着："孟明视快快投降！"这一声直吓得左边爬山的秦军全都摔下来。那些向右爬的因为中间隔着一条山涧，全都跳到水里头，磕磕碰碰地逃命，指望一步跨到没有敌人的山冈上去。等到他们离开了山涧，正想往上爬，就听见前边吆喝一声，山冈上又全是晋国的士兵，直吓得秦人又滚回水里去。这时候，前后左右全给晋国的军队围住。秦国的军队被逼得上天无路，入地无门，只好又跑到木头堆那边去。西边山顶上的太阳，好像一个顶大的火球，照得满山比血还红，本来已经叫人心惊肉跳的了。谁想得到木头堆里原来搁着引火的东西，晋兵放了带火的箭，乱木头全烧起来，直烧得快下山的太阳也给压下去了。秦国的将士有的给烧死，有的给杀死，有的给踩死。那些没死的，大伙儿又哭又号，乱成一团。

孟明视对西乞术和白乙丙说："大伯简直是神仙。我今天只好死在这儿了。你们赶快脱去盔（kuī）甲，各自逃命吧！只要有一个能够逃回本国去，请主公出来报仇，我死了，眼睛也能闭上了。"西乞术和白乙丙流着眼泪说："咱们三个人能够跑得了的话就一块儿跑，要死就一块儿死。"孟明视带着他们两个人，凑凑合合逃出了火坑，坐在一块大石头上等死。他们觉得头昏眼花，手软脚酸，嘴里又干又涩（sè），舌尖贴着上颚，舔不出半点唾沫来。这时候就算有一条活路，他们也不能跑了。但得（倘若能）有拿刀的力气，他们也许情愿了结自己的性命。可是他们好像在做梦，只能看，只能想，就是不能动弹。四面的敌人口袋似的把他们围住，口袋嘴一收，三个大将全给人逮住了。

孟明视、西乞术、白乙丙全都被装上了囚车。他们还不大明白：晋国的军队怎么会布置得这么严密呐？怎么他们走进山里的时候会没瞧见一个敌人呐？原来晋文公死了以后，正要出殡的时候，晋国的大将先轸得了个信儿，说秦国的孟明视率领大军偷过崤山，去攻打郑国。他立刻报告了新君晋襄公。晋襄公跟大臣们商议了一下，就发兵到了崤山，布置了天罗地网等候着秦国的军队。这么着，他们打得孟明视全军覆没，一个也没跑掉。

先且居等把抓到的秦国大将和士兵，还有秦军从滑国抢来的东西和俘虏，都送到晋襄公的大营里去。晋襄公穿着孝服出来迎接。全军高声呐喊，庆祝胜利。褒蛮子是个大力士，一辆囚车差点儿给他撞破。晋襄公怕他出乱子，先把他杀了。那三个大将，他打算弄到太庙里去活活地当作祭物。

晋襄公的后母文嬴（文公夫人，就是秦穆公的女儿怀嬴），听到秦国打了败仗，孟明视等全给逮住了，恐怕晋国和秦国的冤仇越结越深，就对晋襄公说:"秦国和晋国是亲戚,向来彼此帮忙。为了孟明视这群年轻的武人自己要争势力,弄得两国伤了和气。我想秦伯一定也恨他们三个人。要是咱们把他们杀了,恐怕两国的冤仇越结越深。不如把他们放了,让秦伯自己去处治他们,他必定会感激咱们的。"晋襄公说:"已经逮住了的老虎怎么能放回山里去呐?"文嬴说:"成得臣打了败仗,就给楚王杀了。难道秦国没有军法吗?再说咱们的先君惠公,也给秦人逮住过,秦伯可把他放回来了。你爸爸全靠人家秦国才做了国君。难道咱们连这一点情义都忘了吗?"晋襄公觉得母亲说得很有道理,就把秦国的三个败将放了。

这时候先轸正在家里吃饭。他听说国君把秦国的败将放了,赶快吐出嘴里的饭,三步当两步地跑去见晋襄公,怒气冲冲地问他:"秦国的败将在哪儿?"晋襄公脸红了,结结巴巴地说:"母亲叫我把、把、把他们放了。"先轸一听,直气得青筋暴跳,向晋襄公的脸上啐(cuì)了一口唾沫,说:"呸!你这个小毛孩子,什么都不懂!将军们费了多少心计,士兵们流了多少血汗,才逮住了这三个人。你就凭妇道人家一句话,把他们放了,也不想想放虎回山的祸患!"晋襄公擦着脸上的唾沫,很抱歉地说:"这是我不好。可怎么办呐?不知道能不能追上去?"大将阳处父自告奋勇地说:"我去追!"先轸对他说:"你要是能追上他们,好言好语地请他们回来,就是一等大功!"阳处父手提大刀,上了车,连连加鞭,飞似的追上去了。

孟明视、西乞术、白乙丙恐怕晋襄公后悔,就拼命地跑,连吃奶的劲儿也全使出来了。他们一直跑到黄河边,回头一瞧,果然有人追上来。前无去路,后有追兵,怎么办呢?正在这吃紧的关头,他们瞧见一只小船停在那儿。三个人不管三七二十一,赶快跳上去。船舱里出来了一个打鱼的。他们一瞧,连话都说不上来,就这么"扑通"一声,倒在船上。那个打鱼的不是别人,正是他们的好朋友公孙枝!

原来蹇叔送走了他儿子以后,就说身患重病,告老还乡了。百里奚对他说:"我也打算回去。可是我还得等着,也许能再见他们一面。您有什么吩咐没有?"蹇叔说:"咱们这回一定得打败仗。您还是私下里请公孙枝在河东预备船只，万一他们能够回来，好歹也有个接应。"百里奚就去见公孙枝，请他准备。公孙枝扮作打鱼的在河东等了好些天，这时候果然见他们三位来了，立刻叫人开船。

小船刚离开河边，阳处父赶到，嚷着说："秦国将军慢点儿走，我们主公一时忘了给你们预备车马，叫我追上来，送给将军几匹好马。请你们收下吧！"孟明视站起来，向阳处父行了个礼说："蒙晋侯不杀之恩，我们已经万分感激，哪儿还敢再受礼物？要是我们回去还有活命的话，那么再过三年，我们理当亲自到贵国来道谢。"阳处父还想说什么，就瞧见那只小船飘飘摇摇地越去越远了。阳处父只好张着嘴，瞪着眼，呆呆地出了一会儿神，没精打采地上了车，拖着大刀回去了。

晋襄公听了阳处父的报告，很不安心。他只怕孟明视前来"道谢"，老派人到秦国去探听。他指望秦穆公治死孟明视他们，就好像楚成王治死成得臣一样。谁想秦穆公另有主意。他一听到三位将军空身跑回来，就穿着孝衣亲自到城外去迎接他们。孟明视他们三个人跪在地下，请他办罪。秦穆公把他们扶起来，反倒向他们赔罪，流着眼泪说："这全是我不好，不听你们父亲的话，害得你们吃苦受罪。我哪儿能怪你们呐？只要你们别忘了阵亡的将士们就是了。"三个人感激得直流眼泪，心坎里把君主当作父亲那么看待。百里奚总算见到了他儿子，自己也像蹇叔那样告老回家了。

公元前625年，孟明视要求秦穆公发兵去报崤山的仇。秦穆公答应了。孟明视、西乞术、白乙丙三位大将率领着四百辆兵车打到晋国去。晋国早就防备着秦国，两国的兵马一交手，孟明视又打了个败仗。他自己上了囚车，不希望国君再免他的罪。秦穆公说："咱们一连打了两回败仗，我可不能怪你，要怪得怪我自己。我以往只注重兵马，不大关心国家政治跟老百姓的难处。那怎么行呐？咱们在什么地方栽了跟头，就要在什么地方爬起来！"他还是信任着孟明视他们。

到了那年冬天，孟明视得到了一个报告，说是晋国又打到秦国的边界上来了。他嘱咐将士们守住城，可不许他们出去对敌。先且居向秦军挑战说：

"你们已经道谢过了，我们也来还个礼吧！"孟明视也不说什么，就是训练兵马，对于晋国的侵犯，只当作边界上的小事，让他们夺去了两座城。

公元前624年，崤山打败仗以后的第三年，孟明视请秦穆公一块儿去打晋国。他说："要是这回再打不了胜仗，我决不活着回来！"秦穆公说："咱们一连败了三回，别说中原诸侯不把咱们放在眼里，就连西方的小国和西戎部族也都不服咱们管了。要是这回再打败仗，我也没有脸回来了。"

孟明视挑选了国内的精兵，预备了五百辆兵车。秦穆公拿出大量的财帛，把士兵的家属全都安顿好了。士兵们和全国的老百姓全都愿意拿出一切力量来争取胜利。大军出发那天，国里的男女老少，全来送行。

大军过了黄河，孟明视对将士们说："咱们这回出来，可是有进没退！我想把这些船全烧了，你们瞧怎么样？"大家伙儿说："烧吧！趁早烧了吧！打胜了还怕没有船吗？打败了，还想回家吗？"全体将士的决心像铁一样坚硬。孟明视自己做了先锋，打第一线。士兵们憋了三年的委屈和仇恨，全要在这时候发泄出来了。

没有几天工夫，他们夺回了上回丢的那两座城，接着又打下了几座晋国的大城。晋国上上下下全都慌了。晋襄公下令："只许守城，不许跟秦人作战。"秦国的大军在晋国的地面上耀武扬威地找人打仗，可是没有一个晋国人出来跟他们对敌。最后，有人对秦穆公说："晋国已经屈服了。主公不如埋了崤山的尸首，也可以擦去以前的耻辱了。"秦穆公就率领大军转到崤山，瞧见三年前的尸首全变成了白骨，横七竖八的满处都是。他们把尸首全收拾起来，用草裹着，埋在山坡里。秦穆公穿上孝衣，亲自祭祀阵亡将士，见景生情，不由得放声大哭。孟明视、西乞术、白乙丙他们哭得更是伤心。全体士兵没有一个不流眼泪的。

西边的小国和西戎部族一听到秦国打败了中原的霸主，全都争先恐后地去进贡。一下子有二十来个小国和部族都归附了秦国。秦国扩张了一千多里土地，做了西戎的首领。周襄王打发大臣到秦国去，赏给秦穆公十二只铜鼓，封他为西方的霸主。

桃园打鸟

晋国被秦国打败以后，就在这一两年里头，重要的大臣先后死了好几个。赵衰的儿子赵盾做了相国，执掌晋国的大权。公元前620年，晋襄公害病死了，七岁的儿子做了国君，就是晋灵公。

晋灵公长大以后很不成器，成天地老想玩儿。可是赵盾老拉长着脸，叫他很害怕。他玩儿得快快活活的，一瞧见赵盾，一股子高兴劲儿就全给吓跑了。他恨不得这位比父亲还严厉的大臣别老在朝堂里。赵盾可是个挺忠心的大臣，他老替晋国干些当霸主该做的事情。正相反，那个永远满脸笑容的屠岸贾（屠岸，姓；贾 gǔ，名）老叫晋灵公非常称心，晋灵公一瞧见他就精神百倍。

屠岸贾可把晋灵公揣摸透了，好像钻在他肚子里头，能听他心里的话似的。屠岸贾给爱玩儿的国君修了一所大花园。因为里面种了好多桃树，这座花园就叫"桃园"。桃园里盖了一座高台，四面围着栏杆，在台上一眼看去，全城的房子和街道全瞧得见。晋灵公和屠岸贾这两个人老在这儿玩儿。有时候他们拿着弹弓打鸟，大伙儿比赛谁手快眼快。有时候叫宫女们到台上来跳舞，大家伙儿喝喝酒，唱唱歌。就这么玩下去。老百姓也有在园子外头凑着看热闹的。

有那么一天，晋灵公瞧见园子外面的人比园子里面的鸟儿还多。他高兴起来，对屠岸贾说："咱们老打鸟儿也腻（nì）了。今儿个换个新花样，用弹弓打人怎么样？比如说打中眼睛，算是十分；打中耳朵，八分；打中脑袋，五分；打着身子，一分；打不着人的罚酒一杯。"屠岸贾当然赞成。他们两人拿着弹弓，向墙外人群里打去。果然有打中眼睛的，有门牙给打下来的，有打肿耳朵的，也有打破腮帮子或是脑门子的，直打得老百姓乱叫乱跑，各自逃命。晋灵公一瞧，哈哈大笑。

赵盾和大夫士会知道了这件事，第二天就到宫里去见晋灵公。晋灵公还没出来，他们就瞧见两个宫女抬着一只筐子，筐子外头露着一只手。赵盾和士会过去一瞧，原来里头装着尸首。赵盾问她们："这是哪儿来的？"她们说："这是厨子老二。主公因为他没把熊掌煮透，发了脾气，就把他杀了。"赵盾对士会说："他把人命当草芥一般看待，简直太不像话了。"士会说："让我先去劝劝他吧。要是不听，您再来。"士会进去了。晋灵公一瞧见他就说："得了，请你别说了。我全知道了。从今以后，我改过就是了。"士会一瞧他这么痛快，反倒不好意思再废话了。

没过几天，晋灵公不到朝堂去，他坐着车又到桃园去了。赵盾赶快赶到桃园门口等着，一瞧见晋灵公过来，就跪在地下。晋灵公很不痛快，红着脸说："相国有事吗？"赵盾说："主公玩儿，多少也得有个分寸。怎么能拿弹弓打人呐？厨子有小错儿，也不能把他治死呀！要是主公这么干下去，一定要出乱子。我怕主公和咱们晋国都有危险。我宁可得罪主公，还是请主公回去吧！"晋灵公低着头，眼睛瞧着地下说："你去吧！这回让我玩儿，下回听你的，行不行？"赵盾堵住大门，一定要他回去。屠岸贾说："相国对主公原来是一片好意。不过主公已经到了这儿，您多少方便方便，有什么要紧的事，明儿个再说吧。"赵盾没有办法，狠狠地向屠岸贾瞪了一眼，让他们进去了。

他们进了桃园，屠岸贾跟晋灵公说："唉！这可是玩儿最后一回了。从明天起，您得关在宫里，听相国管教！"晋灵公急得简直要哭出来了，他央告屠岸贾说："你得想个招儿啊！"屠岸贾笑嘻嘻地说："有了，我家有个大力士叫钼麑（chú ní）。我叫他刺死那个老不死的，咱们就不受他管了。"晋灵公说："好，就这么办吧。"

当天晚上，屠岸贾叫刺客在五更上朝以前把赵盾刺死。刺客得了命令，当夜跳进赵盾家的院子，躲在大槐树底下。过了四更天，天还没亮，赵家的人都起来预备车马，堂屋的门也开了。他在暗地里一瞧，堂屋上点着蜡，一

位大臣已经穿好了上朝的衣服，坐在那儿等天亮。再细一瞧堂屋里的摆设，净是些个粗家具，跟他所想象的相府排场完全不一样。他一想："这么忠诚老实的大臣，可叫我怎么下手呐？"可是再一想："不把赵盾刺死，回去怎么交代呐？"他心一横，跑到堂屋门口，嚷着说："相国，您听着，有人派我来暗杀您。可我不能丧尽天良，杀害好人。可是也许还会派人来，您得多留神！"说完就朝大槐树一头撞去。

那天早上赵盾照常上朝，反倒把晋灵公和屠岸贾吓了一大跳。他们觉得不对头，赵盾怎么还活着呐？大概是刺客出了毛病了。散朝以后，屠岸贾对晋灵公说："我有一只猎狗，凶极了，要杀赵盾非它不可。"他又把办法详细说明白了，乐得晋灵公拍手叫好。屠岸贾回家以后，做了一个草人，给他穿上跟赵盾一模一样的衣服，胸脯（pú）里搁着羊肉。他天天训练那只狗，叫它扑过去，抓破胸脯，饱吃一顿。经过几天训练，那只狗一瞧见那个草人立刻就扑过去，抓破胸口。

有一天，晋灵公叫赵盾到宫里去喝酒，赵盾的卫士提弥明陪着他去。屠岸贾当然也在座。他说："主公请相国喝酒，别人不得上来。"提弥明只好站在堂下。君臣吃吃喝喝，倒还有说有笑。忽然晋灵公直夸赵盾的宝剑，要他拔出来让他瞧瞧。照规矩，做臣下的要是在国君面前拔出宝剑来，就算犯了行刺国君的大罪，那还了得？赵盾没想到这些个。他正要摘剑的时候，提弥明在堂下大声嚷着说："主公面前不得无礼！"赵盾给他这么一提醒，才知道这是他们的诡计，就站起来告别。提弥明怒气冲冲地扶他出来。

屠岸贾放出那只猎狗去追赵盾。那只狗一瞧见赵盾，以为还是那个草人呐，就立刻扑过去，抓他的胸膛。提弥明飞起一腿，把狗踢倒，一把抓住狗的脖子，就那么一拧，当场结果了那条狗命。宫里当时就乱了起来。晋灵公大怒，叫武士们去杀赵盾和提弥明。提弥明非常勇敢，一个人保护着赵盾，一面还手，一面跑。提弥明杀了几个武士，末了给他们杀了。武士们又来追赶赵盾，赵盾跌跌撞撞地往外逃。有个武士特别卖力，比别人跑得更快。赵盾一见他到了跟前，吓得两腿一软，眼前发黑，倒在地下，不能动弹了。那个武士一把拉起赵盾，背着就跑。

这时候赵盾的儿子赵朔，带了家丁来接他父亲。那个武士把赵盾放在车上，回头跟追来的人拼命。追来的人一瞧赵家的人多，才向后转了。赵盾问那武士："他们全来害我，你怎么反倒救了我？你是谁？"他说："我叫灵辄（zhé），是个卫兵。我可看不惯屠岸贾的鬼把戏。相国快走吧，别问了。路见不平，拔刀相助，并不是太稀罕的事。"赵盾和他的儿子只好逃到国外去避难。他们还想带着灵辄一块儿去，可他早已溜了。

赵盾爷儿俩出了西门，可巧碰见了赵穿打猎回来。赵穿是赵盾的叔伯兄弟，晋襄公的女婿，晋灵公的姐夫。赵盾就把他们要逃走的事说了一遍。赵穿说："您可不能离开晋国，我自有办法请您回来。"赵盾说："那么，我暂时在河东等着。不过你得小心，千万别再惹（rě）出祸来。"

赵穿就去见晋灵公。他跪在地下央告说："我虽说是主公的姐夫，可是赵盾得罪了主公，我们赵家的人也有罪。请主公先革去我的官职，再办我的罪吧！"晋灵公说："这是什么话！赵盾欺负我可不知道多少回了，真叫我难受。这可没有你的事，你只管放心吧！"他还怕赵穿心里不安，故意显出很亲热的样儿跟他聊天。他说："赵盾大概是怪我太爱玩儿吧！"赵穿一瞧，四外没有人，就跟晋灵公说："他老人家老那么正经八百地板着脸，我一看见就生气。说真的，做了国君要是不能享点儿福，痛快痛快，那倒不如不做。您知道齐桓公有多少老婆？"晋灵公歪着脑袋，想了想，说："十来个吧？"赵穿撇了撇嘴说："十来个算什么，他的后宫里满是美人儿。您瞧，他做了霸主。咱们的先君文公都六十多了，才做一回新郎官。您瞧，他也做了霸主。主公您正年富力强，更应当做一番大事业，怎么不派人去搜罗美人儿呐？"晋灵公嬉皮笑脸地说："赵盾要是像你这样待我，我早就听他的话了。可是派谁去呐？"赵穿说："谁比得上屠岸大夫呐？他最能办事！这样的人不重用，您还用谁呐？"晋灵公听了赵穿的话，吩咐屠岸贾出去搜罗美女。

赵穿支开了屠岸贾，用自己的心腹士兵充当晋灵公的卫队，陪着他在桃园里打鸟，不费什么力气，就把晋灵公杀了。朝廷上的大臣和全国的老百姓早就痛恨晋灵公，这时候一听说昏君死了，真是人人痛快。

晋国的大臣因为晋灵公没有儿子，就立晋文公的小儿子为国君，就是晋成公。这是公元前606年的事儿。晋成公信任赵盾，把自己的闺女庄姬嫁给赵盾的儿子赵朔，君臣做了亲家。

屠岸贾正在外面搜罗美女，一听到晋灵公被杀，就偷偷地跑回来，很小心地伺候着赵家。赵穿对赵盾说："屠岸贾这小子不是玩意儿，昏君全是他带坏的。咱们杀了昏君，他一定怨恨，干脆把他也杀了吧。"赵盾瞪了他一眼，说："人家不办你谋害国君的罪，你还唠叨个什么！"赵穿碰了个钉子，不敢再言语了。

赵盾更加小心地伺候着新君。赵穿以为自己的功劳不小，央告赵盾升他的官职，赵盾不答应。赵穿越想越烦，没多久就病死了。他的儿子赵旃（zhān）请求赵盾，让他继承他父亲的职位。赵盾说："你先别忙，等你立下功劳，自然有你的职位。"大家伙儿一瞧赵盾不袒护自己家里人，都很佩服。大臣们一心一意地辅助晋成公，晋国仍然继承晋文公和晋襄公的霸业，中原诸侯还是听从晋国的。可是南方的楚国一天比一天强大起来，一心要跟晋国比个上下高低。

一鸣惊人

楚国在楚成王的时候已经做了南方的首领了。公元前613年，楚成王的孙子做了国君，就是楚庄王。赵盾乘着楚国正在办丧事，召集了宋、鲁、陈、卫、郑、蔡、许七国诸侯，重新订立盟约，晋国又做了盟主。楚国的大臣可有点不服气，一而再、再而三地请楚庄王去争地位。楚庄王不听这一套，白天老出去打猎，晚上喝喝酒，听听音乐，看看舞蹈，什么国家大事，霸主不霸主，全不在心上。就这么胡闹了三年。大家伙儿把他当作昏君看待。哪儿知道他有他的心思。他早认为楚国的令尹（令尹，官名，相当于中原的相国）权力太大，现在的令尹斗越椒的势力更比以前的令尹大。他自己刚即位，没有足够的势力，还不知道楚国大臣当中谁有能耐、有胆量，可以重用。凭他怎么要强，光凭自己两只手也干不了大事。他索性饮酒作乐，不问朝政，好让令尹斗越椒当他是个无能之辈。大臣当中也有几位劝过他，可是他们的话，全是隔靴搔痒（sāo yǎng），不着边际，他连听都不爱听。后来他下了一道命令说："谁敢多嘴，谁就有罪！"大臣们吓得都不敢说话了。楚庄王大失所望，难道不怕死的大臣连一个都没有吗？他只好多喝几盅热酒，暖暖差不多快要凉了的心。

有一天，大夫申无畏来见楚庄王。楚庄王问他："你来干什么？来喝酒，还是来听音乐？"他回答说："有人叫我猜个谜儿，我猜不着。大王聪明过人，我来请大王猜猜。"楚庄王说："什么，猜谜儿？倒怪有意思的。来吧！"申无畏说：

楚国山上，有只大鸟，
身披五彩，可真荣耀。

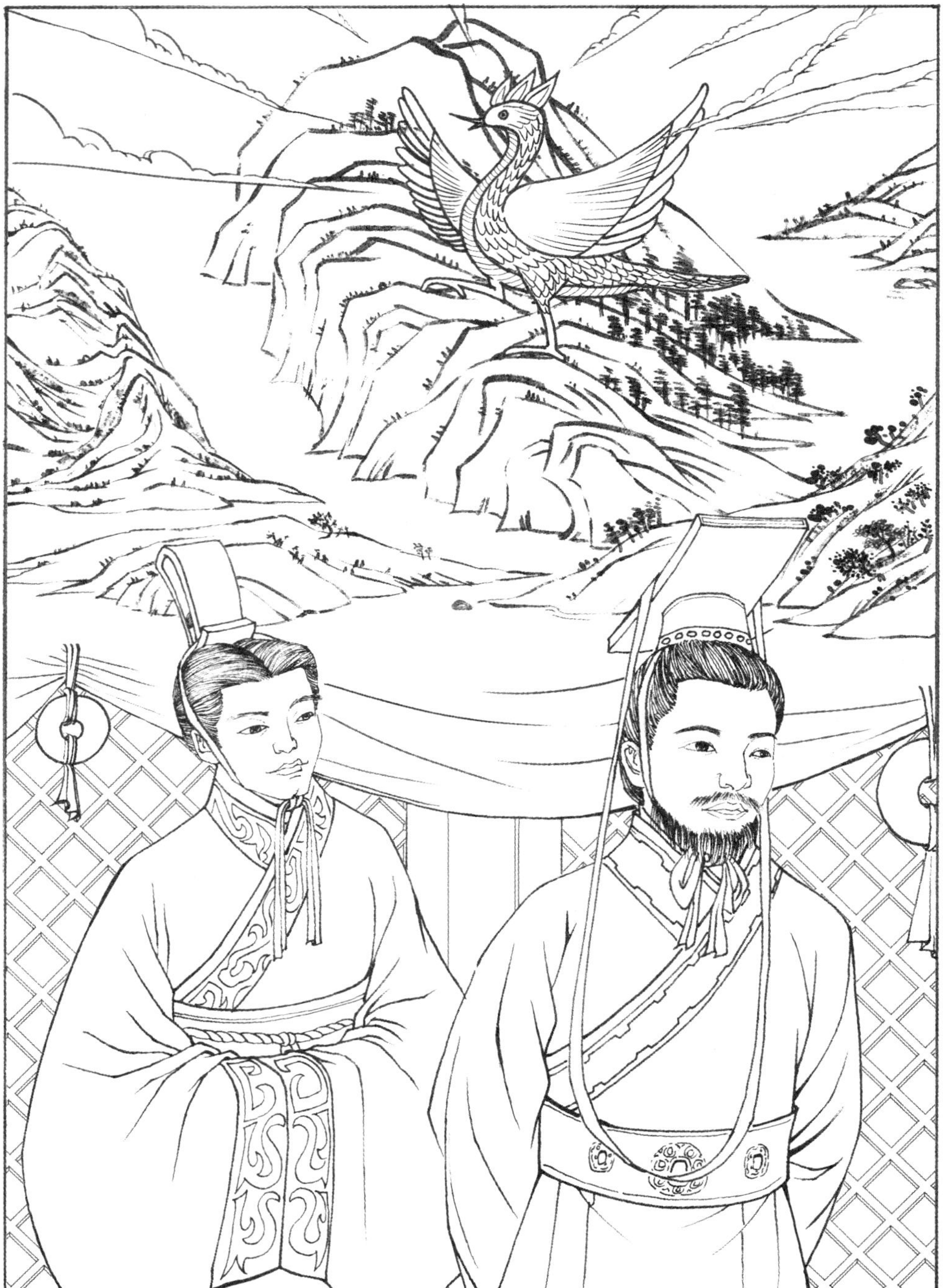

一停三年，不飞不叫，

人人不知，是什么鸟。

　　楚庄王笑着说："这可不是普通的鸟。三年不飞，一飞冲天；三年不鸣，一鸣惊人。你别急！"申无畏磕了个头，说："大王到底英明！"他就出去了。接着几天，又有别的大臣大胆地劝楚庄王好好管理朝政。他们说："要再这么下去，别说不能号令诸侯，连南边的属国都管不住了。"

　　楚庄王就从那天起，一面改革政治，调整人事，叫楚国的大权不再全掌握在令尹手里；一面招兵买马，训练军队，打算跟晋国争争霸主的地位。就在这几年里头，楚庄王征服了南边的许多小部族。到了楚庄王第六年（公元前608年），楚国打败了宋国。第八年他亲自率领大军打败了陆浑（在河南省嵩县北；浑 hún；嵩 sōng）的戎族。陆浑在洛阳的南边，楚庄王顺便在周朝的边界上阅兵示威，吓得天王赶快派人去慰劳他。

　　楚庄王阅兵回来，到了半路，前面有军队拦住去路，要跟他作战。原来令尹斗越椒早就有了造反的心思。自从楚庄王分了他的权力，他更加生气。这回一瞧楚庄王率领大军去打陆浑，好比老虎离了山头，斗越椒就发动本族的人马，占领了郢都（楚国的都城，在湖北省江陵县北；郢 yǐng），随后又发兵想去消灭楚庄王。楚庄王假装退兵，暗地里把大军四下里埋伏好，只叫一队兵马去把斗越椒引过来。斗越椒过了一条河，接着去追楚庄王。等到斗越椒发觉中了计，赶紧回去，那河上的大桥已经拆去了，弄得他反倒丢了阵地。他瞧见河那边有个大将嚷着说："大将乐伯在此，斗越椒快投降吧！"斗越椒叫士兵们隔河射箭。

　　乐伯手底下有个小军官叫养由基，他大声地对斗越椒说："这么宽的河，射箭有什么用呐？令尹您是个射箭的好手，咱们俩就走得靠近点儿，站在桥头上，一人三箭，赌个输赢。不来的不是好汉。"斗越椒说："要比箭，我先射。"养由基就让他先动手。斗越椒的箭是百发百中的，他还怕一个小兵吗？他就使劲地把箭射过去。养由基用自己的弓轻轻地一拨，那支箭就掉在河里了。接着第二支箭又来了。他把身子一蹲，那支箭从他头顶上擦过去。斗越椒嚷着说："不许蹲，不许蹲！"养由基说："好，这回我就不蹲，您只有一箭了。"说完就瞧见第三支箭又到了。养由基不慌不忙，伸手一抓，把那支箭接在手里，说："大丈夫说话算话，赖的不是好汉。"说着"嘣"的一声，斗越椒赶快往左边一躲。养由基笑着说："别忙，我就拉拉弓，箭还在手里呐。"接着他又把弓弦拉了一下，斗越椒赶快又往右边一躲。养由基就在他往右边躲的那一下子，射了一箭，正射中了斗越椒的脑门子。他那高大的身子好像锯断了根的大树，挺沉地从桥头上倒下去了。树倒猢狲散，斗家的兵马逃的逃，投降的投降。楚庄王打了胜仗。因为养由基一箭消灭了敌人，楚国人就管他叫"养一箭"。

楚庄王平了令尹斗越椒的叛乱以后，就请了本国的一位隐士为令尹。那位隐士姓芳名敖，字孙叔，人家都管他叫孙叔敖。小时候，他听见人说谁见了两头蛇就活不了，吓得他挺怕。有一天，孙叔敖哭着回来，跟他妈说："妈，我活不了啦！"妈问他："你怎么啦？"他说："我真见了两头蛇了！"妈又问："哪儿？蛇呐？"他说："我想这种害人的东西，我已经见了，只好死，别人见了也得死，我就拿锄头把它砸死，埋了。"妈说："好孩子，你别怕！蛇没咬着你，怎么会死呢？再说，像你这么好心眼的孩子更死不了。"这会儿孙叔敖做了令尹，他就着手改革制度，整顿军队，开垦荒地，挖掘河道。为了免除水灾旱灾，孙叔敖动员楚人开掘一条楚国最大的河道，他自己也亲自到工地上去鼓励老百姓。这一条河道修好，灌溉一百多万亩庄稼，每年多打了不少粮食。

没有几年工夫，楚国更加富强了，终于有了跟晋国争夺霸主的地位。公元前597年，楚国跟晋国大战一场。这时候晋成公和赵盾都去世了，晋景公做了国君。楚庄王把晋景公的军队打得落花流水，拼命逃跑。有人请楚庄王追上去，把晋人赶尽杀绝。楚庄王说："楚国自从城濮之战以后，一直抬不起头来。这回打了胜仗，已经把以前的羞耻擦去了。晋国灭不了楚国，楚国也灭不了晋国。两个大国总得讲和，才是道理。何必多杀人呐？"他立刻下令收兵，让晋国的人马逃了回去。

有人对楚庄王说："把晋人的尸首堆起来，造成一座小山，一来可以留个纪念，二来也可以显显威风。"楚庄王听了，瞪着眼睛说："偶然打个胜仗，有什么值得纪念的？再说杀人杀得多，也不是什么光彩的事，还表什么功？把尸首全埋了吧！"

这位一鸣惊人的楚庄王也做了霸主。这样，从齐桓公起，接着宋襄公、晋文公、秦穆公到楚庄王，这五个国君先后做了霸主，在中国历史上就称为"五霸"。

搜孤救孤

晋国被楚国打败以后，不敢往南方扩张势力。晋景公就向西边去夺地盘。刚巧临近的潞国（在山西省长治市东北）发生了内乱，晋景公趁着机会把它兼并了。秦国原来打算把潞国当作秦、晋两国之间的一个屏障。这会儿一听到潞国被晋国灭了，就发兵来争这块地盘，没想到打了败仗。

晋景公打败了秦国，后来又打败了齐国，自以为当上了中原诸侯的领袖，两只眼睛慢慢地挪到脑门子上去了。这一类的国君总是喜欢奉承的。那些老的大臣像士会他们接连着全去世了。这么一来，那个顶会奉承的屠岸贾，可就又得了宠。

屠岸贾本来跟赵家有仇。他屡次三番地想谋害赵盾，可是都没办到。后来赵盾虽然死了，赵朔、赵同、赵括、赵旃他们的势力很大，屠岸贾没有法子，不敢得罪他们，可背地里跟赵家以外的几家人连成一气。现在他得到了国君的宠用，可就横挑鼻子竖挑眼地专找赵家的毛病了。晋景公眼看着赵同、赵括等宗族强盛，势力大，本来就很担心了。他早想找个因由儿把他们治罪，可就是不敢动手。现在屠岸贾排挤赵家，正合了他的心意。他就对屠岸贾说："惩办他们也得有个名义。"屠岸贾说："当初赵穿在桃园里把先君灵公刺死，这个罪名还小吗？主公没治他们的罪，倒也罢了，反倒让这种乱臣贼子的子孙布满朝廷，坐享荣华富贵。主公这样纵容他们，难怪赵家招收门客，暗藏兵器，又在那儿转念头了！"晋景公心里同意，可是嘴里还不敢说出来。他怕的是孤掌难鸣。他就偷偷地探听别的几家大臣的意见。有几家大夫都想建立自己的势力，就因为赵家压在上头，伸展不开，要是能够把赵家灭了，也就是增长自己的势力。朝廷上的大臣，除了司马韩厥以外，一多半都怕赵家的势力，谁还肯替他们说情。

晋景公有了几家大夫做他的后盾，胆子可就壮起来了。他吩咐屠岸贾去查抄赵家。

屠岸贾得了命令，亲自带领军队把赵家的各住宅全都围上，当时就把赵同、赵括、赵朔、赵旃和他们各家的男女老少，杀得一干二净。这就是所谓"满门抄斩"。屠岸贾一检查赵家被杀的人名，单单少了一个赵朔的媳妇儿庄姬。那庄姬是晋成公的女儿，晋景公的妹妹。这时候，她正怀着孕，躲在她母亲的宫里。屠岸贾请求国君，让他上宫里去杀她。晋景公说："母亲最喜欢我这个妹妹，算了吧。"屠岸贾说："她倒不妨免罪，可是听说她快生孩子了，万一生个小子，给赵家留下逆种，将来必有后患。"晋景公说："要是生个小子的话，再把他杀了也不晚。"

屠岸贾天天探听庄姬的消息。赵家的两个门客也在暗中探听消息。那两个人还是去世的老相国赵盾的心腹人，一个叫公孙杵臼（chǔ jiù），一个叫程婴。他们两个人想救这孤儿的心正跟屠岸贾要杀这孩子的心一样着急。后来宫里传出话来，说庄姬生了个姑娘。公孙杵臼一见程婴来了，就哭着说："唉，完了！赵家算全完了！一个丫头有什么用呐？赵朔曾经跟咱们说过，'要是生个小子，起名叫赵武，武人能够报仇；要是生个姑娘，叫赵文，文的没用。'现在赵家连个报仇的人都没有了。天哪，多冤哪！"

程婴安慰他说："也许宫里要救这孩子的命，故意说是姑娘也难说。我再去打听打听吧。"他就想办法请宫女给庄姬通个信儿。庄姬得到了她母亲的保护，宫里的人全都帮她。宫女偷偷地把一个字条传给程婴。程婴拿来一瞧，上头只有一个字。他急忙跑到公孙杵臼的家里，两个人四只眼睛死盯着那个字，真是个"武"字。两个人高兴了一阵。可是一想到赵武的危险，又难受起来了。屠岸贾哪儿能轻易放过他呐？

果然，屠岸贾不信赵家孤儿是女的。他打发一个奶妈到宫里去瞧一瞧到底是姑娘还是小子。奶妈回来报告，说真是个姑娘，才生下来就死了。屠岸贾更起了疑。他得到了晋景公的许可，亲自带了手下的人上宫里去搜查孤儿。可是搜来搜去，怎么也搜不出来。他断定那个孩子早就给人偷出去了，就出了一个通告,说:"有人报告赵家孤儿的信儿的,赏黄金一千两。谁敢偷藏的,全家死罪。"同时,他派了好些人上各处去搜查。凡是有婴儿的人家,他们都进去调查,有可疑的男孩子,就干脆杀掉。程婴和公孙杵臼吓得没处藏,没处躲。程婴想不出别的办法,只好亲自去见屠岸贾,向他报告了孤儿的下落。

程婴很坦白地对屠岸贾说:"小人跟公孙杵臼是赵家的门客。这回,庄姬添了一个儿子。当时打发一个奶妈把他抱了出来,叫我们两个人偷着喂养。小人怕日后给人家告发,只好出来自首。"屠岸贾着急地说:"好!你有赏!孤儿在哪儿?"程婴说:"现在还在首阳山(在山西省永济市南)的后头。因为没有奶吃,婴儿正病着,已经瘦得不像样儿了。立刻就去,准保搜得着。要是再过两天,他们可要逃到秦国去了。"屠岸贾说:"你跟着一块儿去。搜到了,死的活的都要,赏你千金。要是你骗我,就有死罪。"程婴磕个头,说:"小人不敢!"他就领着屠岸贾跟一队武士上首阳山去了。

一队人马弯弯扭扭地走了好些山道,直到山背后,瞧见松林缝里有几间草棚。程婴指着说:"就在这里头。"他们到了草棚面前,程婴先去敲门。公孙杵臼出来,一见外边有武士,就想藏起来。屠岸贾说:"跑不了啦!好好地把孤儿献出来吧。"公孙杵臼假装挺纳闷地问他:"什么孤儿?"屠岸贾就叫武士们搜查。他们进去一瞧,小小的几间草棚,简直没有可搜查的地方,就退出来了。屠岸贾亲自进去,也瞧不出什么来。仔细一看,后面还有一间屋子,锁着门。他劈开了门,一瞧,黑咕隆咚的,不像住人的样子。他瞪着眼睛往里瞧,慢慢地发现了一些东西,隐隐约约好像有一个竹榻,上头搁着一个衣裳包。他拿起衣裳包一瞧,原来是一个绣花绸缎的小被窝,裹着一个婴孩。

屠岸贾得着了仇人的命根子,赶紧提了出来。公孙杵臼一见,挣扎着过去就抢,可是两旁有人架着,不能动弹。他急得扯散了头发,提高了嗓子骂程婴说:"程婴,该死的东西!你还有天良吗?是你自己跟我约定救护孤儿,谁知道你贪生怕死,丢了主人,丢了朋友,丢了良心!你贪图千金重赏,变成了畜生！这金子是血铸成的，是赵家的冤魂铸成的！我不怕死，可是你，你怎么对得起天下的人呐？"程婴不敢开口，只管低着头流眼泪。公孙杵臼又指着屠岸贾骂："你这个小人，为非作歹，横行霸道，我看你能享几天富贵……"屠岸贾不许他再开口，立刻吩咐武士把他砍了。屠岸贾又倒提着那个小衣包，看个明白，一条小性命早已给他提溜死了，还怕再活转来，就往地下一摔，让他死个透。

屠岸贾回来，拿出一千斤金子赏给程婴。程婴流着眼泪说："小人只想自己免罪，实在不是为了贪图重赏。要是大人体谅小人的苦处，请大人把这一千斤金子作为掩埋赵家和公孙杵臼的尸首用，小人就感恩不尽了。"屠岸贾说："就这么办吧。"程婴磕了三个头，收下金子，急忙忙去办理掩埋尸首的事。

害死朋友、害死孤儿的程婴，虽然没贪图金子，但早就给人家背地里指着脊梁骨骂够了。只有司马韩厥一个人真正佩服他，因为只有他一个人知道程婴和公孙杵臼的计策。原来公孙杵臼问过程婴："扶助幼儿跟慷慨就义哪一件难？"程婴说："死倒是容易，扶助幼儿可就难了。"公孙杵臼说："那么，请你承担那件难事，容易的让给我吧。"刚巧程婴自己有个才生下来的儿子，他横了横心，就把自己的儿子交给了公孙杵臼，换出了赵武，也救了许多无辜的婴儿的性命。他骗过了屠岸贾，安安心心地带着赵武投奔他乡，隐居起来了。

晋景公死了之后，他的儿子即位，就是晋厉公。晋厉公暴虐得很，杀了几个他不顺眼的大臣。别的大臣唯恐自己的命也保不住，就联合起来把他杀了。这些人共同立孙周（晋襄公的曾孙，晋文公的玄孙）为国君，就是晋悼公。晋悼公倒是个有才干的国君。他非常信任韩厥，拜他为中军大将。韩厥抓住机会提起当年赵衰、赵盾对晋国的功劳，和后来赵家灭门的冤屈。晋悼公正担心着屠岸贾五朝元老，势力太大，就打算借着替赵家申冤的名目把他压下去。他说："我也想到这回事，可不知道赵家还有没有后辈。"韩厥说："当初屠岸贾搜查孤儿，非常紧急。老相国赵盾的两个心腹人公孙杵臼和程婴想法子把孤儿赵武救出来了。现在赵武练成一身武艺，已经十五岁了。"晋悼公说："哦，原来他也长大了！快去把他找来。"

韩厥亲自去接赵武和程婴。晋悼公把他们藏在宫里，自己装病不去临朝。大臣们听说国君不舒服，都上宫里去看望，屠岸贾也在里头。晋悼公一见大臣们都到齐了，就说："你们也许不知道我得的是什么病吧？我为了一件事情不明白，心里非常难受。当初赵衰、赵盾为了国家立过大功，谁都知道他们一家忠良。怎么忠良的大臣会没有一个接代的人呐？"大伙儿听了，都叹着气说："赵家在十多年前已经灭了族了，哪儿还能有后辈呐？"

晋悼公叫赵武出来，向大臣们行礼。大伙儿就问："这位少年是谁？"韩厥说："他就是赵氏孤儿赵武。当初那个被害的小孩儿是赵氏的家臣程婴的儿子。"屠岸贾听了，吓得魂儿都没了，瘫在地下，直打哆嗦。晋悼公说："不把屠岸贾杀了，怎么平得了民愤呐？"他立刻吩咐武士们把屠岸贾砍了，又吩咐韩厥和赵武带着士兵抄斩屠岸贾全家。赵武把屠岸贾的脑袋拿去祭奠（diàn）他父亲赵朔。

全国的人听说国君把屠岸贾治了罪，起用了赵武，都挺高兴。晋悼公孙周不光替赵家申了冤，报了仇，国家大事也干得很不错。他下令减少劳役，开矿开荒，操练兵马。这些事都做得很好。临近的诸侯全都归顺了他。这么一来，晋国就又强大起来了。

晏子使楚

晋国自从晋悼公起用了赵武，又做了中原的霸主。到了他儿子晋平公的时候，就慢慢地衰落下去了。公元前531年，楚庄王的孙子楚灵王进攻陈国和蔡国。这两个国家派使者向晋国求救，晋平公回绝了。这等于说晋国不再是中原诸侯的领袖了。齐国的国君齐景公（齐桓公第四代的孙子）就打算接着晋国来做霸主。他听到楚灵王进攻陈国、蔡国，吓得晋国不敢出兵去救，特意打发使者到楚国去观察一下，想看一看这个"蛮子国"到底有多大的实力。齐国的大夫晏子做了使者。

楚国君臣听见齐国派使臣到这儿来，成心要把齐国的使臣侮辱一番，显一显楚国的威风。他们知道晏子是个小矮个儿，就在城门旁边开了一个五尺来高的窟窿，叫他从这个窟窿钻进去。晏子看了这个窟窿，听了招待的人说的话，觉得又好气又好笑。他说："这是狗洞，不是城门。要是我上'狗国'来，就得钻狗洞；要是我来访问的是'人国'呐，就应当从城门进去。我在这儿等一会儿，麻烦你们先去问个明白，楚国到底是个什么国家。"招待他的人立刻把晏子的话告诉了楚灵王。楚灵王没说的，只好吩咐人大开城门，把他迎接进来。

那些个迎接他的楚国大臣们说了好些个难听的话讥笑齐国和晏子，全都给他拿话驳回去。他们再不敢随便张嘴了。

楚灵王见了晏子，取笑他说："难道齐国没有人了吗？"晏子说："这是什么话？临淄城里挤满了人，大伙儿把袖子一举起来，就能够连成一片云；大伙儿甩一把汗，就能够下一阵雨；走路的人肩膀擦着肩膀，脚尖碰着脚跟。大王怎么说齐国没有人呐？"楚灵王说："那么，为什么打发你来呐？"晏子打着哈哈说："大王您这一问哪，我实在不好回答。撒个谎吧，又怕犯了欺君之罪；实话实说吧，又怕大王生气。大王，您说我该怎么办呐？"楚灵王说："实话实说，我不生气。"晏子拱了拱手说："敝国有个规矩，访问上等国，就派上等人去，访问下等国呐，就派下等人去。我最没出息，就派到这儿来了。"说着他故意笑了笑。楚灵王也只好赔着笑。

到了坐席吃饭的时候，武士们拉着一个囚犯从堂下过去。楚灵王问他们："那个囚犯犯了什么罪？哪儿的人？"武士回说："是个土匪，齐国人！"楚灵王笑嘻嘻地跟晏子说："齐国人怎么那么没出息，做这路事情？"在场的楚国大臣们得意扬扬地笑了起来，他们以为这一下子晏子可丢了脸了。哪知晏子脸不变色，正经八百地说："大王怎么不知道哇？淮南的橘柑，又大又甜。可是这种橘柑，一种到淮北，就变成了又小又苦的枳（zhǐ）。为什么橘柑会变成枳呐？还不是因为水土不同吗？同样的道理，齐国人在齐国能安居乐业，好好地干活，一到了楚国，就当上土匪了，也许是水土不同吧！"楚灵王只好赔不是说："我原来想取笑大夫，没想到反倒给大夫取笑了！是我不好，请别见怪。"楚国的大臣们都觉得自己不是晏子的对手，大家对他不得不尊敬起来。

晏子使楚回来，对齐景公说："楚国虽说城墙坚固，兵马强盛，可是国君狂妄自大，文武大臣中没有了不起的人才。咱们没有什么怕他们的地方。主公只要整顿内政，爱护百姓，提拔有才干的人，远离小人，齐国就能强盛起来的。"他把当时称得起数一数二的兵法家田穰苴（ráng jū）推荐给了齐景公。后来晋国发兵侵犯齐国的边疆，夺去了几座城，燕国也趁着机会来侵略。齐国的军队经过田穰苴的训练，跟以前大不相同，纪律很好，士兵们很勇敢，晋国和燕国的兵马远远地望见就给吓跑了。田穰苴率领着大队兵马一直追下去，杀了好些个敌人，收复了给敌人夺去的那几座城。晋国和燕国只得来跟齐国讲和。

齐景公任用晏子为相国，田穰苴为大司马（官名，管军政）。中原的诸侯知道了，不由得对齐国另眼看待。晋国的名声和势力反倒不如齐国了。

混出昭关

这时候，南方的吴国（原来封于梅里，在江苏省无锡市，后来扩展到淮河泗水以南和浙江省嘉兴、湖州等地区）突然起来跟楚国争夺霸权。北方的晋国利用吴国去牵制楚国，特地派人去帮助吴国，教吴人用兵车打仗。吴国学会了用兵车打仗，收服了好些个临近的小国和部族，又开垦了不少荒地，就越来越强大了。

楚国受了吴国的牵制，好像给人扯住了后腿一样，不敢再到中原去跟晋国争地位了。再加上当时的国君楚平王不明是非，宠用小人，楚国就开始衰弱下去。这时候，楚平王的朝廷里有个最会拍马屁的人叫费无极。他一见国君宠爱妃子，就劝他立妃子的儿子公子珍为太子。这一来，原来的太子就活不了啦。

公元前522年，楚平王准备下道命令把太子废了。费无极说："不能这么来。太子镇守城父（在河南省宝丰县），有的是兵马，还有他的师傅伍奢帮着他。大王要是把他废了，他万一发兵打到郢都来，那就麻烦了。不如先叫伍奢回来，太子就没有帮手了，再派人去治死太子，这就省事。"楚平王依了费无极的话，叫伍奢回朝。

伍奢见了楚平王还没开口，楚平王就问他："太子在城父操练兵马，打算造反，你知道吗？"伍奢听了，生了气，他说："大王怎么又听了小人的坏话，胡乱猜疑自己的骨肉呐？一个人总得明辨是非啊！"费无极插嘴说："伍奢骂大王不明是非，已经证明他跟太子一条藤儿（比喻串通一气）恨上大王了。"伍奢还想分辩几句，却被武士们推到监狱里去了。楚平王一面派大臣去杀太子建，一面叫伍奢亲笔写信给他两个儿子，伍尚和伍子胥。伍奢只好照着费无极的意思写："我得罪了大王，被押在监里。现在大王看在咱们上辈祖宗过去的功劳的分上，免了我死罪，又听了大臣们的劝解，加封你们的官职。你们弟兄俩见了这封信，赶紧回来向大王谢恩。要不然，大王也许又要治我的罪。"

过了几天，城父那边报告说，太子建和他的儿子公子胜已经逃到别国去了。又过了两天，那个送信的人带着伍尚回来了。楚平王把伍尚和他父亲关在一起。伍奢瞧见伍尚一个人来，又是高兴又是难受。他说："我知道你兄弟是不会来的。"伍尚说："我们明知道那封信是大王逼着父亲写的，可是我情愿跟着父亲一块儿死。兄弟说，他要留着那条命给咱们报仇，他已经跑了。"

楚平王叫费无极押着伍奢和伍尚上了法场。伍尚骂费无极说："你这个诱惑君王、杀害忠良、祸国殃民的奸贼，看你作威作福，能享受几天富贵！你这个猪狗不如的小人！"伍奢拦住他说："别骂啦。忠臣奸臣自有公论，咱们何必计较呐。我只担心子胥，要是他回来报仇，不是要连累楚国的老百姓吗？"父子二人就不再开口。费无极把他们杀了。

费无极对楚平王说："伍子胥这小子虽然跑了，但一时跑不了多远。咱们应当赶紧派人追上去。伍奢不是说怕他回来报仇吗？这小子准得回来报仇。斩草不除根，必有后患。"楚平王一面打发人去追伍子胥，一面下了一道命令："拿住伍子胥的，赏粮食五万石（dàn），封为大夫；窝藏伍子胥的，全家死罪。"他又叫画像的人画了伍子胥的像，挂在各关口，嘱咐各地方的官员仔细盘问出关的人。这么一来，伍子胥就是长了翅膀也飞不了啦。

伍子胥从楚国跑出来，一心想往吴国去借兵。后来听说太子建已经逃到宋国，他就往宋国去。到了半路上，只见前头来了一队车马，吓得他连忙躲在树林子里，偷偷地瞧着。等到一辆大车过来，瞧见车上坐的好像是楚国使臣的样子，细细地一瞧，原来是他的好朋友申包胥。伍子胥这么躲躲闪闪，申包胥可已经瞧见了，就问他："你怎么一个人跑到这儿来了？"伍子胥还没开口，眼泪像下雨似的掉下来，把一家人遭难的经过说了一遍，末了他说："我要上别国去借兵，征伐楚国，活活地咬昏君的肉，剥奸臣的皮，我才能解恨!"申包胥劝他说:"君王虽然无道,可怎么能这样对待君王呐?我劝你还是忍着点儿吧。"伍子胥说:"夏朝的桀（jié）王,商朝的纣（zhòu）王,不是也给臣下杀了吗?后代的人谁不称赞成汤和武王?君王无道,失去了君王的身份,谁都可以杀他。再说我还有父兄的大仇呐!要是我不能把楚国灭了,誓不为人。"申包胥反对说:"成汤杀了夏桀,武王杀了商纣,是为了百姓除害,并非为了自个儿报私仇哇!这点,你得分清楚。再说,你的仇人只是楚王和费无极,楚国的百姓可并没有得罪你呀!你怎么要灭父母之邦呐?"伍子胥说:"我可管不了这些个了,我非把楚国灭了不可!"申包胥看劝他不回头,就说:"你如果灭了楚国,我一定要尽我的力量把楚国恢复起来。"两个好朋友就这么分手了。

伍子胥到了宋国,见了太子建,两个人抱头大哭。不料宋国起了内乱,有人向楚国去借兵。伍子胥得到了这个消息,就带着太子建和公子胜偷偷地到了郑国。这时候郑国已经脱离楚国,归附了晋国,就把太子建收留下了。太子建和伍子胥每回见了郑定公,总是哭着,诉说自己的冤屈,请他帮他们报仇。郑定公说:"郑国可比不得先前啦!我虽然挺同情你们,可是我没有力量。我想你们还是上晋国去商量商量吧。"没想到太子建瞒着伍子胥,私通晋国,暗地里收买勇士,准备谋害郑定公,想霸占了郑国再打回楚国去。他这样以怨报德,终于因为机事不密,被郑定公杀了。

伍子胥对太子建的行动很不放心,天天打发人暗中跟着他。得到了太子建被杀的信儿,他立刻带着太子建的儿子公子胜跑出郑国去了。他们白天躲着,晚上逃跑,千辛万苦地到了陈国。陈国是楚国的属国,他们当然不能露面,只好藏藏躲躲,往东逃去。只要能够偷过昭关（在安徽省含山县西北）,就能够照直（径直）地上吴国去了。那昭关是两座山当中的一个关口,本来就有官兵守着。楚平王和费无极料着伍子胥准得上吴国去,特地派了大将蒍（wěi）越带着军队等在那儿。关口上挂着伍子胥的画影图形。伍子胥哪儿知道,他一心想带着小孩子公子胜偷出关口。

他们到了历阳山,离昭关不远了,就在树林子里的小道上走着。好在那

儿只有小鸟儿叫唤的声音，没有来往的人。伍子胥正想歇会儿，忽然从拐弯的地方出来了一个老头儿，开口就说："伍将军上哪儿去？"吓得伍子胥差点儿转身就逃。他连忙回答说："老先生别认错了人，我不姓伍！"那个老头儿笑眯眯地说："真人面前别说假话啦！我东皋（gāo）公当了一辈子大夫，在这儿也有点小名望。人家得了病，眼瞧着快要死了，我还千方百计要把他救活才好呐！你又没有病，好好的一个男子汉，我哪儿能害你呐！"伍子胥说："老先生有什么指教？您的话我可不大明白。"东皋公说："还是大前天呐，昭关上的薳将军有点不舒服，叫我去看病。我在关口上瞧见你的画像。今天一见你，就认出来了。你这么跑过去，不是自投罗网吗？我就住在这山背后，你还是跟我来吧！"伍子胥瞧那位老先生挺厚道，就跟着他走了。

走了三五里地，瞧见一带竹篱笆，三五间小草房，后面是绿茵茵的一个大竹园子。东皋公领着他们进了竹园子，里面有一间屋子，竹床几案，安置得还挺整齐。东皋公请伍子胥坐在上首（位置较尊的一侧）里，伍子胥指着公子胜说："这位是我的小主人，楚王的孙子。我哪儿敢坐上位？"东皋公就请公子胜坐在上首里，自己跟伍子胥坐在下首里。伍子胥把楚平王杀害他父兄、轰走太子建，连太子建死在郑国，这些经过都说了一遍。东皋公叹息了一会儿，劝解他说："这儿没有人来往，将军可以放心住下，等到我有了办法，再送你们君臣过关。"伍子胥千恩万谢地给他磕头。

东皋公天天款待着伍子胥，一连过了七八天，可没提起过关的事。伍子胥苦苦地央告说："我有大仇在身，天天像滚油煎似的难受，待一个时辰就像过了一年。老先生总得可怜可怜我吧！"说着又哭了起来。东皋公说："我还要去找帮手呐。等我找到了帮手，就能送你们过关了。"伍子胥只得再住下去。他怕日子一多，也许会走漏消息；要闯出去，又怕给薳越拿住。真是进退两难，愁得他一连几夜睡不着觉。

过了几天，东皋公带着一个朋友，叫皇甫讷（nè）的，回来了。他一见伍子胥，就吓了一跳，说："哎呀，你怎么胡子跟头发都白了！病了吗？"伍子胥要了一面镜子，拿过来一照，就大哭起来，说："天哪！我的大仇还没报，怎么已经老了？"东皋公一边叫他安静点，一边把皇甫讷介绍给他，又对他说："头发胡子是你愁白的！这倒好，人家不容易认出你来。"接着他们就商量过关的办法。第二天，天还没亮，他们准备动身。

把守昭关的薳越吩咐士兵们细细盘问过关的人，还要照着画像一个个地对照一下，才放过去。那一天，士兵们瞧见有人慌里慌张地过来，疑心他是个逃犯，细细这么一瞧，果然是伍子胥，士兵就把他逮住，拉到薳越眼前。薳越一见，就说："伍子胥，你瞒得过我吗？"就把伍子胥绑了，准备解（jiè）到郢都去。士兵们因为拿住了伍子胥，得了大功，乱哄哄地非常高兴。这时候过关的人也多了。老百姓也都要瞧一瞧那个久闻大名的逃犯。他们说："咱们为了他，进出多不方便，如今可好了，咱们以后过关就不再那么麻烦了。"

过了一会儿，东皋公来见薳越，说："听说将军逮住了伍子胥，我老头子特地来道喜。"薳越说："士兵们拿住了一个人，脸庞倒是真像，可是口音不对。"东皋公说："对对画像，就能认出来了。"薳越叫士兵们把他拉出来。那个伍子胥一见东皋公就嚷起来说："你怎么到这时候才来？害得我莫名其妙地受着欺负！"东皋公笑着跟薳越说："将军拿错了人啦。他是我的朋友皇甫讷，跟我约好了在关前见面，一块儿出去玩儿，怎么把他逮了来呐？"薳越连忙赔不是说："士兵们认错了，请别见怪！"东皋公说："将军为朝廷捉拿逃犯，我怎么能怪您呐？"薳越放了皇甫讷，又叫士兵们重新留神查问过关的人。士兵们那一团高兴变成了一场空，嘟嘟哝哝地说："早就有好些人出关了。也许真的伍子胥混在里头呐。"薳越一听着急起来，立刻派一队兵马追下去。

鱼肚藏剑

伍子胥趁着士兵们拿住皇甫讷正在乱哄哄的当儿，混出了昭关，急忙向前跑。走了几个时辰，一瞧前面有一条大江拦住去路。正在无法可想的时候，后面飞起一片尘土，好像千军万马追了上来。他抱起公子胜慌忙顺着江边跑下去，找到有苇子的地方藏起来了。四面一瞧，瞧见一个打鱼的老头儿，划着一只小船过来。伍子胥急忙嚷着说："渔丈人，请把我们渡过江去！渔丈人，请行个好！"那个老头儿把小船划过来，说："芦中人，你就上船吧！"伍子胥跟公子胜上了小船，不到半个时辰，船快到对岸，他们这才放了心。

到了这时候，那个打鱼的老头儿才开口说："将军想必就是伍子胥吧？您的画像挂在关口，我也见过几回。听说楚王把您父兄杀了，这儿的人都替您担心。今儿个我把您渡过来，我也放心了。将军，您苍老多啦，可是看上去有精神。"伍子胥感激万分，就说："难得老大爷一片好心，救了我这受难的人。将来我伍子胥要是有点出息，都是您老人家的恩典。"说着他就摘下身边的宝剑，交给他说："这把宝剑是先王赐给我祖父的，上头镶（xiāng）着七颗宝石，至少值一百多斤金子。我只有这么点礼物送给您，好歹表表我的心意。"那个老头儿笑着说："楚王出了重赏要逮您。我不要五万石的赏，也不要大夫的爵位，怎么倒贪图您这宝剑呐？再说，这宝剑对我没有什么用处，对您可是少不了的。"伍子胥大大地受了感动，问他说："请问老大爷尊姓大名？让我以后也好报恩。"没想到这句话引起了老头儿的火儿来了。他指着伍子胥说："我瞧着您有危难，才把您渡过来了。您倒开口说'一百斤金子'，闭口说'将来报恩'，真太没有大丈夫的气派了！"伍子胥连忙赔罪说："您当然不要酬劳，可是我怎么能忘了您呐？您把姓名告诉我，也可以让我记住您呐。"那老头儿说："我是个打鱼的，今儿个在这儿，明儿个在那儿，您就是知道了我的姓名，也找不着我。要是咱们还有相逢的日子，那时候，我叫您'芦中人'，您叫我'渔丈人'，不是一样的吗？"伍子胥只好收了宝剑，拜谢了一番，走了。

伍子胥带着公子胜进了吴国的边界，又走了三百里地，才到了吴国的都城。他把公子胜藏在城外，自己穿上破衣裳，披散着头发，打扮成一个乞丐的样子，手里拿着一根箫在街上要饭。他一会儿吹箫，一会儿唱曲，要引起吴国人注意。

伍子胥在大街上吹箫要饭，果然给吴王的哥哥公子光请了去。伍子胥就投在他门下，做了他的心腹，暂时住在城外。有一天，公子光私自见了伍子胥，开门见山地说："先生在楚国跟在这儿一定有好些朋友吧？先生遇见过有才能的勇士没有？"伍子胥说："有。我有个好朋友，叫专诸，是个勇士。他家离这儿不远，明天我叫他来拜见您。"公子光说："哪儿能叫他来呐？先生辛苦一趟，陪我去拜访他吧。"他们就一同去见专诸。专诸见伍子胥同着一位公子进来，赶紧迎了出去。伍子胥给他引见说："这位就是吴国的大公子，久仰兄弟大名，特地来拜见你，要跟你交个朋友。你可别推辞。"专诸向公子光拜见问好。公子光拿出好些礼物，作为见面礼。专诸不收，经伍子胥再三劝说，才收下了。打这儿起，他们三个人交上了朋友。

有一天，公子光自己去看专诸。专诸很过意不去，说："我是个粗鲁人，受了公子恩典，叫我怎么报答呐？我猜想公子一定有什么为难的事要我去干吧？"公子光说："我有极大的冤屈。我想请你替我报仇，去把吴王僚刺死。"专诸说："这从哪儿说起！吴王僚是先王的儿子，名正言顺继承王位；公子叫我去害他，这不是造反吗？"公子光说："先王的王位，按理应当由我来继承。我说给你听一听，你就明白了。"公子光就把吴国君王传位的事说了出来。

原来在公元前585年，吴国寿梦开始称王。吴王寿梦有四个儿子。弟兄四个都很不错，可是寿梦认为小儿子季札顶贤明。寿梦临死前对四个儿子说："你们弟兄之中又贤明又能干的要算季札了。要是他能做国王，吴国准能治理得很好。我要立他为太子，可是他一死儿不依。既然这样，我给你们一个命令，我死了之后，王位就传给老大，老大再传给老二，老二再传给老三，最后由老三传给季札。你们要记住，你们的王位必须传给兄弟，千万别传给自己的儿子。这样，季札虽说是小兄弟，也有做国王的分儿了。不是我偏疼季札，这可是为了咱们国家。谁要是不服从我这个命令，就不是我的儿子。"嘱咐完了，寿梦咽了气。

老大立刻要把王位传给季札。季札要他的命也不干。他说："父王在世的时候，我不愿意做王，父王归了天，我倒来抢哥哥的王位，您想我能这么办吗？哥哥要是硬逼着我，我只好上别国躲着去了。"老大拗不过他，只好自己即了位。他想："我要是活到老才死，然后把王位传给老二，老二传给老三，三弟之后才轮到四弟，那四弟还能做王吗？我得另想主意。"他亲自带着士兵去打楚国，成心让自己死在战场上。他打了一个胜仗，可是他自己给敌人射死了。大臣们照着寿梦的命令，立二公子为吴王。老二说："哥哥并不是真死在敌人手里，他是故意去寻死的，为的是要把王位让给四弟。"他也出去打仗，死在外面。三公子就把王位让给季札，季札宁可死去，不愿做王。老三只好做了国王。

到了公元前527年，老三得了重病。他临死要季札接他的王位。季札偷偷地跑了。这么一来，王位让给谁呐？公子光是老大的长子。据他说，他爷爷的命令到季札做王为止。季札既然走了，这王位就该轮到他了。没想到老三的儿子公子僚继承了王位。公子光一心要把吴王僚刺死，为的是重新继续长子即位的传统。

专诸听了这一段话，就答应下来了。他问公子光："吴王僚平日最喜欢的是什么？先得知道他的脾气，再想法子去亲近他。"公子光想了想，说："他顶爱吃鱼。"专诸就上太湖边一家饭馆里专门去学做鱼，天天琢磨着怎么样能烧出最好吃的鱼来。他一心一意地学了三个月，居然学会了，然后去给公子光当厨子。

公子光趁着吴王僚高兴的时候，对他说："我有一个从太湖来的厨子，专烧大鱼。他做的鱼比什么都好吃。哪天请大王上我家去尝尝口味怎么样？"吴王僚一听吃鱼，就挺高兴地答应了。

吴王僚怕人行刺，在王袍里面穿上铠甲，带着一百名卫兵上公子光家里去吃饭。那一百名卫兵好像铜墙铁壁似的保卫着吴王僚。厨子每上一道菜，先得搜查一遍，然后由卫兵跟着他端上去。赶到专诸端上一条糖醋鲤鱼的时候，吴王僚忽然站起来，大声地说："好，好，好！你真有一套！"公子光吓得脸都白了，竭力装出挺镇静的样子，眼睛瞧着专诸。卫兵把专诸浑身上下搜了一遍，才让他上去。接着吴王僚又说："我一闻见味儿，就知道这鱼烧得不错！"专诸端着那盘大鲤鱼走到王僚面前，刚要把那盘鱼放下，突然从大鱼的肚子里抽出一把短刀叫"鱼肠剑"，使劲地照着王僚的胸脯扎过去。那鱼肠剑刺透了铠甲，吴王僚大叫一声，立刻断了气。卫兵们拥上去把专诸砍死了。就在这个当儿，公子光和伍子胥带着自己的士兵把吴王僚的卫兵杀散，然后就去占领王宫。紧接着伍子胥带着士兵保护着公子光上了朝堂，召集了大臣，对他们说："王僚不遵守先王的命令，霸占了王位，照理早就应该治死。"公子光接着说："我暂且管理朝政，等叔叔（指季札）回来，就把王位让给他。"公子光就这么做了吴王，改名为阖闾（hé lú）。这是公元前515年的事儿。

掘墓鞭尸

伍子胥为了进攻楚国，给他父亲报仇，推荐了当时的大军事家孙武给阖闾。阖闾从朝堂上跑下来迎接孙武，接着就问他用兵的法子。孙武把自己写的十三篇兵法献给他。阖闾叫伍子胥从头到尾一篇一篇地念，讲的原来是怎么用计谋，怎么定战略，怎么行军，怎么进攻，怎么利用地形，怎么使用武器，讲得头头是道，非常透彻。伍子胥每念完一段，阖闾不住嘴地称赞。他对伍子胥说："这十三篇兵法又扼要又仔细，真是好极了。可有一样，吴国没有那么些个士兵，怎么办呐？"孙武说："有了兵法，只要大王有决心，不光男子，就是女子也行。男男女女，全能够打仗，还愁什么人马不够吗？"阖闾笑着说："女人哪儿能打仗呐，这不是笑话吗？"孙武一本正经地说："大王要是不信的话，请先拿宫女们试一试瞧瞧。我要是不能把她们训练得跟士兵们一样，情愿认罪受罚。"阖闾派了一百五十名宫女，叫孙武去训练。

孙武请阖闾挑出两个心爱的妃子当队长。阖闾也答应了。末了，孙武请求说："军队中最要紧的是纪律。虽说拿宫女们试试，也得有纪律。请大王派个执掌军法的人，再给我几个武将做助手。不知道大王答应不答应？"阖闾全都答应了。

一百五十个宫女都穿上军衣，戴上头盔，拿着兵器，到操场上集合。孙武先出了三道军令："第一，队伍不许混乱；第二，不许吵吵闹闹；第三，不许存心违背命令。"跟着，他就把宫女们排成队伍，操练起来了。哪儿知道那两个妃子队长还以为她们穿上军衣，拿着长枪短刀，是出来玩儿玩儿的，就嘻嘻哈哈地不听号令。别的宫女一见领队的这个样儿，大伙儿跟着笑成一团，有的坐着，有的蹲着，有的学着姿态，有的还来回奔跑，乱七八糟，简直不像一回事。孙武就传令，叫她们归队立正。其中还有人说说笑笑，不听命令。孙武传了三回令，谁知道那两个妃子队长和宫女们还是嬉皮笑脸地不听话。她们都是阖闾所宠爱的，孙武敢把她们怎么样？高兴了，操练着玩玩，不高兴就回宫去，怕什么！孙武可忍不住了。他大声地对那个执掌军法的人说："士兵不听命令，不服管，按照军法应当怎么处罚？"军法官赶紧跪下说："应当砍头！"孙武就发出命令，说："先把队长正法，做个榜样。"武士们就把那两个妃子绑上。这一下吓得宫女们全都变了脸色。

阖闾在高台上远远瞧着她们操练，忽然瞧见两个妃子被武士绑了，立刻打发一个大臣传令去救。那个大臣急急忙忙地见了孙武，传出阖闾的话说："大王已经知道将军注重纪律的道理了。这两个妃子看在头一次犯错误，饶了她们吧！"孙武说："操练军队不是闹着玩儿。要是不把犯法的人办罪，以后谁还能指挥军队呐？"他就下令叫武士把那两个队长砍了。宫女们全都变了脸色，一声也不敢言语。孙武又挑了两个宫女当队长，重新操练起来。这批宫女经过孙武严厉的训练，居然练成了一支很像样的军队。

公元前506年，阖闾拜孙武为大将，伍子胥为副将，派自己的亲兄弟公子夫概为先锋，发兵六万向楚国进攻，把楚国的军队打得一败涂地。那时候楚平王已经死了，他儿子楚昭王眼瞧着郢都难保，匆匆忙忙地逃到别国去了，楚国从来没败得这么惨过。

孙武、伍子胥和别的将士们护卫着阖闾进了郢都。吴国的君臣就在楚国的朝堂上开了个庆功大会。

第二天，伍子胥劝阖闾把楚国灭了，孙武不同意。他劝阖闾废去楚昭王，立太子建的儿子公子胜为楚王。他说："楚人大多替太子建抱不平，大王立他的儿子为楚王，楚人准会感激大王，列国诸侯也必定佩服大王，公子胜更忘不了您的大恩。这么一来，楚国就是大王的属国，这是名利双收的办法。"阖闾贪图楚国的地盘，就听了伍子胥的话，决定把楚国灭了。伍子胥为了替父兄报仇，咬牙切齿地痛恨着楚平王，可是楚平王已经死了，怎么办呐？他请求阖闾让他去刨楚平王的坟。阖闾说："你帮了我不少的忙，这点小事，你自己瞧着办吧。"

伍子胥打听出楚平王的坟修在东门外的寥（liáo）台湖。他就带着士兵上湖边去找。白茫茫的一片，谁也不知道坟在哪儿。伍子胥捶着胸脯，哭了起来，说："天呐，天呐！我父兄的大仇为什么报不了呐？"正在这个时候，来了个老头儿。他对伍子胥说："昏王自己知道仇人多，怕将来有人刨他的坟，他做了好几个空坟。他又怕做坟的石工泄露机密，在完工之后，把石工全杀了。我就是当时做活儿里头的一个，碰巧逃了一条活命。今儿个将军替父兄报仇，我也正想要替被害的伙伴们报仇呐。"

伍子胥就叫这老石工领路，找着了坟地的地界。大伙儿拆了石头坟，凿开了棺材，里头只放着楚王的衣裳和帽子，连一根骨头都没有。伍子胥又哭了。那老头儿说："这穴坟是假的，真的还在底下呐。"他们拆了底板，再往下挖，又露出了一口棺材。据说楚平王的尸首是用水银制过的。打开棺材一看，尸首没烂。伍子胥见了楚平王完整的尸首，当时就怒气冲天，立刻把他拉出来，抄起钢鞭，一气打了三百下，打得骨头也折了。他把钢鞭戳进楚平王的眼眶里，说："你生前有眼无珠，看不清谁是忠臣，谁是奸贼。你听信小人的话，杀害忠良。今天你再死在我手里，也不解我的恨。"他流着眼泪，越骂越气，把尸首的脑袋砍了下来。

伍子胥鞭打尸首以后，又对阖闾说："必须把楚王杀了，楚国才能算灭了。"阖闾就让他带领一队兵马去找楚昭王。伍子胥打听不到楚昭王的下落，很不痛快。后来听说楚国的令尹跑到郑国去了，他想，楚王也许跟令尹在一起，再说，郑国杀了太子建，这个仇也得报。他带领兵马一直往郑国进攻。郑国可就慌了神了。全国上下没有不埋怨楚国的令尹的，逼得他走投无路，只好自杀了。郑定公把令尹的头献给伍子胥，说楚王确实没到郑国来过。伍子胥还是不依不饶，非要灭了郑国不可。郑国的大臣们主张跟吴军拼个你死我活。郑定公说："拿郑国这点兵力来说，哪儿能跟楚国比呐？楚国都被他打败了，别说咱们这个小国了。"他下了一道命令："谁能叫伍子胥退兵，就有重赏。"可是谁有这样的本领呐？命令出了三天，就是没有一个应征的。

到了第四天头上，有个打鱼的小伙子来见郑定公。他说，他有办法叫伍子胥退兵。郑定公问他需要多少兵车，他说："光凭这个划船的桨就能把好几万的兵马打退。"谁信他这个话呐？可是大伙儿没有法子，就让他去试试吧。那个打鱼的上吴国兵营去见伍子胥。他一边唱着歌，一边拿着那根桨打拍子。他唱着：

芦中人，芦中人，
渡过江，谁的恩？
宝剑上，七星文，
还给你，带在身。
你今天，得意了，
可记得，渔丈人？

伍子胥一听，吓了一跳，连忙问他："你是谁呀？"他说："您没瞧见这根桨吗？我爸爸全靠它过日子，当初也全靠它救了您。"伍子胥一想起芦花渡口的情形和那个打鱼的老大爷的恩德，不由得掉下眼泪来，就问他："你怎么会上这儿来的？你父亲呐？"他说："我们打鱼的向来没有一定的地方。这回又为了打仗，才到了这儿。国君下了命令，谁要能请将军退兵，谁就有重赏。我爸爸已经死了。不知道将军能不能看我死去的爸爸的情面，饶了郑国？"伍子胥很感激地说："我能够有今天，全都是你父亲的恩德。我哪儿能把他忘了呐？"当时他就下令退兵。那个打鱼的欢天喜地地去向郑定公报告。这一下子，郑国人都把他当作大救星。郑定公封给他一大片土地。郑国人差不多全叫他"打鱼的大夫"。

伍子胥离开郑国，回到楚国，把军队驻扎下来，打发人上各处去探听楚昭王的下落。有一天，他接到一封信，是他朋友申包胥寄来的，劝他说："你的仇也报了，气也出了，还是早点带着吴国的兵马回去吧。你大概还记得我说的话吧，你要是灭了楚国，我一定要尽我的力量把楚国恢复起来。请你再思再想。"伍子胥念了两遍，低头想了一想，跟送信的人说："我忙得厉害,没工夫写回信。烦你带个口信回去,就说我积了十八年的仇恨,到了今天也许有点不近人情,这实在没有办法。"

送信的人回去把这话告诉了申包胥。申包胥知道已经不能跟伍子胥讲什么理了。他一想楚平王的夫人是秦哀公的女儿,楚昭王是秦哀公的外孙,就连夜动身上秦国去借兵。他没黑天带白日地走,脚指头走得都流血了,就把衣裳撕下一条来,缠上脚再走。到了秦国,他见着了秦哀公,说:"吴王是个贪心不足的暴君,他想并吞诸侯,独霸天下。今儿个灭了楚国,明儿个还想打到秦国来。现在您的外孙东奔西跑,命还不知道保得住保不住。求您出兵把楚国恢复过来,我们情愿永远做您的属国。"秦哀公说:"你先歇歇去,让我跟大伙儿商量商量。"

哪儿知道秦哀公不愿意跟吴国打仗,申包胥两次三番地跟他哀求,他老是敷衍着。申包胥就站在朝堂上一个劲儿地哭。大伙儿都散了,他还是不走。到了晚上,人家都睡了,他还站在那儿哭着。他一连气哭了七天七夜。秦哀公被他哭得感动了,就派两员大将,带领五百辆兵车,去打吴国的大军。

两国的大军,在楚国的边界上对起阵来。没想到阖闾的弟弟夫概带着自己的一队兵马,偷偷地回到吴国抢王位去了。他一面自立为王,一面打发使者上越国(那时候,越国包括现在浙江省杭州市余杭区以南,东到海边的地方,以后扩展到江苏、浙江两个全省和山东省的南部,都城在会稽,就是现在的浙江省绍兴市)去借兵,应许送五座城给越王当谢礼。

吴王阖闾只好答应楚国讲和,自己赶回去对付夫概和越国的兵马。伍子胥还没退兵,接到了申包胥的一封信,信上说:"你灭了楚国,我恢复了楚国。你我应当顾念自己的国家,别再连累百姓。你请吴国退兵,我也请秦人回去,好不好?"伍子胥和孙武答应退兵,不过要求楚国派人到吴国去迎接公子胜,封给他一块土地。楚国那方面也答应了。吴国的将士就把楚国库房里的财宝全都运到吴国去,又把楚国的老百姓一万多户迁移到吴国去,叫他们住在人口稀少的地方。

阖闾回到吴国，消灭了乱党，自己仍旧做了吴王，可是他把越王恨透了，迟早得报这个仇。这次打了胜仗，他把第一大功归给孙武。孙武不愿意做官，一定要回到乡下去。伍子胥一再挽留他，他反倒劝伍子胥说："我不光是要保全我自己，还想保全你。你已经替父兄报了仇，还是跟我一块儿躲开这地界，省得将来受人家的气。"伍子胥还想帮助吴王建立霸业，孙武就自己走了。

夹谷之会

公元前500年，齐景公打算联络鲁国和别的诸侯国，把齐桓公当年的事业重新干一下。他写信给鲁国的国君鲁定公，约他到两国边界的夹谷（在山东省济南市莱芜区）开个会议，准备订立盟约。那时候，诸侯开会，还得有个大臣做重要助手。这种国君的助手称为"相礼"。鲁定公问大臣们："我去开会，谁当相礼呐？"有一位大夫推荐大司寇（官名，管司法）去做相礼。这位鲁国的大司寇就是鼎鼎大名的孔夫子。

孔夫子简称孔子。他父亲是个地位并不高的武官，叫叔梁纥（姓孔，名纥，字叔梁；纥hé）。叔梁纥已经有了九个女儿和一个儿子。他儿子的脚有毛病，也许是个瘸子。叔梁纥虽然上了年纪，可是还想生个文武全才的儿子。他又娶了个小姑娘叫颜征在。他们曾经在曲阜东南的尼丘山上求老天爷赐给他们一个儿子。后来他们生了个儿子，以为是尼丘山上求来的，就给他取名叫孔丘，字仲尼（"仲"就是"老二"的意思）。

孔子三岁死了父亲。母亲颜氏受人歧视，孔家的人连送殡都不让她去。娘儿俩被孔家轰出来了。颜氏很有志气，带着孔子离开老家，搬到曲阜去住，日日夜夜辛勤操作，靠着双手来抚养孔子。孔子小时候，没有什么可以玩儿的东西，只见过他母亲每逢父亲的生日或去世的周年，总是摆上一些酒食盘儿祭祀一番，静悄悄地哭一场。他也就老摆上小盆小盘什么的，玩着祭天祭祖那一套东西。

孔子十七岁那一年，母亲死了。因为他父亲下葬的时候，孔家的人不许他母亲送殡，娘儿俩一直不知道他父亲的坟在哪儿，孔子只好把他母亲的棺木埋在曲阜。后来有一位老太太告诉他，说他父亲葬在防山（在山东省曲阜市东），孔子才把母亲的坟移到那边。那一年，鲁国的大夫季孙氏请客，招待读书人，说是只要有学问，谁都可以去。孔子想趁着机会露露面，认识认识当时的名人，也去了。季孙氏的家臣阳虎瞧见了这位没有地位的青年人，就作威作福地骂了他一顿，还说："我们这儿请的都是知名人士，你来干吗？"孔子只好红着脸，别别扭扭地退了出去。他受了这番刺激，格外刻苦用功，一定要做个有学问有道德修养的名士。他住在一条叫达巷的胡同里，学习六艺，就是礼节、音乐、射箭、驾车、书写、计算六门课程。这是当时一个全才的读书人应当学的六种本领，所以叫"六艺"。达巷里的人都称赞他，说："孔子真有学问，什么都会。"孔子很谦虚地说："我会什么呐？我总算学会了赶车。"

孔子在二十六七岁的时候，担任了一个小小的职司叫"乘田"，工作是管理牛羊。他说："我一定把牛羊养得肥肥的。"果然，他所管理的牛羊都很肥壮，又繁殖得快。后来他做了"委吏"，干的是会计工作。他说："我一定把账目弄得清清楚楚。"果然，他的账目一点不出差错。孔子快到三十岁的时候，名声大起来了。有人愿意拜他为老师。他就办了一个书房，招收学生，贵族学生、平民学生，他都收。过去只有给贵族念书的"官学"，孔子办了"私学"以后，贵族独占的文化教育也多少可以传给一般的人了。

鲁国的大夫孟僖（xī）子嘱咐他两个儿子孟懿子和南宫括（kuò）到孔子那儿去学礼。后来南宫括向国君鲁昭公请求派他和孔子一同去考察周朝的礼乐。鲁昭公给了他们一辆车、两匹马和仆人，让他们到周朝的都城洛阳去。那一年，孔子正三十岁（公元前522年）。他特地送了一只大雁给老子作为见面礼，向他请教礼乐。老子姓李，名聃（dān），年纪比孔子大得多。他见孔子向他虚心求教，很喜欢，还真拿出老前辈的热心肠，很认真地教导孔子。

孔子在三十五岁的时候，鲁昭公被大夫季孙氏轰走了，鲁国的三家有势力的大夫孟孙氏、叔孙氏、季孙氏互相争权，鲁国闹得很乱。齐景公正想继承齐桓公做一番事业，孔子就到了齐国，想实现他的理想。齐景公待他很客气，也许还打算用他。他先探听晏子的意见。晏子固然很佩服孔子的人品和学问，可是两个人的主张不同，合不到一块儿去。晏子对孔子的态度是恭敬他，可是不接近他。齐景公到底没用孔子。

　　孔子在齐国待了将近三年，又回到了鲁国。他把全副精力放在教育事业上。他的门生之中精通六艺的就有七十二人。他们老师和门生之间好像一家人那么亲密，大伙儿对孔子非常尊敬，把他当作他们的父亲一样。

　　到了公元前501年，孔子已经五十一岁了。他在鲁国做了中都宰（中都，鲁国大城，在山东省汶上县；宰，官名，就是长官的意思）。第二年，他做了司空（官名，管生产建设），又由司空做了大司寇。齐景公约鲁定公到夹谷去开个会议，鲁定公就请大司寇孔子为相礼，准备一块儿到齐国去。

　　孔子对鲁定公说："齐国屡次侵犯我边疆，这次约会讲和，也得有兵马防备着。从前宋襄公开会的时候，没带兵车去，到了那儿受了楚国的欺负。这就是说，光讲和平没有武力不行。请把左右司马都带去。"鲁定公听了他的话，请他去安排。孔子就请鲁定公派申句须和乐颀（qí）两位大将带领五百辆兵车跟着上夹谷去。

　　到了夹谷，两位大将把军队驻扎在离会场十里地的地方，自己带着几个随身的卫士跟着鲁定公和孔子一同上会场去。开会的时候，齐景公有晏子当相礼，鲁定公有孔子当相礼。举行了开会仪式之后，齐景公就对鲁定公说："咱们今天聚在一起，实在不容易，我预备了一种很特别的歌舞，请您看看。"说话之间，他就叫乐工表演土人的歌舞。一会儿台底下打起鼓来，有一队人扮作土人模样，有的拿着旗子，有的拿着长矛，有的拿着单刀和盾牌，打着呼哨，一窝蜂似的拥上台来。鲁定公吓得脸都白了。孔子立刻跑到齐景公跟前，反对说："中原诸侯开会，就是要有歌舞，也不应该拿这种土人打仗的样子当作歌舞。请快吩咐他们下去吧！"晏子也说："说得是啊！我们不爱看这种歌舞。"他哪儿知道这是齐国的大夫黎弥和齐景公两个人使的诡计。他们想拿这些"土人"来吓唬吓唬鲁定公，好叫他在会议上让些步。给晏子和孔子这么一说，齐景公也觉得怪不好意思的，就叫他们下去。

　　黎弥躲在台下，叫这些"土人"上去之后，等他们一动手，自己准备在台下带着士兵一齐闹起来。没想到这个计策没办到，只好另想办法。散会以后，齐景公请鲁定公吃饭。正在宴会的时候，黎弥叫了一班抹粉擦胭脂的乐工，在齐鲁两国的君臣跟前唱着下流的歌儿，表演下流的动作，侮辱鲁国的君臣。孔子气得拔出宝剑来，瞪圆了眼睛，对齐景公说："这种下贱人竟敢戏弄诸侯，应当办罪！请贵国的司马立刻把他们杀了！"齐景公没言语，乐工们还继续唱着演着。孔子忍不住了，就说："齐鲁两国既然和好，结为弟兄，那么鲁国的司马就跟齐国的司马一样可以执行处分。"接着他就扯开了嗓子向堂下说，"鲁国的左右司马申句须和乐颀在哪儿？"那两位大将一听见孔子叫他们，飞似的跑上去把那两个领头的乐工拉出去了。别的乐工吓得慌慌张张地全跑了。齐景公吓了一大跳，晏子很镇静地请他放心。这时候，黎弥才知道鲁国的大将也在这儿，还听说鲁国的大队人马都驻扎在附近的地方，吓得他缩着脖子退出去了。

宴会之后，晏子狠狠地数落黎弥一顿。他又对齐景公说："咱们应当向鲁侯赔不是。要是主公真要做霸主，真心实意地打算和鲁国交好，就应当把咱们从鲁国霸占过来的汶阳地方的三块土地还给鲁国。"齐景公听了他的话，把三个地方都退还给鲁国。鲁定公向齐景公道了谢，带着孔子和随从人员回国去了。

孔子在夹谷会上取得了外交上的胜利，鲁定公和三家的大夫都信任孔子，请他管理朝政。鲁国自从让孔子治理以后，据说仅仅三个月工夫就变成了一个很像样的国家了。要是有人在路上丢了什么，他可以到原地方去找，准能找得着。因为没有主儿的东西，就没有人捡。夜里敞着门睡觉，也没有小偷儿溜进去偷东西。这么一来，别的国反倒担一份心。尤其是贴邻的齐国，又是恨又是怕，就有人出来想法去破坏鲁国的内政。

晏子虽说不愿意跟孔子一块儿做事，也不赞成孔子的主张，可他并不干涉别国的事。等到晏子一死，齐国的大夫黎弥掌了权，他就变法儿想破坏鲁国的事。他劝齐景公给鲁定公和季孙氏送一班女乐去。这种女乐正合糊涂君臣的胃口。要让孔子瞧见，他准得头疼。齐景公同意了，就送给鲁定公八十名最漂亮的歌女。

鲁定公把八十名歌女留在宫里。他挑了三十个赏给季孙氏。从此鲁定公和季孙氏就天天玩儿了。孔子未免劝他们几句,他们也就恭恭敬敬地躲着他了。孔子的弟子子路说:"老师,鲁君不办正事,咱们走吧!"

孔子离开鲁国的时候,已经五十五岁了。从此,他带着门生周游列国。他到过卫国、曹国、宋国、郑国、陈国、蔡国、楚国。这些国家的国君都不能用他。他流浪了七八年,到卫国的时候,已经六十三岁了。卫国的国君想请他做官,他推辞了。正好鲁国的相国派人来请孔子,孔子就回到本国,不打算再上各处去奔波了。他就一心一意把精力放在编书上头。他编了几本书,其中最主要的一本叫《春秋》,记载从鲁隐公元年到鲁哀公十四年,就是公元前722年至公元前481年的大事。

石屋养马

吴王阖闾为了当初越国不帮他去打楚国，反倒帮着夫概造反，早想发兵去征伐了。公元前496年，越王死了，他儿子勾践继承了王位。吴王就趁着越国有丧事，发兵去攻打。他叫伍子胥守住本国，自己带着伯嚭（pǐ）、王孙骆和专毅三个将军，率领三万精兵去攻打越国。越王勾践也亲自带着大将诸稽郢、灵姑浮他们出去抵挡。

吴国的兵马在醉李（在浙江省嘉兴市）中了越国的埋伏，来不及抵抗，就败下去了。勾践的大将诸稽郢和灵姑浮带着士兵见人就砍，把吴王阖闾吓得从车上掉下来。灵姑浮拿着刀赶上来，阖闾赶紧往后一缩，他的右脚已经被砍了一刀。跟着又来一刀，可巧叫专毅架住。王孙骆和伯嚭赶到，一边抵挡，一边退兵，人马已经损失了一半。阖闾受了重伤，又搭着上了年纪，受不了那份疼痛，还没回到国里，就断了气。过了几天，专毅也因负伤过重死了。

阖闾死了以后，他儿子夫差即位为国王，拜伍子胥为相国。夫差决心要给他父亲报仇，叫人每天提醒他几回。一清早起来，他手下的人就扯开了嗓子问他："夫差！你忘了越王杀了你的父亲吗？"夫差流着眼泪说："不，不敢忘！"吃饭的时候，临睡的时候，也这么一问一答地提醒他。他叫伍子胥和伯嚭在太湖操练水兵，自己在陆上操练兵车，一定要向越国报仇。

一晃两年过去了。公元前494年，吴王夫差拜伍子胥为大将，伯嚭为副将，亲自带领大队兵马，从太湖出发去打越国。越国的大夫范蠡（lí）和文种劝勾践向吴王赔不是，向他求和，往后再想办法。勾践说："这哪儿行啊！吴国跟咱们辈辈有仇，他们既然打过来，咱们只好抵挡。如今两国还没交锋，咱们就先跟人家讲和认错，往后还有脸见人吗？"勾践就派三万壮丁去跟吴人拼个死活。

两国的水兵在太湖打上了。越国的大将灵姑浮他们阵亡了，越国的水兵差点儿被杀得全军覆没。勾践立刻叫范蠡守住固城（在江苏省南京市高淳区南），自己带着五千人跑到会稽山躲着去了。吴人不放松，紧跟着上了岸，不但屠杀越国的老百姓，还把快成熟的庄稼都烧了。真惨极了。吴国的大军围住固城。右边是伍子胥的军队，左边是伯嚭的军队，两面夹攻，急得范蠡、文种只好向勾践请示办法。

大夫文种劝勾践说："别再犹疑了！赶紧去跟人家讲和吧！"勾践说："都到这份儿上了，他还能答应吗？"文种说："只要大王立志报仇，有什么委屈暂时忍受一下，他们一定会答应的。吴国的副将伯嚭向来跟伍子胥面和心不和。伍子胥办事周到严实，伯嚭怕他功劳太大，被他盖着，爬不上去。再说伯嚭又是个贪财好色的小人，咱们只要去拉拢他，他准能帮助咱们的。"勾践叫文种瞧着办去。

文种到了吴国的兵营，拜见了伯嚭，跪在地下说："越王勾践年幼无知，得罪了贵国。他如今后悔了，情愿当个贵国的臣下。他怕吴王不答应，特地打发我来恳求您。勾践奉上白璧二十双，金子一千斤，又从国里挑选了八个美女，派到这儿来伺候您。这点孝敬，请先收下，以后还要不断地来孝敬您。您是吴王亲信的大臣，这些年来功劳最大，吴国的大事全都靠着您处理。只要您在吴王跟前说句话，什么事没有不成的。"

伯嚭听了文种的话，浑身舒坦。可是他还装腔作势，显出满不在乎的样子，拿三个手指头捻着下巴颏儿底下几根长短不齐的松针胡子，说："越国眼看快完了，越国所有的全是吴国的了。你想拿这么点儿东西来哄我吗？"文种说："越国虽说打了一个败仗，可是多少还有点兵马守住会稽。要是再打败了的话，只得放火一烧，把库房里的财宝烧个精光，吴国休想能得着什么。就算能抢到一些财宝，吴王也未必全都赏给您。我们不去恳求吴王，也不上右边兵营里去，偏偏来跟您求饶讲和，还不是为了您一向就比他们贤明吗？"伯嚭点了点脑袋，说："你们也知道我向来不欺负人。好，就这么办吧，明天我带你去见大王。"

当天晚上，伯嚭先把这事跟夫差说了一遍，夫差答应了。第二天，文种跪在夫差面前，把勾践请求讲和的意思说了一遍。夫差说："越王情愿当我的臣下，他们夫妇愿意不愿意跟着我上吴国去？"文种说："既然当了大王的臣下，理当伺候大王。"伯嚭插嘴说："勾践夫妇情愿上吴国来伺候大王，越国就是吴国的了。大王答应了吧。"夫差就答应了。

右边兵营里的伍子胥听说越国打发人来求和，赶紧跑到中军去见吴王夫差，劝他不可答应。但他一个人顶不过夫差和伯嚭的决心。夫差很客气地说："相国先上后边去歇息歇息吧！"伍子胥只能唉声叹气地出来了。

他出来碰见了大夫王孙雄。伍子胥对他说："越国十年生聚，十年教训，二十年工夫就能把吴国灭了！"王孙雄冲他笑了笑，有点不信，伍子胥气得连连叹气。他弄得没有一个人能跟他同心合意的了。

文种回到会稽，报告了求和的经过。勾践召集大臣们，要把国家大事托付给他们经管。他见了他们，哭个没结没完，话也说不出来了。大伙儿劝解越王只管放心到吴国去。吴国打败越国，这个仇非报不可。他们都下了决心，一定在国里埋头苦干，想法子恢复越国当年的地位。勾践就拜托文种和别的大臣们管理国事，自己带着夫人和范蠡上吴国去。越国的大臣和老百姓沿路哭着送行。

勾践到了吴国，夫差让他们夫妇住在阖闾的大坟旁边的一间石头屋子里，叫勾践给他喂马，范蠡跟着他做奴仆的工作。夫差每次坐车出去，勾践总给他拉马。吴人老指着勾践说："瞧！咱们大王的马夫！"勾践当作没听见，随便让人家取笑。就这么过了三年。在这三年当中，勾践很小心地伺候着吴王，真是百依百顺，比别的使唤人还要驯服。文种还时常打发人给伯嚭送礼。伯嚭老在吴王跟前给勾践说情。

有一回夫差病了，勾践托伯嚭带话，说他听说大王病了，挺惦记的，想来问候。夫差瞧他殷勤得怪可怜的，答应了。伯嚭带着勾践到了内房，夫差正要拉屎，勾践赶紧过去扶着他。夫差叫勾践出去。勾践说："父亲有病，做儿子的应当服侍；大王有病，做臣下的也应当服侍。再说我还有点小经验，瞧见拉的是什么屎，就能知道大王的病是轻是重。"夫差只好让他扶着。拉完了之后，夫差觉得舒坦点。勾践背过身去，掀开盖看了看，回头向夫差磕个头，说："恭喜大王！大王的病已经过了险劲儿了。要是没有别的变化，再待几天就完全好了。"夫差说："你怎么知道的？"勾践说："我刚才看了大王的屎，就知道肚子里的毒气已经发散出来了。"夫差倒觉得过意不去了，他说："你待我不错。等我病好了，准放你回去。"

  公元前491年，夫差亲自送勾践离开吴国。勾践夫妇拜谢了吴王，上了车。范蠡拉着缰绳，说了一声"再会"，就直奔越国去了。

卧薪尝胆

勾践回到了越国,大臣们一见,又是高兴又是伤心。勾践对他们说:"我是个国破家亡的奴才,要不是大伙儿这么尽心尽意地出力,我哪儿能有回国的一天?"范蠡说:"这是大王的洪福,哪儿能算是我们的功劳呐?但愿大王从今往后,时时刻刻记住在坟头石屋里的苦楚,这样,越国才能出头,我们的仇准能报的。这是我们做臣下的和全越国人的愿望!"勾践说:"我决不叫你们失望!"他就叫文种管理国家大事,叫范蠡训练兵马,自己很虚心地接受别人的意见,想办法救济穷苦的老百姓。这么一来,全国的人个个欢喜,恨不得把自己的能耐全都拿出来,好叫这受欺压的弱国改变成为一个强国。

勾践唯恐舒服的生活消磨了志气。他把软绵绵的褥子撤下去,拿柴草当作褥子。在吃饭的地方挂上个苦胆,每逢吃饭的时候,先尝一尝苦味。这就叫"卧薪尝胆"。因为这回遭了亡国之祸,人民大批地被屠杀,人口减少了,他就定出几条奖励生养的条例来。例如上了年纪的人不准娶年轻的姑娘做媳妇儿;男子到了二十岁,女子到了十七岁,还不成亲的,他们的父母要受一定的处罚;快要临盆的女人,必须报官,好派官医去照顾她;添个小子,国王赏她一壶酒,一条狗,添个姑娘,国王赏她一壶酒,一头猪;有两个儿子的,官家给养活一个;有三个儿子的,官家给养活两个。赶到种地的时候,越王亲自拿着锄头在地里干活,为的是让庄稼人好提起精神,加劲儿种地,多打粮食。国王的夫人也老出去,看望看望养蚕、缫丝、织布、纺线的妇女们。没有事的时候,自己也在宫里织布。穿衣、吃饭,处处节省,为的是给吴王夫差进贡。夫差见勾践月月有东西送来,非常满意。

这时候,夫差正打算起造姑苏台。越王趁着这个机会,预备了几根又长又大的木料，打发文种送去。夫差从来没见过这么大的木料，非常高兴。大材不可小用，姑苏台得照原来的设计加高一层，还得往大里开展，才能够高矮合适。这么一来，工程可就大了。苦了吴国的老百姓，没日没夜地干着，还得经常挨打受骂。

勾践叫文种和范蠡向吴王进贡美人儿。范蠡说："托大王洪福，我找着了一位又精明又懂大义的美人儿。她叫西施。她情愿舍出自己的身子，去给大王报仇。"越王就派他送去。夫差一见西施，把她当作下凡的仙女。没有几天工夫，夫差就当了西施的俘虏。有一回，夫差对她说："今天越国的大夫文种上这儿来借粮。他说，越国收成不好，打算借粮一万石，过年如数归还。你瞧应该怎么办？"不用说，西施劝他答应了。

文种领了一万石粮食，回到越国，把这些粮食全都分给穷人。这一来，全国的人没有一个不感激越王的。转过年来，越国年成丰收，文种就挑选了顶好的可以做种子的粮食一万石，亲自还给吴国。夫差见勾践不失信，更加高兴了。他把越国的粮食拿来一看，粒粒足实饱满，就对伯嚭说："越国粮食的颗粒比咱们的大。咱们就把这一万石当作种子。这一来，咱们的庄稼就更好了。"伯嚭就把越国的粮食分给农民，叫他们去种。到了春天，吴国的庄稼人下了种，天天等着新秧长出来。等了十几天了，还没出芽。他们想，好种子大概要比普通种子出得慢一点，就耐着心又等了几天。没想到全国撒下去的种子全霉烂了。他们没有了主意。末了，只好再用自己的种子，可是已经误了下种的时间。这一年的饥荒算是坐定了。吴国的老百姓都怪吴王和伯嚭不顾土地合适不合适，就冒冒失失地用了越国的种子。他们哪儿知道越国送去的粮食，原来都是已经蒸熟了、又晒干了的呀！

越王勾践听见吴国闹饥荒，就想发兵。文种说："还早着呐！一来，伍子胥还没走；二来，吴国的兵马全部在国内。咱们还得等个机会。"越王只好耐心等候机会，趁这时候扩大军队，操练兵马。

伍子胥听说越王勾践操练兵马，就去见夫差。夫差听了伯嚭的话，叫伍子胥别再多嘴。夫差要去征伐齐国，伍子胥又出来反对。夫差一心想当霸主，哪里肯听他的，亲自带兵进攻齐国，打了个胜仗。他洋洋得意地回到吴国，文武百官全都道贺。伍子胥反倒批评说："打败齐国，只是得了点小便宜；越国来灭吴国，那才是大灾祸。"这种泼冷水的话，夫差听也听不进去。他恨透了伍子胥，又经西施一说，就派人给伍子胥送去一把宝剑，让他自杀。

夫差杀了伍子胥，拜伯嚭为太宰，打算会合中原诸侯当个霸主。公元前482年，夫差发兵又打败了齐国，大军到了卫国的黄池（在河南省封丘县西南），约会诸侯来开大会。晋国、卫国、鲁国害怕了，承认夫差为首领，订立了盟约。

吴王从黄池大会回去，到了半道上，一个跟着一个地接到了坏消息：越王勾践已经发大军打进吴国去了。吴国的士兵知道国内打了败仗，加上远道的劳累，已经没有打仗的精力了。越国的兵马是经过好几年训练的。两边一交手，吴国的兵马就像秋天的树叶子经大风一刮，给打得七零八落了。夫差只好派伯嚭去跟越王求和告饶。伯嚭带着好些贵重的礼物跑到越国的兵营，跪在勾践面前，央告求和。范蠡对越王说："吴国还有实力，不是一下子就能灭了的。"勾践就答应了跟吴国讲和，跟着退兵回去了。

公元前473年（黄池大会之后九年），越王勾践带着范蠡、文种亲自率领大军进攻吴国。吴国的兵马一连气打了几回败仗。伯嚭抵挡不住，领头投降了。吴王夫差被逼得走投无路，拿衣服遮住自己的脸说："我还有什么脸去见伍子胥呐？"说着就自杀了。吴国的将士到这会儿有的死了，有的逃跑了，剩下的都投降了越国。

越王勾践进了姑苏城，坐在吴王夫差的朝堂上。文武百官向他朝贺。吴国的太宰伯嚭也站在那儿，捻着几根七长八短的松针胡子，等着受封。勾践对他说："你是吴国的太宰，我哪儿敢收你做臣下呐？你怎么不跟着你的国君去呀？"伯嚭低着脑袋退了出去。勾践派人把他杀了。勾践大赏功臣，单单缺了个范蠡。原来他埋名隐姓，跑到别国去了，临走还给文种留下一封信，劝他说："飞鸟打光了，弓箭就没有用了；兔子打光了，就轮到猎狗给煮来吃了。大王在患难的时候，用得着咱们。现在他得了势，只怕咱们的威信超过了他。您也赶快走吧！"文种不怎么信他这些话，可是心里不很舒坦，就害起病来。有一天，勾践亲自去探望文种，留下了一把宝剑。文种拿起来一瞧，嗬！原来就是当初夫差叫伍子胥自杀的那把宝剑。他这才后悔没有听范蠡的话，只好自杀了。据说范蠡是带着西施一同跑的，后来经商发了大财。那个有名的大商人陶朱公就是范蠡。

越王勾践灭了吴国，接着带领大队人马渡过淮河，在徐州（在山东省滕州市；徐 shū）会合了齐国、晋国、宋国、鲁国的诸侯。当初中原诸侯最怕的是楚国，自从楚国给吴国打败了以后，就转过来怕吴国。如今吴国又给越国灭了，他们只好听从勾践的了。这么着，越王勾践做了霸主。春秋时期在齐桓公、晋文公、宋襄公、秦穆公、楚庄王五霸之后，又兴起了吴越二霸，就是吴王夫差和越王勾践。

战国时期

三家分晋

越王勾践（越国原先在浙江省杭州市余杭区以南，东到海边的地方）"卧薪尝胆"，发愤图强，不但灭了吴国（在江苏省南部），而且大军渡过淮河，当上了中原诸侯的领袖，做了霸主。一向被称为霸主的晋国（在山西省），到了这时候，实际上已经不是一个统一的诸侯国了。有势力的大夫各自割据地盘，把晋国分成了好几个小国。他们之间互相攻打，互相兼并。在这种情况下，晋国怎么能跟强大的越国对敌呐？

晋国的大夫当中势力最大的原来有六家，后来有两家被打散了，晋国的大权可就归了四家，就是智家、赵家、魏家、韩家。那时候，列国的大夫占有着大量的土地。他们直接统治农民，比国君富裕得多。农民的生活在大夫的手下，也比在国君的统治下要好一些。有不少农奴受不了国君的压迫和虐待，还情愿逃到大夫的封地里去做佃农。各国大夫的势力因而越来越大，像晋国那样，土地和人民实际上都落在这四家大夫手里了。

这四家——智伯瑶（yáo）、赵襄（xiāng）子、魏桓（huán）子、韩康子之中，智伯瑶的势力最大。他对赵、魏、韩三家说："咱们晋国一向当着中原的霸主。没想到吴王夫差和越王勾践先后起来，夺去了霸主的地位，这是咱们晋国的耻辱。如今只要把越国打败，晋国仍然能够当上霸主。我主张每家大夫拿出一百里的土地和户口来归给公家。公家的收入增加了，壮丁增加了，实力才会增强，才能够重新当上霸主。"这三家大夫早就知道智伯瑶想独吞晋国，他所说的"公家"，其实就是"智家"。可是他们三家心不齐，没法跟智伯瑶闹翻。智伯瑶派人去向韩康子要一百里的土地和户口，韩康子如数交割了。智伯瑶派人去向魏桓子要一百里的土地和户口，魏桓子也如数交割了。智伯瑶就这么增加了二百里的土地和户口。跟着他又派人去找赵襄子要一百里的土地和户口，赵襄子可不答应。他说："土地是先人的产业，我怎么也不能送给别人。韩家、魏家他们愿意送，不干我的事，我可没法依！"来人回去把赵襄子的话向智伯瑶报告，智伯瑶气得鼻子呼呼地响。他派韩、魏两家一同发兵去打赵家，还答应他们灭了赵家之后，把赵家所有的土地和户口三家平分。

公元前455年，智伯瑶自己率领中军，韩家的军队担任右路，魏家的军队担任左路，三队人马直奔赵家。赵襄子知道寡（guǎ）不敌众，就带着赵家的兵马退到晋阳（在山西省太原市）城里，打算在那儿死守。这个晋阳城是赵家最坚固的一座城。当初由赵家的家臣董安于一手经营，里面盖了很大的宫殿，宫殿的围墙内部全用苇箔（bó）、竹子、木板做成，外面再用砖和石头砌上。宫殿里的大小柱子全是上等的铜铸成的。所有的建筑又结实又好看。董安于之后，赵家又派家臣尹铎（yǐn duó）治理晋阳城。尹铎减轻刑罚，减少官差，因此很得人心。赵襄子一见晋阳城很严实，粮草又充足，老百姓也乐意跟他在一起，他就放心多了。

没有多少日子，三家的兵马把城围上。赵襄子吩咐将士们坚决守城，不准交战。每逢三家攻打的时候，城上的箭就雨点似的落下来，智伯瑶没法打进去。晋阳城就这么仗着弓箭守了半年多。可是箭都使完了，怎么办呐？赵襄子为了这个，闷闷不乐。他手下的谋士张孟谈对他说："听说当初董安于在宫殿里准备了无数的箭，咱们找找去。"这一下可把赵襄子提醒了。他立刻叫人把围墙拆去一段，果然里面全是做箭杆的现成材料。又拆了几根大铜柱子，铸成无数的箭头。有了这么多的箭，再使几年也使不完。赵襄子叹息着说："要是没有董安于，如今上哪儿找这么些兵器去？要是没有尹铎，老百姓哪儿能这么不怕死地守住这座城呐？"

三家的兵马把晋阳城围困了两年多，没打下来。到了第三年，有一天，智伯瑶在察看地形的时候，一看到晋阳城东北的那条晋水，就有了主意了：晋水是由龙山那边过来，绕过晋阳城往下流去；要是把晋水一直引到西南边来，晋阳城不就淹了吗？他就吩咐士兵们在晋水旁边另外挖一条河，一直通

到晋阳城，又在上游那边造了一个很大的蓄水坑，在晋水上筑起坝来，拦住上游的水。这时候正赶上雨季，一连下了几天大雨，蓄水坑里的水都满了。智伯瑶叫士兵们开了个豁（huō）口，大水就直冲晋阳城，灌到城里去了。不到两天工夫，城里的房子多半给淹了。老百姓跑到房顶上和高地上避难。竹排、木头板子都当了筏子。烧火、做饭都在城头上。可是全城的老百姓宁可淹死，不肯投降。

赵襄子叹息着对张孟谈说："民心固然没变，要是水势再高涨起来，咱们不就全完了吗？"张孟谈说："我总觉得韩家和魏家绝不会甘心情愿地把自己的土地让给智家，他们也是出于无奈。依我说，主公多准备小船、竹排、木筏子，再跟智伯瑶在水上拼个死活。我先想办法去见韩康子和魏桓子去。"赵襄子当天晚上就派张孟谈偷偷地去跟两家相商，约他们反过来一同去打智伯瑶。要是韩康子和魏桓子能够同意的话，赵襄子就有救了。

第二天，智伯瑶命令下来，叫韩康子和魏桓子一同去察看水势。他指着晋阳城挺得意地对他们说："我用不着交战，我能够叫这条晋水替我消灭赵家。你们看，晋阳不是就快完了吗？早先我以为晋国的大河像城墙一样可以拦住敌人。照晋阳的情形看来，水能灭国，大河反倒是个祸患了。你们看看，晋水能够淹晋阳，汾水就能淹安邑（魏家的大城，在山西省运城市盐湖区），绛水也就能淹平阳（韩家的大城，在山西省临汾市南）。是不是？哈哈哈！"韩康子和魏桓子连连答应着说："是，是，是！"智伯瑶见他们答话有点慌里慌张，好像挺害怕的样子，自己才觉得说漏了嘴。他赔着不是说："我这个人哪，是个直心眼，有一句说一句，你们可别多心！"他们两个又点头哈腰地说："是，是！您是顶天立地的英雄。我们能够跟着您，蒙您抬举，真是非常荣幸了。"他们嘴里尽管这么说，心里可决定要跟着赵襄子干了。

第三天晚上，约莫四更天，智伯瑶正在自己的营里睡着，猛然间听见了一片喊杀的声音。他连忙从卧榻上爬起来，衣裳和被子已经湿了，兵营里全是水。他还以为是堤坝开了口子，大水灌到自己营里来了，赶紧叫士兵们去抢修。不大会儿工夫，水势越来越大。智伯瑶的家臣豫（yù）让带着水兵，扶着智伯瑶上了小船。智伯瑶在月光下回头一瞧,就见士兵们在水里一起一沉地挣扎着,这才明白敌人把水放过来了。正在惊慌不定的时候,四面八方都响起了战鼓。韩家、赵家、魏家三家的士兵都驾着小船、竹排、木筏子,一齐冲杀过来,见了智家的士兵就连打带砍,一点不放松。当中还夹杂着喊叫的声音:"别放走了智伯瑶!拿住智伯瑶的有赏!"智伯瑶对豫让说:"原来那两家也反了!"豫让说:"别管他们反不反,主公赶紧杀出去,上秦国去借兵!我留在这儿死命对付他们。"说着,他跳上木筏子,杀散敌人,叫大将智国保护着智伯瑶逃跑。

智国保护着智伯瑶,坐着小船一直向龙山那边划去。这一带没有追兵,智伯瑶才喘了口气。他们好容易把船划到了龙山跟前,急急忙忙爬上了岸。幸亏东方已经发白了,他们顺着山道走去,跑了一阵子,略略宽了宽心。不料刚一拐弯,迎头碰见了赵襄子!赵襄子早就料到智伯瑶准从这条路上跑,预先带领一队兵马在那边埋伏着。他当时就逮住智伯瑶,砍下他的脑袋。智国自己抹脖子自杀了。

三家的兵马合到一块儿,把沿着河边的堤坝拆了。大水仍旧流到晋水里去,晋阳城又露出旱地来了。

赵襄子安抚了居民之后,就给韩康子和魏桓子道谢。他们宣布智伯瑶的罪恶,就照古时候的习惯把智家的男女老少杀得一个不剩。韩家和魏家的一百里土地和户口,当然由各人收回去。智家的土地和户口,他们就三股平分了。

韩康子、赵襄子和魏桓子三家灭了智伯瑶,都想趁着这个时候把晋国分了。可是这么大的事情也不能说干就干,总得找个恰当的时机才好。到了公元前438年,晋国的国君晋哀公死了,儿子即位,就是晋幽公。韩康子、赵襄子、魏桓子他们见新君软弱无能,大伙儿就商定了平分晋国的办法。他们把晋国的绛州和曲沃(wò)两座城给晋幽公留着,别的地界三家瓜分了。这一来,韩、赵、魏三家就称为"三晋",各自独立。晋幽公只好在三晋的势力之下活着。他不但不能把三晋当作晋国的臣下看待,还得一家一家地去朝见他们，地位就这么颠倒过来了。

公元前 425 年，赵襄子得了重病死了。就在这一年里，韩康子和魏桓子也都病死了。这三家的继承人叫韩虔（qián）、赵籍和魏斯。他们合在一起，打算自己正式做诸侯。

公元前 403 年，韩、赵、魏三家打发使者上成周（在河南省洛阳市东北）去见周威烈王，要求他把他们三家加在诸侯的名册上，还说："韩虔、赵籍、魏斯都因为尊敬天王，才来禀告。只要天王正式封他们为诸侯，他们就能辅助天王。"周威烈王一想，不认可也没用，他就封魏斯为魏侯，赵籍为赵侯，韩虔为韩侯。

这新起来的三个诸侯宣布了天王的命令，各自立了宗庙，向列国通告。各国诸侯都来给他们贺喜。只有秦国（在陕西省西部）不跟中原诸侯来往，中原诸侯还是把它当作西方的戎族（山戎的部族；戎 róng）看待。秦国当然没派人来。

晋幽公之后，到了他孙子的时候，三晋干脆把这个挂名的国君也废了，让他做个老百姓。从此，晋国的统治系统就断了，以后只有韩、赵、魏，连晋国这个名称也不用了。

用人不疑

三晋里头最强盛的要算魏国了。魏文侯一个劲儿地搜罗人才，兴修水利，改进耕种的方法，还实行粮食平粜（tiào）：逢到熟年，公家把粮食照平价买进；逢到荒年，公家把粮食照平价卖出。这么一来，不管年成好不好，粮价总是平稳的，农民生活比以前安定，生产发展就比较快。

魏国渐渐强盛起来，魏文侯就决心要去收服中山国（在河北省定州市）。中山国在魏国的东北边，原来是晋国的属国。自从三家分晋之后，中山国向谁也没进贡。魏文侯怕赵国或是韩国把中山国夺过去，就打算先下手。再说中山国君荒淫（yín）无道，对待老百姓非常凶暴，魏文侯更觉得有理由发兵去征伐。有人推荐文武双全的乐（yuè）羊，说请他当大将，一定能够把中山收过来。可是另外有些人反对说："不行！乐羊的儿子乐舒，如今正在中山做大官。咱们不能叫他去打中山。"魏文侯就派人去探听，才知道乐羊很有见识，他儿子乐舒曾经奉了中山国君的命令去请他，乐羊不但不去，还叫他儿子离开中山，说中山的国君荒淫无道，跟他在一块儿必然自取灭亡。魏文侯就派人把乐羊请了来。

魏文侯对乐羊说："我打算派你去征伐中山，可是听说你的儿子在那边，怎么办呐？"乐羊说："大丈夫为国立功，决不能为了父子的私情不顾公事。我要是不能把中山收服过来，情愿受处分！"魏文侯挺高兴地说："你这么有把握，好极了。我就用你，相信你。"乐羊很感激国君这么信任他，要求马上发兵。

公元前408年，魏文侯拜乐羊为大将，西门豹（姓西门，名豹）为副将，率领五万人马去进攻中山国。中山国君姬窟（jī kū）派大将鼓须带领一大队兵马迎上来，不让魏兵过去。两边打了一个多月，也没见胜败。后来乐羊和西门豹拿火攻的法子把鼓须打败，一直追到中山城下。

中山国大夫公孙焦对姬窟说："乐羊是乐舒的父亲，主公不如叫乐舒去要求乐羊退兵。"姬窟就叫乐舒去说。乐舒推辞说："早先我奉了主公的命令去请他，他坚决不肯来。如今我们父子两个各有主人，他绝不会答应我。"姬窟逼着他去说，还吓唬他说："你不去，我先要你的狗命！"乐舒只好上了城门楼子，请他父亲跟他见面。乐羊一见乐舒，就骂他："你就知道贪图富贵，不知道进退，真是没出息的奴才！赶快去告诉昏君早点投降，他还有活命，你还能见我。要不然，我先把你杀了。"乐舒央告说："投降不投降在乎国君，我不能做主。我只求父亲暂时别再攻打，让我们商量商量。"乐羊说："这么着吧，给你一个月的期限，你们君臣早点打定主意。"乐羊下令把中山围住，不许攻打。

姬窟认为乐羊心疼自己的儿子，绝不会急着攻城。他仗着中山城结实，城里粮草又充足，不打算投降。一晃儿，一个月过去了，乐羊就准备再攻城。姬窟又叫乐舒去求情，再宽限一个月。他还想到外边去请救兵。可是乐羊把中山城围了好几层，城里的人没法出去。就这么打也不打，降也不降，只叫乐舒一再请求乐羊放宽期限。

几个月又过去了，魏国朝廷里就有不少人议论纷纷，都说乐羊为了儿子不加紧攻打，中山就别想收服了。魏文侯不说话，他接连不断地打发人去慰劳乐羊，还告诉他国君正在替他盖房子，预备等他得胜回朝的时候，送给他住。乐羊非常感激，可就是按兵不动。西门豹也着急起来了，对乐羊说："将军还打算不打算攻打中山？"乐羊说："没有的话。我两次三番地答应中山国君放宽期限，让他两次三番地失信，为的是让老百姓知道谁是谁非。我可不是为了乐舒一个人，为的是要收服中山的民心。"西门豹听了，这才放心。

又过了一个月，中山国君还不投降，乐羊可就开始攻城了。姬窟眼瞧着中山守不住，就叫公孙焦把乐舒绑在城门楼子上，准备杀他。乐舒嚷着说："父亲救命！"中山的大夫公孙焦对乐羊说："赶快退兵，你儿子还有活命；

你要是再攻城，我们可就要拿他开刀了！"乐羊骂乐舒说："你当了大官，不能劝告国君改邪归正，又没法守城，投降又不投降，抵御又不抵御，还像个吃奶的孩子叫唤什么？"他拿起弓箭来，准备射上去。公孙焦叫人把乐舒拉下来。他对姬窟说："乐舒的父亲向咱们进攻，乐舒也不能说没有罪呀。"姬窟就把乐舒杀了。公孙焦看着乐舒的尸首，想出了一个主意来。他对姬窟说："咱们把乐舒的尸首煮成肉羹（gēng）给乐羊送去。他见了儿子的肉羹，必定难受，也许悲伤得精神恍惚，就没有心思再打仗了。"姬窟依了公孙焦的话，打发人把乐舒的肉羹给乐羊送去，还对他说："小将军不能退兵，我们把他杀了，做了一罐肉羹送给你！"乐羊气得头顶冒火儿，指着瓦罐骂着说："你伺奉无道昏君，早就该死！"他把瓦罐狠狠地往地下一摔，嚷着说："你们会做肉羹，我们的兵营里也有大锅，正候着你们的昏君呐！"乐羊恨不得一口把中山吞下肚去。他命令将士加紧攻城，等到撞开城门，他带头冲了进去。姬窟急得没有办法，只好自杀了。公孙焦出来投降，乐羊数说他的罪恶，把他杀了。接着，乐羊安抚中山的百姓，废除了姬窟定下的一些暴虐的法令，叫西门豹带着五千人留在中山，自己率领着大队人马回去了。

乐羊到了魏国的都城安邑城外，就瞧见魏文侯在那儿等着他。魏文侯慰问他说："将军为了国家，舍了自己的儿子。我真过意不去。"乐羊献上中山的地图和战利品。大伙儿都称赞乐羊。魏文侯请他到宫里去喝酒。乐羊因为立了大功，谁都向他表示钦佩，他不由得显出有些骄傲的神气来了。宴会完了，魏文侯赏他一只箱子，箱子上下封得挺严。乐羊一看，心里想不是黄金，就是白玉。他想，大概魏文侯怕别人见了引起嫉妒，才这么封着。他越想越得意，当时就叫手下的人很小心地把箱子搬到家里去。

乐羊赶紧回到家里，打开箱子一瞧，愣了。箱子里装的不是什么宝贝，全是朝廷里大臣们的奏章！他随便拿起一个奏章来瞧瞧，上面写道："乐羊连打胜仗，中山眼看就能攻下来了。但是为了乐舒的一句话，就不再攻。父子私情，于此可见。"他又拿起一个奏章，上面写着："主公如不召回乐羊，恐怕后患难防。"其余的奏章大都写着："再让乐羊留在中山，怕是连五万大

军也要断送了。""当初拜乐羊为大将，已经错了主意。""人情莫过于父子，乐羊怎么能忍心伤害自己的骨肉？"乐羊一边看一边掉着眼泪。他说："想不到朝廷中有这么些人在背后毁谤我！要是主公不能坚决地信任我，我哪儿能成功呐？"

第二天，乐羊上朝谢恩。魏文侯要封他，乐羊再三推辞说："中山能够打下来，全是主公的力量。我有什么功劳可说？"魏文侯说："倒也是，除了我，没有人能够这么信任你；可是除了你，也没有人能够这么收服中山。你已经辛苦了。我封你为灵寿君。"乐羊谢了国君，就动身到封地灵寿（原属中山，在河北省正定县北）去了。

河伯娶妇

魏文侯想起中山离本国太远，必得派自己人去守才放心。他就封太子为中山侯，把西门豹替换回来，要他去守另一个重要的地方邺城（在河北省临漳县西；邺 yè）。邺城夹在韩国和赵国当中，西边是韩国的上党（在山西省长治市），北边是赵国的邯郸（在河北省邯郸市；邯郸 hán dān）。这块重要的地方非派个像西门豹那样有本领的人去管理不可。

西门豹到了邺城，一瞧那地方非常凄凉，人口也挺少，好像刚打过仗，逃难的居民还没回来似的。他就把当地的父老们召集到一块儿，跟他们随便聊聊天。他问："这地方怎么这么凄凉？老百姓一定很苦吧？"父老们回答说："可不是吗。河伯娶妇，害得老百姓快逃光了。"西门豹摸不清是怎么回事。他问："河伯是谁？他娶媳妇儿，老百姓干吗要跑呐？"父老说："这儿有一条大河叫漳河，漳河里的水神叫河伯。他最喜爱年轻的姑娘，每年要娶一个媳妇儿。这儿的人必须挑选模样好的姑娘嫁给他，他才保佑我们。要不然，河伯一不高兴，他就兴风作浪，发大水，把这儿的庄稼全冲了，还淹死人呐。您想可怕不可怕？"西门豹说："这是谁告诉你们的？"他们说："还有谁呐？就是这儿的巫婆。她手底下有好些女徒弟，当地的里长和衙门里的差役又跟她连在一起，出头给河伯挑媳妇儿办喜事，每年要我们拿出好几百万钱。喜事办下来，大概也得花二三十万，其余的就全都装到他们的腰包里去了。"

西门豹听了很生气，可是他故意装作不明白的神气，说："那也用不着逃跑哇。"父老又解释给他听。他们说："要是单单为了这笔花费，老百姓还不至于逃跑。最怕的是每年春天，我们正要耕种的时候，巫婆打发她手下的人挨门挨户地去看姑娘。瞧见谁家的姑娘长得好一点，就说，'这姑娘应当给河伯做新媳妇儿'，这个小姑娘就送了命了！有钱的人家可以拿出一笔钱来赎身。没钱的人家哭着求着，至少也得送他们一点东西。实在穷苦的人家只好把女儿交出去。每年到了河伯娶妇那一天，巫婆把选来的那个姑娘打扮起来，把她搁在一只苇子编成的小船上。那时候岸上还吹吹打打，挺热闹的。然后把小船送到河里，由它随着风浪漂去。大概漂了几里地，连船带新媳妇儿就让河伯接去了。为了这档子事，好些有女儿的人家都搬走了，城里的人就越来越少。"

西门豹问："你们这儿老闹水灾吗？"他们说："全仗着每年给河伯娶媳妇儿，还算没碰上大水灾。有时候夏天缺雨，庄稼旱了倒是难免的。要是巫婆不给河伯办喜事，那么，除了旱灾，再加上水灾，日子就更过不了啦。"西门豹说："这么说来，河伯倒是挺灵的。下回他娶媳妇儿的时候，你们早点告诉我一声，我也去给河伯道个喜。"

到了日期，西门豹带着一队武士跟着父老去"送亲"。当地的里长和办理婚礼的人，没有一个不到的。西门豹还派人去通知一些过去把女儿送给河伯的人家，邀他们都来看看今年的婚礼。远远近近的老百姓都来看热闹，一时聚了好几千人。里长带着巫婆来见西门豹。西门豹一看，原来是个三分像人七分像鬼的老婆子。在她后面跟着二十来个女徒弟，手里拿着香炉、蝇甩什么的。西门豹说："烦巫婆叫河伯的新媳妇儿上这儿来让我瞧瞧。"巫婆就叫她的女徒弟去把新媳妇儿领来。只见她们搀着一个十四五岁的小姑娘走了过来。小姑娘不停地哭，脸上擦着胭脂花粉，有不少已经给眼泪冲去了。

西门豹对大伙儿说："河伯的媳妇儿必须挑个特别漂亮的美人儿。这个小姑娘我瞧还配不上。烦巫婆劳驾先去跟河伯说，'太守打算另外挑选一个更好看的姑娘，明天就送去。'请你快去快回。我这儿等你回信。"说着，他叫武士们抄起那个巫婆，扑通一声，扔到河里去了。岸上的人吓得连大气都不敢出。那个巫婆在河里挣扎了一会儿，沉下去了。西门豹站在河岸上，恭恭敬敬地等着。站在岸上的人都张着嘴，眼睛顺着西门豹的眼睛望着河心盯着。好几千人都没有声音，只有河里的流水声儿响着。

过了一会儿，西门豹说："巫婆上了年纪，不中用，去了这么半天还不回来。你们年轻的女徒弟去催她一声吧！"接着扑通扑通两声，两个领头的女徒弟又给武士们扔到河里去了。大伙儿笑了一声，喊（qī）喊喳（chā）喳地议论开了。他们一会儿望望河心，一会儿望望西门豹的脸。又过了一会儿，西门豹说："女人不会办事，还是烦出头办事的善士们辛苦一趟吧！"那几个经常向老百姓勒索的里长正想逃跑，早被一群老百姓挡住，一个一个都给武士抓住了。他们还想挣扎，西门豹大声喝着说："快去，跟河伯讨个回信，赶紧回来！"武士们左推右拽（zhuài），不由分说，把他们都推到水里，一个个喊了一声，眼看都活不成了。旁边看的人有的笑了，有的手指头指着河心，直骂这几个坏蛋。西门豹向大河行个礼，挺恭敬地又等了一会儿。看热闹的人当中有的害怕，有的喜欢，有的咬牙，可是谁也不愿意走开，都要看个究竟。

　　西门豹回头又说："这些人怎么这么久还不回来？我看还是派差役去催一催他们吧！"那一班衙门里的差役吓得脸上连一点活人的颜色都没有了，哆哩哆嗦地跪在西门豹跟前直磕响头，有的把脑门子都磕出血来了。西门豹对他们说："什么地方没有河？什么河里没有水？水里哪儿有什么水神？你们瞧见过吗？罪大恶极的巫婆造谣骗人，这几个里长跟她勾结在一起，搜刮老百姓的钱财，杀害了许多姑娘的性命。你们这些人还跟着他们兴风作浪，助长这种野蛮的风俗！你们害了多少人？应该不应该偿命？"老百姓听了，都高声嚷着说："对，太应该了！这批该死的坏蛋，早就该办罪了。"那一班差役连连磕头，推说都是巫婆干的勾当。西门豹说："如今害人的巫婆已经治死了。往后谁要再胡说八道地说什么河伯娶妇，就叫他先上河里去跟河伯见面！"大伙儿嚷着说："对呀！把他扔到河里去！"

　　西门豹把巫婆和里长他们的财产都分给老百姓。打这儿起，谁也不敢再提给河伯娶妇的事儿。以前离开邺城的人，都纷纷回来了。

　　西门豹叫水工测量地势，带领邺城一带的百姓开了十二条水渠，使漳河的水灌溉庄稼。有不少荒地变成了良田，一般的水灾、旱灾可以免去，老百姓安心耕种，收成比以前什么时候都好。魏国就越来越富强了。

起死回生

魏文侯叫乐羊收服中山，叫西门豹治理邺城，这是新兴的魏国两件很成功的大事情。接着又拜当时很出名的军事专家吴起为大将去镇守西河（地名，不是河名，在陕西省华阴、白水、澄城一带，地在黄河西边，所以叫西河）。吴起跟孙武同样以兵法出名，所以咱们有时候把他们两个人连着叫"孙吴"，他们的兵法也连着称为"孙吴兵法"。

吴起到了西河，立刻修理城墙，训练兵马。为了防备秦国，他还修了一座很重要的城叫吴城。他不但挡住了秦国，而且转守为攻，打到秦国的地界去，夺了河西的五座城，吓得秦人不敢再到河西这边来。这一来，魏国的名声可就大了。韩国、赵国、齐国都派使者来朝贺，尤其是齐国的相国田和，特别尊重魏文侯，把他当作新起来的霸主。

田和这么尊重魏文侯，有他自己的算盘，他想仗着魏国的势力作为靠山，夺取齐国的统治。齐国几代国君，对待老百姓非常残酷，剥削重，刑罚严。齐国百姓一年劳动的收入，有三分之二都给国君夺去，只能勉强过着半死不活的日子。老百姓要是发牢骚，怨恨朝廷，动不动就受到砍脚的刑罚。齐国有一种专门卖给砍了脚的人穿的鞋叫作"踊（yǒng）"。因为被砍了脚的人实在太多了，市场上卖踊的生意比卖鞋的还好，踊的价钱就比鞋的价钱涨得快。老百姓怎么能不痛恨国君呐？

齐国掌权的大夫有五家，就数田家（也叫陈氏，因为古代"田"字和"陈"字是可以通用的）势力最大。从田和的曾祖父手里起，田家为了收买人心，把粮食借给百姓，借出的时候用大斗，收回的时候用小斗。田家还把自己封地里出产的树木、鱼、盐、海螺、蛤蜊等运到各地卖给人家，白贴运费，价钱跟出产地一样。齐国百姓因为痛恨国君，都归向田家。田家尽力搜罗人才，因此在大夫中占了极大的优势，就把其余的四家大夫都灭了。到了田和做相国的时候，他看时机已经成熟，国内的人拥护他，国外魏文侯肯尽力帮他的忙，他就干脆把国君齐康公放逐到一个海岛上去了。

齐国整个儿归了田和以后，田和又托魏文侯替他向天王请求，依照当初"三晋"的例子封他为诸侯。那时候周威烈王已经死了，他的儿子即位，就是周安王。周安王答应了魏文侯的请求，在公元前386年，封田和为齐侯，就是田太公。他是新齐国的第一个国君。

田太公做了两年国君，死了。他儿子田午即位，就是齐桓公（和五霸之一的齐桓公小白称号相同）。桓公午第六年，有一位非常出名的民间医生叫扁鹊，回到本国来，桓公午把他当作贵宾招待。扁鹊原来是上古时代（据说是黄帝时代，公元前2697年到公元前2598年；黄帝是传说中的一个帝王）的一位医生。桓公招待着的那位扁鹊是齐国人，姓秦，名越人，比上古的那位扁鹊晚生了两千多年。因为秦越人治病的本领特别大，人们都尊他为"扁鹊"。后来谁都叫他扁鹊，他原来的名字秦越人，反倒很少人知道了。扁鹊治病的方法是多种多样的。医药、针灸（jiǔ）、按摩都采用，看情况而定。他周游列国，替老百姓治病。到了赵国的都城邯郸，他看到那边的人一般都重视妇女，他就做了妇科大夫，给妇女治病。到了周天王的都城洛阳，他看到那边的人一般都尊敬老年人，他就做了耳目科和治疗神经麻痹（bì）、风湿症的大夫，给老年人治病。到了秦国的咸阳，他看到那边的人一般都爱护儿童，他就做了小儿科的大夫，给儿童治病。总之，他到了哪儿，哪儿的人最需要看什么病，他就治什么病。

有这么一回事：死了人，尸首搁了几天了，扁鹊一看，又问明了病人临死时候的情况，就断定这不是死，而是一种严重的昏迷，他给扎了几针，居然把人救活了，又给他吃了些药，把他的病治好了。人家就都称赞扁鹊，说他能起死回生。他可不同意这种说法。他说他也不能叫死人活转来。他说："这个人本来没有死，生命还在他身上。我不过帮助他把受着压制的生命兴起来就是了。"话虽这么说，人们还是说他有起死回生的本领。

这一次，扁鹊见了桓公午，对他说："主公有病，病在皮肤，要是不及时医治，病就会厉害起来的。"桓公午挺一挺胸脯，使劲地弯了弯胳膊说："我没有病。"他送出了扁鹊，对左右说："做医生的就想赚钱，人家没有病，他也想治。"过了五天，扁鹊见了桓公午，说："主公有病，病在血脉，要是不医治，病准会严重起来的。"桓公午摇摇头说："我没有病。"他有点不大高兴。又过了五天，扁鹊特地再来看桓公午。他说："主公有病，病在肠胃里，再不医治，病还会加深。"桓公午很不高兴，干脆不搭理他。扁鹊只好退出去了。

又过了五天，扁鹊再来看桓公午。他见了桓公午，一句话也没说，就退出去了。桓公午叫人去问他，他说："病在皮肤，用热水一熨（wù）就能好；病到了血脉里，还可以用针灸治疗；病到了肠胃里，药酒还到得了；现在病进了骨髓（suǐ），没法儿治了。"桓公午一再耽误，十五天就这么过去了。到了第二十天，桓公午病倒了。他赶紧派人去请扁鹊，可哪儿也找不到他。桓公午躺了几天就死了。

扁鹊注重医学和治病的经验。他最反对用巫术给人治病。他说："一个人相信巫术，不相信医药，那个病就没法儿治。"这么有本领的一位民间医生，受到方士和巫婆们的攻击，不必说了，因为他们把扁鹊看成死对头；最气人的是，他遭到了大医官的嫉妒。秦国有个大医官叫李醯（xǐ），他知道自己的技术比不上扁鹊，怕扁鹊的名声比自己大，怕自己的名望和地位受到影响，就派人偷偷地跟着扁鹊，把他刺杀了。

桓公午不听扁鹊的话，害病死了。他儿子即位，就是齐威王。就在这一年（公元前379年），齐康公死在海岛上，恰巧他没有儿子，齐威王算是继承齐康公的君位。原来齐国君主姓姜，打这儿起，齐国虽然还叫齐国，可是已经是新兴的田家的齐国了。

不受蒙蔽

齐威王有点像当初楚庄王一开头时候的派头，一个劲儿地吃、喝、玩、乐，不把国家大事搁在心上。人家楚庄王"三年不飞，一飞冲天；三年不鸣，一鸣惊人"。可是齐威王呐，一连九年不飞不鸣。在这九年当中，韩国、赵国、魏国时常来侵犯齐国，齐威王也不着急，打了败仗他也无所谓。他还不准大臣们去劝告他。

有一天，有个琴师求见齐威王。他说他是本国人，叫邹忌，听说齐威王爱听音乐，特来拜见。齐威王一听是个琴师，就叫他进来。邹忌拜见了国君之后，把琴放好，调好弦儿像要弹的样子，可是他把两只手搁在琴弦上不动了。齐威王问他："你调了弦儿，怎么不弹呐？"邹忌说："我不光会弹琴，还懂得弹琴的一套大道理。"齐威王虽说也能弹琴，可是他不知道弹琴还有什么道理，就叫他细细地讲。邹忌开始讲弹琴的一番理论，讲得天花乱坠(zhuì)，越讲越玄（神秘的意思）了。这些话齐威王有听得懂的，也有听不懂的。他听着听着，不耐烦起来了，对邹忌说："你说得挺好，挺对，可是你为什么不弹给我听听呐？"邹忌说："大王瞧我拿着琴不弹，有点不乐意吧？怪不得齐国人瞧见大王拿着齐国这张大琴，九年来没弹过一回，都有点不乐意了！"齐威王站起来说："原来先生拿着琴来劝告我。我明白了。"他叫人把琴拿下去，就和邹忌谈论起国家大事来了。邹忌劝他搜罗人才，重用有能耐的人，增加生产，节省财物，训练兵马，好建立霸主的事业。齐威王听得非常高兴，就拜邹忌为相国，帮助他加紧整顿朝廷的事务和全国各地的官吏。

齐威王用邹忌做了相国，果然把齐国治理得井井有条。全国上下都说他是个英明的君主。齐威王非常得意，邹忌心里可暗暗担忧。他怕齐威王骄傲起来，想找个词儿提醒提醒他。

有那么一天，邹忌早上起来，穿好衣服，戴上帽子，对着镜子瞧瞧，觉得自己很漂亮，心里很得意。他问他的妻子说："我跟北门的徐公比起来，哪个漂亮？"原来那位徐公漂亮出了名，全国的人都把他当作美男子。邹忌这么一问，他的妻子说："徐公哪儿比得上您呐！"邹忌不大相信，又问问他的使唤丫头："我跟徐公比，到底哪个漂亮？"那个使唤丫头说："徐公怎么能跟您比呐？当然是您漂亮。"

过了一会儿，来了一位客人，两个人就坐着谈天。谈话当中，邹忌问他："我跟徐公比，哪个漂亮？"那个客人说："您漂亮，徐公比不上您！"

第二天，巧极了，城北徐公来访问邹忌。邹忌一看，愣了。天下真有这么漂亮的男子！他觉得自己比不上徐公。他偷偷地照照镜子，再瞅瞅徐公，越照越瞧，越觉得自己比徐公差得远了。

到了晚上，邹忌躺在床上琢磨来琢磨去，悟出了一个道理来。一清早，他去见齐威王，把他是怎么问的，妻子、丫头、客人是怎么答的，说了一遍。齐威王听得笑了起来，问邹忌说："那么你自己说说看，你跟徐公相比，到底谁漂亮呐？"邹忌说："我哪儿比得上徐公呐？我的妻子说我美，是因为她偏向着我；我的使唤丫头说我美，是因为她平日怕我；我的客人说我美，是因为他有事情想要求助于我。"齐威王点点头："你说得很对。听了别人的话，是得好好想一想，要不就可能受到蒙蔽。"邹忌说："是呀，我想齐国有一千多里土地，一百二十个城邑。王宫里的美女和伺候大王的人，没有一个不想讨大王喜欢的；朝廷上的臣下，没有一个不害怕大王的；全国各地的人，没有一个不想得到大王的照顾。从这些情况看来，大王是很容易受到蒙蔽的。"

齐威王听了邹忌的话，觉得很有道理。他立刻下了一道命令："不论朝廷大臣、地方官吏和老百姓，能当面指出我的过错的，得上等赏；能上书指出我的过错的，得中等赏；就是在公共场所议论我的过错，并能传到我耳朵里的，也给他下等赏。"

邹忌不但这么规劝齐威王,他还细心查问各地的官吏,要弄清楚他们办事办得怎样。朝廷里的很多大官回答他说:"中等的太多了,不知道从哪儿说起。我们只知道太守里头最好的是阿城(在山东省阳谷县东北)大夫,最坏的要数即墨(在山东省平度市东南)大夫了。"邹忌就照样地告诉了齐威王。齐威王问起左右,大伙儿都说阿城大夫是太守里头数一数二的好人,那个即墨大夫是太守里头的败类。齐威王只怕受蒙蔽,暗地里派人到阿城和即墨去实地调查。

过了不久,齐威王把阿城大夫和即墨大夫召回来。朝廷上的大臣们一琢磨,这还用说吗?一定是叫阿城大夫来领赏,叫即墨大夫来受处分。那些给阿城大夫说好话的都暗暗高兴,阿城大夫升了官,他们也有好处。那个不懂人情世故、默默无闻的即墨大夫,准得被撤职查办了。

就在那天,文武百官都来朝见齐威王。齐威王叫即墨大夫上来。众人瞧见殿上放着一口大锅,烧着满满一锅开水,都静悄悄地站着,替即墨大夫捏着一把汗。齐威王对即墨大夫说:"自从你到了即墨,天天有人告你,说你怎么怎么不好。我就派人上即墨去调查。他们到了那边,就瞧见地里长着绿油油的庄稼,老百姓安居乐业。这都是你治理即墨的功劳。你专心一意办事,不来跟这儿的大官们联络,也不送礼给这儿的人,他们就天天说你坏话。像你这种老老实实、勤勤恳恳,不吹牛、不拍马的大夫,咱们齐国能找得出几个呐?今天我特意叫你来,加封你一万家户口的俸禄!"

那些说即墨大夫坏话的人,都觉得自己脸上热乎乎的,脊梁骨冒着凉气,恨不得钻到地底下去。

齐威王回头对阿城大夫说:"自从你到了阿城,天天有人夸奖你,说你怎么怎么能干。我就派人到阿城去调查。他们到了那边,就瞧见庄稼地里长满了野草,老百姓面黄肌瘦,连话都不敢说,只暗地里叹气。这都是你治理阿城的罪恶!你为了欺压小民,装满自己的腰包,接连不断地给我手下的人送礼,叫他们替你说好话。他们就恨不得把你捧上天去。像你这种专仗着行贿(huì)、巴结上司的贪官污吏,要是再不惩办,国家还成个体统吗?——

把他扔到大锅里去！"

　　武士们就把阿城大夫扔到大锅里煮了。吓得那些受过阿城大夫好处的人好像自己也给扔到大锅里一样，一个个站不住了。他们一会儿换换左脚，一会儿换换右脚，一会儿擦擦脑门子上的汗珠，一会儿挠挠脖颈（gěng）子，愁眉苦脸地站在那儿。

　　齐威王回头叫那些平日颠倒是非的人过来，责备他们说："我在宫里怎么能知道外边的事情？你们就是我的耳朵，我的眼睛。可是你们贪赃受贿，昧着良心，把坏的说成好的，把好的说成坏的。这不是比堵住了我的耳朵更坏吗？你们简直是打算扎瞎我的眼睛！我要你们这些臣下干什么？——把他们都给我煮了吧！"

　　这十几个人吓得跪在地下直磕响头，苦苦地哀求着。齐威王就挑了几个最坏不过的，把他们办了罪。

　　这么一来，贪官污吏都害怕了。他们担心着国君暗地里派人来调查，怕自己给扔到大锅里去。有的确实不敢再为非作歹了；有的不敢再在齐国待着，跑到别国去了。

　　邹忌又对齐威王说："从前齐桓公、晋文公当霸主，都是借着天王的名义号令列国诸侯的。目前周室虽说是衰弱了，可是还留着天王的名义。大王要是去朝见天王，奉了他的命令去号令诸侯，就能当上霸主了。"齐威王说："我已经称为王了，哪儿还能去朝见另一个王呐？"邹忌说："他是天王啊。只要在朝见的时候，您暂且称为齐侯，天王必然高兴，您还不是要怎么着就怎么着吗？"齐威王就亲自上成周去朝见周烈王。周烈王果然挺高兴，赏给他几件珍宝。齐威王从成周回来，沿路都是称赞他的话，乐得他满面笑容，装着一肚子的得意回到齐国。

商鞅变法

三家分晋，兴起了魏、赵、韩三个诸侯国；田氏做了诸侯，姓姜的齐国变成了姓田的齐国。这四个国家都是新起来的诸侯国。这时候，有好些个小国都给大国兼并了。宋国和鲁国虽说没被兼并，可默默无闻的，自己也承认是弱国。越国自从勾践死了之后，慢慢地衰败了，它在南方的地位又给楚国夺了去。有实力的大国只剩下七个，就是齐、楚、魏、赵、韩、燕、秦，称为战国七雄。

齐威王朝见了天王之后，楚、魏、赵、韩、燕五国公推他为霸主。只有秦国在西方，中原诸侯还是把它当作戎族看待，没跟它来往。秦国在政治、经济、文化各方面也确实比中原诸侯国落后，又让新兴的魏国夺去了河西一大片地方。这种形势逼得秦国不得不从事改革了。

公元前361年，秦国的新君秦孝公即位。秦孝公打算向中原伸展势力。他首先搜罗人才，就下了一道命令说："不论是本国人还是外来的客人，谁要是能想办法叫秦国富强起来，就重用他，封给他土地和户口。"这么一来，不少有才干的人跑到秦国找出路去了。

秦孝公这道搜罗人才的命令，吸引了一个叫卫鞅（yāng）的卫国的贵族。他跑到秦国，托人引荐，得到了秦孝公的重用。卫鞅对秦孝公说："一个国家要富，必须注重农业；要强，必须奖励将士；要把国家治好，必须有赏有罚。有赏有罚，朝廷才有威信，改革也就容易了。"秦孝公完全同意，就叫他计划改革制度。

秦国的贵族和大臣们一听到秦孝公重用卫鞅，打算改革制度，要把农民和将士的地位提高，都起来反对，弄得秦孝公很为难。他完全赞成卫鞅的办法，但是反对的人这么多，自己刚即位，怕闹出乱子来，只好把改革制度的事暂时搁一搁再说。过了两年多，他越想越觉得改革制度对秦国有好处，自己的君位也坐稳了，就拜卫鞅为左庶长（秦国官职名；庶 shù），对大臣们说："从今天起，改革制度的事全由左庶长拿主意。谁违抗他，就是违抗我！"那些反对的人听了这道命令，脖子短了一截，不敢再说话了。

公元前359年（秦孝公三年），卫鞅起草了一个初步改革的法令，送给秦孝公看。秦孝公完全同意，叫他去发布告，让全国的人都依着新法令办事。卫鞅只怕老百姓不信任他，不把新法令当作一回事儿，就叫人在南门立了一根木头，出了一个命令："谁能把这根木头扛到北门去，赏他十两金子。"

一会儿工夫，南门口围上了一大堆人，大伙儿交头接耳，议论纷纷。有的说："这根木头谁都拿得动，哪儿用得着十两金子？"有的说："这大概是左庶长成心跟咱们开玩笑。"大伙儿瞧瞧木头，又瞧瞧别人，都想瞧瞧谁有这傻劲儿去上当。卫鞅听说净是瞧热闹的，没有一个肯扛的，他一下子就把赏金加成五倍，说："谁能把这根木头扛到北门去，赏他五十两金子。"没想到赏金越高，看热闹的人越觉得不近情理，大伙儿对这根木头连碰都不敢碰，更别说扛了。

正在大伙儿疑神疑鬼的时候，忽然人群里钻出一个人来。他歪着脑袋打量打量那根木头有多沉，就说："我扛得动，我扛去！"他真把木头扛起来就走。大伙儿闪开一条道儿，好像小孩儿们看耍猴儿似的嘻嘻哈哈跟在后头，一直跟到北门。卫鞅叫人传话，对他说："你听从朝廷的命令，真是个奉公守法的好人。"当时就赏给他五十两黄澄澄的金子，一分也不少。瞧热闹的人一见他真得了赏，都愣了。他们都后悔刚才没扛，错过了机会。要是明天再有木头，傻蛋才不扛呐！这件新闻立刻传了开去，一下子全国都知道了。老百姓都说："左庶长真是说到哪儿应到哪儿，他的命令就是命令。"

第二天，大伙儿又跑到城门口去看有没有木头。这回换了个新花样，木头没有了，在立木头的地方立着一个挺大的告示。他们都不认得字，看了也不懂，好在有个小官儿念给他们听。念出来的东西也有听得懂的，也有听不

懂的,有的话觉得很好,有的话不怎么好。可是他们知道左庶长的命令就是命令,都得服从。新的法令一共三条:

一、实行保甲制度。每五家人家编为"一伍",十家编为"一什"。一伍一什互相监督。一家有罪,其余九家应当告发。不告发的和罪人同样有罪,告发的和杀敌人同样有功。每个居民必须领取居民凭证,没有凭证的不能来往,不能住店。

二、奖励杀敌立功。官职的大小和爵位的高低,拿杀敌多少和立功大小作为标准。杀一个敌人记功一分,升一级。功劳大的地位高。田地、住宅、车马、奴婢、衣服等,随地位的高低分等级享受。没有在军事上立过功的人,就是有钱也不得铺张。贵族也得看打仗的功劳定爵位的高低。

三、奖励农业生产。老百姓多生产粮食和布帛(bó)的,免除官差;凡是为了做买卖和为了懒惰而贫穷的,连同妻子、儿女一概没入官府为奴婢。弟兄到了成年就应当分家,各立门户,各交各的人头税。不愿分家的,每个成人加倍付税。

新法令公布之后,秦国发生了极大的变化。首先没有军功的贵族领主失去了特权,他们即使有钱,也不过是个富户,在政治上没有地位。立军功的有赏,最高的赏是封侯。但是封了侯也只能在封地里征收租税,不能直接管理老百姓。这么一来,贵族领主制度的秦国,从此以后变成了地主制度的秦国了。这么巨大的变化不能不引起贵族领主的反对。秦孝公坚决地信任卫鞅,分别处罚了那些反对新法的大臣。

这么过了三年,老百姓开始认识到新办法真是好。生产增加了,生活也有所改善。老百姓最满意的是增加生产可以免除官差这一条。大家宁可多努力耕种和纺织,多生产粮食和布帛,谁也不愿意离开家庭、田园、妻子、儿女,被征发到远地去当差。将士们呐,因为提高了待遇,立了军功就能升级,谁都愿意做个勇敢的战士。

秦国自从卫鞅变法以后,农业生产增加了,军事力量强大了,连着进攻魏国的西部,从河西打到河东,把魏国的都城安邑也打了下来。公元前350

年，原来算是头等强国的魏国不得不跟秦国讲和。秦孝公为了要进一步变法，也愿意让些步，和魏惠王开了个会议，订立了盟约，把河西大部分的地方和安邑退还给魏国。秦孝公用的是长线放远鹞（yào）的手段。魏惠王认为秦孝公心眼好，真够朋友，就不再担心秦国来侵犯了。

秦孝公看变法的初步计划得到了成功，他跟魏惠王订立盟约之后，就叫卫鞅实行更大规模的改革，最重要的有下列三项：

一、开辟阡陌（qiān mò）封疆。"阡陌"是供兵车来往的田间大路。春秋时代打仗多用兵车，到了战国时代，各国打仗都用步兵骑兵，很少用兵车了。因此，东方各国早已陆续把阡陌开成了田地。这会儿，秦国除了田间必要的走道以外，把宽阔的阡陌一概铲平，也种上庄稼。"封疆"是贵族领主作为划分疆界和防守用的土堆、荒地、树林、沟渠等。现在把这些土地也都开垦起来，作为耕种地。谁开垦的土地，归谁所有。田地可以自由买卖。

二、建立县一级的统治机构。除了领主贵族所占领的封邑以外，在没有建立县的地区，把市镇和乡村合并起来，组织成大县。每县设置一个县令，主管全县的事；县令还有助理，叫县丞。县令和县丞都由朝廷直接任命。这种由朝廷直接统治的地方机构，一共建立了四十一个。

三、迁都咸阳。为了便于向东发展，把国都从原来的雍城（在陕西省宝鸡市凤翔区；雍 yōng）迁移到渭河北面的咸阳。

这第二步的大改革当然也有人反对。据说有一回，在一天之内就杀了七百多反对改革的人，渭河的水都变红了。没想到第四年，太子也犯了法，他居然也批评起新法来了。这真叫卫鞅为难。他对秦孝公说："国家的法令必须上下一律遵守。要是上头的人不遵守，底下的人可就不信任朝廷了。太子犯法，他的师傅应当替他受罚。"秦孝公叫卫鞅瞧着办去。卫鞅就把太子的两个老师都治了罪：公子虔割了鼻子，公孙贾（gǔ）脸上刺了字。这一来，其余的大臣更不敢批评新法了。

秦国土地广，人口不太多，邻近的"三晋"土地少，人口密。卫鞅就请秦孝公出了赏格，叫邻国的农民到秦国来种地，给他们田地和住房。秦国本地人必须服兵役，轮流应征，兵力还有富余。外来的人只要专力于耕种和纺织，完全免服兵役。原来秦国各地的尺有长有短，斗有大有小，斤有轻有重，卫鞅把全国的度（尺的长短）、量（斗的大小）、衡（斤的轻重）规定了一个标准。这样一统一，老百姓交税、纳租、做买卖，都方便多了。

秦国变法之后，仅仅十几年工夫，就变成了挺富强的国家。周朝的天王周显王打发使者去慰劳秦孝公，封他为"方伯"（一方诸侯的首领）。中原诸侯一看秦国富强了，不能再把人家当作戎族看待，就都向秦国贺喜。那些有心要做霸主的诸侯眼见秦国用了一个卫鞅，变了法，就变成了强国，他们也学起秦国来，到各处去搜罗人才。

后来，秦孝公封卫鞅为侯，把商（在陕西省商洛市东南）于（在河南省淅川县西；淅 xī）一带十五个城封给他，称他为商君。卫鞅就叫商鞅了。

孙膑下山

"三晋"里头要数魏国最强。魏惠王也学秦孝公的样儿打算找个"卫鞅"。他花了好些财物来招待天下豪杰。有个本国人叫庞涓（páng juān）来求见魏惠王。他是鬼谷子的门生，跟孙膑（bìn）、苏秦、张仪都是同学。

庞涓见了魏惠王，把他的学问和用兵的法子说了一说。魏惠王对他说："咱们的东边有齐国，西边有秦国，南边有韩国、楚国，北边有赵国、燕国。咱们的四周围都是大国，怎么能在列国之中站得住脚呐？"庞涓说："大王要是让我做将军的话，我敢说，就是把他们灭了也不难，还用得着怕他们吗？"魏惠王很高兴，就拜他为大将。庞涓的儿子庞英和侄儿庞葱、庞茅全当了将军。这一批庞家将倒是人人卖力气，天天操练兵马，准备跟列国打仗。魏惠王听了庞涓的话，先从软弱的卫国和宋国下手，一连气打了几个胜仗，吓得卫国、宋国、鲁国都去朝见魏惠王，向他低头服软。只是齐国很不服气，不但不去朝见，还发兵来攻打魏国。庞涓把齐国的兵马打了回去。打这儿起，魏惠王更加信任庞涓了。

正在这时候，墨子的门生禽滑厘云游天下，到了鬼谷。他一见孙膑像伺候老师似的招待着他，心里已经很喜欢了；听了孙膑的谈论，看了他的举动，更觉得他是个人才。墨子一派的人是反对战争的。禽滑厘想：要是孙膑能够下山去做个将军，劝国君注意防守，不让别国打进来，打仗的事就能够减少。他就对孙膑说："你的学问已经很有根底了，就该出去做事，不该老待在山上。"孙膑说："我的同窗好友庞涓初下山的时候跟我约定，他有了事情，一定替我引荐。听说他已经到了魏国，我正等着他的信呐。"禽滑厘说："庞涓已经做了魏国的大将，怎么还不来叫你呐？我到了那边给你打听打听吧。"

禽滑厘到了魏国跟魏惠王一说，魏惠王就对庞涓说："听说将军有位同学叫孙膑，有人说他是兵法家孙武子的后代，只有他知道十三篇兵法的秘诀。将军为什么不把他请来呐？"庞涓回答说："我也知道孙膑的才能。可有一样，他是齐国人，亲戚、本家全在齐国。就算咱们请他来做将军，怕的是他先给齐国打算，那怎么办呐？"魏惠王说："这么说来，不是本国的人就不能用了吗？"庞涓不好意思再反对，就说："大王要叫他来，那我就写信去吧。"

魏惠王派人拿了庞涓的信去请孙膑，孙膑很高兴地下了山来到魏国，先见过庞涓，感谢他推荐的好意。庞涓就留他住在一起。第二天，他们一块儿去朝见魏惠王。魏惠王和孙膑谈论之后，就要拜他为副军师，跟正军师庞涓一同执掌兵权。庞涓觉得不太妥当。他说："孙膑是我的兄长，再说他的才能比我强。他哪儿能在我的手下呐？我说，不如暂且委屈他做个客卿，等他立了功，有了威望，我就让位，情愿当他的助手。"魏惠王就请孙膑为客卿。拿职务来说，客卿并没有实权；按地位来说，客卿比臣下要高一等。孙膑非常感激庞涓替他安排得这么周到。两个同窗好友就这么都在魏国做事。

庞涓背地里对孙膑说："你一家人都在齐国，你怎么不把他们接来呐？你既然在这儿做了官，一家人总该团聚在一起。"孙膑掉着眼泪说："你我虽是同学，可是你哪儿知道我家里的事啊！我四岁的时候，母亲死了，九岁的时候，父亲又死了，从小由叔父养大。叔父孙乔当过齐康公的大夫，后来田太公把齐康公送到海岛上去，一些旧日的臣下死的死了，杀的杀了，轰走的轰走了。我们孙家的人也就这么分散了。后来我叔父带着我的叔伯哥哥孙平、孙卓连我一块儿逃到洛阳。谁知道到了那边又赶上了荒年，我只好给人家当使唤人。末了，我叔父和叔伯哥哥也不知道上哪儿去了。我就独个儿流落在外头。直到现在，我还是个孤苦伶仃的光杆儿。哪儿还提得到家里的人呐？"庞涓听了记在心里，还直叹气。

大约过了半年光景，有一天，有个齐国口音的人来找孙膑，孙膑问了他的来历。他说："我叫丁义，一向在洛阳做买卖。令兄有一封信，托我送到鬼谷。我到了那边，听说先生已经做了大官，我才找到这儿来。"说着，拿出信来交给孙膑。孙膑一瞧，原来是他的叔伯哥哥孙平和孙卓来的信。大意说他们从洛阳到了宋国；叔父已经死了；如今齐王正在把旧日的臣下召回国去，他们准备回去；叫孙膑也回齐国去，重新创家立业，好让孙家一族的人团聚在一起。此外，还说了一些个流落外乡，好些年没上坟的话，真是一封悲伤的家信。孙膑念完之后，哭了一场。丁义劝了半天，又说："你哥哥告诉我，叫我劝你快点回去，大伙儿可以骨肉团聚。在这兵荒马乱的日子里，能够在一块儿就是苦些也是难得的。"孙膑说："我已经在这儿做了客卿，哪儿能随便走呐？"他招待了丁义，写了一封回信，托他带回去。

没想到孙膑的回信给魏国人搜出来，交给了魏惠王。魏惠王对庞涓说："孙膑想念本国，怎么办呐？"庞涓说："父母之邦，谁能忘怀？要是他回到齐国，当了齐国的将军，就要跟咱们争高低。我想还是先让我去劝劝他。要是他愿意留在这儿的话，大王就重用他，加他的俸禄。万一他不干的话，那么，既然是我荐举来的，大王还是交给我去办吧！"

庞涓辞了魏惠王出来，立刻去见孙膑，问他："听说你接到了一封家信，有没有这回事？"孙膑说："有这回事。我叔伯哥哥叫我回老家去，可是我怎么能离开这儿呐？"庞涓说："你离家也有好些年了，怎么不向大王请一两个月的假，回去上了坟，马上回来，不是两全其美吗？"孙膑说："我不是没想过，可是我怕大王起疑，不敢提。"庞涓说："那怕什么？有我呐！"

孙膑听了庞涓的话，上了个奏章，说是要请假回齐国上坟去。魏惠王正怕他私通齐国，如今他果然要回齐国去，可见他有心背叛魏国了，当时就生了气，骂他私通齐国，叫左右把他解到军师府庞涓那儿去审问。庞涓一见孙膑受了冤屈，直叨叨自己不该让他去上奏章。还安慰他说："大哥不要害怕，我这儿就给你去说去。"庞涓当时就出去了。过了一会儿，他慌里慌张地回来，跺着脚对孙膑说："大王十分恼怒，非要把你定死罪不可。我什么话都说到了，再三磕头求情，总算保全了大哥的性命，可是必须把膝盖骨剜（wān）掉，再在脸上刺字。这是魏国的法令，我实在不能再求了。"孙膑哭着说:"虽然要受刑罚,总算免了死罪。你这么给我出力帮忙,我一辈子也忘不了你的大恩。"庞涓叹了一口气,吩咐刀斧手把孙膑绑上,剜去两块膝盖。孙膑大叫一声,昏过去了。刀斧手又在他的脸上刺了字。过了一会儿,孙膑慢慢地醒过来,只见庞涓愁眉苦脸地给他上药。接着,庞涓叫人把他抬到自己的屋里,一天三顿饭全由庞涓供给,还不断地给他上药、换药。过了一个多月,膝盖上的创口好了,可是他变成了瘸(qué)子,只能爬着走了。

孙膑变成了残疾,靠着庞涓过日子,心里老觉着对不起人家。有一天,庞涓对他说:"大哥,你那祖传的十三篇兵法,能不能凭着记忆写出来?不但能给我拜读拜读,还能传留后世,给你孙家扬名。"孙膑恨不得做点事情好报答报答庞涓。那十三篇兵法,据说是鬼谷先生从吴国得来传给孙膑的,孙膑早就背得滚瓜烂熟。庞涓这么一要求,他就满口答应。打这儿起,孙膑开始默写他祖先的兵书来了。可是那时候写东西是用漆写在竹简上的,不像现在用墨写在纸上那么方便。再说孙膑心里烦得慌,天天唉声叹气的,哪儿能专心默写呐?写了足有一个多月,还没写几篇。伺候孙膑的那个老头儿叫诚儿,他见孙膑受了冤屈,挺可怜他的,时常劝他歇息,不要老坐着辛辛苦苦地写这个玩意儿。

有一天,庞涓把诚儿叫去,问他:"他每天写多少?"诚儿说:"孙先生身子不好,躺的时候多,坐的时候少,一天只写三五行。我瞧着竹简上写字可费劲啦。"庞涓一听冒了火儿,骂着说:"这么慢条斯理的,得要写到什么时候呐!你该催着他,叫他加紧点儿!"诚儿嘴里答应着,心里可不明白。他想:"干吗一死儿催他呐?"可巧伺候庞涓的一个手下人来了,诚儿悄悄问他:"嗨,小哥!我跟你打听件事儿。军师干吗老催着孙先生写那玩意儿?"那个手下人说:"傻瓜,你还不知道吗?军师为了要得到一部兵书,才留着他的命。赶到兵书写完,他的命也就完了。你可千万别跟人说!"

诚儿听了,替孙膑捏了一把汗。他就偷偷地告诉了孙膑。孙膑到了这时候才从梦里醒过来。他想:"原来庞涓是这么一个人!我哪儿能把兵书传给他呐！唉，我真瞎了眼睛，交上了这么一个人面兽心的东西！"他又想："要是我不写，他一定会弄死我。这怎么办呐？"他越想越气，越气越没有主意，急得直流眼泪，一下儿闭过气去。等到缓过气来，他瞪着两只大眼睛，连喊带叫，把屋子里的东西全扔在地下，把他写好了的兵书抽了好几片扔在火里烧了，就是有没烧的，也没有一篇全的。诚儿吓得赶紧跑去报告庞涓说："不好了！孙先生疯了！"

庞涓亲自来看孙膑，就见他趴在地下哈哈大笑，笑完了又哭。庞涓叫了他一声，他就冲着他一个劲儿磕头，哭着说："鬼谷老师，救命啊，救命啊！"庞涓说："你认错了，我是庞涓！"孙膑拉着庞涓的衣服不放，嘴里胡喊乱叫。庞涓怕他是装疯，就叫人把他揪到猪圈里。孙膑披头散发，趴在猪圈里睡着了。庞涓暗地里派人给他送饭。那个人小声地对他说："孙先生，我知道您的冤屈。这会儿我瞒着军师，给您送点酒饭来，请吃吧。这是我一点心意。"说着直唉声叹气，还挤出了几滴眼泪。孙膑伸了伸舌头，做着鬼脸，把送来的酒和饭都倒在地下，骂着说："呸，谁吃这脏东西？我自己做的比你那个好得多了。"说着，他抓了一把猪粪，团成一个圆球，往嘴里塞。庞涓知道了这件事，说："想不到他真疯了。"

打这儿起，孙膑住在猪圈里，哭一会儿，笑一会儿，有时候爬到外边晒晒太阳，到了晚上又爬到猪圈里去睡觉。庞涓叫人给他一点吃的，让他疯疯癫癫地爬进爬出。他还想等孙膑好起来给他写那部兵书呐。要是孙膑到街上去，就有人跟着他。后来庞涓嘱咐地面上的人天天把孙膑到哪儿的情形向他报告。人人都知道孙膑是个疯子，两条腿也不能走道儿，都挺可怜他的。有的人还给他吃的，他高兴了，就吃点儿，一不高兴，嘴里嘟嘟囔囔地叨唠一阵，把吃的倒在身上。他变成个迷迷糊糊又脏又可怜的疯子了，知道他的人都替他可惜，说他当初还是不下山好。

马陵道上

　　孙膑老躺在街上，有人跟他说话他也不理。有一天，天已经黑了，他觉得有人揪他的衣服。那个人低声地说："我是禽滑厘，你还认得我吗？我已经把你的冤屈告诉了齐王。齐王打发淳于髡（淳 chún；髡 kūn）到魏国来聘你。我们都安排好了，一定把你偷偷地带回齐国去，给你报仇。"孙膑一听禽滑厘来了，眼泪好像下雨似的掉下来。他说："你们可得小心，庞涓天天派人看着我。"禽滑厘给孙膑换上衣服，把他抱上车，那套脏衣服叫一个手下人穿上，让他假装孙膑，披头散发的，两只手捧着脑袋躺在那儿。

　　第二天，魏惠王招待了齐国的使臣淳于髡，送他一点礼物，叫庞涓护送他出境。那天庞涓已经得到了地面上的人的报告，说孙膑还在街上躺着，他挺放心地送着齐国的使臣。淳于髡叫禽滑厘的车马先走一步，自己跟庞涓谈了一会儿天，然后大大方方地辞别了庞涓，动身走了。过了两天，那个手下人脱去了孙膑的衣服，偷着跑回去了。地面上的人一见那套脏衣服扔在那儿，孙膑不见了，赶紧去向庞涓报告，说是大概跳河死了。庞涓怕魏惠王查问，就说孙膑淹死了。

　　淳于髡、禽滑厘他们带着孙膑到了齐国，大夫田忌亲自到城外去接他。孙膑到了田忌家里，洗个澡，换了衣服，坐着软轱辘车跟着田忌去见齐威王。齐威王听他谈论兵法，真是只恨没早点见面，就要封他官职。孙膑推辞着说："我一点功劳都没有，怎么能受封呐？再说，庞涓要是知道我回到了本国，一定会来找麻烦。我不如不露面，等大王有用得着我的地方，我一定尽力。"齐威王就让孙膑住在田忌家里。孙膑想去谢谢禽滑厘，哪儿知道他早走了。

　　孙膑打发人去打听叔伯哥哥孙平和孙卓，可上哪儿找这两个人去？他这才知道那个送信的人原来是庞涓派人冒充的。哪儿有什么家信和上坟的事，全是庞涓使的鬼主意。

公元前353年，魏惠王派庞涓进攻赵国，围住了国都邯郸。赵国的国君赵成侯派使者上齐国去求救，情愿把从魏国拿来的中山送给齐国作为谢礼。齐威王知道孙膑的才能，要拜他为大将去救赵国。孙膑推辞说："不行。我是个带残疾的人，当了大将给敌人笑话。大王还是请田大夫为大将吧。"齐威王就拜田忌为大将，孙膑为军师，发兵去救赵国。孙膑对田忌说："目前魏国的兵马已经把邯郸围上了，赵国的将士又不是庞涓的对手。咱们此刻去救邯郸已经晚了，不如在半道上等着，传扬出去说是去打襄陵（魏国地名，在河南省睢县西；睢 suī）。庞涓听到了，一定得往回跑。咱们迎头痛击他一顿，准保能把他打败。"田忌就按着这个计策做去。

果然，邯郸抵挡不住庞涓，投降了。庞涓打发人去向魏惠王报告。忽然听说齐国派田忌打襄陵去了，他着急起来，立刻吩咐退兵。刚退到桂陵（在山东省菏泽市东北）地界，正碰上齐国的兵马。两下里一开仗，魏兵就败了。庞涓正在心慌意乱的时候，忽然瞧见一面大旗，上面有个"孙"字！庞涓大叫一声："这瘸子果然在齐国，我上他的当了。"这一吓，差点从车上摔下来，幸亏庞英、庞葱两路兵马赶到，总算把他救了。庞涓保住了性命，可是损失了两万多兵马。齐国大军得胜而归，邯郸又归了赵国。

相国邹忌怕田忌权力太大，劝齐威王不可把兵权交给他。齐威王起了疑，派人在暗中察看田忌的行动。田忌察觉了，就告了病假，把兵权交了出来。孙膑也辞了军师的职位。

庞涓探听到了这个消息，又抖起精神来了。他说："如今我可以横行天下了。"那时候，韩国早就把郑国灭了，势力大了起来。赵国要报邯郸的仇，就跟韩国约定一块儿去打魏国。庞涓得到了这个消息，请魏惠王先发兵去打韩国。魏惠王仍旧叫庞涓为大将，把全国大部分的兵马都交给他去打韩国。

庞涓带领大军到了韩国，打了几回胜仗，眼瞧着要打到韩国的都城了。韩国接连不断地向齐国求救。公元前343年，齐威王重新起用田忌，拜田忌为大将，田婴为副将，孙膑为军师，发兵五万去救韩国。孙膑又使出他的老办法来了，他不去救韩国，直接去打魏国。

庞涓得到了本国告急的信儿，只好退兵赶回去。等到他回到魏国的边境，齐国的兵马已经进去了。庞涓一察看齐国军队扎过营的地方，发现齐国的营盘占了很大的地方，叫人数了数地下做饭的炉灶，足够供十万人吃饭用的。庞涓吓得说不出话来，他想："齐国有十万大军进了魏国的本土，一时里怎么也不能把他们打出去。"第二天，庞涓带领大军到了齐国的军队第二回扎过营的地方，又数了数炉灶，只有够供五万来人用的了。他想："这是怎么回事？"第三天，继续往回走，他们追到了齐国的军队第三回扎过营的地方，仔细数了数炉灶，就算出大约也就剩了两三万人了。庞涓这才放心了，他笑着说："还好，还好！齐国人都是胆儿小的。"庞涓的侄儿庞葱问他："您怎么知道他们胆小呐？"庞涓笑了笑说："什么事情都得仔细调查。我数了三次他们的炉灶，就全明白了。十万大军到了魏国，才三天工夫，就逃了一大半。田忌呀田忌，这回是你自己来送死，看你逃到哪儿去！上回桂陵的仇，这回可得报了。"他就吩咐大军整天整宿地按着齐国军队走的路线追上去。

他们这一追，一直追到马陵（在河北省大名县东南），正是天快擦黑的时候。马陵道是在两座山的中间，山道旁边就是山涧。这时候正是十月底，晚上没有月亮。庞涓恨不得一步追上齐国的军队。虽说是山道，反正是本国的地界，就吩咐大军顶着星星往下赶。忽然前面的士兵回来报告，说："前面山道给木头堵住了。"庞涓骂着说："这也值得喊叫吗？齐国人打算往北逃回本国去，怕咱们今天晚上追上他们，就堵住了道儿。大伙儿一齐动手把木头搬开不就结了吗？"庞涓上前亲自指挥士兵，就见道旁的树全被砍倒了，只留着一棵最大的没砍。他奇怪为什么单单留着这一棵呐，细细瞧去，那棵树一面被刮去了树皮，露出一条又光又白的树瓤（ráng）来，上面影影绰（chuò）绰好像还写着几个大字，就是看不清楚。庞涓就叫小兵拿火来照。有几个小兵就点起火把来。庞涓在火光之下，看得非常清楚。上面写的是"庞涓死此树下！"庞涓心里一急，连忙说："哎呀！又上了瘸子的当了！"

回头对将士们说，"快退！快……"第二个"退"字还没说出，也不知道有多少支箭，就像下大雨似的冲他身上射来。原来孙膑成心天天减少炉灶的数目，引诱庞涓追上来，早就算准了庞涓到这儿的时辰，左右埋伏着五百名弓箭手，吩咐他们说："一见树下起了火光，就一齐放箭。"

  一会儿，山前山后，山左山右，全是齐国的士兵，把魏兵杀得连山道都变成血河了，直闹到东方发白，才安静下来。魏国的士兵不是投降了，就是跑了，那些没投降、没跑的全都躺在地下，再也起不来了。齐国的军队带着俘虏和战利品从原道回去。走了一程，碰见了魏国后队的兵马，领队的将军正是庞涓的侄儿庞葱。孙膑叫人挑着庞涓的人头给他瞧，庞葱立刻下马跪着求饶命。孙膑对他说："我让你一条活路，赶紧回去，叫魏王上表朝贡。要不然，魏国的宗庙也保不住啦！"庞葱连连磕头，捧着脑袋逃回去了。

  魏惠王打了个大败仗，只好打发使者向齐国朝贡，韩国和赵国的国君更加感激齐国，都去朝贺。齐国的威名打这儿起就大了起来了。相国邹忌告了病假，交出了相印。齐威王就拜田忌为相国，还要加封孙膑。孙膑不愿受封，他亲手把十三篇兵法写出来，献给齐威王，辞了官职，隐居起来了。

悬梁刺股

齐国用孙膑的计策，大败魏军。过了五年（公元前338年），秦孝公得病死了，太子即位，就是惠文王。他做太子的时候，因为反对新法，被商鞅定了罪，割去他的师傅公子虔的鼻子，又把另一个师傅公孙贾脸上刺了字。如今他当上了国君，公子虔和公孙贾他们就得了势了。这一帮人都是商鞅的冤家对头，以前的仇恨可得清算一下。秦惠文王就给商鞅加了个谋叛的罪名，把他杀了。

秦国杀了商鞅，可并没改变商鞅的法令。在战国七雄里边，最强盛的就数秦国。是联合起来抵抗秦国呢，还是联合秦国来保存自己，六国诸侯都不能不考虑这个问题，于是出现了"合纵"和"连横"两种主张。"连横"就是说，中原诸侯应当跟秦国亲善，造成东西联盟的局面。从地理上看，东西连成一条横线，所以叫"连横"。"合纵"就是说，中原诸侯应当联合起来一同抵抗西方的秦国，造成南北联盟的局面。从地理上看，南北合成一条直线，所以叫"合纵"（"纵"就是"直"或"竖"的意思）。就在这种时势下，出来了两个能说会道的政客，借着合纵连横的事儿，追名逐利，东游西说，闹得天下鸡犬不宁。

那个借着合纵出名的人叫苏秦。他是洛阳人，本来没有一定的主张，合纵也好，连横也好，他只打算仗着一张能说会道的嘴，弄到一官半职就行，不论哪个君王，只要给他官做，都可以做他的主子。他想先去见周天王，可是人家不给他在天王跟前推荐，他就改变了主意，上秦国去了。他见了秦惠文王就说连横怎么怎么好，秦国这样强大，正好一步一步去兼并六国。谁知道秦惠文王自从杀了商鞅之后，就不大喜欢外来的客人。他听完了苏秦的话，挺客气地回绝了他，说："我的翅膀还没长得那么硬，哪儿能飞得高呐？

先生的话挺有道理。可是我先得准备几年,等到翅膀硬了,再请教先生。"

苏秦碰了个软钉子,可并没死心,还想叫秦王用他。他费了好多工夫,写了一封长信,帮秦惠文王出主意,去并吞列国。他把这封长信献给秦惠文王。秦惠文王潦潦草草地看了看,就搁在一边。苏秦在秦国耐着性子等了一年多,家里带来的盘缠(chan)都花光了,身上的衣服也破旧了,眼瞧着再待下去,吃饭住店的钱也没有了,他只好回家去了。

苏秦回到家里,可还丢不下做官发财的念头。他独个儿琢磨着:"秦国不用我,还可以去找六国。我拿利害去打动六国的君王,难道他们就没有一个肯用我的?"苏秦一心想升官发财,就开始研究起兵法来了。有时候念书念累了,眼皮粘到一块儿怎么也睁不开。他气急了,骂自己没出息,拿起锥子在大腿上刺了一下(文言叫"刺股"),当时血都流出来了。这一下子,精神可来了,接着又念下去。据民间传说,苏秦因为有时候太累了,就扑在案头上打瞌睡,他自己生自己的气,还想办法不让自己打瞌睡。他拿根绳子一头吊在房梁上,一头吊住自己的头发。他脑袋一扑到案头上去,那根绳子就把他揪住,这么脑袋一顿,头发一揪,就把他揪醒了(文言叫"悬梁";据记载,苏秦曾经"刺股","悬梁"是汉朝人的故事)。他这么悬梁刺股,苦苦地熬了一年多工夫,居然也读熟了姜太公的兵法,记熟了各国的地形、政治情况、军事力量。他还研究了诸侯的心理,将来当说客的时候好迎合他们,说动他们重用他。苏秦觉得自己做官的资本准备得差不多了,就跟他兄弟苏代、苏厉商量,说:"我的学业已经成功了。天下的富贵只要我一伸手就能拿到。要是你们能给我凑点盘缠,能让我周游列国,等到我出头了,我一定推荐你们。"他又把姜太公的兵法和中原列国的形势讲给他们听。他们被他说服了,就拿出钱来送他动身。

公元前334年,苏秦到了燕国,见了国君燕文公,对他说:"燕国在列国当中,虽说有两千里土地、几十万士兵、六百辆兵车、六千多骑兵,可要是跟西边的赵国、南边的齐国一比,就显出力量不够来了。近年来,赵国强大了,齐国强大了。可是强大的国家老打仗,弱小的燕国反倒太平无事。大

战国时期

王您知道这里头的缘故吗?"燕文公说:"不知道。"苏秦说:"燕国没受到秦国的侵略,是因为有赵国挡住秦国。秦国离燕国远,就是要来侵犯的话,必须路过赵国。因此,秦国绝不能越过赵国来打燕国。可是赵国要来打燕国,那就太容易了,早上发兵,下午就能到。大王不跟近邻的赵国交好,反倒把土地送给挺远的秦国,这种做法很不好。要是大王用我的计策,先去跟邻近的赵国订立盟约,然后再去联络中原诸侯一同抵抗秦国,这样,燕国才能够真正安稳。"燕文公很赞成苏秦的办法,就怕列国诸侯心不齐。苏秦说他愿意先去跟赵国商量。燕文公就供给他礼物、路费、车马和底下人,请他去跟赵国接头。

苏秦到了赵国,赵肃侯听到燕国有客人来,亲自去迎接。他对苏秦说:"贵客光临,有何指教?"苏秦说:"如今中原各国,最强盛的就是赵国,秦国最注目的也就是赵国。可是秦国不敢发兵来侵犯,还不是因为西南边有韩国和魏国挡住秦国吗?可有一样,韩国和魏国并没有高山大河可以防守,真要是秦国发大军去打韩国和魏国的话,这两国很难抵抗。如果韩国、魏国投降了秦国,赵国可就保不住了。我仔细研究了列国的地形和政治,中原列国的土地比秦国大五倍,列国的军队比秦国多十倍。要是赵、韩、魏、燕、齐、楚六国联合起来一同抵抗西方的秦国,还怕打不过它吗?为什么一个一个都断送自己的土地去奉承秦国呐?六国不联合起来,单独地向秦国割地求和,绝不是办法。要知道六国的土地有限,秦国的贪心不足。要是大王约会诸侯,结为兄弟,订立盟约,不论秦国侵犯哪一国,其余五国一同去帮它。这样,一个孤立的秦国还敢欺负联合起来的六国吗?我说咱们不如约会列国诸侯到洹水(又叫安阳河,从山西省流到河南省;洹 huán)来开个大会,商量共同抗秦的大事。"赵肃侯听了苏秦合纵抗秦的计策,完全同意。他就拜苏秦为相国,把赵国的相印交给他,又给了他一百辆车马、一千斤金子(古时候铜也叫作金)、一百双玉璧、一千匹绸缎,叫他去约会各国诸侯。

苏秦当上了赵国的相国,乐得轻飘飘的,好像在云端里似的。他准备先到韩国和魏国去联络。他刚要动身的时候,赵肃侯召他入朝,说有要紧的事商议。苏秦连忙去见赵肃侯。赵肃侯对他说："刚才边界上来了报告，说秦国进攻魏国，把魏国打败了，魏王向秦国求和，把河北的十座城割让给秦国了。万一秦国侵犯过来怎么办呐？"苏秦心里吓了一跳，他想：要是秦国军队到了赵国，赵国一定会像魏国一样割地求和，那他合纵的计策不就吹了吗？他做官发财的本钱不就完了吗？苏秦可没显出心慌的样子，他很镇静地说："秦国的军队刚打了魏国，已经累了，一时不会打到这儿来的。万一来了，我也有退兵的办法。"赵肃侯说："既是这样，你先别出去。要是秦国的兵马不过来，到那时候你再动身吧。"苏秦只好留下，请赵肃侯加紧准备，防御敌人。

　　苏秦回到相府里着实担心。末了，他想出个法子来：他要利用一个人，叫秦国不来攻打赵国。可是那个人也非常机灵，哪儿能让苏秦利用呐？苏秦必须使出很巧妙的高招儿来才行啊。

攻守同盟

苏秦打算利用的那个人,就是他的同学张仪。张仪是魏国人,也跟当初的苏秦一样,是个穷困潦倒的政客。他求见过魏惠王,魏惠王没用他。他就带着媳妇儿上楚国去求见楚威王。楚威王没见他。末了,他投在令尹(楚国的相国叫令尹)昭阳的门下,做个门客。

有一天,令尹昭阳同着客人、家臣们在池子旁边的亭子里喝酒。客人当中有一个说:"听说咱们大王把无价之宝'和氏璧'赏给令尹。令尹的功劳实在大,令尹的光荣没法儿说。令尹可不可以把'和氏璧'拿出来让我们见识见识?"昭阳就把这块玉璧交给在场的客人,叫他们挨着个儿传看。凡是瞧见"和氏璧"的人没有一个不惊奇、不赞叹的。正在传着瞧的时候,突然池子里"扑棱"一下子,蹦起了一条大鱼来,大伙儿都把着窗户瞧。那条大鱼又蹦起来,接着又有几条鱼在水皮儿上蹦。一会儿工夫,东北角起了一大片乌云,眼瞧着大雨快来了。昭阳怕客人们给雨截住,赶紧就叫散了席。谁知道那块玉璧没了,也不知道传到哪个人手里了。大伙儿乱了一阵子,到了儿也没找着。昭阳一肚子的不高兴,又不好意思得罪客人,只得让大家回去。可是他自己的门客得搜一搜。昭阳手下的人见张仪这么穷,就说:"偷和氏璧的不是他,就没有别的人了。"昭阳也起了疑,叫手下的人拿鞭子打他,逼他招认。张仪哪儿能招认呐?他把眼睛一闭,咬着牙,让他打了好几百下,打得浑身没有一处好的,眼瞧着活不成了。昭阳见他被打成这个样儿,也就算了。旁边也有可怜张仪的,把他送回家去。

张仪的媳妇儿一见自己的丈夫给人家打得不像样了,哭着说:"你不听我的劝,如今给人家欺负到这步田地。要不是想去做官,哪儿能给人家打成这样呐?"张仪哼哼着问她:"你瞧一瞧,我的舌头还在吗?"他媳妇儿啐了他一口，说："瞧你的，给人家打成这个样儿，还逗乐呐！舌头当然还长着。"张仪说："好！只要舌头没掉，我就不怕，你也可以放心。"他调养了好些日子，回到本国去了。

张仪在魏国住了半年，听说苏秦在赵国当了相国，打算去投奔他，找个出路。正在这当儿，有个买卖人，人都管他叫贾舍人，恰巧赶着车马走到门口站住了。张仪出来一问，知道他是从赵国来的，就问他说："听说赵国的相国叫苏秦，真的吗？"贾舍人说："先生贵姓？难道您知道我们的相国？"张仪说："我叫张仪，是苏相国的朋友，我们还是同学呐。"贾舍人听了高兴起来，说："哦，失敬，失敬！原来是我们相国的自家人！要是您去见相国，相国准会喜欢，说不定会重用您呐。我这儿的买卖已经完了，正要回去。要是先生瞧得起我，车马是现成的，咱们在道上也好搭个伴儿。"张仪很喜欢，就跟他一块儿到赵国去了。

他们到了城外，刚要进城的时候，贾舍人说："我住在城外，就在这儿跟您告别了。离相府不远的一条街上，有一家客店，靠东有一棵大槐树，一找就找到。先生到了城里，可以上那儿住几天去，我得工夫，一定去拜访您。"张仪很感激贾舍人，千恩万谢地说了声回头见，独个儿进城去了。

第二天，张仪就去求见苏秦，可是没有人给他通报。一直到了第五天头上，看门的才给他往里回报。那个人回来说："今天相国特别忙，他说请先生留个住址，他打发人去请您。"张仪只好留个住址，回到了客店，安心地等着。没想到一连等了好多天，半点消息也没有。张仪不由得生了气，他跟店里掌柜的唠叨了一阵子，说完了就要回家去。可是掌柜的不让他走，说："您不是说相国要打发人来请您吗？万一他来找您，您走了，叫我们上哪儿找去？别说才这么几天，就是一年半载，我们也不敢让您走哇！"这真叫张仪左右为难了。他向掌柜的打听贾舍人家住哪里，他们都说不知道。

就这么又待了几天，张仪再去求见苏秦一面，苏秦叫人传出话来，说："明天相见。"到了这时候，张仪的盘缠早花完了，身上穿的也该换季了。相国既然约定相见，身上总该穿得像样一点。他向掌柜的借了一套衣裳和鞋帽，第二天，摇摇摆摆地上相府去了。他到了那儿，心想苏秦会跑出来接他。谁知道大门关着，那个看门的叫他从旁边的小门进去。张仪就耐着性子低着头从旁门进去。他到了里边，刚往台阶上一走，就有人拦着他，说："相国的公事还没办完，客人在底下等一等吧！"张仪只好站在廊子下等着。他往上一瞧，就瞧见有好些个大官正跟苏秦聊天呐。好容易走了一批，谁知道接着又来了一批。张仪站得腿都酸了，看了看太阳都过了响午了。他正在气闷的当儿，忽然听见堂上喊着："张先生有请！"两边对张仪说："相国叫你呐！"张仪就整了整帽子，掸了掸衣服，向台阶走去。他想：苏秦见了他，一定跑下来。万没想到苏秦挺神气地坐在上边，一动也不动。张仪忍气吞声地跑上去，向苏秦作了一个揖（yī）。苏秦慢条斯理地站了起来，对他说："好些年不见了，你好哇？"张仪气哼哼也不搭理他。就有人禀告说："吃午饭了。"苏秦对张仪说："我因为公事忙，累得你等了这半天。请你就在这儿用点便饭，我还有话跟你说呐。"底下人把张仪带下去，请他坐在堂下，跟着摆上的只是一点青菜和粗米饭。张仪往上一瞧，就见摆在苏秦面前的全是山珍海味，满满摆了一桌子。他想不吃，可是肚子"咕噜噜"地直叫唤，只好吃吧。

　　吃了饭，待了一会儿，堂上传话："张先生有请！"张仪走上去，只见苏秦挪了挪屁股，连站也没站起来。张仪实在忍耐不住，往前走了两步，高声地说："季子（苏秦字季子）！我以为你没忘了朋友，才老远地来看你。没想到你没把我放在眼里，连同学的情义都没有！你……你……你真太势利了！"苏秦微微一笑，对他说："我知道你的才能比我高，总该先出山。哪儿知道你竟穷到这步田地。倒不是我不肯把你推荐给国君，可是……可是我怕你三心二意，成不了什么大事，反倒连累了我。"张仪气得鼻子眼儿冒烟，他说："大丈夫要富贵自己干！难道非叫你推荐不可？"苏秦冷笑着说："那你何必来求见我呐？好吧，我看在同学的情分上，送给你一锭金子，请你自己方便吧！"说着叫底下人递给张仪十两金子。张仪把金子扔在地下，气呼呼地跑出去。苏秦光是摇摇头，也不留他。

张仪回到客店里，就见自己的行李全都被搬到外边了。他问掌柜的："这是怎么啦？"掌柜的很恭敬地说："先生见了相国，当上大官儿了，还能住在我们这儿吗？"张仪摇着脑袋说："气死人了！真是岂有此理！"他只好脱下衣裳，换了鞋帽，交还给掌柜的。掌柜的问他："怎么啦？"张仪简单地说了说。掌柜的说："难道不是同学？先生有点高攀吧？别管这个，那锭金子您总该拿来呀！这儿的房钱、饭钱还欠着呐。"张仪一听掌柜的提起房钱、饭钱，心里又着急起来了。

正在这当儿，可巧那个贾舍人来了，见了张仪就说："我忙了这些天，没来看您，真对不起。不知道您见过相国了没有？"张仪垂头丧气地说："哼！这种无情无义的贼子，别提了！"贾舍人一愣，说："先生为什么骂他？"张仪气得说不出话来。店里掌柜的替他说了一遍，又说："如今张先生的欠账还不上，回家又没有盘缠，我们正替他着急呐。"贾舍人一瞧张仪跟掌柜的都愁眉苦脸的，自己也觉得不痛快，挠了挠头皮，对张仪说："当初原是我多嘴，劝先生上这儿来。没想到反倒连累了先生。我情愿替您还这笔账，再把您送回去，好不好？"张仪说："哪儿能这么办呐？再说我也没有脸回去。我心里打算上秦国去一趟，可是……"贾舍人连忙说："啊？先生要到别的地方去，怕是不能奉陪。上秦国去，这可太巧了。我正要上那边去瞧个亲戚，咱们一块儿走吧，现成的车马，又不必另加盘缠，彼此也有个照应。"张仪一听，好像迷路的人忽然来了个领道的，很感激地说："天下还真有您这么侠义心肠的人，真叫苏秦害臊死了。"他就跟贾舍人结为知心朋友。

贾舍人替张仪还了账，做了两套衣服，两个人就坐着车往西去了。他们到了秦国，贾舍人又拿出好些金钱替张仪在秦国朝廷里铺了一条道。那时候，秦惠文王正在后悔失去了苏秦，一听说左右推荐张仪，就召他上朝，拜他为客卿。

张仪在秦国做了客卿，先要报答贾舍人的大恩。贾舍人可巧来跟他辞行。张仪流着眼泪说："我在困苦的时候，没有人瞧得起我。只有你是我的知己，屡次三番地帮助了我，要不，我哪儿有今日。咱们有福同享，你怎么说回去呐？"贾舍人笑着说："别再糊涂了！打开天窗说亮话，你的知己不是我。苏相国才是你的知己。"张仪摸不着头脑，说："这是什么话？"贾舍人就咬着耳朵对他说："相国正计划着叫中原列国联合起来，就怕秦国去打赵国，破坏他的计策。他想借重一个亲信的人去执掌秦国的大权。他说这样的人，除了先生没有第二个。他就叫我打扮成一个做买卖的，把先生引到赵国。他又怕先生得了一官半职就满足了，特地用个激将法。先生果然火了要争口气。他就交给我好些金钱，非要叫秦王重用先生不可。我是相国手下的门客，如今已经办完了事，我得回去报告相国了。"张仪听了，不由得愣住了。他呆了一会儿，叹息着说："唉，我自以为聪明机警，想不到一直蒙在鼓里还没觉出来。我哪儿比得上季子啊！请您回去替我向他道谢，他在一天，我决不叫秦王去打赵国。"

就这样战国时期出了这么两个能说会道的政客，一个搞合纵，一个搞连横，他们彼此之间首先形成了攻守同盟。

合纵抗秦

贾舍人回去向苏秦报告，苏秦就对赵肃侯说："秦国绝不敢侵犯赵国，我还是去约会各国诸侯吧。"赵肃侯同意了，给了他好些金钱、车马和底下人，让他到各国去走一趟。苏秦就向韩、魏、齐、楚等国的诸侯详细说明割地求和的坏处和联合抗秦的好处。他们一个一个都给他说服了，大伙儿愿意听他的话。苏秦回到赵国，赵肃侯封他为武安君。赵肃侯打发使者去约会齐、楚、魏、韩、燕五国的诸侯到赵国的洹水来开大会。公元前333年，苏秦和赵肃侯预先到了洹水，布置一切招待诸侯。过了几天，五国的国君先后到了。苏秦先跟各国的大夫接头，商量了座位。拿地位来说，楚国和燕国是老前辈，韩国、赵国、魏国和姓田的齐国都是新起来的国家。可是在战争的时候，还是拿国家的大小来排次序比较合适。要这么说，楚国最大，齐国第二，魏国第三，赵国第四，燕国第五，韩国最小。其中楚、齐、魏已经称"王"了，赵、燕、韩还称"侯"，爵位大有差别，怎么能肩膀并着肩膀结为兄弟呐？大家伙儿都觉得这事不好办，连称呼都叫不上来。苏秦有了主意，他建议痛痛快快地六国一概称王。赵王是发起人，也是主人，坐主位，其余按国家大小依次排列。各国君王全都同意了。

到了正式开会的时候，各国君王按照预先议定的座位坐下。苏秦上了台阶，禀告六国的君王说："在座的六国君王，土地广大，人口众多，兵力雄厚。难道愿意低三下四地去给秦王磕头，平白无故地把自己的土地一块一块地割给人家吗？"六国的君王听得直点头。苏秦接着说："合纵抗秦的计策，我早就跟各位说过了。如今大家订立盟约，结为兄弟，有困难互相帮助。"六国的君王就拜告天地，写了六份盟约，各国各收藏一份。

赵王提议说："苏秦奔走六国，我们应当封他一个职位，请他专门办理合纵的事，你们看怎么样？"五位君王都赞成，就公推他为"纵约长"，把六国的相印都交给他。苏秦赶紧趴在地上，向他们谢了恩。六位君王都欢欢喜喜地回去了。

六国的君王在洹水订立盟约，简直就是向秦国挑战一样。秦惠文王对当时的相国公孙衍说："六国合而为一，秦国还有什么发展的希望呐？咱们必得想办法破坏他们的合纵才好。"公孙衍说："合纵是赵国开头的，大王不如先发兵去打赵国，看谁去救就先打谁。让六国诸侯知道秦国的厉害，都怕咱们去打他们，他们的合纵就容易拆散了。"张仪连忙反对，说："六国新近订了盟约，正在兴头上，一下子是拆不散的。要是咱们发兵去打赵国，那么韩、魏、楚、齐、燕一同出兵帮它，咱们该对付哪个好呐？越逼得紧，人家越怕，越害怕就越需要联合起来共同抵抗。还不如用点工夫，去联络他们当中几个国家，跟这几个国君亲善起来，他们必然彼此猜疑。里面起了疑，合纵就可以拆散了。比如说，离咱们最近的是魏国，最远的是燕国。从魏国拿来的城多少退还几座给魏国，魏国一定感激大王，当然会来跟咱们和好。另外，如果大王能够把自己的女儿许配给燕国的太子，咱们跟燕国成了亲戚，秦国就不孤立了。先把这最近的和最远的两国拉过来，以后的事情就好办了。"

秦惠文王依了张仪，不向赵国进攻，反倒去拉拢魏国和燕国。一个得到几座城，一个得到了一个大国的儿媳妇，眼前已经够便宜了，他们果然跟秦国要好起来了。赵王得到了这个消息，就责备纵约长苏秦说："你倡导六国合纵，一同抵抗秦国。如今还不到一年工夫，魏国和燕国就给秦国拉过去了。要是秦国这会儿来打赵国，这两国还能帮助咱们吗？合纵还靠得住吗？"苏秦觉得这事情不好办，要是再不想办法挽救，他自己就下不了台。他说："好吧，我先上燕国去，然后再到魏国，非把这两国的事办好不可。"赵王就让他去了。

苏秦到了燕国的时候，燕文公已经死了，燕易王即位，见了苏秦，就拜他为相国。这个相国可不容易当，燕易王是故意叫苏秦为难。原来东南边的齐国趁着燕国办丧事，就发兵打过来，夺去了十座城。燕易王拜苏秦为相国，对他说："当初先君听了您的话，合纵抗秦，希望六国和好，彼此帮助。先君的尸首还没埋呐，齐国就夺去了我们十座城，洹水的盟约还有什么用处呐？您是纵约长，总得想个办法啊。"苏秦本来是为赵国来责问燕国的，如今倒先得为燕国去责问齐国了。他只好对燕易王说："我去跟齐国要回那十座城，好不好？"燕易王当然喜欢。

苏秦到了齐国，对齐威王说："燕王是大王的同盟，又是秦王的女婿。大王为了贪图十座城，跟他们结下了冤仇。贪小失大，太不值得！要是大王照我的计策办，把这十座城退还给燕国，不但燕王感激大王，就是秦王也一定喜欢。齐国得到了秦国和燕国的信任，大王还能够号召天下建立霸业呐！"这一番话，正说在齐威王的心坎上。他为什么攻打燕国，破坏盟约呐？齐国本来是大国，离秦国又远，为什么要加入合纵呐？齐威王就打算借着合纵的名义来号召天下，做个霸主。没想到洹水会上，小小的赵国反倒当上了领袖，这哪儿能叫他服气呐！齐国跟秦国势力差不多，西方的秦国想并吞六国，东方的齐国也不是没有这个念头。他一听到苏秦的计策，就想拿十座城做本钱去收买天下的人心。当时挺痛快地答应了苏秦，退还了燕国的土地。

燕易王凭着苏秦的一张嘴，收回了十座城，当然很高兴，可是他看到苏秦的声望越来越高，势力越来越大，就对苏秦冷淡起来了。苏秦心里有数，就对燕易王说："我在这儿对燕国没有多大用处，不如上齐国去，表面上做个齐国的大臣，背地里可以替燕国打算。"燕易王说："随您的便。"苏秦假装得罪了燕易王，逃到齐国。齐威王正要利用他，拜他为客卿。没有多少日子，齐威王死了，他儿子即位，就是齐宣王。齐宣王有两个毛病：头一样是好色，第二样是贪财。苏秦就利用他这两个毛病叫他派人去搜罗美女，起造宫殿和花园，加重捐税来充实国库。苏秦拿孝顺父亲的大帽子叫齐宣王耗费钱财和人力去给齐威王造大坟。苏秦认为要叫六国同心协力地抗秦，就得叫六国的势力一样大。齐国比别的五国强大，破坏了这个均势。因此，他想办法叫齐国消耗人力和财力。他这种毒辣的手段虽然把齐宣王蒙住了，可是瞒不了那些机灵的大臣，尤其是老相国田婴的儿子田文（就是孟尝君）。田婴一死，齐宣王重用田文，那些反对苏秦的一帮人以为齐宣王既然重用了田文，一定不再怎么信任苏秦了。他们背地里派人去刺苏秦。这个凭着一张嘴混了半世的政客，终于死在刺客的手下了。

苏秦死了之后，他那假装得罪燕王逃到齐国去破坏齐国的阴谋，慢慢地从苏秦手下人的嘴里泄露出来了。齐宣王这才明白过来，齐国和燕国就又有了仇了。公元前 314 年，燕国起了内乱，齐宣王趁着机会打到燕国去，杀了燕王，差点儿把燕国灭了。齐国的势力可就大了。这还不算，齐宣王还跟楚国结了同盟。齐、楚两个大国联合起来，秦国可就不能独霸天下了。张仪要实行"连横"，就非把齐国和楚国的联盟拆散不可。他向秦惠文王说明了这个意思，上楚国去了。

连横亲秦

张仪到楚国的时候，楚威王的儿子做了国王，就是楚怀王。楚怀王听说秦惠文王拜张仪为相国，怕他为了当初"和氏璧"的因由，也许要向楚国报仇，本来就很担心。这次一听到张仪到楚国来，就准备好好地招待他。

张仪到了楚国，先拿出挺贵重的礼物送给楚怀王手下最得宠的人靳（jìn）尚，然后去见楚怀王，开门见山地对他说："如今天下称得起英雄的就剩七个国家了，其中最强大的，要数齐、楚、秦三国。要是秦国跟齐国联合，那么齐国就比楚国强；要是秦国跟楚国联合，那么楚国就比齐国强。如今秦王特意派我来跟贵国交好，可惜大王跟齐国通好，他有什么办法呐？要是大王能下个决心跟齐国绝交，秦王不但情愿跟贵国永远和好，还愿意把商于一带六百里的土地送给贵国。这么一来，贵国可就得了三样好处：第一，增加了六百里的土地；第二，削弱了齐国的势力；第三，得到了秦国的信任。一举三得，请大王决定吧。"

楚怀王是个糊涂虫，经张仪这么一说，就挺高兴地说："秦国要是能够这么办，我何必一定要拉着齐国不撒手呐？"楚国的大臣们听说能得到六百里的土地，大伙儿眉开眼笑地给楚怀王庆贺。忽然有个人站起来说："这么下去，你们哭都来不及，还庆贺呐！"楚怀王一看，原来是客卿陈轸（zhěn），就很不高兴地问他："为什么？"陈轸说："秦国为什么把六百里的土地送给大王呐？还不是因为大王跟齐国订了盟约吗？楚国有了齐国作为兄弟国，势力就大了，地位也高了，秦国才不敢来欺负。要是大王跟齐国断绝来往，就跟砍去自己的胳膊一样。那时候，秦国要不来欺负楚国才怪呐！大王要是听了张仪的话跟齐国绝交，张仪要是说话不算话，秦国不交出土地来，请问大王有什么办法？大王不如打发人先去接收商于。等到六百里的土地接收过来之后,再去跟齐国绝交也来得及。"

三闾大夫(官名,掌管王族三姓的大官)屈原干脆反对跟齐国绝交。他说:"张仪的话不能信,大王可千万别上他的当。"那个收了张仪礼物的靳尚,眯缝着眼睛,反对陈轸和屈原。他说:"要是不跟齐国绝交,秦国哪儿能平白无故地给咱们土地呐!"楚怀王点着头说:"那当然!咱们先派人去接收商于吧。"

楚怀王一面派逢(páng)侯丑为使者,跟着张仪到咸阳去接收商于,一面跟齐国绝了交。逢侯丑和张仪到了咸阳,张仪假装摔坏了腿,被接去治疗。逢侯丑足足等了三个月,心里非常着急,只好写信给秦惠文王,说明张仪答应交割土地的事。秦惠文王说:"相国答应了的,我一定照办。可是楚国还没跟齐国完全断绝来往,我哪儿能随便听信片面的话呐?且等相国病好了再说吧。"逢侯丑只好把秦惠文王的话向楚怀王报告。楚怀王说:"难道秦王还不相信我跟齐国绝了交吗?"他派人上齐国去骂齐宣王。齐宣王气极了,打发使臣去见秦惠文王,约他一同进攻楚国。

张仪这才让逢侯丑相见,问他:"怎么将军还在这儿,难道那块土地还没交割清楚吗?"逢侯丑说:"秦王要等相国病好了再说。"张仪说:"我把我的六里土地献给楚王,干吗要去跟秦王说呐?"逢侯丑听了,不敢相信自己的耳朵。他说:"我来接收的是商于那边的六百里土地呀!"张仪摇着脑袋说:"没有的话!秦国的土地全是凭着打仗得来的,哪儿能轻易送人哪?别说六百里,就是六十里也不行。我说的是六里,不是六百里,是我自己的土地,不是秦国的土地。大概楚王听错了吧!"逢侯丑这才知道他原来是个骗子。

逢侯丑回到楚国一报告,楚怀王气得直翻白眼。公元前312年,楚怀王拜屈匄(gài)为大将,逢侯丑为副将,率领十万兵马往西北去征伐秦国。秦惠文王拜魏章为大将,甘茂为副将,也出了十万兵马去跟楚国交战。同时还叫齐国发兵助战。齐宣王派大将匡(kuāng)章带领五万兵马打到楚国去。楚国受到两面夹攻,一连败了几仗。屈匄、逢侯丑都阵亡了,十万人马就剩了两三万，连楚国汉中六百多里的土地都给秦国夺了去。韩国、魏国一见楚国打了败仗，都趁火打劫，发兵侵占楚国的边疆。楚怀王急得直挠头皮，只好打发大夫屈原上齐国去谢罪，叫客卿陈轸上秦国兵营去求和，请求退兵，情愿再割让两座城，作为礼物。楚国从此大伤元气。

秦国的大将派人回去向秦惠文王报告。秦惠文王说："用不着再送两座城，我情愿用商于的土地来调换楚国黔中（在湖南省沅陵县西；黔 qián）的土地。要是楚王同意，我们就立刻退兵。"魏章把这话回报了楚怀王。这时候，楚怀王恨的是张仪，他倒不在乎土地，就说："用不着调换。只要秦王把张仪交出来，我情愿奉送黔中的土地。"

那些气恨张仪的大臣们对秦王说："拿一个人换取几百里的土地，太上算了！"秦王说："这哪儿成啊？"张仪说："那有什么呐？死我一个人，得了黔中的土地，我已经够体面了。再说我也许死不了呐。"秦惠文王真的让他去了。

张仪到了楚国，楚怀王把他关起来，打算挑个日子，拿他去祭祀太庙。张仪早已买通了楚怀王左右，尤其是靳尚。靳尚买通了楚怀王最得宠的美人儿郑袖，叫她劝楚怀王放了张仪。就这么着，两个亲信的人，你一言我一语，说得楚怀王动了心。再说黔中的土地究竟不大愿意送给人家，他就把张仪放回秦国去了。

张仪回到秦国，叫魏章退兵，又劝秦惠文王退还汉中一半的土地，重新跟楚国和好。楚怀王满意了，直夸张仪真够朋友。

秦惠文王为了张仪一硬一软地收服了楚国，赏给他五座城，还封他为武信君，叫他去周游列国，布置连横亲秦的计策。张仪先去会见齐宣王，对他说："楚王已经把他女儿许配给秦国的太子，秦王也已经把他女儿许配给楚王的小公子。两个大国结成了亲家了。韩、赵、魏、燕四国为了想保全自己，一个个全送点土地给秦国。如今五国都跟秦国交好，怎么大王还不肯一心一意地跟秦国联在一起呐？要是大王把自己孤立起来，那么，秦王叫韩、魏两国来打贵国的南边，叫赵国来打临淄（zī）、即墨，秦国自己再发大军，大王可怎么对付呐？到那时候，再跟秦国交好，可就晚了一步了。如今的局势明摆在眼前，谁跟秦国交好，谁就能平安无事；谁要跟秦国作对，谁可就保不住自己了。请大王细细地想一想。"齐宣王就给他连哄带吓唬地说服了。

张仪到了赵国，对赵武灵王（赵肃侯的儿子）说："楚国跟秦国做了儿女亲家，韩国早就归附了秦国，齐国也向秦国送礼求和。强大的国家都跟秦国联到一块儿，只有赵国孤单单的，四面全是敌人，不是太危险了吗？要是秦王率领着秦、楚、齐、韩、魏几国的大军打进来，把贵国分了，大王可怎么办呐？"赵武灵王也给张仪吓唬住了。

张仪到了燕国，对新君燕昭王说："贵国就知道防备着赵国来侵犯，可是如今楚、齐、韩、魏、赵全都归顺了秦国，他们还都拿出几个城来送给秦王作为礼物。大王要是孤零零地不去跟秦国联络，秦王只要打发一个使臣，叫赵、韩、魏进攻贵国，贵国还保得住吗？要是大王归顺秦国，就有了靠山，谁还敢来欺负？"燕昭王经他这么一吓唬，就把洹水东边的五座城献给秦王。

张仪把齐宣王、赵武灵王、燕昭王说服了，连横亲秦的计策大体上可就成功了。他很得意地回到秦国去。可他还没到咸阳，秦惠文王死了。太子即位，就是秦武王。秦武王做太子的时候，就看不惯张仪，平常反对张仪的一些大臣都在秦武王跟前说他坏话。秦武王准备不用张仪。张仪一到咸阳，他手下的人就把这些情况告诉了他。他就对秦武王说："听说齐王特别恨我，说我骗了他，一定要跟我报仇。咱们将计就计，一定能得到好处。我情愿辞去相国的职位，辞别大王上魏国去。齐王知道我在魏国，准去攻打。大王趁着齐国跟魏国打仗的时候，发兵去打韩国。把韩国收下来，就可以直接到成周去，周朝的天下可就是大王的了。"秦武王正想去看看天王的京都，就赏了张仪三十辆车马，让他上魏国去。魏襄王果然很欢迎他，还真拜他为相国。

齐宣王当初听了张仪的话，还以为韩、赵、魏已经跟秦国和好了，自己不能不跟他们合在一起，才送礼物给秦国。后来一打听，才知道张仪借着齐国做幌子去威胁别的诸侯，他就很生气。这会儿听说秦惠文王死了，齐宣王就叫相国田文通知各国，重新订立盟约，合纵抗秦，自己做了纵约长。齐宣王还出了个赏格："谁拿住张仪，就送他十座城。"这回听说张仪做了魏国的相国，他就发兵去打魏国。

魏襄王急得什么似的，就跟张仪商量。张仪请他放心。他打发自己的心腹冯喜去见齐宣王，对他说："听说大王恨透了张仪，真的吗？"齐宣王说："谁说是假的呐？"冯喜说："要是大王真恨他，就不该帮他！"齐宣王瞪着眼睛说："谁帮他来着？"冯喜老老实实地告诉他说："我从咸阳来，听说张仪离开秦国是个计。秦王料着张仪到了魏国，大王一定要跟魏国开仗，他就趁着你们彼此交战的时候去打韩国，然后路过韩国去侵犯成周，夺取天王的地位。秦王这才送给张仪三十辆车马，叫他上魏国去。如今大王果然要跟魏国打仗，这不是正好入了他们的圈套吗？"齐宣王拍拍自己的后脑勺，说："哎呀！我差点儿上了他的当。"他赶紧把军队撤回来，不打魏国了。魏襄王可就更加信任张仪。没有多少日子，张仪得了重病，就死在魏国。

胡服骑射

张仪死了之后，秦武王又想起张仪劝他去打韩国的话来。公元前307年，秦武王拜甘茂为大将，打下了韩国的宜阳（在河南省宜阳县），到了成周，还没见过周天王，先去看看周朝的传国之宝——九座大鼎。据说这九座大鼎是大禹王时候（传说是公元前2205年到公元前2198年）铸的。那时候中国分为九州，每座鼎代表一州。这九座大鼎从夏朝传到商朝，从商朝传到周朝。秦武王一座一座挨着看过去，只见每座大鼎上都铸着州的名字。他指着"雍州"这座大鼎，说："雍州就是秦国，这座大鼎是咱们的呀，我想把它搬到咸阳去。"秦武王是个粗人，很有点蛮力。他把千儿八百斤的大鼎扛了起来，没想到力气接不上，大鼎落下来，砸断了他的腿，到了半夜就断了气。

秦武王没有儿子，大臣们把他的一个叔伯兄弟立为秦王，就是秦昭襄王。秦昭襄王即位以后，竭力拉拢楚国，跟楚怀王真的做了亲戚，订了盟约。合纵那一头的纵约长齐宣王因此约会韩国和魏国，一块儿去攻打这位退出合纵抗秦盟约的楚怀王。楚怀王打发太子横上秦国去做抵押，请秦国发兵来帮助。秦昭襄王还真发兵去帮助楚国。三国的兵马只好退了。没想到太子横在秦国受了欺负，逃回楚国来了。秦国借着这个因由，接连攻打楚国，夺取了好几座城，杀了好几万楚国人。楚怀王只好脱离秦国，重新加入了合纵，还打发太子横上齐国去做抵押。楚国跟齐国联合起来，当然对秦国不利。秦昭襄王就很客气地给楚怀王写信，请他到武关（在陕西省商洛市）相会，预备两国君王当面订立盟约，永远和好。

楚怀王接到秦昭襄王的信，对大臣们说："秦王请我去订盟约。不去呐，又怕招他怨恨；去呐，又怕有危险。你们看怎么办？"大夫屈原从齐国回来

的时候劝楚怀王治死张仪，可是楚怀王听了靳尚和郑袖的话，最终把张仪放了。这会儿他对楚怀王说："秦国强暴得像豺狼，咱们受秦国的欺负也不止一次了。大王一去，准上他的圈套。"可靳尚劝他去，他说："秦国不是咱们的亲戚吗？为了咱们把亲戚看成敌人，咱们才打了败仗，死了好些士兵，丢了土地。如今秦国愿意跟咱们亲善，咱们不该推辞。"楚怀王的小儿子公子兰也说："我姐姐不是嫁给秦国的太子了吗？秦王的女儿不是嫁给我了吗？两国既然结为亲戚，理当亲善才对。"楚怀王听了靳尚和公子兰的话，到秦国去了。

果然不出屈原所料，秦昭襄王对楚怀王说："你以前答应把黔中的土地让给秦国，这件事直到今天还没办。今天劳你的大驾，等土地交割清楚，就放你回去。"他把楚怀王押在咸阳，叫楚国拿土地来赎。楚国的大臣得了这个信儿，只好从齐国把太子横迎回来，立他为国君，就是楚顷襄王，当时打发使者去通知秦国，说楚国已经有了国王了。秦王恼羞成怒，就派大将白起和副将蒙骜（ào）发兵十万，从武关直打楚国。这一仗楚国死了五万多人，丢了十六座城。

被押在秦国的楚怀王得到了本国打败仗的消息，背地里直掉眼泪。他在秦国被押了一年多工夫，后来看守他的人瞧他挺可怜，再说这种差事也干腻了，慢慢地懈怠（xiè dài）起来。楚怀王得了个机会，换了一身衣服，偷偷地逃出了咸阳。他原来打算逃回本国去，可听说通往楚国的路已经堵住，东边、南边都跑不了，就抄小道往北跑，一直跑到赵国的边界上。只要赵主父肯收留他，他就能活命了。

楚怀王跑到赵国的边界上，赵主父偏偏没在本国。这位赵主父就是赵武灵王。他是一个眼光远，胆子大的君主。赵国的大臣像楼缓、肥义、公子成，全是他的帮手。

公元前307年，有一天，赵武灵王对楼缓说："咱们北边有燕国，东边有东胡，西边有林胡、楼烦、秦、韩等国，中间还有中山。四面八方全是敌人，什么是咱们的保障呐？自己要是再不发愤图强，随时都能给人家灭了。

要发愤图强就得做好些事情。我打算先从改革服装着手,接着就可以改变打仗的方法。你瞧怎么样?"楼缓说:"服装可怎么改呐?"赵武灵王说:"咱们穿的衣服,袖子太长,腰太肥,领口太宽,下摆太大。穿着这种长袍大褂,做事多不方便。"楼缓把话接过去,说:"还费衣料。"赵武灵王把袖子晃了晃,下摆兜了兜,说:"多费衣料倒在其次,穿上长袍大褂,不但做事不方便,而且走起路来摇摇摆摆的,干起活儿来就迟慢。因此,也就减少了急起直追的精神。全国的人都这样,国家哪儿强得起来?我打算仿照胡人(北方的民族)的风俗,把大袖子的长袍改成小袖儿的短褂,腰里系(jì)一根皮带,脚上穿双皮靴。穿上这种衣服,做事方便,走路灵活。你再想大模大样、摇摇摆摆地走也就办不到了。"

楼缓听得很高兴,说:"咱们仿照胡人的穿着,也能学习他们打仗的方法了,是不是?"赵武灵王说:"是啊!咱们打仗全靠步兵,就是有马,只知道用马拉车,可不会骑着马打仗。我打算穿胡人那样的衣服,学胡人那样骑马射箭。那可多么灵活!"楼缓愿意帮着赵武灵王去教导赵国人都这么办。他又去告诉肥义,肥义也很同意。

第二天上朝的时候,赵武灵王、楼缓和肥义,都穿着小袖子的短衣出来。一班大臣瞧见他们这个样子,都吓了一跳。他们还以为赵武灵王跟那两位大臣犯了疯病呐。赵武灵王把改变服装的事宣布了。大臣们总觉得这太丢脸了。这不是把中原的文化、礼义都扔了吗?可是赵武灵王下了决心,非实行不可。他拿种种理由把他那个最顽固的叔叔公子成说服了。大臣们一见公子成也穿上了胡服,只好随着改了。然后赵武灵王下了一道改革服装的命令。过了没有多少日子,全国人不分富贵贫贱,全都穿上了胡服。有钱的人起头觉着有点不像样,后来因为胡服比起以前的衣服实在方便得多,反倒时兴起来了。

赵武灵王第二件向胡人学习的事,就是骑马射箭。不到一年工夫,赵国大队的骑兵训练成了。公元前305年,赵武灵王亲自把临近的中山从魏国接收过来,又收服了东胡和临近的几个部族,接着打发使者去联络秦国、韩

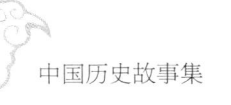

国、齐国、楚国。赵国就这么强大起来了。到了公元前 300 年（实行胡服骑射第七年），不但中山、林胡、楼烦都已经收服了，还扩张势力，北边一直到代郡、雁门，西边到云中、九原，一下子增加了好些土地。赵武灵王可就打算跟秦国比比上下高低。他老在国外，国内的事由谁管呐？他见小儿子很能干，就把太子废了，传位给小儿子，就是后来称为赵惠文王的，自己称为主父。赵主父拜肥义为相国，李兑为太傅，公子成为司马，封大儿子为安阳君。国内的政权布置妥当之后，他要去考察秦国的地理形势，还要去侦察一下如今在位的秦王，看他是怎么样的一个人。

赵主父打扮成个使臣，自称为"赵招"，带了几十个手下人，上秦国去访问，沿路察看山水要道，画成地图。他到了咸阳，以使臣的身份见了秦昭襄王，还向他报告了赵武灵王传位的事情。秦昭襄王问他："你们的国君老了吗？"他回答说："还正在壮年。"秦昭襄王就问："那为什么要传位呐？"他说："我们的国王叫太子先练习练习。国家大权可仍然在主父手里。"秦昭襄王跟这位"使臣赵招"瞎聊天。他说："你们怕不怕秦国？""使臣赵招"说："怕！要是不怕，就用不着改革服装，练习骑马射箭了。好在如今敝国的骑兵比起早先来增加了十多倍，大约能够跟贵国结交了吧！"秦昭襄王听了这话，还挺尊敬他。"使臣赵招"辞别了秦王，回到使馆里去了。

当天晚上，秦昭襄王想起赵国使臣的谈话，又文雅、又强硬，态度又尊严、又温和，倒是个人才。他还想跟他谈谈。第二天，秦昭襄王派人去请他。"使臣赵招"的手下人说："使臣病了，过几天再去朝见大王吧。"就这么又过了几天，秦昭襄王又派人去请赵国使臣，一定要他去。可是"使臣赵招"不见了，他的随从人员也不见了，使馆里只留下一个人，自称是赵国的使臣赵招。他们就把他带到秦昭襄王跟前。秦昭襄王问他："你既是使臣赵招，那么上次见我的那个使臣又是谁呐？"真赵招说："是我们的主父。他想见一见大王，特意打扮成使臣。他嘱咐我留在这儿给大王赔罪。"秦昭襄王咬牙切齿地说："赵主父骗了我！"立刻叫泾阳君和白起带领三千精兵，连夜追上去。他们追到函谷关，守关的将士说："赵国的使臣已经过去三天了。"

泾阳君白跑了一趟，只好回去向秦王报告。秦昭襄王没有办法，索性大方点儿，把那个真赵招也放回去了。

赵主父见过了秦王，又到了云中、代郡、楼烦这几个地方。他在灵寿（在河北省正定县北）造了一座城，叫赵王城。夫人吴娃在肥乡（在河北省广平县西北）也造了一座城，叫夫人城。就在这个时候，楚怀王从秦国逃到赵国的边界，打算去避难。他断定赵主父一定会收留他的。万没想到赵主父不在，他的儿子赵惠文王怕得罪秦国，不让楚怀王进去。楚怀王被逼得前无去路，后有追兵，急出了一身冷汗，差点昏过去。他还想再往南逃，逃到大梁去。可是秦国的追兵已经赶上，他又当了俘虏，被带回咸阳去了。

这一回再当俘虏叫他太难堪了，气得他连连吐血，得了重病，没有多少日子（公元前296年）就死在秦国。秦国把他的灵柩送回楚国。楚国人因为楚怀王被秦国欺负，死在外头，都气得不得了。各国诸侯也全觉得秦王太不讲理了，他们就又重新联合到一块儿，闹起合纵抗秦来了。楚国的大夫屈原更是替楚怀王抱不平，一个劲儿地劝楚顷襄王去给先王报仇。

屈原投江

楚国的大夫屈原早就瞧见秦昭襄王没安好心，屡次三番劝过楚怀王，要他联合齐国共同抗秦。可是楚怀王是个糊涂虫，最终听了靳尚、公子兰这一伙人的话，连自己的命都丢了。如今楚顷襄王做了国君，不但没把这批人治罪，反倒重用他们。屈原看着这帮人只图眼前安乐，目光短浅，胆儿又小，一味向秦国迁就让步，割地求和，这样做正是拿肥肉去喂老虎，楚国早晚要亡在他们手里。他心里苦闷得没法说。他痛恨靳尚、公子兰这批人，认为不能跟他们在一起共事，就打算辞官。可是一想到楚国的处境这么危险，又不忍心就此走开。他劝楚顷襄王收罗人才，远离小人，鼓励将士，操练兵马，好为国家争气，替先王报仇。靳尚、公子兰他们这几个人就怕屈原在楚顷襄王面前老提起反抗秦国的话，怕打起仗来自己不能过好日子。他们把屈原看作眼中钉，非拔去不可。

屈原还是劝楚顷襄王去联络诸侯共同抗秦。靳尚、公子兰他们就天天在楚顷襄王跟前说他的坏话。靳尚对楚顷襄王说："大王没听见屈原数落您吗？他老跟人家说，'大王不报先王的仇，公子兰不敢提抗秦，楚国出了这种不争气的君臣，哪儿能不亡国呐？'大王，您想想这叫什么话啊！"楚顷襄王问了问公子兰，公子兰也这么说。楚顷襄王大怒，把屈原革了职，放逐到湘南（在湖南省洞庭湖一带）去。

屈原抱着救国救民的志向，一肚子富国强兵的打算，反倒给人排挤出去了。到了这时候，他简直要气疯了。他不想吃，不想喝，弄得面容憔悴，身子也瘦了。他憋着一肚子忧愤没处去说，在洞庭湖边、汨（mì）罗江（在湖南省湘阴县北，向西流入湘水）上，一边走，一边唱着伤心的歌儿。

屈原有个姐姐叫屈须。她听说兄弟的遭遇，老远地跑到湘南去看他。她找到了屈原，一见他披头散发、脸庞又黄又瘦，不由得掉下眼泪来，说："兄弟，你何必这样呐？楚国人哪一个不知道你是忠臣？大王不听你的话，那是他的不是。你已经尽了心了，老悲伤又有什么用呐？"屈原说："我伤心的不是我自己的遭遇。楚国弄到这个样儿，我心里像刀割一般！"屈须说："可是君王不肯听你的话，反对你的人又有势力，你孤孤单单的一个人，怎么斗得过他们呐？你的脾气太耿直，我担心你会吃亏，如今果真落到这个地步。叫我怎么放心呐！"屈原说："我知道我忠心耿耿会招来不幸。可是我怎么能够眼看着国家的危难不管呐！只要能救楚国，就是叫我死一万次我也愿意。如今把我放逐到荒山野地，国家大事我没法儿管，我的主张没处去说，我大声呼喊君王，君王也听不到。我痛苦得真要疯了。这样儿下去，还不如死了好。"屈须摇摇头，说："别傻了！要是你一死，国家就能够好起来，那我也愿意跟你一块儿死。可是你这么糟蹋自己，对国家不但没有什么帮助，反倒还会带累别人也这样消沉下去。"屈原叹了口气，说："那怎么办呐？"屈须说："将来君王也许会明白过来，那时候你还可以给国家出力。"

屈原在流放中，经常和老百姓生活在一起。他看到他们一年到头辛辛苦苦种地，还是经常受冻挨饿，生病没钱医，死了没钱葬，遇到天灾人祸，就弄得妻离子散，家破人亡。这种悲惨的景象，更加深了屈原的痛苦。他一直喜欢写诗，这会儿写得更多。《离骚》这首有名的长诗，就是他在这个时期写成的。

日子过得挺快，十几年过去了，屈原还没有得到楚王召他回去的消息。他忧虑国家的前途，常常夜里睡不着觉。好容易睡着了，梦里老回到了郢都，可是醒来仍旧是一场空。他想借山川景物来排解忧愁，结果反而更加伤心：楚国的政治这么腐败，这秀丽的河山总有一天会成了秦国的土地。

屈原想立刻回郢都去，再劝劝楚王。正好有一个朋友来看他。朋友劝他说："你已经被革了职，回去也做不了什么。现在楚王不用你，你为什么不到别的国去呢？你这样有才学，不论到哪一国，还怕他们不重用你？何必留在楚国受这份罪呢？"屈原说："一个人难道可以为了自己的富贵扔了父母之邦、扔了家乡吗？"那个朋友说："话不是这么说的。现在楚王不用你，又不是你不肯为楚国出力。你把自己的才华埋没了，多可惜！"屈原说："鸟飞倦了，想回到自己的老枝上去歇息；狐狸死了，头还向着土山。我不能离开楚国。"

屈原对楚国爱得这么深，看着掌权的人越来越腐败，国家一天一天衰落下去，自己偏偏得不到救国救民的机会。他痛苦到了极点，仍然只能写写诗歌来发泄他的悲哀，陈说他对朝廷大事的想法。

公元前278年，秦国派大将白起去攻打楚国，打下了楚国的国都。屈原听到这个消息，伤心得放声大哭。他已经是六十二岁的老人了，知道楚国已经没有希望了，可不愿意眼看着楚国被毁，社稷人民落在敌人手里，他就在五月初五那一天，抱着一块大石头，跳到汨罗江里去了。

渔民和附近的庄稼人得到了这个信儿，赶紧划着小船去救屈原。不大一会儿工夫，好些小船争先恐后地赶来了。可是汪洋大水，哪儿有屈原的影儿呐？他们在汨罗江上捞了半天，到了儿也没把屈原找着。渔民挺难受，他们对着江面祭祀了一会儿，把竹筒子里的米饭撒在水里，算是献给屈原的。

到了第二年五月初五那一天，大伙儿想起这是屈原投江的周年了，又划着船，用竹筒子盛上米饭撒到水里去祭祀他。到后来，人们把盛着米饭的竹筒子改成粽子，划小船改为赛龙舟，把五月初五称为端午节，也叫端阳节。这吃粽子和赛龙舟，就变成全中国的一种风俗了。

这时候，赵主父已经死了。当初，赵主父从云中回到邯郸，知道了赵惠文王怕得罪秦国，不敢收留前来投奔的楚怀王，就瞧出他没有多大的出息，心里挺后悔，打算立原来的太子安阳君为代王。他把这个意思告诉了公子胜。公子胜说："大王废了太子，已经错了主意。如今君臣的名分已经定了，要是再次更改，反倒容易引起内乱来。我看还是好好地辅导新君为是。"赵主父又跟夫人吴娃商议这件事。吴娃是赵惠文王的母亲，当然不赞成立安阳君。就为了赵主父想再立安阳君，赵国起了内乱。一批大臣们怕王位一更动，自己的地位保不住，他们不但杀了安阳君，而且把赵主父也锁在宫里，让

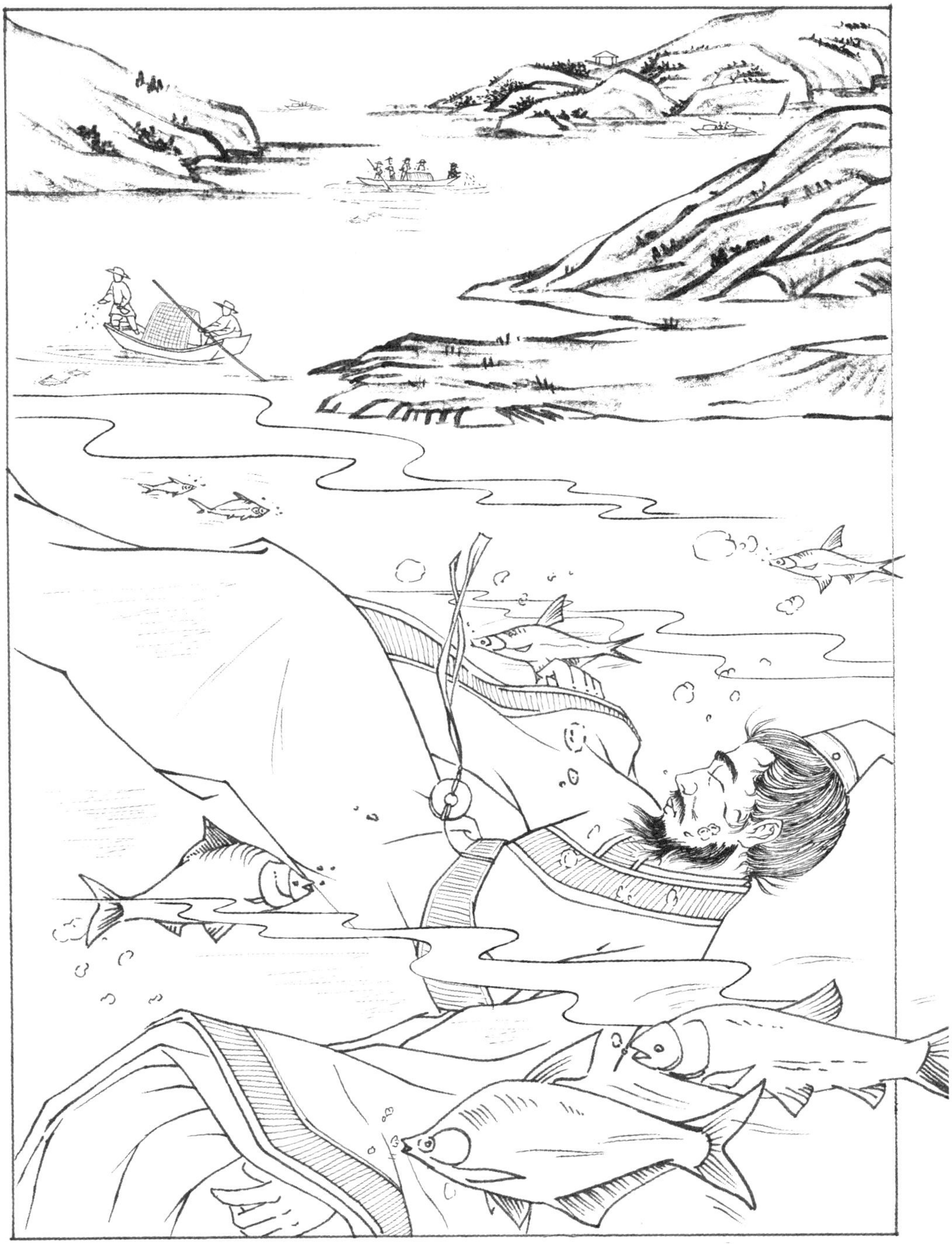

他活活地饿死。

　　赵惠文王为了公子胜反对主父立安阳君为代王，就拜他为相国，封为平原君。这位平原君为了巩固自己的地位，专结交天下的各种人物，凡是投到他门下来的，他一概收留，供养着他们。这种收养门客的做法，当时成了风气。齐国的孟尝君、魏国的信陵君、楚国的春申君，都像平原君那样收养着门客。他们每家都有几千个门客住在家里。连秦昭襄王听说了平原君收养门客的事儿，都想跟他结交呐。

鸡鸣狗盗

秦昭襄王听说平原君收养了几千门客，叹息着对大夫向寿说："像平原君那样的人，恐怕天下少有吧。"向寿说："不过他要比起齐国的孟尝君来，还差得远着呐！"秦昭襄王问："孟尝君又是怎么样的人？"向寿说："孟尝君田文继承他父亲田婴做了薛公（薛，在山东省滕州市东南；田婴封于薛，称为薛公，田文继承他父亲，也叫薛公），就大兴土木，修盖房子，招待天下各种人物。只要是投奔他的，不管有什么能耐，他一概收留，吃、喝、穿、戴，他全包了。他的门下真是人才济济，平原君哪能比得上他呐。"

秦昭襄王说："我挺尊重像孟尝君那样的人，怎么能请他到秦国来呐？"向寿说："这有什么难？只要大王打发自己的子弟到齐国去做抵押，然后请孟尝君上这儿来。我想齐国是不能不答应的。等孟尝君到了这儿，大王拜他为丞相（秦武王改相国为丞相），齐国也只好拜咱们的人为齐国的相国。这么着，秦国跟齐国联合到一块儿，要打算收服诸侯，事情可就好办得多了。"

秦昭襄王真打发自己的兄弟泾阳君到齐国去做抵押，请孟尝君上咸阳来。就在这短短的几天，孟尝君和泾阳君交上了朋友。齐宣王在公元前301年死了，他儿子即位，就是齐湣（mǐn）王。齐湣王不敢得罪秦国，只好叫孟尝君上秦国去了。后来大臣当中有人对齐湣王说："大王既然诚心跟秦国结交，何必一定要把泾阳君留在这儿做抵押呐？"齐湣王就把泾阳君送走了。

公元前299年，孟尝君带着一大帮门客，一同到了咸阳。秦昭襄王亲自去迎接他。他见孟尝君左呼右拥，威风凛凛，不由得更加敬重他。两个人说了一些彼此敬仰的话。孟尝君奉上一件纯白的狐狸皮的袍子，作为见面礼。秦昭襄王知道这是很名贵的银狐，当时就很得意地穿上，向宫里的美人们夸耀了半天。那时候天还暖和，他就把袍子脱下来交给手下的人好好地收藏着。

　　孟尝君和他的一些门客到了咸阳之后,就有一批秦国的大臣怕秦昭襄王重用孟尝君,背地里商量着怎样排挤他。秦昭襄王择个日子,拜孟尝君田文为秦国的丞相。接着就有大臣对秦昭襄王说:"田文是齐国的贵族,手下的人又多,现在他当了丞相,一定先替齐国打算。要是他仗着丞相的权力暗中谋害秦国,秦国不就危险了吗?"秦昭襄王说:"你们说得也对。那么,还是把他送回去吧。"他们说:"他在这儿已经住了不少日子,秦国的事他差不多全都知道。哪儿能轻易放他回去呐?"秦昭襄王就把孟尝君软禁起来。

　　泾阳君为了建立自己的势力,在齐国的时候就跟孟尝君交上了朋友。这会儿一听说秦昭襄王把他软禁了,还想谋害他,就替他想办法。他带了两对玉璧送给秦昭襄王最宠爱的燕姬,请她帮助。燕姬拿三个手指托着下巴颏儿,斜着眼睛,装腔作势地说:"叫我跟大王说句话倒是不难,你把这两对白玉带回去,别的谢礼我一概不要,我只要一件银狐皮袍子就够了。"

　　泾阳君把她的话告诉了孟尝君,孟尝君皱着眉头说:"我就只有那么一件,已经送给秦昭襄王了,哪儿还能要回来呐?"当时有个门客说:"我有办法。"他立刻去跟那个管衣库的人瞎聊天儿,看准了门路。当天晚上,这位门客从狗洞爬进宫里去,找着了衣库去偷那件皮袍子。他掏出好些钥匙,正在开门的时候,看库的人惊醒了,咳嗽了一声。那个门客装狗叫,"汪汪"地叫了两声。看衣库的人就放了心,又睡着了。那个门客进了衣库,开了箱子,拿出那件银狐皮袍子,然后又锁上箱子,关上库房,从狗洞钻了出去。

　　孟尝君得到了这件皮袍子,送给燕姬。燕姬就甜言蜜语地劝秦昭襄王把孟尝君放回去。秦昭襄王到了儿依了她,发下过关文书,让孟尝君回去。

　　孟尝君得到了文书,好像漏网之鱼,急急忙忙地往函谷关(在河南省灵宝市西南;函 hán)跑去。他怕秦昭襄王反悔,派人来追,又怕把守关口的人刁难他,就更名改姓,打扮成买卖人的样儿。他的门客中有个专门假造和挖补文书的人,很巧妙地把那过关文书上的名字改了。他们到了函谷关,正赶上半夜里。依照秦国的规矩,每天早晨,关口要到鸡叫的时候才许放人。

他们只好在关里等候着天亮。孟尝君急得什么似的，万一天亮以前，秦昭襄王派人追上来，怎么办呐？好在孟尝君的门客之中各色各样的人都有。大伙儿正发愁，忽然门客里有人捏着鼻子学起公鸡打鸣儿来了。接着一声跟着一声的，好像有好几只公鸡在应和着。紧跟着关里的公鸡全都打起鸣儿来。关上的人就开了城门，验过孟尝君的过关文书，让这批"买卖人"出了关口。

那边秦国有个大臣，一听到秦昭襄王把孟尝君放了，立刻赶着去朝见秦昭襄王。他说让孟尝君回去，好比"纵虎归山"，将来必有后患。秦昭襄王果然后悔了，立刻派人去追。那些追上去的人真是快马加鞭，连夜赶路。他们赶到函谷关，天还没亮。他们查问守关的人，说："孟尝君过去了没有？"守关的人说："没有。"还拿出过关文书让他们瞧，果然没有孟尝君的名字。他们才放了心，大概孟尝君还没到呐。

等了半天，孟尝君还没来，他们起了疑，就跟守关的人说了孟尝君的长相，还有他带着的门客的人数和车马的样子。守关的人说："哦！有，有！他们早就过去了，是第一批过的关。"他们又问："你什么时候开的城门？我们到这儿，什么都还看不清楚。难道你半夜里就开城门？"守关的人一愣，说："谁说不是呐！我们也正在纳闷儿，城门是鸡叫以后开的，可是等了半天，东方才发白。我们还纳闷今天太阳怎么出来得这么晚。"追赶的人一听这话，知道赶不上了，只好垂头丧气地回去报告秦昭襄王。

狡兔三窟

孟尝君逃回齐国，齐湣王仍旧拜他为相国。秦国因为齐国远在东方，不便再去找麻烦，两国总算相安无事。

孟尝君的门客越来越多，他把门客的待遇分为三等：头等门客吃的是鱼肉，出去有车马；二等门客吃的也是鱼肉，可没有车马；三等门客只吃些粗茶淡饭，反正饿不着就是了。孟尝君养了三千多个门客，供给他们吃、喝、住，这费用从哪儿来呐？他只能向老百姓加重剥削，特别是在自己的封地薛城向老百姓放账，用高利贷的进项来补贴养门客的费用。可是薛城的老百姓在高利贷的剥削之下，就喘不过气来了。

有一天，招待门客的总管对孟尝君说："下一个月的开支不太够，请打发人到薛城去收账吧。"孟尝君问他："派谁去呐？"总管说："早先老拍着宝剑唱歌的那位冯先生，在这儿待了一年多了，还没做过事。不如请他去一趟吧。"孟尝君就打发冯骧（huān）上薛城去收账。

冯骧是齐国人，当初穿得破破烂烂的来见孟尝君。孟尝君问他有什么本领，他说："没有什么本领。听说凡是投到公子这儿来的，不论有本领没本领，您都收留。我因为穷，才来投靠公子。"孟尝君点点头，收留了他，把他安排在三等门客里头。过了十几天，孟尝君问总管："那位新来的客人都做些什么？"总管说："冯先生穷得要命，他只有一把宝剑，连个鞘（qiào）也没有，就用绳子拴着挂在腰里。他每回吃完了饭，老用指头弹着宝剑唱歌，什么吃饭没有鱼，宝剑哪，咱们不如回去！"孟尝君说："就给他鱼吃吧。"冯骧升为二等门客，吃鱼吃肉了。又过了几天，孟尝君又问总管："冯先生满意了吧？"总管说："我想他总该满意了。可是他吃完了饭，还是弹着宝剑唱歌，什么出门没有车，宝剑哪，咱们不如回去！"孟尝君愣了一愣，他想:"他原来要当上等门客,看样儿准是个有本领的。"回头跟总管说:"把冯先生升为上等门客,你留心他的行动,听他还说什么,再来告诉我。"又过了五六天,总管向孟尝君报告说:"冯先生又唱歌儿了。这回唱的是老母撇不下,宝剑哪,还是回家吧!"孟尝君叫人去供养冯驩的母亲。冯驩这才安安停停地住下去了。

这会儿孟尝君派他到薛城去收账,冯驩就问:"顺便买些什么东西回来呐?"孟尝君随口回答了一句:"这儿短什么,就买些什么。您瞧着办吧。"冯驩坐着车马上薛城去收利钱。薛城人听说孟尝君打发一个上等门客来收账,大伙儿都叫苦连天。有的打算躲到别的地方去,有的准备托人去说情,希望缓些日子。收账的第一天,只有一些个比较宽裕的人家给了利钱。冯驩一计算,已经收了十万。他就从中拿出一笔钱来,买了好些牛肉和酒,出了一个通告,说:"凡是欠孟尝君钱的,不论能还不能还,明天都来把账对一对,大家伙儿聚在一块儿吃一顿。"

那些欠账的老百姓都来了。冯驩一个个地招待他们,请他们喝酒吃饭。大伙儿喝过酒,冯驩就根据债券一个个地问了一遍。有的请求延期,冯驩就在债券上批上。有的说不准什么时候能还,冯驩就把这些搁在一边。等到债券批完之后,堆在一边的倒有一大半。老百姓这时候全都诉说自己的苦处:

"今年年成不好,我们连饭都吃不上。"

"我妈死了,连棺材还没有呐。"

"我已经交了好几年的利钱,交的利钱比本钱都多了,今年实在不能给了。"

"我的孩子病着,抓药的钱都没有!"

"我的媳妇儿难产……"

"自从我摔折了一条腿……"

冯驩不再听下去。他叫人拿火来,把这一大堆的债券全烧了。大伙儿瞧着烧债券的火,又是高兴,又是犯疑,他们哪儿知道冯驩是替孟尝君收买民心呐!冯驩编了一套话,对大伙儿说:"孟尝君放账给你们,原本是实心实意地救济你们，并不贪图利钱。可是他收留着好几千人，光靠他的俸禄哪儿够呐？这才不得不叫我来收账。他对我说：'那些能给的，你就收了来；谁要是一时拿不出，让他再缓一期，将来再给；那些真的给不了的，烧了债券，一概免了！'"众人听了信以为真，高兴地嚷着说："孟尝君是我们的恩人！"

冯驩回来，把收账的经过报告给孟尝君。孟尝君听了，脸上变了颜色，说："那我这三千多人可吃什么呐？您怎么花了这些钱，又打酒又买肉的，还把债券烧了？我请您去收账，您收了些什么回来呐？"冯驩说："您别生气，我说给您听。那些实在穷得还不了的，您就是留着债券也没用，再过五年，十年，利钱越来越多，一辈子也还不了，反倒逼他们跑到别的地方去。这些债券简直没有用，不如烧了倒干脆。您要是拿势力去逼他们，利钱也许能够多少收点儿，可是民心丢了。您说过，这儿短什么，就买些什么。我觉得这儿短的就是民心，我就买了民心回来。我敢说，收回民心要比收回利钱强得多！"孟尝君无可奈何地向他拱了拱手，说："先生眼光远大，佩服！佩服！"

冯驩虽然没把账全收回来，可是孟尝君的名声就更大了。秦昭襄王没追上孟尝君，本来已经不高兴了，如今听说齐湣王又重用他，更担着一份心。他就暗中打发心腹上齐国去散布谣言说："孟尝君收买人心，齐国人光知道有孟尝君，不知道有齐王。孟尝君眼瞧着快要当上齐王了。"齐湣王听到了这些谣言，果然起了疑，收回了孟尝君的相印，叫他回到薛城去。

"树倒猢狲散"，孟尝君被革了职，那些门客全散了。孟尝君觉得很凄凉。只有这位收账烧债券的冯先生还一步不离地跟着他，替他驾车，一块儿上薛城去。薛城的老百姓一听孟尝君来了，都来迎接他，有的带了一只鸡，有的提着一瓶酒。孟尝君见了，感激得掉下眼泪来。他对冯驩说："这就是先生给我买来的民心呀！"

冯驩说："这一点算得了什么？如今您能安居的地方只有这个薛城。俗语说'狡兔三窟'（机灵的兔子有三个窝儿），您至少也得有三个能安身的地方才能踏实。您要是能借给我这辆车马,让我上秦国去一趟,我一定能再叫齐王重用您,加您的俸禄。那时候,薛城、咸阳、临淄三个地方都会欢迎您,您看好不好?"孟尝君说:"全听先生调度吧!"

冯骥到了咸阳,对秦昭襄王说:"如今天下有才干的人,不是投奔秦国,就是投奔齐国。上秦国来的都想叫秦国强,齐国弱;上齐国去的都想叫齐国强,秦国弱。可见当今之世,不是秦得天下,就是齐得天下。这两个大国是势不两立的。"秦昭襄王听了他的话,跪起来说(当时的人是跪坐在地上的。跪坐指两膝着地,屁股靠着脚跟而坐):"先生有何妙计能叫秦国强大,请先生指教!"冯骥连忙请他坐下,说:"齐国把孟尝君革职了,大王知道吗?"秦王装模作样地说:"我听说倒是听说了,可不大清楚。"冯骥说:"齐国能够有现在这样的地位,全仗着孟尝君哪。如今齐王听了谣言,革了他的官职,收回了相印。齐王这么以怨报德地对付孟尝君,孟尝君当然也怨恨齐王。大王趁着他怨恨齐王的时候,赶快把他请来。要是他能够给大王出力,还怕齐国不来归附吗?齐国一归附,天下可就是秦国的了。大王赶快打发人用车马带着礼物去请他,还来得及。万一齐王一反悔,再拜他为相国,齐国可又要跟秦国争高低了。"

这时候,正巧老丞相死了,秦昭襄王正需要帮手,就依了冯骥的话,打发使者带了十辆车,一百斤金子,用迎接丞相的仪式上薛城去迎接孟尝君。冯骥就告辞了秦昭襄王,他说:"我先回去告诉孟尝君一声,免得临时匆促。"

冯骥离了咸阳,就急急忙忙地照直到了临淄,求见齐潜王,对他说:"齐国和秦国是势不两立的两个大国,谁要是得到人才,谁就能号令天下。我在道儿上听到秦王暗中去拉拢孟尝君,打发使者带了十辆车、一百斤金子,用迎接丞相的仪式上薛城去迎接他。孟尝君真要是做了秦国的丞相,临淄、即墨不就危险了吗?"齐潜王真没防到这一招儿,很着急地说:"怎么办呐?"冯骥说:"不能再耽误了,趁着秦国人还没到,大王赶紧先恢复孟尝君的官职,再加封他一些土地,孟尝君一定感激大王。他做了相国,难道说秦

国没得到大王的认可，就可以随便接走人家的大臣吗？"

齐湣王答应重新重用孟尝君，可是心里还有点疑惑。他背地里打发心腹上边境去探听秦国的动静。派去的人一到了边界上，就见那边秦国的车马已经来了，他立刻赶回临淄，上气不接下气地向齐湣王报告。齐湣王立刻吩咐冯骦去接孟尝君来做相国，另外又封给他一千户的土地。等到秦国的使者到了薛城，孟尝君已经官复原职了。秦国的使者白跑了一趟，秦昭襄王只怪自己晚了一步。

火牛陷阵

孟尝君官复原职以后，公元前286年，齐湣王约会了楚国和魏国共同灭了宋国，把宋国的土地分了。齐湣王得到了宋国大部分的土地，可他还不满意。他说："这回灭宋国，全是齐国的力量，楚国和魏国怎么能坐享其成呐？"他趁人家不防备，突然攻击楚军和魏军，从他们手里抢过来好几百里的地界。楚国和魏国从此恨透了齐国，去跟秦国交好了。

齐湣王并吞了宋国大部分的土地，越发骄横起来了。他对大臣们说："我早晚把周朝灭了，就能当天王。只要自己有力量，谁还敢反对？"孟尝君劝告他说："宋王因为狂妄自大，得罪了列国，大王才把他灭了。请大王别学他的样儿。天王虽说失了势力，终究还是列国诸侯共同的主人。大王怎么说要去攻打天王呐？"齐湣王说："为什么不能呐？成汤征伐桀（jié）王，武王征伐纣（zhòu）王，我为什么就不能当成汤和武王呐？可惜你不是伊尹、太公罢了！"君臣俩就这么闹了别扭。齐湣王又把孟尝君的相印收回去。孟尝君怕再得罪他，带着门客逃到大梁，投奔魏公子信陵君去了。

齐湣王自从孟尝君走了以后，更加骄横了，天天想去进攻成周，自己好当天王。这一来，列国诸侯都对他不满意，北边的燕国就趁着机会，前来报仇。

燕国在公元前314年起了内乱，齐宣王趁火打劫，借着平定燕国内乱的名义，派大将匡章把燕国灭了。后来燕国人发起了一个复国运动，找到了以前的太子，立他为国君，就是燕昭王。各地投降了齐国的将士也起来反对齐国，把齐国人轰了出去，归顺了燕昭王。匡章没法镇压，只好退回齐国去了。燕昭王回到都城，修理宗庙，整顿朝政，搜罗人才，操练兵马，立志要向齐国报仇。

这回燕昭王听说齐湣王轰走了孟尝君，还想去进攻成周，他就对他最信任的将军乐毅说："燕国受齐国的欺负已经这么些年了。我天天想替先王报仇，就是不敢太鲁莽。如今齐王无道，跟诸侯结下冤仇，这正是灭掉齐国的好机会。我打算发动全国的军队去跟齐国以死相拼，您看怎么样？"乐毅说："齐国地大人多，很有力量，咱们单个儿去攻打，怕办不到。大王要征伐齐国，必须联络别的国家。列国之中跟咱们紧挨着的是赵国。大王跟赵国一联合，韩国准会加入。孟尝君在魏国也恨着齐王，他也许会请魏王帮助咱们。这样，燕国联合了赵、韩、魏一同去征伐，准能把齐国打败。"

燕昭王就请乐毅去跟列国联系。秦昭襄王正怕齐国太强大，也愿意帮助燕国。公元前 284 年，燕国的大将乐毅、秦国的大将白起、赵国的大将廉颇、韩国的大将暴鸢（yuān）、魏国的大将晋鄙（bǐ），各人带着本国的兵马，按着约定的日子会合在一起。燕国的乐毅当了上将军，统率五国的兵马，浩浩荡荡地向齐国进攻。

上将军乐毅跑在赵、韩、魏、秦各国兵马头里，到最接近敌人的地方去指挥作战。四国的将士一见，个个拼命往前打，把齐国的兵马打得死的死，伤的伤，剩下的只能往后退。赵、韩、魏、秦这四国的将士打了几回胜仗，各自占领了齐国的几座城，就心满意足地驻扎下来，不再接着往下打了。乐毅认为夺下来的城由他们几国守住，也很好。他自己就带着本国的军队接连着往下打，沿路宣扬燕国军队的纪律，安抚齐国的人民。

乐毅出兵才半年，接连打下了齐国七十多个城，齐湣王也被杀了，只剩下莒城（在山东省莒县；莒 jǔ）和即墨两处还没投降。乐毅一想：单靠着武力，收服不了齐国的民心。民心不服，就算把齐国全打下来，也守不住。好在齐国只剩下两座城，也不能再成什么大事，不如拿恩德去打动齐国人，叫他们自己来投降。他就做出几件讨好齐国人的事情，例如废除当初齐王所定的苛刻的法令，减轻人民的捐税，尊重他们的风俗习惯，优待地方上的名流等。乐毅围困莒城和即墨三年，可还没打下来。他就下令退兵，大军扎在离城十来里的地方。他又下了一道命令，说："城里的老百姓出来打柴，让他们随便来往，不准为难他们。瞧见挨饿的，给他们吃的；受冻的，给他们穿的。"要是燕国的君臣能够信任乐毅到底，实行收服人心的办法，那么，莒城和即墨的抵抗也许长久不了。可是有人从中破坏，辜负了乐毅的一番苦心。

燕国的大夫骑劫对燕太子说："齐王已经死了，齐国就剩下两座城。乐毅能在半年之内打下七十多座城，为什么费了三年工夫还打不下这两座城？这里头准有鬼。"太子点了点头。骑劫接着说："听说他怕齐国人心不服，因此要拿恩德去感化他们。等到齐国人真的归顺了他，他不就当上齐王了吗？他再要回燕国来当臣下才怪呐！"太子把这话告诉了燕昭王。燕昭王一听，蹦了起来，怒气冲冲地打了太子二十板子，骂他是个忘恩负义的畜生。他说："先王的仇是谁给咱们报的？乐毅的功劳简直没法说。咱们把他当作恩人还怕不够尊敬，你们还要说他坏话？就是他真做了齐王，也是应该的呀！"

燕昭王责打了太子之后，打发使者上临淄去见乐毅，立他为齐王。乐毅非常感激燕昭王的心意，可是他对天起誓，情愿死，也不愿接受这封王的命令。

公元前279年，燕昭王死了。太子即位，就是燕惠王。燕惠王信任骑劫正像燕昭王信任乐毅一样。他还算顾全大局，没把乐毅革职。可是不久又传来了谣言，说什么"乐毅本来早就当了齐王了，为了讨先王的好，他不敢接受王号。如今新王即位，乐毅可就要做王了。要是新王另外派个将军来，一定就能攻下莒城和即墨"。燕惠王信了，就派骑劫为大将，把乐毅调回来。

乐毅叹了口气说："要是回去，万一给新王杀了，丧了一条命倒不算什么，只是太对不起先王了。"乐毅原来是赵国人，他就回到老家去。赵王欢迎他回到本国，封他为望诸君。

骑劫当了大将，接收了乐毅的军队。他有他的一套办法，把乐毅的命令全改了。燕军都有点不服气，可是大伙儿敢怒而不敢言。骑劫下令围攻即墨，围了好几层，可是城里早就做了准备。守城的将军田单，已经把决战的步骤很周密地布置好了。

田单是齐国田氏远房的贵族。齐湣王在世的时候，他是个无声无臭

（xiù）的小军官。后来燕军进攻即墨，即墨大夫出去抵抗，打了败仗，受了重伤死了。城里没有人主持，军队没有人带领，差点乱了起来。大伙儿就公推田单为将军，才有了个带头的人。田单跟士兵们同甘共苦，又把本族人和自己的妻子都编在队伍里。即墨的人见他能这样做，都愿意服从他。

田单知道乐毅的本领，不出去跟他打仗，老是很严实地守着城。等到燕惠王一即位，田单就钻了空子，暗中派人上燕国去散布谣言。燕惠王果然派骑劫为大将去接替乐毅。田单又叫几个心腹扮作老百姓到城外去谈论。他们说："以前乐将军太好了，抓了俘虏还好好地待他们，城里的人当然不怕了。要是燕国人把俘虏的鼻子削去，齐国人还敢打仗吗？"还有人说："我们祖宗的坟都在城外，要是燕国军队真刨起坟来，可怎么办呐？"这种仨（sā）一群儿俩（liǎ）一伙儿的谈论传到骑劫的兵营里。骑劫听到了这些话，就真把齐国俘虏的鼻子都削了去，又叫士兵把齐国城外的坟都刨了，把死人的骨头拿火烧了。即墨的人听说燕国的军队这么虐待俘虏，全愤恨起来。后来他们在城头上瞧见燕国的士兵刨他们的祖坟，就都大哭起来，咬牙切齿地痛恨敌人，大伙儿全都一心一意地要替祖宗报仇。

即墨的士兵和群众都纷纷地向田单请求，一定要跟燕国人拼个死活。田单就挑选了五千名壮丁、一千头牛，先训练起来，叫老头儿和妇女们在城头上值班。他又搜集了好些金子，打发几个人装作即墨的富翁，偷偷地给骑劫送去，说："城里粮食已经完了，不出三天就得投降。贵国大军进城的时候，请求将军保全我们的家小。"骑劫满口答应，交给他们几十面小旗子，叫他们插在门上作为记号。骑劫得意扬扬地对将士们说："我比乐毅怎么样？"他们说："强得多了！这一来，燕军净等着田单来投降，用不着再打仗了。"

那些派去的人回报以后，田单就把那一千头牛打扮起来。牛身上披着一件褂子，上面画着大红大绿、稀奇古怪的花样；牛犄角上捆着两把尖刀；牛尾巴上系着一捆浸透了油的麻和苇子。这就是预备冲锋陷阵的牛队。那五千名壮丁组成一个"敢死队"，他们都打上五色的花脸，拿着大刀阔斧，跟在牛队后头。到了半夜里，拆了几十处城墙，把牛队赶到城外，牛尾巴点上了火。牛尾巴一烧着,一千头牛可就犯了牛性子,一直向燕国的兵营冲过去。五千名"敢死队"紧跟着冲杀上去。城里的老百姓狠命地敲着铜盆、铜壶,跟到城外来呐喊,一霎时震天动地的喊杀声夹着鼓声、铜器声,吓醒了燕国人的睡梦。大伙儿手忙脚乱,慌里慌张地找不着家伙了。睡眼蒙眬地一瞧,成百成千的怪兽,脑袋上长着刀,已经冲过来了,后面还跟着一大群稀奇古怪的妖精。胆小的吓得腿也软了,一开步就瘫倒在地上。能跑的见了这些鬼怪,哪儿还敢抵抗呐。别说一千对牛犄角上的刀扎伤了多少人,那五千名敢死队砍死了多少人,就是燕国军队自己连撞带踩地一乱,也够受的了。大将骑劫坐着车,打算杀出一条活路,可正巧碰上了田单。这位自认为比乐毅强得多的大将,就给田单像抹臭虫一样地抹死了。

  田单整顿了队伍,立即往下反攻。整个齐国轰动起来了。那些已经投降了燕国的将士一听到田单打了大胜仗,就杀了燕国的将士,都准备迎接田单。田单的军队打到哪儿,哪儿的百姓就起来响应,田单的兵力就越来越强大了。不到几个月工夫,被燕国和秦、赵、韩、魏四国占领着的七十多座城,一座一座地全都收回来了。将士和百姓因为田单恢复了父母之邦,立了大功,要立他为齐王。田单说:"太子法章住在莒城,我们早已有了联络。我哪儿能自立为王呐?"他就把太子接到临淄来,择个好日子,祭祀太庙,太子法章正式做了国君,就是齐襄王。

  齐襄王对田单说:"齐国已经亡了,全靠叔父重新建立起来,这功劳实在太大了,叫我怎么来报答您呐?我封叔父为安平君,请叔父不可推辞。"田单谢了恩,当时就请齐襄王继续发愤图强,防备燕国再来报复。但是齐国经过这几年的战争,到底削弱了,再没有力量跟秦国争夺天下。

  燕惠王直到骑劫被杀,燕军打了败仗之后,才想起乐毅的好处,后悔也来不及了。他写信再去请乐毅来,乐毅回了他一封信,说明他不能回来的难处。燕惠王闷闷不乐,又怕乐毅在赵国怨恨他,就把乐毅的儿子乐闲封为昌国君,继承他父亲的爵位。这一来,乐毅好像做了燕国和赵国的中间人,劝赵王跟燕国交好。到了儿他死在赵国。

完璧归赵

赵国和燕国和好的时候,秦国屡次三番地来侵犯赵国,可都给大将廉颇打了回去。秦昭襄王没法儿,只好假意地跟赵国和好。他打算用别的手段来收拾赵国。

公元前283年,秦昭襄王听说赵王得到了"和氏璧"——就是当初楚国丢了、害得张仪受了冤屈的那块玉璧。他派使者带着国书去见赵惠文王,说:"秦王情愿拿出十五座城来换那块'和氏璧',希望赵王答应。"赵惠文王就跟大臣们商量。要想答应秦国,又怕上当;要不答应,又怕得罪秦国。大伙儿计议了半天,还不能决定到底应当怎么办。赵惠文王问谁能当使者上秦国去。他说着,瞧了瞧大臣们,大臣们都低着头不开口。

当时有个宦官(相当于后世的太监;宦 huàn)对赵王说:"我有个门客叫蔺(lìn)相如,他是个挺有见识的谋士。我想,叫他上秦国去倒还合适。"赵惠文王把蔺相如召上来,问他:"秦王拿十五座城来换取赵国的'和氏璧',先生认为是答应好,还是不答应好?"蔺相如说:"秦国强,咱们弱,不能不答应。"赵惠文王接着又说:"要是把'和氏璧'送了去,得不着城,怎么办呐?"蔺相如说:"秦国拿出十五座城来换一块玉璧,这个价钱总算够高的了。赵国要是不答应,错在赵国。大王把'和氏璧'送了去,要是秦国不交出城来,那么错在秦国了。我说,宁可叫秦国担这个错儿,咱们可不能不讲道理。"赵惠文王说:"先生能上秦国去一趟吗?"蔺相如说:"要是没有可派的人,那我就去一趟。秦国交了城,我就把'和氏璧'留在秦国;要不然,我一定'完璧归赵'。"赵惠文王就拜蔺相如为大夫,派他上秦国去。

蔺相如带着"和氏璧"到了咸阳。秦昭襄王听说赵国送"和氏璧"来了,挺得意地坐在朝堂上让使者去见他。蔺相如恭恭敬敬地把"和氏璧"献了上去。秦昭襄王接过来,看了看,很高兴。他把"和氏璧"递给左右,让大伙儿传着看,又交给后宫的美人儿瞧了一回。大臣们一齐欢呼,都给秦昭襄王庆贺。蔺相如一个人冷冷清清地站在朝堂上等着,等了老大半天,也不见秦昭襄王提起交换城的事。他想:"秦王果然不是真心实意地拿城来交换。可是玉璧已经到了别人手里,怎么能再拿回来呐?"他急中生智,上前对秦昭襄王说:"这块玉璧看着虽说挺好,可是有点儿小毛病,别人不容易瞧出来,让我指给大王瞧一瞧。"秦昭襄王就叫手下的人把"和氏璧"递给蔺相如。

蔺相如拿着"和氏璧"往后退了几步,靠着朝堂上的大柱子,瞪着眼睛,气哼哼地对秦昭襄王说:"大王派使者到敝国送国书的时候,说是情愿拿出十五座城来换这块'和氏璧'。赵国的大臣们都说,'这是秦王骗人的话,千万不能答应。'可我反对说,'大国的君王哪能不讲信义呐?可不能瞎猜疑。'赵王这才斋戒了五天,然后派我把'和氏璧'送了来。这是多么郑重的一回事!可是大王拿着'和氏璧'随随便便地叫左右传着看,还送到后宫去给女人们玩弄,没把它重视得像十五座城一样。从这点看来,我知道大王并没有交换的诚意。如今'和氏璧'在我的手里,大王要是逼我的话,我宁可把我的脑袋和这块玉璧在这根柱子上一同碰碎!"说话之间,他就拿起"和氏璧"来,对着柱子要摔。

秦昭襄王连忙向他赔不是,说:"大夫别误会了。我哪儿能说了不算呐?"他就叫大臣拿上地图来,指着说:"打这儿到那儿,一共十五座城,全给赵国。"蔺相如一想:"可别再上他的当!"他就对秦昭襄王说:"好吧。不过赵王斋戒了五天,又在朝堂上举行了一个很隆重的送玉璧的仪式。大王也应当斋戒五天,然后再举行一个接受玉璧的仪式。要这么郑重其事地尽了礼,我才敢把'和氏璧'奉上。"秦昭襄王一想:"反正你跑不了。"就说:"好!就这么办吧。咱们五天后举行仪式。"他叫人把蔺相如护送到客馆里去歇息。

蔺相如拿着那块玉璧到了客馆。他琢磨着："过了五天，仍然得不到那十五座城，怎么办呐？"他就叫一个手下人扮成买卖人的模样，把"和氏璧"藏在怀里，偷偷地从小道跑回赵国去了。

过了五天，秦昭襄王召集了大臣们和几个在咸阳的别国的使臣，大家伙儿都来参加接受"和氏璧"的仪式。他想借着这个因由来向各国夸耀夸耀。朝堂上非常严肃。忽然传令官喊着说："请赵国的使臣上殿！"蔺相如不慌不忙地走上殿去，向着秦昭襄王行了礼。秦昭襄王见他空着两只手，就对他说："我已经斋戒了五天，这会儿举行接受玉璧的仪式吧。"蔺相如说："秦国自从穆公以来，前后二十几位君主，没有一个讲信义的。孟明视欺骗了晋国，商鞅欺骗了魏国，张仪欺骗了楚国……过去的事一件件都在那儿摆着。我也怕受到欺骗，对不起赵王，已经把'和氏璧'送回赵国去了。请大王治我的罪吧！"

秦昭襄王听了大发雷霆，嚷嚷着说："我依了你斋戒五天，约定今天举行仪式，你竟把'和氏璧'送回去了！是你欺骗了我，还是我欺骗了你？"他气呼呼地对左右说："把他绑上！"蔺相如面不改色地说："请大王息怒，让我把话说完了。天下诸侯都知道秦是强国，赵是弱国。天下只有强国欺负弱国，绝没有弱国欺负强国的道理。大王真要那块'和氏璧'的话，请先把那十五座城交割给赵国，然后打发使者跟着我一块儿到赵国去取那块玉璧。赵国得到了十五座城之后，绝不能不顾信义，得罪大王的。好在各国的使者都在这儿，他们都知道是我得罪了大王，不是大王欺负了弱国的使臣。我的话完了，请把我杀了吧。"

秦国的大臣们听了这番话，你瞧着我、我瞧着你，都不作声。各国的使者都替蔺相如捏着一把汗。两旁的武士正要去绑他，就听到秦昭襄王喝住他们说："不许动手！"秦昭襄王回头对蔺相如说："我哪儿能欺负先生呐？一块玉璧不过是一块玉璧，我们不应该为了这件小事儿伤了两国的和气。"他很尊敬地招待了蔺相如，让他回去了。

秦昭襄王本来也不一定要得到"和氏璧"，不过要借着这件事去试探赵国的态度和力量。蔺相如"完璧归赵",表现了赵国不甘心屈服的决心。可是秦昭襄王总忘不了赵国。要是一个小小的赵国都收服不了,怎么还能够兼并六国呐?

公元前279年,秦昭襄王又使个花招,请赵惠文王上渑池(在河南省渑池县;渑miǎn)去跟他相会。赵惠文王怕被秦国扣留,不敢去。廉颇和蔺相如都认为要是不去,反倒叫秦国看不起。赵惠文王没法,准备硬着头皮去冒一趟险,叫蔺相如跟着他一块儿去,叫廉颇辅助太子留在本国。平原君赵胜对赵惠文王说:"最好挑选五千精兵作为随从,再把大队兵马驻扎在三十里外的地方作为接应。"赵惠文王就叫大将李牧带领着五千人,叫平原君带领着几万人,一块儿出发。廉颇还觉得不大妥当。他说:"这回大王上秦国去,是凶是吉谁也不敢断定。我想,在道上一去一来,加上两三天的会,至多也不过三十天工夫。要是过了三十天,大王还不回来,能不能把太子立为国君,好叫秦国死了心,不能要挟大王?"赵惠文王答应了。

到了约会的日期,秦昭襄王和赵惠文王在渑池相会,很高兴地喝酒、谈天,彼此都说相见恨晚。秦昭襄王喝了几盅酒,醉醺醺地对赵惠文王说:"听说赵王喜欢音乐,弹得一手好瑟。我这儿有个宝瑟,请赵王弹个曲儿,给大伙儿凑个热闹!"赵惠文王脸红了,可不敢推辞,就弹了个曲儿。秦昭襄王称赞了一番。秦国的史官当场就把这件事记了下来,念着说:"某年某月某日,秦王和赵王在渑池相会,赵王给秦王弹瑟。"赵惠文王气得脸都紫了。赵国还没亡呐,秦王竟把赵王当作臣下看待,叫他弹他就弹,还把这种丢脸的事记在历史上,赵国的体面可丢尽了。可是赵惠文王没法抗议,只好把气忍在肚子里。

这时候,蔺相如拿着一个瓦盆,突然跑到秦昭襄王跟前,跪着说:"赵王听说秦王挺会秦国的音乐。我这儿有个瓦盆,请秦王赏脸敲个曲儿吧!"秦昭襄王立刻变了脸色,不理他。蔺相如的眼睛射出光芒,他说:"大王太欺负人了!秦国的兵力虽说强大,可是在这五步之内,我就可以把我的血溅到大王身上去!"秦昭襄王见他逼得这么紧,只好拿起筷子在瓦盆上敲了一下。蔺相如回过头去叫赵国的史官也把这件事记下来，说："某年某月某日，赵王和秦王在渑池相会，秦王给赵王敲瓦盆。"

秦国的大臣眼看着蔺相如伤了秦王的体面，很不服气，就有人站起来说："请赵王割让十五座城给秦王上寿！"蔺相如站起来对着秦昭襄王说："请秦王割让咸阳给赵王上寿！"这时候，秦昭襄王已经得到了密报，说赵国的大军驻扎在临近的地方，人多马壮，准备打过来。他知道用武力也得不到便宜，就喝住秦国的大臣，又请蔺相如坐下，和颜悦色地说："今天是两国君王欢聚的日子，诸位不必多言。"说着，他给赵惠文王敬了一杯酒，赵惠文王也回敬了一杯。两下里约定谁也不侵犯谁。渑池之会总算圆满而散。

负荆请罪

赵惠文王回到本国,正好是三十天工夫。打这儿起,他更加信任蔺相如,拜他为相国,地位比大将廉颇还高。这可把廉颇气坏了。他回到家里,满脸通红,气呼呼地对自己的门客们说:"我是赵国的大将,拼着命替赵国打仗,立了多少功劳!他呐,一个宦官手下的人,就仗着一张嘴,有什么了不起的?倒爬到我的头上来了!有朝一日,他要碰在我的手里,哼!就给他个样儿瞧瞧!"早有人把这话传到蔺相如的耳朵里了。蔺相如就装病,不去上朝,就是有公事,也不跟廉颇见面。蔺相如手下的人都说他胆小,三三两两地谈论着,替他不服气。

有一天,蔺相如带着一队随从出去,老远就瞧见廉颇的车马迎面过来。他连忙叫赶车的退到小巷里去躲一躲,让廉颇的车马过去。这一来,可把他的门客和底下人都气坏了。他们私下里一商量,派几个领头的去见蔺相如,对他说:"我们远离家乡,投奔在您的门下,还不是因为敬仰您吗?如今您和廉颇是同事,地位又比他高,他骂了您,您怕了他,在朝堂上不敢跟他见面,半道上碰见他,也这么躲躲藏藏的,叫我们怎么受得了?要这么下去,人家还要骑在我们脖子上来呐!我们的气量小,只好跟您告辞了!"

蔺相如拦住他们,说:"诸位看廉将军跟秦王哪一个势力大?"他们说:"那当然是秦王的势力大喽。"蔺相如说:"对呀!天下的诸侯,哪个不怕秦王?哪个敢反对他?可是为了保卫赵国,我就敢在秦国的朝堂上当面责备他。怎么我见了廉将军反倒会怕了呐?你们替我抱不平,难道我自己就没有火儿吗?可是各位要知道,那样强横的秦国为什么不来侵犯咱们赵国呐?还不是因为咱们同心协力地抵抗敌人吗?要是两只老虎斗起来,准是两败俱伤。秦国听见之后,一定趁机来侵犯赵国。因此,我宁愿忍气吞声,容让点儿。你们想想，是国家要紧呐，还是私人要紧呐？"他们听了这番话，一肚子的气全消了，打这儿起，就更加佩服蔺相如了。

后来他的门客碰见了廉颇的门客，也都能够体贴主人的心意，总是让他们几分。可是廉颇反倒越来越自高自大了。

这件事情叫赵国的一位叫虞（yú）卿的名士知道了。他告诉了赵惠文王，赵惠文王请他去调解。虞卿见了廉颇，先夸奖他的功劳。廉颇听了，很高兴。虞卿接着说："要论起功劳来，蔺相如比不上将军；要论起气量来，将军可就比不上他了。"廉颇一听，又犯起他那蛮横劲儿来了。他说："他有什么气量？"虞卿就把蔺相如对门客说的话说了一遍。廉颇当时脸就红了，低着头说："我是个粗鲁人。先生要不说，我还蒙在鼓里呐！这么说来，我……我太对不起他了！"

廉颇送走了虞卿，就裸着上身，背着荆条（文言叫"负荆"。"荆"是责打用的木条）跑到蔺相如的家里去请罪。他见了蔺相如，跪在地下说："我是个粗人，见识少，气量窄。哪儿知道您竟这么容让我，我实在没有脸来见您。请您只管责打我，就是把我打死了，我也甘心乐意。"蔺相如连忙跪下，说："咱们两个人一心一意地为赵国尽力，都是重要的大臣。将军能够体谅我，我已经万分感激了，怎么还来给我赔错儿呐？"廉颇连话都说不出来，只是流着眼泪。蔺相如也哭了。两个人很亲热地抱着，好久不放。将军跟相国就这么和好了，还做了知心朋友。两个大臣同心协力地保卫赵国，秦国还真不敢来侵犯。

渑池之会之后，整整十年工夫，秦国和赵国没发生过什么大的冲突。可是在这十几年里头，秦国从楚国、魏国得到了不少土地。到了公元前270年，秦国又打算发兵去打齐国。正在这时候，秦昭襄王接到了一封信，落款张禄，说有非常紧要的话来奉告他。秦王一时想不起张禄这个人。这张禄究竟是谁呀？

远交近攻

张禄是魏国人,他的原名叫范雎(jū),投在魏国的大夫须贾(gǔ)门下做个门客。当初乐毅联合五国共同攻打齐湣王的时候,魏国也曾出兵帮助燕国。后来田单用火牛阵打败了燕军,恢复了齐国,齐襄王法章即位,发愤图强。魏昭王怕他来报仇,就跟相国魏齐商量,打发大夫须贾上齐国去聘问。须贾带着范雎同去。

齐襄王见了魏国的使臣,想起以前的仇恨,痛骂魏国不该帮助燕国来打齐国。他说:"这个仇我还没报呐,你们倒还有脸来见我!"须贾迎头碰了钉子,说不出话来。范雎在旁边替他回答说:"如今大王即位,我们的国君非常高兴,希望大王能接续桓公(指五霸之一的齐桓公)的事业,好替湣王遮盖遮盖,这才打发使臣前来庆贺,两国重新和好。哪儿知道大王只知道责备别人,不想想自己的错处。难道大王不看桓公的样儿,反要学湣王的样儿吗?"齐襄王不由得拱着手说:"这是我的不是!"回头问须贾:"这位先生是谁?"须贾说:"是我的门客,叫范雎。"齐襄王很器重范雎,就想把他留在齐国。

齐襄王打发人背地里去见范雎,对他说:"我们大王十分钦佩先生,打算请先生做个客卿,请别推辞。"还送给他十斤金子、一盘子牛肉、一瓶子好酒。范雎坚决地推辞了。来人一定要请他把礼物收下,还说:"这是我们大王的诚意,先生要不收下,叫我怎么回去交代呐?"他苦苦地央告,说什么也不走,闹得范雎只好把牛肉和酒留下,那十斤金子死也不收。

早有人把这件事向须贾报告去了,须贾疑心范雎私通齐国。他们回到魏国之后,须贾把这事告诉了相国魏齐。魏齐认为范雎一定把魏国的机密大事告诉了齐襄王,他就严刑拷打要范雎招供。范雎嚷嚷着说:"老天爷在上头,我并没做错什么事，叫我招认什么呐？"须贾坐在一旁只是冷笑。魏齐十分恼怒，吩咐底下人把他打死。起先范雎还直喊冤枉，打到后来，一点声音也没有了。手下的人报告说："已经断气了！"魏齐亲自下来一瞧，见他浑身没有一处好地方，一根肋骨折了，戳到肉皮外头，两颗门牙也掉了。魏齐叫手下的人拿领破苇席把他裹起来，扔在厕所里，叫宾客们往他身上撒尿。

天黑下来，范雎慢慢地苏醒过来，只见一个底下人在那儿看着他。范雎对他说："我活是活不了啦。我家里还有几两金子，你要是能让我死在家里，我把金子全给你。"那个人说："您还得跟死人一样地躺着，我去请求相国。"他向魏齐报告，说范雎的尸首发臭了。魏齐就说："扔到城外叫鹞鹰收拾他去。"

看尸首的那个人等到半夜里，趁着别人不注意的时候，把范雎背到范家。范家的人一见，全都哭了。范雎叫他们别声张，又叫他媳妇儿拿出金子来谢了那个人，把那领破苇席交给他，嘱咐他扔到城外荒地里。他跟媳妇儿说："魏齐也许还要打听我的下落，你快把我送到西门郑家去。"家里人连夜把他弄到他的好朋友郑安平家里。范雎又嘱咐家里千万别走漏风声，叫他们第二天在家里号丧穿孝。

郑安平给范雎上药调养，等到范雎能够活动了，就把他送到山里隐居起来。范雎改名更姓叫张禄。打这儿起，再没有人提起范雎了。后来通过郑安平的安排，张禄到了咸阳。秦昭襄王叫他住在客馆里，等候召见。

张禄住在客馆里足有一年多，秦昭襄王没召过他一回。张禄觉得很失望。有一天，他在街上走，听街上的人纷纷议论着，说丞相穰（ráng）侯要去攻打齐国的刚寿（刚城和寿城）。张禄拉住一位老头儿，问他："齐国离秦国那么远，中间还有韩国和魏国，怎么跑那么远去打刚寿？"那个老头儿咬着耳朵对他说："你还不知道？我们秦国的大权都掌握在太后和丞相手里。刚寿跟丞相的封邑陶邑紧挨着。丞相把它打下来，不是增加了自己的土地吗？"张禄回到客馆，当天晚上就给秦昭襄王写了封信，说有极其重要的话奉告。秦昭襄王定下日子约他到离宫相见。

到了那天，张禄上离宫去，在半道儿上碰见秦昭襄王坐着车过来了。他也不迎接，也不躲避，大模大样地照旧走他的道儿。左右叫他躲开，说："大王来了！"张禄回说："什么？秦国还有大王吗？"正在争吵的时候，秦昭襄王到了。张禄还在那儿嚷嚷说："秦国只有太后、穰侯，哪儿有什么大王呐？"这句话正说在秦昭襄王的心坎上。他急忙下车，恭恭敬敬地把张禄请上车去，一块儿来到离宫。

秦昭襄王叫左右退下，向张禄拱了拱手，说："我仰慕先生大才，诚恳地请先生指教。不管是什么事，上自太后，下至朝廷大臣，先生只管直说，我没有不愿意听的。"张禄说："大王能给我这么个机会，我就是死了也甘心。"说着他拜了一拜，秦昭襄王也向他作了个揖。君臣俩就谈论起来了。

张禄说："论起秦国的地位来，哪个国家有这么好的天然屏障？论起秦国的兵力来，哪个国家有这么些兵车、这么勇敢的士兵？论起秦国的人来，哪个国家的人也没有这么守法的。除了秦国，哪个国家能够管理诸侯、统一中国呐？秦国虽说是一心想要这么干，可是几十年来也没有多大的成就。这就是因为没有个一定的政策，光知道一会儿跟这个诸侯订立盟约，一会儿跟那个诸侯打仗，听说新近大王又上了丞相的当，发兵去打齐国。"

秦昭襄王问："这有什么不对的呐？"张禄说："齐国离秦国那么远，中间隔着韩国和魏国。要是出去的兵马少了，被齐国打败，让各国诸侯取笑；要是出去的兵马多了，国里头也许会出乱子。就算一帆风顺地把齐国打败了，大王也不能把齐国跟秦国连接起来，以后怎么管得了？当初魏国越过赵国把中山打败了，后来中山倒给赵国兼并了去。为什么呐？还不是因为中山离赵国近、离魏国远吗？我替大王着想，最好是一面跟齐国、楚国交好，一面向韩国和魏国进攻。离得远的国家既然跟我们有了交情，就不会老远地去干预跟他们不相干的事。把临近的国家打下来，就能够扩张秦国的地盘，打下一寸就是一寸，打下一尺就是一尺。把韩国和魏国兼并之后，齐国和楚国还站得住吗？这种像蚕吃桑叶似的由近而远的办法，叫作远交近攻。"秦昭襄王拍着手说："秦国要真能兼并六国，统一中原，全在乎先生的远交近攻的计策了。"当时就拜张禄为客卿，照着他的计策做去，把攻打齐国的兵马都撤回来。打这儿起，秦国就把韩国和魏国作为进攻的主要目标。

秦昭襄王非常信任张禄，老在晚上单独跟他谈论朝廷大事。这样过了几年，张禄知道秦昭襄王已经完全信服他了，就很严密地告诉他怎么建立君王的实权，怎么削弱太后和贵族的势力。秦昭襄王就很小心地布置了自己的兵力。公元前266年，秦昭襄王收回了穰侯的相印，叫他回到陶邑去。穰侯把他历年搜刮来的财宝装了一千多车，其中有好些宝物连秦国国库里都没有。过了几天，秦王又打发最有势力的三家贵族上关外去住。末了，他逼着太后养老，不许她参与朝政。他拜张禄为丞相，把应城封给他，称他为应侯。

秦昭襄王按照丞相张禄的计策，准备去进攻韩国和魏国。魏安僖（xī）王得到了这个消息，立刻召集大臣们商量怎么办。魏公子信陵君说："秦国无缘无故地来打咱们，欺人太甚了。咱们应当守住城狠狠地打一下子。"相国魏齐说："现在秦是强国，魏是弱国，咱们哪儿打得过人家？听说秦国的丞相张禄是魏国人，他对父母之邦总有点情分。咱们不如先跟他交往交往，请他从中说情。"魏安僖王依了魏齐的主张，打发大夫须贾上秦国去求和。

赠送绨袍

　　须贾到了咸阳，住在客馆里，打算先去求见丞相张禄。张禄一听说须贾来了，心里又是高兴又是难受，说："这可是我该报仇的时候了！"他换了一身破旧的衣服去拜见须贾。须贾一见，吓了一大跳，强挣扎着说："范叔……你……你还活着吗？我以为你给魏齐打死了。你怎么会跑到这儿来的？"范雎说："他把我扔在城外，第二天我才缓醒过来。也是我命不该绝，正巧有个做买卖的打那边路过，发了善心，救了我一条命。我也不敢回家，就跟他上秦国来了。想不到在这儿还能够跟大夫见面。"须贾问他："范叔到了秦国，见着秦王了吗？"范雎说："当初我得罪了魏国，差点丧了命。如今跑到这儿来避难，哪儿还敢再多嘴呐？"须贾说："那么，范叔在这儿靠什么过活呐？"范雎说："给人家当个使唤人，凑合着活着。"

　　须贾知道范雎的才干，当初怕魏齐重用他，对自己不利，因此巴不得魏齐把他治死。如今范雎到了秦国，须贾就想，不如好好地待他，免得他记恨在心。他就叹了口气说："想不到范叔的命运这么不济，我真替你难受。"说着，就叫范雎跟他一同吃饭，很殷勤地招待着他。

　　那时候正是冬天。范雎穿的是破旧的衣裳，冻得有些打哆嗦。须贾显出怜悯的样子，对他说："范叔寒苦到这步田地，我真替老朋友难受。"他就拿出一件茧绸大袍子（古文作"绨袍"；绨 tí）来，送给范雎穿。范雎推辞着说："大夫的衣服，我哪儿敢穿？不敢当，不敢当！请大夫收回，我心领了。"须贾说："别再大夫大夫的了！你我老朋友，何必这么客气呐？"范雎就把那件袍子穿上，再三向他道谢，接着问他："大夫这次上这儿来，有什么事情吗？"须贾说："听说秦王十分重用丞相，我想跟他交往交往，可就是没有人给我引见。你在这儿这么些年了，朋友之中总有认识张丞相的吧，给

我引见引见成不成?"范雎说:"我的主人也是丞相的朋友。我跟着他上相府里也去过几次。丞相喜欢谈论,有时候,我们主人一时答不上来,我凑合着替他回答。丞相见我口齿还好,时常赏我一点吃食,还算瞧得起我。大夫要想见见丞相,我就伺候着大夫去见他吧。"

须贾听到这儿,不由得对他尊敬起来,马上把"你"字改为"您"字,还想试探他到底是不是丞相的朋友,就说:"您能陪我去,再好没有。可是我的车马出了毛病,车轴头折了,马拧了腿。您能不能借一套车马?"范雎说:"我们主人的车马倒可以借用一下。"说着他就出去了。

不大一会儿工夫,范雎赶着自己的车马来接须贾。须贾心里犹犹疑疑地怀着一肚子鬼胎,只好上了车,跟着他一块儿去见丞相。到了相府门口,下了车,范雎对须贾说:"大夫在这儿等一等,我去通报。"范雎就先进去了。须贾在门外等着,正等得心烦意躁的时候,忽然听见里边"丞相升堂"的喊声,可不见范雎出来。须贾就问看门的说:"刚才同我一块儿来的范叔,怎么还不出来?"那个看门的说:"哪儿来的范叔?刚才进去的是我们的丞相啊!"须贾一听,才知道范雎就是张禄,吓得脑袋嗡嗡地直响,当时脱下了使臣的礼服,跪在门外,对看门的说:"烦你通报丞相,就说魏国的罪人须贾跪在门外等死!"

须贾跪在门外,里面传令出来叫他进去。他不敢站起来,就用膝盖跪着走,一直跪到范雎面前,连连磕头,嘴里说:"我须贾瞎了眼睛,得罪了大人,请把我治罪吧!"范雎坐在堂上,问他:"你犯了几件大罪?"须贾说:"我的罪跟我的头发一般多,数不过来了。"范雎说:"我是魏国人,祖坟都在魏国,才不愿意在齐国做官。你硬说我私通齐国,在魏齐跟前诬告我。魏齐发怒,叫人打去了我的门牙,打折了我的肋骨,你连拦都不拦一下。他把我裹在一领破苇席里扔在厕所里,你喝醉了还在我身上撒尿。我受了这么大的冤屈和侮辱,如今你碰在我手里,这是老天爷叫我报仇!我该不该把你砍头?该不该打落你的门牙,打断你的肋骨,也拿一领破席把你裹上扔给狗吃?"须贾磕头磕出声音来,连连地说:"该,该!太应该了!"范雎接着说："可是你送我这件绨袍，做得还有点人味儿。就为了这一点，我饶了你的命。"须贾没想到范雎会饶恕他，流着眼泪，一个劲儿地磕头，范雎叫他第二天来谈公事。

第二天，范雎对秦昭襄王说："魏国派使臣来求和，咱们不用一兵一卒，就能够把魏国收过来，这全仗着大王的德威。"秦昭襄王很高兴，还说："也是你的功劳。"突然范雎趴在地下，说："我有件事瞒着大王，求大王饶了我！"秦昭襄王把他扶起来，说："你有什么为难的事只管说，我决不怪你。"范雎说："我并不叫张禄，我是魏国人范雎。"他就把逃到秦国来的经过，从头到尾说了一遍，接着说："如今须贾到这儿来，我的真姓名已经泄露了。求大王宽恕。"

秦昭襄王说："我不知道你受了这么大的委屈。如今须贾自投罗网，把他杀了，给你报仇。"范雎说："他是为了公事来的，哪儿能为难他呐？再说成心打死我的是魏齐，我不能把这件事完全搁在须贾身上。"秦昭襄王说："魏齐的仇，我一定给你报，须贾的事，你瞧着办吧。"

范雎出来，把须贾叫到相府里来，对他说："你回去跟魏王说，快把魏齐的脑袋送来，秦王就答应魏国割地求和。要不然，我就亲自领着大军去打大梁（大梁，魏国的国都），那时候可别后悔。"

须贾谢过了范雎，连夜回去了。他见了魏安僖王，把范雎的话说了一遍。魏安僖王愿意割地求和。魏齐被逼得走投无路，终于自杀。这么着，秦昭襄王按照范雎"远交近攻"的计策，一边跟齐国、楚国交好，一边进攻邻近的小国，首先是韩国。

坑杀赵卒

公元前261年，秦昭襄王派大将王龁（hé）进攻韩国，占领了野王城（在河南省沁阳市；沁 qìn），切断了上党（在山西省东南部）和韩国都城（在河南省新郑市）的联络。这一来，上党的军队可就变成了孤军。孤军的首领冯亭对将士们说："我想与其投降秦国，不如投降赵国。赵国得到了上党，秦国一定去争。这样，赵国就不得不和韩国联合起来，共同抵抗秦国。"大伙儿全都赞成这个办法。冯亭就打发使者带着上党的地图去献给赵国。这时候赵惠文王已经死了，他儿子即位，就是赵孝成王，蔺相如已经告退，平原君赵胜做了相国。

赵孝成王派平原君带领五万人马去接收上党，仍然派冯亭为上党太守。平原君临走的时候，冯亭对他说："上党归了赵国，秦国一定来攻打。公子回去之后，请赵王快派大军来，才能够打退秦军。"

平原君回去把所有的经过向赵孝成王报告。赵孝成王非常高兴，天天喝酒庆祝，反倒把抵抗秦国的事搁下了。秦国的大将王龁随后就把上党围住。冯亭守了两个月，一直不见赵国的救兵。将士们和老百姓急得没有办法，只好开了城门，拼着死命往赵国逃跑。冯亭的残兵败将带着上党的难民，一直到了长平关（在山西省高平市西北），这才碰见赵国的大将廉颇率领二十万大军来救上党，可是上党已经丢了。

廉颇和冯亭会合在一起，正打算反攻，秦国的兵马跟着就到了，一下子把赵国的前哨部队打败。廉颇连忙退回阵地，守住阵脚，叫士兵们增高堡垒，加深壕沟，准备跟远来的秦军对峙下去，做个长期抵抗。王龁屡次三番地向赵军挑战，赵军说什么也不出来。两下里耗了足有四个多月，王龁想不出进攻的法子。他派人去禀报秦昭襄王，说："廉颇是个很有经验的老将，不轻易出来交战。我们老远地到了这儿，真要是这么长时期对峙下去，粮草接济不上，可怎么好呐？"

秦昭襄王请应侯范雎出个主意。范雎说："要打败赵国，必须先想个办法叫赵国把廉颇调回去。"秦昭襄王说："这哪儿办得到呐？"范雎说："让我试试看。"

过了几天，赵孝成王听到左右纷纷议论，说："廉颇太老了，哪儿还敢跟秦国打呐？要是叫那年富力强的赵括去，秦国这点儿兵马早就给他打散了。"赵孝成王派人去催廉颇快跟秦国开仗。廉颇还是不动声色地坚守阵地。这可把赵孝成王气坏了。他立刻把赵括叫来，问他能不能把秦军打退。赵括说："要是秦国派白起来，我还得考虑一下。如今来的是王龁，他不过是廉颇的对手。要是碰上我，不是我说大话，简直就像秋天的树叶遇见大风，全都得刮下来！"赵孝成王一听，特别高兴，当时就拜赵括为大将，去替换廉颇。

赵括还没动身，他母亲上了一道奏章，请求赵孝成王别派她儿子去。赵孝成王就把她召了来，要她说一说理由。赵括的母亲见了赵孝成王，说："他父亲赵奢临死的时候再三嘱咐，说，'打仗是多么危险的事儿，战战兢（jīng）兢，处处都得顾虑到，还怕有疏忽的地方。赵括这小子倒把军事当作闹着玩儿似的，一谈起兵法来，就眼空四海，目中无人。将来要是大王用他为大将的话，我们一家大小遭了灾祸倒还在其次，怕的是连国家都要断送在他手里。'为了这个，我请求大王千万别用他。"赵孝成王说："我已经决定了，你就别多嘴了。"他叫赵括再带领二十万兵马，一直向长平关开去。

公元前260年，赵括到了长平关，请廉颇验过兵符（两块可以符合的老虎形的信物，所以"兵符"也叫"虎符"），办了移交。廉颇回邯郸去了。赵括统领着四十多万大军，声势十分浩大。他下了一道命令，说："秦国来挑战，必须迎头打回去；敌人打败了，就得追上去，非杀得他们片甲不留不算完。"冯亭劝止他，把廉颇成心消耗秦国兵马的用意说了一遍。赵括说："老头儿懂得什么？"

那边范雎一得到赵括替换廉颇的信儿，就打发武安君白起去指挥王龁。白起布置了埋伏，故意打了几阵败仗，把赵括的军队引了出来，切断了他们的后路。赵括的大军就这么变成了孤军。他们守了四十六天，内无粮草，外无救兵，赵括给乱箭射死，冯亭自杀，赵军全垮了。白起叫人挑着赵括的脑袋，叫赵军投降。赵军已经饿得没有力气了，他们一听说主将给杀了，全都扔了家伙，投降了。

白起一检查投降的赵军，一共有四十多万人。他把他们分为十个营，每营配上秦国的士兵，由秦国的将军管理着。当天晚上，秦国的士兵把牛肉和酒都搬到赵国的兵营里去，给赵国士兵大吃一顿，还说明天改编军队，凡是年岁大的、身体弱的，或者不便上秦国去的，都让他们回家去。四十多万赵兵吃得酒醉饭饱，一听到这个命令，欢天喜地地睡觉去了。

王龁偷偷地对白起说："将军真这么优待他们吗？"白起说："上回你打下了野王城，上党已经可以到手了。可是他们反倒投降了赵国。可见这儿的人不是愿意归附咱们的。如今投降的人四十多万，随时随刻都能叛变，谁管得住他们？你去通知那十个将军，今天晚上把赵兵全都杀了！"

秦国的士兵得到了这个秘密的命令，就一齐动手。那些投降了的赵国人，一来没有准备，二来手里没有家伙，全给秦国士兵捆上，推到大坑里活埋了。这是战国时期最残酷的一次大屠杀。赵国四十多万的士兵，只留下了二百四十人，叫他们活着回邯郸去传扬秦国的威风。

那二百四十个小兵跑回赵国一报告，整个赵国一片哭声。这还不算，秦国把上党一带十七座城都夺了去，武安君白起亲自率领大队人马，要来围攻邯郸。赵孝成王、平原君和大臣们惊慌失措，一点主意都没有了。正巧燕国的大夫苏代（苏秦的兄弟）在平原君家里，他愿意帮助赵国。他自告奋勇地去见范雎，请他在秦王跟前给赵国和韩国求情。范雎一来怕白起势力太大，不容易管住，二来几次打仗，秦国的兵马也死伤不少，需要调整，他就叫韩国和赵国割让几座城，答应他们讲和。秦昭襄王全同意，吩咐白起撤兵回国。

白起实在不愿意退兵。后来他听说是应侯出的主意，背地里大发牢骚。已经过了两年了，他还是唠唠叨叨地对门客们说："那次不该退兵，要是连下去打，至多一个月准能把邯郸拿下来。"白起的话传到秦昭襄王的耳朵里，他后悔了，就想再叫白起去打赵国。白起装病不去。秦昭襄王就叫大将王陵带领十万兵马去攻打邯郸。可是王陵的对手不是那个只会"纸上谈兵"的赵括，而是能征惯战的大将廉颇！王陵吃了几阵败仗，连着向本国请求救兵。

秦昭襄王再一次派白起去替换王陵。白起对秦昭襄王说："上回赵国打了败仗，死了四十多万人，全国慌乱。那时候火速进攻，我是有把握的。如今过了两年，赵国已经喘过气来，再说各国诸侯都知道赵国割地求和，秦国已经跟赵国和好了。现在忽然又打过去，人家准说咱们不讲信义，也许会去帮助赵国。因此，咱们这回出兵，未必能胜。"他干脆就不去。

秦昭襄王生了气，他说："难道除了白起之外，秦国就没有大将了吗？"他叫大将王龁去替换王陵，再给他十万兵马。王龁统领二十万大军，把邯郸围了快半年了，就是打不下来。白起对门客们说："我早就说过邯郸打不下来。大王偏不听我的话。你们看如今到底怎么样？"秦昭襄王听到了这些话，知道白起不服气，就革了他的官职。白起还是唠唠叨叨地直发牢骚，秦昭襄王就送他一把宝剑，让他自杀了。

秦昭襄王杀了白起，又派郑安平带领五万精兵去帮助王龁。赵孝成王一看秦国又增了兵，看样子是非把邯郸打下来不可，急得他请平原君想办法去向各国求救。平原君说："魏公子无忌（就是信陵君）是我的亲戚，再说我们跟他一向有交情，他准能劝魏王发兵来救。楚国很有实力，就是离这儿远些。我亲自去一趟，楚王也许能帮咱们。"赵孝成王就请平原君辛苦一趟。

毛遂自荐

平原君打算带二十个文武双全的人跟他一同到楚国去。他也有三千多门客，要挑选二十个人本来不算回事。可是这些人，文是文的，武是武的，要文武全才真不易找。平原君挑来挑去，对付着挑了十九个人。这可真把他急坏了。他叹息着说："我费了几十年工夫，养了三千多人，如今连二十个人都挑不出来，真太叫我失望了。"那些个平日就知道吃饭的门客，这时候恨不得有个耗子窟窿能钻进去。忽然有个坐在末位的门客站起来，自己推荐自己说："不知道我能不能来凑个数？"好些人都拿眼睛骂他，好像叫他趁早闭上嘴。平原君笑着说："你叫什么名字？"他说："我叫毛遂，大梁（大梁，就是魏国的国都）人，到这儿三年了。"平原君冷笑一声，说："有才能的人就好像一把锥子搁在兜儿里，它的尖儿很快就露出来了。可是先生在我这儿三年了，我就没见你露过一回面。"毛遂也冷笑一声，说："这是因为我到今天才叫您看了这把锥子。您要是早点把它搁在兜儿里，它早就戳出来了，难道单单露出个尖儿就算了吗？"平原君倒佩服他的胆子和口才，就拿他凑上二十人的数，当天辞别了赵王，上楚国陈都（在河南省周口市淮阳区）去了。

平原君跟楚考烈王在朝堂上讨论着合纵抗秦的大事，毛遂和其他十九个人站在台阶下等着。平原君把嘴都说得冒了白沫子，楚考烈王说什么也不同意抵抗秦国。他说："合纵抗秦是贵国提出来的，可是没有什么好处。苏秦当了纵约长，给张仪破坏了；我们的怀王当了纵约长，下场是死在秦国；齐湣王也想当纵约长，反倒给诸侯杀了。各国诸侯就只能自顾自，谁要打算联合抗秦，谁就先倒霉。还有什么话可说呐？"

平原君说："以前的合纵抗秦也确实有用处。苏秦当纵约长的时候，六国结为兄弟。自从洭水之会以后，秦国的军队就不敢跑出函谷关来。后来楚怀王上了张仪的当，想去攻打齐国，就这么给秦国钻了空子。这可不是合纵的毛病。齐湣王呐，借着合纵的名义打算并吞天下，惹得各国诸侯跟他翻了脸。这也不是合纵的失策。"

楚考烈王还是不同意。他说："话虽如此，可是事情都在那儿明摆着。秦国一出兵，就把上党一带十七座城打下来了，还坑杀了四十多万投降的赵卒。如今秦国的大军围上邯郸，叫我们离得这么远的楚国有什么办法呐？"平原君分辩着说："长平关的那次战争，是由于用人不当。赵王要是一直信任廉颇，白起就未见得赢得了。如今王龁、王陵用了二十万兵马，把邯郸围了足足有一年工夫了，还不能打败敝国。要是各国的救兵联合在一起，一定能把秦国打败，列国就能太平几年。"楚考烈王又提出了一个不能帮助赵国的理由来，说："秦国近来跟敝国很要好。敝国要是加入合纵，秦国一定会把气恨挪到敝国头上来。这不是叫敝国代人受过吗？"平原君反对说："秦国为什么跟贵国和好呐？还不是为了一心要灭'三晋'？等到'三晋'灭了，贵国还能保得住吗？"

楚考烈王到底因为害怕秦国，愁眉苦脸地总是不敢答应平原君，只得低着脑袋，抓抓耳朵，挠挠头皮，一副对不起的样子。突然他瞧见一个人拿着宝剑上了台阶，跑到他跟前，嚷着说："合纵不合纵，只要一句话就行了。怎么从早晨说到这会儿，太阳都直了，还没说停当呐？"楚考烈王很不乐意地问平原君："他是谁？"平原君说："是我的门客毛遂。"楚考烈王骂毛遂说："咄（duō）！我跟你主人商议国家大事，你来多什么嘴？还不滚下去！"

毛遂拿着宝剑又往前走了一步，说："合纵抗秦是天下大事。天下大事天下人都有说话的份儿，这怎么叫多嘴呐？"楚考烈王见他跑上来，害怕了，又听他说出来的话挺有劲儿，只好像斗败了的公鸡似的收起翎（líng）毛来，换了副笑脸对他说："先生有什么高见，请说吧。"

毛遂说："楚国有五千多里土地，一百万甲兵，原来就是个大国。自从楚庄王以来，一直做着霸主。以前的历史多么光荣！没想到秦国一起来，楚国连着打败仗。堂堂的国王当了秦国的俘虏，死在敌国。这是楚国最大的耻辱。紧接着又来了白起那小子，把楚国的国都（郢都）夺了去，改成了秦国的南郡，逼得大王迁都到这儿（指陈都）。这种仇恨，十年、二十年、一百年也忘不了哇！把这么天大的仇恨说给小孩子听，他们也会难受，难道大王倒不想报仇吗？今天平原君来跟大王商议抗秦的大事，也是为了楚国，哪儿单是为了赵国呐！"

这一段话一句句就像锥子似的扎在楚考烈王的心坎上。他不由得脸红了，连着说："是！是！"毛遂又叮了一句，说："大王决定了吗？"楚考烈王说："决定了。"毛遂当时就叫人拿上鸡血、狗血、马血来。他捧着盛血的铜盘子，跪在楚考烈王跟前，说："大王做合纵的纵约长，请先歃（shà）血。"楚考烈王和平原君就当场歃血为盟。平原君和那十九个门客全都佩服这把锥子的尖锐劲儿。

公元前258年，楚考烈王派春申君黄歇为大将，率领八万大兵，同时，魏安僖王也派晋鄙为大将，率领十万大兵，共同去救赵国。平原君和二十个门客回到赵国，天天等着楚国和魏国的救兵。等了好些日子，一路救兵都没到。平原君派人去探听，才知道楚国的兵马驻扎在武关，魏国的兵马驻扎在邺下（在河北省临漳县西）。这两路救兵全都停下了，也不往前进，也不往后退。这是为什么呐？

盗符救赵

秦昭襄王一听到魏国和楚国发兵去救赵国,就亲自跑到邯郸那边去督战。他派人去对魏安僖王说:"邯郸早晚得给秦国打下来。谁要去救,我就先打谁!"魏安僖王吓得连忙派使者追上晋鄙,叫他在当地安营,别再往前进。晋鄙就把魏国的十万兵马驻扎在邺下。春申君听说魏国的兵马不再往前进,他也就在武关驻扎下来了。秦王把两路救兵吓唬住,就叫大将王齕加紧攻打邯郸。赵孝成王急得没有办法,只好再打发使者偷偷地跑到魏国,催魏安僖王快点进兵救赵。

赵国的使者见了魏安僖王,请他催晋鄙进兵。魏安僖王想要进兵,怕得罪秦国;不进兵吧,又怕得罪赵国。他只好不进不退地耗着。平原君也派人上邺下去请魏国的大将晋鄙进兵。晋鄙回答平原君说:"魏王叫我驻扎在这儿,我不能自作主张。"平原君又给魏公子信陵君写了一封信,大意说:"我一向佩服公子,跟您结为亲戚,我觉得很荣幸。如今邯郸万分危急,敝国眼看要亡了。全城的人眼巴巴地盼着救兵来。贵国的大军竟待在邺下,说什么也不再往前进。我们在火里,他们倒挺坦然。您姐姐(平原君的夫人是信陵君的姐姐)黑天白日地哭着,劝解她的话我都说尽了。公子也得替您姐姐想一想啊!"

信陵君接到了这封信,心里就像有好几百条虫子咬他似的。他再三再四地央告魏安僖王叫晋鄙进兵。魏安僖王始终不答应。信陵君对门客们说:"大王不愿意进兵,怎么办呐?好吧!我自己上赵国去,要死就跟他们死在一起。"他预备了车马,决计上赵国去跟秦军拼命。有一千多个门客也愿意跟着他一块儿去。

他们路过东门,信陵君下了车去跟他最尊敬的朋友侯生辞别。侯生很冷

淡地说："公子保重。我老了，不能跟您一块儿去。请别怪我。"信陵君向他拱了拱手，丢了魂儿似的看着他，等着他再说几句话。这是最后一次见面了。侯生却没说什么。信陵君只好走了，还不断地左回头、右回头地瞧着侯生。侯生还是不动声色地站在那儿。

信陵君在道上越想越难受，自言自语地叹息着说："我拿他当作知心人，他倒眼瞧着我去送死，连一句体贴的话都没有。"他越想越伤心，走了几里地，再也忍不住，就叫门客们站住，自己再去跟侯生说句话。

侯生还在门外站着。他见了信陵君，就笑着说："我料定公子准得回来！"信陵君说："是啊！我想我一定有得罪先生的地方，因此特地回来请先生指教。"侯生说："公子收养了几十年的门客，吃饭的有三千人，怎么没有一个替您想想办法，反倒让您去跟秦国拼命？你们这么上秦国的兵营里去，正像绵羊去跟狼拼命，不是白白去送死吗？"信陵君说："我也知道没有什么用处。可是我这么一死，总算尽我的力量了！"侯生说："公子进来坐一会儿，咱们商量商量吧。"

侯生支开了旁人，对信陵君说："听说咱们的大王在宫里最宠爱的是如姬，对不对？"信陵君连连点头说："对，对！"侯生接着说："当初如姬的父亲被人害死，她请大王给她报仇，大王派人去找那个仇人，找了三年也没找着。后来还是公子叫门客去给如姬报的仇，把仇人的脑袋给她送了去。有这么回事没有？"信陵君说："有，有！"侯生说："如姬为了这件事非常感激公子，她就是替公子死，也是甘心情愿的。因此，只要公子请她把兵符盗出来，咱们拿了兵符去夺取晋鄙的军队，就能跟秦国打了。这比空手去送死不是强得多吗？"

信陵君听了，好像从梦里醒过来一样。他顿时拜谢了侯生，叫门客们暂且在城外等着，自己回到家里，托了跟他有交情的内侍颜恩，去跟如姬商量。如姬说："公子的命令我决不推辞。就是赴汤蹈火（跳到开水里，跳到火里都去，指不避艰苦和危险）我也干。"当天晚上，如姬伺候魏安僖王睡下，到了半夜，趁着他正睡得香的时候，把兵符偷出来，交给颜恩。颜恩立刻送到信陵君那儿。信陵君拿着兵符再上东门去跟侯生辞别。侯生说："万一晋鄙验过兵符，不把兵权交出来，怎么办？"信陵君突然觉得脊梁上被浇了一桶冰水，皱着眉头说："这……这怎么办呐？"侯生接着说："我的朋友朱亥，是天下数一数二的大勇士，公子可以请他出点力。要是晋鄙痛痛快快地把兵权交出来，最好；要是他不答应，就叫朱亥杀了他。"信陵君鼻子一酸，伤心地说："晋鄙老将忠心耿耿，没做错事。他不答应我，也是应当的呀。我要是杀了他，这怎么不叫我痛心呐？"侯生说："死一个人，救了一国的危急，还不值吗？咱们应当从大处着想，婆婆妈妈的怎么行呐？"

侯生和信陵君到了朱亥家里，侯生向他说明了来意。朱亥一口答应下来。侯生说："照理，我也应当一块儿去，可是我老了，跟着你们反倒叫你们多一份麻烦。祝你们马到成功！"信陵君不敢再耽误，立刻带着朱亥上了车，走了。

信陵君带着朱亥和一千多个门客到了邺下，见了晋鄙，对他说："大王因为将军在外面辛苦了好几个月，特地派无忌（信陵君，名无忌）来接替。"说着，就叫朱亥奉上兵符，请他验过。晋鄙把兵符接过来，再跟自己带着的那一半兵符一合，果然合成了一个老虎形的信物。虎符完全符合，是真的。可是他想了一想，说："请公子暂缓几天，我把将士们的名册整理出来，把军队里的事务了结一下，然后才能够清清楚楚地交出来。"信陵君说："邯郸十分紧急，我想连夜进兵去救，哪儿能耽误日子呐？"晋鄙说："不瞒公子说，这是军机大事，我还得奏明大王，方能照办。再说……"他的话还没说完，朱亥大喝一声，说："晋鄙！你不听王命，竟敢反叛！"晋鄙问他："你是谁？干什么？"朱亥从袖子里拿出一个四十斤重的大铁锤，冲着晋鄙的脑袋一砸，说："我是惩办反叛的！"晋鄙的脑袋当时就被砸得粉碎。

信陵君拿着兵符对将士们说："大王有令，叫我接替晋鄙去救邯郸。晋鄙不听命令，已经治死了。你们不用害怕。服从命令，一心一意去杀敌人的，将来都有重赏！"兵营里静悄悄的，连个咳嗽的声音都没有，大伙儿就等着进军的命令。

信陵君下了一道命令："父亲和儿子都在军队里的，父亲可以回去；哥哥和弟弟都在军队里的，哥哥可以回去；独子可以回去养活老人；有病的或者身子弱的，也可以回去。"大概十成里有二成的士兵请求回去。信陵君重新编排队伍，总共有八万精兵。信陵君亲自出马跑到最前面，指挥将士们向秦国的兵营冲杀过去。秦国的将军王龁没想到魏国的军队会突然来攻打，手忙脚乱地抵抗了一阵。平原君开了城门，带着赵国的军队杀出来。两边夹攻，打得秦国的军队就像山崩似的倒了下来。多少年来，秦国没打过这么一个大败仗。秦昭襄王赶紧下令退兵，已经死伤了一半人马。郑安平的两万人给魏国的军队切断了退路，变成了孤军。他叹了一口气，说："我本来是魏国人，还是回到本乡本土去吧。"他带领两万人马投降了信陵君。

赵孝成王亲自到魏国兵营来给信陵君道谢，他说："这回赵国没亡，全仗公子大力！"平原君更是感激信陵君，在他前面领路，把他迎接到城里来。信陵君进了邯郸城，赵王特别恭敬地招待他，又封他五座城。信陵君向他说明盗符救赵的经过，很虚心地推让着说："我对贵国没有多大的功劳，对本国还背着大罪呐。大王肯收留我这个罪人，我就够知足了，哪儿还敢受封？"赵王再三请他接受，又叫平原君劝他，他只好接受赵王的赏赐。他自己不敢回国，把兵符和军队交给魏国的将军带回去，自己留在赵国。

楚公子春申君黄歇还在武关，他听见秦国打了败仗跑了，就带着八万大军回到楚国去了。春申君向楚考烈王报告秦国打败仗的情况。楚王叹息着说："赵公子所说的合纵计策实在不错，可惜咱们没有像魏公子那样的大将，也没有像毛遂那样的谋士！"春申君臊得什么似的，可是他心里还有点不服气，他说："上回赵公子他们已经公推大王为纵约长，如今秦国打了败仗，威风也下去了，大王这时候就该掌起纵约长的大权来。赶紧打发使者去约会各国，再能够得到周天王的同意，借着他号令诸侯，共同去征伐秦国。大王要能这么办，就比齐桓公、晋文公、楚庄王的功业大得多了。"楚考烈王经春申君这么一鼓动，又犯起了当霸主的瘾来，当时就打发使臣上成周去请求周天王下令征伐秦国。

周赧（nǎn）王虽说挑着天王的旗号，但真正受他管辖的土地还不如列国里最小的诸侯国。这么小小的天下还分成两半儿：河南巩城一带叫东周，河南王城一带叫西周（原来的东周又分成东、西周）。周赧王这时候正住在西周。他接见了楚国的使臣，就答应楚王用天王的名义去约会列国诸侯。

公元前256年，天王派了六千人马到了伊阙（就是现在河南省洛阳市南的龙门山；阙què），就在那边等候各国的兵马。可是韩、赵、魏三国跟秦国刚打过仗，元气还没恢复，没有出兵的力量。齐国跟秦国已经交好了，不愿意发兵。只有燕国和楚国派了几队人马来，大伙儿在伊阙驻扎下来。楚国和燕国等了三个月，也没见别的国发兵来。这回合纵抗秦的计划又吹了，他们只好回去。谁知道楚国和燕国的兵马一退，秦国就发兵来打成周，西周不能抵抗，投降了秦国，周赧王做了俘虏，没多久就死了。打这儿起，西周就完了。

秦昭襄王灭了西周，通告各国。各国诸侯不敢得罪秦国，争先恐后地打发使臣上咸阳去道贺。秦昭襄王很得意，可是他已经快七十岁了。丞相范雎坚决请求告退，秦昭襄王只好答应他。公元前251年秋天，秦昭襄王得病死了，太子安国君即位，就是秦孝文王。这时候孝文王也已经五十三岁了。他即位才三天，据说中毒死了，太子即位，就是秦庄襄王。

秦庄襄王重用吕不韦，拜他为丞相，立儿子嬴政为太子。丞相吕不韦对庄襄王说："近来得到报告，都说东周公因为秦国接连故去了两位君王，料想秦国不能安定，就打发使者到各国去煽动合纵抗秦。我想咱们既然把西周灭了，东周就不应当再留着。不如把它也灭了，免得各国诸侯再借着这顶破旧的大帽子来欺压咱们。"秦庄襄王就拜吕不韦为大将，发兵十万去打东周。公元前249年，秦国灭了东周。周朝的天下从此完了。

秦庄襄王灭了东周，仅仅隔了两年，自己害病死了。吕不韦立十三岁的太子为国君，就是秦王政（后来称为秦始皇）。秦国的大权全在吕不韦手里。他派大将分头去攻打赵国、韩国和魏国，得到了几十座城，逼得各国诸侯不得不再采用合纵的办法去抵抗秦国。

图穷匕见

公元前241年，各国诸侯除了齐国以外，赵、韩、魏、燕、楚，都出兵加入合纵阵营，公推楚国为首领，拜春申君为上将军，浩浩荡荡地杀奔函谷关来。秦国的丞相吕不韦派蒙骜（ào）、王翦（jiǎn）、桓齮（yǐ）、李信、内史腾五个大将，每人带领五万兵马，分头去对付五国的军队。王翦决定集中兵力先去袭击楚军。他暗中调动兵马，准备连夜进攻。没想到他这一计策被一个手下人偷偷地透露给春申君。春申君吓得魂不附体，连其余四国的兵马也来不及通知一声，他就下令退兵，急急地跑了五六十里地，才喘了口气。等到秦军进入楚军驻扎的地方，才知道楚军已经跑了。王翦那五路人马就合在一起攻打四国的兵马。四国的将士们听说领头的楚军先跑了，全泄了劲儿，瞧见秦国的大军压下来就好像耗子见了猫似的撒腿就跑。合纵抗秦的蜡头儿就此完全熄灭了。

自从这次合纵抗秦失败，加上楚国的衰落，秦国要兼并六国就更便当了。秦王政为了进攻赵国，假意跟燕国和好，先打发使者去破坏燕国和赵国的联盟。燕王喜果然听信了秦国的话，叫太子丹到秦国去做抵押，又请秦王政派个大臣来做相国。他以为这么一来，燕国高攀上秦国，就不必再怕赵国了。使者带着燕太子丹到了咸阳，请秦王政派个大臣去作为交换。吕不韦就派大臣张唐去，张唐推辞说："我好几次打过赵国，赵国当然恨我。如今丞相叫我上燕国去，我不能不路过赵国，这不是叫我去送死吗？"吕不韦再三请他，他坚决不干。

为了这件事，吕不韦闷闷不乐，赌着气坐在家里。他家有个小门客，叫甘罗，年纪很轻，口才却好。他替吕不韦去见张唐，对他说："您不听从丞相的劝告，他能轻易放过您吗？"张唐经他这么一说，害怕了，愿意听从丞相的吩咐。

张唐跟着甘罗去向吕不韦谢罪，情愿上燕国去。吕不韦叫张唐准备动身，回头又谢过甘罗。甘罗说："张唐愿意上燕国去，可是他还害怕赵国。请丞相派我上赵国去替他疏通疏通。"秦王政就拜十几岁的小甘罗为大夫，给他十辆车马，一百个人，让他上赵国去。

赵悼襄王（孝成王的儿子）听说燕国跟秦国和好，正担着心。现在秦国派使臣来，他立即派人去迎接，等到一见面，原来使臣是个小孩子，不由得奇怪起来，就问："小先生光临，有何见教？"甘罗说："燕太子丹到了秦国，大王知道吗？"赵悼襄王说："听说了。"甘罗又问："张唐上燕国去当相国，大王知道吗？"赵悼襄王说："也听说了。"甘罗说："大王既然都听说了，就可以明白贵国所处的地位了。燕太子丹上秦国去，就是燕国信任了秦国；秦国的大臣上燕国去当相国，就是秦国信任了燕国。燕国和秦国这么彼此信任，那么赵国就危险了。"赵悼襄王故意很镇静地说："为什么呐？"甘罗说："秦国联络燕国，就是打算一同来进攻贵国，为的是要夺取河间一带的土地。依我说，大王不如把河间的五座城送给秦国，秦王一定喜欢。我再替大王去求求秦王，别叫张唐上燕国去，别跟他们来往。这样，贵国要是去进攻燕国，秦王准不去救。这么强大的赵国对付一个弱小的燕国，那还不是要几座城就是几座城吗？送给秦王五座城简直就不算一回事儿啦。"

赵悼襄王想拿五座城做本钱去侵略燕国，好夺到更多的土地，当时就送给甘罗一百斤金子，两对玉璧，又把河间五座城的地图和户口册子交给了他。甘罗满载而归。秦王政一一照办。赵悼襄王一打听，果然秦国不派张唐到燕国去，就知道燕国真孤立了。他叫大将李牧发兵去打燕国，夺到了几座城。这么着，秦国和赵国都得到了土地，就是燕国太倒霉了。燕太子丹住在秦国，眼瞧着秦王政失了信，让赵国去欺负燕国，这种日子太难过了。太子丹一个人孤苦伶仃地在秦国，跟谁去商量呐？他忽然想起甘罗来，打算跟他去结交结交，也许能有个出路。没想到这位年纪轻轻的小政客是个短命鬼，才当了几天大夫就死了。

太子丹还想去求求吕不韦放他回去，可是吕不韦跟自己一样，心里头也正滚油煎着呐。原来秦王政年轻的时候，一切事情全由吕不韦做主。一到二十二岁，他就要执掌大权，反倒觉得吕不韦是个碍手碍脚的人了。公元前238年，有人利用太后造起反来。秦王政剿灭了乱党。又过了一年，他觉得自己有了实力，眼看着吕不韦的主张和做法跟他不对劲儿，就拿出主子的手段来，把吕不韦免了职，到了儿叫他自杀了事。秦王杀了吕不韦，重用谋士尉缭，一心要统一中原，不断地向各国进攻。在这种情况下，燕太子丹没法儿再在秦国住下去了。

燕太子丹知道秦王政决心要兼并列国，最近又屡次侵犯燕国，夺去了燕国的土地，哪儿还能放他回去呐？他就换了一身破衣裳，在脸上抹了些泥土，打扮成一个穷人的样子，给人家去当使唤人，一步步地离开咸阳。公元前232年，他混出了函谷关，逃回燕国。他恨透了秦王政，一心要替燕国报仇。他不从发展生产，操练兵马着手，也不打算联络诸侯共同抗秦。他认为这些都办不到。他只是把燕国的命运寄托在刺客身上。他把所有的家当全拿出来，一心要收买能刺杀秦王的人。

那时候，有个杀人犯叫秦舞阳，太子丹知道他有胆量，把他救出来，收在自己的门下。这一来，燕太子丹优待勇士的名声可就传遍了燕国，连躲在燕国深山里的樊於（wū）期也知道了。樊於期原来是秦国的大将，他煽动秦王政的兄弟长安君造反没成功。长安君给杀了，樊於期逃到燕国。这会儿他大胆地出来投奔太子丹。太子丹把他当作上宾，在易水（源出河北省易县）的东边给他盖了一所房子。

太子丹请到了当时被认为很有本领的剑客荆轲（kē），把他收在门下。太子丹把自己的车马给他坐，自己的饭食给他吃，自己的衣着给他穿，也给他在易水东边盖了一所房子。太子丹很小心地伺候着荆轲，还老怕招待不周。荆轲实在过意不去，问他："太子打算怎么样去抵抗秦国呐？"太子丹说："拿兵力去对付秦国，简直像拿鸡子儿去砸石头。去联合各国诸侯吧，也不行，韩国已经完了（公元前230年）；赵王逃到代郡（公元前228年），赵国也差不多完了；魏国和齐国早已归顺了秦国（公元前237年）；楚国离得又远，没法派兵来。合纵抗秦是办不到了。我想，要是有位勇士，打扮成使臣去见秦王。那时候，他站在秦王面前，逼他退还诸侯的土地，就像当年曹沫对付齐桓公那样。秦王要是答应了，再好没有；要是不答应，就把他刺死。这是没有办法的办法。先生看行不行？"荆轲说："这是国家大事，还得准备周到了，才能发动。"太子丹再三请他帮助，荆轲答应了。

有一天，太子丹慌里慌张地来见荆轲，对他说："秦王派王翦来打北方，已经到了咱们南部的边界。先生快想个办法吧！再等下去，我怕先生有力也没处用了。"荆轲说："我早就想过了。要挨近秦王的身边，必得先叫他相信咱们是去跟他求和的。秦国早想得到燕国最肥沃的土地督亢（今河北省涿州市东南有督亢陂，涿州、定兴、新城、固安一带，都是当初燕国督亢的地界）。我要是能拿着督亢的地图去献给秦王，他一定喜欢，也许能叫我当面见他。"太子丹说："好！我叫他们把地图拿出来。"

荆轲背地里去见樊於期，对他说："秦王害死了将军的父母宗族，还出赏格要将军的脑袋，将军不想报仇吗？"樊於期一听这话，眼泪就掉下来了。他叹息着说："我一想起秦王，恨不得跟他去拼命，可是哪儿办得到呐？"荆轲说："我倒有个主意能帮助燕国解除祸患，还能替将军报仇。可就是说不出口来。"樊於期连忙问："什么主意？说啊，说啊！"荆轲刚一张嘴又闭上了。樊於期见他话到嘴边又咽回去，催他说："只要能够报仇，就是要我的脑袋我也乐意给。你还有什么不好说出口的呐？"荆轲说："我决定去行刺，怕的是见不到秦王。我要是能够拿着将军的头颅去献给他，他准能让我见他。到那时候，我左手揪住他的袖子，右手拿匕首（短刀；匕 bǐ）扎他的胸脯，这样，将军的仇，燕国的仇，列国诸侯的仇都能报了。将军您瞧怎么样？"樊於期咬牙切齿地说："我天天想着的就是这件事，你还怕我舍不得这颗人头吗？好吧，你拿去，祝你马到成功！"说着，他拔出宝剑来自杀了。

荆轲派人去通知太子丹，太子丹趴在樊於期的尸体上呜呜地哭了一阵。他叫人把尸身好好地安葬了，把那个人头装在一个木头匣子里交给荆轲，又送给他一把最名贵的匕首。匕首用毒药煎过，只要刺出像线那么一丝血，就会立刻死去。太子丹然后问他什么时候动身。荆轲说："我有个朋友叫盖聂，我是等着他呐。我要他做帮手。"太子丹说："哪儿等得了呐？我这儿也有几个勇士，其中秦舞阳最有能耐。要是您看能够用他，就叫他当个帮手吧。"荆轲见他这么心急，盖聂又不知道在什么地方，樊将军的脑袋已经割下来了，不能耽搁日子。这么着，荆轲就决定走了。

荆轲和秦舞阳动身的那天，太子丹和几个心腹偷偷地送他们到了易水，挑了一个僻静的地方摆上酒席。喝酒的时候，太子丹忽然脱去外衣，摘去帽子，别人也都这么做。一霎时，他们变成全身穿孝的了。大家伙儿显得特别悲伤，全都哭丧着脸，一声不响地压着眼泪不让它流下来。荆轲的朋友高渐离拿着筑（古时候的一种用竹尺敲出音乐来的乐器）奏着一个悲哀的歌儿。荆轲按着拍子，对着天吐了一口气，唱着：

风萧萧兮易水寒，
壮士一去兮不复还！

太子丹斟了一杯酒，跪着递给荆轲。荆轲接过来，一口喝下去，伸手拉着秦舞阳，蹦上了车，头也不回，飞似的去了。

公元前227年，荆轲到了咸阳，通报上去。秦王政一听燕国的使臣把樊於期的人头和督亢的地图都送上来了，就叫荆轲来见他。荆轲捧着樊於期的人头，秦舞阳捧着督亢的地图，一步步地上了秦国朝堂的台阶。

秦舞阳一见秦国朝堂上那么威严，不由得害怕起来。秦王的左右一见，喝了一声，说："使者干吗脸变了颜色？"荆轲回头一瞧，就见秦舞阳的脸又青又白，跟死人差不多。他对秦王说："他是北方的粗鲁人，从来没见过大王的威严，免不了有点害怕。请大王原谅。"秦王防着他们可能不怀好意，就对荆轲说："叫他退下去！你一个人上来吧。"荆轲心里直怪秦舞阳太不中用，只好独自捧着木头匣子献给秦王。秦王打开一瞧，果然是樊於期的脑袋。他就叫荆轲拿地图过来。荆轲回到台阶下面，从秦舞阳的手里接过了地图，回身又上去了。他把那一卷地图慢慢地打开，一个地方一个地方地指给秦王看。到地图全部打开（文言叫"图穷"，就是地图完了的意思），卷在地图里的匕首可就露出来了（文言叫"匕见"）。秦王一见，立刻蹦了起来。荆轲连忙抓起匕首，扔了地图，左手揪住秦王的袖子，右手扎了过去。秦王使劲地向后一转身，那只袖子就断了。他一下子跳过旁边的屏风，刚要往外跑，荆轲拿着匕首追上来了。秦王一见跑是跑不了，躲也没处躲，就绕着朝堂上的大铜柱子跑，荆轲紧紧地逼着。两个人好像走马灯似的直转悠。台阶上面站着的几个文官全都手无寸铁；台阶下面的武士，照秦国的规矩没有命令是不准上去的。荆轲逼得那么紧，秦王政只能绕着柱子跑。他身上虽说带着宝剑，可是连拔出来的那一点工夫都没有。有一两个文官拉拉扯扯地想去拦挡荆轲，全给他踢开了。其中有个伺候秦王的医生，他拿起药罐子对准荆轲砸过去，荆轲拿手一扬，那个药罐子碰得粉碎。秦王政就趁着这一眨(zhǎ)眼的工夫，拼命拔那把宝剑。可是心又急，宝剑又长，怎么也拔不出来。有个手下人嚷着说："大王把宝剑拉到脊梁上，就能拔出来了！"秦王政就按着他的话，真把宝剑拔出来了。他手里有了宝剑，胆子可就壮了，往前一步，只一剑就砍坏了荆轲的一条腿。荆轲站立不住，一下子就倒下了。他举起匕首直向秦王政投过去，秦王政往右边一闪，那把匕首从耳朵旁边擦过去，打在铜柱子上，"嘣"的一声，直迸火星儿。秦王政跟着又向荆轲砍了一剑，荆轲用手一挡，砍去了三个手指头。荆轲苦笑着说："你的运气真不坏！我本来想先逼你退还诸侯的土地，因此没早下手。可是你也长不了！"秦王政一连气又砍了他好几剑，结果了他的性命。那个台阶底下的秦舞阳，早就被武士们杀了。

统一中原

秦王政斩了荆轲，他恨透了燕国，当时就派王翦和王贲（bēn）父子二人加紧攻打燕国。燕太子丹亲自带着兵马出去交战，给秦军打得稀里哗啦。燕王喜和太子丹带着一部分兵马和老百姓退到辽东。秦王政非要把太子丹拿住不可。燕王喜被逼得无路可走，只好杀了太子丹，向秦王政谢罪求和。

秦王政问谋士尉缭这事应当怎么办。尉缭说："韩国已经兼并了，燕国搬到辽东，赵国只剩了一个代城，他们还能干得了什么？目前天冷，不如先去收服南方的魏国和楚国。把这两国收服了，辽东和代城自然也就完了。"秦王政就把北方的军队撤回，派王贲为大将，率领十万人马去打魏国。

魏王假（魏安僖王的孙子）派人去跟齐王建（齐襄王的儿子）联络，请他发兵来救。齐国的相国后胜对齐王建说："秦国向来没亏待过咱们，咱们哪儿能平白无故地去得罪秦国呐？"齐王建也认为别人家打仗，他还是不去过问的好。他不帮魏国，也不帮秦国，省得得罪了这一边或那一边。他不答应魏国的请求，让魏国独个儿去对付秦国。

公元前225年，大将王贲灭了魏国，把魏王假和魏国的大臣全拿住，装上囚车，派人押到咸阳。秦王政接着打算去打楚国。他问大将李信要用多少人马。李信说："也就是二十万吧。"秦王点点头。他又问老将军王翦。王翦回答说："二十万人去打楚国不行。照我的估计，非六十万不可。"秦王政一想："年纪大的人到底胆儿小。"他就拜李信为大将，蒙武为副将，发兵二十万往南方去了。王翦推托有病，告老还乡了。

李信和蒙武碰到楚国的大将项燕，打了败仗，将军死了七个，士兵死伤无数，接连往后退回来。秦王政大怒，把李信革了职，亲自跑到王翦那儿，请他再辛苦一趟。王翦说："我已经老了，请大王另派别人吧。"秦王政直向他赔不是，说："上回是我错了，这回非请将军出马不可，将军千万别再推辞。"王翦说："那么，还是非要六十万人不可。楚是大国，地广人多，楚王号令一出，要发动一百万人马也不太难。我说六十万，还怕不太够。再要少，那就不行了。"

秦王政用自己的车马亲自把王翦接到朝廷里来，当时就拜他为大将，交给他六十万兵马，仍旧派蒙武为副将。出兵的那天，秦王政亲自送到灞上（在陕西省西安市浐灞区东），在那儿摆上酒席，给王翦送行。王翦斟了一杯酒，捧给秦王政，说："请大王干了这杯，我要请求点事。"秦王政接过来，一口喝完，说："将军尽管说吧。"王翦从袖子里掏出一张单子来，上头写着咸阳上等的田地几亩，上等的房子几所，请秦王赏给他。秦王政看了说："将军成功回来，难道还怕受穷吗？"他完全答应下来，心里想："这位老将军真有点太小家子气了。"

王翦率领着六十万大军去打楚国，路上就打发一个手下人回去，向秦王请求给他修一个花园。又过了几天，又派人去恳求秦王，还想要个水池子，里头好养鱼。副将蒙武笑着说："老将军请求了房屋、田地也就是了，为什么还要花园、水池子？打完了仗，将军还怕不能封侯吗？"王翦咬着耳朵对他说："哪个君王不猜疑？你能保证咱们的大王不这样吗？他这回交给了咱们六十万大军，简直把全国的兵马全交给咱们了。我左一个请求，右一个请求，为的是让大王知道我惦记着的不过是这点儿小事，好让他安心。"蒙武这才明白过来，点点头说："老将军的高见真叫我佩服得没法说。"

王翦的大军到了天中山（在河南省商水县西北），在那儿驻扎下来。楚国的大将项燕带了二十万兵马，副将景骐也带了二十万兵马，两路一共四十万人，不光来抵抗，还直向王翦挑战。王翦把一部分人马专门用在运输粮草这件大事上，对于项燕的挑战，压根儿不去理他。这样过了一年多，项燕没法跟秦军交战。他想："王翦原来是上这儿来驻防的。"他就不怎么把秦国的军队搁在心上了。没想到在楚国人没做准备的时候，秦军排山倒海似的冲了过去。楚国的士兵好像在梦里给人家当头打了一棍子，手忙脚乱地抵抗了一阵，都各自逃命。项燕和景骐带着败兵一路逃跑。兵马越打越少，地方越丢越多。项燕只好到淮上去招兵。王翦打下了淮南、淮北，一直到了寿春。楚国的副将景骐急得自杀了。楚王负刍（楚考烈王的儿子）当了俘虏。

项燕招募了二万五千壮丁，到了徐城（在安徽省泗县北），碰见了楚王的兄弟昌平君从寿春逃来，向他报告楚王被掳的消息。项燕说："吴、越有长江可以防御敌人，地方一千多里，还能够立国。"他就率领大伙儿渡过长江，立昌平君为楚王，准备死守江南。

王翦知道了昌平君和项燕退守江南，就叫蒙武造船。第二年（公元前223年），王翦已经准备了不少战船，训练了几队水兵，就渡过长江，进攻吴、越。到了这时候，楚国不能再挣扎了。昌平君在阵上给乱箭射死，项燕叹了口气，自杀了。这一来，秦国想要兼并的六国只剩下燕、赵、齐三个了。

王翦灭楚以后，向秦王政告老。秦王政拜他的儿子王贲为大将，再去收拾燕、赵。公元前222年，王贲打下了辽东，逮住了燕王喜，把他送到咸阳去。接着他就进攻代城。代王嘉（也就是赵王）兵败自杀。燕国和赵国全部归并到秦国。

六国诸侯只想保持自己的地位，对人民加重剥削和压迫，彼此之间互相攻打，想拿别人的地盘来补偿自己的损失，企图小范围地保持着割据的局面。另一方面，秦国不但在经济和军事上占了优势，而且因为它符合地主富商和一般人民要求统一的愿望，这才有可能在不到十年的工夫，一个一个地把韩、魏、楚、燕、赵灭了。如今只剩下一个齐国了。

王贲派人上咸阳报告胜利的消息。秦王政派大臣去慰劳他，请他回过头来去打齐国。王贲就向齐国进攻。齐王建一向不敢得罪秦国，每回列国中有谁来求救，他老是用好言好语拒绝了。他把"和好"作为靠山，死心塌地地听秦国的话。他觉得有了秦国，什么都不必怕了。等到韩、魏、楚、燕、赵五国都被秦国兼并了，他才派兵去守西部的边界，可是已经太晚了。公元前221年，好几十万的秦国兵马好像泰山一样地压下来，多年没打仗的齐国兵马哪儿抵挡得住？这时候，齐王建才想起来向各国求救，可是各国早已完了。王贲的大军一路进来，简直一点拦挡都没有。没几天工夫就进了临淄，齐王建投降了。

齐国一亡，范雎的"远交近攻"计策完全成功了。打这儿起，六国全都归并到秦国，天下统一。东周列国，经过"春秋时期"和"战国时期"五百年的变迁，才合成了一个大国。秦王政跟着就改变国家的制度。当初六国诸侯都称为"王"，如今"王"没有了，那么自己又叫什么呐？他觉得自己的功劳威望比古时候的三皇五帝还大，就采用了"皇帝"这个名称。自己是中国头一个皇帝，就叫"始皇帝"，人们就称他为秦始皇。以后就用数字计算：第二个皇帝就叫"二世"，第三个叫"三世"……这么下去一直到万世。他又叫玉器工匠刻了一颗大印，称为"玉玺"（xǐ）。那玉玺刻好之后，大臣们给秦始皇朝贺，听他的新命令。

秦始皇废除了分封诸侯的办法，采用了郡县制度，把天下分为三十六郡。郡下面再分县。每个郡由朝廷直接任命三个最重要的官长，就是郡守、郡尉和郡监。郡守是一郡中最主要的官长。郡尉在郡守底下，管理治安，全郡的军队也由他统领。郡监执行监察的事情。三十六郡全是这么统治的。

在秦始皇统一中原以前，列国诸侯向来没有一个划一的制度。不说别的，就拿交通来说吧。各国都有车马，可是道儿有宽有窄，车辆有大有小。各地的车一般只能在自己的地方走着方便。秦国的兵车要在三十六郡的道儿上都能很快地通行，可就办不到了。秦始皇规定车轴上两个轮子的距离，一律改为六尺，使车轮的轨道相同（文言叫"车同轨"），各地的道儿就得修一修。这样，天下三十六郡都修起有一定宽窄的"驰道"（就是公路）来，从咸阳出发，北边通到燕国，东边通到齐国，南边通到吴国、楚国，甚至湖边、海边都修了驰道。驰道宽五十步（秦以六尺为一步），每隔三丈种上青松。好在天下已经统一，各地方不再打仗，所有的兵器都搬到咸阳来，铸成了十二个巨大的金人（就是铜像）和好些大钟。各地方不打仗，一部分原来的士兵变成修路的人。驰道很快就修好了。

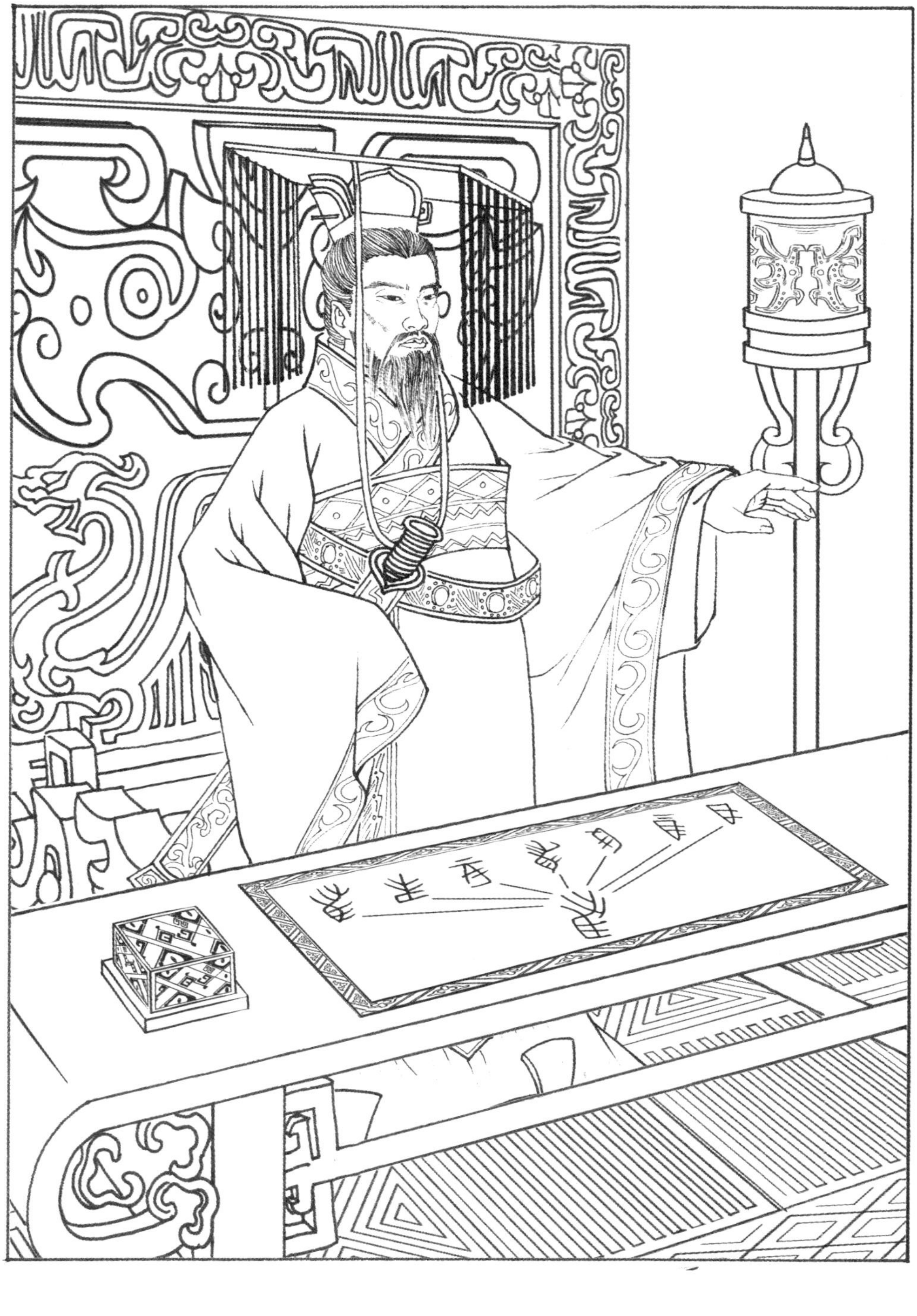

交通一方便，商业发达起来，麻烦的事儿又来了。除了秦国以外，各地方的尺寸、升斗、斤两全不一样，就是在一个诸侯国里也很杂乱。秦始皇就规定全国统一使用的度、量、衡，禁止使用旧的杂乱的度、量、衡。这一来，全国的老百姓可就方便多了。

交通和商业的发展促进了度、量、衡的统一。可是还有一件多少年来没统一的事情，也必须改革一下，那就是中国的文字。别说那时候中国有好几种不同的文字，就是一样的文字也有种种不同的写法。秦始皇采用比较方便的书法，规定为正式的统一的文字，就是所谓"书同文"。其余各诸侯国写法不同的字也跟那些杂乱的度、量、衡一样，一律废除。

秦始皇还想从事国内的改革，没想到北方的匈奴打进来了。匈奴趁着燕、赵衰落的时候，一步步地往南侵略过来，连河南（黄河河套以南）大片的土地也给夺了去。秦始皇派将军蒙恬（tián）发兵三十万北伐匈奴，把河南收回来，编成四十四个县。为了加强北方的防御，秦始皇下了决心，把原来燕国、赵国和秦国的长城连起来，又造了不少新的城墙，从临洮到辽东，筑成一道万里长城。

公元前214年，秦始皇发大军五十万人，平定岭南，添了三个郡。在南方大兴水利，叫水工史禄在湘江上游开掘渠道，号称"灵渠"，能通航，能灌溉。第二年，蒙恬打败了匈奴，又添了一个郡。两年增加了四个郡，合成四十郡。秦始皇因为开拓了国土，就在咸阳宫里开个庆祝会。在这个会上大臣们纷纷议论，有不少人认为古时候的制度不能改，分封诸侯的制度不能废，这种制度和道理都有古书为证，谁也不应当改变它。秦始皇就下了一道命令：除了秦国的历史和那些对人们有用的书，像医药、占卜、种树、法令等以外，其余的诗、书、百家的言论，全烧了。谁要私藏就治罪；拿古代的议论来反对现在的法令，也是死罪。

有两个方士（就是拿求神仙、求仙丹骗钱的人）的首领，一个叫侯生，一个叫卢生，他们在背后跟儒生们说："始皇帝是个专制暴君。在他的手下，博士也好，方士也好，算卦详梦的也好，反正只能说奉承的话，可不能批评他的过错。我们就没法儿替他求仙药。"儒生和方士本来老混在一起，这会儿由于侯生和卢生背地里联络儒生反对秦始皇，那批儒生就引经据典地批评起秦始皇来了。

秦始皇一听到这些议论，就派心腹暗地里去探察他们的动静，准备逮捕一些反对他的人，头一个就是侯生，第二个就是卢生。他正打发人去抓他们，可他们早已跑了。秦始皇才知道他们原来还有内线，就叫御史把那些反对皇帝的人抓来审问。哪儿知道这批人还没受拷打，就东拉西扯地供出了一大批人来。审问下来，秦始皇把那些犯禁的情况严重的四百六十几个人都埋了，把那些犯禁的情况次一等的都轰到边疆上去开荒。秦始皇杀了这一批儒生和方士，不但从此跟孔、孟一派的儒家结下了怨仇，后世也有不少人随声附和，把他当作典型的暴君。可是废分封、建郡县，筑长城、御匈奴，统一度量衡，做到车同轨、书同文，这些都是好事情；把战国混乱的割据局面统一为东方大国，更不能不归功于秦始皇。

西汉时期

张良拜师

秦始皇灭了六国，统一中原以后，经常到各地去视察。公元前218年春天，他带着大队人马到了博浪沙（在河南省）。车队正在拐弯的时候，突然哗啦啦一声响，不知道打哪儿飞来个大铁锤（chuí），把一辆车砸得粉碎。秦始皇就在前面的车上，半截车档迸（bèng）到他的跟前，差点儿打着他。好险呐！一下子车队全停下来。武士们四面搜查，没费多大工夫就把那个刺客逮（dǎi）住了。

秦始皇一定要手下的人把主使刺客的人查出来，主使的人当然是有的，可是那个刺客就是不说。他骂着，骂着，不知不觉地露了点儿口风，又怕他们追问下去，就自己碰死了。

从刺客的话语中，他们推想那个主使刺客的人是从前韩相国的儿子。秦始皇立刻下了命令，捉拿那个韩国的公子，韩国（在河南省）一带更加搜得紧。那位韩国的公子只好更名改姓叫张良，又叫张子房。

张良的祖父、父亲都做过韩国的相国（就是后来的宰相）。韩国被灭的时候，张良还年轻，他决心替韩国报仇，就变卖家产，推说到外边去求学，离开了家。其实他是到外边去找机会暗杀秦始皇。果然，他交上了一个大力士，情愿替他拼命。那个大力士使一个大铁锤，足足有一百二十斤重（秦汉时候的一斤，只有现在的半斤）。

他们到处探听秦始皇的行动。这会儿探听到秦始皇到东边来，就在博浪沙埋伏着，给了他一大锤。哪儿知道打错了车，刺客自杀了。张良逃哇逃哇，一直逃到下邳（在江苏省；邳 pī），躲了起来。他虽然逃难出来，好在身边有钱，就在那边结交了不少朋友，还想替韩国报仇。不到一年工夫，他在下邳出了名。临近的人都知道他是个很有学问的读书人，可不知道他就是跟大力士在博浪沙行刺的韩国的公子。

有一天清早，张良一个人出去散步，走到一座大桥下，瞧见一个老头儿穿着一件土黄色的大褂，搭着腿坐在桥头上，一只脚一上一下地晃荡着，那只鞋拍着脚底心，像在那儿哼歌儿打板眼。真怪！他一见张良过来，有意无意地把脚跟往里一缩，那只鞋就掉到桥下去了。老头儿回过头来对张良说："小伙子，下去把我的鞋捡上来。"张良听了，不由得火儿了。可是再一看那个老头儿，哪儿还能生气呐？人家连眉毛带胡子全都白了，额上的皱纹好几层，七老八十的，就是叫他一声爷爷也不过分。他就走到桥下，捡起那只鞋来，上来递给他。谁知道老头儿不用手去接，只是把脚一伸，说："给我穿上。"张良一愣（lèng），觉得又好气，又好笑。可是他已经把鞋捡上来了，干脆好人做到底，索性跪着恭恭敬敬地拿着鞋给他穿上。那老头儿这才理了理胡子，微微一笑，慢吞吞地站起来，大摇大摆地走了。这一下可又把张良愣住了，天底下会有这号老头子，人家替他做了事，连声"谢谢"都不说，真太说不过去了。

张良盯着他的背影望着，见他走起路来又快又有劲，心想这老头儿一定有点来历。他赶紧走下桥去，跟在后头，看他往哪儿去。约莫走了半里地，老头儿知道张良还跟着，就回过身来，对他说："你这小子有出息。我倒乐意教导教导你。"张良是个聪明人，知道这老头儿有学问，就赶紧跪下，向他拜了几拜，说："我这儿拜老师了。"那老头儿说："好！过五天，天一亮，你再到桥上来见我。"张良连忙说："是！"

第五天，张良一早起来，匆匆忙忙地洗了脸，就到桥上去了。谁知一到那边，那老头儿正生着气呐。他说："小子，你跟老人家定了约会，就该早点儿来，怎么还要叫我等着你？"张良跪在桥上，向老师磕头认错。那老头儿说："去吧，再过五天，早点儿来。"说着就走了。张良愣愣磕磕地站了一会儿，只好垂头丧气地回来。

又过了五天，张良一听见鸡叫，脸也不洗，就跑到大桥那边去。他还没走上桥呐，就狠狠地直打自己的后脑勺儿，自言自语："怎么又晚了一步！"那老头儿瞪了张良一眼，说："你愿意的话，过五天再来！"说着就走了。张良闷闷不乐地憋（biē）了半天，才拖着沉重的脚步回来，只怪自己不够诚心。

这五天的日子可比前十天更不好挨。到了第四天晚上，他翻过来掉过去，怎么也睡不着。半夜里，他就到大桥上去，静静地等着。

过了不大一会儿工夫，那老头儿可一步一步地迈过来了。张良赶紧迎上去。他一见张良，脸上显出慈祥的笑来，说："这样才对。"说着，拿出一部书来交给张良，说："你把这书好好地读，将来能够做一个有学问的人。"张良挺小心地把书接过来，恭恭敬敬地道了谢，接着说："请问老师尊姓大名。"老头儿笑着说："你问这个干吗？"张良还想再问个明白，那老头儿可不理他，连头也不回地走了。

等到天亮了，张良拿出书来，一看，原来是一部《太公兵法》（太公，就是周文王的军师姜太公）。张良白天读，晚上读，把它读得滚瓜烂熟。他一面钻研《太公兵法》，一面还留心着秦始皇的行动。

学万人敌

博浪沙的大铁锤并没把秦始皇吓唬住,他还是经常到各地去视察。国内还算平静,可是北方的匈奴很强,老是侵犯中原。公元前215年,秦始皇拜蒙恬(tián)为大将,发兵三十万去打匈奴。匈奴是北方的游牧部族,经济、文化都比中原地区差。他们老到河套一带进行掠夺,还把那些地区的青年男女抓去当奴隶。这会儿中原大兵一到,他们纷纷逃去。蒙恬就这么收复了河套地区,建立了四十四个县,把内地的囚犯大批地送到那边,让他们住下来开荒耕种。

为了秦朝边防的长远打算,秦始皇下了决心,除了三十万大军以外,又送去几十万民夫,把过去秦、赵、燕三国原来的长城连接起来,西边从临洮(在甘肃省;洮 táo)起,翻山越岭一直到东边的辽东,造一道万里长城。因为大儿子扶苏反对他焚书坑儒,秦始皇就派他到北方去监督蒙恬的军队。

中原的大批士兵和民夫正在北方造长城的时候,南方岭南一带的部族又向中原打过来了。岭南在那时候又叫南越(就是现在的广东、广西地区)。那些地区的部族,生产很落后,文化还不发达,老向中原地区掠夺财物和青年男女。秦始皇把中原的囚犯全都免了罪,作为防守南方的军人,又叫民间的奴仆和一些小贩商人一起去服役。将军、士兵、囚犯、奴仆、小贩商人等合在一起,一共有二十来万人,终于把南方的部族打败了。他就在那边建立郡县,把那二十来万人留在那儿防守,又从中原迁移了五十万贫民到那边去居住,开荒。为了运输粮草,秦始皇叫水工开了一条水道叫灵渠,沟通湘江和桂江之间的交通,使长江流域的粮草物资等可以由水道运到南方去。这许多中原的军民长住在那儿,修建水利,改进农具,发展生产,岭南一带就初步安定下来了。

公元前210年，秦始皇又到东南去视察。这回跟着他出去的，除了丞相李斯、宦官（宦官，相当于后世的太监；宦 huàn）赵高以外，还有他的小儿子胡亥。那时候，胡亥也有二十岁了，他要求跟他父亲一块儿去，好开开眼界。秦始皇挺喜欢他，答应了。他们到了江南，越过浙江，到了会稽郡的吴中（会稽郡包括今江苏省东部和浙江省西部；吴中，就是江苏省苏州市的吴中区和相城区；会稽 kuài jī）城里。街道两旁挤满了人。车队过来了。秦朝的旗子多用黑色，马车一辆接着一辆地连着，正像一条大乌龙在陆地上游。拿着长戟的卫士和带着各种刀枪的武士在马前车后一批一批地过来，真是威风凛凛，杀气腾腾。老百姓一听说皇上来了，都踮（diǎn）着脚尖要瞧一瞧这位灭六国、统一中原的大皇帝。秦始皇干脆打开车上的帷（wéi）子，让老百姓瞧个够。

正在这时候，人群里忽然挤出一个二十来岁的小伙子。他身材魁梧，浓眉大眼，后面跟着一个年过半百的大汉。两个人分开人群，要把秦始皇看个明白。一会儿，车队到了跟前，只见秦始皇端端正正地坐在车里，果然十分威严。街道两旁的老百姓都静静地站着。这个小伙子可一点儿不害怕，两个眼珠子闪闪发光，看着看着，嘴里还嘀咕起来。他说："这有什么了不起！谁都可以取代他！"背后的大汉听见了，连忙捂住他的嘴，咬着耳朵说："你不要命啦！"说着赶紧拉着小伙子从人群里溜了。

这个小伙子是中国历史上很出名的一个人物，叫项羽。他背后的大汉是他的叔父项梁。项羽是下相县人（下相，在江苏省），从小死了父亲，全仗他叔父项梁把他养大成人。他祖父就是楚国的大将项燕。项家祖祖辈辈都做楚国的大将，曾经封在项城（在河南省），就姓了项。公元前223年，秦始皇派王翦攻打楚国，项燕打了败仗，自杀了。楚国被秦国灭了以后，项梁老想恢复楚国，替父亲报仇，可是秦国这么强，自己又没有力量，只好忍气吞声地等候机会。

项梁瞧见侄儿项羽挺聪明，亲自教他念书。项羽学了几天，就不愿意再学下去了。项梁看项羽学文的不行，就教他练武。他先教他学剑。项羽学了一点儿,又扔下了。这可把项梁气坏了,直骂他没出息。项羽可有他的想头。他说:"念书有多大的用处呐?学会了,不过记记自己的姓名。剑学好了,也不过跟别人对打对打,有什么了不起的?要学就学一种真本领,能敌得过上千上万的人(文言叫'学万人敌'),那才有意思。"

项梁觉得这小子口气倒不小,心里也实在喜欢,就说:"你有这种志向也不坏。我教你兵法,好不好?"项羽高兴得连连说:"好,好!请叔叔教给我吧。"项梁就把祖传的兵书拿出来,一篇一篇地讲给他听。项羽才学了几天,只略略懂得了一个大意,又不肯再深入钻研了。项梁见他这个样儿简直没法治,只好由他去。

后来项梁被人诬告,关在监狱里,气极了。他一出监狱,就去找那个仇人,三拳两脚把仇人揍死了。这下子可闯了祸了。他就带着项羽逃到吴中,隐姓埋名躲避他的仇家。可是他又不愿意安安静静地躲在家里,没有多少日子,就跟吴中人士结交起来。吴中人士见他能文能武,才干比他们都强,大家伙儿把他当作老大哥看待。每回吴中碰到大的官差或者丧事喜事,总请他做总管,大家愿意听他的。项梁趁着机会暗暗教他们兵法。一班青年子弟见项梁的侄儿项羽长得相貌堂堂,一表人才,个儿又高,力气比谁都大,连千斤重的大鼎(鼎,一种器具,有三条腿、两个耳朵,用铜或铁铸成)他也举得起来,都很佩服他,喜欢跟他来往。这次他在吴中街上信口乱说,急得项梁连忙把他拉到家里,还怕他再出岔(chà)子,一连多少天不让他出去。直到他听说秦始皇已经离开了会稽,才放了心。

秦始皇离开会稽,在路上身子很不舒服,到了平原津(在山东省平原县南)就病倒了。随从的医官给他看病、进药,全不见效。七月里,他到了沙丘(在河北省),病势越来越重。他嘱咐李斯和赵高说:"快写信给扶苏,叫他立刻动身回咸阳。万一我好不了,叫他主办丧事。"

李斯和赵高写好了信,给秦始皇看。他迷迷糊糊地看了看,叫他们盖上印,打发使者送去。他们正商量着派谁去的时候,秦始皇已经晏驾了(皇上死了,从前叫"晏驾")。

丞相李斯出了个主意，他说："这离咸阳还有一千六百多里，不是一两天就能赶到的，要是皇上晏驾的消息传了出去，里里外外可能引起不安。不如暂时保守秘密，赶回京城再做道理。"他们就把秦始皇的尸体安放在车里，关上车门和车窗，放下帷子，外面的人什么也看不见。随从的人除了小儿子胡亥、丞相李斯、宦官赵高和几个近身的内侍以外，别的人全不知道秦始皇已经死了。文武百官照常在车外上朝，每天的饮食也像平日一样由内侍端到车里去。

李斯叫赵高把信送出去，请长公子扶苏赶回咸阳来。赵高藏着秦始皇给扶苏的信，偷偷地先跟胡亥商议篡（cuàn）皇位的事。赵高是胡亥的心腹，跟扶苏和蒙恬都有怨仇。扶苏要是即位，一定重用蒙恬，他必然吃亏。为这个，他要帮着胡亥夺取扶苏的地位。不用说，胡亥是求之不得，完全同意。他们逼着李斯加入他们。李斯一来怕死，二来怕将来不能再做丞相，也同意了。这么着，三个人就假造遗嘱，立胡亥为太子。另外又写了一封信给扶苏，说他在外怨恨父皇，蒙恬和他是同党，都该自杀，兵权交给副将王离，不得违命。当时就派心腹把信送去，还逼着他们二人自杀了事。

赵高和李斯催着人马日夜赶路。可是一千多里路程，一时怎么赶得到？再说夏末秋初的天气，尸首搁不住，没有多少日子，车里发出臭味来了。赵高派士兵去收购鲍鱼，叫大臣们在自己的车上各载上一筐。鲍鱼的味儿本来就挺冲，现在每一辆车都载上一筐，沿路臭气难闻，秦始皇车里的臭味也就不足为奇了。

他们到了咸阳，还不敢把秦始皇的死讯传出去，直到扶苏和蒙恬都被逼死了，才给秦始皇出丧，立胡亥为二世皇帝。朝廷上别的大臣只知道这是秦始皇生前的命令，谁也不敢反对。丞相以下的大臣一律照旧，只有赵高升了官职，特别得到二世的信任。实际上，赵高的权比李斯还大。他就跟二世两个人商量着要按照他们的意思管天下，首先是杀害老臣，大兴土木，加重税捐，屠杀人民。那还不把国家弄成一团糟才怪呐！

揭竿而起

赵高要大规模地安葬秦始皇。二世听了他的话,从各地征调了几十万囚犯、奴隶和民夫,把秦始皇的坟墓修理一下。秦始皇在世的时候,已经在骊山(在陕西省;骊lí)下开了一块很大的平地作为坟地。这坟地不但开得大,而且挖得深。然后把铜化了灌下去,铸成了一大片十分结实的地基。在这上面修盖了石室、墓道和安放棺材的墓穴。地上挖出江河大海的样子,灌上水银,还有别的花样,说也说不完。这许多建筑物合成了一座大坟,把秦始皇葬在这儿。大坟里面不但埋着无数的珍珠、玉石、黄金,还埋了不少宫女。为了防备将来可能有人盗坟,墓穴里安了好些杀人的机关,不让别人知道。一切安葬的工作完了以后,二世把所有做坟的工匠全都封在墓道里,没有一个能出来。最后在大坟上堆上土,种上花草、树木,这座大坟就成了一座山。

二世胡亥葬了他的父亲以后,怕篡夺皇位的事泄露出来,别人去跟他争,就开始屠杀自己的哥哥和大臣。大哥扶苏死了,二世可还有十多个哥哥。这些公子们,还有一些大臣暗地里免不了说些抱怨的话,二世和赵高就布置爪牙,鸡蛋里挑骨头,捏造证据,把十多个公子和十来个公主,还有一些比较难对付的大臣一股脑儿都定了死罪,杀个精光。二世以为这么一来,没有人抢他的皇位,从此可以享乐一辈子了。他想起秦始皇曾经盖了一个阿房前殿,太小,他就下一道命令,大规模地建造阿房(ē páng)宫。

上次骊山修大坟,征调了几十万人,其中有囚犯、奴隶和民夫,已经扰得天下怨声载道。这次建造阿房宫,又要从各郡县里抽调民夫,人民的怨恨就更大了。那时候,中原的人口大约不过两千万,被征发去造大坟、修阿房宫、筑长城、守岭南和干别的官差的合起来差不多有二百万人。这样大规模地强迫使用人力，老百姓怎么受得了？

这里忙着盖阿房宫，北方又紧急起来了。所谓北方，地区很大，除了驻扎在一定地区的军队以外，还得从内地押送大批的农民到那边去防守。公元前209年七月，阳城（在河南省）的地方官接到上级的命令，要他征调九百名壮丁送到渔阳（在北京市密云区）去防守北方。地方官派差役到乡里，挨门挨户去抽壮丁。有钱的人出点财物，还可以免了，穷人没有钱行贿（huì），只好给征了去。为这个，每回被送到北方去防守的壮丁总是贫苦的农民。

阳城的地方官派了两名军官，押着强征来的九百名贫民壮丁，动身到渔阳去。军官从壮丁当中挑选了两个个儿高大、办事能干的人作为屯长，叫他们分别管理其余的人。那两个屯长一个叫陈胜，阳城人，是个扛活的；一个叫吴广，阳夏（jiǎ）人，也是个贫苦农民。

陈胜年轻的时候，跟别的雇农一块儿给地主耕地。他们都苦得很，在地头一歇下来就怨天怨地地叹着气。有一天，大伙儿在地头上休息，又互相诉起苦来了，陈胜听着听着，独个儿想开心事了。他想：我年纪轻轻，身强力壮，这么成天给别人做牛做马总不是个出路。要是有一天我能干出一番大事业来，我一定要帮助这班穷朋友，让他们也都有好日子过。他越想越兴奋，不觉眉飞色舞地对大家说："咱们将来富贵了，大家伙儿别忘了老朋友啊！"大伙儿笑着说："你给人家扛活，给人家耕地，哪儿来的富贵？"陈胜叹口气，说："唉！不能这么说，一个人总得有志向啊。"

陈胜和吴广本来并不相识，现在碰在一块儿，都是受苦人，很快地做了朋友。他们只怕误了日期，天天帮着军官督促这一大批壮丁往北赶路。

他们走了几天，才到了大泽乡（在安徽省），正赶上下大雨。大泽乡地势低，水淹了道，没法走。他们只好扎了营，暂时停留下来，准备天一晴再赶路。秦朝的法令非常严，误了日期，就得杀头。雨又偏偏下个不停，急得这队壮丁好像热锅上的蚂蚁似的，不知道怎么办才好。走又走不成，逃又逃不了，他们只能愁眉苦脸地叹着气，私底下说些抱怨的话。

陈胜偷偷地跟吴广商量,说:"这儿离渔阳还有几千里地。就算雨马上就停,路上也不好走。算起来,怎么也赶不上日期。难道咱们就这么白白地去送死吗?"吴广说:"那怎么行?咱们逃走吧。"陈胜摇摇头,说:"逃到哪儿去?给官府抓回去,也是个死。逃,是个死;不逃,也是个死。反正是个死,不如起来造反,推翻秦朝打天下,即使打死了,也比到渔阳去送死强。老百姓吃秦朝的苦头也吃够了。咱们借着楚将项燕的名义号召天下,这儿原来是楚国的地界,准会有很多人出来帮助咱们的。"

吴广也是个有见识的好汉。他完全赞成陈胜的主张,情愿豁出性命跟着陈胜一块儿干。他们相信这九百壮丁和他们一样,都是受尽压迫,会跟着他们一起干的。为了使大伙儿相信跟着陈胜造反一定会成功,他们利用楚人大多相信鬼神这一点,又仔细商量了一些办法,分头去干。

第二天,陈胜叫两个心腹到街上去买鱼。伙夫剖鱼的时候,在一条大鱼的肚子里剖出一块绸子。鱼肚子里有绸子,这已经够新鲜的了,绸子上面还有"陈胜王(wàng;称王的意思)"三个字。一下子这个新闻就传开了,大伙儿跑到陈胜跟前报告这件怪事。

陈胜故意说:"鱼肚子里哪儿能有绸子?你们可别说出去。要是给军官听到了,我还有命吗?你们平日跟我很好,别害我啊!"众人给他这么一说,谁都不愿意叫陈胜为难,只好不再开口了。到了晚上,大伙儿怎么也睡不着。仨(sā)一群儿,俩(liǎ)一伙儿,躺在一块儿咬着耳朵,还聊着鱼肚子里出的怪事。

大伙儿正瞎聊着,忽然听到外面好像有狐狸叫的声音,一下子都竖起耳朵静静地听着。是狐狸叫的声音,叫着,叫着,叫出人的声音来了。第一句是"大楚兴",第二句是"陈胜王"。大家不约而同地用手捂着耳朵沿,再仔细听去。那狐狸还是"大楚兴,陈胜王""大楚兴,陈胜王",不停地叫着。其中有十几个壮丁也不管天黑路湿,一块儿出去要看个明白。他们循着声音走去,才听清楚那声音是从西北角一座破祠堂里传出来的。三更半夜,荒郊破祠堂里,狐狸说着人话,多吓人呐。有的撒腿就跑,有的还想再走过去。可是等他们一走近,那狐狸又不叫了。他们又是害怕又是纳闷,只好回来睡了。过了一会儿,吴广也从外面回来了。他的胆儿格外大,单人儿出去,比别人晚回来,什么都不怕。

鱼肚子里有"陈胜王"三个字,有眼睛的都看到了;祠堂里的狐狸叫唤着"陈胜王",有耳朵的都听到了。只有那两个军官,天天喝酒、睡觉,要么就打人,别的什么也不管,队伍里的事情都交给两个屯长。两个屯长一见大伙儿这几天特别尊敬他们,他们也就更加待大伙儿好。这么着,陈胜、吴广跟大伙儿更加亲密,完全打成了一片。

一天早晨,雨淅淅沥沥下个不停。壮丁们肚子里不饱,身上穿的又单薄,大伙儿憋在帐篷里又冷又饿,又愤愤地抱怨开了。

陈胜一看时机不可失,就叫了吴广一起去见军官。大伙儿说给他们助助威,一齐跟了去,等在营帐外面听消息。两个人进了营帐,吴广对军官说:"今天下雨,明天下雨,我们怎么能到渔阳去呐?误了期,就要杀头。我们特意来跟你们商量,还是让我们回去种地吧。"这几句话真说到大伙儿的心坎里去了,大伙儿屏着气,听军官怎么说。一个军官瞪着眼睛,骂吴广说:"什么话!你敢违抗朝廷吗?谁要回去,先把他砍了!"外面的人听了,气呼呼地真想冲进去。吴广一点不害怕。他冷笑一声,说:"你敢?"另一个军官也不说话,拔出宝剑就向吴广砍去。陈胜手疾眼快,一个飞腿,啪的一声,把那把宝剑踢下来,连忙捡起,顺手把他杀了。头一个军官马上拔出刀来要跟吴广对打,吴广一个箭步上去,一把夺过他的刀,把那个军官的脑袋劈开。两个军官就这么都给杀了。这时候,外面的人也拥进营帐来了。

陈胜大声地对众人说:"弟兄们!咱们为了活命,不得不把两个军官杀了。大伙儿说,现在咱们该怎么办?"人群静了一小会儿,立刻爆发出各种喊声。有的喊:"咱们听您的!"有的喊:"咱们回家!"也有的喊:"咱们造反!"吴广从人群里挤出来,跳上土堆,对大伙儿说:"弟兄们!咱们要是回家,官吏就会把咱们一个一个抓起来杀头。要活命只有跟着陈大哥,千万不能散伙!"他刚说完,人群里又跳出两个大汉,一个叫葛婴,一个叫武臣。

葛婴抢上一步，大声说："弟兄们！吴广兄弟说得对。咱们要干就干到底，半途散伙不算好汉！"武臣接着说："弟兄们想一想，这十几年来，咱们过的是什么日子！修阿房宫，造皇陵，守边疆，打仗，劳役、兵役，接连不断。多少人家妻离子散，多少人家田地荒了没人耕种。还有，苛捐杂税比牛毛还多，差役官吏比老虎还凶，多少人家给逼得家破人亡。这种日子咱们怎么过得下去。咱们给逼死、累死、饿死，不如拼着一个死造反，自己找活路。"这几个人的话，早已把大伙儿心里的火苗儿点着了，大伙儿齐声喊着说："对呀！咱们不能散伙，咱们造反！"陈胜等喊声一停，立刻接着说："弟兄们！大伙儿说得对，男子汉大丈夫不能白白地死。死，也得有个名堂。谁都是爹娘生的，我们为什么要为他们白白去送死！"好几百人一齐大声地说："对呀！我们听您的！"大伙儿围着陈胜，情愿听他的指挥。这时候雨也停了，天上露出太阳来，把大地照得一片明亮。大伙儿的心里也像这时候的天空一样，又开朗又舒畅。

陈胜叫弟兄们在营外搭了个台，做了一面大旗，旗上写了斗大的一个"楚"字。大伙儿对天起誓，同心协力，替楚将项燕报仇。他们公推陈胜、吴广做首领。陈胜就自称为将军，称吴广为都尉。九百条好汉一下子就把大泽乡占领了。

大泽乡的农民一听到陈胜、吴广出来反抗秦朝，都说："老天有眼，这可有了盼头啦！"都拿出粮食来慰劳他们。青年子弟纷纷地拿着锄头、铁耙、扁担什么的，到陈胜、吴广的营里来投军。人多了，一下子要这么多的刀枪，这么多的旗子，哪儿来呐？他们就砍了许多木棍做刀枪，砍了许多竹子，梢儿上留着枝子，当作旗子。陈胜、吴广带领着这么一支农民起义军"揭竿而起"（揭竿，举起竹竿），浩浩荡荡地从大泽乡出发去打县城。

陈胜、吴广起义的消息长了翅膀，比他们的军队跑得还快。没多久，临近大泽乡的老百姓都传来传去地说，楚国的大将项燕的大军到了。县城里的官兵听到楚国的大军到了，吓得逃的逃，降的降。陈胜的起义军一下子就打下了五六座城。

这几年来，各地的老百姓给秦朝的官吏压迫得难过日子，好像又热又闷的伏天憋得人喘不过气来似的，谁都盼着来阵狂风，下阵大雨。陈胜、吴广一声号召，好像天空中打个响雷，带来了一阵暴风骤雨，真叫人感到说不出的痛快。为了这个缘故，陈胜的人马还没到城下，秦朝官吏的脑袋早给人们砍去了。各地的老百姓和投降的士兵赶着车马纷纷来投奔陈胜，愿意听他的指挥。不到一个月，陈胜已经有了六七百辆战车，一千多名骑兵，好几万农民。他带着这些人马打下了陈县（在河南省）。陈县是个大城，陈胜打下了陈县，声势就更大了。除了大批起义的农民以外，有些一向不得志的谋士、武士和六国领主的残余分子等，都混进来了。陈胜一一收用。队伍倒是扩大了，可是成分也就复杂了。

陈胜召集了陈县的父老共同商议大事。陈县的父老一见陈胜的军队不抢东西，不伤害老百姓，个个喜欢。他们说："将军替天下百姓报仇，征伐暴虐的秦国，这功劳多么大啊！可是没有王，谁能号令天下去征伐秦国呐？我们都是楚国人，请将军做楚王吧。"陈胜就在陈县做了王，国号"张楚"（张大楚国的意思）。因为他在陈地为王，历史上就称他为陈王。陈王派吴广带领一部分人马去打荥阳（在河南省；荥 xíng），派周文带领另一部分人马往西去打京城咸阳，又派了几路人马去接应各地的起义。

陈胜派到各地去的军队都得到当地农民的拥护，原来旧六国的地盘大部分都给起义军占领，起义军没到的地方也纷纷起兵响应，秦朝的统治眼看就给起义军推翻了。

起义军节节胜利，占领了大片的地方，可战线越拉越长，号令不能统一，有好多地方反倒给旧六国贵族分子霸占了去。这些六国领主的后代并不像起义的农民那样首先要推翻秦朝，他们只想借着机会恢复以前战国的局面，只知道浑水摸鱼，为自己抢地盘。陈胜起兵不到三个月，赵国、齐国、燕国、魏国都有人自立为王。当初秦始皇灭了的六国，现在只剩了一个韩国还没有王。这些王自己带着军队，占据自己的地盘，谁也不去支援吴广、周文他们。吴广和周文两支军队开始很顺利，沿路打了胜仗。后来吴广在荥阳碰上了秦国的大将李由，周文碰上了秦国的大将章邯（hán），就抵挡不住了，接连向陈王讨救兵。陈王手下的将士已经派到各地去了，自立为王的将军们又不听他的指挥。吴广、周文打了败仗，都死了。

　　陈胜自从做了陈王，被一批拍马屁的家伙包围了，整天住在宫里享福。这批人大多都是混进起义军队伍里来的旧六国残余分子和以前失意的政客、官吏。有不少从前跟陈胜一块儿种过庄稼的老朋友，听到陈胜做了王，都跑来看他。他们见了陈胜，高兴得了不得，一开口就陈胜哥长、陈胜哥短，都叫得很亲热。陈王左右的大臣都说他们这些大老粗太没规矩，污辱了大王，应当处死！万没想到陈胜做了王，把从前的志向也忘了，穷朋友也不要了。他也讨厌他们这样提名道姓的，听了这些大臣的话，把几个老朋友杀了。这一来，这些来投奔他的老朋友都走了。连陈胜的丈人也说：“陈胜变了，一个好好的庄稼人当上了王，把我也看作是个老废物！我不愿意再住在宫里，受这份气！”他就离开陈胜，回到农村去了。有不少跟陈胜一同起义的庄稼人也走了。最后，这位首先起义、为天下除害的张楚王陈胜给叛徒杀害了。

　　陈胜、吴广虽然死了，由他们点起来的反抗秦朝残暴统治的那把火并没有熄灭，而且越烧越厉害，尤其是在会稽、在沛县，出了不少英雄好汉。

天下响应

陈胜、吴广起义以后,在吴中的项梁和侄儿项羽也起来响应。他们杀了会稽郡守,占领了会稽郡。那时候,项羽是个二十四岁的青年,年龄跟他差不多的青年都乐意跟他,不到几天工夫,就组成了一支八千人的队伍。因为这些青年都是当地的子弟,就称为"八千子弟兵"。

项梁、项羽带着这八千子弟兵渡江,很快地打下了广陵(就是现在的扬州),接着渡过淮河,继续进军。沿路有不少英雄好汉带着人马跟项梁联合起来。等到他们到了下邳,项梁就有六七万人了。将士当中有几位是很出名的,像季布、钟离昧、虞子期、英布等,还有一个蒲将军。他们一路顺风地打胜仗,占领了不少地方。大军到了薛城(在山东省),驻扎下来,大伙儿准备商议一下以后行军的计划。

就在这个时候,从丰乡(在江苏省沛县西)来了一位将军,叫刘邦,带着一百多名随从来投奔项梁。

刘邦是沛县丰乡人,做过泗水亭长(秦朝十里一亭,亭长是管理十里以内的小官;泗水亭,在沛县)。亭长主要的职务本来是管管当地老百姓打官司,抓抓小偷,遇到重大的事情才上县里去报告。可是在秦朝暴虐的统治下,亭长主要的工作是抓壮丁和押壮丁到咸阳或者骊山去做苦工。

有一次,他押送一批民夫到骊山去。他们一天天地赶路,每天晚上总有几个人逃走。这么下去,到了骊山怎么交差呐?刘邦挠着头皮,想不出办法。

那天下午,他一步懒似一步地走着,到了一个地方,虽然还早着,他叫壮丁们休息休息,准备过夜。看见有卖酒的,他就买了十来斤,坐在地下,一声不响地喝着。喝了一阵,天快黑了,他突然站起来对众人说:"你们到了骊山就得做苦工。不是累死就是给打死。就算不死,也不知道哪年哪月才能回乡。这不是去送死吗?我现在把你们都放了,你们自己去找活路吧。"说着,他把每一个人拴着的绳子都解开。他低着头,闭着眼睛,挥了挥手,说:"去吧!"众人感激得直流眼泪。他们说:"那您怎么办呐?"刘邦说:"反正我也不能回去。逃到哪儿是哪儿,走着瞧吧。"其中有十几个壮士情愿跟着他一块儿去找活路。其余的人谢过了刘邦,感激涕零地走了。

那天晚上,刘邦他们不能再住客店。刘邦又喝了不少酒,这才醉醺醺地带着这十几个人往洼地那边走去。刘邦东倒西歪地走得慢,有三五个人跟着他落在后头。走了一阵子,月亮出来了。他们不敢走大路,就拣小道走。不知怎么着,前面的人忽然撒腿往回跑,吓得后面的人还以为碰到了官兵。这一下子倒把刘邦的酒吓醒了。他跑上一步,着急地问:"出了什么事儿啦?"他们说:"前面有条大蛇横在道儿上,大极了。咱们还是走别的道儿吧。"

刘邦听说是条蛇,倒放心了。他说:"壮士走道儿,还怕蛇吗?"他就跑在头里,拔出宝剑,提在手里,过去一瞧,果然是一条挺大的白蛇。他举起宝剑来,一下子把那条蛇剁成两截。大伙儿这才继续往前走去。

跟随刘邦的那些人就编了一段故事,说刘邦斩了白蛇以后,有人在那边经过,瞧见一个老婆子在那儿哭着说:"我的儿子是白帝的儿子,变成一条蛇,拦住道儿,被赤帝的儿子杀了。"那个人再要问她,老婆子忽然不见了。这个故事一传开,有人附和着说:白帝是指秦朝,赤帝的儿子杀了白帝的儿子,这就是说,世上出了真命天子,秦朝的天下长不了啦。跟随刘邦的人把这个故事传了出去,好叫大伙儿相信刘邦是真命天子。

刘邦斩了白蛇以后,同那十几个壮士逃到芒砀山(在江苏省;芒砀 máng dàng)躲了起来。别的无路可走的人也跑来入伙,日子不多,芒砀山上就聚集了一百多人。他们跟沛县县里的文书萧何和监狱官曹参都有来往。

赶到陈胜、吴广打下了陈县,号召天下推翻秦朝统治的时候,萧何就打发樊哙(fán kuài)去叫刘邦回来。樊哙是个宰狗的,他的妻子和刘邦的妻子是姊妹。刘邦和樊哙带着芒砀山一百多条好汉到了沛县城外,城里的百姓已经杀了县令,开了城门,把刘邦他们接到城里去。这么着,刘邦做了沛公。这时候,他已经四十八岁了。

沛公刘邦举行了一个起兵的仪式,还真把自己当作赤帝的儿子,旗子的颜色都是红色的。萧何、樊哙他们分头去招收沛县的子弟。没有几天工夫,就来了两三千人。沛公带领这两三千人占领了自己的家乡丰乡。他派一部分人马守在那儿,自己又去进攻别的县城。不料把守丰乡的将军叛变了。沛公得到了这个消息,气呼呼地要去攻打丰乡。可是自己的兵力不足,就到别处去借兵。到了留城(在江苏省沛县东南),正碰到张良带着一百多人想去投奔起义军。他们两个一谈,挺合得来。沛公觉得相见恨晚,把他当作老师看待。张良看刘邦很能干,就跟他在一起了。

刘邦和张良一商量,决定到薛城去投靠项梁,向他借兵。项梁见沛公也是一个人才,就拨给他五千人马,十个军官。沛公得到了项梁的帮助,打下了丰乡,把丰乡改为丰县,筑了城墙防守起来。他刚把家乡的事情安排好,忽然接到项梁的通知,要他到薛城去开会。沛公就带着张良到薛城再去拜见项梁。

这时候,陈胜、吴广、周文等几个主要的起义军领袖已经死了,赵、齐、燕、魏原来的那些六国的贵族各抢各的地盘,已经跟农民起义军分道扬镳(biāo)了。其他各地小股的起义军彼此孤立,力量分散。另一方面,秦将章邯、李由等兵精粮足,把起义军一个一个地击破。就在这个紧要关头,项梁在薛城召开会议,把起义军重新组织整顿一下,准备再作斗争。

在会议当中,项梁对大伙儿说:"我打听到陈王确实死了,楚国不能没有王。因此,请各位共同来商议,要不要公推一位楚王。"有的说:"请将军决定吧。"有的说:"就请将军为楚王吧!"项梁正在犹豫不决的时候,忽然军营外面来了一个七十来岁的老头儿,名叫范增,说是来献计策的。项梁早就听说范增是个有名的谋士,赶紧把他请了进来。范增好像知道项梁他们正在商议立王的事,他对项梁说:"秦灭六国,其中受委屈最大的是楚国。怀王受骗,死在秦国,楚人一直替他抱不平。您是楚国名将的后代,如果依从楚人的愿望，立楚怀王的后人为王，楚人就一定会向着您。"项梁和将士们听范增说得很有道理，都同意了。他们派人到各处去找楚怀王的后代。果然，他们在看羊的孩子里面找到了楚怀王的一个孙子，才十三岁，单名一个"心"字，也叫"孙心"。大伙儿就立他为楚王。因为楚人还想念着以前的楚怀王，他们就称孙心为楚怀王。

张良趁着这个机会央告项梁说："现在楚、齐、赵、燕、魏都有了王，单单韩国还没有。在韩公子当中，要数横阳君韩成最贤明。要是将军立他为韩王，他必定感激将军，亲楚抗秦。"项梁就打发张良带着一千人马去立韩成为韩王，拜张良为韩国的司徒。韩司徒张良就跟沛公刘邦分手了。

起义军在薛城开了大会，立孙心为楚怀王以后，将士们勇气倍增，声势大大地增加了。项梁打发张良去进攻韩地，自己率领大军，直奔亢父（在山东省济宁市南），在东阿（在山东省阳谷县东北）大破秦军，紧紧地追赶秦大将章邯。同时，项梁派项羽和刘邦去打城阳（在山东省莒县）。他们打下了城阳，杀了不少敌人，接着往西势如破竹地又大破秦军。秦军逃到濮阳（在河南省滑县东北），死守在那儿。项羽和刘邦就一直往西打过去，碰到了秦将李由。李由是丞相李斯的儿子，在荥阳打败吴广的就是他。他可没碰到过项羽，这会儿碰上了他，一交战就丧了命。

李由因为抵抗楚军，被项羽杀了。赵高反倒说他私通敌人，把李斯一家灭了门，自己接着李斯做了丞相。他又给了章邯不少兵马。这时候，项梁从东阿赶到定陶（在山东省菏泽市南），再一次大破秦军，占领了定陶。项梁接连打了胜仗，就得意起来，认为秦军不过如此，章邯也不是他的对手，这么着，就对敌人放松了。刚巧下了几天雨，他趁着机会休息休息，在帐篷里喝喝酒，准备天一晴再进攻。哪儿知道章邯是个用兵的老手，他看准机会，在一个晚上，趁着项梁不做准备，突然率领全部兵马像山洪暴发似的冲过来。楚兵正睡得香，连抵抗都来不及，一下子死的死，伤的伤，逃的逃，哪儿还像个军队！项梁这一支军队全被打垮，连项梁自己也给杀了。

项羽和八千子弟兵听到这个消息，一时放声大哭，刘邦和别的将士也都流泪。刘邦跟项羽和范增他们商量说："武信君（就是项梁）刚去世，军营中人心不定，不如暂时退兵去守彭城。"他们都同意了。

　　项羽他们到了彭城，把军队驻扎下来。楚怀王也到了彭城，小心防守，准备章邯到来，再作抵抗。不料章邯另有计划，他知道项梁一死，楚军打了败仗，已经大伤元气，就暂时撇开黄河以南这一头，率领大军到黄河以北，进攻赵国去了。楚怀王听到章邯往北上赵国去，就准备调兵遣将往西去打咸阳。

破釜沉舟

楚怀王召集将士们，想叫他们往西去进攻京城咸阳。可是秦军挺强，楚军新近打了败仗，他怕将士们不愿意打到关里去，就说："谁先打进关里，就封谁为王。"项羽先开口，他说："我叔父被秦人杀了，这个大仇，我非报不可！请大王派我去。"刘邦说："我也愿意去。"楚怀王就叫他们准备起来，挑个好日子发兵攻秦。项羽和刘邦都出去了，还有几个大臣留在楚怀王身边。他们都说："项羽性子急躁，打下了城，杀人太多。沛公年纪大，阅历深，是个忠厚长者。大王不如派他去。"恰巧赵国派使者来求救兵，楚怀王就打算叫项羽往北去救赵国，让刘邦往西去打咸阳。

第二天，项羽、刘邦向楚怀王请示出兵的日期，赵国的使者还正哭诉着呐。他说："章邯三十万大军围困巨鹿（在河北省平乡县）快一个月了，要是大王再不去救，赵地的老百姓必定遭到屠杀。请大王可怜可怜吧。"

楚怀王问他："燕国、齐国、魏国离赵国都比我们楚国近得多，赵王为什么不去向他们求救，反倒老远地派你到这儿来呐？"使者说："章邯实在厉害，他派王离、苏角、涉间三个将军围攻巨鹿，自己把大军驻扎在南边，谁要去救，就先打谁。燕王、齐王已经派兵来了，可是都驻扎下来，守着阵地，不敢跟秦兵交锋。我们的大王和将军这才派我到这儿来。"

赵国的使者在楚怀王面前这么一五一十地哭诉着，项羽已经听得火儿了。他要替叔父报仇，正想跟章邯拼个死活，就对楚怀王说："要是连巨鹿都救不了，怎么还能灭秦呐？我们应当马上发兵去救。"楚怀王说："将军能去，再好没有，可是还得有别的大将一块儿去，我才放心。"

原来楚怀王和大臣们已经商量好了，他们怕项羽势力太大，不容易管束，就拜另一个叫宋义的大臣为上将军，还加上一个挺美的称号，叫"卿子冠军"（卿子，相当于公子；冠军是第一等上将的意思），拜项羽为副将，还封他为鲁公，范增为末将，率领二十万大军往巨鹿去救赵国。

公元前207年，卿子冠军宋义率领着救赵的楚军，到了安阳（在河南省），一打听，知道秦军十分强大，就在安阳停下来了。这一停就停了十多天，急得项羽跑到宋义跟前，央告他说："救人如救火，咱们还是打过去吧。"宋义说："现在秦军攻打赵军，双方都有力量，让他们先去消耗兵力。要是秦军打赢了，他们就算死伤不大，也够累了。我们趁着他们疲劳的时候打过去，就有把握打个胜仗。要是秦军打不赢，那我们更能把他们打败了。我们不如先等秦军和赵军决战以后再说。"他又笑了笑，对项羽说，"穿着铠甲、拿着兵器跟敌人交锋，我比不上你；坐在帐篷里出个计策，那你可比不上我了。"

这位卿子冠军下了一道命令，说："上下将士尽管像老虎那么猛，但如果不服从命令，都得砍头。"这个命令明明是对项羽说的。宋义在安阳继续按兵不动，成天在帐篷里跟将军们喝酒作乐，救赵的事情好像没搁在心上似的。

这时候已经是十一月，天气很冷，又碰到下大雨，士兵们受冻挨饿，都抱怨起来。项羽对他们说："现在军营里粮食不够，可是渡过河去（指漳河），打败了秦兵，粮食有的是。"士兵们都说："对呀，请将军再跟上头去说说。"

第二天，项羽又去见宋义，对他说："秦军多么强啊，新立的赵国怎么打得过秦军？秦军灭了赵国，就更强了，哪儿会疲劳呐？再说咱们的军队新近打了败仗，武信君（就是项梁）死了，怀王坐立不安，这会儿把国内的军队交给了将军，不光为了救赵，实在为了灭秦。国家兴亡，在此一举。将军老在这儿待着，按兵不动已经四十六天了。您也该听听将士们的意见！"

宋义拍着案桌，怒气冲冲地说："你反了吗？怎么敢不服从我的命令！"项羽本来就不服宋义，这会儿见他动了怒，趁势拔出宝剑来把他杀了。他出来对将士们说："宋义违背大王的命令，按兵不动。我奉了大王的密令，已经把他治死了。请诸君不要多心。"上下将士本来就不满意宋义做上将军，这会儿听说项羽把宋义杀了，就说："首先立楚国的，原来是将军一家。现在将军把背叛的人治死了，就该代替他为上将军，统领全军。"项羽就做了代理上将军，打发人向楚怀王去报告。楚怀王只好立项羽为上将军。

项羽杀了宋义，派英布和蒲将军带领两万人马渡过漳河。章邯听到楚军渡河，就派两个将军，一个叫司马欣，一个叫董翳（yì），带领几万士兵前去拦阻。那两个秦将不是英布和蒲将军的对手，一交锋就打了败仗，急忙后退。项羽看英布和蒲将军已经占领了对岸，就率领所有的军队都渡过河去。等到全军都渡过来了，他吩咐士兵，各人带上三天干粮，把军队里做饭的锅都砸了，把船都凿沉了（文言叫"破釜沉舟"，釜 fǔ，就是锅）。他对将士们说："成败在此一举。这次咱们打仗，只准进，不准退；三天里头一定把秦兵打败！你们看行不行？"将士们举起拳头，一齐嚷着说："行！行！"

围攻巨鹿的秦将叫王离。他一见楚军渡了河，把军营扎在河边就来挑战，忍不住哈哈大笑，说："楚将不懂兵法。河边扎营没有退路，打了败仗都挤到水里，非全淹死不可。"他留着苏角、涉间继续围住巨鹿城，自己带着一支兵马迎了上去。王离笑楚军不留退路，他哪儿知道人家正因为有进无退，才下了决心，拼着命打过来。两下一交战，王离的兵马就败得很惨，死伤了不少人。王离不敢再笑，只好哭丧着脸逃到章邯那儿请示办法。

章邯听到楚军破釜沉舟，要跟秦军决一死战，已经跟将士们商议了迎敌的计策。这会儿见王离打了败仗回来，他就说："项羽十分厉害，我们不可小看了他。你们把所有的人马分作九路，一路接着一路布置好阵势。我先去跟他对敌，引他进来。你们每一路先后接应。等到楚军进入了我们最里面的阵地，九路人马一齐上来把他们围住，准能叫他们全军覆没。"章邯吩咐九个大将分头把九路人马布置停当，他自己领着一队精兵迎了上去。

章邯首先碰到的正是项羽。仇人相见，分外眼红，项羽咬牙切齿地直奔章邯。章邯本来打算假装打败，把项羽引进来。哪儿知道楚兵英勇非凡，越打越有劲儿。他们一个人抵得上秦兵十个，十个就抵上一百，项羽的那支画戟更是神出鬼没，七上八下地一来，就戳倒了无数人马。他骑的那匹乌骓（一种黑色的千里马；骓 zhuī）像飞一样地追赶着逃兵。章邯的这支军队不是有计划地假装打败，而是争先恐后地乱跑乱窜，反倒把后面几路接应的军队都冲乱了。章邯自己也逃了。

项羽的士兵杀到秦军的第二路、第三路，喊杀的声音好像山崩海啸，震动天地。秦军再也抵挡不住，就哗啦啦地垮下去了。楚军所向无敌，势如破竹，三天里面连着打了九个胜仗。秦将王离边打边退，偏偏项羽那匹乌骓"的溜溜"地一声叫，欢蹦乱跳地追上去，逼得王离只好鼓着勇气再跟项羽对打一下。项羽见他一枪刺来，就抽出钢鞭，向上一抡，"当"的一声，王离虎口发麻，握不住枪杆，那支枪脱手飞去。王离还想逃命，项羽已经把他从马背上好像老鹰逮小鸡似的抓过来，扔在地下，叫士兵们绑了。这一场大战真是非同小可，杀得天昏地黑，秦国的士兵四散逃命。大将苏角死在乱军之中。另外几个秦将也有给杀了的，也有连爬带滚地逃了的。大将涉间一见王离活活地给逮去，九路兵马都给打得秋风扫落叶一样，觉得性命难保，就放了一把火，把军营烧了，自己也烧死在里面。

在这次天翻地覆的大战当中，秦兵死伤了一半。按说各路诸侯总该一齐加入战斗了吧。可是他们都没出来。当时各路诸侯前来救赵的就有十几队兵马，他们早给王离吓唬住，不敢跟秦军作战。这会儿各路诸侯听见楚军喊声震天，都挤在壁垒（军营周围的墙）上看。一见楚军都像老虎似的朝着秦兵扑过去，吓得睁着眼睛，连气都喘不过来，哪儿还能出来打仗？直到项羽打败了秦兵，请各路诸侯和将军到大营里相见，他们这才清醒过来。

他们到了项羽的军营，见了项羽，谁也不敢抬起头来。项羽请他们坐下，他们还跪着、趴着不敢坐呐。当中有个胆儿大一点儿的咽了口唾沫，开口说："上将军神威真了不起，从古到今没有第二个。我们情愿听从上将军的指挥！"其余的诸侯一齐像背书似的说："情愿听从上将军的指挥！"他们就公推项羽为诸侯上将军，各路诸侯和军队全由他统领。项羽说："承蒙诸公见爱，我也不便推辞。唯愿同心协力，早日灭秦。今天请诸公暂且回营，以后有事,还请过来一同商量。"他们擦了擦脑门子上的汗珠,都出去了。

项羽准备去追赶章邯,谋士范增拦住他说:"章邯还有一二十万人马,一时不容易消灭。赵高这么专横,二世这么昏庸,章邯打了败仗,他们一定不会轻易放他过去的。我们不如把军队驻扎下来,等他们内部争吵起来,我们直打过去,准能大获全胜。"

果然不出范增所料。章邯把秦军打败仗的情况报告上去,请二世再派兵来。赵高就说章邯他们无能,请二世查办败将。章邯手下的将军们一个个气得要命。司马欣劝章邯向项羽投降。章邯只好派司马欣到楚营里去向项羽求和。范增劝项羽不要计较过去的仇恨。项羽同意了,还跟章邯订立盟约,封他为雍王,立司马欣为秦军上将军,董翳为副将,叫他们带着二十万投降的秦兵走在头里,项羽自己带着章邯,率领着各路诸侯,浩浩荡荡地往西打过去。

章邯投降的消息传到了咸阳,谁都着慌了,可是赵高并不着慌。他早已有了打算:只要把一切过错都推在二世身上,把二世杀了,然后投降项羽,他也许还能做个关中王。他怕还有一些大臣不服,就牵着一只鹿到朝堂上,在大臣们面前指着这只鹿对二世说:"这是一匹好马,特来献给皇上。"二世笑着说:"丞相别说笑话了,这明明是一只鹿,丞相怎么说是马呐?"赵高把脸一绷,说:"怎么不是马?众位大臣都在这儿,请他们说吧。"二世就问大臣们。当时就有不少人说:"是马!是马!"有的不开口。只有少数大臣说:"是鹿。"没几天工夫,那几个说鹿是鹿的大臣,有暗地里给杀了的,也有借个罪名被治死了的。宫内宫外大小官员谁还敢反对赵高?连二世都怕他了。

约法三章

各路诸侯攻破了武关（在陕西省），离咸阳不远了。二世吓得直打哆嗦，慌忙派人叫赵高发兵去抵抗。赵高不能再待下去，就派心腹把二世杀了。

赵高还想自己即位，可是又怕进关的诸侯不服，只好另外立个王再说。他召集大臣们和二世下一辈的公子们，对他们说："始皇帝灭了六国，统一天下，开始称为皇帝。现在六国都已经恢复了，秦国也应该像以前那样称为王。我看二世的侄儿公子婴可以立为秦王。你们看怎么样？"这批大臣们已经上了"指鹿为马"那一课，都说："丞相的主意错不了。"赵高就请子婴斋戒（古人在祭祀之前先使自己身心安静一下的准备措施叫斋戒，一般包括沐浴、吃斋、不跟家里的人住在一起等）五天，准备在庙堂祭祀一番，正式即位。

子婴对他的两个儿子和一个手下心腹说："赵高杀害二世，想自己做王，又怕大臣和诸侯反对，假意立我为王。这是他的诡计。听说他跟楚军有了来往，约定灭了秦国，让他做关中王。现在他叫我斋戒，我推说有病，到即位那天，他一定自己来催，来了就杀了他！"他们很小心地做了准备。到了那天，赵高派人去请子婴来，自己在庙堂上等着，大臣们都鸦雀无声地伺候着赵高。不一会儿，使者回来说："公子说今天不舒服，不能来。"赵高火儿了，瞪着眼说："病了也得来！"他就气冲冲地亲自去请子婴。

赵高进去，一瞧，子婴趴在几案上好像打盹似的，连头也不抬。赵高责备他说："你呀，你真太不识好歹！今天叫你即位，大臣们都等着，你还不去？"子婴抬起头来。突然从帐幔里跑出来三个人，两个使刀，一个使枪，连砍带刺，立刻把赵高宰了。子婴到了庙堂，宣布赵高的罪状。大臣们都说他早该死了，就很高兴地立子婴为秦王。秦王子婴马上发兵五万去守峣关

（在陕西省；崤 yáo）。

赵高杀二世和子婴杀赵高的信儿传到了楚营，项羽要趁着秦国内部混乱，赶快打进去，就催动大军连夜进军。那些投降的秦兵在私底下议论起来。他们说："咱们的父母妻子都在关中。咱们打进关去，受灾遭难的还是咱们自己。要是打不进去，诸侯把咱们带到东边去，咱们的一家老小还不给朝廷杀光吗？"有的说："章将军投降也许是个计，也许咱们还有出头的日子呐。"

有的楚将听到了这些私底下抱怨的话。他们挺着急，就向项羽报告。项羽说："秦兵还有二十多万，他们心里不服，咱们就不好指挥。要是到了关中，他们叛变起来，那咱们可就要吃亏了。"英布和蒲将军说："咱们可不能让他们先下手。"项羽说："为了全军的安全，不如光带着章邯、司马欣、董翳一同进关，其余的就顾不得了。"他们就这么定了计划，起了杀心。大军到了新安城南（在河南省），楚军把投降的二十多万秦兵缴了械，都给屠杀了，埋在大坑里。打这儿起，项羽的残暴出了名，秦人把他看作宰人的屠夫。

项羽安抚章邯、司马欣和董翳说："我们发觉你们营里的士兵正准备着叛变，只好忍痛除了后患。这事跟你们三位不相干，请你们放心。"他们三个人还是可以做将军，这才放心了。

项羽杀了投降的秦兵，毫无顾虑地往西进军，沿路也没有什么阻挡，一直到了函谷关，才瞧见关上有兵守着，不能进去。可是守关的不是秦军而是楚军。楚军怎么不让楚军进去呐？项羽也不明白，叫英布去问。英布大声地说："我们是诸侯上将军的军队。快开城门，让我们进去！"守关的将士说："我们奉了沛公的命令守在这儿。沛公下了命令，不论哪一路军队都不准进来！"项羽这一气非同小可，他可不明白刘邦怎么反倒先进了关。

原来项羽跟着卿子冠军宋义往北去救巨鹿的时候，在安阳就停留了四十六天，打败了王离的军队以后，又跟秦军的主力三番五次地展开了血战。刘邦就在这个时候从南路往西北进军。他到了高阳（在河南省），得到了一个谋士叫郦食其（yì jī）。郦食其是高阳人，他遇见了刘邦手下的一个骑兵，也是本地人，就对他说："听说沛公傲慢得很，可是挺了不起的。我倒愿意去帮助他。请你替我说：'我有个老乡郦先生，六十多了，是个读书人，很有学问，可以帮助您成大事。'你推荐我，我忘不了你。"那个骑兵摇摇头，说："不行，不行！沛公最不喜欢读书人。他老说读书人没出息，您还去见他呐？"郦食其央告他说："你就好歹去说说吧。"

那个骑兵跟刘邦学说了一遍，刘邦答应郦食其去见他。郦食其去了，就有人一直领他进内室去见刘邦。他进了内室，瞧见刘邦正在洗脚。郦食其也不下跪，光作了个揖，开口就说："您打算帮助诸侯打秦国呐，还是打算帮助秦国打诸侯呐？"刘邦骂他说："书呆子！天下吃秦国的苦头也吃够了，各路诸侯才联合起来打秦国。你怎么说我帮助秦国打诸侯呐？"郦食其说："要是您真打算联合诸侯去灭暴虐的秦国，对年长的人就不该这么傲慢！"刘邦受了批评，连脚都来不及擦，就这么趿着鞋，整了整衣服，向他赔不是，请他坐上座，恭恭敬敬地说："请先生指教！"

郦食其说："将军的兵马还不满一万，就要去进攻强大的秦国，这是老虎嘴里掏东西吃。不行！依我说，不如先去占领陈留。陈留是个好地方，四通八达，来往方便，秦国的粮食有不少堆在那儿。用我的计策准能把陈留拿下来。"刘邦正愁营里粮食不够，连忙说："请问先生有何妙计？"郦食其说："我跟陈留的县令有点交情，将军派我去劝他投降，大概可以成功。要是他不答应，我就把他灌醉，在里面接应，将军从外面打进去，准能把陈留拿下来。"刘邦就派他先去把县令缠住，自己偷偷地带着兵马埋伏着。这么里应外合地一来，陈留给夺下来了，粮食也有了。刘邦很信任郦食其，封他为广野君。

郦食其有个兄弟叫郦商，他带了四千人来归附刘邦。刘邦立他为将军，叫他带领这四千人和陈留的兵马跟着他一同去。刘邦急于往西走，沿路遇到不容易打下来的城，他不愿意去跟守城的秦兵死拼，宁可绕个弯儿往前走。他打了几个胜仗，到了颍川。颍川一带是张良打游击的地区。当初张良从项梁那里得到了一千人马到了韩国，立了韩王，打下了几座城。没想到秦国的军队一到，又把这些城夺回去了。张良和韩王成兵马不够，只好来回打游击。这会儿张良听到刘邦到了，就带着韩国的士兵去见他。两支兵马合在一起，由张良带道，很快地打下了韩地十多个城。

刘邦请韩王成留在韩国，守住阳翟（在河南省；翟 zhái），要求他让张良一同往西去打咸阳。韩王成说："我派张良送将军进关。等到将军灭了秦国，请吩咐他马上回来。"刘邦满口答应。他拜谢了韩王成，就和张良带领三万人马去进攻南阳。南阳郡守打了败仗，投降了。刘邦封他为殷侯。郡守投降了还可以封侯，西路几个城的郡守等楚军一到，也都一个个投降了。军队有了粮食，沿路又不抢劫，老百姓都很喜欢，刘邦的兵马就越来越多了。

公元前207年8月，刘邦进了武关。就在这个时候，赵高杀了二世，派人来求和，只要让赵高做关中王，他愿意把秦国献给刘邦。刘邦怕他欺诈，还没答应。没有几天工夫，秦王子婴杀了赵高，派了五万兵马守住峣关。刘邦用了张良的计策，派兵在峣关左右的山头插上无数的旗子，作为疑兵，又吩咐大将周勃带领全部人马绕过峣关正面，从东南侧面突然打进去，杀了主将，消灭了这一支秦军。

刘邦的军队进了峣关，一路跑去，到了霸上（在陕西省西安市长安区东），迎面来了一个好像送殡的仪仗队。是秦王子婴带着大臣前来投降了，车马好像戴孝似的都用白颜色。子婴脖子上还套着带子，表示准备勒死，手里拿着皇帝的大印、兵符和节杖，哈着腰候在路旁。樊哙对刘邦说："砍了他算了！"刘邦说："当初怀王派我来，就因为他相信我能宽容人。再说，人家已经投降了，再杀他，也不吉祥。"他就收了大印、兵符和节杖，把仅仅做了四十六天秦王的子婴交给将士们看管起来。

刘邦的军队进了咸阳。将士们乱纷纷地争着去找库房，各人都拣值钱的东西拿。萧何可不稀罕这些东西。他首先进丞相府，把那些有关国内户口、地形、法令等的图书和档案都收管起来。这些文件是将来治理国家不能少的，他认为比金银财宝更有用。

刘邦进了阿房宫，一见宫殿这么富丽，幔帐、摆设好看得睁不开眼睛，宫女们这么漂亮，就进了内宫，甜丝丝地躺在龙床上，好像躺在云端里似的那么舒坦。樊哙进来了，他说："怎么啦？沛公要打天下呐，还是要做富家翁？这些穷奢极欲的东西使秦亡了，您要这些干吗？还是快点回到霸上去吧！"刘邦对他说："你出去！让我歇歇。"恰巧张良也进来了。樊哙气呼呼地向他说了说。张良对刘邦说："忠言逆耳利于行，良药苦口利于病。请您听从樊将军吧！"刘邦只好皱着眉头把这服苦口的良药喝下去。他起来，吩咐手下人封了库房，自己回到霸上的军营里去。

刘邦召集了各县的父老，对他们说："你们吃秦朝的苦头已经吃够了。批评朝廷的就得灭族，一块儿谈论谈论的就得处死，这种日子叫人怎么过呐？今天我跟诸位父老约法三章（就是订立三条法令的意思）。第一，杀人的偿命；第二，打伤人的办罪；第三，偷盗的办罪。办罪的轻重看犯罪的轻重而定。除了这三条以外，其余秦国的法律、禁令一概废除。官员们和老百姓安心做事，不必害怕。"刘邦就叫各县的父老和原来秦国的官吏到各县各乡去宣布这三条法令。

老百姓听到了刘邦约法三章，高兴得不得了，都谢天谢地地感激刘邦，只怕刘邦在关中待不长。刘邦也只怕不能久留在关中，就担心项羽进来。

有一个谋士瞧出了刘邦的心事，对他说："关中比别的地方富裕十倍，地形又险要，真是个好地方。可惜项羽他们正从东路赶过来。他们一进来，将军的地位可就保不住了。依我说，一面立刻派兵去守函谷关，别让诸侯的军队进来，一面招收关中的壮丁，扩大自己的军队。这样才可以抵抗诸侯。"这一段话正说在刘邦的心坎上，他就派兵去守函谷关，不准项羽的军队进来。

项羽这一气非同小可，连眼珠子都努出来（突出的意思）了。他派英布和蒲将军攻打函谷关。不消多大工夫，他们打进了关。项羽的大军接着往前

殺人者死
傷人者刑
及盜者罪

漢

走,什么挡头都没有。最后他们到了新丰鸿门(在陕西省西安市临潼区东),人马也乏了。项羽把大军驻扎下来,让士兵们吃一顿好的,一面召集将士们商议怎么去惩罚刘邦。

鸿门忍辱

范增对项羽说:"刘邦原来是个无赖,又贪财,又好色。这会儿他进了关,不贪图财物和美女,可见他的野心不小哇。今天不消灭他,将来一定后患无穷。"

正在这个时候,来了一个使者,说是刘邦手下的左司马曹无伤派来报告机密的。那个使者传达曹无伤的话说:"沛公要在关中做王,那个秦王子婴,不但没办罪,听说沛公还要拜他为相国。皇宫里的一切珍宝,他都占为私有。我虽然拨在沛公部下,到底是楚国的臣下。因此特地派人前来奉告。"

项羽听了,瞪着眼睛骂着说:"可恨刘邦目中无人。天下人恨透了秦王,他反倒要拜秦王为相国,还跟我作对。哼!明天一早,我就领兵打过去,看他逃到哪儿去!"这时候,项羽兵马四十万,号称一百万,扎在鸿门,刘邦兵马十万,号称二十万,扎在霸上,相差不过四十里地。项羽一发动,说话就到。哪儿知道项羽营里有人把这个消息泄露出去了。

那个泄露消息的人正是项羽的另一个叔父,名叫项伯。项伯曾经杀过人,逃到下邳投奔张良。张良把他收下来,跟他做了朋友。这会儿张良正在刘邦营里。项伯连夜骑着快马跑到刘邦营里,私底下见了张良,说了一个大概,就要拉他一块儿走。张良说:"韩王派我送沛公进关,现在人家有了急难,我独自逃走,太没有情义了。我要走也得去说一声。请您等一等,我马上出来跟您一块儿走。"

张良进去把项伯的话都告诉了刘邦。刘邦听了,吓得连话都说不利落了。他着急地说:"这、这、这怎么办呐?"张良问:"将军真要抗拒项羽吗?"刘邦皱着眉头,说:"有人叫我派兵去守关,不让诸侯的兵马进来。"张良又问:"将军自己合计合计,能不能抗拒项羽?"刘邦说:"本来就不行啊，现在可怎么办呐？"张良替他想个计策，告诉他怎么去结交项伯，替他从旁帮忙。

张良出来，见项伯还坐在那儿，就要求他去见刘邦。项伯只好跟着他进去。刘邦很恭敬地请他坐在上位，还摆上酒席，一次次地给他敬酒，很小心地说："我进关以后，什么都不敢拿，什么都不敢做主，只把秦国的官员和老百姓安抚了一下，封了库房，一心一意地等候着鲁公（就是项羽）。为了防备盗贼和别的可能发生的情况，这才派些将士去守关。我日日夜夜盼着鲁公到来，哪儿敢背叛鲁公啊。请您在鲁公面前替我分辩几句，我对鲁公始终忠诚，决不辜负他的恩德。"张良又从旁请项伯帮帮忙，项伯答应下来了。

刘邦还不大放心，他要求和项伯结为亲家，把他女儿许配给项伯的儿子。项伯也答应了。张良就替他们斟酒道喜。项伯说："我回去就替亲家说去。可是明天一早，您自己快去向鲁公赔不是。"刘邦说："当然，当然！我一定去。"

项伯回到鸿门，已经三更天了，项羽可还没睡。他瞧见项伯进来，就问："叔父哪儿去了？"项伯说："我有个朋友叫张良，他曾经救了我的命。现在他正在刘邦营里。我怕明天打仗，张良也保不住，特意叫他来投降。"项羽也知道张良，就问："他来了吗？"项伯摇摇头，说："他不敢来。他说刘邦并没得罪将军，将军反倒去打他，未免有失人心。"他就把刘邦的话说了一遍，还说："要是刘邦不先打下关中，咱们怎么能够那么容易进来呐？人家有了功劳，还要去打他，这是不合情理的。他说他明天亲自来赔不是。我说人家既然愿意听从指挥，不如好好儿待他。"项羽点点头，可没说话。

第二天，天刚蒙蒙亮，刘邦带着张良、樊哙、夏侯婴等几个心腹和一百来个人上鸿门来了。到了营门前，刘邦一看项羽的军营威武森严，心里就有几分害怕。有个将军传令，说："不准多带随从的人。只准带文官或武将一名。"刘邦只好带着张良硬着头皮进去。

刘邦见了项羽，不敢像过去那样行平辈礼。他趴在地下，行着大礼，说："刘邦拜见将军，静候盼咐。"项羽杀气腾腾地问他："你有三项大罪，知道不知道？"刘邦说："我只不过是个沛县的亭长，听了别人的话兴兵伐秦，才得投在将军的旗下，听从将军指挥，丝毫不敢冒犯将军。不知道什么地方得罪了将军。"项羽说："天下痛恨秦王，你自作主张把他放了，还要重用他，这是第一项大罪。就凭你一句话，随便改变法令，收买人心，这是第二项大罪。你抗拒诸侯，不准他们进关，这是第三项大罪。犯了这三项大罪，怎么还说不知道？"

刘邦回答说："请将军允许我表明心迹，再办我的罪。第一，秦王子婴前来投降，我不敢自作主张，只好暂时把他看管起来，等候将军发落。第二，秦国法令苛刻，老百姓像掉在水里火里一样，天天盼着有人来救他们。我急于约法三章，就为了宣扬将军的恩德，好叫秦人知道，进关的先锋就能这么爱护百姓，他们的主将就更不用说了。第三，我怕盗贼未平，秦军的残余可能作乱，不能不派人守关，哪儿敢抗拒将军呐？"项羽听到这儿，眼珠子转了转，脸色缓和多了。刘邦接着说："将军在河北作战，我在河南作战，虽说军队分作两路，同心协力可是一样的。托将军洪福，我进了关，能在这儿见到将军，真够高兴的了。哪儿知道有人从中挑拨，叫将军生气，这实在太不幸了。还请将军体谅我的苦衷，多多包涵。"项羽连想都没想，就挺直爽地说："就是你们的左司马说的。要不然，我怎么会发火呐？"说着，他扶起刘邦，请他坐下，还留他喝酒。

项羽和项伯是主人，坐了主位，范增作陪；刘邦坐了客位，张良作陪。五个人喝着、吃着、聊着，帐外吹吹打打奏着军乐。项羽和项伯殷殷勤勤地劝酒，可刘邦提心吊胆地不敢多喝。范增和张良各有各的心事，再说都是陪客，不便多说话。范增早已劝过项羽及早杀了刘邦，免得以后吃他的亏，这会儿见项羽对刘邦这么宽容，急得什么似的。他拿起身上佩着的一块玉玦（腰带上拴着的一块玉；玦jué），拿眼睛向项羽说话，叫他下个决心，杀了刘邦。项羽明白了。可是人家到这儿来赔罪，怎么能害他呐？他瞧了瞧范增，不理他，只管喝酒。

过了一会儿，范增又拿起玉玦来向项羽做暗号。项羽向范增有意无意地点了点头，还是不听他的，心里想："人家自己上这儿来，就这么谋害他，还像个大丈夫吗？再说已经和好了，就该好下去。要是容不下一个刘邦，怎么容得下天下呐？"他反倒向刘邦劝酒。

范增第三次拿起玉玦来，连连向项羽递眼色。项羽当作没瞧见。范增实在忍不住，借个因由出去了。他叫项羽的叔伯兄弟项庄过来，对他说："鲁公太厚道了，他不愿意自己动手。你快进去给他们敬酒，完了就给他们舞剑，瞧个方便，杀了刘邦。要不然，咱们将来都要做他的俘虏呐。"项庄就进去给他们敬酒。项庄敬过了酒，说："军营里的音乐没有多大的味儿，请允许我舞剑，给诸公下酒。"说着就拔剑起舞。舞着，舞着，慢慢儿舞到刘邦前面来了。项羽只顾喝酒，不说话。刘邦吓得脸都变白了，张良直拿眼睛看项伯。项伯起来对项羽说："一个人舞不如两个人对舞。"项羽说："叔父有兴头，请吧。"项伯也就拔剑起舞。可他老用身子挡住刘邦。张良也像范增那样向项羽告个便儿出去了，留下项羽和刘邦两个人喝酒。项羽看着项庄和项伯舞剑，可刘邦直擦鼻子上的汗珠，浑身有气没力。

张良到了军门外，樊哙就上来问："怎么样了？"张良说："十分紧急。项庄舞剑，要对沛公下手。"樊哙跳起来，说："要死死在一块儿！我去！"他右手提着宝剑，左手抱着盾牌，直往军门冲击。卫兵们横着长戟，不让他进去。樊哙拿盾牌一顶，就撞倒了两个卫兵。他们还没爬起来，樊哙已经进了中军，用剑挑起帘子，冲到项羽面前，拿着宝剑，挂着盾牌，气呼呼地一站，连头发都向上直竖，两只眼睛睁得连眼角都快裂开来了。项庄、项伯猛然见了这么一个壮士进来，不由得都收了剑，呆呆地瞧着。项羽按着剑，问："你是什么人？到这儿干吗？"张良已经跟了进来，抢前一步，替他回答说："他是沛公的参乘（驾车的）樊哙，前来讨赏。"项羽说："好一个壮士。"接着回过头去，说，"赏他一斗好酒，一只肘（zhǒu）子。"底下的人就给他一斗酒，一只生的肘子。樊哙站着，一口气喝完了酒，蹲下来把盾牌覆在地上，把生猪肉搁在盾面上，用剑切成几块，就这么把生肘子吃下去了。

项羽说："壮士还能喝吗？"樊哙说："我死也不怕，还怕喝酒？"项羽觉得这个大老粗说话实在鲁莽，可是挺好玩儿的，就说："你干吗要死？"樊哙说："秦王好像豺狼虎豹一般，只知道杀人，压迫人，才逼得天下都起来反抗。怀王跟将士们约定，谁先进关，谁就做王。现在沛公先进了关，可他并没称王。他封了库房，关了宫室，把军队驻在霸上，天天等着大王来。派士兵去守关也是为了防备盗贼，防备秦人作乱。沛公这么劳苦功高，大王没封他什么爵位，没给他什么赏赐，反倒听了小人的挑拨，要杀害有功劳的人，这跟秦王有什么两样？我不懂大王是什么心意。"项羽不回答他，光说："请坐。"樊哙就一屁股坐在张良旁边。项伯也归了座，项庄站在旁边伺候着项羽。项羽还是叫大伙儿喝酒。他喝多了，闭着眼睛想着樊哙的话，横靠着几桌好像打盹似的。

过了一会儿，刘邦起来要上厕所去，张良向项伯低声地告个便儿，带着樊哙跟了出来。刘邦要溜回去，嘱咐张良留着代他向项羽告辞。张良问他："您带来什么礼物没有？"刘邦说："我带来一对白璧，想献给鲁公，一对玉斗（相当于后来的玉杯），想送给亚父（项羽尊范增为亚父）。因为他们生气了，我不敢拿出来，请先生代我献给他们。"

刘邦只带着樊哙、夏侯婴他们几个人从小道跑回霸上去了。他一回到营里，就把曹无伤斩了。项羽见刘邦好久没回来，就派陈平去请他。张良跟着陈平进去，向项羽赔不是，说："沛公醉了，怕失礼，叫我奉上白璧一双，献给将军，玉斗一双，献给亚父。"项羽说："沛公呐？"张良又向他行个礼，说："他怕将军的部下跟他为难，先走了，这会儿大概已经快到霸上了。我们留在这儿等候处分。"项羽也不介意，很大方地说："你们都好好地回去吧。"回头又对自己人说，"你们也散了吧。"他们都出去了。

一会儿范增进来，他见项羽把玉璧搁在几上，一声不言语地瞅着，又是恨他又是疼他。项羽一见范增进来，就有气没力地指着玉斗对他说："这是沛公送给亚父的。"范增过来，拿起玉斗扔在地下，拔出剑来把两只玉斗都打破了，自言自语地说："唉！真是个小孩子，没法替他出主意。"他见项羽不动声色地坐着，就明明白白地对他说："夺将军天下的一定是刘邦。我们瞧着做俘虏吧！"项羽一向很尊重范增，还称他为"亚父"，这会儿也明白他是向着自己，可是他有自己的主意。

火烧阿房

过了几天，项羽率领诸侯进了咸阳，刘邦很小心地也跟了去。项羽首先得决定怎么发落秦王子婴。子婴仅仅做了四十六天秦王，有多大的罪过呐，况且又投降做了俘虏。可是在六国诸侯和五十多万士兵的眼里，他代表着秦国历代的暴君。项羽一开口："怎么处理秦王？"大伙儿一齐嚷着说："有仇报仇，有冤报冤！"就有好多将士拿起刀来准备向子婴砍去。项羽拿手一比画，大伙儿七手八脚地早把子婴剁了。

当时又有人嚷着哭着说："坑害六国的不光是秦王，还有秦国的贵族、文武百官，他们哪一个没杀害过我们的父母兄弟！哪一个不把我们扔在水里火里！"项羽下令："秦国的公子、贵族和不法的官吏都交给你们吧！"范增连忙补上一句说："可别杀害老百姓！"

霎时，楚人杀了秦国贵族八百多人，文武官员四千多人，杀得咸阳街上全是尸首和污血。秦人看了怎么会不害怕、不伤心呐。在秦人的眼里，项羽成了新的暴君，刘邦跟秦人约法三章，这会儿全让项羽给破坏了。项羽怕城里太乱了，就吩咐各路诸侯在城外扎营，自己带着八千子弟兵进了秦宫。

秦宫库房虽说封着，可是值钱的东西早已没了。项羽和子弟兵见了阿房宫，引起了心头仇恨。阿房宫，由各郡县拉来的民夫建成的阿房宫，在鞭子底下几十万农民流血流汗建成的阿房宫，在楚人看来，变成了血泪宫、万人坑！五步一楼，十步一阁，是几十万壮丁的白骨架成的，宫里挖成的河道，供秦王游玩的水池子，流着无数母亲的眼泪。八千子弟见到这些，愤怒的烈火在胸脯里烧着，眼睛发射出报仇的火苗。项羽说了一声"烧吧"，大伙儿惊天动地地嚷着说："烧吧！烧吧！趁早烧了吧！"楚人分头烧去。可是阿房宫这么大，房子这么多，不是十天八天烧得完的。天天烧，夜夜烧，烧得火焰冲天，咸阳城全都罩在火光和浓烟底下。

阿房宫被烧成了一堆堆的瓦砾（lì）场，发泄了历年积压在心头的仇恨。各路诸侯和将士跟着项羽进关，灭了秦国，都希望项羽封他们爵位，赏他们土地。项羽跟范增商议下来，准备重新划分封地，按功劳大小分封诸侯。

有个谋士叫韩生，向项羽献计说："关中是个好地方，地势险要，土地肥沃，四面都有关口，进可以攻，退可以守。将军占了关中，可以建立霸业。"项羽可不这么想。他知道这儿的人对他没有好感，再说宫殿都烧了，将士们又都希望回到东边去。他就说："富贵不归故乡，正像穿着绣花的衣服走夜路，谁知道呐？"韩生退下去，大发牢骚。他说："人们说楚人是戴帽子的猴儿。真是这个样儿！"这话传到项羽的耳朵里，他大发脾气，把韩生杀了。他宁可把关中封给别人，自己非回到东边去不可。

项羽封了十八个诸侯，都称为王，其中最出名的有汉王刘邦、雍王章邯、塞王司马欣、翟王董翳、九江王英布、常山王张耳等。项羽自己立为西楚霸王，拿彭城（在江苏省徐州市）作为都城。春秋时代不是有霸主吗？霸主是诸侯的首领，在他上头可还有个挂名的天王。项羽称为霸王，就是十八个诸侯王的首领。他尊楚怀王为义帝，让他在上头就好像挂名的"天王"一样。

项羽灭了秦国，封了十八个诸侯王以后，他们都带着自己的军队回到自己的封地去，天下不就太平了吗？哪儿知道还有一些人认为封赏不公平，不服气。推翻秦朝的战争刚刚结束，诸侯之间争夺地盘的战争又发生了。

第一个不服气的是汉王刘邦，第二个是齐将田荣，别的人也有对项羽不满意的。汉王先进了关，没当上关中王，已经不乐意了，还把他送到巴蜀去（巴蜀，刘邦的封地，在四川省）。到这种地方去，简直是充军，他哪儿肯罢休呐？齐将田荣早在项梁的时候就不听命令，这回又没跟着楚军一同进关来打秦国，分封诸侯没有他的份儿。他就轰走了项羽所封的齐王，自立为王。昌邑人彭越占据着巨野（在山东省），也有一万多人马，可他还没有主人。

田荣就拉拢他，拜他为将军，叫他去夺取临近的县城。还有一个旧贵族叫陈余，他认为自己跟常山王张耳原来是地位相等的，现在张耳封了王，自己连个侯爵也捞不到，就向田荣借些兵马，打败了常山王张耳，占领了赵地，把赵地分成赵、代两国，立赵歇为赵王，自己做了代王。

田荣这么一来，齐国、赵国先背叛了项羽。项羽饶不了田荣，可是他最不放心的还是刘邦。所以在分封诸侯的时候，只把巴蜀封给他，让他住在西南角落里。后来项伯得了刘邦的礼物，在项羽面前给他说情，项羽才又把汉中（在陕西省）封给他。为了防备刘邦回到东边来，项羽把关中地方划分为三处，封章邯、司马欣、董翳三个投降的将军为王，叫他们镇守关中，也叫"三秦"，挡住刘邦那一头，不让他出来。

汉王刘邦动身到自己的封地去了。张良送他到褒中（在陕西省汉中市南郑区西北；褒 bāo），临走对他说："从这儿往前去都是栈道（在山腰里用木头和木板架成的道儿），请大王走一段烧毁一段。"汉王说："那不是断绝了我的归路吗？"张良说："烧毁栈道不但使别的诸侯不能进去侵略大王，还可以叫项羽放心。"汉王这才明白过来。

张良回来对项羽说："汉王烧毁栈道，不愿意再回来了。田荣背叛大王，倒不能不去征伐。"项羽果然放松了汉王这一头，回到彭城，准备发兵去征伐田荣。

汉王到了南郑，拜萧何为丞相，曹参、樊哙、周勃等为将军，养精蓄锐，准备将来再跟霸王争夺天下。可是士兵们不愿意在这种山地里过活，差不多天天有人逃走，急得汉王连饭都吃不下去。他正憋得慌，有人来报告："萧丞相逃走了！"这可把汉王急坏了。他立刻派人去追。到了第三天早晨，萧何才回来。汉王又是高兴又是恨，气呼呼地问："你怎么也逃了？"萧何说："我怎么敢逃？我是去追逃走的人的。"汉王就问："你追谁呀？"大伙儿也都纳闷，到底丞相追的是谁呀？

韩信拜将

萧何追的是淮阴人韩信。韩信小时候也读过书，拜过老师，文的武的都有一套。后来父母双亡，一向很穷。他没有事情做，老在淮阴城下钓鱼。钓到了鱼，卖几个钱；钓不到鱼，就饿肚子。有个老太太经常在那边洗纱（古时候所说的"纱"就是"丝"），一出来，总是带着饭篮，干一天活儿。韩信见她吃饭，两只眼睛不由得瞧着她的饭碗。老太太就省了些饭给他吃。韩信也顾不得害臊，大口地吃了，完了对她说："我将来一定重重地报答您。"没想到这句话反倒叫老太太生气了。她说："大丈夫不能自食其力，已经没出息了。我可怜你，才给你吃点儿。谁要你报答！"韩信只好说了声"是！"很难为情地走开了。

韩信虽然穷，可他也像一般的武士、侠客那样身上挎着一把宝剑。淮阴城里的一班少年老取笑他。他们说："韩信，你文不像文、武不像武，像个什么啊？你还是把宝剑摘下来吧。"其中有个屠夫的儿子，特别刻薄，他说："你老带着剑，好像有两下子，可我知道你是个胆小鬼。你敢跟我拼一拼吗？你敢，就拿起剑来刺我；不敢，就从我的裤裆底下钻过去！"说着，他撑开两条腿，在大街上来个骑马蹲。韩信把他上下端详了一会，就趴下去，从他的裤裆底下爬过去了。大伙儿全乐开了，韩信也只好附和着咧着嘴笑了一下。打这儿起，人家给了他一个外号，叫"钻裤裆的"（文言叫胯夫）。

赶到项梁渡过淮河，路过淮阴的时候，韩信带着宝剑去投军，就在楚营里当个小兵。项梁死了以后，韩信又跟着项羽。项羽见他比一般士兵强，叫他做个执戟郎中。韩信好几回向项羽献计，项羽都没采用。一个小兵怎么能参与大将的计划呐？鸿门宴上，韩信拿着长戟站岗，看到沛公刘邦低声下气地对着鲁公项羽，真有点像自己钻裤裆的滋味。他对沛公就有了几分同情，而且认为沛公将来准成大事。后来沛公做了汉王,像充军似的被项羽逼到汉中去。韩信认为投奔一个失势的主人准能得到重用,就下了决心去投奔汉王。

他带着宝剑和干粮,拣小道往西走去。头两天,白天躲着,晚上赶路。他知道栈道已经烧毁了,别的道他又不知道。反正方向不错,爬山越岭也干。他在树林子里请教一个砍柴的老大爷,问他往南郑去的路。那老大爷挠着头皮,说:"以前有是有一条,是走陈仓(在陕西省宝鸡市陈仓区)的,那可不是路,不好走,还有大虫,已经多年没有人走了。"韩信请他详细说一说,他就说了一大串。韩信一一记住,拜谢了老大爷,向陈仓那面走去。

"天下无难事,只怕有心人。"韩信终于从陈仓找到了南郑,进了汉营。可是天大的希望只捞到了一个芝麻绿豆官,人家仅仅给了他一个挺平常的职司。后来韩信见了萧何,跟他谈了谈。萧何认为韩信的能耐可不小,又专门跟他谈了几次。韩信从天下形势谈到刘、项两家将来的胜败,谈到怎么样打到山东(古时候崤山函谷关以东叫山东,不是现在的山东省;崤 xiáo)去等等。萧何这才知道他是数一数二的人才,就在汉王跟前尽力推荐他,还把他的出身说了一遍。

汉王听了可不觉得怎样。他把话岔开去,说:"难道咱们一辈子待在这儿吗?什么时候才能打回去呐?"萧何说:"只要有了大将训练兵马,率领大军,就能够打回去。"汉王说:"哪儿来这样的大将?"萧何说:"只要大王肯重用,大将已经找到了。"汉王急切地问:"谁呀?在哪儿?"萧何说:"淮阴人韩信,就在这儿,可以拜为大将。"汉王皱着眉头,说:"哎,钻裤裆的还能做将军吗?"萧何又说了一大套话,汉王只是摇头。

第二天,萧何又去见汉王,对他说:"大将有了,请大王决定吧。"汉王眉开眼笑地说:"那太好了。谁呀?"萧何很坚决地说:"淮阴人韩信!"汉王马上收了笑容,说:"要是拜他为大将,不但三军不服,诸侯取笑,就是项羽听到了,也准小看我们。请丞相别再提了。"

萧何一连几天碰了钉子，只好不去说了。可是萧何不去，汉王又去找他，对他说："咱们的家小都在山东，士兵们很不安心，天天有人逃走，怎么办呐？"萧何说："总得先拜大将啊。"汉王说："又是韩信，是不是？老实对你说，不行！你想想，从沛、丰跟着我出来的将士们立了多少大功，他们能服气吗？周勃、灌婴、樊哙他们能不说我赏罚不明吗？"萧何说："从古以来英明的君王选拔人才，主要是看他的才能，不计较他的出身。我知道韩信的才能，可以拜为大将，我才三番五次地劝大王重用他。沛、丰来的将士都有大功，可是他们不能跟韩信比。"汉王说："叫韩信安心点，有机会我一定提拔他。"萧何只好出来，把汉王将来一定重用的话告诉了韩信。

韩信左思右想，越来越苦闷。他准备些干粮，第二天天一亮，带着宝剑，骑着一匹马出东门走了。手下的人慌忙跑到丞相府，报告说："韩信出了东门，不知道到哪儿去了。"萧何跺着脚，说："哎呀，真给他走了！那还了得？"他立刻骑上快马，带了几个从人，赶到东门，问了问，马上加鞭，急急地又追上去。到了中午，路过一个村子，打听下来，才知道韩信已经过去了。

萧何一路问，一路追，直到天黑了，还没追着韩信。人也累了，马也乏了，明天再追吧。可是到了明天，不是更追不上了吗？他一瞧，月儿这么明，道上好像洒满了水银似的。凉风吹着，汗也收了，他就在月亮底下又赶了一阵。转过山腰，下了坡，前面是一条雪亮的河。远远望见有个人牵着马在河边来回溜达。那不是韩信是谁呀？萧何使劲地加上两鞭，大声嚷着："韩将军！韩将军！"他跑到河边，下了马，气呼呼地说："韩将军，咱们总算一见如故，够得上朋友，你怎么不说一声，就这么走了？"

韩信向他行个礼，掉下了眼泪，可不说话。萧何又说了一大篇劝他回去的话。韩信说："我这一辈子忘不了丞相的情义，可是汉王……"他又停住不说了。这时候，滕公夏侯婴也赶到了。两个人死乞白赖地非把韩信拉回去不可。他们说："要是大王再不听我们的劝告，那我们三个人一块儿走，好不好？"韩信只好跟着他们回来。

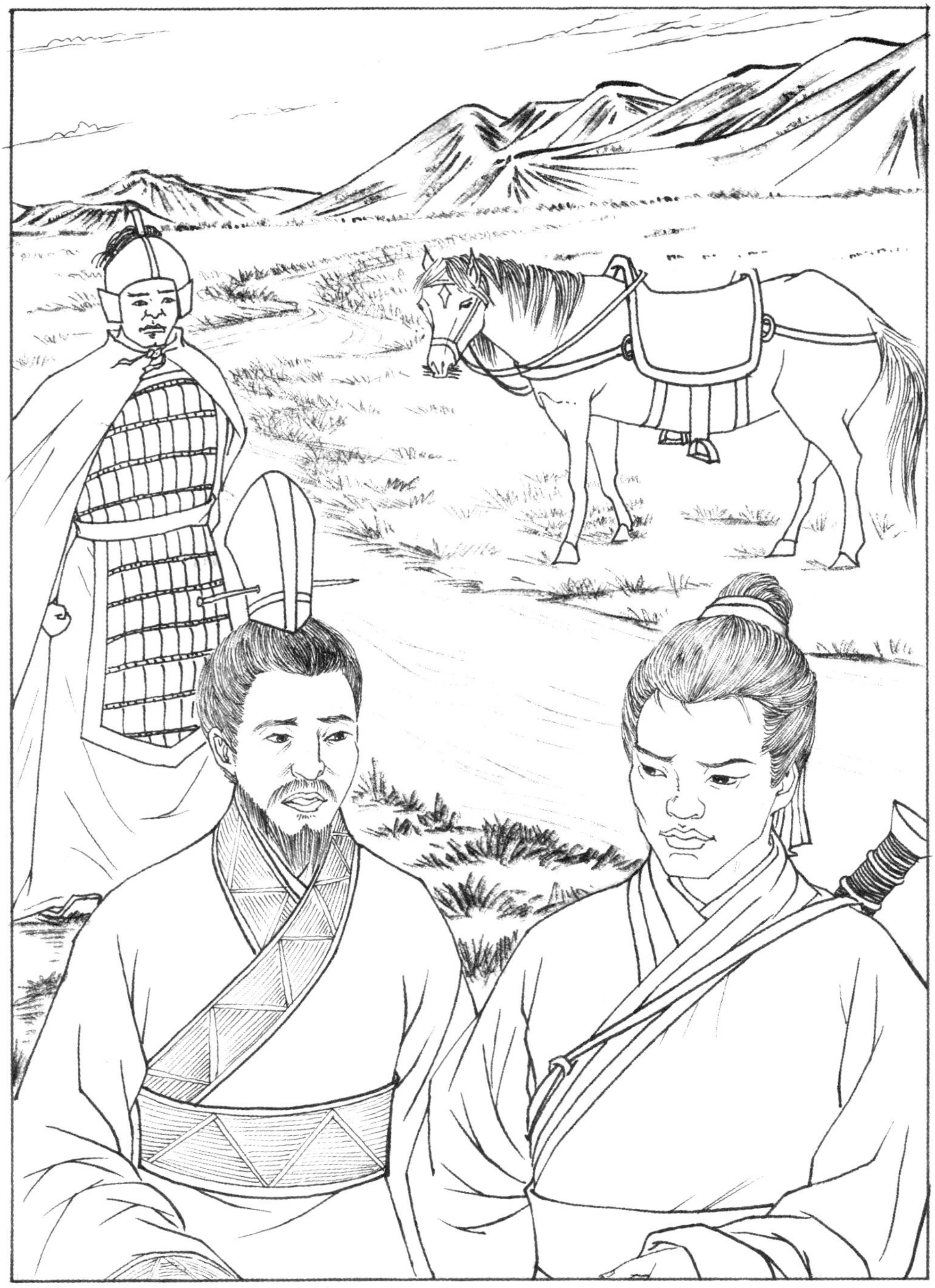

到了第三天，他们才回到了南郑。汉王听见丞相追的是韩信，又生气了。他骂萧何说："胡说！逃走的将军也有十来个了，没听说你追过谁，独独去追一个钻裤裆的？这明明是骗我。"萧何说："将军有的是，像韩信那样独一无二的人才到哪儿找去？大王要是准备一辈子躲在汉中，那就用不着韩信；要是准备打天下，那就非用他不可。大王到底准备怎么样？"汉王说："我就依着丞相，让他做个将军，怎么样？"萧何说："叫他做将军，他还得走。"汉王说："拜他为大将怎么样？"萧何说："这是大王的英明，国家的造化。"

汉王当时就叫萧何去召韩信来，马上要拜他为大将。萧何很直爽地说："大王平日太不注意礼貌了。拜大将是件大事，不是小孩子闹着玩儿似的叫他来就来。大王真要拜韩信为大将，先得造起一座拜将台，择个好日子；大王还得亲自斋戒，然后隆重地举行拜将的仪式。这样才能让全体将军士兵都能听从大将的指挥，正像听从大王的指挥一样。"汉王说："好，我都依你，请你去办。"

汉营里几个主要的将军一听到汉王择日子要拜大将，一个个高兴得眉开眼笑，都认为自己能力强、功劳大，心里说："不拜我为大将，拜谁呐？"赶到汉王上了拜将台，拜的是韩信，全军都愣了。汉王举行了拜将的仪式以后，请韩信坐在上位，拱拱手，说："丞相屡次推荐将军，将军一定有好计策，请将军指教！"韩信回个礼，说："不敢当！"接着他问，"大王打算向东去，是不是要跟霸王争天下？"汉王说："是啊。"韩信又问了一句："大王自己估计估计，比得上比不上霸王？"汉王不作声，过了一会儿，说："比不上。"

韩信向汉王道贺，说："我也以为比不上。大王自己觉得比不上，拿这一点说，就该祝贺大王。我曾经在项羽手下做过事，我知道他。他这个人哪，吆喝一声，能够吓坏千百个人，多么勇啊；可是他不能任用有本领的将军，这叫作匹夫之勇。项羽对人很恭敬，看见别人有病，他会流眼泪，心眼多么好哇；可是对于有功劳的人应当封爵的，他不肯封，即使封了，他还把印子拿在手里横摸竖摸,舍不得交给人家。他这个好心眼只是婆婆妈妈的好心眼。项羽虽然做了诸侯的首领,看来好像很强,实在并不强。他所到过的地方没有不被毁坏的,天下都怨他,老百姓不向着他,名义上是个霸主,实际上已经失了人心。所以我说,他的强很容易会变成弱的。"

汉王听了,心里很高兴。他说:"可是我不行啊。"韩信说:"大王跟他不一样。大王所到的地方,什么都不侵犯。进了武关,废除秦朝残酷的刑法,跟秦人约法三章,秦人都向着大王。再说三秦的三个将军,章邯、司马欣、董翳,欺骗了自己的士兵,投降了诸侯,到了新安,项羽把投降的士兵坑害了二十多万,单单留下这三个秦将,还封他们为王。他们欺压三秦的子弟已经几年了,也不知道杀害了多少人。秦国的父兄痛恨这三个人都痛恨到骨髓(suǐ)里去了。大王发兵往东去,只要发个通告,三秦就能平定。"

汉王越听越高兴,只后悔没早点拜他为大将。他这么信任韩信,全体将士也不得不服从韩信的指挥。韩信开始操练兵马,准备跟项羽作战了。

暗度陈仓

韩信当了大将,马上调配将士,编排队伍,操练兵马,宣布纪律,没费多少日子,就训练成一支很整齐的军队。过去勉勉强强听他指挥的将士们这会儿都高高兴兴听他的指挥了。韩信就跟汉王、萧何先商议好,然后把东征的计划告诉了夏侯婴、曹参、周勃、樊哙等几个人,嘱咐他们保密,分头干去。公元前206年八月,汉王和韩信率领大军静悄悄地离开南郑,叫丞相萧何留在那儿收税征粮,供应军饷。韩信下令,吩咐樊哙、周勃他们带领一万人马去修栈道,限他们三个月完工。

樊哙、周勃他们督促一万士兵修栈道。栈道不修好,大军就过不去。可是被烧毁的栈道接连有三百多里,高低不平,地势险恶。有的地方必须架桥,有的地方还得开山。一万人马修了十几天,只不过修了短短的一段。限期又紧,口粮又少,士兵们个个抱怨。樊哙管不住小兵,自己也火儿了。他说:"这么大的工程,就是用十万壮丁,修它一年,也没法完工。"士兵们听到监工的也这么说,大伙儿千埋怨,万埋怨,干活儿就更没有劲儿了。

过了几天,上头又派来了三五个工头,还押来了一千名民夫。他们传达汉王的命令,说樊哙、周勃口出怨言,给他们撤职处分,就把他们调回去了。新的工头果然比樊哙他们强,天天督促士兵、民工运木料、送粮草,吵吵嚷嚷,闹得鸡飞狗上屋。栈道没修多少,汉王要兴兵东征的警报早已到了关中。

章邯听到这个消息,一面派探子去打听修栈道的情况,一面调兵遣将做拦截汉军的准备。他听了探子们的报告,才知道汉军的大将原来是钻裤裆的淮阴人韩信,汉王的将士们都不服气;修栈道的士兵和民夫天天有逃走的,别说三个月,就是一年两年也修不到这边来。栈道不修通,就算汉军长了翅

西汉时期

膀也不容易飞到关中来,汉王可早就嚷着"东征""东征",真是雷声大雨点小,把行军大事当作闹着玩儿。话虽如此,章邯是个有经验的将军,没事也当有事看。他派兵马到西边去守住栈道的东口,以防万一,还天天派人打听汉军的动静。

有一天,突然来了个急报,说:"汉王大军已经过了栈道,夺去了陈仓,向这边打过来了!"章邯还有点半信半疑,栈道并没修好,汉军怎么能过来呐?他哪儿知道当初韩信投奔汉王压根儿就没走栈道,他是听了砍柴的老大爷的指点,通过陈仓走小道到南郑的。这会儿韩信用了一个计,叫作"明修栈道,暗度陈仓"。章邯只知道派兵守住栈道那一带,人家可不走那条道,暗地里通过陈仓,大军已经到了跟前了。

章邯亲自带领军队赶到陈仓那边去抵抗汉军。可是他哪儿挡得住归心似箭的汉军?章邯打了败仗,死伤了不少人马,急忙忙逃回,向司马欣和董翳讨救兵。这两个人只怕汉军进来,自顾不暇,没敢发兵去救。韩信可早就侦察了地形,定下了攻城的计划。他先派樊哙、周勃、灌婴他们去进攻咸阳。赶到这边韩信引水灌城,章邯兵败自杀,那边樊哙他们也已经进了咸阳了。

三秦的首领章邯一死,咸阳给汉军占领,司马欣和董翳更加孤立了。秦人对"约法三章"的汉王本来就有好感,一见汉军到来,大多不愿意抵抗。董翳、司马欣打了几阵败仗,都先后投降了。

不到三个月工夫,三秦变成了汉王的地盘。这可把项羽气得鼻孔喷火,头顶冒烟。齐王田荣、代王陈馀的叛变已经够叫他生气了,还有彭越仗着田荣的势力,不断地扰乱梁地(在河南开封一带),威胁他的后方。项羽认为陈馀、彭越跟他作对,全是由于田荣给他们撑腰,只要把田荣消灭,东边和北边就都可以安定下来。可是汉王刘邦夺去了三秦,也不能不去征伐。这么着,他又要向西去攻打刘邦,又得向东去攻打田荣,不能同时进攻两头。正在左右为难的时候,张良给他一封信,劝他去征伐田荣。

张良不是帮着韩王成吗?怎么会替汉王说话呐?原来项羽因为韩王成从来没出过力,把他降了一级,改封为侯。韩王成大发牢骚。项羽说他不识好歹，把他杀了。张良哭得死去活来，一定要替韩王成报仇。他就逃到汉王那边，替他出了个主意，写信给项羽，大意说："汉王只要收复三秦，在关中做王，依照怀王的前约就心满意足了。倒是齐、梁、赵、代等地不及时平定，田荣必定来打西楚。到了那时候，天下将不堪收拾了。"

项羽和范增明知道这是张良替刘邦出的缓兵之计，可是平定了齐、梁、赵、代，单单关中一个地区，回头再去收拾也不太难；要是现在先去对付刘邦，那么往后齐、梁、赵、代就更没法收拾了；倒不如将计就计，卖个人情，就决定先去进攻齐王田荣。

项羽通知魏王豹、殷王司马卬（áng）等小心防备汉兵，又叫九江王英布发兵一同去征伐齐王田荣。英布存心自己独霸一方，推说有病不能到远处去，派了个将军带着几千兵马去敷衍项羽。项羽就另外给英布一道秘密的命令，嘱咐他暗杀义帝。项羽曾经请义帝搬到长沙去。义帝不乐意，经过几次催促，他还慢吞吞地在路上磨着。英布打发一班心腹士兵扮作强盗，追上义帝的船，在江面上把他杀了。英布派人回报项羽，项羽去了一件心事，就专心去打齐、梁。

鸿沟为界

公元前205年正月，项羽亲自带领大军打到齐国。齐王田荣连着打了败仗，逃到平原。他强迫平原的老百姓供给粮草，慢一步的还得挨揍。平原的老百姓气愤不过，一下子聚集了成千上万的人，杀了田荣。项羽另外立个齐王，齐人不满意新王，项羽就杀了一大批人，又拆毁了一些齐国的城墙，免得齐人再不服从命令。齐人大失所望，等到项羽一走，他们就叛变了。田荣的兄弟田横趁着这个机会激发齐人保卫父母之邦，鼓励他们抵抗外来的兵马。田横很得人心，夺取了城阳，立田荣的儿子田广为齐王，自己做了将军。项羽再去打齐国。齐人尽力把守城阳，弄得项羽一时没法打进去。汉王可从西边打过来了。

汉王收复了三秦，下了一道命令，把以前秦国的林园一律开放，让农民耕种。三秦的老百姓更加向着汉王了。他又派张良去劝河东的魏王豹投降。魏王豹见汉军强大，听了张良的话，投降了。汉王就这样占领了河东，派韩信向朝歌（在河南省淇县北）进攻。镇守朝歌的殷王司马卬打了败仗，连着向项羽求救。项羽派项庄、季布带着一队兵马去救朝歌。他们还没赶到，司马卬已经投降了汉王。项庄、季布回来报告，项羽大发脾气，责备他们不该在路上走得这么慢，又把都尉陈平狠狠地骂了一顿，因为司马卬原来是由陈平收过来的。陈平心里很不高兴，觉得自己成了受气包。他想起汉王手下也有他的朋友，就偷偷地逃出楚营投奔汉王去了。汉王把他当作谋士，十分信任。

项羽一心想先把齐国打下来，回头再去收拾汉王，就这样给汉王钻了空子。汉王趁着项羽跟田广、田横相持不下的时候，一直往东打过来，夺下了西楚的都城彭城。项羽一听彭城也给夺了去，连忙扔了齐国这一头，赶回来在睢水上（在安徽省；睢 suī）跟汉军打了一仗。汉军大败，掉在水里淹死的不知道有多少，连睢水都给堵住了。被俘的也不少，汉王的父亲太公和夫人吕氏也都做了俘虏，押在楚营里。诸侯一见楚军打了大胜仗，有的就离开汉王归附项羽去了。魏王豹因为汉王把睢水的失败说成是他的过错，怕汉王办他的罪，就背叛了汉王。汉王恨透了他，可也没有办法。

汉王收集散兵，守住荥阳，又从关中调来一批士兵，重新整顿队伍。韩信也带着他的一支军队来会汉王，汉军又振作起来了。汉王采用以攻为守的办法，一面自己守住荥阳，一面派韩信去征伐魏王豹，收复河东。韩信带着曹参、灌婴他们到了魏地，大破魏军，逮住了魏王豹。他派使者到荥阳向汉王报告，还说他打算往北去攻打燕、赵，收服了燕、赵，往南进攻齐地，然后前后夹攻，包围楚军。汉王完全同意这个计划，还派张耳去帮韩信。韩信真叫厉害，只两个多月工夫，就大破赵军，杀了代王陈余，平定赵地，顺手又收服了燕地。

韩信在北边连打胜仗，汉王可被楚军在荥阳压得不能活动了。谋士陈平献计说："项羽手下不过范亚父（范增）、钟离昧他们几个算是人才。项羽为人猜忌，容易听信谣言。要是大王肯交给我大量的黄金，我就有办法收拾他们。"汉王说："黄金有什么稀罕的，你就多拿些去吧。你爱怎么使，听你的。"

陈平领了黄金，拿出一部分来交给他的心腹，叫他们打扮成楚兵，混到楚营里去。不到几天工夫，楚营里就三三两两议论开了。有的说："范亚父和钟离昧有这么大的功劳，什么好处也没得着。"有的说："要是他们在汉营里，早已封了王了。"这些背地里议论的话传到项羽的耳朵里，他不免起了疑，以后有重大的事情就不再跟范增商量了。他甚至怀疑范增私通汉王，对他很不客气。

汉王派使者去向项羽求和。项羽因为粮食老供应不上，也愿意讲和，就派使者去回报。使者到了汉营，陈平出来招待。他的那股子热心劲儿真叫使者大受感动，不说别的，光是吃食，就有牛羊猪肉摆了一大席。陈平问使者:"亚父可好?有没有他的亲笔信?"使者说:"我是项王派来的,为什么要带亚父的信?"陈平故意显出纳闷的神情,说:"哦,哦!这是个误会。我们还以为您是亚父派来的。真对不起,请等一等。"他就出去了。立刻进来了几个手下人,七手八脚地把酒席撤下去。过了一会儿,进来一个人,端来了一点吃的。使者一看,比普通的饭菜都不如,气得他一赌气就跑回去了。使者指手画脚地向项羽报告,说范增果然私通汉王。项羽更加相信了。

范增看出来了,他就对项羽说:"天下大事已经定了,愿大王自个儿好好儿干吧。大王看我年老体衰,让我回老家去吧。"项羽答应了,还派人护送他回到本乡居巢去。范增一路走,一路叹气,伤心得哭都哭不出来。他已经七十五了,哪儿受得了这么大的委屈?就在路上害了病,脊梁上长个毒疮,受折磨死了。

范增一死,更没有人替项羽出主意了。汉王拿少数的兵力,在荥阳、成皋一带牵住项羽的大军,叫彭越老在楚军的后方截断运粮的道儿,好让韩信去夺取北边和东边的许多地方。汉王就这么守的时候多,打的时候少,败的次数多,胜的次数少,跟项羽相持了两年多。韩信独当一面,打下了赵、燕,又打齐国,杀了齐王田广,轰走齐将田横,攻下了齐地七十多个城。这时候,汉王只盼着韩信早点回来,一则他老被楚军围困在荥阳、成皋一带,没法打出去;二则韩信的兵力越来越大,只怕他不受管束。汉王几次派人去催,哪儿知道韩信按兵不动,倒打发使者送了一封信来,大意说:"齐国虽然打下来了,可是齐人多诈,反复无常,南边又接近楚地,难免不再发生叛变。可不可以让我做个假王(假,这儿是代理的意思),暂时代理一下?不然的话,我怕镇压不住齐人。"

汉王看了信十分气愤,他说:"岂有此理!我困守在这儿,日夜盼望他来,他不来帮我,反倒要做起齐王来了。"张良、陈平在旁边,两个人不约而同地拿脚尖踢了踢汉王的脚。汉王多么机灵啊,他立刻体会了他们的意思,就装出挂了火儿,当着韩信的使者骂着说:"真是岂有此理!大丈夫平定诸侯,就该做真王,干吗要做假王啊?真是!"他就派张良去送大印,封韩信为齐王，一面又派人去劝说九江王英布脱离项羽，封他为淮南王。韩信当然高兴了，英布也答应了，可是他们还不马上发兵攻打项羽。

公元前203年，汉王突围出去，退到广武（在河南省），楚军马上追到了。广武是山名，东西山头各有一座城，中间夹着一条溪涧，东边的叫东广武，西边的叫西广武。汉军守住西广武，楚军占领东广武。两军相对，彼此还可以通话。项羽在阵前吓唬汉王要杀太公。汉王在阵前数落项羽的罪状，说他不讲信义，杀害义帝，屠杀人民，等等。项羽听得火儿了，用戟向后一挥，后面的弓箭手冲上来，一齐放箭。汉王赶快回马，胸口已经中了一箭，受了重伤，差点从马背上掉下来。他忍住了疼，扑在马鞍上，故意用手摸摸脚，说："贼人射中了我的足趾，好疼啊。"左右扶着他进了内帐，立刻叫医官替他医治。汉军听说汉王中箭，受了重伤，都着了慌。楚军眼看汉王中了箭，但等他一死，全力进攻。就在这紧要关头，张良劝汉王勉强起来。汉王叫医官用布帛扎住胸脯，勉强上了车，到各军营巡查一遍。大伙儿这才安定下来。汉王马上回到成皋养病去了。

项羽听说汉王没死，还亲自到各军营去巡查，大失所望。又听说自己运粮的道儿也给彭越截断，更加着急起来。张良就对汉王说："目前楚军正缺乏粮食，不能不回去。抓住这个机会去跟项羽讲和，要求他把太公和夫人放回来，我们就撤兵回到关中去。我想他是不会不答应的。"汉王就派使者去见项羽，呈上求和的信。信上的大意是这样的："我刘邦跟你项羽打仗打了七十多次，双方都死了不少人马，弄得老百姓叫苦连天，难过日子。要是再打下去，怎么对得起天下的人呐？我特地派使者前来求和，建议楚汉两方拿荥阳东南的鸿沟为界，鸿沟以东属楚，鸿沟以西属汉，各守疆土，彼此不再侵犯。这样，双方停止战争，恢复兄弟的情义，不但你我二人可以共享富贵，就是老百姓也能过太平的日子。"

项羽倒是个豪爽人，他认为这么划定"楚河汉界"倒也不错，就同意了。钟离昧和季布竭力反对，劝项羽别上汉王的当。亚父范增的话他都不听，钟离昧他们更不必说了。项羽就和汉王订了约，交换了合同文书，还把太公和吕氏放了回去。接着他真带着军队回到了彭城。

汉王跟项羽讲和，说要回去，原来是个缓兵之计。现在项羽的大军退了，太公、吕氏又放回来了，仅仅两个月工夫，汉王就撕了鸿沟为界的合同文书，打发使者分头去约韩信、彭越、英布发兵到固陵（在河南省）会齐，共同去进攻楚军。汉王自己先到了固陵，把军队驻扎下来，一面派使者去催韩信、彭越、英布进兵，一面向项羽下了战书。项羽气得直瞪眼睛，大骂刘邦反复无常。当时就带着钟离昧、季布、桓楚、虞子期等大将，发兵三十万，猛一下子向固陵打过去。汉王慌忙应战，又打了个大败仗。到了半夜，他扔了固陵，逃到成皋。楚军追到成皋，把汉军围在那儿。

汉王对张良说："我总觉得韩信、彭越、英布老不得劲儿。我屡次三番地叫他们快发兵来，可他们都按兵不动。这是什么意思啊？"

张良说："虽然大王已经封韩信为齐王，英布为淮南王，可是那仅仅是个空头衔，您没给他们土地。彭越屡次立了大功，更是什么也没拿到。他在名义上是魏相国，这是不够的。现在魏王豹已经死了，彭越也想封王。俗语说，重赏之下，必有勇夫。大王不给他们重赏，难怪他们不肯卖力。"

汉王说："先生的话一点不错。请先生告诉他们，等到他们打败了项羽，我就把临淄一带的郡县全封给齐王韩信，一切租税钱粮等项供他支用；大梁的土地全归彭越；淮南的土地全给英布。烦先生分头去封他们吧。"

果然，韩信、彭越、英布得到了分封土地的甜头，没有多久都发兵来会汉王。汉王不用说多么得意了。

四面楚歌

汉王见韩信、彭越、英布等各路兵马先后都到了,就准备跟项羽决战。他请齐王韩信统领各路兵马,指定萧何、陈平、夏侯婴运输粮草,源源不绝地供应大军。成皋、荥阳一路相连几百里都是汉兵。真是兵多粮足,声势十分浩大。

公元前203年12月,韩信察看地形,把兵马屯在垓下(在安徽省;垓gāi),布置了十面埋伏,要把项羽引到一个适当的地方,准备把他围困起来。他故意拿话去激项羽,让他气得鼻孔喷火,头顶冒烟才好。他编了四句话,叫士兵冲着楚营叫喊:

人心都背楚,天下已属刘;
韩信屯垓下,要斩项羽头!

项羽听了,骂着说:"这个钻裤裆的叫花子,想必活得不耐烦了。我就立刻到垓下去,先斩了韩信这小子再说!"项羽好强,受不了人家的讥笑,火绒子性子,一点就着。他率领十万大军一直冲到垓下,可没碰着韩信。他把军队驻扎下来,一看四面全是汉兵,忍不住瞪着眼睛,抖着双手,大声嚷着说:"哎……呀呀!我军进了重围了!"大伙儿都吓了一大跳。项羽只好对将士们说:"今天汉兵声势浩大,咱们已经中了计,被敌人围在垓下了。可是咱们只要守住阵营,汉兵粮草接不上,必然会退的。"

项羽这个说法并不错,可是他没想到自己的粮道早已给汉兵截断了。一连十来天,项羽只叫将士坚守,不准出战。将士们进来报告说:"三军没有粮,战马没有草,士兵们暗地里抱怨。同心协力杀出去,总比待在这儿等死强。"虞子期和季布说:"八千子弟一向跟随大王,英勇非凡。大王不如带着他们杀出去。如果能够打开一条路,我们各人带领本部人马保护娘娘,就可以紧接着跑出去了。"

钟离眛、桓楚他们情愿跟着项羽先去打一阵。项羽就带领一支人马向前冲过去。楚军尽管大批地死伤,可是项羽的一支画戟,谁也抵挡不住。他见了韩信,更不肯放过。韩信只能一边作战,一边后退。项羽追赶了好几里地,杀散了沿路的汉兵。可是打退一批,又来了一批,杀出一层,还有一层。一支画戟究竟对付不了韩信的十面埋伏。楚兵死伤了快一半,那边汉兵又围上来了,四面八方全是敌人。项羽只好转过身来,跑回垓下大营,吩咐将士们小心防守,准备瞅个机会再出战。

项羽进了营帐。他的夫人虞姬(虞子期的妹妹)伺候他坐下,见他闷闷不乐的,故意露出笑容来安慰他,说:"胜败兵家常事,何必这么烦恼。咱们还是喝几杯提提神吧。"项羽不愿意伤了她的心,就说:"你跟着我在军中这些年了,没享过福,我还老给你添麻烦。"虞姬打断他的话,说:"大王别说这些个。喝几杯,休息休息吧。"

虞姬劝了项羽几杯酒,伺候他睡了,自己守着营帐,心里挺不踏实。到了定更时候,只听见一阵阵的西风吹得树枝子"沙啦沙啦"地直响,好像有人抽抽噎噎地哭着似的。虞姬听了,一阵阵地直起鸡皮疙瘩。她正想躲进内帐里去,忽然听到风声里好像还夹着唱歌的声音。深更半夜,哪儿来的歌声?她慢慢地走到外边,仔细一听,不是唱歌是什么?歌声是由汉营里出来的,唱歌的人还真不少,唱的净是楚人的歌。这是怎么回事啊?

她连忙进了内帐,叫醒了项羽。项羽出来,两个人仔细一听,四面全是楚歌。这一下可把项羽愣住了。他张着嘴,瞪着眼,说不上话来。他拉着虞姬进了营帐,没着没落地对她说:"完了,这一下可真完了!难道刘邦已经打下了西楚吗?怎么汉营里能有这么多的楚人呐?"他光知道刘邦的士兵大多是关中人,韩信的士兵大多是齐、赵、燕、代那些地区的人,压根儿没想到英布的九江兵是临近汉水的老乡,是会唱楚人的歌儿的。张良就叫他们教会了汉兵，大伙儿唱起楚歌来。他料到楚兵听了军心一乱，必然会大批地逃亡，嘱咐汉兵不准阻拦逃出来的楚兵。

楚人的歌声传到了楚营，楚营里的楚人听了家乡的歌，都想起家来了。他们眼看着内无粮草、外无救兵，早就不安心了。这会儿，父母、妻子、家乡、邻里，全给这歌声勾起来，谁还愿意待在这儿等死！开头，还只是三三两两地开小差，后来干脆整批地溜了。连跟着项羽多年的将军，像季布、钟离昧他们也暗地里走了。这还不算，就是项羽自己的叔父项伯，也偷偷地投奔张良去了。大将一走，小兵一哄而散。留下的大将只有虞子期、桓楚他们几个，士兵只剩了千儿八百的子弟兵。楚军就这么自己垮了。

虞子期和桓楚进来，对项羽说："士兵已经散了。大王不如趁着天黑冲杀出去。"项羽叫他们在外边等一会儿，准备在天亮以前一块儿突出重围去。

项羽这时候心里像刀子扎着似的。他什么也不计较，可是败在刘邦手里他是死也不服气的。他什么也不留恋，可是要突围出去就没法保护虞姬，叫他怎么扔得下？他要突围出去，还得依靠那匹骑了多年的战马乌骓。他叫手下的人把马牵来，一面抚摩着那匹千里马，一面说："你辛苦了这些年，弄得这个下场。唉，咱们的命运太坏了！"虞姬见项羽这么难受地对着战马说话，就叫人把它拉开，可是那匹马瞅着项羽，就是不走。项羽再也忍不住了，他喊了一声，随口用最伤心的调子唱起歌来了：

力气拔得起一座山，
气魄压倒了天下好汉；
时运不利乌骓不走，
可叹哪，可叹！
乌骓不走由它去，
虞姬呀虞姬，你可怎么办？

（注：这首歌的原文是：力拔山兮气盖世，时不利兮骓不逝，骓不逝兮可奈何，虞兮虞兮奈若何？）

左右几个人都哭得抬不起头来，虞姬早已变成泪人儿了。

虞子期进来说："天快亮了，咱们走吧。"项羽还是不愿意离开虞姬。虞姬催着他，说："大王快走吧！看，那是谁？"项羽一回头，说时迟那时快，她拔出剑来往脖子上一抹。项羽和虞子期赶快去救，已经来不及了。虞子期一见他妹妹死了，也自杀了。项羽两手捂住脸，眼泪像泉水一样从眼眶里涌出来。桓楚听见帐里一片乱哄哄的，进去一看，也止不住直掉眼泪。他刨了两个坑，把他们兄妹俩的尸首分别埋了。项羽跨上乌骓，带着八百子弟兵，好像受了伤的猛虎似的直冲出去，谁也来不及阻挡，谁也阻挡不了。

项羽突出重围，往南跑去。他打算渡过淮河再往东去。项羽和八百子弟兵沿路杀散汉兵，桓楚阵亡。韩信、英布、周勃、樊哙他们分头追赶。项羽拍着乌骓，使出了平生的劲儿，飞一样地直跑，把汉兵撇在后面。赶到项羽渡过淮河，到了南岸，才瞧见有一百多个子弟兵都快马加鞭地赶到了。他们抢着渡过淮河，跟着项羽又跑了一程，迷了道儿。项羽四面一望，全是小河沟和小道儿，可不知道哪一条道儿可以通到彭城。后面又起了一阵尘土，汉兵远远地还追着呐。

项羽到了三岔路口，瞧见一个庄稼人，就向他问路。那个庄稼人不愿帮他，就说："往左边儿走。"项羽跟一百多个子弟兵就往左跑去，越跑越不对头，跑得连道儿都没了，前边只是一片水洼地。他们的马陷在泥泞里，连蹄子都不好拔出来。项羽这才知道受了骗，走错了道，赶紧拉转缰绳，再回到三岔路口，可汉兵已经追到了。

项羽往东南跑，到了东城（在安徽省定远县东南），点了点人数，一共才二十八个骑兵。追上来的人马有好几千，好像蚂蚁抬螳螂似的都围上来。项羽觉得这可没法脱身了，就带着这二十八人上了山冈，摆下阵势，对他们说："我从起兵到现在八年了。亲身作战七十多次，没打过一次败仗，就这么当上了天下的霸主。今天在这儿被围，这是天数，不是我不会打仗。我已经不想活了，可是我要和诸君一起痛痛快快地打这最后的一仗。就在这种情况下，我还能够打三阵、胜三阵，突出重围，斩杀敌人的将军，砍倒敌人的旗子，让诸君知道这是天要我死，不是我不会打仗。"

项羽到了这步田地，还不知道自己的过错在哪儿。他始终认为只有他一个人力气最大，最能打仗，最能杀人，所以天下的人都应当听他的。到了这会儿，跟着他的只有二十八个人了，他还不肯认输，一定要再杀一些人让他们瞧瞧。他把二十八个士兵分成四队，说："我给诸君先杀他们一个大将。诸君分四路跑下去到东山下会齐。"他就大喊一声，向一个汉将直冲过去。那个汉将仗着人多，想活捉项羽，就跟项羽对打起来。项羽拿画戟猛力一刺，就结果了他的性命。汉兵一见，纷纷退了下去。项羽到了山下，山下的汉将、汉兵又把他团团围住。可是乌骓冲到哪儿，哪儿就成了一个缺口。

项羽到了东山下，那四队二十八个子弟兵全都到了。汉兵赶来，又展开血战。项羽专挑汉兵多的地方冲杀。他就一手拿画戟，一手拿宝剑，左刺右劈，又杀了汉军的一个都尉和不少士兵。汉军将士不敢逼近楚兵，远远地嚷着躲着。项羽点了点自己的人数，仅仅短了两个。他笑着对他们说："诸君看怎么样？"他们都趴在马鞍上行着礼，说："大王真是天神！大王说得一点不错。"

项羽杀退了汉兵，带着二十六个子弟兵一直往南跑去，到了乌江（在安徽省）。恰巧乌江亭长荡着一只小船等在那儿。他知道来的是项羽，就催他马上渡河。他说："江东虽小，可也有一千多里土地，几十万人口，大王还可以在那边做王。这儿只有我这只船，请大王赶快渡过河去。"

项羽原来打算到了彭城再到会稽去，还没想过到了会稽怎么办。这会儿一听到乌江亭长提起"江东"来，反倒戳疼了他的心。他笑着对亭长说："我到了这步田地，渡过江去有什么意思？当初我跟八千江东子弟渡过江来，往西去打天下。到今天他们全都完了，我哪儿能一个人回去呐？就算江东父兄同情我，立我为王，我哪儿有脸见他们呐？他们尽管不说，我心里多么害臊哇。"他接着又说："这匹马，我最喜爱，曾经一天跑过一千里地。我舍不得把它杀了。我知道您是个忠厚长者，我很感激您一片好意，这匹马送给您。"

　　他下了马,叫亭长把马拉去,那匹马拉也拉不走,净回过头来瞧着项羽。项羽掉了几滴眼泪,拿手一扬,吩咐亭长快拉它上船,渡过江去。亭长只好把乌骓拉到船上。船一离开岸,那匹马就跳着叫着,差点把那只小船闹翻了。亭长放下桨,正想把它拉住,想不到它望着项羽使劲地一蹦,蹦到江里去了。

　　项羽眼看自己的马给波浪卷了去,低着头直擦眼泪。赶到他抬起头来往后一瞧,大队的汉军已经追到了。他和二十六个子弟都拿着短刀,步行着跟汉兵交战。他们杀了许多汉兵,自己也一个一个地倒下。末了只剩下项羽一个人。他身上受了几处伤。

　　有十几个汉将,一齐冲到项羽跟前。项羽拿眼睛向他们一扫,瞧见其中有个将军,是个同乡。项羽说:"你不是吕马童吗?老乡也在这儿,真巧。"吕马童不敢正面看项羽。他耷拉着脑袋,说:"是!大王有何吩咐?"项羽说:"听说汉王出过赏格,情愿出一千斤黄金、封一万户买我的头。我把这个人情送给你吧。"说着,他就自杀了。死的时候他才三十一岁。

　　项羽一死,西楚差不多都平了。汉王听了张良的劝告,用安葬鲁公的礼节,把项羽的尸首埋了,还亲自祭祀他。

汉王登基

汉王灭了西楚霸王，平定西楚以后，马上跑到齐王韩信的军营里，把兵权夺过来。他对韩信说："将军功劳大，我忘不了你。可是目前天下已经平定，将军还统领着大军，这对将军并没有好处，别人可能会妒忌或猜疑。万一出了一些不愉快的事，叫我怎么对得起将军呐？为了保全咱们之间的情义，我再三考虑，觉得楚地已经平定了，义帝没有后嗣，将军又是淮阴人，我就封你为楚王，继承义帝。你还是回到楚地去吧。"楚地没有齐地那么大，兵权又给接收了去，韩信当然不大高兴，可是富贵归故乡，也很不错。他就交出了齐王的印，回到楚地，做了楚王。

楚王韩信首先派人去找洗纱的老太太和叫他钻裤裆的那个少年。在楚王自己的地界里，很快地把这两个人都找来了。韩信再一次谢过那个给他饭吃的老太太，送她一千金（汉以黄金一斤为一金）。老太太欢天喜地地回去了。那个屠夫的儿子一进来就跪在地下直打哆嗦，请楚王韩信办他的罪。韩信叫他起来，对他说："年轻人闹着玩儿的事总是有的，何必认真呐？你就在我这儿做个中尉（在王国内捉拿盗贼的武官）吧！"那个人感激得说不出话来，谢过韩信，含着眼泪出去了。韩信对左右说："当初他侮辱我的时候，我何尝不能把他杀了。可是杀了他，有什么意思呐？我就忍着。他倒是督促我上进的一个人。"

第二年，就是公元前202年，汉王登基，做了皇帝，后来称为汉高祖，建都洛阳。

汉高祖召集大臣们开了一个庆祝会。大伙儿喝着酒，有说有笑的，很热闹。汉高祖对大臣们说："今天咱们欢聚一堂，我要问问各位，请你们照实说，不必忌讳。我为什么能得天下，项羽为什么失了天下？"大伙儿有这么说的，有那么说的，反正都是些奉承的话。王陵说："皇上派将士去打仗，打下了城邑，有封有赏，所以人人都肯卖力气，替皇上打下了天下。项羽不肯把地方封给有功劳的人，所以人人不肯尽力，那还不失了天下？"

汉高祖乐了乐，说："你们只知其一，不知其二。要知道成功失败，全在用人上。坐在帐帷里定计划，算得到千里以外的胜利，论这一点，我不如子房（就是张良）。治理国家，安抚百姓，运送军粮，源源不绝地供应军队，做这些事情，我怎么也比不上萧何。统领百万大军，开仗就打胜仗，攻城就攻下来，论这一点，我怎么也不如韩信。这三个人都是当世的豪杰，我能够信任他们，他们帮我得了天下。项羽连一个范增都不能用，怪不得给我灭了。"大伙儿听了，都说汉高祖说得对，说得透，不得不佩服他。

汉高祖灭了项羽，总该很满意了吧，可是他还不怎么舒坦，喝酒反倒不如平日那么痛快。有人问他："皇上为什么不敞开量多喝几杯？"他说："齐王田横躲在海岛上，项羽的大将钟离昧还在暗中拉拢咱们的人。这两个人活着，就好像项羽还没死一样，我怎么能放下心去？"

田横是齐王田荣的兄弟，田荣的儿子田广死了以后，田横接着做齐王。他被韩信打败，差不多全军覆没，只带着亲随的心腹五百多人逃到东海，躲在一个海岛上。汉高祖派使者去叫他来，对他说："你来，大可以封王，小可以封侯；如果不来，就发兵征伐，一个也逃不了。"田横带着两个门客，跟五百多个壮士分别，跟着使者动身了。到了离洛阳三十里的地方，田横对他的两个门客说："我跟汉王本来肩膀一边齐，现在他得了天下，我们去投降，多么臊得慌。今天他高兴了，封你为王，封你为侯；一不高兴，就砍你的头。我何苦自投罗网呐？"他就自杀了。两个门客哭了一场，也自杀了。

使者向汉高祖报告。汉高祖叹息了一会儿，把他们的尸体都埋了，还用王礼给田横做了一座坟，就是"田横墓"（在河南省洛阳市偃师区西）。接着再派使者去叫田横手下的人都回来。五百多个壮士每人只带着一把护身的宝剑，都来了。他们在田横墓上祭祀了一番，唱了一支悲哀的歌儿，就都自杀了。

汉高祖越想越担心。田横手下的人这么死心眼儿向着田横，项羽手下的大将保得住不替项羽报仇吗？尤其是项羽的大将钟离昧，本领大，这个人非找到不可。有人暗地里向汉高祖报告说："钟离昧逃到下邳，躲在韩信那里。"汉高祖听了，脸色都变了。在他看来，韩信加上钟离昧，好像老虎添了翅膀，那还了得？非把他们都收拾了不可。他正想召集几个主要的大臣商议这件事，从陇西来了个献计的人，叫娄敬，他说："洛阳四通八达，不是用武之地，不如迁都关中。万一山东（指崤山函谷关以东）有乱，关中可守。"汉高祖问了问左右，他们大多是山东人，谁也不愿意再到关中去。汉高祖决定不下，特地请张良进来问问他的意见。正好张良进来辞行，他说身子不好，不能再跟着皇上，现在天下已经统一，他从此不愿再过问朝廷的事，他要云游天下去了。

汉高祖对于带兵的将军确实不大放心，可是对于张良，他一直像对待老师那样对待他，怎么也不能让他走。他说："先生看在我们一见如故的情分上，再帮我几年。小的事情我也不来麻烦您，大的事情非向您请教不可。刚才娄敬劝我迁都关中，这是件大事，将士们都不愿意去，我也决定不下。您要是走了，叫我跟谁商量去。"张良见他这么诚恳，只好留下了。他说："洛阳四面受敌，不是用武之地。关中三面险要，都是天然的屏障，独留东路一面控制诸侯，进可以攻，退可以守。而且土地肥沃，物产丰富，从古就被称为金城千里，天府之国。娄敬说得很对。"汉高祖就决定迁都关中，把秦朝的咸阳改名为长安（现在的咸阳和长安是两个城市）。因为长安在西边，洛阳在东边，历史上就把汉朝拿长安做都城的这一个时代叫"西汉"，也叫"前汉"，把后来汉朝拿洛阳做都城的那一个时代叫"东汉"，也叫"后汉"。

汉高祖决定迁都，先派萧何去修理宫殿，接着就派人去探查韩信和钟离昧的行动。公元前201年，他采用陈平的计策，出去巡游云梦（在湖北省），通知受封的功臣到陈地相见。韩信得到了通知，不能不去，可是他收留着钟离昧，又不敢去，急得他像热锅上的蚂蚁一般。末了，他只好向钟离昧直说，说不能再庇护他了。钟离昧恨恨地说："是我投错了人！不过今天我死，明天就会轮到你。"说着就自杀了。

韩信拜见汉高祖。汉高祖说："事情被发觉了，你才来自首，已经晚了。"他吆喝一声，武士们上来把韩信绑了。韩信愤愤不平地说："古人说，'狡兔死，走狗烹；飞鸟尽，良弓藏；敌国破，谋臣亡。'现在天下已经平定，我就该烹了。"

有人劝汉高祖看在韩信过去的功劳上，从宽处分，也好让别的功臣安心。汉高祖想了想，韩信究竟还没造反，要是把他办重了，怕别人不服，就免了他的罪，取消他的王号，降低一级，改封为淮阴侯。

在汉高祖看来，田横和钟离眛简直跟项羽一样重要。这两个主要的敌人已经消灭了，汉高祖总该枕头垫得高高地安心睡觉了吧。万没想到完全不是那回事。他正为了三件大事操心呐。管理国家的制度还没有订出来；长城外的匈奴常来侵犯；有些分封的诸侯王存心割据地盘。这三件大事不办妥善，他是睡不着觉的。

制订朝仪

汉高祖的一批功臣,尤其是从沛、丰起兵一向跟着他的那一帮人,原来都是不分彼此的哥儿们。他们大多举止豪爽,言语耿直。对于读书人或者官员们讲究的那些礼貌,他们不但不习惯,有些根本不懂。在宫里宴会的时候,大伙儿一谈起打仗,各人都夸耀自己的功劳。一不高兴,争吵起来;高兴了,拔剑起舞。经常有人拿着刀剑,大呼大叫地砍柱子、斩案桌,闹得朝堂快变成战场了。汉高祖看了挺不高兴。

大臣当中有个出名的读书人叫叔孙通。他原来是秦朝的博士,投到项梁门下,项羽打了败仗,他投降了汉王刘邦。那时候,刘邦最瞧不起读书人,叔孙通就摘下儒生的头巾,脱去长袍,穿上短褂,打扮得像刘邦的同乡人模样,得到了刘邦的信任。这会儿刘邦做了皇帝,他就献计到礼仪之邦的鲁地去招集儒生,拟订上朝的仪式。汉高祖同意了,他说:"可别太难了,要让我也学得会的才好。"叔孙通就根据秦朝尊敬皇帝、抑制臣下的精神,制订了一整套的朝仪(上朝的仪式)。汉高祖下令,吩咐文武大臣都听叔孙通的指挥,到城外去练习朝仪。练了一个来月,都熟了,才请汉高祖去检阅。汉高祖看了,满意地说:"这我也会。"

公元前200年(汉高祖七年),萧何已经修好了长乐宫。就在元旦那天,大臣们在长乐宫正式朝贺。殿中早已布置了仪仗,严肃整齐。大臣们按官衔大小,各就各位,按照一定的仪式俯伏、起立、行礼、就座,连喝酒、敬酒都有一定的规矩。汉高祖一看,往日乱哄哄的朝堂,居然井井有条,跟以前砍柱子、斩案桌的情形相比,大不相同,而且文武百官见了他,都毕恭毕敬,连大气都不敢透一口,心里更加高兴。他得意忘形,不觉脱口而出:"我今天才知道做皇帝的尊贵了!"

新年庆祝刚过去,还在正月里,北方的匈奴又来侵犯。汉高祖亲自率领三十二万大军往北去抵抗。那一年天气特别冷,又下大雪,有的人冻得连手指头都掉下来了,士兵们没到过这么冷的地方,作战很困难。匈奴假装战败,把汉高祖带领的一支军队引到平城,围在白登山上(在山西省大同市东)。汉朝的大军还没全到。汉高祖的一支军队成了孤军,在白登山上死守了七天,总算用了陈平的计策,买通匈奴内部,他们才退兵。汉高祖为了专心对付国内,对匈奴贵族采取了"和亲政策",挑了个后宫的女子嫁给匈奴王,跟匈奴结为亲戚。

汉高祖叫萧何定了一套规章制度,把国家管理得像个样子;又跟匈奴和亲,使北边暂时得到了安宁。可是那些带兵的镇守四方的诸侯王还不服从朝廷的命令,天下还是太平不了。这些诸侯王过去在战争中都立过大功。他们虽然不是旧的六国贵族,可是还梦想回到秦始皇统一中原以前的时代里去,梦想割据一块土地自立为王,有的甚至认为刘邦可以做皇帝,我何尝不可以做皇帝。

白登之围以后第三年(公元前197年),代相陈豨(xī)造起反来,自立为代王,一下子夺去了常山二十多个城。汉高祖吩咐淮阴侯韩信和梁王彭越一同去征伐。这两个大将都推说有病,汉高祖只好自己带兵去了。

汉高祖还在跟陈豨对敌的时候,家里出了事。韩信手下的人上书告发,说陈豨造反是韩信出的主意,他们还秘密约定里应外合,共取天下。吕后慌忙请丞相萧何想个办法。他们商议以后,使个计,故意派个心腹打扮成军人模样,偷偷地绕到北边,然后大大方方地回来报告,冒充是皇上派来报信的,说陈豨已经全军覆没,皇上快回来了。大臣们听到了捷报,都到宫里去贺喜。只有韩信仍旧推说有病,不出来。萧何亲自去看韩信,对他说:"大臣们都去贺喜,您不去,恐怕给人家说闲话。还是去吧。"韩信只好跟着萧何一块儿到宫里来。宫里早已埋伏着武士,韩信一到,一齐拥上把他绑了。韩信回过头来叫萧何,萧何已经避开了。吕后数落韩信不该跟陈豨谋反。韩信当然不承认。吕后就叫出证人来,说陈豨早已招供了,她吆喝一声,吩咐武士们把韩信杀了。

吕后杀了韩信，才派人向汉高祖报告。韩信死了，去了他一件大心事，汉高祖当然喜欢。

韩信被杀以后不到三个月，就有梁王彭越的手下告发彭越谋反。汉高祖因为彭越推说有病，不跟他一同去打陈豨，心里已经很不高兴。这会儿他杀了陈豨，平定代地回来，听了这个消息，自然更加生气，就派人把彭越带到洛阳，下了监狱。汉高祖一来因为刚杀了韩信，二来彭越究竟还没有造反的真凭实据，他不愿意人家说他杀戮功臣，就免了彭越的死罪，把他罚做平民，叫他搬到蜀中去。彭越总算捡到了一条命，到蜀中去就到蜀中去吧。他到了郑地（在陕西省），正碰到吕后从长安到东边来，见了面，就向她哭诉说："我实在没有罪，我对皇上始终是忠诚的。现在我不要求别的，只求皇上让我住在本乡昌邑，就是皇上和皇后的大恩大德了。"吕后点点头，把他带回洛阳。

汉高祖直怪吕后不该让彭越回来。吕后反倒怪汉高祖太糊涂。她说："彭越是个壮士，您把他送到蜀中去，这是把老虎送到山里去，自讨麻烦。把他杀了，不是更干脆吗？"汉高祖听了吕后的话，就加了个罪名，把彭越杀了。

淮南王英布一听到韩信被杀，已经不安心了。这会儿彭越又遭到杀戮，自己跟他们是一起的，不早动手，免不了和他们一样的下场。他干脆起兵反了。他对手下人说："皇上已经老了，他自己必不能来。韩信、彭越已经死了，别的将军都不是我的对手。"士兵们勇气百倍地愿意跟着他夺天下。英布一出兵，就打死了荆王，打跑了楚王，把荆楚一大片土地都夺过去，急得汉高祖马上发兵去对敌。他碰到英布的军队，一看他布的阵势跟项羽的一样，就有点担心。他在阵前责备英布，说："我已经封你为王，你何苦造反？"英布反问一句："项羽也曾经封你为王，你为什么造反呐？你造反，做了皇帝；我造反，也想做皇帝啰！"

汉高祖冒了火儿，指挥大军直冲上去，正碰上英布的弓箭手，当胸中了一箭。幸亏铠甲护身，箭伤还不太重。他拔出箭，忍住疼，继续前进，杀得英布大败而逃，人马死伤了一半。英布还想逃到长沙去，没想到半路上被人暗杀了。

汉高祖从淮南回来，半路上箭伤又发作了，匆匆忙忙回到长乐宫，病了几个月。在公元前195年，就是他六十三岁那一年，他叫人宰了一匹白马，跟主要的几个大臣订立盟约，说："不是刘家的人不得封王，没有功劳的人不得封侯。谁不遵守这个盟约，天下人共同征伐他！"大臣们都起了誓，决定遵守。汉高祖才闭上眼睛晏驾了。太子即位，就是汉惠帝，尊吕后为皇太后。汉惠帝为人软弱，身子又不大强健，朝中大事大半由吕太后掌管。太后参与朝政，有人赞成，有人反对，这就产生了刘家和吕家的斗争。

公元前188年（汉惠帝七年），二十三岁的汉惠帝死了。汉惠帝没有儿子，吕太后叫孝惠皇后假装有孕，到了时候，把后宫美人的婴儿抱来，说是皇后生的，立他为太子。又怕婴儿的母亲泄露秘密，就把她杀了。这会儿太子即位，称为少帝。太后替少帝临朝，朝廷号令全由她发。这时候，朝廷中几个支持她的大臣，如张良、樊哙都死了。吕太后怕那班立过大功的将军发生叛变，打算封吕家几个人为王，她问右丞相王陵行不行。王陵是个直肠子，他说，"不行！高帝曾经跟大臣们订过盟约：'不是刘家的人不得封王，没有功劳的人不得封侯；谁不遵守这个盟约，天下人共同征伐他。'现在要封吕家人为王，这是违背盟约的，我不能同意！"

太后听了很不高兴。她又问左丞相陈平和太尉周勃："你们说呐？"陈平和周勃回答说："高帝平定天下，封自己的子弟为王；现在太后临朝，治理天下，封自己的子弟为王，有什么不可以呐？"太后点点头，这才高兴了。过了几天，太后免了王陵右丞相的官职，让他告老还乡。太后先封已经过世的父亲为宣王，大哥吕泽为悼武王。接着又封侄儿吕台为吕王；把齐国的济南郡称为吕国，封给他。不久，吕台死了，他儿子吕嘉继承为吕王。

吕太后这么千方百计地想巩固政权，帮着少帝临朝，少帝可并不感激她。公元前184年（吕太后临朝第4年），少帝知道了母亲被杀的事，像懂事又像不懂事地说："太后怎么能杀我的母亲？将来我长大了，一定要替我母亲报仇！"这话传到了吕太后耳朵里，她十分恐慌，就把少帝杀了，另外立小孩子刘弘为帝，也称为少帝。

公元前180年（吕太后临朝第8年）秋天，吕太后患了重病。她把守卫都城的南北两支禁卫军交给自己的两个侄儿吕禄和吕产，封吕禄为上将军，亲自掌握北军，吕产亲自掌握南军，嘱咐他们说："咱们吕家封王，大臣们都不赞成。我一死，大臣们可能作乱。你们必须带领士兵守卫宫殿，千万别出去送丧，免得被人暗算。"她还立了遗嘱：大赦天下，拜吕产为相国。

吕太后一死，按制度下葬，吕禄、吕产都没去送殡。他们准备谋反，就怕周勃、灌婴他们这些大臣，不敢马上发动。朱虚侯刘章的妻子是吕禄的女儿。吕禄谋反的计划，他女儿知道。他女儿一知道，女婿也知道了。朱虚侯刘章暗地里派人去告诉他哥哥齐王刘襄，叫他发兵从外面打进来，再约别的大臣为内应，杀了吕家人，就请他哥哥即位。齐王刘襄果然发兵，往西进攻济南，还发信给各诸侯，列举吕家人的罪恶，号召大家发兵去征伐他们。

齐王发兵的警报到了长安。相国吕产慌忙派灌婴为大将，发兵去抵抗。灌婴带领兵马到了荥阳，对手下的将士们说："吕氏一帮人带着军队占据关中，要夺取刘氏的天下。现在我们去攻打齐王，这正是帮着吕氏作乱。"大伙儿认为汉朝的臣下不该帮着吕氏去打刘氏。灌婴就派使者去告诉齐王，双方都把军队驻扎下来，等待吕氏起兵造反，一同打进长安去，齐王同意了，也暂时按兵不动。

吕禄、吕产准备夺取天下，可是他们内怕周勃、刘章，外怕齐、楚的兵马，又怕灌婴叛变，倒弄得进退两难了。这时候，周勃名义上是太尉，可是兵马全掌握在吕家的人手里。他知道曲周侯郦商（郦食其的兄弟）的儿子郦寄跟吕禄是好朋友，就和陈平相商，用计把郦商骗到家里，软禁起来，逼着郦寄去劝吕禄交出兵权。

郦寄对吕禄说："皇上叫太尉领北军，叫您回到赵国去。现在还来得及，您快把将军的印交出去吧，要不然，大祸临头啦！"吕禄就依了他的劝告，交出了兵权，走了。

太尉周勃拿了将军的大印，进了北军。他对士兵们说："现在吕氏和刘氏起了纷争，你们自己可以决定到底帮谁。凡是愿意帮助吕氏的，右袒（袒，脱去衣袖，露出胳膊来的意思）；愿意帮助刘氏的，左袒！"士兵们好像连想都没想，全都脱去左衣袖，都愿意帮助刘氏。周勃就接收了北军。

可是南军还在吕产手里。陈平叫朱虚侯刘章去帮助周勃。周勃叫刘章监督军门，再传达丞相的命令，吩咐宫殿里的卫士不准吕产进宫。吕产不知道吕禄已经离开北军。他带着一队人马，进宫去收玉玺（皇帝的印；玺 xǐ）。卫士们守住殿门，不让他进去。吕产还不明白底细，刘章带领着一千名士兵已经赶到，就把他杀了。吕产一死，吕氏的兵权全没了，势力就倒了。

大臣们派朱虚侯刘章去告诉齐王，叫他退兵。灌婴也从荥阳退兵回来。大臣们商议着立谁为帝，有的说立这个，有的说立那个，可是大多数的大臣们都说："代王是高帝的儿子，最长，心眼好；太后薄氏，小心谨慎，又没有势力，不如立代王。"大臣们都同意，就派使者去请代王。代王刘恒即位，就是汉文帝。

缇萦救父

汉文帝的母亲薄氏是个不得势的妃子,汉高祖在世的时候,她怕住在宫里受吕后的陷害,就跟儿子住在封地上。再说,薄氏是个吃过苦的人,她娘儿俩多多少少知道一些老百姓的苦楚。汉文帝一即位,首先大赦天下,接着就召集大臣们商议一件大事。他说:"一个人犯了法,定了罪也就是了。为什么还要把他的父母、妻子也都一同逮来办罪呐?我不相信这种法令是公正的,请你们商议改变的办法。"大臣们商议下来,同意汉文帝的意见,打这儿起废除了全家连坐的法令(连坐,就是牵连着一同办罪的意思)。

汉文帝又下了一道诏书,开始救济各地的鳏、寡、孤、独(鳏 guān,没有妻子的老年人;寡,没有丈夫的老年人;孤,孤儿;独,没有儿女的老年人)以及穷苦的人。规定八十岁以上的老人按月发给米、肉、布帛,还规定地方长官必须按时按节去慰问年老的人。

多少年来,老百姓是不能谈论政治的,更不用说批评皇帝了。汉文帝下了一道诏书,要老百姓多提意见。这么一来,上奏章的,当面规劝皇帝的人就多起来了。别说在朝廷上,就是在道儿上有人上书的话,汉文帝也会停下车来把奏章接过去。他说:"可以采用的就采用,不能采用的搁在一边,这有什么不好呐?"因此,谁都可以上书。

公元前167年,有个小姑娘上书给汉文帝。事情是这样的:

齐国临淄(在山东省;淄 zī)有个读书人,名叫淳于意(姓淳于,名意;淳 chún)。他喜欢医学,替人治病很有把握,因此出了名。后来他做了齐国太仓县的县令。他有个脾气,不愿意跟做官的人来往,更不会拍上司的马屁。所以过了不久,他辞了官职,仍旧去做医生。

有个大商人的妻子患了病,请淳于意医治。那女人吃了药不见好转,过了几天死了。大商人就告他是庸医杀人。当地的官吏把他判成"肉刑"。那时候的肉刑包括脸上刺字，割去鼻子，砍去左足或右足三种。因为淳于意曾经做过官，就把他解到长安去受刑罚。淳于意有五个女儿，可没有儿子。临走的时候，他叹着气说："唉，生女不生男，有了急难，一个有用处的也没有！"

姑娘们低着头直哭。那个最小的女儿叫缇萦（tí yíng），又是伤心又是气愤。她想："为什么女儿就没有用？难道我不能帮助父亲吗？"她决定跟着父亲一同上长安去。她父亲到了这时候反倒疼着她，劝她留在家里。解差也不愿意带上小姑娘，多添麻烦。缇萦可不依，寻死觅活地非去不可。解差怕罪犯还没送去先出了命案，只好带着她一块儿走了。

缇萦到了长安，要上宫殿去见汉文帝。管宫门的人不让她进去。她就写了一封信，到宫门口把信递给守宫门的人。他们把她的信传上去。汉文帝一看，才知道上书的是个小姑娘，字写得歪歪扭扭，可是挺动人的。那信上写着：

"我叫缇萦，是太仓县令淳于意的小女儿。我父亲做官的时候，齐地的人都说他是个清官。这会儿犯了罪，应当受到肉刑的处分。我不但替父亲伤心，也替所有受肉刑的人伤心。一个人砍去了脚就成残废；割去了鼻子，不能再安上去。以后就是要想改过自新，也没有办法了。我愿意给公家没收为奴婢替父亲赎罪，好让他有个改过自新的机会。恳求皇上开开恩！"

汉文帝不但同情小姑娘这一番孝心，而且深深地觉得过去的肉刑实在太不合理。他召集大臣们，对他们说："犯了罪，应当受罚，这是没有话说的。可是受了罚，得到了教训，就该让他重新做人才是。现在惩办一个犯人，在他脸上刺了字，或者毁了他的肢体，这就太过分了。这样的刑罚怎么能劝人为善呐？我决定废除肉刑，你们商议个代替肉刑的办法吧。"

大臣们商议下来，拟定了三条办法：废除脸上刺字的肉刑，改为做苦工；废除割去鼻子的肉刑，改为打三百板子；废除砍去左足或右足的肉刑，改为打五百板子。

汉文帝同意了，下了一道诏书，正式废去肉刑。小姑娘缇萦不但救了自己的父亲，也替天下的人做了一件好事情。汉文帝减轻刑罚，有人就怕这么下去，犯法的人一定会增加。可是正相反，犯罪的人越来越少了。据说一年里头，全国犯重罪的案子一共只有四百件。这是因为汉文帝采用了一系列减轻人民负担的政策。

汉文帝即位的第二年，就免去那一年田租的一半；第十二年，又免去这一年田租的一半；第十三年以后，完全废除了田租。这时候汉朝立国才二十几年，当年跟着汉高祖打仗的大批农民都分到一小块土地，免去田租对农民有一些好处，不过得到好处更多的是地主。好在十几年来，国内基本上是太平的；匈奴虽然有时候还来侵犯北方，可没发生大的战争，老百姓还可以安心生产。老百姓安居乐业，国家也有了积蓄。再说汉文帝生活节俭，不肯轻易动用国库里的钱，国家因此更加富足了。有一次，有人建议造一个露台。汉文帝召工匠计算一下得花多少钱。工匠仔细一算，需要一百金。汉文帝说："要这么多吗？十户中等人家的财产也不过一百金。我住在先帝的宫里已经觉得很阔气了，何必再造露台呐？"

为了给天下做个俭朴的榜样，他自己穿的衣服是黑色的厚布做的。他最宠爱的夫人所穿的衣服也挺朴素，衣服下摆不拖到地上，宫女们更不必说了。

汉文帝虽然连花一百金的露台都不愿意造，可是他为了想长生不老，求神仙倒很肯花钱。祭祀天帝的费用要多少有多少，被方士（自称能炼金、能求神仙的人）骗去的黄金也就不少。

有个方士叫新垣平，他暗地里派人向汉文帝献上一只玉杯，玉杯上刻着"人主延寿"四个古体字。汉文帝问献杯的人："你这只玉杯是哪儿来的？"那个人说："有一位穿黄衣服的老爷爷，眉毛、胡须全像雪一样白，他嘱咐我替他献给皇上。我问他，'您叫什么名字？住在哪儿？干吗要我去献？'他说：'你不必问。远在天边，近在眼前。有缘千里来相会，无缘对面不相逢。'"

新垣平说:"没说的,那位老爷爷就是仙人!"汉文帝收了玉杯,吩咐左右拿出黄金赏给来人。方士们正在汉文帝面前捣鬼的时候,丞相张苍暗地里派心腹去侦察新垣平的行动。张苍是个天文学家,他不相信方士的鬼话。果然给他查出了那个献玉杯的人和刻字的工匠。这样,方士欺蒙皇上、骗取金钱的把戏给揭穿了。汉文帝前前后后仔细想了想,这才从迷梦中醒过来。他越是后悔自己的糊涂,就越痛恨方士。他把新垣平这些罪恶大的方士办成死罪,次要的轰了出去。从此,他回过头来又留心起国家大事来了。他下了一道诏书,首先承认自己的过错,然后劝老百姓好好地耕种,不要去做买卖。在诏书里还嘱咐各地官吏去劝告老百姓不可浪费粮食,不应该把粮食拿来做酒。

公元前158年,匈奴侵犯上郡和云中,来势很凶,杀了不少老百姓。好多年不曾打仗,匈奴忽然打进来,大伙儿慌忙放起烽火来,远远近近全是火光,连长安也瞧得见。汉文帝连忙派周亚夫他们几个将军首先守住京城和临近的关口,再发大军去打匈奴。他还嘱咐将士们用心把匈奴打回去,可是不要追到匈奴的地界里去。匈奴碰到汉朝的大军,打了一阵,乱哄哄地逃回去了。从这一次的战争中,汉文帝知道周亚夫是个人才。还有一个少年将军李广也挺了不起的,汉文帝把他称赞了一番。可是汉文帝不喜欢用兵,将军们在平日也显不出本领来。

打败匈奴以后第二年,四十六岁的汉文帝害了重病。他立了个遗嘱,大意说:"万物有生必有死,我死了,你们不必过于悲伤。安葬要节俭,不可起大坟,也不可把珍宝埋在坟里。照过去的规矩,戴孝实在太久了。吩咐天下官吏和人民戴孝只需三天,就该满孝。别的我也不必多说,一切从简就是了。"

他叫太子到跟前,对他说:"将来如果发生变乱,可以叫周亚夫掌握兵权,准错不了。"说了这话,他就咽了气。接着太子即位,就是汉景帝。

晁错削地

汉景帝认为租税固然不应该太重，但是国家必要的开支，也不能省，租税不能完全不收。他在即位第一年，开始征收田租一半，租税还是很轻。

当初汉文帝废除肉刑改为打板子，原来是件好事情。但是犯人有打到五百或者三百板子就给打死的。汉景帝就规定：原来要打五百板子的减为二百，原来要打三百板子的减为一百。他还规定只准打屁股，不准打别的地方，免得要了犯人的性命。

汉景帝也像汉文帝一样，采用减轻人民负担的政策，决心要把国家治理好。他知道内史晁错（内史，官职名，是治理京师的大官；晁 cháo）有才能，把他提升为御史大夫（地位和宰相差不多）。

御史大夫晁错眼看分封的那些诸侯王势力越来越大，有的已经不受朝廷的约束，天下又快变成诸侯割据的局面了。那时候汉朝共有二十二个诸侯国，有些诸侯的土地实在太多了，像齐王有七十多个城，吴王有五十多个城，楚王也有四十多个城。诸侯闹割据，一来免不了要发生战争，二来对发展生产也很不利。晁错对汉景帝说："吴王（刘濞 bì）一直不来朝见，按理早该把他办罪。先帝（指汉文帝）送给他几杖（几就是桌几，疲倦的时候，可以靠着打个瞌睡；杖就是拐杖，可以拄着走道。几杖是古时候尊敬老年人的礼物），原来是宽大为怀，希望他改过自新。哪儿知道他反倒越来越狂妄自大，不受朝廷管束。他还招兵买马，准备造反。眼看诸侯王的势力越来越大，还是趁早削减他们的封地，限制他们发展。"汉景帝说："好是好，就怕削地会引起他们造反。"晁错说："诸侯要是存着造反的心，削地要造反，不削地，将来也要造反。现在造反，祸患还小，等将来他们势力更大了，造起反来，那祸患就更大了。"

汉景帝听了晁错的话，决心削减诸侯王的封地。可巧楚王刘戊到长安来，晁错就揭发他的罪恶，要汉景帝把他办罪，收回他一部分的封地。这位楚王刘戊是汉景帝的从兄弟，荒淫无度，不守规矩。他以为楚国离长安路远，谁也不会发觉的，偏偏给晁错查出来了。汉景帝削去了他封地中的一个郡，仍旧让他回去。晁错又查出了赵王的过失，削去他的一个郡。胶西王私卖官爵，经人告发，削去了六个县。

晁错正计划着要削减吴王刘濞的封地，忽然从他家乡颍川跑来了一个老头儿。晁错一看，原来是自己的父亲，连忙把他迎接进去。他父亲责备他说："你找死吗？我好端端地在家里，可你不让我活下去！"晁错一愣，说："这从哪儿说起？"他父亲说："你做了御史大夫，地位已经够高的了。怎么还不安分守己，好好地过日子，反倒自寻烦恼，硬管闲事？你想，诸侯王都是皇室的骨肉，你管得着吗？你把他们的封地削了，他们哪一个不怨你，哪一个不恨你！你这究竟是为了什么？"

晁错请他父亲别生气。他说："削地是为了国家的安全。请您也想一想，各地的诸侯王势力越来越大，朝廷的权力就越来越小了。这么下去，天下必然大乱！削地就是要使天下太平。"

他父亲叹了一口气，说："我明白了。可是这么下去，刘家的天下可以安稳，我晁家的性命可就危险了。我已经老了，不愿意见到大祸临头。"晁错还是劝他要为国家着想，即使有人不谅解，也该干下去，任劳任怨有时候也是难免的。可是这位老大爷就是不能体贴晁错的心意，他回到老家，还真喝毒药自杀了。

晁错不能听从他父亲的话专为自己打算。他跟汉景帝商议下来，准备削减吴王的封地。没想到吴王刘濞先造起反来了。他在汉文帝的时候，就想自己做皇帝。这会儿借着削地的因由，拿"惩办奸臣晁错，救护刘氏天下"的名义，煽动别的诸侯王一同起来叛变。诸侯王当中有的不愿意打仗，有的还想趁着乱劲儿，再抢些地盘。吴王刘濞分头接洽下来，参加叛变的有吴、楚、赵、胶西、胶东、淄（zī）川、济南等七个诸侯国。因为参加叛乱的有七个诸侯国，历史上就称为"七国之乱"。他们一同发兵，声势十分浩大。汉景帝吓慌了。朝廷上有几个妒忌晁错的人就说七国发兵完全是为了晁错一个人。他们劝汉景帝说：只要答应七国的要求，杀了晁错，免了诸侯王起兵之罪，恢复他们原来的封地，他们就会撤兵回去的。汉景帝为了保住自己的皇位，就昧着良心，把忠心耿耿的晁错杀了。

汉景帝杀了晁错，下了一道诏书，叫七国的诸侯退兵。诏书送到吴王刘濞那里，刘濞已经打了几场胜仗，夺到了不少地盘，他自己做了皇帝，哪儿还肯退兵？他说："我已经做了皇帝，还管什么诏书不诏书！"他干脆把诏书退了。这样，朝廷和诸侯国之间的大战就正式开始了。

汉景帝没有晁错，就好比短了一只胳膊，一听到七国的大军连着打了胜仗，急得直后悔。可是晁错已经杀了，后悔也没用。正在没法的时候，他想起了汉文帝临终时候的话来了："将来如果发生变乱，可以叫周亚夫掌握兵权，准错不了。"他立刻拜周亚夫为大将，发兵去征伐。二十二个诸侯国当中叛变的只有七国，不叛变的还有十五国。周亚夫很能用兵，首先稳住了这十五个诸侯国，然后使用计策，仅仅三个月工夫，就把七国的叛变都平定了。

汉景帝灭了起兵的诸侯王，可还让他们的后代继续为诸侯。不过从此以后，各国诸侯只能在自己的封地内征收租税，不再干预地方行政，诸侯的势力大大削弱，汉朝的政权就更加巩固了。汉朝能够加强统一，晁错是有功劳的，可是他已经死了。

七国之乱以后，天下又安定了。汉景帝还是减轻税赋，减少官差，国内又出现了一片富裕的景象。公元前150年（七国之乱以后第4年），汉景帝立皇子刘彻为皇太子，那时候刘彻才七岁。赶到他十六岁那一年，汉景帝害病死了。皇太子刘彻即位，就是汉武帝。汉武帝是中国历史上很有本领的一个皇帝，文的武的都有一套。别看他年轻，可他知道要治理国家，做一番大事业，首先必须搜罗人才；有人才，才能办大事。他采用选举和考试相结合的办法搜罗人才。这一来，有本领的人还真来了不少。

李广射虎

汉武帝一即位,就下了一道诏书,叫各郡县推举品行端正、稍有才学、能够直话直说的人,这叫作"举贤良方正、直言极谏之士"(谏 jiàn,用直言规劝在上的人的错误)。当时推荐到京师来的有一百多人。汉武帝亲自考试,挑选了十多个人,其中最出名的要算广川人(广川,在河北省)董仲舒了。他主张拿孔子的学说来统一思想,排斥百家,设立学校,培养人才。这种维持君权的主张正适合汉武帝的想头,他重用董仲舒和他一派儒家的人。可是汉武帝的祖母窦太后不赞成改变文帝、景帝的法度。汉武帝刚即位,年纪又轻,不敢得罪窦太后,只好让董仲舒去做江都相(汉武帝有个弟弟封在江都;相是辅助诸侯王的大臣)。

汉武帝的雄心大志没法发挥,只好跟一班伺候他的臣下喝酒、作诗、打猎玩儿。他十九岁那年(公元前138年),要大兴土木建造一座很大的花园,叫"上林园"。那一年碰上大水灾,黄河开了口子,平原的庄稼全都淹了。可是皇家十分富足,库房里的钱不知道有多少万,串钱的绳子都烂了,钱多得数都没法数;粮仓的粮食一年年地堆上去,都露到外面来,多得吃不完,有的已经霉烂,不能吃了。老百姓遭到了灾荒,皇家可有的是钱和粮食。汉武帝要大规模地起造上林园,有人赞成,有人反对。上书反对大兴土木的一个大臣叫东方朔。他说话好像说笑话闹着玩儿似的,可是说的都是正经话,人家就称他为滑稽派。

有一回,汉武帝的奶妈因为儿子犯了罪,汉武帝要处罚她。她向东方朔哭诉,请他帮助。东方朔告诉她再去向汉武帝求饶,可不要多说话,只要临走的时候,回过头去多看皇上几回就是了。第二天,奶妈向汉武帝央告,求他开开恩,汉武帝不答应,叫她走,她还不走。东方朔执着长戟正伺候着汉

武帝，他吆喝一声，说："滚出去！"奶妈只好走了，一步一回头地看着汉武帝。东方朔责备她说："滚，老婆子！你该放明白点儿，现在的皇上不是吃奶时候的婴孩，你还回头看什么？"汉武帝听了，心头很难受，想起自己是她奶大的，怎么能忘恩负义不照顾她呐？他马上免了她的罪，好言好语地嘱咐她以后小心点儿。

这位被称为滑稽派的东方朔劝告汉武帝别修上林园。汉武帝虽然觉得东方朔的话说得有道理，也爱他忠心耿耿，敢说话。可是他只把东方朔称赞了一番，赏他一百金，并没接受他的意见。他照样下令动工，大修上林园。上林园完了工，就有一班专会拍马屁凑热闹的文人作诗、写文章来歌颂汉武帝。其中最叫汉武帝欣赏的一篇就是《上林赋》。那篇《上林赋》是汉朝出名的文人司马相如（姓司马，名相如）写的。汉武帝喜欢文学，欣赏司马相如和别的文人的文章，自己也喜欢作诗，这些都是真的，可是他的雄心大志并不在文学方面。这时候窦太后已经死了，汉武帝自己掌了权，他要抵抗匈奴的侵犯，使国家强大起来。

汉武帝看得很清楚，中原最大的敌人是北方的匈奴。汉高祖亲自带兵抵抗匈奴，吃了败仗，只好对匈奴贵族采取"和亲政策"。但是他们还不断地侵犯中原，抢劫粮食、牛羊和别的财物，还把青年男女掳去做奴隶。文帝和景帝不愿意打仗，在边境上只作消极防御。匈奴的势力因此越来越大，成了汉朝最大的威胁。

公元前129年，匈奴又来进犯，一直打到上谷（在河北省）。汉武帝派卫青、李广等四个将军，每人带一万人马，分四路去抵抗匈奴。这四个将军当中，李广年纪最大。他在汉文帝的时候就做了将军。汉文帝曾经对他说："可惜你在我手里做将军，不是时候，如果你在高皇帝手里，封万户侯也算不了什么。"汉景帝的时候，李广一直守住北方的边界，他曾经做过上郡太守。

有一回，李广带着一百个骑兵追赶三个匈奴兵，追了几十里地才追上。他射死了其中的两个，把第三个活捉了。正准备回来，突然前面来了几千个匈奴骑兵！大伙儿不由得慌了，逃又逃不了，怎么办呐？李广对士兵们说："咱们离大军几十里地，回不去了。干脆下马，把马鞍子也卸下来，大伙儿躺在地下休息一会儿。匈奴一定以为咱们是来引他们过来的，一定不敢打咱们。"他们就都下了马。匈奴的将军果然害怕了，马上叫士兵们上山，布置抵抗的阵势，有一个白马将军冲下山来，李广立刻上马赶过去，只一箭，把他射死。李广一回来，又下了马，躺在地下。天黑下来，匈奴认为前面一定有埋伏，提心吊胆地守着山头。到了半夜，他们趁着天黑，偷偷地逃了。天亮了，李广一瞧，山上没有人。大伙儿这才擦了擦冷汗，回到大营。

多少年来，李广净在北方防御着匈奴。匈奴因为李广箭法好，行动快，忽来忽去，谁都摸不清他打哪儿来、往哪儿去，就给他一个外号叫"飞将军"。飞将军李广在北方出了名，匈奴都怕他。

这一回，汉武帝派出四路人马去抵抗匈奴。匈奴的首领叫军臣单于（军臣，是人名；单于，是匈奴王的意思；单于 chán yú），他探听到汉军分四路打过来了，就把大部分的兵马集合起来，沿路布置了埋伏，要活捉李广。李广打了一阵胜仗，往前追去。他哪儿知道匈奴是假装打败引他进去的。这一下子李广可倒了霉了，他掉在地坑里，给匈奴的伏兵活活地逮住。匈奴的将士们高兴得没法说。他们一看，李广快死了，把他放在用绳子络成的吊床里，用两匹马驮着，送到大营里去献功。

匈奴的将士们一路走，一路唱着歌。李广躺在吊床上纹丝儿不动，好像死了似的。大约走了几十里地，他偷偷地瞅着旁边一个匈奴兵骑着一匹好马，就使劲地一挣扎，猛一下子跳上那匹好马，夺过弓箭来，把匈奴兵推下马去，掉过马头拼命地往横里跑。等到匈奴的将士们一齐去追，李广已经跑在头里了。他一面使劲地夹住马肚子催着马快跑，一面连着射死了几个追在最前面的匈奴兵。匈奴的将士们瞧着李广越跑越远，只好瞪着眼看他逃回去。

军臣单于集中兵力专打李广，李广这一路打了败仗不必说了。另外三路怎么样呐？一路打了败仗，死伤了七千多人。另一路根本没找到匈奴兵，白跑了一趟回来了。只有卫青那一路打了胜仗,逮住了七百来个匈奴兵,立了大功。

四个将军回到长安,报告经过。汉武帝听了,只有卫青打了胜仗。他格外赏赐卫青,封他为关内侯。那两个打败仗的将军定了死罪,都应当砍头,李广就是其中的一个。好在汉朝已经有了一条规矩:罪人可以拿出钱来赎罪。他们两个人交了钱,赎了罪,打这儿起,做了平民。

李广做了平民,回到老家,打打猎,喝喝酒,日子过得挺无聊。第二年秋天(公元前128年),匈奴两万骑兵又打进来,杀了辽西太守,掳去青年男女两千多人和不少财物。汉朝守边界的将军打了败仗,退到右北平(包括河北省丰润、遵化等地方),守在那儿。又过了几个月,那个将军死了,右北平没有人主持。汉武帝又起用李广,派他为右北平太守。

李广做了右北平太守,匈奴害怕李广,逃到别的地方去了。右北平一带没有匈奴了,可是时常有老虎出来伤人。李广就经常出去打虎,老虎碰见他,没有不给他射死的。有一天,李广回来晚了,天色半明半暗,正是老虎出来的时候。他和随从的人都很小心,恐怕山腰里突然跳出一只老虎来,就一面走着,一面提防着。李广忽然瞧见山脚下草棚里蹲着一只斑斓猛虎,拱着脊梁正准备扑过来。他连忙拿起弓箭来,使劲地射了过去。凭他百发百中的箭法,当然射中了。手下的人见他射中了老虎,拿着刀跑过去逮。他们走近一瞧,全愣住了。原来中箭的不是老虎,是一块大石头!箭进去很深,拔也拔不出来。大伙儿奇怪得了不得。

李广过去一看,也有点纳闷儿。石头怎么射得进去呐?他也不相信自己有这么大的力气。他回到原来的地方,摆好马步,拿起弓箭来,对准那块大石头使劲地又射了一箭。那支箭碰到石头,迸出了火星儿,掉在旁边。他还不相信,连着又射了两箭,箭头都折了,可都没能射到石头里去。

可是就那么一箭已经够了。人们都说飞将军李广的箭能射穿石头。这个消息传了开去,匈奴更害怕李广,不敢来侵犯右北平了。可是在别的地方,匈奴还是老来袭击汉兵。汉武帝再派卫青带着三万兵马从雁门出发去打匈奴。他打了胜仗，杀了匈奴好几千人，又立了一个大功。

公元前124年，卫青打了个大胜仗，掳来了十几个匈奴小王，一万五千多个俘虏。汉武帝为了鼓励将士们打匈奴，拜卫青为大将军，加封土地和户口，还要把卫青的三个孩子都封为列侯。卫青接受命令做了大将军，别的都推辞了。他说："打退敌人全靠皇上的洪福和将士们的功劳，我不该加封，孩子们更谈不上，请皇上开恩！"汉武帝就把卫青手下的七个将军都封为列侯。第二年，匈奴再一次侵犯代地，汉武帝派大将军卫青率领飞将军李广等六个将军和大队人马去对付匈奴。卫青的外甥霍去病才十八岁，少年英雄，很有能耐，也跟着他舅舅卫青去打匈奴。

霍去病是第一次出来打仗，十分勇敢。他做了校尉，带着八百名壮士作为一个小队。八百人的小队居然闯进匈奴的大营，杀了匈奴的一个头子，活捉了两个俘虏回来。卫青问了问那两个俘虏，才知道一个是单于的叔叔，一个是单于的相国！捉到了这么高级的首领，这功劳可真不小。没想到那个被霍去病杀了的匈奴头子还是单于的叔伯爷爷。霍去病立了这么大的功劳，被封为冠军侯。

在这次战争中，有一个校尉叫张骞（qiān），也立了大功。张骞曾经做汉朝的使者到过西域（汉朝边疆以西的地区笼统地都叫西域，大部分在现在的新疆维吾尔自治区），被匈奴逮去，扣留了十多年。后来他逃回来，在卫青手下做校尉。他熟悉匈奴的地形。这次出兵，全靠他带道，人马才没受渴挨饿。卫青奏明他的功劳，汉武帝封他为博望侯。

汉武帝为了专门对付匈奴，派了十多万人马去建筑朔方城（在内蒙古黄河以南），又征发十多万民夫，把黄河以南（指河套一带）秦始皇时候造的要塞堡垒都修理了一下，接着移民十万到朔方去。这大量的移民，不但加强了边防，也部分地解决了没有土地的农民的生活。他把国内和防守的事情大体上都布置好了，就再派张骞到西域去。

张骞探险

张骞是汉中人,在汉武帝初年做了郎中。那时候,匈奴当中有人投降了汉朝。汉武帝从他们的谈话中才知道一点西域的情况。他们说敦煌(在甘肃省)和天山当中有个大国,叫月氏(Yuè zhī)。月氏被匈奴打败,往西逃去。他们痛恨匈奴,想要报仇,可是没有人帮助他们。

汉武帝听了,就想:月氏在匈奴的西边,要是跟月氏联合起来,准能切断匈奴跟西域各国的联系,等于斩断匈奴的右胳膊。他下了一道诏书,征求精明强干的人去联络月氏。汉朝跟月氏本来没通过音信,谁也不知道这月氏到底在哪儿。那几个匈奴人只知道月氏往西边逃去,逃得很远,可是究竟有多远呐?谁也不知道。诸侯王、文武大臣当中没有一个人敢到这种地方去的。他们说不是不敢去,可是连地名都不知道,没头没脑地怎么去呐?

那时候张骞还是个小伙子,他觉得这件事情很有意义,首先应征。张骞带头应征,别的人胆子也大了。有个匈奴人叫堂邑父(姓堂邑,名父),还有一百多个勇士都愿意跟着张骞一块儿去寻找月氏国。

公元前138年,汉武帝就派张骞为使者,带着这一百多个人从陇西(就是现在的甘肃省)出发去找月氏。陇西外面就是匈奴地界。他们要到月氏去,必须经过匈奴。张骞他们小心地走了几天,还是被匈奴兵围住。这一百多个人怎么打得过匈奴呐?没说的,他们做了俘虏。

匈奴倒没杀他们,只是派人管住他们,不放他们回去。张骞他们走不了啦,只好住在那边,过着匈奴人的生活。一住就是十多年。可是他们全都分散了,只有堂邑父跟张骞在一起。日子久了,匈奴人管他们就不怎么严。他们说话、做事,跟一般匈奴人没有什么不同,日常生活比以前自由得多了。

有一天,张骞跟堂邑父商量了一下,带着干粮,趁着别人不留心的时候，骑上两匹快马，逃了。他们没忘了自己的任务，还是要到月氏去。虽然不知道月氏在哪儿，可是他们断定：只要往西走，准错不了。他们跑了几十天，吃尽苦头，逃出了匈奴地界。出了匈奴地界，总该到了月氏了吧。哪儿知道月氏还没找到，倒闯进了另一个国家，叫大宛（在中亚细亚）。

大宛在月氏的北边，是出产快马、葡萄和苜蓿（mù xu，就是草头，也叫金花菜）的好地方。他们到了大宛，就被大宛人截住。大宛是匈奴的邻国，懂得匈奴话。张骞和堂邑父都能说匈奴话，言语方便，一说就明白。大宛人就去向国王报告。大宛王早就听到过在很远很远的东方有个中国，地方很富庶，吃的、穿的、住的讲究得没法说，金银财宝、绸缎布帛多得用也用不完，就是太远，没法来往。这会儿一听到汉朝的使者到了，连忙欢迎他们。

张骞见了大宛王，对他说："我们是奉了皇上的命令到月氏去的。要是大王能够派人送我们去，将来我们回到中原，皇上一定拿最好的礼物来送给大王。"大宛王答应了，就派人送张骞他们到了月氏。张骞见了月氏王，谈到汉朝愿意跟月氏联合起来共同去打匈奴。月氏王能够得到汉朝的帮助，杀父大仇可以报了，他还能不高兴吗？没想到完全不是那么一回事。

原来月氏老王被匈奴杀了以后，月氏人立他的儿子为王。新王率领着全部人马和牲畜迁移到西边。他们越走越远，一直到了大夏（就是现在阿富汗北部的地区），大夏人就跟他们打起来了。双方打了几仗，月氏人打败了大夏，占领了大夏大部分的土地。那边土地肥沃，物产丰富，月氏人得到了那块土地，很满意，就建立了一个"大月氏国"。月氏王不想再去跟匈奴作战，报仇的念头已经冷了。他听了张骞的话，不大感兴趣，只因为张骞是个使者，才很有礼貌地招待着他。

张骞和堂邑父在月氏住了一年多，还到大夏去走走，学到了许多东西，就是没法叫月氏王去打匈奴。他们只好回来。他们离开月氏，经过康居（在中亚细亚）和大宛，到了匈奴地界，又给匈奴逮住了。堂邑父本来是匈奴人，张骞又能说匈奴话，只要他们不回到中原去，匈奴还是不杀他们。他们只好留在那边。过了一年多工夫，匈奴内部出了事儿，太子和单于争夺王位，弄得国内大乱。张骞趁着乱劲儿，同堂邑父逃回来了。张骞原来带着一百多人出去，在外边足足过了十三年，就剩下他们两个人回来。汉武帝慰劳他们，拜张骞为太中大夫，封堂邑父为奉使君。

太中大夫张骞因为熟悉匈奴的地理和情况，这次随大将军卫青出征，能够在蛮荒野地找到水和草。卫青特地向汉武帝奏明张骞的功劳，所以汉武帝就封他为博望侯。

博望侯张骞还想再到西域去。他向汉武帝详细报告西域各国的大概情况。最后他说："我在大夏看见邛山（在四川省；邛 qióng）出产的竹杖和蜀地（四川省成都市）出产的细布。"

汉武帝奇怪起来。他说："邛竹和蜀布是咱们中原很出名的东西，怎么你能在大夏见到呐？"张骞说："是啊！我当时就问大夏人这些东西哪儿来的。他们说是买卖人从身毒（又写作"天竺"，都是古代译音，就是现在的印度）买来的。身毒在大夏东南好几千里，是个大国，风俗跟大夏差不多，就是天气热。还有，他们骑着大象打仗，这就跟别的地方不一样。大夏在长安西边一万二千里，现在大夏人从身毒买到蜀地的东西，可见身毒离蜀地一定不远。我们走西北这条道到大夏去，必须经过匈奴，阻碍重重。要是从蜀地出发，走西南那条道儿，经过身毒到大夏，就不必经过匈奴了。"

张骞又讲了一些别的西方国家的情况。汉武帝听了，才知道在匈奴的西边还有大宛、大夏、安息（古代的波斯）、大月氏和康居这些国家。汉武帝打算用礼物和道义去跟这些国家来往，使得他们都联合起来对付匈奴。他非常钦佩张骞的探险精神，完全同意他经过身毒到大夏去的计划。

汉武帝派张骞为使者，从蜀地出发，带着礼物去结交身毒。按照张骞的推想，身毒是在蜀地的西南方，可是谁也没有去过。那条道儿还得用他们的脚去踩出来。

张骞把人马分成四队，从四个地点出发去寻找身毒国。四路人马各走了两千里地，都碰了壁。有的给当地的部族打回来，有的给杀害了。

往西走的一队人马到了昆明（在云南省），也给当地的人挡住了。汉朝的使者只好换一条道儿走。他们绕过昆明，到了滇国（也叫滇越，在云南省）。滇国的国王原来是楚国人，已经有好几代跟中原隔绝了。他愿意跟汉朝来往，很客气地招待着使者，也愿意帮助使者找道儿去往身毒。可是昆明在中间挡着，一过去就打，他们只好回来。

张骞回到长安，向汉武帝报告经过。汉武帝认为这次出去虽然没能通过身毒，可是已经通了滇越，在南方结交了一个从没听到过的国家，也很满意。

公元前121年，匈奴再一次打到上谷，杀了几百个汉人，抢了一些牲畜、财物，不等汉军过去就走了。这可把汉武帝气坏了，他决定要跟匈奴拼一拼。

再通西域

汉武帝拜青年军事家霍去病为车骑将军,叫他率领一万骑兵,从陇西出发去进攻匈奴。霍去病的军队打了个大胜仗,夺取了燕支山和祁连山。

过了两年,就是公元前119年,一万多名匈奴骑兵从东边打进来,杀了一千多名当地的老百姓,抢了一些粮食和财物又回去了。汉武帝派大将军卫青和车骑将军霍去病各带五万人马去追击匈奴。这时候,飞将军李广做了郎中令(宫廷的守卫官),经常在汉武帝左右,要求派他去打匈奴,汉武帝说他太老了,不让他去。李广再三要求,他说:"匈奴这么疯狂,一次次地侵犯我们,屠杀我们的老百姓,我实在不能再在京师里消消停停地住下去了。"汉武帝就叫他带一队兵,跟别的三个将军一共四队人马,由大将军卫青统领,一同出发。临走的时候,汉武帝嘱咐卫青说:"李广年老,不可让他独当一面。"卫青点了点头。

这次汉军出去跟以前大不相同。除了十万骑兵以外,还有几十万步兵和十四万匹驮(tuó,牲口背东西)东西的马。卫青、霍去病分两路进兵,一定要打败匈奴。

卫青派李广往东绕道进兵,指定日期到漠北(沙漠以北)会齐。李广要求打先锋,可不愿意往东绕道,因为他不熟悉东路的情况。卫青不答应,派另一个将军赵食其(yì jī)跟李广同去。

卫青自己向北进军,一碰到匈奴,就打起来了。匈奴连连败退。卫青在三天里头追了二百来里地,可没追上单于。汉军又追了一段路,没找到一个匈奴兵,又不知道前面的路,就回到漠南(沙漠以南)。

卫青的大军回到漠南,才碰到李广和赵食其的军队。卫青责备他们误了日期,他说:"人家已经从漠北回来了,可你们才到了漠南。"赵食其说:

"东路水草少,道儿远,弯弯曲曲的小道儿又多,我们迷了道儿,差点儿连漠南都到不了啦。"李广气愤不过,连话都说不出来。卫青一面送酒食给李广,一面派人审问李广他们行军误期的案子。

飞将军李广流着眼泪对将士们说:"我自从投军以来,跟匈奴打仗,大小七十多次,有进无退。这次大将军不让我跟他在一起,一定要我往东绕道儿。东路远,迷了道儿,耽误了日子。我还能说什么?我已经六十多了,犯不着再上公堂。"说着,就自杀了。士兵们一向敬爱李广,一听到他死了,全都哭了。

李广的儿子李敢,跟着车骑将军霍去病从代郡出发去打匈奴,倒立了功。霍去病的大军连着打了胜仗,逮住了单于手下的三个王,还有将军、相国、军官等八十三人,消灭了匈奴八九万人。匈奴逃到漠北。打这儿起,漠南不再有匈奴的军营了。

西域一带有许多国家本来都受到匈奴的压迫,现在看到匈奴打了败仗,失了势,就都不愿意再向匈奴进贡、纳税。汉武帝趁着这个机会,打算再派张骞去通西域。

张骞献计说:"匈奴西边有个乌孙国(在新疆伊宁县以南的地区),原来也给匈奴纳税进贡。最好先结交乌孙王,要是他愿意和我们结交,皇上不妨跟他和亲。这么一来,乌孙以西的国家,像大宛、康居、大夏、月氏,就容易结交了。"

汉武帝一听到能够联合这许多国家来对付匈奴,挺赞成。他派张骞和他的几个副手为使者,拿着汉朝的使节,带着三百个勇士,每人两匹马,还有牛、羊一万多头,黄金、钱币、绸缎、布帛等价值几千万的礼物,动身往乌孙去。

张骞到了乌孙,乌孙王出来迎接。张骞把一份很厚重的礼物送给他,对他说:"要是大王能够搬到东边来,皇上愿意把那边的土地封给大王,还把公主嫁给大王做夫人,两国结为亲戚,共同对付匈奴,这对咱们两国都有好处。"

乌孙王一时不能决定。他请张骞暂时休息几天，自己召集大臣们商议商议。乌孙王和大臣们只知道汉朝离乌孙很远，可不知道汉朝的天下到底有多大，兵力到底有多强。他们离匈奴又近，大伙儿都害怕匈奴，不敢搬到东边去。可是乌孙王又想得到汉朝的帮助，因此商议了好几天，还是决定不下来。

张骞恐怕耽误日子，就打发他的副手们拿着使节，带着礼物，分别去联络大宛、康居、大月氏、大夏、安息、身毒、于阗（在新疆和田县；阗tián）等国家。乌孙王还派了几个翻译帮助他们。这许多使者去了好些日子还没回来，乌孙王倒先打发张骞回去了。他借着送回张骞，回拜汉朝的由头，派了几十个人到长安去探看一下。

张骞带着乌孙的使者来见汉武帝。汉武帝见了他们已经很高兴了，又瞧见乌孙王送给他的几十匹高头大马，喜欢得了不得，格外优待乌孙的使者。

过了一年，张骞害病死了。汉武帝失去了这么一个英雄，愁眉苦脸地闷了好几天。又过了几年，张骞派出去的那些副手带着各国的使者陆续回来了。各国的使者又都送来了各色各样的土特产作为礼物。汉武帝非常高兴。他想知道西域各国的情况，就向他们问长问短。

使者们也说不上西域到底有多少国家，大伙儿把到过的地方合起来算一算，就有三十六国。这些国家一向受着匈奴贵族的压迫，匈奴还派官员到那边去收税，要牛羊，要奴仆。他们害怕匈奴，只好把自己的奴隶和财富交给匈奴。这会儿汉朝皇帝打败了匈奴，跟这些国家交好，他们不必纳税，而且还能得到礼物，都很乐意跟汉朝结交。

乌孙王不愿意搬到东边来。汉武帝就在那边设立了两个郡，一个叫酒泉郡，一个叫武威郡（就是现在甘肃省酒泉市和武威市），一年到头有官员和兵士守卫着。这么一来，匈奴不能再从那一边往南来侵犯了。

汉武帝为了联合西域各国一致抵抗匈奴，他一而再、再而三地打发使者分别到这些国家去。西域三十六国都知道博望侯张骞，说他心眼好、够朋友。因此在很长一个时期内，派到那边去的使者都不说张骞已经死了。他们每次出去的派头大体上都跟当初张骞出去的时候差不多。出使一次，多则几百人少则一百来人。西域的道儿上每年都有使者来往。路近的两三年来回一次，路远的八九年来回一次。汉朝和西方的交通就这么建立起来了。这对汉朝和西域各国都有好处。汉朝从西域那边得到的，有高头大马、葡萄、苜蓿、胡桃、蚕豆、石榴等几十种物产；西域各国从汉人那里学会了耕种、打井和炼铁，这对于发展生产大有帮助。

汉朝和西域各国这么来往着，匈奴当然很不服气。他们准备了一个时期，就派骑兵去阻碍交通，抢劫使者带着的货物。汉武帝除了加紧酒泉和武威的防御以外，又设立了两个郡，一个叫张掖郡，一个叫敦煌郡。这四个郡都驻扎着军队，随时可以打击匈奴，保护着西域的交通。

通神求仙

汉武帝派卫青、霍去病他们打匈奴，派张骞他们通西域，都得到了很大的胜利。汉朝的江山早已坐稳了。他还打算干什么呐？俗语说，"做了皇帝想登仙"，这话对汉武帝来说，一点不假。他从十六岁即位以来，一直相信鬼神。这一二十年来，已经有不少方士向他骗过俸禄和黄金。他一发现方士的欺诈，就把他们杀死。可是他认为神仙是有的，就是这些方士本领太差，所以他杀了一个，接着就相信另一个。

这会儿他相信一个方士叫少翁。"少翁"就是"少年老人"的意思，看过去少翁还像个少年，可是他说他已经两百多岁了。少翁对汉武帝说："皇上要跟神仙来往，先得把自己住的宫殿、用的被服都装饰成像神仙用的，神仙才能下来。"汉武帝一心想做神仙，先要见见神仙，就听了少翁的话，把宫殿的顶子、柱子、墙壁都画上五彩的云头、仙车什么的，帷幕和被服也都绣上这一类的玩意儿。

少翁又请汉武帝盖了一座甘泉宫，里面画着各色各样的神像，摆着祭祀的东西，为的是请神仙下来。这么搞了一年多，花了不少钱，神仙还是没下来。汉武帝开始起了疑。少翁也觉出了，自己要是再不想办法，恐怕就要失去皇上的信任了。

有一天，少翁跟着汉武帝到甘泉宫去，路上瞧见有人牵着一头牛过去。少翁指着牛对汉武帝说："这头牛的肚子里准有天书。"当场就把那头牛宰了，从牛肚子里拿出一条布帛来，上面写着字。字尽管写得古怪，字句也不大好懂，汉武帝还是认出是少翁的笔迹。审查下来，果然是少翁耍的把戏。汉武帝就把方士少翁杀了。少翁的骗局拆穿了，他的徒弟还想靠着欺骗过日子。他们又要了一个花样。过了一个多月，有人说在关东碰见了少翁，回来向汉武帝报告。汉武帝又像相信、又像不相信。他派人把少翁的坟刨开，打开棺材瞧瞧。方士们又买通了掘坟的人，他们对汉武帝说：棺材是空的，里面只有一个竹筒。这一来，汉武帝又相信起别的方士来了。

公元前115年，汉武帝用柏木做栋梁，造了一座二十来丈高的台，叫"柏梁台"，台上用铜做柱子，有三十来丈高，铜柱顶上有个盘，叫"承露盘"。承露盘由一只手掌托着，那手掌就叫"仙人掌"。柏梁台上的仙人掌托着承露盘。盘里的露水和着玉石的粉末变成玉露。方士们都说，经常喝玉露就能长生不老。汉武帝一有玉露就喝。喝了露水倒无所谓，玉石磨成的粉末怎么能吃呐？玉露喝多了，害得他生了一场大病。

他病一好，就老想着少翁棺材里的竹筒。他以为杀的只是一个竹筒，真的少翁早已遁走了。他直怪自己得罪了仙人。正在这时候，又来了一个方士，叫栾（luán）大。他对汉武帝说："我以前在海里来往，碰到了一个仙人，拜他为老师，学到了一些皮毛。只要功夫深，黄铜可以炼成金，大河开了口子，也可以堵住，长生不老的仙丹可以得到，神仙也可以请到。可有一样，少翁受了冤枉死了，方士有几个脑袋呐？因此，我栾大也不敢多嘴。"汉武帝连忙撒谎，说："他是吃了马肝中毒死的，你别多心。只要你有法术，尽管说，要花钱，我有。"栾大说："我的老师都是仙人。只有人求他们，他们并不求人。皇上诚心求神仙，就该尊重仙人的使者，才可以叫他去求仙通神。"

汉武帝真信了栾大的话，就封他为将军，赏给他十万斤黄金，叫他去迎接神仙。栾大动身以后，汉武帝打发几个心腹扮作老百姓暗暗地跟着他，观察他的行动。

这几个心腹沿路跟着栾大，看他干什么。栾大上了泰山，坐了一会儿，下来又到海边溜达溜达，就这么待了几天，回到长安来了。那几个暗探瞧见栾大这么捣鬼，根本没有神仙跟他来往，就实话实说，把这些事告诉给汉武帝。栾大见了汉武帝，还想捏造鬼话。汉武帝叫出证人来，揭穿他的勾当，不怕栾大不招认，最后叫人把这个方士又拉到大街上斩了。

杀了一个少翁，来了一个栾大；杀了一个栾大，又来了一个公孙卿。公孙卿劝汉武帝上泰山去祭天。他说："黄帝祭了天，有黄龙下来迎接他。他骑着龙上去，当时攀着龙须上天的有黄帝的宫女和大臣一共七十多人。还有别的臣下也拉着龙须不放，想一同上去，可是龙须拉断了，全掉下来。我的老师没法上去，只好留在人间修道。"汉武帝听了，叹了一口气，说："要是我能学黄帝的样，我情愿抛弃荣华富贵。"他拜公孙卿为郎中，叫他准备上泰山去祭天。

汉武帝带着方士和大臣们上了泰山，在山上刻了字留个纪念，祭祀一番。他下了山，齐地的方士成群结队地来拜见汉武帝，都说蓬莱岛上有神仙。他就吩咐人准备船只，自己要坐船到海里去找神仙。可是海上风浪很大，汉武帝直皱眉头。大臣东方朔劝他，说："皇上还是回去吧。求神仙也不能太心急。只要安安静静地住在宫里，多修修好（指行善积德），神仙有灵，自然会降临的。"汉武帝听了东方朔的话，回到长安。

这一次出门，费了五个月工夫，花了无数的金钱，还是没见到神仙。没见到神仙倒也罢了，谁想得到东边、北边、西南边都出了事，汉武帝不得不把求神仙的事暂时缓一下，去对付外来的侵扰。

苏武牧羊

匈奴自从给卫青、霍去病打败以后,逃到漠北,休息了好几年。他们表面上做出要跟汉朝和好的样子,实际上还是招兵买马,准备侵入中原。单于还一次次地派使者来求和,可是汉朝的使者到匈奴去回访,有时候就被他们扣留了。这几年来,汉朝的使者前前后后被匈奴扣留的就有十几起,匈奴的使者被汉朝扣留的也有十几起。公元前 100 年(汉武帝四十一年),汉武帝正想出兵去打匈奴,匈奴又派使者来求和,还把汉朝的使者都放回来了。

汉武帝见到被匈奴扣留的使者都回来了,很高兴。为了报答单于的好意,他特地派中郎将苏武拿着使节送匈奴的使者回去,把以前扣留下的使者也都放回去,还带了许多礼物去送给单于。

苏武奉了命令,带着两个副手,一个叫张胜,一个叫常惠,和一百多个士兵到匈奴去,路上跟匈奴的使者们交了朋友。

苏武到了匈奴,送回扣留的使者,送上礼物。哪儿知道单于并不是真心要跟汉朝讲和。他把汉朝的使者送回去只是个缓兵之计。他一见汉朝把使者送回来,还送了这么多的礼物,就认为汉朝中了计,更加骄横起来了。他对待苏武也不讲礼貌。苏武为了两国和好,不便多说话,更不能发脾气。他只等着单于写了回信让他回去就是了。没想到就在这个时候,出了倒霉的事儿,害得苏武吃尽苦头。

苏武没到匈奴以前,有个汉朝的使者叫卫律,投降了匈奴。单于正需要汉人帮助他出主意,特别重用他,封他为王。卫律有个副手叫虞常,虽然跟着卫律,心里可很不愿意。他见到卫律替匈奴出主意去侵犯中原,心里更不痛快。他老想杀了卫律,逃回中原去,就因为没有帮手,不敢莽撞。这会儿他见到苏武和他的副手张胜来了,高兴得了不得。他跟张胜本来是朋友,就

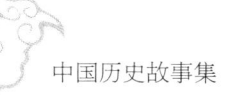

暗地里对张胜说："听说咱们的皇上恨透了卫律，我准备替朝廷把他杀死。我母亲和兄弟都在中原，我不希望别的，只希望立了功，皇上能够照顾照顾我的母亲就是了。"

张胜很表同情，愿意帮他去暗杀卫律。谁知道"路上说话，草里有人听"。虞常没把卫律弄死，自己反倒给单于的手下逮住了。单于叫卫律审问虞常，还要从他身上查出同谋的人来。到了这时候，张胜害怕了。他只好把虞常跟他说的话告诉了苏武。苏武急得什么似的，他说："要是虞常供出了跟你同谋，咱们还得去上公堂。堂堂大国的使者像犯人一样去给人家审问，不是给朝廷丢脸吗？还不如早点自杀吧。"说着，就拔出刀来向脖子上抹去。张胜和常惠眼快，连忙拉住他的手，夺去刀，没让他死。

苏武只希望虞常不供出张胜来就够造化的了。虞常受了各种残酷的刑罚，只承认张胜是朋友，他们曾经说过话，不承认跟他同谋。卫律把供词交给单于，单于叫卫律去召苏武他们投降。

苏武一见卫律来叫他投降，就对常惠他们说："丧失气节，污辱使命，就算活下去，还有什么脸见人哪？"一面说，一面又拔出刀来向脖子上抹去。卫律慌忙把他抱住，苏武的脖子已经受了重伤。他倒在地上，浑身是血。卫律叫人去请医生。常惠他们哭得不像样子。赶到医生到来，苏武还没醒过来。医生给苏武灌了药，让他缓醒过来，然后给他涂上药膏子，扎住伤口，把他抬到营房里去。常惠很小心地伺候着他。那个愿意帮助虞常的张胜已经关在监狱里了。

单于十分钦佩苏武，早早晚晚派人去问候，一直等到他完全好了，才叫卫律想办法再去劝他投降。卫律奉了单于的命令审问虞常和张胜。他请苏武坐在公堂上好像旁听似的听他审问。审问下来，卫律把虞常定了死罪，杀了。他对张胜说："你是汉朝的使臣，不该跟虞常同谋暗杀单于的大臣。你也有死罪。可是单于有个命令：投降的免死。你要是不投降，我就砍了你的脑袋！"说着，他就拿刀向张胜举着。张胜贪生怕死，投降了。

卫律回过头来对苏武说："你的副手有了死罪，你不投降也得死！"他又拿起刀来，还没砍过去，苏武脖子一挺，不动声色地等着。他这一挺，反倒叫卫律的手缩回去了。他说："苏先生，您听我说吧。我也是不得已才投降匈奴的。多蒙单于大恩，封我为王，给我几万名手下和满山的马群。您瞧多么富贵呀。苏先生今天投降，明天就跟我一样。何必这么固执白白地丧命？先生听我的劝告，我就跟先生结为兄弟。要不然，恐怕您不能再跟我见面了。"

苏武站起来，指着卫律的鼻子，骂着说："卫律！你做了汉朝的臣下，忘恩负义地背叛朝廷，厚颜无耻地投降了敌人，做了汉奸，我为什么要跟你见面呐？我绝不会投降，要杀要剐（guǎ）都由你！匈奴闯下这场祸，将来汉朝来问罪，你也逃不了。"

苏武的责备，义正词严，连卫律这号人听了也红了脸。单于听了卫律的报告，不得不更加钦佩苏武，可是他更加要想办法叫苏武投降。他想折磨苏武，叫他屈服，就把他下了地窖（jiào），不给他吃的、喝的。这办法可真毒辣，没有吃的已经够受的了，没有喝的，简直叫人连喘气都喘不过来。可苏武仍旧不屈服。这时候正好下大雪，破破烂烂的地窖里也全是雪。他就捧着雪大口地吃。嘴倒是不渴了，肚子还是饿的。他把扔在地窖里破旧的皮带、羊皮片什么的啃着吃下去。这么着，他又过了几天。

单于见苏武还活着，只好把他放出来。单于要封他为王，他不干。到了最后，单于把他送到北海（就是现在俄罗斯的贝加尔湖），叫他在那边放羊。他的副手常惠也不肯投降。单于罚他做苦工，故意不让他跟苏武在一起。

苏武到了北海，口粮不够。他就挖野菜，逮田鼠，作为补充。吃的、喝的，是冷是热，他都不在乎，最叫他念念不忘的是他没完成使者的使命。现在他什么都没有，跟他同生同死的就剩下这根使节了。他从这根使节上得到了安慰。他拿着使节放羊，抱着使节睡觉，他还想着总有一天能够拿着使节回去。

大雁带信

一年一年地过去了，苏武一直在北海放羊。那个代表朝廷的使节日夜没离开他的手，这么多年来，使节上的穗（suì）子全掉了。可是他把那个光杆子的使节看成自己的命根子一样，紧紧抓住这根杆子，想念着汉武帝，想念着朝廷，想念着父母之邦。

苏武在朝廷上有个很要好的朋友叫李陵。他出使匈奴的第二年，汉武帝派李陵带着五千名步兵，去跟匈奴作战。单于亲自率领三万骑兵，把李陵这点儿步兵都围上。尽管李陵的箭法好，尽管这五千名步兵杀了六七千名匈奴兵，终于因为没有救兵，只剩下四百零几个人回来，李陵自己被匈奴逮去，贪生怕死，投降了。

李陵投降匈奴的消息惊动了朝廷。汉武帝把李陵的母亲和妻子下了监狱，召集了大臣们评评李陵的罪行。大臣们都骂李陵不该贪生怕死，只有个太史令，叫司马迁，他冒冒失失地说："李陵虽然打了败仗，可是杀了这么多的敌人，也足可以向天下的人交代了。李陵不肯马上就死，准有他的主意。他一定还想将功赎罪来报答皇上。"

汉武帝火了，他责问司马迁说："你怎么知道他的主意？是李陵告诉你的？是你叫李陵去投降的？要像你这种说法，谁都可以投降敌人了。你这么替投降敌人的人强辩，你不是存心反对朝廷吗？"他吆喝一声，把司马迁下了监狱。

审查下来，司马迁被定了罪。按照汉朝的规矩，定了死罪还可以拿出钱来赎罪。可是司马迁拿不出钱来，只好受了刑罚，成了个残废的人，关在监狱里。依他的脾气，他宁可自杀，也不愿意受罚。可是他想到自己有一项极重要的工作没完成，不应该死。他正在用全力写着一部历史书，叫《史记》。

他要忍受一切痛苦来完成这部书。"有志者事竟成",司马迁终于写完了《史记》,咱们今天还读这部书呐。

汉武帝把李陵的一家下了监狱,把司马迁办了罪。后来传说李陵要帮着匈奴来打汉朝了。汉武帝大怒,就把李陵一家全杀了。李陵得到了全家灭门的消息,哭得死去活来,他死心塌地地投降了匈奴。他听说苏武宁可死,决不投降,可不敢去见这位老朋友。一直过了十几年,单于知道了李陵跟苏武的交情,就派他到北海去劝苏武。

李陵对苏武说:"单于听说我跟您过去素来要好,特地派我来跟您说,他很尊敬您。您反正不能回到中原去,何苦在这儿吃苦呐?不管您怎么忠心,有谁知道呐?现在皇上已经老了,今天杀大臣、明天杀大臣,无缘无故地就把人家灭了门。皇上这个样,朝廷这个样,您受罪还为了谁呐?"

苏武回答说:"我是汉朝的臣下,我不能对不起自己的祖宗,不能对不起父母之邦。请您别再说了。"

过了一天,李陵又对苏武说:"老兄,您能不能再听听我的话?"苏武板着脸说:"我早已准备死了。大王(李陵封为匈奴王)一定要逼我投降的话,我就死在大王面前!"李陵见苏武这么坚决,忽然称他为"大王",听了实在刺耳,就叹了一口气,只好跟苏武分别了。

自从苏武被匈奴扣留以后,十多年来,汉朝跟匈奴经常作战,汉武帝发兵,少则几万人马,多则几十万人马。打一次仗,匈奴总得死伤几万人马,怀着胎的牛、马、羊也流了产,那些才生下来的小牛、小马、小羊,碰到打仗照顾不了,也大批大批地死去。匈奴因此大伤元气。后来老单于死了,他儿子即位当了单于,就派使者到汉朝来要求讲和。

汉武帝同意了匈奴的要求,答应两族和好。原来这时候汉朝也很困难。汉武帝为了打匈奴、通西域,再加上他生活奢侈,好讲排场,又迷信鬼神,连年大兴土木,耗费了大量的人力物力,这许多年来,把文帝景帝时候积累下来的钱财粮食,早花得干干净净。为了弄钱,他重用残酷的官吏,加税加捐,加重官差,甚至于让有钱的人出钱买爵位,买官做。这班人做了官,当然要拼命搜刮老百姓，加几倍、几十倍捞回买官的本钱来，逼得老百姓难过日子。大大小小的官僚、地主还趁着农民有困难的时候，大批地兼并土地。当初汉文帝和汉景帝减轻租税，原来是件好事情，可是受益最多的是地主，贫苦农民遭到了天灾人祸，还只好把土地卖给他们。到了汉武帝的时候，土地更加集中到大中地主的手里，失去土地的农民不是做了佃农，就是逃亡成为流民。再加上水灾、旱灾，各地方都有大批的农民起来反抗官府。精明强干的汉武帝已经看到了：他要是再这么干下去的话，国内一定大乱，汉朝的统治准会给这一代的陈胜、吴广推翻。这不能不叫他害怕。他下了决心，要尽一切努力来巩固自己的统治，挽救自己的命运。

公元前89年，就是汉武帝六十九岁那一年，农民正开始春耕的时候，他吩咐大臣们准备农具，自己亲自下地，装模作样做个耕种的架势，还吩咐全国官吏劝导农民好好儿耕种。

正在这时候，有个管财政的大臣向汉武帝建议说："轮台（在新疆维吾尔自治区）东部有五千多顷（古时候田一百亩为一顷）土地可以耕种。请皇上派人到那边去建造堡垒，驻扎军队，然后招募老百姓到那边去开荒。这样，不但轮台可以种五谷，而且可以帮助乌孙，让西域各国有所顾忌。"汉武帝趁着这个机会，下了一道诏书，说：轮台在车师以西一千多里。以前发兵去打车师，虽然打了胜仗，但是因为路远，饮食困难，沿路死了好几千人，到车师去已经死了这么多人，别说再到车师以西更远的地方去了。要是派人到遥远的轮台去筑堡垒，驻扎军队，这不是又要扰乱天下，苦了老百姓吗？我听也不愿意听下去。目前最要紧的是：废止残暴的刑罚，减轻全国的赋税，鼓励农民努力耕种，养马的可以免劳役。只要国家开支不缺乏，边疆防守不放松，就很好了。

这道诏书，后人称为"轮台悔过"。从此以后，汉武帝就不再用兵，还用各种办法让老百姓能够过日子。农民反抗朝廷的行动开始缓和下来。

公元前87年，汉武帝死了，汉昭帝即位，才八岁。骠骑将军霍去病的异母兄弟霍光是个托孤大臣（皇帝临死把自己的子孙托给大臣叫托孤），掌握着朝廷的大权。公元前85年，匈奴的单于也死了，他儿子即位。新单于的叔叔和别的匈奴王都要做单于，就这么起了内乱，无形中分成了三个国家。新单于知道没有力量再跟汉朝打仗，又打发使者到长安要求跟汉朝和好。霍光也派使者去回报，只提出一个要求：要单于放回苏武、常惠等汉朝的使者。匈奴骗使者说苏武他们已经死了。

第二次汉朝又派使者到匈奴去。常惠买通了单于的手下，私底下跟使者见了面，说明苏武的底细，还教给他一个要回苏武的办法。使者见了单于，要他送回苏武和其他的使者。单于说："苏武早已死了。"汉朝的使者很严厉地责备他，说："匈奴既然存心要跟汉朝和好，就不应该再欺骗汉朝。我们皇上在上林园射下了一只大雁，大雁的脚上拴着一条绸子，是苏武亲笔写的一封信。他说他在北海放羊。您怎么说他死了呐？大雁带信，就是天意。您怎么可以欺骗天呐？"

单于听了吓了一大跳，眼睛看看左右，左右目瞪口呆地都愣了。一会儿单于张着嘴，眼睛望着天，说："苏武的忠义感动了飞鸟，难道我们还不如大雁吗？"他当时就向使者道歉，答应一定好好儿地送回苏武。使者说："承蒙单于放回苏武，请把常惠和别的几个人一概放回，才好真心真意地互相和好。"单于也答应了。

当初苏武出使的时候，随从的人有一百多，这次跟着他回来的只剩了常惠等几个人了。苏武出使的时候刚四十岁，在匈奴受难十九年，今天回国，胡须头发全都白了。长安的人民听说苏武回来，都出来看。他们瞧见了白胡须、白头发的苏武手里拿着光杆子的使节，没有不受感动的。有的流下眼泪来，有的跷着大拇指，说他真是个大丈夫。

苏武他们拜见了汉昭帝，交还使节。汉昭帝拿着那个光杆子，看了好大的工夫，又看看苏武他们，酸着鼻子，说不出话来。他把使节亲手交给苏武，对他说："您到先帝（指汉武帝）庙里去祭祀祭祀，把使节交还给先帝，让他老人家也高兴高兴。"说着，他直流眼泪。大臣们也都流着眼泪，心里直痛恨匈奴不讲信义。苏武回来以后，汉朝和匈奴再没打仗，双方都有使者来往。

霍光辅政

汉昭帝虽然年纪小，但他能听从大臣们的话。霍光忠心耿耿，他叫汉昭帝尽可能地照顾老百姓，减轻赋税，减少官差，有时候还借种子、借粮食给农民。因此有的人说："孝文皇帝和孝景皇帝的日子又快回来了。"可是朝廷中有几个大官因为霍光不讲情面，他们不能为所欲为，就把他看作眼中钉，非把他拔去不可。

左将军上官桀和他的儿子上官安首先反对霍光。上官安是霍光的女婿。他有个女儿，才六岁。上官安要把这个六岁的女儿嫁给汉昭帝，将来好立她为皇后。他请父亲上官桀先去跟霍光疏通疏通。霍光说："您的孙女才六岁，现在就送进宫里去，不合适。"话是一句好话，可是上官桀和上官安从此更痛恨霍光了。

上官安不死心，他另外找了个帮手。他找到了汉昭帝的大姐盖长公主的朋友丁外人，请他去请求盖长公主。丁外人向盖长公主一说，盖长公主就答应下来了。汉昭帝从小死了母亲，一向把大姐盖长公主看成母亲一样。盖长公主怎么说，他就怎么依。这么着，上官安六岁的女儿进了宫，没有多少日子就立为皇后。上官安做了国丈，还做了车骑将军。他非常感激丁外人，就在霍光面前说丁外人怎么怎么好，可以封他为侯。霍光对于六岁的小姑娘进宫这一件事本来很不乐意，因为盖长公主主张这么办，他不便过于固执。可是封丁外人为侯，算是什么规矩呐？就算上官安嘴皮子说出血来，霍光也是不依。

上官安央告他父亲上官桀再去跟霍光商量。霍光说："无功不得封侯，这是高皇帝立下的制度。"上官桀降低了要求，他说："拜他为光禄大夫行不行？"霍光说："那也不行。丁外人无功无德，什么官爵都不能给。请别再提啦。"霍光因此得罪了上官桀他们爷儿俩和盖长公主、丁外人他们。

上官桀他们勾结燕王刘旦（汉昭帝的异母哥哥），先想办法消灭霍光，然后废去汉昭帝，立燕王刘旦为皇帝。朝廷里有左将军上官桀、车骑将军上官安，还有别的大臣，外边有燕王刘旦，宫里有盖长公主和丁外人，他们联合起来布置了天罗地网，不怕霍光不掉在里面。

燕王刘旦不断地派人送信、送金银财宝给盖长公主和上官桀他们，叫他们快想办法。刚巧霍光出去检阅羽林军（保护皇帝的禁卫军），又把一个校尉调到大将军府里来。上官桀他们抓住这个机会，派个心腹，冒充燕王刘旦的使者，假造了一封燕王的信，去告发霍光。汉昭帝接过信一看，信上大意说："听说大将军霍光出去检阅羽林军，耀武扬威地坐着跟皇上一样的车马，又自作主张，调用校尉。这种不尊重皇上、滥用职权的人哪儿像个臣下？我担心他准有阴谋，对皇上不利。我愿意归还燕王的大印，到宫里来保卫皇上，免得奸臣作乱。"

汉昭帝把这封信看了又看，念了又念，就搁在一边。上官桀等了半天，没有动静，就到宫里去探问。汉昭帝只是微微地一笑，可不回答他什么。第二天，霍光进去，听说燕王刘旦上书告发他，吓得躲在偏殿里等候发落。过了一会儿，汉昭帝临朝，大臣们都到了，单单少了一个霍光。他问："大将军在哪儿？"上官桀回答说："大将军因为被燕王告发，不敢进来。"

汉昭帝吩咐内侍去召霍光进来。霍光进去，自己摘去帽子，趴在地上，说："臣罪该万死！"上官桀他们心里得意地想："这回你可真该死啦！"汉昭帝说："大将军尽管戴上帽子。我知道有人存心要害你。"大臣们听了，一愣。霍光又是高兴又是奇怪。他磕了个头，说："皇上怎么知道的？"汉昭帝说："大将军检阅羽林军是在临近的地方，调用校尉也是最近的事，一共不到十天工夫。燕王远在北方，他怎么能够知道这些事？就算知道了，马上写信，马上派人来上书，也来不及赶到这儿。再说，如果大将军真要作乱，也用不着调用一个校尉。这明明是有人暗伤大将军，燕王的信分明是假造的。我虽然年轻，也不见得这么容易受人欺蒙。"这时候汉昭帝才十四岁，霍光

和别的大臣们听了，没有一个不佩服他的聪明的。

霍光戴上帽子，恭恭敬敬地站着。上官桀他们吓得凉了半截。汉昭帝把脸一沉，对大臣们说："你们得想个办法把那个送信的人抓来！"送信的人就是上官桀他们，大臣们哪儿知道呐？汉昭帝连着催了几天，也没破案。上官桀他们怕追急了弄出大祸来，就劝汉昭帝说："这种小事情，陛下不必追究了。"汉昭帝说："这还是小事情吗？"打这儿起，他就怀疑起上官桀那一伙人来了。

上官桀他们还在汉昭帝面前说霍光坏话。汉昭帝可火儿了。他说："大将军是忠臣。先帝嘱咐他辅助我。以后谁敢在我面前诬赖好人，我就砍他的脑袋！"上官桀他们只好再使别的花招。他们商议停当，由盖长公主出面请霍光到宫里去喝酒，上官桀爷儿俩布置埋伏，准备在宴会的时候刺死霍光。他们又派人通报燕王刘旦，请他到京师来即位。燕王答应封上官桀他们为王，当时先派使者去接头。

上官桀爷儿俩自己又秘密地定下了计策：准备杀了霍光之后，再把燕王刘旦刺死，上官桀自己即位做皇帝。上官安高兴得像躺在云端里一样。父亲做了皇帝，自己就是太子了，心里太高兴，不能不向自己的心腹聊聊。有人把他们的秘密告诉了霍光，霍光连忙告诉了汉昭帝，汉昭帝又连忙嘱咐丞相田千秋火速扑灭乱党。

田千秋首先逮住了燕王刘旦的使者，再派人分别去抓上官桀、上官安和丁外人，录了他们的口供。他们好像做梦似的都给杀了。盖长公主没有脸再见人，自杀了。燕王刘旦得到了这个消息，正想发兵，诏书已经到了，叫他放明白点。他只好上吊自杀。皇后上官氏才九岁，谋反的事情连听都没听到过，她又是霍光的外孙女儿，还是做她的皇后。

霍光扑灭了乱党以后，希望老百姓能够安居乐业，不愿再用兵，偏偏北边的匈奴、东边的乌桓和西边的楼兰，又来侵犯中原。汉昭帝前后发兵打败了匈奴、乌桓和楼兰。他改楼兰为鄯（shàn）善，给鄯善王一颗汉朝的王印，又把宫女嫁给他做夫人。西北方从此太平了一段时期。

公元前74年，汉昭帝二十一岁了。他下了一道诏书，叫大臣们商议减少人头税。因为这十几年来，由于鼓励节约，撤销了不必要的官员，国库还算充实。商议下来，减少人头税十分之三。才过了两个月，汉昭帝害病死了。

昭君出塞

汉昭帝死了，上官皇后才十五岁，没有孩子，别的妃子也没生过儿子。大臣们议论纷纷：立谁好呐？霍光听了别人的话，把汉武帝的一个孙子昌邑王刘贺立为国君。没想到昌邑王是个昏君，他荒淫无度，据说即位才二十七天工夫，就做了一千一百二十七件不应当做的事。霍光他们一班大臣只好废了昌邑王，另立汉武帝的曾孙刘询（xún；也叫刘病已）为国君，就是汉宣帝。不久，霍光死了，汉宣帝重用丞相魏相、卫将军张安世、老将军赵充国等。

这时候，匈奴由于贵族争权，国内不团结，势力越来越衰落，根本没有力量再跟汉朝作对了。原来匈奴出了五个单于，互相攻打。其中有个单于叫"呼韩邪（yé）"，他杀了一个主要的敌手，打败了别的几个单于，差不多可以把匈奴统一了。想不到他的哥哥自立为郅（zhì）支单于，又跟呼韩邪单于打起仗来了。呼韩邪单于打了几个败仗，死伤了不少人马，不知道怎么办才好。大臣当中有人劝他跟汉朝和好。呼韩邪单于跟大臣们商议了好几天，最后他下了决心，亲自带着部下到长安来见汉宣帝。

汉宣帝召集大臣们商议用什么仪式去接待呼韩邪单于。大臣萧望之对汉宣帝说："单于不是汉朝的臣下，他的地位比诸侯王高。他是第一个亲自到中原来的单于，咱们应当按礼节接待他。这样，别的部族也会乐意跟咱们结交了。"汉宣帝采用萧望之的办法，下了一道诏书，说要像招待贵宾那样地去招待单于。

公元前51年正月，匈奴呼韩邪单于亲自来见汉宣帝。汉宣帝打发使者送给他一套最讲究的衣帽、一颗金印、一辆头等的车马和许多别的礼物。呼韩邪单于打扮起来，坐着新的车马，跟着使者到了长平（离长安50里地）。

汉宣帝也到了长平。

到了汉宣帝和单于会见的那一天,各部族的君长、诸侯王等一同去迎接的就有好几万人。汉宣帝上了渭桥,大伙儿全都高呼"万岁"!呼韩邪单于先到了长安公馆里,然后再到建章宫去参加盛大的宴会。汉宣帝又送了不少礼物给他,请他参观各种珍宝。

呼韩邪单于和匈奴的大臣们在长安住了一个月。到了二月里,他们准备回去了。呼韩邪单于请求汉宣帝让他们住在漠南光禄塞一带。万一郅支单于再来攻打,可以守住受降城。汉宣帝答应了,还派两个将军带领一万六千名骑兵护送他到了漠南。这时候,匈奴正缺少粮食,汉朝送去了三万四千斛(hú,古时候十斗为一斛)粮食。

郅支单于怕汉朝帮着呼韩邪单于去打他,他也打发自己的儿子到长安来,表示和汉朝友好。他自己带领部下往西边撤。离匈奴故城已经七千多里了,他还不断打发使者来访问汉朝。

呼韩邪单于十分感激汉朝,一心跟汉朝和好,不必说了,就是西域各国也都争先恐后地来和汉朝打交道。汉宣帝不用说多么高兴了。

汉宣帝在位的几十年,汉朝强盛了一个时期。公元前49年,汉宣帝害病死了,太子即位,就是汉元帝。汉元帝立王政君为皇后,封皇后的父亲王禁为阳平侯。他即位没几年,西边的郅支单于派使者来要求汉朝把他的儿子送回去,话还说得很强硬,弄得汉元帝不知道该怎么办才好。

原来,郅支单于当初听到呼韩邪单于在漠南建立了国家,就率领部下往西去攻打坚昆(古部族名,也是地名,在新疆维吾尔自治区哈密西边)。他占领了坚昆,把它作为都城,并兼并了那边三个小国,又强大起来了。于是,他派使者到长安来,要求汉朝把他的儿子送回去。汉元帝听从了大臣们的话,决定跟郅支单于交好,派大臣谷吉为使者护送他的儿子回去。

谷吉把郅支单于的儿子送到坚昆,郅支单于反倒把谷吉和随从的人都杀了。他知道这么做得罪汉朝,汉朝是不能放过他的,又听说呼韩邪单于由于汉朝的帮助,也强大起来了,他就再往西撤到了康居,强迫康居王听他的指

挥，强迫当地的老百姓费了两年工夫给他造一座城，叫郅支城。接着他就攻打乌孙的大宛，弄得西域没有一天安宁。

到了这时候，被郅支单于压迫的各国只希望汉朝能出兵去帮助他们。西域都护（是汉宣帝时设立的卫护西域的官）甘延寿和他的副手陈汤征调了在西域屯田的汉兵和当地的人马，一共有四万多人，分两路去攻打郅支单于。一来因为甘延寿和陈汤得到了西域十五个国家的帮助，二来因为郅支单于不得人心，两下打了几仗，汉兵打下了郅支城，郅支单于也死了。甘延寿和陈汤把郅支城里的金银财宝和牲口等都拿出来，分别送给一起围攻郅支城的十五个国王和他们的将士。他们全都欢天喜地地回到本国去了。

郅支单于一死，呼韩邪单于的匈奴王位可以坐定了。他在公元前33年，再一次亲自到长安来，要求和汉朝结亲。汉元帝也愿意同匈奴和亲，答应了。他吩咐大臣到后宫去传话："谁愿意到匈奴去的，皇上就把她当作公主看待。"

后宫的宫女都是从民间选来的，她们好像关在笼子里的鸟儿，永远没有飞的份儿。能够出去嫁人的话，就是嫁给一个平民也够称心了。可是要她们离开本国到匈奴去，谁都不乐意。其中有个宫女叫王嫱（qiáng），又叫王昭君，她很有见识。为了两国的和好，她向上报名，愿意到匈奴去。

管这件事的大臣正为了没有人应征而焦急，难得王昭君肯去，就把她报上去。汉元帝吩咐几个专门办理喜事的臣下，准备嫁妆，择个日子，给呼韩邪单于成亲。

到了结婚那一天，呼韩邪单于瞧王昭君年轻美貌，从心眼里感激汉元帝。不说别的，那份嫁妆已经够叫他高兴了。光是绸缎布帛一项，就有一万八千匹，丝绵一万六千斤。从汉朝方面说，只要匈奴不来侵犯，使边界上和临近的居民能够不被抢劫和屠杀，已经够称心了。现在呼韩邪单于一心跟汉朝和好，从此不再来侵犯，汉朝怎么样优待他也都乐意的。因此，在呼韩邪单于夫妇离开长安那一天，汉元帝在宫廷里举行了一个盛大的宴会欢送他们。

王昭君到了匈奴，住在塞外（塞 sài，就是有防御工事的边界），从此见不到父母之邦，心里不免难受。可是匈奴人都喜欢她，尊敬她，她慢慢儿也就生活习惯了。打这以后，匈奴和汉朝和睦相处，六十多年没有打仗。

公元前 33 年，汉元帝死了。太子即位，就是汉成帝。汉成帝立母亲王政君为皇太后，拜大舅王凤为大司马大将军，二舅王崇为安成侯，还有五个小舅舅都封了侯。外戚王家从此掌握了朝廷的大权。

王莽称帝

皇太后王政君有八个弟兄，大哥叫王凤，王凤下面就是她。二兄弟叫王曼，生了两个儿子，他死得早，没赶上封侯。王曼的大儿子结婚以后没多久死了，次子叫王莽。王政君是他的姑母。王凤做大司马大将军，执掌朝廷大权的时候，王莽的叔叔和叔伯兄弟们都好像互相比赛着看谁更骄横、更奢侈似的。王莽因为父亲死得早，没有势力跟他们比。人们都说王家子弟当中就数王莽最好。朝廷上有名望的大臣上书称赞王莽。汉成帝就封他为新都侯，叫他做大官。王莽做了官，对人更加恭敬，做事特别谨慎，越来越得人心。

大司马王凤死了以后，他的两个兄弟前后做了大司马。后来汉成帝拜王莽为大司马，叫他掌握朝廷大权。王莽用心搜罗天下人才。远远近近一些知名之士来投奔他的，他都收用。

公元前7年，汉成帝死了，新君即位，就是汉哀帝。汉哀帝尊皇太后王政君为太皇太后。汉哀帝也像汉成帝一样，身体不好，只做了六年皇帝就死了。他没有儿子，王莽和别的大臣们立了一个新君，就是汉平帝。汉平帝才九岁，懂得什么呐？这么着，太皇太后王政君替他临朝，可是她已经七十多岁了，国家大事全由大司马王莽做主。

王莽掌握了大权。他手下的人都说王莽是安定汉朝的大功臣，一致请太皇太后加封他为"安汉公"。太皇太后一一照准。王莽不肯接受封号和封地，还告了病假，躺在床上不肯起来。大臣们一面联名请求太皇太后一定要封王莽，一面都去劝王莽上朝。太皇太后又下了一道诏书，封王莽为太傅，尊为安汉公，加封两万八千户。王莽接受了封号，可还是把封地退还了。

公元2年（以后公元几年，都是公元后几年的意思），中原发生了旱灾和蝗灾，公家要粮要税还逼得很紧，全国又骚动起来了。为了缓和老百姓对朝廷和官吏的愤恨，王莽向太皇太后建议节约粮食和布帛，公家的伙食和衣服也都得节省一些。为了向全国将近六千万人表示关心，王莽自己一家先吃起素来。他一下子拿出一百万钱，三十顷地，当作救济灾民的费用。他一带头，贵族、大臣当中就有二百三十人也只好拿出一些土地和房子来。这么一来，王莽的名声就更大了。

第二年，汉平帝才十二岁。王莽请太皇太后给汉平帝定亲。太皇太后选定了王莽的女儿，准备明年给汉平帝完婚。王莽又推让一番，太皇太后和大臣们怎么也不依，他也就同意了。

王莽自己以外戚的身份掌握了大权，他怕汉平帝的母亲一家也参与朝政，分了他的权力，就封汉平帝的母亲卫姬为中山王后，叫她留在中山，不准到京师里来。有个大臣上书给王莽，大意说，皇上还是个小孩子，谁能像母亲那样照顾他呐？卫姬只生了这么一个儿子，儿子做了皇帝，把她接到宫里来，让他们母子相会，也是符合孝道，只要不让她参与朝政就是了。王莽把那个上书的大臣革了职，以后谁也不敢说了。

王莽的大儿子叫王宇，他怕将来汉平帝长大了，一定怨恨王家，就跟他老师吴章和大舅子吕宽商量，怎么去劝告他父亲。吴章说："你父亲十分固执，光说说不顶事。可是他迷信鬼神，我们就利用迷信，在夜里把猪羊狗血泼在他门上。他必然起疑。要是他向我问起，我就可以借着因由劝告他了。"王宇、吕宽都认为不妨试一试。当天晚上，吕宽把猪羊狗血泼在王莽家的门上。没防到给管门的瞧见了，向王莽报告。王莽就把吕宽逮去，拷问他说出主使的人来。吕宽以为王宇是王莽的亲生儿子，在门口洒上些血也不致判成死罪，就招认了。

王莽借着这个机会要消灭反对他的人，就逼着王宇自杀，把吴章、吕宽定了死罪，杀了。这还不算，他一不做，二不休，干脆把卫姬一家，除了卫姬外，灭了族，又把大臣中反对他的人都牵扯到里面，里里外外杀了好几百个人。

过了年，十三岁的汉平帝做了小女婿，愣头磕脑地成了亲，王莽的女儿立为皇后，王莽做了国丈。他掌了大权，太皇太后以下，大多都说他好，说他真能"谦恭下士"（谦虚恭敬地对待地位比自己低的士人），又能"大义灭亲"，他的功德只有古代的伊尹（yī yǐn）和周公才可以相比。这样的功臣应当大大加封。太皇太后要把新野的两万五千六百顷土地赏给他，可是王莽又推辞了。

王莽派王恽（yùn）等八个大臣分头到各地方去观察风土人情，收集民间的意见。他们一下去就到处宣扬王莽不肯接受新野土地这件事情。中小地主和农民都恨透了兼并土地的豪强，一听到王莽连两三百万亩的土地都不要，说他真是个了不起的好人。可是王莽越是不肯受封，人家就越要太皇太后封他。朝廷上的大臣和地方上的官吏纷纷上书要求加封安汉公。前后上书的一共有四十八万七千五百七十二人。诸侯、王公、列侯、宗室等还到太皇太后面前磕头，说："要是不快点拿最高的荣誉赐给安汉公，天下的人都不答应了。"

刘家皇族里有个泉陵侯刘庆，他上书给太皇太后，说："周成王小时候，全由周公代理；现在皇上还很年轻，应当请安汉公执行天子的职权。"太皇太后叫大臣们去商议。大臣们都说："应当照刘庆的话做去。"王莽就真像周公那样做了汉平帝的代理人。

王莽派出去观察风土人情的八个人都回来了。他们写了各种各样歌颂王莽的诗歌，一共有三万多字，他们说这些都是从老百姓那儿采集来的歌谣。这些诗歌差不多篇篇都是用好字眼儿写成的，不是说国泰民安，五谷丰登，就是说人民安居乐业，没病没灾。这些全靠安汉公的洪福，足见全国人民都拥护王莽。王莽很得意，把王恽他们八个人都封为列侯。

别人越是歌颂王莽，汉平帝可越觉得王莽可怕、可恨。母亲不能到京师里来团聚，不必说了，王莽还把他舅舅一家杀光，连他们的亲戚朋友也都遭了祸，不是被杀，就是被充军。汉平帝免不了在背地里说些抱怨的话。宫里上下都是王莽的人，他们向王莽报告。王莽可冒了火儿。他想："小小年纪竟敢口出怨言，将来长大了，那还了得？"那年（公元5年，汉平帝五年）

十二月，有一天，大臣们欢聚一堂，给汉平帝上寿。王莽亲自献上一杯椒酒。汉平帝接过来喝了。第二天，宫里传出话来，说汉平帝患了重病。王莽连忙求告老天爷，情愿自己死，可别让皇上遭到不幸。他依照从前周公替武王祈祷的故事，把自己愿意代死的祷文封在匣子里，很郑重地把匣子放在前殿，还嘱咐大臣们别传出去，表示他忠于皇上，愿意暗暗地替他死。没几天工夫，汉平帝死了。王莽哭了一场，下令天下官吏六百石以上（相当于县一级的官）的都穿孝三年。

汉平帝死的时候才十四岁，自然没有儿子。就是汉元帝也绝了后。可是汉宣帝曾孙倒很多，封王的有五个，封列侯的有四十八个，一共五十三人。王莽因为他们都长大了，不好指挥，就挑选了汉宣帝的一个玄孙（孙子的儿子叫曾孙，曾孙的儿子叫玄孙）叫刘婴的，才两岁，立为皇太子，又叫孺子婴。尊汉平帝的皇后（王莽的女儿）为皇太后。汉高祖打下来的刘家天下眼看着要落在王莽手里了。

有个安众侯（安众，汉朝的县城，在现在的河南省镇平县）刘崇，首先起来反对。他对自己的心腹张绍说："王莽准会篡位，可是谁也不敢起来反对。这是我们刘家的羞耻。我先发动起来，全国的人一定会帮助我的。"张绍帮着他召集了一百多个部下，就这么冒冒失失地进攻宛城。宛城有几千名士兵守着。两下一交战，刘崇的兵马就垮了。刘崇和张绍死在乱军之中。刘崇的伯父和张绍的叔伯兄弟恐怕王莽追究，自动地到了长安，请王莽办他们的罪。王莽为了安定人心，把他们都免了罪。

大臣们又商议了一下，向太皇太后建议说："刘崇他们谋反是因为安汉公的权还太小，地位也还不够高。为了便于统治天下，安汉公应当有个更合适的名称。"太皇太后王政君就下了一道诏书，称王莽为"假皇帝"（假，是代理的意思，不是真假的假）。想不到第二年秋天，东郡太守翟（zhái）义又起兵了。他约会了皇族里的一些人，立东平王的儿子刘信（汉宣帝的玄孙）为天子，自己称为"大司马柱天大将军"，号召天下说："王莽毒死汉平帝，要夺刘家的天下。现在已经有了天子了，大家应当起来去征伐王莽。"

刘信、翟义他们从东郡出发，到了山阳（郡名，在山东省金乡县西北），已经有了十几万人马了。

警报到了长安，王莽抱着三岁的孺子婴，日日夜夜在庙里祈祷，还通告天下，说他只是代行职权，这个职权是要还给孺子婴的。可是不管他怎么说，刘信、翟义的大军已经向长安打过来了。王莽就派孙建、王邑等七个将军带着关东的兵马去对付翟义。

正在这个时候，长安西边有两个壮士，一个叫赵朋，一个叫霍鸿，他们眼看着王莽的大军往关东去了，长安空虚，就率领当地的农民起义。他们占领县城，火烧官府，沿路招收青年子弟。没有多少日子，赵朋、霍鸿他们有了十几万人了。因为他们接近长安，皇宫里就望得见西边的火光。王莽拜王奇、王级为将军发兵去镇压赵朋他们。

孙建他们率领大军到了陈留，杀败了翟义、刘信，又去帮助王奇、王级的军队。赵朋、霍鸿他们勉强支持到年底，到了第二年春天，也给压下去了。

满朝文武百官都想做开国元勋，王莽也觉得假皇帝管不了天下，还不如做个真皇帝吧。当时就有一批凑热闹的人，纷纷地报告"天帝的命令"，什么"王莽是真命天子"的图书也发现了，"汉高祖让位给王莽"的铜箱也在高帝庙里发现了。一生以推让出名的王莽这会儿不再推让了。公元9年正月，王莽把汉朝改为"新"朝，自己称为"新皇帝"，废孺子婴为定安公。西汉从汉高祖到汉平帝一共十二个皇帝，二百一十四年的天下到这儿就亡了。

东汉时期

绿林赤眉

公元8年（初始元年），王莽做了皇帝，他一心要把汉朝的制度按照古代的办法改革一番，可是姓王的夺取了姓刘的天下，自己的地位能不能巩固还成问题，复古的办法违反历史的发展和人民的要求，更引起了大家的反对。

王莽复古改制的第一个大变动是恢复公田制度，改天下田为"王田"，奴婢叫私属，都不准买卖。可是农民连农具都没有，生产的资金也没有，原来的贵族、豪富、地主暗地里还用各种办法破坏生产，再加上自然灾害。农业生产反倒不如以前了。

第二个大变动是没收汉朝发给王侯和官吏的印。王莽把汉室的诸侯王一律改为平民，收回了他们的印，还派人分头到匈奴、西域和西南各部去换印。换印时匈奴知道了现在中原天子并不是汉宣帝的子孙，便发兵进攻边疆，还号召西域各国反对新朝。

第三个大变动是财政的改革。从公元7年到14年，币制改了四次，每改一次，钱越改越小，价越作越大，无形中把老百姓的财富全都搜刮去了。

王莽做事急躁，复古改制又不符合人民的利益。贵族、豪门、地主、富商、农民都不支持他。匈奴、西域和西南各部族也纷纷起来反对新朝。弄得天下大乱。

这几年来，水灾、旱灾、蝗虫、冰雹已经叫农民活不下去，边界上还驻扎着几十万大军，牲口、粮草都得向老百姓要。西北边境五原、代郡一带的老百姓因为接近匈奴，负担更重。他们首先起义，几百人一伙、几千人一队地跟官兵对抗。西北方面还不能安定下来，东方和南方也都有大批的农民起来反抗官兵。

王莽为了对付各部族的叛变，为了供应塞外大军的费用，就增加了六种税。郡县的官吏无论多么厉害，也管不住所有逃税的人。王莽委托富商去监督。富商和官吏共同舞弊。层层勒索，更加苦了老百姓。拿不出钱来的就是犯法，犯法的动不动就处死刑或者没收为官奴。这么着，官吏、富商也逼着穷人起来反抗官府了。

　　临淮人（临淮，在安徽凤阳）瓜田仪（瓜田，姓；仪，名）在会稽（汉朝的会稽包括现在的苏州）、长州（长州以前归苏州管）一带首先聚集了几千人攻打县城。琅琊海曲（在山东省日照市）有个老大娘，人家都管她叫吕妈妈。她的儿子吕育是县里的一个公差，因为没依着县令毒打没钱付捐税的穷人，县令把他办成死罪杀害了。这就激起了公愤。吕妈妈集结了一百多个穷苦的农民起来反抗。大家伙儿替她儿子报仇，杀了那个县令，跟着吕妈妈到黄海躲着官兵。一有机会就上岸攻打官府。很快地就有一万多人跟着吕妈妈。

　　公元17年（天凤四年，即新朝建立以后的第9年），南方荆州闹饥荒，老百姓为了挖野荸荠互相争夺，甚至打架打得挺厉害。新市（属荆州，在湖北省京山市）有两个很有名望的人，一个叫王匡，一个叫王凤。他们出来给农民排解，大伙儿都服他们，公推他们为首领。一下子就有好几百人跟着王匡、王凤去找活路。还有亡命的罪犯南阳人马武、颖川人王常和成丹，为了逃避官府的压迫，也都来投奔王匡。王匡他们占领了荆州的一个山头，叫绿林山（在湖北省当阳市）。就拿绿林山为根据地，攻占临近的乡村。不到几个月工夫，这支南方起义军就有了七八千人。

　　农民起义的报告到了长安，王莽召集大臣们商量。大臣们说："这些盗贼死在眼前，皇上不必费心。他们既然找死，发大军去剿灭他们，不就完了吗？"左将军公孙禄可不同意。他说："大臣当中有的报喜不报忧，以致下情不能上达；有的一味作假，光知道奉承；有的乱划井田，叫农民没法耕种；有的不顾及老百姓的痛苦，只知道加重捐税。百姓造反，罪在官吏。如果皇上能够惩办这些贪污的官吏，向天下赔不是，再派贤良的大臣去安抚全国，

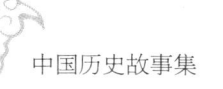

国内就能够安静。进攻匈奴的大军应当赶快撤回来,再跟他们和亲。从今天的形势看来,恐怕新朝的忧虑不在塞外的匈奴,而在中原内部!"

王莽从没听到过这种顶撞他的话,这叫他怎么受得了?他叫卫士们把公孙禄轰出去。接着,他就下了命令,吩咐荆州长官快去剿灭绿林。荆州长官不敢怠慢,当时就招集了两万人马去打绿林。南方起义军绿林的首领王匡、王凤立刻带领着弟兄们迎了上去,把官兵打死了好几千,还夺到了许多兵器和粮草。荆州长官带了残兵败将拼命地往北逃跑。王匡、王凤、马武、王常他们趁着机会打进竟陵(在湖北省天门市西北),安陆(在湖北省安陆市)两个城,搬了一些粮食就回去了。

他们回到绿林,人数增加到五万多。想不到第二年(公元22年),绿林发生了疫病,五万多人死了快一半。其余的人只好离开绿林,分头去占领别的地方。王匡、王凤和他们的部下马武、朱鲔(wěi)等往北,占领了南阳,称为"新市兵";王常、成丹、张卬(áng)等往西,占领了南郡(湖北省江陵县一带),称为"下江兵";平林人(平林,在湖北省随县东北)陈牧、廖湛(zhàn)带着几千人加入了绿林的队伍,称为"平林兵"。绿林的三路人马——新市兵、下江兵和平林兵——各自占领地盘,越来越强大了。

南方荆州的起义军打败官兵的时候,东方起义军的首领樊崇已经在莒县号召农民起义了。樊崇是个朴实而又勇猛的庄稼人,一班青少年老喜欢跟他在一起。因为青州、徐州各地遭受着旱灾,外加蝗虫,农民本来就活不下去,王莽新朝的官吏还残酷无情地向他们逼粮逼税。在这种天灾人祸双重压迫下的老百姓,年老的和弱小的穷人已经死了不少,年轻力壮的农民都来投奔樊崇。这时候,吕妈妈害病死了,她手下的一万多人都归附了樊崇。同时,樊崇的同乡逄(páng)安和东海人徐宣、谢禄、杨音等也率领着几万人加入了樊崇的东方起义军。三路人马合在一起,声势更加浩大。他们拿泰山做根据地,在青州和徐州之间来回打击官府、地主,抢粮救灾。他们都是朴实的贫苦农民,只希望度过灾荒,能再回乡种地,根本没打算夺地盘、打天下。起义军中只有一个徐宣，曾经做过监狱官，算是粗通文墨，别的人全是文盲。军队里没有将军、都尉等的名位，因为农村中地位最高的是"三老"，其次是"从事"，再就是"卒吏"，他们就采用这三种名称。彼此之间都叫"巨人"。

公元21年（地皇二年），王莽派大将景尚率领一队官兵去剿灭樊崇的东方起义军。起义军在跟官兵接触中才学会了打仗。第二年，他们打了个大胜仗，把大将景尚也杀了。

王莽大发雷霆，马上派太师王匡（跟绿林起义军的首领王匡是同名同姓的另一个人）和更始将军廉丹率领着十万大军浩浩荡荡地去围剿樊崇军。樊崇准备跟官兵大战一场。他恐怕自己的人马跟王莽的人马混乱，就叫他的部下都在眉毛上涂上红颜色作为记号，因此，东方起义军就得了个外号叫"赤眉"。赤眉军很守纪律。他们立了两条公约：第一条，杀害老百姓的定死罪；第二条，打伤老百姓的受责打。为这个，老百姓并不害怕赤眉。相反的，太师王匡和更始将军廉丹的官兵到处奸淫掳掠，无恶不作。东方的人民都说：

宁可碰到赤眉，
不要碰到太师；
碰到太师已经糟糕，
碰到更始性命难保。

王匡和廉丹的军队只知道抢劫掳掠，不愿意卖命打仗。赤眉兵不怕死，纪律又好，得到老百姓的拥护，他们的力量就比官兵的力量大了。开头的时候，廉丹还打了一回胜仗，以后越打越不像话。他们在成昌（在山东省东平县）大战一场。太师王匡做梦也没想到涂着红眉毛的庄稼人还真敢跟他对敌。他不愿意拿自己的性命去跟这些亡命徒拼。他不愿意拼命，赤眉军可拼着命找上他来。不知道怎么一来，大腿上给樊崇扎了一枪，太师王匡就捧着脑袋逃了回去。更始将军廉丹，往好里说，比太师强些。他跟逢安、杨音他们混战一场，刚杀出重围，又碰上了东海人董宪的队伍，末了，死在乱军之中。

十万官兵，逃了太师，死了大将，没有个发号施令的将官，乱哄哄地散了一大半，有一部分投降了赤眉军。赤眉军越打越强，这时候已经发展到十多万人。

到处都是乱糟糟的，到处又都是饥荒。饿死人的惨事又在关东发生了。逃荒的、逃难的男女老少，听说关中有粮食，一批一批地都往关中拥过去。守关的没法拦阻，慌忙向王莽报告，说进关的难民有几十万。王莽急得脸膛发黑，只好下令开仓放粮，派官吏去救济他们。万没想到这些官吏层层克扣，处处揩油，害得十分之七八的难民都死在他们手里。

王莽听说连长安城里也天天有人饿死，他把那个管理长安市政的大官王业叫来，问他难民的情况。王业说："这些人大部分都是流氓，并不是真正的难民。"他拿了些市上茶馆子里卖的小米饭和肉羹给王莽看，对他说："这些人吃得这么好，怎么能是难民呐？"王莽能够观察到的都是底下的人布置好了的，叫他不能不信。他就认为所谓关东饥荒，难民进关，原来都是轻事重报。他这才放了心，派使者分头去催荆州长官和太师王匡加紧剿灭绿林和赤眉。

绿林军在荆州，赤眉军在东海分别打败了王莽的两路大军，别的地方起义的农民听到了这个消息，更加活跃起来。黄河北岸有大小起义军几十路，其中城头子路（以东平人爰曾为首领）有二十多万人，刁子都（原来是东海人）有六七万人。此外，还有铜马、青犊、大肜（tóng）等共有几百万人。这许多起义的农民，我们就总称为北方起义军。东方、南方、北方的起义军彼此并没有联系，都各自作战反抗官府。

那些没落的汉朝贵族和各地的地主、豪强趁着机会也都野心勃勃地混在农民起义军的队伍里抢夺地盘。其中有个刘家宗室的子孙也在南阳舂陵县（在湖北省枣阳市东；舂 chōng）发动起来了。

刘氏举兵

南阳舂陵县住着汉朝的一个远房宗室叫刘钦。他有三个儿子,三个女儿。老大叫刘縯(yǎn),老二叫刘仲,老三叫刘秀;大姑娘叫刘黄,二姑娘叫刘元,三姑娘叫伯姬。大哥刘縯性情刚强,慷慨仗义,喜爱结交天下豪杰。他因为王莽废除汉宗室的爵位和封地,又不准刘家人做官,一直痛恨着王莽,老想恢复刘家汉朝的天下。小兄弟刘秀生性谨慎,态度沉着,怕他大哥闯出祸来,自己故意安安停停地种着庄稼。刘縯老把他比作高祖的哥哥刘仲,笑他没有多大出息。刘秀听了也不在乎。可是他觉得光做个地主或者大商人,地位太差,他还想进太学去跟一班士大夫联系一下。他到了长安,进了太学,拜了老师,认识了一些名人。他从太学回来,还做些粮食买卖。

有一天,刘秀运着谷子到宛县去卖,正巧碰到了宛县人李通和他的叔伯兄弟李轶,两人都想帮助刘家宗室恢复汉朝天下。他们觉得刘秀哥儿俩挺能干,就把刘秀邀到家里来。大伙儿志同道合,约定在南阳动手。李通在宛县发动,李轶跟着刘秀到了舂陵,去见刘縯。刘縯召集了一百来个豪杰,对他们说:"王莽暴虐,老百姓活不下去。现在连年灾荒,各地豪杰都起兵了。这是天亡新朝的时候,也是恢复高帝事业,平定天下的时候了。"大家都很赞成。当时就分头到临近各县去发动他们的亲戚、朋友一同起兵。

刘縯就在舂陵县号召南阳豪强起兵。有几家人挺害怕,他们干脆躲开他,还说:"造反不是闹着玩儿的,跟着刘縯冒冒失失地去拼命,都得灭门。"后来他们瞧见那个一向小心谨慎的刘秀也穿上军装,就改变了主意,说:"他也参加了,咱们还怕什么?"一下子就来了七八千人。那时候,刘秀正二十八岁。他帮着哥哥准备粮草,还等着李通那一边到这儿来会齐。等了几天,还没有人来。刘縯派人去打听一下,才知道李通还没发动,已经给官府发觉了。李通逃了，他父亲李守和李家一门全都给抓了去，一共死了六十四个人。

李通那一头吹了。刘縯只有七八千人，成不了大事。他知道新到的新市兵和平林兵比他们强，就派本家的子弟刘嘉去见新市兵的首领王凤和平林兵的首领陈牧，劝他们共同去进攻长聚。他们同意了。这么着，三路人马联合起来往西打去。这第一仗，旗开得胜，长聚打下来了。刚起兵的时候，他们什么也没有。刘秀骑着牛，杀了新野的县令，自己才夺到了一匹马。接着，他们又打下了唐子乡和湖阳县（在河南省唐河县南），沿路抢夺了不少财物。为了互相争夺财物，新市兵和平林兵差点没打刘家的南阳兵。刘秀劝告自己这一边的人，把财物都让给别人。那两路人才都高兴了，愿意跟南阳兵再去进攻棘阳（县名，在湖阳县西北）。

他们打下了棘阳，把军队驻扎下来。刚巧，李轶和邓晨也带着一队壮丁来会见刘縯。刘縯打算进攻宛县，先到了"小长安"（在宛县南三十七里）。半道上碰到了王莽的大将甄阜和梁邱赐的大军。刘縯他们都是步兵，连刀枪都很少，简直没法抵抗。这第二仗，南阳兵打了败仗，还败得挺惨，大伙儿各逃各的。刘秀也只好骑着马自己逃命。跑了一阵子，道旁瞧见了妹妹伯姬。他连忙叫她也上了马，兄妹俩骑着一匹马往棘阳那边直跑。还没跑多远，又瞧见了他们的姐姐刘元。刘秀叫她快上马来。刘元摇摇手，说："你们快走，快走！别为了我，大家都逃不了。"不一会儿，追兵到了，刘元和她的三个女儿都给杀了。刘秀的二哥刘仲和本家的几十个人也都死在乱军之中。

刘縯、刘秀收集了残兵退到棘阳，守在那儿。王莽的大将甄阜和梁邱赐不肯放松。他们把辎重留在蓝乡，率领着十万大军过了沘水（沘水，也写作泌水，在河南省泌阳县；沘 bǐ），把桥都毁了，表示不打胜仗决不回头。新市兵和平林兵的两个首领来见刘縯和刘秀。他们说："甄阜和梁邱赐有十万兵马，叫我们怎么抵挡呢？还不如扔了棘阳，暂时退了吧！"刘縯安慰了他们一番，心里可也挺着急的。

正在这个时候，忽然进来了一个人，说："下江兵已经到了宜秋了（宜秋，在河南省唐河县西南）。我们联合起来，一定能够打败敌人。"刘縯哥俩儿一看，原来是李通。刘秀挺高兴地说："这就好了！你怎么到了这儿？"李通说："我从家里逃出来，四面奔波。听说你们在这儿很为难，棘阳也许守不住，刚巧下江兵到了宜秋，我才赶了来。下江兵的首领王常挺了不起，你们去请他帮助，他准肯出力的。"

刘縯抓住机会，马上带着刘秀和李通亲自到宜秋去见王常。他说他要会见下江的一位贤明的将军，共同商议大事。下江兵的几个首领成丹、张卬等公推王常出来跟刘縯他们相见。刘縯就跟他说明两路人马联合起来的好处。王常给他说服了，挺痛快地说："王莽暴虐，大失民心。现在你们起来，我愿意做个助手。"刘縯说："如果大事成功，难道我刘家独享富贵吗？"刘縯恐怕王常反悔，还跟王常订了约，才回去。王常送走了他们，回来就把这件事跟别的将士们说了一遍。成丹和张卬反对，说："大丈夫既然起了兵，就该自己做主，不应该依靠别人，受人家的节制。"王常向他们解释，说："王莽暴虐，失了民心。我们一起来，老百姓都向着我们。这就说明：人民所痛恨的，天也抛弃他；人民所想念的，天也帮助他。上合天意，下顺民心，才能够成大事。草莽英雄是长不了的。现在南阳刘家起兵了，刚才来的那位将军真了不起，咱们跟他们联合起来，一定能够成大事。这是天帮助咱们。"成丹他们虽然心里不愿意，可是因为他们一向钦佩王常，只好听他的了。打这儿起，农民起义军和地主武装就混合在一起。

王常带着下江兵从宜秋赶到棘阳，跟南阳兵、新市兵、平林兵合在一起，准备跟甄阜他们干一下子。

刘縯和各路将士订立了盟约，大摆酒席，休息三天。到了十二月三十日那天，刘縯提出他的作战计划，大伙儿都同意。就在当天晚上先去袭击蓝乡。蓝乡虽有将士守着，可是一来，他们认为前面有十万大军去扫荡棘阳，棘阳方面自顾不暇，起义军绝不敢再来进攻蓝乡；二来将士们大吃大喝地过除夕，大伙儿都醉了。到了半夜，谁都睡得死死的。突然受到了攻击，连逃命都来不及，怎么还抵抗得了？刘縯、刘秀、王常、成丹、张卬、王匡、王凤、马武、朱鲔、陈牧、廖湛他们杀散了蓝乡的士兵，把甄阜、梁邱赐留在那儿的所有辎重全都搬到棘阳来。这一个大胜仗鼓舞了起义军。过了元旦，他们就去进攻沘水。

沘水那边的甄阜、梁邱赐接到了蓝乡打败仗的报告，辎重全被夺去，军中粮草眼看接济不上，已经慌了神，想不到四路起义军已经到了跟前，大伙儿只好手忙脚乱地抵挡一阵。死的死，逃的逃，兵马越多，败得越惨。士兵死伤了两万多，连大将甄阜和梁邱赐也都先后被杀。其余的官兵有逃散的，也有投降的，起义军就更加强大了。王莽另一路的两个将军严尤和陈茂恐怕宛县保不住，赶紧带着他们的军队去救，正好碰上了刘縯的大军，也打了败仗。起义军就把宛县围困起来。

这时候，刘縯、王匡、陈牧、王常带领的四路人马合起来已经有了十多万人。将士们都认为人马多了，必须有个最高的首领，才能够统一号令。四路人马的首领们这就商量开了。贵族、地主出身的一些将士就利用农民的正统观念，提出了一个口号，叫"人心思汉"。他们说："人心思汉，已经不是一天了。必须立个刘家的人才符合人们的愿望。"可是军队里姓刘的人多着呢，立哪一个好呢？南阳的舂陵军和下江的王常主张立刘縯。新市和平林的将士们怕刘縯太严厉，反把他们管束住了，主张立刘玄。刘玄也是汉朝的宗室，跟刘縯、刘秀是平辈的。他因为犯了法，王莽的官府要抓他，就投奔了平林军。平林军的首领陈牧和廖湛利用这个破落贵族的幌子，把他作为一个首领，称为更始将军。这会儿平林军的首领跟新市军的王匡、王凤、朱鲔他们商量了一下，又拉拢了下江军的张卬，准备叫更始将军刘玄做个挂名的皇帝。

平林军和新市军的首领联合起来请刘縯立刘玄为皇帝，刘縯觉得南阳的刘家兵力量不够，不能直接反对。他对大伙儿说："诸君要立汉朝的后代，我们刘家的子孙万分感激。但是，现在赤眉军也有十多万人在青州和徐州（汉朝的时候，青州、徐州都隶属于现在的山东省），要是他们听到了南阳立了宗室，恐怕他们也会立个宗室。王莽还没消灭，宗室跟宗室要先互相攻击起来，叫天下人怀疑，自己又减了力量。咱们不如先立个王。有了王，也可以统一号令。如果赤眉立了个贤明的皇帝，咱们就去归附他，他决不会废去咱们的爵位。要是他们没立，咱们往西去消灭王莽，然后往东去收服赤眉，到了那时候再立天子，也不晚哪。"

没想到张卬拔出刀来向地下一刹，大声地说："三心二意的，不能成大事。今天已经决定了，不应该再有第二句话！"刘縯不便再反对，别人也不说话，当时就立刘玄为皇帝。他们在二月初一（公元23年，即新莽第十五年），举行了皇帝即位的仪式。刘玄朝南坐着，让别人向他朝拜。他又是害臊又是怕，脑门子上的汗擦去一阵又是一阵，话是连一句也说不出来。当时改元为"更始"，大赦天下，尊族里的伯父刘良为"国三老"，拜王匡、王凤为"上公"，朱鲔为"大司马"，刘縯为"大司徒"，陈牧为"大司空"（大司马，就是以前的太尉；大司徒，就是以前的丞相；大司空，就是以前的御史大夫；大司马、大司徒、大司空称为"三公"；三公之上还有个名位最高而无职权的"上公"），刘秀为"太常偏将军"，其余的将士各有各的职位。打这儿起，绿林起义军称为汉军，汉军的大权掌握在新市、平林将士们的手里，南阳的刘家军很失望。他们可不愿意这么下去，暗暗地在心里另作打算。

昆阳大战

更始皇帝刘玄派王凤、王常、刘秀他们去进攻昆阳（在河南省叶县北），派大司徒刘縯继续围攻宛城。王凤、王常、刘秀他们很快地打下了昆阳，接着又打下了临近的定陵（在河南省漯河市郾城区西北）和郾城（就是郾城区）两个县。

王莽听到了汉军立刘玄为皇帝，又打下了昆阳，围攻宛城，心里急得坐立不安，可是外表上还得显出满不在乎的样子。王莽派司徒王寻和司空王邑两个心腹大臣去征调各郡县的兵马到洛阳会齐，一定要平定各地的叛乱，尤其是南阳这一头。王寻、王邑到了洛阳，各郡县都有兵马派来，当时就集合了四十二万人马，号称一百万，浩浩荡荡地直奔昆阳。王寻和王邑的大军还没到昆阳，严尤和陈茂的军队也跟他们会合在一起，声势就更大了。

汉军的将士站在北门的城门楼子上往远处一望，只见没结没完的全是王莽的军队。他们害怕了，有的甚至吓得准备散伙。刘秀对他们说："这是最紧要的关头，必须坚持。咱们兵少粮少，全靠同心协力打击敌人，要是见了敌人就散伙，什么全都完了。咱们可万万不能后退。"接着他又跟他们说明怎么到外面去抽调军队，怎么布阵可以打个胜仗。将士们这才安定下来，愿意听他的指挥。可是昆阳城里只有八九千人，王寻、王邑头一批军队就有十万。刘秀请王凤和王常守住昆阳，只守不战，自己带着李轶他们十三个人骑着快马、趁着黑夜，冲出重围，到定陵和郾城去调兵。

昆阳城虽然不大，可是挺坚固，王寻、王邑一时不能把它打下来。后来他们制造楼车，王莽的士兵利用楼车站在上头不断地向城里射箭。有时候箭多得像下阵雨一样，城里的人连出门打水都要背着门板挡箭。王寻他们还用撞车撞城，甚至还挖掘地道打算通到城里去。好在昆阳的城墙厚，城门又结实，王凤、王常硬着头皮死守下去，王莽的大军只好把城围下去。

　　刘秀他们到了定陵的时候，刘縯的一队兵马好不容易才把宛城打下来。汉军的将士恨透了宛城的将军岑彭，说他死守了好几个月，害得汉军吃了这么些日子的苦头。他们要求刘縯把岑彭砍了。刘縯劝他们别这么着。他说："岑彭是镇守宛城的将军。他能够尽心守城，这正是他的长处。像他这样的将军应当受到尊敬。我想请求皇上封他的官爵，这样，才能够鼓励别人来归附咱们。"他们没想到这一层，都承认了自己的不是。刘縯把这个意思向更始皇帝刘玄说明白，更始就封岑彭为归义侯，把他拨在刘縯部下。

　　刘秀到定陵去调兵的时候，还不知道他哥哥刘縯已经打下了宛城。他要把定陵和郾城的军队全部调到昆阳去。将士们贪图财物，不愿意离开那两个城。刘秀劝他们暂时放弃那两个城，他们更觉得奇怪。刘秀说："现在咱们到昆阳去，把所有的人马都用上，打败了敌人，那边的珍宝比这边多好几万倍，而且还可以成大事，立大功。要是让敌人打过来，咱们打了败仗，连咱们的命都保不住，还谈得上财物吗？大丈夫做事，眼光得放远一些。"他虽然还不知道他哥哥那一头的情况，但为了鼓励士气，他故意说："宛城已经打下了，那一支军队就快到这儿来，还怕什么！"将士们这才勇气百倍地带着所有的兵马跟着刘秀上昆阳来。

　　刘秀亲自带着步兵和骑兵一千多人作为先锋。他们到了离王寻、王邑的大军四五里的地方就摆下了阵势。王寻、王邑一瞧前面只有一千多人，就派了几千士兵去对敌。刘秀突然冲过去，一连杀了几十个敌人。将士们见了，高兴得不得了。他们说："刘将军平日遇到小队的敌人好像胆儿挺小似的，今天见了强大的敌人，就这么勇敢，真怪！来呀，咱们跟着刘将军，冲啊！"这一来，汉兵一个抵得上敌人十个。王寻、王邑的士兵连着后退，汉兵赶上去，杀了上千的人。这一来，汉兵一个抵得上敌人一百个了。刘秀马上带着敢死队三千人向王寻、王邑的大营那边冲过去，集中打击敌人的中坚部分。王寻、王邑一看就这么些人，不把汉兵放在眼里。自己带着一万兵马去跟刘秀交战。这一万人还真打不过刘秀的敢死队。王寻、王邑的队伍早已乱了，各郡县征调来的兵属各守阵营，互不相救。汉兵越打越有劲儿。王寻不知死活，还想显点本领，打着马冲上前来。汉兵知道他是大将，好像逮鱼的见了一条大鱼似的，谁也不肯错过机会，立刻把他围上，乱砍、乱刺，结果了他的性命。王邑瞧见王寻被杀，慌忙逃走。城里王凤、王常他们一瞧外面打赢了，就打开了城门，全部人马一下子都冲出来，两面夹攻，喊声震动了天地。王莽的大军一听到主将被杀，大营的中坚部分被消灭，全都慌了神，乱奔乱逃，自相践踏，沿路一百多里都有尸首倒着。这时候正是夏天，毒花花的太阳晒得血污直冒烟。

　　汉兵正杀得高兴的时候，忽然敌人军队里出现了一个怪人，带着一批猛兽冲过来了。一霎时，太阳也没了，黑云像天罗地网似的罩下来。这一下子可把汉兵愣住了。那个怪人叫巨毋霸，据说有一丈来高，身子像牛那么粗，三匹马一块儿还不能驮他。他坐的车特别大，四匹马才拉得动他一个人。这么笨重的巨人有什么用呐？可是他有一种特别的本领，他能训练老虎、豹子、犀牛、大象。王莽拜他为校尉，让他带着几只猛兽和一批扮作猛兽的士兵出来助威。汉兵从来没见过虎豹出来打仗，他们只好掉头就逃。说来也奇怪，半空中突然哗啦啦来个大霹雳，接着一阵暴雨直倒下来。六月天气本来变化无常，一下子连着响了几个霹雳，刮着狂风，大雨好像天塌似的往下直倒。扮作老虎跟豹的士兵受了凉，打着哆嗦，不但不往前冲，反倒往后面直窜。巨毋霸也只好往后退。一群猛兽净向巨毋霸挤去，挤得他立脚不住，仰面一倒，头重脚轻，就这么掉在滍（zhì）水（现在叫沙河，上游在河南省鲁山县西）里。四匹马才拉得动的巨人，掉在河里，说什么也起不来了。

　　雷响着，风刮着，大雨直倒。汉军认为这是天帮着他们消灭敌人，个个生龙活虎似的直往前追。王莽的大军好像决了口子的大水似的直往滍水那边冲去。后浪催前浪，把人都往水里边挤。士兵掉在水里淹死的有一万人以上，连猛兽都夹在里面。大风大雨，河水流得多急呀。可是一万多个尸体把河流堵住，水就往岸上泛。王莽的大将王邑、严尤、陈茂骑着马，踩着尸体渡过河，把所有的粮草和军用物资全扔在滍水这一边，各地征调来的长官带着他们的残兵败将各自逃回自己的郡县。王邑逃回洛阳，跟着他的只剩了几千人。

昆阳大战消灭了王莽的主力。胜利的消息鼓动了天下人民。他们在各地都起来响应南阳起义军。有不少人杀了当地的官吏，自己称为将军，用汉朝的年号，等待着新的命令。

刘縯和刘秀的威名越来越大，新市和平林的将军们越来越担心。他们暗地里劝刘玄除掉刘縯。

刘玄听了朱鲔和李轶的话，把刘縯的部将刘稷（jì）拿来办罪。刘稷是刘縯的心腹，他根本就不赞成立刘玄为皇帝。他说："首先起兵的是伯升兄弟（刘縯字伯升），刘玄算老几？哪儿轮得到他来做皇帝？"这种话传到刘玄的耳朵里，刘玄已经注意他了。后来他立刘稷为抗威将军。刘稷不接受。明摆着，他是只听刘縯不听刘玄的。刘玄把他拿下，说他违抗命令，定了死罪。这可把刘縯急坏了。他替刘稷说理，劝刘玄别杀他。刘玄拿不定主意，李轶、朱鲔他们大声地说："皇上得下决心！刘稷违抗命令还不是刘縯主使的吗？刘縯也不能免罪！"刘玄把脑袋一顿，刘縯就给绑上了。他就这么和刘稷一块儿给杀害了。

刘秀还在父城，一听到他哥哥被杀，痛哭一场。完了擦干眼泪，立刻动身到宛城，拜见刘玄，承认自己的不是。大臣们向他表示同情，劝他别伤心。刘秀按照礼节答谢了他们，可是他的痛苦心情跟谁也不流露，只说自己平时没能好好劝阻兄长，以致使他得罪了皇上。人家问起昆阳大战的情形，他说这全是将士们的功劳，他不过跟着别人沾了些光就是了。他也不给他哥哥穿孝；吃饭、喝酒，有说有笑的，完全跟平日一样。更始反倒觉得过意不去，拜他为破虏大将军，封为武信侯。刘秀就留在宛城，伺候着刘玄。可是刘玄不敢重用他，另外派了几个将军去进攻洛阳和武关。

死守黄金

刘玄派上公王匡去进攻洛阳，大将军申屠建、李松去进攻武关。王莽知道了，更加着急起来。新朝能够打仗的一些将军大多都在塞外对付着匈奴、西域和西南的部族，一时不能撤回来，留在国内的主力已经给刘秀消灭了。王莽主要的根据地只剩下长安和洛阳两个大城。王莽急得吃不下饭，光是喝酒、吃鲍鱼、读兵书，累了就趴在几案上打盹儿，不再睡觉了。王莽临时把囚犯都放出来作为士兵，才凑成一支军队，往东去抵抗汉兵。

汉兵到的地方，县城纷纷投降。申屠建的一路人马很快地进了武关。王莽的士兵又都是临时凑数的，其中有不少还是刚放出来的囚犯。他们到了渭桥，就开始逃散了。弘农（郡名，在河南省洛阳以西到陕西省商州市以东的地区）郡长王宪赶紧投靠新的主人，做了汉兵的校尉。他带着几百人先渡过渭河。各县的豪强大族起兵响应，自己都称为汉朝的将军，跟着王宪去打长安。除了王宪这一路以外，别的方面又来了不少"将军"和士兵。他们到了长安城下，都想立大功，争着要进城去。可是一下子不能全进去，他们就在城外先放起火来。城外烧着大火，照到城里；城里也有人放火。火烧到了未央宫，众人闹闹嚷嚷地都拥了进去。王宪他们跟着也进了宫。新朝的将军王邑、王林、王巡他们带着士兵四面抵抗。

王莽穿着礼服，衣冠齐整地走到宣室前殿，手里拿着短刀，许多公卿、官员都跟他在一起。王莽端端正正地坐着正位，死守着六十万斤黄金和珍宝，还自己安慰着自己说："天理在我这儿，汉兵能把我怎么样？"别的人可没能像他那么镇静，有的叹气，有的流泪。这样挨过了一个晚上。第二天，火烧到了前殿。大臣们扶着王莽躲到太液池里的一座楼台上去。那楼台叫渐台，四面是水，一面有桥，火是烧不到这儿来的。在渐台陪着王莽的还有一千多人。

　　王邑、王林、王巡他们日夜不停地抵抗着那些拥到宫里来的人群，累得有气无力。手底下的士兵也死伤得差不多了。王邑他们听说王莽在渐台，就到水池子那边去保护他。可是究竟人数太少，他们全给杀了。渐台周围全是人，围了好几层。台上的将士还往下射箭。大伙儿没法上去。直到台上的箭射完了，下面的人才渡过水，拥上台去。台上的将士拿着长枪、短刀继续抵抗，肉搏开始了。

　　太阳下山的时候，众人进了台上的内室，跟着王莽的几个大臣都死了。王莽只好使用手里拿着的短刀。有个商县人叫杜吴的，向王莽砍了一刀，结果了他的命。

　　王莽一死，大伙儿都来抢他的脑袋，就算抢不到脑袋，能够抢到一只手或者一条腿的，也可以立个大功。末了，有个校尉割下王莽的脑袋，拿去向王宪报功。王宪又找到了那颗镶了一只角的玉玺。他就自称为"汉大将军"。城里几十万士兵正乱糟糟地没有头儿，一听说王宪是汉大将军，自己就算是他的部下了。

　　弘农郡长王宪一下子当上了"汉大将军"，直乐得他头脑发昏。他把自己的一部分士兵留在宫里作为卫队，吩咐别的将士和小兵都驻扎在外边。他到了内宫，拿着玉玺，穿上王莽穿过的龙袍，戴上王莽戴过的冠冕，把王莽的后宫妃子都收下来作为自己的妃子。他就这么得意忘形地住在宫里过着皇帝瘾。过了两天，申屠建和李松到了。他们听说玉玺在王宪那儿，就向他要，可是他不给。他们查出王宪使用天子的旗子和车马，强奸宫女，就把他拿下砍了脑袋。他们把王莽的人头送到宛城去向更始皇帝刘玄报功。

　　刘玄觉得这么一来，天下没有第二个皇帝，他的江山可以坐定了。既然做了天子，小小的宛城当然不配作都城。他就打算迁都到长安去。正好上公王匡那边的捷报也到了。王匡已经打下了洛阳，还把那个跟他同名同姓伤了一条腿的太师王匡也杀了。刘玄手下的将士们都是关东人，不愿意到西边去。他们说："长安太远了，不如迁都到洛阳吧。"刘玄本来没有一定的主张，就听从了将士们的意见，决定迁都到洛阳去。可是洛阳刚打过仗，宫殿破坏了不少，得先修理一下才好。刘玄不敢重用刘秀，不让他去打仗，可是这修理房子的碎烦事儿不妨叫他去办。他就派刘秀为司隶校尉，带着一些人马到洛阳去修理宫殿。

刘秀到了洛阳，专门办理修理宫殿的事。他还是像在宛城那样，做事挺有精神，天天有说有笑的。可是到了晚上，他喜欢清静，一个人一间屋子，不让别人进去。只有冯异是例外，他曾经跟刘秀在小屋子里谈过一次话。刘秀的秘密给他发现了：刘秀的枕头湿着一大片。冯异趴在地下，磕着头，苦苦地央告刘秀别太伤心。刘秀苦笑一下摆摆手，对他说："我没有什么可伤心的，你别乱说！"

新朝灭亡以后，各地方都是王、都是帝，互相攻打，各抢各的地盘，反倒又害得老百姓叫苦连天。这么乱糟糟的天下究竟不是个了局。可是更始皇帝刘玄懦弱无能，他自己也并不想平定天下。破虏将军刘秀还是刘玄的臣下，再说他无权无势，自己还正因为死了哥哥，暗地里伤心着，他又能干什么大事呢？就在这样的情况下，出来了一个太学生。他自己说愿意给刘秀做军师。可不知道他真有这种能耐，还是只会说说大话。

算卦先生

那个太学生名叫邓禹，南阳新野人。他曾经和刘秀在长安同过学，比刘秀小七岁。年纪轻轻的就把刘秀当作了不起的人物，跟他很要好。等到刘秀修好了宫殿，更始迁都到洛阳，邓禹恐怕刘秀也像他哥哥刘縯那样给刘玄杀害，就到洛阳去找他。他到了洛阳，才知道刘秀已经走了。原来刘玄要派大将去进攻河北，大司徒刘赐（刘玄的叔伯哥哥，接替刘縯做了大司徒）建议派刘秀去。朱鲔他们起来反对，刘玄又没有主意了。刘赐再三劝他利用刘秀，也可以安定舂陵的将士。刘玄正信任着刘赐，就听了他的话，叫刘秀执行大司马的职务，吩咐他拿着符节，带着少数兵马，往河北去安抚郡县。

邓禹就沿路追上去。他一路走去，一路听到人们说刘秀不是来打仗的，是来安抚老百姓的。他每到一个地方，总要考察官吏，贤明的升了职，贪污的办了罪。他废除了那些苛刻的法令，恢复了汉朝的官名，还赦了囚犯，让他们回去种地。官吏和老百姓都很高兴，争前恐后地拿着牛肉和酒去慰劳刘秀，他都推辞了，他的士兵也都不接受。邓禹听了，当然高兴，可是他不是来视察情况的，他是来找刘秀的。一听说刘秀到了哪个城，他就追到哪个城。可是等到他到了那个城，刘秀又已经过去了。他拄着拐棍往前追，追到邺城（在河北省临漳县西），才把刘秀追上。

同学好友见了面，那份高兴就不用提了。刘秀见他还拿着拐棍，就跟他打哈哈，说："老朋友跑了这么多的路赶来，是不是要做官？"邓禹摇摇头，说："我不愿意做官。""那你来干什么呢？"邓禹笑着说："我想替您出点力，将来也好在历史上留个名。"到了晚上，刘秀留着他在一间屋子里睡，准备两个人谈个痛快。邓禹挺正经地说："现在山东还没安定下来，像赤眉那样各占地盘的人多得很。更始庸庸碌碌，自己没有主张。他手底下的将士们光知道贪图财帛，没有远大的志向，都不是尊重王室、安抚百姓的人。您虽然帮助他们，立了大功，恐怕这么下去，大事也成不了。依我说，不如搜罗人才，收拾人心，创立高祖的事业，救护万民的生命，处处为人民打算，一定可以平定天下。"

第二天，刘秀吩咐手下的人称邓禹为邓将军。他还叫邓禹跟他住在一个屋子里，有事情就跟他商量。他们两个人的心思给另一个有心人琢磨出来了。那个人就是冯异。他对刘秀说："人心思汉，已经不是一天了。现在更始的将士们到处抢劫，暴虐出了名。老百姓对他们完全失望。一个人挨饿挨久了，能够吃到点东西，就够满足了。将军应当赶快派人分头到各郡县去给老百姓处理冤屈，宣扬恩德。"刘秀同意了。他就带着部下往北到了邯郸。

刘秀到了邯郸，就有一个宗室的子弟来见他。那个人叫刘林。他喜欢结交豪杰，在赵、魏一带很出名。他向刘秀献计，说："赤眉在河东（在黄河东边，邯郸的西南），只要挖开河堤，把水灌到河东去，就说赤眉有一百万人，也都非淹死不可。"刘秀一想，从哪儿冒出来这么一个缺德鬼，用这种办法哪能夺取天下，就没去理他。他只是派冯异和铫期到临近各县去察看官吏，释放受冤屈的囚犯，安抚无依无靠的老年人。过了几天，刘秀带着邓禹、冯异、铫期他们到真定去了，气得刘林直翻白眼。他越想越别扭，就去算个卦。

刘林原来认识邯郸的一个算卦先生。说起来他们还是朋友。那个算卦的叫王郎，他一见刘林噘着嘴，知道他准有心事，就详细地盘问他。刘林说他打算自己起兵。王郎说："真的？那我有主意。您总还记得，头些日子长安有个男子自称为成帝的儿子子舆，王莽说他冒名顶替，把他杀了。您不妨冒充真的刘子舆，就可以号召天下。"刘林说："你自己去冒充，不是一样的吗？你做刘子舆，我帮你登基。"王郎没想到自己算了半辈子卦，还能做皇帝，高兴得蹦起来。他说："行！大爷，咱们可说在头里：有福同享，有祸同当。"两个人就这么对天起了誓。

刘林扯着汉成帝的儿子刘子舆的幌子，联络赵国的大富豪李育和张参。

他们拿出家产，招募壮丁。大伙儿都认为算卦的王郎原来是隐姓埋名的王孙公子。没有几天工夫，招集了好几千人。他们就立王郎为天子。王郎拜刘林为丞相，李育为大司马，张参为大将军，向临近的州郡发出通告。远远近近，谁也不知道真子舆、假子舆，很快地赵国以北、辽东以西，全都响应。他们把邯郸城里的王郎当作汉朝的天子，王郎的势力就突然强大起来了。

刘秀和邓禹知道自己的力量不够，没法去跟王郎死拼。回到南方去的道路又给王郎截断了，他们再往北走，到了蓟州（就是天津市蓟州区；蓟 jì）。王郎的通告也到了。他出了十万户的赏格捉拿刘秀。刘秀被逼得走投无路，就打算绕道逃回到南边去。有一位新来的小伙子叫耿弇（yǎn），他说："王郎的兵马正从南边来，咱们往那边走，正好送上门去。渔阳太守彭宠也是南阳宛城人，大家都是同乡。上谷太守（耿况）就是家父。这两个地方就有一万多骑兵，还都是射箭的能手。跟他们联络起来，就不必怕邯郸了。"有的说："我们都是南方人，要死也死在南方。我们不愿意跑到北方去受罪！"刘秀指着耿弇对大伙儿说："北路的主人在这儿，还怕什么？"

没想到蓟州有个刘接，他贪图十万户的赏赐，起兵响应王郎。一下子城里谣言纷纷，都说王郎的大军到了。刘秀他们人数太少，只好慌慌忙忙地逃跑。将士们不愿意往北去，就出了南门，准备往饶阳（在河北省安平县东）方面走去。刘秀一检点随从的人，单单短了那个小伙子耿弇，不知道他上哪儿去了。他们都替他着急，可是又不能等他，只好自己走了。

路上受冻挨饿，这种困难的情况简直没法说。他们到了芜蒌（wú lóu）亭，肚子饿得直叫唤。冯异到临近的村子里向老百姓讨来了一些豆粥奉给刘秀。刘秀正饿得慌，好像从来没吃过这么香的东西。好容易到了饶阳，大伙儿饿得头昏眼花，实在支持不了啦。刘秀找到了传舍（就是驿站），就叫大伙儿进去，冒充是王郎的使者，吩咐传舍里的官员赶快摆上饭来。随从的人一瞧见有了吃的，大伙儿抢开了。传舍里的官员起了疑。他想："哪儿有这号使者？不会是冒充的吧。"他故意敲起鼓来。敲了几通以后，对他们说："从邯郸来的将军到了。"大伙儿一听，脸都白了。刘秀赶紧上了车。忽然一想，逃也逃不了啦。他就改变主意，不慌不忙地回到传舍里，对那个官员说："请邯郸来的将军进来见我！"那个官员哪儿去找邯郸来的将军，他只好糊里糊涂地敷衍了几句。刘秀他们这才吃了饭，大大方方地离开了传舍。

刘秀听说信都（在河北省邢台市信都区）太守不肯投降王郎。他们就冒着风雪，向信都方面走去。北风呼呼地吹着，吹得他们的脸和手都绽出血来。脚都麻木了，脚指头好像全没了。正在万分困难的时候，听说王郎的兵马追上来了。前面是呼沱河（也写作滹沱河），可是没有船。大伙儿又都着了慌。刘秀派手下的将军王霸去看一看。王霸看了回来，说："冰厚得很，可以走过去。"他们下去一踩，这么结实，大伙儿全认为这是老天爷帮助刘秀。他们就精神百倍地都过了河。

他们一路跑去，到了南宫（在河北省邢台市新河县东南），下起雨来。大伙儿全淋湿了。他们瞧见道旁有个空的传舍，就进去避一避。冯异抱来了一大捆柴火，又找吃的去了。那位拄着拐棍赶路的邓禹一见有现成的灶，忙着生火。一会儿，火旺了，刘秀给大伙儿烘衣服，冯异煮麦饭。大伙儿就这么吃了点，歇了会儿。一见雨停了，赶紧动身。他们像难民似的又走了一百来里地，才到了信都。这时候，赵国以北、辽东以西的郡县都响应了王郎，只有信都太守任光跟和成太守（和成，郡名，是以前钜鹿郡的一部分）邳肜（pī tóng）不肯投降。他们也有点军队，可是已经变成了孤军。他们正在担心，一听到刘秀他们到了，不由得都高兴起来。

"铜马皇帝"

任光、邳彤和刘秀一起商议如何对付王郎。大伙儿觉得王郎那边势力大,不好对付,正打算着派几千兵马护送刘秀回到刘玄那边去。邳彤说:"算卦的王郎尽管势力大,究竟是乌合之众。只要大司马(指刘秀)登高一呼,招集信都、和成两郡的兵马,一定能够打败王郎。"

刘秀用大司马的名义征调临近县城的人马,得到了四千精兵。信都太守任光发出通告,说:"算卦的王郎冒充宗室,诱惑人民,大逆不道。大司马刘公从东方调来城头子路、刁子都百万大军前来征伐。一切军民人等,反正的,既往不咎;抗拒的,决不宽容!"他派骑兵把这个通告分别发到钜鹿和别的地界里去。那边的人民看到了通告,纷纷议论,这个消息很快地传开了。各城的官吏好像大祸临头似的都害怕起来。

刘秀到了哪儿,哪儿都归附他。刘秀对投向他的人慷慨得很,不但拜他们为将军,还封耿况、彭宠、景丹等人为列侯。

刘秀率领着大军去进攻钜鹿,更始刘玄也派尚书令谢躬来攻打王郎。两路大军联合起来,连着攻打了一个多月,还不能把钜鹿城打下来。前将军耿纯说:"何必在这儿多费日子呢?不如直接去打邯郸。打下了邯郸,杀了王郎,钜鹿必然投降。"刘秀听了耿纯的话,留下一部分人马继续围攻钜鹿,自己带领大军去打邯郸。汉军接连打了几个胜仗,打得王郎支持不住。他派大夫杜威来求和,还说王郎实在是汉成帝的儿子。刘秀说:"就是成帝再活过来,今天也得不到天下了,何况是个假子舆呐?"杜威又要求说:"那么封他一个万户侯吧。"刘秀说:"让他留着一条命,已经算不错了。"杜威怒气冲冲地转身就走。刘秀知道王郎他们是不肯投降的,就叫将士们加紧攻打。汉军一连攻打了二十几天,王郎的少傅李立开了城门,汉军拥进城去,占领了邯郸。王郎、刘林连夜逃跑,刘秀的将军王霸、臧宫、傅俊他们紧紧地追着。王霸赶上王郎,一刀把他劈死,割下他的脑袋。刘林却逃得不知去向。

刘秀进了邯郸宫殿,检点公文,都是各郡县的官吏和大户人家跟王郎来往的文书,其中大多是奉承王郎,毁谤刘秀的。刘秀特意在将士们面前把这些文书全都烧了。有的说:"哎呀,反对咱们的人都在这里面呢。现在连人名都查不到了。"刘秀说:"既往不咎。烧了这些文书,好让这些睡不着觉的人安心!"大伙儿这才明白过来,全都佩服刘秀。

汉军越来越多了。刘秀重新编排人马,整顿队伍,在可能的范围内让士兵们自愿地分配到各营里去。士兵们都说:"愿意拨在大树将军的部下。"刘秀还不知道谁是"大树将军"。

原来"大树将军"是偏将军冯异的外号。冯异为人谦逊,从来不说自己的长处。上阵打仗,他跑在头里,平时行军或者不受敌人攻击的时候,他老落在各营的后面。将士儿郎们每次休息的时候,免不了要聊聊自己打仗的经过。就是将军们也会团团坐着谈谈自己是怎么样打败敌人的。打仗的次数越多,话就越长。有时候为了争功,甚至于闹得脸红脖子粗地各不相让。偏将军冯异听到将士们争功,就偷偷地溜了,坐在大树底下躲着。因为他不止一次地躲在大树底下,军队里就都称他为"大树将军"。刘秀听了将士们的话,对大树将军冯异就更加尊敬。

军队编好,阵容更强了。护军朱祐对刘秀说:"长安政治混乱(长安指更始朝廷,公元24年2月,更始迁都到长安),百姓失望,人心所归就是天命。请您别耽误了自己。"朱祐是南阳宛城人,刘縯、刘秀哥儿俩一向跟他很要好。刘縯做大司徒的时候,就派他为护军。刘秀进攻河北的时候,也派他为护军,还老跟他在一起,好像一家人似的。朱祐看出更始刘玄的朝廷眼光小,不能成大事。这会儿看到刘秀烧毁文书,更觉得他确有雄心,就向他说了这么几句话。刘秀可不让他说下去。他说:"召刺奸将军把护军逮了去!"可是刘秀的口气并不严厉,好像就这么说说算了。因此,谁也没真去叫刺奸将军来。"大树将军"的称号已经够新鲜了,那"刺奸将军"又是怎么样的一个将军呐？

"刺奸将军"是颍川人，名叫祭（zhài）遵，从小喜欢读书。他家里很有钱，可是他非常节俭，不讲究穿衣吃食，对待别人十分恭敬。刘秀在昆阳打败王寻、王邑以后，路过颍川，碰到了祭遵。刘秀因为他名气大，又喜欢他的风度，就把他收在部下，叫他管理有关军营里法令的事。有个伺候刘秀的小郎犯了法，祭遵把他杀了。俗语说，打狗要看主人面，刘秀的小郎就算犯了法，也该让刘秀自己去办，至少得向他请示一下。现在祭遵自作主张地把他杀了，这就难怪刘秀发了脾气。他叫左右去把祭遵抓来。当时就有人拦住他，说："您一直吩咐我们奉公守法。现在祭遵不顾利害，执行法令，这是他执行您的命令，怎么能把他办罪呐？"刘秀给他们这么一提醒，不但不把祭遵办罪，还拜他为"刺奸将军"。他对将士们说："你们都得防备着祭遵哪。我身边的小郎犯了法，都给他杀了。他这么铁面无私的，一定不肯袒护谁的。"将士们听了，有些平日不大重视纪律的，都偷偷地擦了一把冷汗。

这会儿朱祐一听到刘秀要召刺奸将军来，他就不作声了。可是劝刘秀及早脱离刘玄的，不光是朱祐一个人。别看耿弇才二十一岁，他就有这个心。

耿弇说："当初天下百姓因为受不了新朝的残酷统治，才想念着汉室。一听到汉兵起义，各地纷纷响应。现在更始君臣只知道享乐，不知道处理朝政，皇亲国戚在京都里欺压百姓，横行霸道，将士们在各地掳掠财物、强抢妇女。以前人心思汉，现在回过头来又想念着王莽了。再加上铜马、赤眉、青犊、大彤等几十处，每一处有几万、十几万，甚至几十万人马，更始没法对付他们。所以我说他长不了。大王您在南阳首先起义，在昆阳消灭了敌人的百万大军。现在平定了河北，钜鹿也投降了，天下归心。只要大王登高一呼，准能天下响应。为什么把天下让给别人呢？听说更始打发使者来，要大王撤兵回去。大王千万别听他们的。"

刘秀听着，不说话。虎牙将军铫期也进来了。他说："河北接近边界，壮士都能打仗，原来是出精兵的地方。只要大王能够顺从万民的心愿，谁敢不听指挥？"刘秀说："你别瞎说。"

刘秀出去对更始的使者说："王郎虽然灭了，河北还没平静，我一时动身不了。"他就留在河北，还拜耿弇为大将军，派他跟吴汉往北去征调各郡的兵马。有几个郡守抗拒命令，都给耿弇和吴汉杀了。等到这两个将军带领着北方的大军回来，刘秀的兵力更强了。他亲自带领大军打败了另一个农民起义军铜马。可是除了铜马以外，还有十几处起义的军队。他们在各地杀了王莽的官吏，推翻了王莽的政权。王莽的政权被推翻以后，他们大多继续用抢掠财物的手段来维持生活。因此，纪律很差，不符合人民的愿望。这就给刘秀提供一个有利条件。他的军队中也有掳掠的行为，但是他尽力整顿纪律，争取民心。这时候，他以平定海内、恢复秩序的统治者自居，毫不留情地镇压和消灭各地的农民起义军。

刘秀又到了蓟城，派十四个将军彻底消灭了铜马这一伙儿。投降的人就有几十万。刘秀把这一支起义军接过来，把几个归顺他的头子封为列侯。尽管如此，投降的人还是怀着鬼胎。刘秀了解了他们的心情，叫他们各归各营，各位头领照样带着自己的兵马，然后他自己骑着马，带着几个随从人员，好像老朋友串门似的到各营去看看他们。这些投降的人大受感动。他们彼此之间很诚恳地说："刘秀把自己的心挖出来搁在咱们的胸膛里，咱们还不该跟着他同生共死吗？"打这儿起，他们服了刘秀，愿意听他的指挥，愿意重新编队，分配在各将军的营里。这一来刘秀的军队扩充到了几十万人，关西一带只知道有铜马，就管刘秀叫"铜马皇帝"。接着，刘秀进了河内，还想去进攻燕、赵。

北方还没平定，东边的赤眉军反倒越来越强大。赤眉兵大多都是朴实的农民。他们虽然屡次打了胜仗，可是并不想割据地盘，他们的首领樊崇压根儿没有要做皇帝的打算。只要推翻残暴的政权，度过灾荒，能够回家安心生产就是了。因此，他们占领了濮阳和颍川以后，一听到刘玄做了皇帝，恢复了汉朝，就按兵不动。更始从宛城迁都到洛阳的时候，派使者去叫赤眉归顺。樊崇愿意率领赤眉的二十万大军去和更始合作，他就带着二十几个首领跟着使者到了洛阳。更始认为樊崇他们不是自己人，就敷衍了一下，把他们封为列侯，可是光有个空名，没有封地，二十万赤眉兵也不供应粮饷。樊崇和与他同去的二十多个首领大失所望。他们找个机会都逃回来了。他们担心要再这么待下去，军心必散。因此决定跟更始干一下子。

公元 24 年（更始二年）二月，更始迁都到长安。樊崇就率领着二十万大军往西去进攻长安。他们很顺利地进了函谷关。刘秀一得到报告，就知道更始敌不过樊崇，长安一定保不住，就打算派邓禹往西边去打樊崇。可是更始的大将朱鲔和李轶还在洛阳，随时可以打到河内来。刘秀自己又想去进攻燕、赵，那么叫谁守在这儿呢？他就问邓禹。邓禹说："从前高帝信任萧何，嘱咐他守住关中，供应军粮，高帝才能够一心一意地去收服山东，终于成了大事。现在河内地势险要，物产富庶，北通上党，南近洛阳，要挑个文武全才的人守在这儿，再没有比寇恂更合适的了。"

刘秀听了邓禹的话，拜寇恂为河内太守，对他说："从前高帝派萧何镇守关中，我现在把河内托给你。你也要像萧何那样供应军粮，鼓励士兵防备着别的兵马进来。"他又拜大树将军冯异为孟津将军，统领河上的兵马，防备着洛阳那边。他这么布置完了，就拜邓禹为前将军，分给他三万兵马，向关内进攻，自己带着吴汉、耿弇、耿纯他们，率领着大军去进攻燕、赵。

河内太守寇恂吩咐各县练兵，尤其是练习射箭。他用竹子做了一百多万支箭，养马两千匹，收租谷四百万斛作为军粮，源源不断地运到前方去。他真是个"赛萧何"。孟津将军冯异这会儿独当一面，也不能再躲在大树底下了。果然，镇守洛阳的朱鲔、李轶他们一打听到刘秀往北去了，就趁着机会去进攻河内。

攀龙附凤

大树将军冯异料到朱鲔、李轶他们一定会来进攻的。他先写了一封信给李轶,劝他及早归附刘秀。李轶也知道更始长不了,可是他有他的心事。当初刘秀在宛城的时候,首先约会刘秀起义的就是李轶和李通。他们本来是一条心的。后来刘玄做了皇帝,朱鲔得了势,他就倒在朱鲔那一边,帮着他杀了刘秀的哥哥刘縯。为了这档子事,他尽管愿意听从冯异的劝告,可是他不敢投奔刘秀。另一方面,他尽管不敢来投奔刘秀,可是也不愿意再帮着朱鲔。他就写了一封回信给冯异,含含糊糊地透露了这个意思。

冯异得到了李轶的回信,知道他不会跟他作对。他就带着一万多精兵往北打下了天井关(在山西省晋城市南太行山上,也叫太行关)和上党的两个城;回头往南又打下了河南、成皋以东十三个县;杀了更始的几个大将,收下了十多万投降的士兵。李轶眼看着这么多的县城给冯异夺了去,他一直袖手旁观。就是冯异进攻邻近的地方,他也不去救。冯异觉得李轶暗地里真帮了他的忙,就派人把李轶的信送去给刘秀。

刘秀接连打败了尤来、大枪、五幡等几路农民起义军,一直追到右北平,又打到顺水北面。也是他一时大意,只知道打胜仗,没料到会打个败仗。北路的一支起义军围上来,双方都拿着短刀对打。刘秀的马受了伤,眼看逃不了啦。他就从很高的地方跳到底下,腿也摔坏了。敌人不肯放松,急急地追下来。刚巧耿弇和王丰赶到。王丰把自己的马让给刘秀,刘秀搭着王丰的肩膀上了马,回头笑着对耿弇说:"差点给盗贼取笑了。"话还没说完,追兵已经到了。耿弇是个神箭手,连着射倒了十几个带头的,别的人只好退回去。耿弇和王丰保护着刘秀到了范阳(在河北省定兴县西南),可是已经跟大军失散了。

汉军不见了刘秀，都悄悄地议论开了。有的说刘秀已经给敌人害了，一传十，十传百，将士们都慌作一团，不知道该怎么办才好。吴汉出来了。他尽管说话带结巴，可是说出来的话挺有力量。他说："咱们大家努力，怕什么？万一大王有个三长两短，他哥哥（指刘縯）的儿子在南阳，咱们就尊他做主人。"大伙儿这才稍微安定点。没有几天工夫，刘秀回到大营。从此，他们格外卖力，接连着把北边的起义军打得七零八落，刘秀才把大军驻扎下来。正在这个时候，冯异的信到了。

刘秀给冯异写了回信，说李轶这家伙反复无常，不能轻易信他。他还把李轶写给冯异的信故意泄漏出去，让朱鲔那边也知道这件事。朱鲔得到了这个消息，害怕李轶谋反，就派人去把他暗杀了。他杀了李轶以后，马上派部将苏茂和贾强带领着三万兵马渡过巩河去进攻河内郡的温邑（在河南省温县西南），他自己带领着几万兵马去攻打平阴（在河南省洛阳市孟津区东，黄河以南）牵制冯异那一头。

寇恂一面通告各属县发兵到温邑会齐，一面亲自出马先去抵抗苏茂和贾强。将士和官吏都拦住他，说："洛阳兵不断地渡过河来，声势十分浩大。太守您不能随便出去。现在通告已经发出了，等到各县的兵马都会齐，才能够打仗啊。"寇恂说："温邑是河内郡的大门。要是敌人进了大门，屋子里怎么守得住？"他带领着少数的军队连夜赶到温邑。第二天一清早就跟洛阳兵开了仗。正好冯异和各县的兵马也到了。寇恂吩咐士兵拼命地打鼓，大声地嚷着说："刘公的大军到了！刘公的大军到了！"苏茂、贾强的军队在汉军的面前着了慌，一打就垮了。打死和打伤的已经够瞧的了，没想到汉军不让他们好好地渡河，差不多有一半人马都给淹死了。洛阳的两个部将，贾强死在阵上，苏茂逃到朱鲔那儿去了。寇恂还不肯饶他们，全军渡过河，追了上去。

孟津将军冯异已经渡过河追击朱鲔那一路。朱鲔的兵马逃回洛阳。冯异和寇恂两路兵马合在一起，一直追到城下。洛阳城关得紧紧的，谁也不敢出来对敌。汉军就绕着洛阳城耀武扬威地走了一圈。打这儿起，洛阳大起恐慌，白天也关着城门。

寇恂、冯异打了胜仗，派人向刘秀报告。刘秀听到洛阳兵进攻河内，正担着心哪。赶到捷报到了，他挺得意地说："我知道寇太守行！"将士们都进来向刘秀贺喜，还要尊他为天子。大伙儿趴在地下，一齐说："大王功高德重，天下的人心都归向您。我们恳求您登上天子的大位。"刘秀摇晃着脑袋，用眼神把他们压下去。当时有一个将军，挺着胸脯，理直气壮似的说："大王虚心退让，好是好，可是大王就不顾及宗庙社稷了吗？应当先即位。确定了名分，才好商议征伐大事。要不然，谁是主、谁是贼，天下的是非公理不分，事情就不好办。"刘秀一看，原来是前锋将军马武。马武本来是绿林的一个首领，也是南阳人。刘玄即位的时候，他跟刘縯、刘秀都算是更始的臣下。他曾经跟着刘秀在昆阳打败王寻、王邑，他就向着刘秀。马武办事能干，打仗特别勇敢，刘秀不但信任他，而且跟他很亲热。刘秀做了萧王，就拜他为前锋将军。这次他劝刘秀即位，刘秀不到时候，怎么能够答应下来？他说："将军怎么说出这种话来？论罪名是可以砍头的！"马武说："将士们都这么说。"刘秀说："那你就去告诉将士们别这么说。"

刘秀到了中山，将士们又都劝他即位。他还是不答应。他到了南平棘（县名，属常山郡），将士们又去要求他即位。他说："盗贼未平，四面受敌，还说得上自己的地位吗？"将士们正想退出去，耿纯上来了，他倒挺干脆，说："天下士大夫抛弃亲戚，离开故乡，跟着大王在刀枪、弓箭底下过日子，还不是希望'攀龙附凤'，大家伙儿都能够得到功名吗？现在大王不听从大众的意见，不肯接受尊号。我怕的是，士大夫没有指望，他们就会想：何苦老在外面奔波呐？你也想回家，我也想回家，人心一散，再要联合起来可就难了。"刘秀呆了一会儿，说："让我仔细想想吧。"

这一班想攀龙附凤的将士跟着刘秀到了鄗南（后来改名为高邑，在河北省柏乡县北），就接到了两个报告，说又出了两个皇帝。原来别的地方"攀龙附凤"的人也正多着呐。

那两个皇帝，一个是孺子婴，一个是公孙述。皇太子孺子婴被王莽废了，改称为定安公以后，一直被关着，跟外界没有来往，长大了，连六畜（马、牛、羊、鸡、狗、猪）都不认识。王莽被杀以后，他才被放出来，一直住在长安。说他没有用，他可是刘家不折不扣的皇太子。平陵人方望把他接到临泾（在甘肃省镇原县西），立他为皇帝，自己做了丞相。更始刘玄派部将李松去征伐。方望究竟力量不够，打了一仗，全军覆没。孺子婴和方望都死在乱军之中。这一个皇帝完了。另一个皇帝是成都的公孙述。他是扶风茂陵人（茂陵，在陕西省兴平市东北），很能干，又有名望。刘縯、刘秀在南阳起义的时候，公孙述就在成都招募了几万兵马响应汉军。他一听到南阳有一位将军叫宗成，带着几万兵马到汉中来，就马上派使者去迎接他们。宗成确实是南阳人，可是他和南阳起义军不是一起的。他自称为虎牙将军，他的军队一到成都就露出了本来面目：烧毁房屋，各处抢劫，强奸妇女，杀害百姓。公孙述对郡里的豪杰们说："天下吃了新朝的苦头，想念着汉朝，已经不是一天了。所以一听到汉军来了，马上去迎接他们。哪儿知道他们一来，老百姓遭了殃，妇女们受了污辱，房屋给烧毁。这明明是盗贼，哪儿是义兵呐？我打算保护成都，等候着真的主人。你们愿意共同努力的，请留在这儿；不愿意的，随你们的便。"他们都磕着头，说："情愿跟随将军同生共死。"他们帮着公孙述，派人扮成汉朝的使者，从东方来，拜公孙述为将军，管理益州。公孙述杀了宗成，把他的军队都接收过来。

公孙述起兵打的是汉军的旗号，可是更始并没给他封号，也不把他当作自己的部属看。公元24年，更始派兵去攻打公孙述，公孙述盼咐他的兄弟公孙恢发兵去对敌。公孙恢把更始的军队打得大败而逃。打这儿起，公孙述的威名更大了。他就自立为蜀王。当地的老百姓和临近的部族全都归附他。他的部下也希望攀龙附凤，劝他即位。有个部下叫李熊的，还说了许多理由，请他赶紧做皇帝。公孙述当然不能马上答应下来，他说："做帝王要由天命决定，我不敢承当。"李熊说："天命没有一定，做帝王还得看老百姓的心愿和自己的能力。民心归向大王，大王又是才能出众，还怀疑什么呐？"公孙述就自立为天子，拜李熊为大司徒，自己的兄弟公孙光为大司马，公孙恢为大司空。关中起兵的豪强有一万人马的，有几万人马的，可是都还没有主人。他们都来归附公孙述。公孙述有了几十万士兵，粮草充足，就在南郑盖了宫殿，端端正正地做起皇帝来了。公孙述做了皇帝，势力越来越大，这可叫跟着刘秀的那一班人着急起来。他们就又去要求他即位。刘秀召冯异到鄗南来，问他四方的动静。冯异说："更始的几个重要的大臣都跑了。他一定失败。天下没有主人，人心惶惶。上为社稷，下为百姓，大王应当听从大家的意见。"

萧王刘秀就在公元25年6月，在鄗南即位，就是后来的汉光武。那时候他三十一岁。汉光武一面大赦天下，一面打发使者拿着符节和诏书到河东（在山西省黄河以东的地区）拜邓禹为大司徒。这时候，邓禹才二十四岁。汉光武把他当作张良看。

邓禹由东北往长安去，赤眉的首领樊崇由东南往长安去。邓禹打到河东的时候，赤眉军早已进了武关。河东离长安还远，可是赤眉军多，早晚可以打进长安去。长安已经是"火烧眉毛"，十分危急了。

攻占两京

公元25年（更始三年），往西进攻长安的两路赤眉军在弘农会师。更始派军队去抵抗，接连打了几个败仗，急得他不知道怎么办好。张卬和王匡被邓禹打败，刚从河东逃回来。张卬就跟申屠建、廖湛他们商议，他说："赤眉说话就到，咱们没法在这儿待下去。我说不如快点下手，先把长安城收拾收拾；有了财物，回到南阳去，再找路子。要是南阳也不能待的话，咱们就回到大湖里去做大王！"他们都同意了。大伙儿就去见更始，向他献了这个计策。可是更始不同意。张卬就去跟大将军申屠建和御史大夫隗嚣（wěi xiāo）商量，约他们一同去强迫更始离开长安。

更始发觉他们打算造反，就先杀了申屠建，发兵围住隗嚣和张卬的房子。隗嚣跟他的门客们冲出了包围，逃到天水（在甘肃省通渭县西南）老家去了。张卬和王匡逃了。南方起义军绿林就这么完全分裂，力量大大削弱。正在这时候，东方起义军赤眉已经到了华阴（在陕西省华阴市，华山的北面）。

赤眉军的首领樊崇眼看更始就快完了，可是他不能驳斥旧贵族和地主分子所提出的"人心思汉"的说法，就是在农民起义军中也有不少人存着这种正统观念。于是他们打算立一个姓刘的人做皇帝。可是军队里姓刘的人还真不少，有远房的、有近房的，一找就找出了七十多个，其中有个刘盆子，据说血统最近。他才十五岁，是给樊崇的部下刘侠卿看牛的，大伙儿管他叫牛倌儿。樊崇就决定立他为天子。刘侠卿叫牛倌刘盆子换身衣服。他不依，还哭着不走。刘侠卿只好让他披着头发、光着脚、穿得破破烂烂地去见樊崇。刘盆子见了樊崇，不敢再使性子，就穿上小皇帝的衣服，戴上小皇帝的冠冕。樊崇领着部下，共同立刘盆子为天子。文武百官向他朝见，窘得刘盆子不知道该怎么应付。一退了朝，他赶紧换上原来的衣服，溜到外面情愿跟别的牛倌在一块儿。大臣们只好把他留在屋子里，吩咐手下人别让他随便出去。

赤眉军奉了汉天子刘盆子的名义来征伐更始。刚巧更始的大将军张卬和上公王匡从长安逃出来。他们就投降了赤眉军，把赤眉军领进东都门（长安城东面北头的城门）。更始慌忙派李松、赵萌他们去抵抗。李松他们也打了一仗，死了两千多人。李松被赤眉军逮了去；赵萌投降了。更始急得没有别的办法，只好带着妻子和宫女从北门逃出去。

好容易逃到高陵，在驿舍里休息一下。这时候，又来了几个臣下和一些士兵，更始才透了一口气。他正在没有主意的时候，赤眉军派使者送信来了。使者传达命令，叫更始投降，还可以封为长沙王；过了二十天，就是投降，也不允许了。更始只好跟着使者到长乐宫去见刘盆子和樊崇。他光着上身（表示愿意受责打的意思），向刘盆子奉上玉玺。刘盆子听了樊崇的话，封他为长沙王，让他住在长安。

此时汉光武正在攻打洛阳。已经把朱鲔围在洛阳好几个月了，还不能打下来。汉光武因为岑彭曾经跟朱鲔同过事，就派他去劝告朱鲔投降。朱鲔在城上，岑彭在城下，两个人就这么讲话。岑彭的好话是说完了。朱鲔说："大司徒（指刘縯）被害的时候，我还帮着李轶；更始派萧王（指刘秀）北伐，我又拦阻过他。我自己知道罪大恶极，不敢再见萧王。"

岑彭回去向汉光武报告，汉光武说："做大事的不记小过。朱鲔肯来，官爵可以保住，别说性命了。我指着河水起誓，绝不失信。"岑彭又把这些话告诉了朱鲔。朱鲔从城头上放下一根绳子，对岑彭说："真不失信的话，你上来。"岑彭马上拉住绳子要上去了。朱鲔见他这么实心实意的，才答应了。

第二天，朱鲔带领着洛阳的军队出来投降。汉光武拜他为平狄将军，封为扶沟侯。接着，汉光武进了洛阳，就把洛阳作为京都（因为长安在西边，洛阳在东边，所以前汉也叫西汉，后汉也叫东汉）。

汉光武住在洛阳很不安心。各地方自立为王、自立为帝的人还真不少，占据一块小地方做土皇帝的，那就更多了。尤其是赤眉军占领着长安，是个大威胁，非先把长安打下来不可。

邓禹的将士们请他快去进攻长安，他反倒带着军队越走越远了。这是为什么呢？邓禹对将士们说："我们的人马虽说不少，可是能打仗的士兵究竟不多。再说，前面没有给养，后面运粮困难。赤眉刚进了长安，声势浩大。如果咱们马上去跟他们交战，准得吃亏。可是他们也因为人多粮少，粮草没有来源，他们在长安再待下去，迟早会发生变乱的。我探听到上郡、北地、安定三个郡粮食富裕，牲口多，咱们不如先到那边去。等到咱们拿下了这三个郡，有了粮食、马匹，长安那边也许已经维持不下去。这样，咱们准能打败赤眉。"

邓禹绕着大弯儿由东往北，转西向南，到了栒（xún）邑（在陕西省淳化县西北）。这时候，长安的老百姓果然对赤眉军也很不满意了。他们认为新莽、更始、赤眉一样叫他们难过日子，有的甚至说赤眉不如更始，更始不如新莽。这么一比呀，就有人同情刘玄，想把他救出来。张卬听到了这个风声，很担心。他怕刘玄出来跟他算旧账，就叫谢禄把刘玄骗到城外，勒死了。

长安没有粮食，赤眉军不能再待下去，他们还能到哪儿去发展呐？邓禹的军队驻扎在栒邑，扼住赤眉军北上的道儿。洛阳已经建都，做了汉光武的大本营，扼住赤眉军东归的道儿。汉中王刘嘉（和汉光武刘秀平辈，更始封他为汉中王）仗着自己雄厚的兵力，割据汉中，阻止赤眉军向南发展。东、南、北全是敌人，赤眉军要求生存只有往西一条路了。就在那年正月，樊崇带着几十万大军，号称一百万，向西流亡，他们并不打算夺取城邑，最紧要的是多得粮食。赶到他们进了安定、北地，才知道这两个地方跟长安也差不了多少。粮食和牲口早已给邓禹的军队搜刮去了。

安定和北地粮食不多，没法供给几十万大军的口粮。赤眉军只好再往西去。没想到这就碰上了地头蛇，割据天水的隗嚣派军队出来迎头痛击。赤眉军打了败仗，死伤了不少人马。樊崇只好避开天水那一头，往西北逃去。谁知道祸不单行，他们在番须谷中（在陕西省陇县西北）正赶上暴风雪，冻死了不少人。他们还能流亡到哪儿去呢？在万不得已中，他们只好回到东边来。

就在那年九月，樊崇这一队赤眉军到了长安城外，才知道长安城已经给邓禹的军队占了。一来因为城里有邓禹的兵马守着，二来因为城里早已十室九空，没有什么值钱的东西。他们就刨起坟来了。汉朝历代帝王和皇后、妃子等都葬在那一带，埋着不少金银、珠宝、玉器什么的。邓禹一听到，立刻发兵去攻打。想不到打了个败仗，还败得挺惨，连长安城也给赤眉军夺去了。邓禹带领一部分兵马想去跟赤眉军再比个输赢。他们到了云阳（在陕西省淳化县西北），赤眉军接着就追了上来。邓禹哪儿知道赤眉军虽然在这次流亡中遭受了很大的损失，这时候人数还有三十万。邓禹又打了败仗，慌忙退到高陵。他怕军中粮草不够，只好向汉光武请求救兵。

汉光武知道邓禹的军队已经疲劳了，再说邓禹也不是打仗的行家，就派冯异带着一队兵马去代替他。汉光武亲自送冯异到河南（黄河以南，这里指洛阳东北的南岸，不是现在的河南省），送给他一辆车马，一把宝剑，嘱咐他，说："长安一带遭受了王莽、更始、赤眉的兵灾，老百姓穷困到了极点。将军这次出去征伐，要是敌人肯投降的话，只要把他们的头子送到京都来，其余的士兵都可以让他们回家去种地、养蚕。征伐不一定要夺取土地，杀害士兵。最要紧的是除暴安良，安定人心。我看到许多将士，毛病不在于不能拼命打仗，而在于贪图财物，喜爱掳掠。你一向能够管得住将士，我才把这个重大的责任托给你。你得记住：争取民心最重要，不要叫郡县吃苦。"冯异接受了汉光武的嘱咐，带着军队和粮食往西去了。

冯异用计策把八万多人的一队赤眉兵包围在崤山底下。冯异下了战书，跟赤眉军约定会战的日子和地点，一定要比个上下高低。忠厚老实的农民军不知道这是人家的计谋。他们到了指定的地点，就中了埋伏，全都慌了神，拼死抵抗，挣扎，一天下来，死的死、伤的伤，其余的人精神也很差。没想到就在这时候,冯异的第二批伏兵又起来了。这一批汉兵打扮得跟赤眉兵完全一样,略略混战了一下,就分不出谁是谁来。赤眉兵怕打伤了自己人,可又不能不招架。正在为难的时候,冯异叫将士们大声地劝告赤眉投降。当时就有大批服装跟赤眉相同的士兵互相嚷着"投降!""投降!"赤眉兵一见多数人投降了,全没了主意。军心一乱,这一支赤眉军都被解除了武装。

公元27年(建武三年)一月,樊崇带着另一队十几万人往东向宜阳方面过去。冯异火速派人骑着快马去向汉光武报告。汉光武亲自率领大军到了宜阳,帮助耿弇去截击赤眉军。赤眉军从没碰到过这么厉害的敌人,再加上新安的军队也赶到了。三路大军以逸待劳,把赤眉军围困得没法动,好像鱼群被拉进了渔网一样。到了这步田地,樊崇只好向汉光武求和。

汉光武答应不杀他们。刘盆子奉上了玉玺。赤眉的将士儿郎们都把铠甲和兵器堆在宜阳西门外。十多万人的铠甲和兵器差不多堆得像临近的熊耳山那么高。

汉光武吩咐县里的厨师赶紧做菜、做饭,给十多万的赤眉兵吃一顿好的。还带着樊崇他们到了洛阳,给他们田地房屋,让各人和妻子住在一起。樊崇和逢安是赤眉主要的首领,十多万赤眉还是向着他们。汉光武虽然不说话,大臣们总觉得留着他们太不妥当。没过几个月,就拿谋反的罪名把他们杀了。

推翻新朝统治的绿林和赤眉这两支最大的农民起义军,到了这时候都给汉光武消灭了。可是各地割据一个地盘称帝称王的仍然不少,天下还正乱着呢。

种地钓鱼

蜀地的公孙述不断地扩充自己的地盘,还打算由江陵(在湖北省长江北岸)这边过来;隗嚣也打算向南发展。汉光武说:"将士们都疲劳了,我真不想再去跟他们两个人多事。我三番五次地给他们写信,劝他们归附,还说我决不亏负他们,可是他们始终不乐意。怎么办呢?"冯异说:"不去征伐,他们是不会投降的。我愿意听从吩咐。"汉光武说:"关中是通陇、蜀的要道,你在那里镇守,不能离开。你先回去,我再调度兵马,想办法去征伐蜀地。"汉光武就叫冯异回到关中去,还吩咐他把家属都带去。

汉光武一面调度兵马,要用武力平定天下,一面尽力搜罗知名之士,要利用他们的名望作为号召,来巩固自己的政权。他打发使者到各地方去邀请当时的名人到朝廷里来。可是名人有名人的怪脾气。他们愣不来。汉光武也有他的怪脾气,人家越不肯来,他越要人家来。太原人周党顶不住使者的催促,只好坐着车马来了。他穿着旧衣服,戴着破头巾,到了朝堂上,气呼呼地往地下一趴,怎么也不肯磕头,更别说等他叫一声"皇上"了。汉光武请他做大官。周党才不稀罕呢。他说:"我是乡下老百姓,不懂得政事,请放我回去吧!"大臣们见他这么傲慢,都很不服气。汉光武拗不过名士的倔强劲儿,这可叫他怎么下台阶呢?他就下了一道诏书,说:"从古以来,就是贤明的君王也有人不肯做他的臣下。从前伯夷、叔齐不吃周朝的粮食。今天太原周党不接受我给他的俸禄。各人有各人的主意。赐给他四十匹帛,让他回去吧。"

周党不愿意做官,总算还来了一趟。有的假装害病,干脆不来,有的隐姓埋名,逃到山林里去了。这些名人之中最出名的一个,要数严光了。严光也叫严子陵。他是会稽人,跟汉光武还同过学,他们从小就挺好。汉光武即位以后，老想念着他，他吩咐会稽太守想办法去找严子陵。可是人家早已更名改姓地隐居起来，谁也不知道上哪儿找去。

汉光武就把严子陵的相貌详详细细地说了一遍，吩咐画工画一个像。画工也真有本领，他按照汉光武的话，画了个大概。汉光武拿来一看，还真有几分像。他又说了一遍，叫画工修改了一下。呵！画的简直真是严子陵。有了这一张，再画几张就方便了。汉光武派人把这些像分送到各郡县，叫官吏和老百姓寻找严子陵。这种画形图影的办法还真顶事。齐国上书给汉光武，说那边有个男子披着羊皮，老在河岸上钓鱼，相貌有几分像，可不知道是不是他。汉光武马上派使者准备上等的车马到齐国去接他。

使者见了严子陵，奉上礼物，请他上车。严子陵推辞，说："你们看错了人啦。我是打鱼的，不是做官的。礼物拿回去，让我安安静静地过日子吧。"使者哪儿肯听，死乞白赖地把他推上了车，飞一样地送到京城来。汉光武特意准备了一所房子，派了好些个手下去伺候他。那时候，大臣侯霸代替伏湛做了大司徒。大司徒侯霸跟严子陵也是朋友。他听说严子陵到了，就写了一封问候的信，派他的助手侯子道送去。侯子道到了严子陵那儿，就瞧见严子陵靠在床上坐着。他恭恭敬敬地把信交给他。严子陵看了看，不说话，也不站起来。过了一会儿，他说："我多年没见君房了（侯霸，字君房）。君房素来傻里傻气的，现在做了大官，这个毛病可好点没有？"侯子道说："他做了大司徒，怎么还能傻里傻气的呢？"严子陵说："他叫你来有什么话？"侯子道耐着性子，说："大司徒听说先生到了，本来要亲自来的，因为公事忙，脱不了身，到了晚上，他一定亲自来请教。"严子陵捋着胡子，说："你还说他不傻。你看，我连天子都不愿意见，难道还稀罕他的臣下来见我吗？"

侯子道不便跟他多说话，就请他写封回信。严子陵推说不方便。接着他说："我讲吧：君房先生，你做了司徒，很好。帮助君王多做点好事，天下都高兴；要是只知道奉承，那就要不得。"说到这儿，他就停住了。侯子道请他再说点。严子陵大笑起来，说："你到这儿来买菜吗？还想要搭什么饶头。"

　　侯子道回去向侯霸一说，侯霸有点不乐意，就把严子陵的话告诉给汉光武。汉光武笑了笑，说："他就是这个样儿，不必介意。"说着，他亲自去看严子陵。严子陵脸朝里躺在床上，不理他。汉光武走过去，摸摸他的肚子，说："喂，子陵，你怎么啦？不愿意帮帮我吗？"严子陵翻过身来，盯了他一眼，说："各人有各人的心意，你逼着我干吗？"汉光武叹了口气，说："子陵，我真不能收服你吗？"严子陵听了，更不理他。他宁可收几个弟子，教教书，可不愿意做汉光武的臣下。

　　汉光武再三请他搬到宫里去，对他说："朋友总还是朋友吧。"严子陵这才答应他到宫里去走一趟。那天晚上，汉光武跟他睡在一起。严子陵故意打着呼噜，把大腿压在汉光武身上。汉光武就让他压着。第二天，汉光武问他："我比从前怎么样？"严子陵回答说："好像有一点长进。"汉光武乐得大笑起来，当时就要拜他为谏议大夫。严子陵怎么也不干。他说："你让我走，咱们还是朋友；你逼着我，反倒伤了和气。"汉光武只好让他走。严子陵已经露了面，不必再更名改姓了。他就回到富春山（也叫严陵山，在浙江省桐庐县南），种种地、钓钓鱼，过着隐士的生活。富春山旁边就是富春江（钱塘江上游一段）。江上有个台，据说就是当年严子陵钓鱼的地方，所以被称为严子陵钓台。

　　严子陵不愿意做官，他的清高的名望更大了；汉光武能够这么低声下气地对待严子陵，他的谦恭下士的名望也更大了。这一来，两个人都抬高了身价。

　　汉光武征求的那几位知名之士都不肯出来。他对于这些一不怕死、二不爱财的读书人，简直没有办法。他收服不了这些名士。他还是用武力去收服那些自称为帝、自称为王、自称为将军的人们吧。

得陇望蜀

公元28年（建武四年），隗嚣派马援为使者去聘问公孙述，回头再去聘问汉光武。这明明是隗嚣打算向蜀和汉两头讨好。

马援到了公孙述那边，以为老朋友多年没见面，这次碰到，一定手拉着手，像过去一样地亲热。可是公孙述已经做了皇帝了，他得摆一摆皇帝的谱。马援进去的时候，两旁站着卫士，文武百官按官职大小排列着。排场挺讲究，仪仗也挺隆重，可是就找不到从前的朋友之间的那种热乎劲儿。公孙述见了马援，没讲几句话，就叫手下的人拿出衣帽来要让马援做大将军。他端端正正地坐着，等候马援过去谢恩。

马援推辞不干，回去对隗嚣说："子阳（公孙述的号）自高自大，好像是只井底之蛙。咱们不如向着东方吧（东方，指在洛阳的汉光武）。"隗嚣就派他去见汉光武。汉光武多么精细呀，他穿着便衣，不带卫士，就这么在宣德殿里欢迎马援。他带着笑脸对马援说："您在两个皇帝之间奔波，今天咱们见面，我觉得有点不好意思。"马援说："看现在的形势，天下还没定下来，不但做君王的要挑选臣下，做臣下的也得挑选挑选君王。"汉光武笑了笑，不说话。马援接着说："我跟公孙述是同乡，从小就挺要好。我这次去见他，他还布置了武士，让我一步一步地走上台阶去跟他相见。现在我老远地刚到这儿，皇上您就这么随随便便地接见我，好像见着老朋友似的。您怎么知道我不是刺客呐？"汉光武笑着说："您不是刺客，可能是说（shuō）客。"马援说："现在天下乱糟糟的，出了不少皇帝，有冒名顶替的，有自立为帝的。今天见了皇上这么豪爽，正像高祖一样。我这才知道帝王确实有真有假。"

两个人就这么聊了聊，彼此都很尊敬。前前后后一共谈了十多次。末了，汉光武打发太中大夫来歙（shè）拿着符节送马援回去。隗嚣就问马援："汉帝怎么样？"马援说："他啊，又豪爽，又英明，待人开诚布公，很不错。"

隗嚣虽说不乐意，对马援可还是照样尊重。他又很客气地招待着来歙。来歙劝他上洛阳去见汉光武，还说他一定能够得到很高的爵位。隗嚣推辞了。他送走了来歙之后，就跟自己手下一个很有学问的大臣班彪谈论秦汉兴亡的历史。他的用意是想说明，汉朝以前没有姓刘的皇帝，汉朝既然可以代替秦朝，当然也可以有别的朝代代替汉朝，那么，不是姓刘的人也并不是注定不能做皇帝的。班彪特意写了一篇文章劝他不要去跟汉朝争天下。隗嚣正想自己做皇帝，这种话当然听不进去。班彪就借个由头要求退休。隗嚣觉得这种读书人没有多大用处，就让他辞职了。

河西五郡大将军窦融和班彪是同乡，窦融一听到班彪离开了隗嚣，就打发使者很隆重地把他接了来，当作上宾，挺虚心地向他请教。班彪得到了这么一个知己朋友，就忠心耿耿地劝他归向汉光武。

窦融听了斑彪的话，写了一个奏章，打发刘钧为使者上洛阳去朝见汉光武。

公元29年（建武五年）四月，汉光武拜窦融为凉州牧（牧，就是州长），还给他写了一封信，里面说："现在益州（就是蜀地）有公孙述，天水有隗将军。今天蜀跟汉互相攻打，将军的地位举足轻重，帮谁，谁的力量就大。双方的胜败全在将军手里。这么说来，我怎么厚待将军都是不够的。如今将军能够像齐桓公、晋文公那样帮助软弱的王室，这样的事业是可以成功的，如果将军要三分天下，采用连横或者合纵的办法也不是不可以。献计策的人当中，一定会有人主张分割天下。他们以为成功了，可以像战国时代那样各自为王；不成功的话，也可以像过去赵佗那样做个南越王。要知道中国的土地即使可以分，中国的百姓是不能分的。将军能够上为国家出力，下为百姓着想，我是非常感激的。"

这封信到了河西，窦融和他手下的人全都愣了。他们认为汉光武真英明,一万里以外的情况他全看得这么清楚。谁再要不向着他,就是糊涂虫。

汉光武拜窦融为凉州牧,安定了河西这一边,又派来歙去见隗嚣。这时候关中的将军瞧着蜀兵疲劳得不再出来,上书要求去征伐公孙述。来歙把这些信也给隗嚣看,请他一同去征伐,还答应给他土地。隗嚣说:"我这里力量单弱,刘文伯(就是匈奴立为皇帝的卢芳)又在边界上侵略过来,我还不能打到蜀地去。"来歙这才知道他也跟公孙述一样,是要三分天下了。可是来歙还是劝他送他儿子上洛阳去,好表示真心交好。隗嚣已经听到东边的刘永和北边的彭宠都给消灭了,他对汉光武不能不赔小心,就打发他大儿子隗恂跟着来歙到洛阳去,还让马援全家也跟着去。

公元30年(汉光武六年),关东大体上已经平定了。汉光武又写信给陇右的隗嚣和蜀地的公孙述,招他们来归附汉朝,共享富贵。公孙述决定要三分天下,不但不回答他,反倒发兵进攻南郡(在湖北省江陵县)。汉光武要试试隗嚣是不是向着公孙述,就故意请他从天水发兵一同进攻蜀地。隗嚣回答说:"公孙述性子急躁,弄得上下不和。不如等到他恶贯满盈的时候再去征伐。"汉光武知道隗嚣是不肯帮助他的了。他就亲自到了长安,吩咐耿弇、盖延他们七个将军带领着大军向成都进攻。隗嚣知道要是公孙述被消灭了,他也站不住。他就发兵占领了陇山底下的几个城,又派他的将士去进攻关中。征西大将军冯异、征虏将军祭遵等率领军队打败了隗嚣。

隗嚣正在为难的时候,又接到了马援的信,责备他不该反复无常,劝他及早回头,归附朝廷。隗嚣更冒了火儿。他就调度人马,准备再跟汉兵交战。马援要求汉光武派他去劝说隗嚣的部下。汉光武就给他五千骑兵。马援带领的这五千骑兵,主要不是去跟陇兵交战。他在隗嚣的部将们当中来来往往地劝他们归附汉朝。当时就有一些将士听了他的话,离开了隗嚣。隗嚣一看大势已去,只好再写信向汉光武求和。汉光武这会儿就不再那么客气了。他回答说:"要是你真心投降,可以给你爵位和俸禄。我已经快四十了(那时候汉光武才36岁),带兵差不多带了十年,虚浮的话也听烦了。或是真心或是假意,随你的便。"隗嚣知道汉光武已经看透了他,就打发使者到蜀地,投降了公孙述。公孙述封他为王,还派兵去帮他对抗汉光武。

公元32年(建武八年),汉光武带着马援、吴汉他们亲自去征伐隗嚣。大臣郭宪拦住他,说:"东方刚平定下来,皇上千万不可远征。"他还拔出宝剑来,砍断车马的皮带。汉光武叫他放心,还是亲自往西去了。他到了陇地,才看到那边差不多都是山谷,地势十分险要。将士们大多劝汉光武回去。大伙儿正在为难的时候,蜀地的公孙述又发兵来帮助隗嚣抵抗汉兵,将士们就更泄了气。汉光武决定不下,他问马援怎么办。马援说:"隗嚣的军队不是一条心的,只要皇上进兵,他们非败不可。"他又拿米一撮一撮地堆成山谷的形势,指明行军的道路。汉光武仔细看了,记在心头,他说:"形势已经一目了然了。明天就进兵。"正好凉州牧窦融也率领着五个郡的太守和小月氏(Yuè zhī)的人马来跟汉光武的兵马会齐。光是窦融他们合起来就有好几万骑兵和步兵,还有五千多辆辎重车。将士们一看,泄了的气又鼓了起来。同时,使者来歙已经把隗嚣的两个大将都说服了。他们做了汉朝的太中大夫,大大地削弱了隗嚣的力量。

马援指明了道路,窦融带来了骑兵,来歙收服了隗嚣的大将,这三件重要的事帮助汉兵挺顺利地把隗嚣打败。陇右投降的大将就有十三个,收复县城十六个,士兵十几万。隗嚣带着妻子逃到西城(在甘肃省天水市南)。公孙述的救兵逃到上邽(在甘肃省天水市西南;邽 guī)。汉光武再一次写信给隗嚣,劝他投降,保他父子相会。隗嚣情愿不要儿子。汉朝就把他那个作抵押的儿子隗恂杀了。接着,汉光武派吴汉、岑彭围住西城,派耿弇、盖延围住上邽。封窦融为安丰侯,五个太守也都封了侯。因为军队已经够强的了,他就吩咐凉州的人马都回去。

西路大军正在攻打西城和上邽的时候,颍川(郡名,在洛阳东南五百里)又乱起来,河东(郡名,在洛阳西北五百里)的士兵也叛变了。这两个地区出了事,连京都洛阳都起了波动。汉光武听到这个消息,就马上离开上邽,日日夜夜地往东赶回来。他在路上先写信给岑彭他们,说:"那两个城(指西城和上邽)要是打下来,你们就带领兵马往南去征伐蜀地。人的毛病就在于不知足，我的毛病也在于'得陇望蜀'（既然平定了陇右，又希望去平定蜀地）。每发一回兵，我的头发和胡须总是白了一些。可是不这么干，天下又怎么能够统一呐！"

公元 33 年，隗嚣闷闷不乐地害病死了。他的部下立他儿子隗纯为王，继续抵抗汉兵。又过了一年，隗纯投降了。可是大树将军冯异为了平定陇右，死在军营里。

陇右既然得到了，就用全力去对付蜀地。汉光武又亲自出去征伐。征南大将军岑彭接连打败了公孙述的军队，夺下了不少城池。公孙述派刺客装成投降的人去投降岑彭。也是岑彭一时大意，就那么被刺客害死了。公元 36 年（汉光武十二年），大司马舞阳侯吴汉进攻成都，大破蜀兵。公孙述受了重伤死了。蜀地的大将延岑自己知道就是再打下去也没有希望，就献了成都城，投降了吴汉。

汉光武等到吴汉的大军回来，就开了一个庆功大会，大封功臣。

陇、蜀一平定，二十年来乱糟糟的中原又重新统一。汉光武已经打败了所有的敌手，对于战争表示厌烦了。他打算把战争变成文教，可是这些功臣大多都带领着军队，他们怎么肯把兵权交出来呢？

宁死不屈

最后平定蜀地的大军回来那一年,汉光武已经四十三岁了。从他二十八岁起兵那年算起,在这十五年当中(公元22—37年),他几乎没有一天不是过着军队生活。打仗打了这么多年,老百姓对于各地豪强争夺地盘的战争早已恨透了。汉光武决心让老百姓休息。不是碰到紧急的警报,他不愿意再谈军事。有这么一天,皇太子刘疆(郭皇后的儿子)向他父亲讨教打仗的方法。汉光武趁着机会,当着不少立过大功的将军们面前,回答他说:"从前卫灵公向孔子请教打仗的方法,孔子不回答他,这种事你还是不问的好。"

邓禹、贾复他们知道汉光武不愿意再用兵了。他当然用不着功臣们老带着大军住在京师里。他们两个人就首先请求汉光武让他们遣散军队,研究儒家的学问去。汉光武为了保全功臣们的爵位和封邑,就不再叫所有的功臣担任官职,免得他们在职务上犯过错。他废除了左右将军。接着,耿弇他们也交还了大将军和将军的印,各回各的封地去。封了侯的功臣当中,只有高密侯邓禹、固始侯李通和胶东侯贾复三个人还留在朝廷里,别的列侯都回到自己的封邑去,让他们享受荣华富贵,可是不让他们参与朝政。汉光武要使用一切办法做到有始有终地保全功臣。他们即使有点小过失,也都宽容过去了。要是外地有什么进贡来的好东西,他就分赐给功臣们,宁可自己没有。在中国历史上,打天下的皇帝能够像汉光武那样不杀功臣的,的确太难得了。

打天下要靠武力,这是谁都知道的。所以像马武、吴汉他们,即使军队的纪律不好,甚至也掳掠财物,得罪了老百姓,他们还都是很有力的帮手。可是邓禹就说不能专靠武力,还得注重文教。现在天下太平了,文教和法令就显得特别重要。不过法令只能管老百姓,要拿法令去约束皇亲国戚,那就难了。比方说，汉光武的大姐湖阳公主就认为法令对她是没有多大用处的。兄弟做了皇帝，不但她可以要怎么着就怎么着，连她的奴仆也是那么横行不法。皇亲国戚、豪门贵族大多住在洛阳，这洛阳令就不好做。那时候，陈留人董宣做洛阳令，他就没法到湖阳公主那儿去逮捕一个杀人的奴仆。要是湖阳公主的奴仆在外边杀了人，就可以不办罪的话，董宣还怎么能治理京师呢？他就天天等着那个奴仆。有一天，湖阳公主坐着马车出来，跟着她的正是那个奴仆。董宣上去要逮捕。湖阳公主竖起眉毛，沉下脸来，阴森森地说："大胆的洛阳令，你有几个脑袋，敢拦我的马车？"董宣可没被吓倒，他拔出宝剑来往地下一划，当面责备公主不应当放纵奴仆杀人。他很严厉地叫衙役把那个奴仆拖下来，立刻把他杀了。

这一下，几乎把湖阳公主气昏了。她立刻赶到宫里，向汉光武哭哭啼啼地诉说董宣怎么欺侮她。汉光武听了，也怪董宣不该冲撞公主。他立刻召董宣进宫，吩咐左右拿着鞭子在湖阳公主面前责打董宣。董宣说："用不着打，让我说完话，我情愿死！"汉光武怒气冲冲地说："你还有什么话！"董宣说："皇上是中兴之主，一向注重德行。现在皇上让长公主放纵奴仆杀人，还能够治理天下吗？用不着打我，我自杀就是了。"说着，他就挺着脑袋向柱子撞去，撞得头破血流。汉光武叫内侍赶快把他拉住，只吩咐董宣向公主磕个头、赔个错。董宣宁可把自己的头撞破或者让汉光武把他的头砍下来，也不肯磕这个头。内侍把他的脑袋摁下去，董宣两只手使劲地撑住地，挺着脖子，不让他的头被摁下去。这内侍也真机灵，他明明知道汉光武不能把董宣治罪，可又得给汉光武和湖阳公主下个台阶，就大声地说："回皇上的话，董宣的脖子太硬，摁不下去！"汉光武实在佩服董宣，只好笑了笑，让他去了。

湖阳公主对汉光武说："文叔（刘秀，字文叔）做平民的时候，也暗藏过逃亡的和犯死罪的人，官吏不敢上门来搜查。现在文叔做了天子，反倒对付不了一个小小的洛阳令吗？"汉光武笑着说："就因为我做了天子，不能再像做平民时那么干了。"他一面劝他姐姐回去，一面称赞董宣，还赏了他三

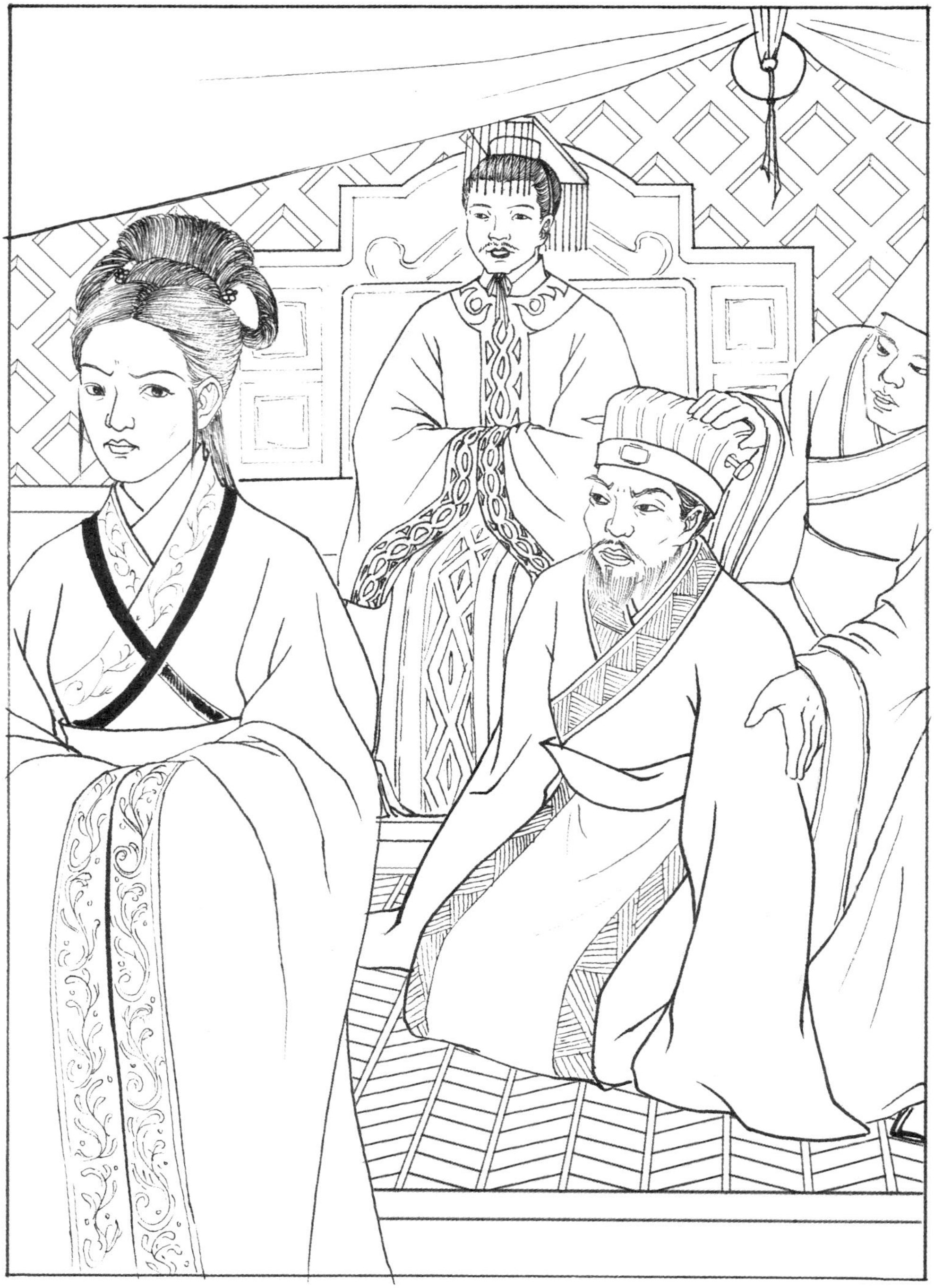

十万钱。董宣把这三十万钱都分给他手下的官吏。从此以后，董宣不怕豪门贵族的威望震动了整个京师。人们都称他为"强项令"（就是硬脖子的县令）。

当时执法如山的官吏除了董宣以外，还有一个汝南人郅恽（zhì yùn），也是个硬汉。绿林和赤眉起兵的时候，郅恽曾经上书给王莽，劝他退位。王莽说他大逆不道，把他下了监狱。可是因为郅恽有点名望，王莽不敢杀害他，就嘱咐内侍去告诉他，说："你只要说自己原来说话有点疯疯癫癫的，就可以免罪。"郅恽可火儿了。他说："我说的都是明白人的明白话。你们自己发疯，叫我也发疯吗？"后来赶上大赦，他才出了监狱，住在扬州。公元27年（汉光武三年）汉光武的将军傅俊到了那边，因为听到过郅恽的名望，就把他请来，向他求教。郅恽劝告傅俊首先必须整顿军队的纪律，再向受害的百姓赔不是。这样，老百姓一定拥护将军。老百姓拥护将军，就容易打败敌人了。傅俊听从他的话。果然，一路下去都打胜仗。郅恽帮着傅俊整顿军队以后，还是不愿意在军队里靠打仗立功。他就辞了职，过着教书的生活。后来郡里推荐他当了孝廉，叫他做个管洛阳上东门的小官。

公元37年（汉光武十三年），汉光武忙里偷闲地出去打猎，直到晚上才回来。到了上东门，城门早已关了。士兵们叫管城门的开门。郅恽拒绝了。汉光武亲自到了城下，让郅恽看个明白，吩咐他快开城门。郅恽回答说："夜里看不清楚，不能随便开门。"汉光武碰了钉子，只好绕到东中门进了城。第二天，郅恽上书，说："皇上跑到遥远的山林里去打猎，白天还不够，直到深夜才回来。这么下去，国家社稷怎么办？"汉光武看了奏章，赏了他一百匹布，还把那个管东中门的官员降了级。

过了四年（公元41年），汉光武把郭皇后废了，立阴丽华为皇后。当初汉光武曾经说过，"娶妻当娶阴丽华"，为什么后来他立郭道圣为皇后呢？汉光武本来要立阴丽华为皇后，但那时候阴丽华还没有儿子，郭道圣已经生了个儿子，就是刘疆。阴丽华自愿地把皇后的位子让出来。汉光武这才立郭道圣为皇后，立她儿子刘疆为皇太子。郭道圣是富贵人家出身的，阴丽华是平民出身的。两个人的态度行为大不相同。后来阴丽华也生了个儿子，就是刘阳。汉光武不但喜爱阴丽华，而且特别喜欢小儿子刘阳。更重要的还在于阴家不是大族，她的叔伯辈也没有人做过大官、带过兵，势力不大。因此，他废了郭皇后，立阴丽华为皇后。皇太子刘疆只知道自己很危险，可不知道应该怎么办才好。他向郅恽请教，郅恽就劝他辞去太子的名位，好好地奉养母亲。太子刘疆听了他的话，好几次向汉光武辞去太子的名位。过了几年，汉光武才立刘阳为皇太子，改名刘庄，封刘疆为东海王。东海王刘疆真能够听从郅恽的劝告，安安心心地奉养着母亲，总算没出什么事。

公元57年，汉光武害了重病，没几天就死了，享寿六十三岁。太子刘庄即位，就是汉明帝。

公元64年，皇太后阴丽华也过世了。汉明帝很爱他的母亲，他一想到再也见不到母亲了，心里好像没有着落似的那么难受，他晚上老睡不着觉，睡着了还做梦。有一个晚上，他做了一个很奇怪的梦。

取经求佛

汉明帝梦里看见一个金人，头顶上有一道白光，一闪一闪地在宫殿里摇晃着。汉明帝正要问他是谁，从哪儿来，那个金人忽然升到天空，往西去了。汉明帝不由得吓了一跳，就醒了。擦了擦眼睛一瞧，只见蜡台上的那支蜡烛正像梦里的金人似的，头顶上有一道白光，一闪一闪地摇晃着。他对着蜡烛出了神，迷迷糊糊地又睡了。

第二天，他把这个梦告诉了大臣们，大臣们都说不上那个头顶发光的金人是谁，更没法说这个梦是凶是吉。汉明帝说："听说西域有神称为'佛'。我梦里见到的金人是往西去的，可能就是佛。"博士傅毅说："皇上说得对！西方有神称为佛，佛有佛经。从前骠骑将军霍去病攻打匈奴的时候，曾经把休屠王供奉的金人带到长安来。据说那个金人是从天竺传到休屠国的。武帝把金人安置在甘泉宫里。现在经过几次战争，那个金人已经不见了。皇上梦里看见的金人准是天竺来的佛。"这一番话引起了汉明帝的好奇心。他就派郎中蔡愔（yīn）和博士秦景往天竺去求佛经。

天竺也叫身毒，是佛教创始人释迦牟尼降生的地方（释迦牟尼生在尼泊尔；现在的尼泊尔和印度在古时候总称为天竺或身毒）。释迦牟尼生在公元前557年（周灵王十五年），是个太子，从小享受荣华富贵，也娶了妻子。可是他同情老百姓，老爱出去看看老百姓过的是什么生活。他看到衰老的和害病的人那种痛苦劲儿已经叫他够难受了，更别提死了人的那种惨劲儿。他觉得人生的痛苦就在这"生""老""病""死"四个字；做了人，谁都逃不了生、老、病、死。他越想越不是味儿，越看到老百姓的痛苦，越不愿意自己在宫里享福。可是有什么方法摆脱人生的痛苦呐？他要找到一个摆脱人生痛苦的方法。只要能够找到这个方法，使天下的人都能够得救，就是舍了命，他也要去找这个方法。

他在十九岁那一年，下了决心，离开了王宫，到山里去静修。他要用他的思想来了解人生的意义。经过十六年深刻的研究，他完成了一套很精细的思想体系，创设了一个宗教，就是佛教，也叫释教。释迦牟尼认为一切行为，有因必有果，所以行善、作恶，都有报应；一切生物，从人类到昆虫，都具有"佛性"，所以做人应当以慈悲为怀，不可杀害一切有生命的东西。他到处宣传佛教的道理，收了许多弟子。当时在天竺有不少宗教专门利用种种幻术愚弄人民。尽管佛教讲的这一套道理，对老百姓来说，至多不过是一种空虚的安慰，但是这些佛教徒的行为跟那些横行霸道、欺压人民的教棍一比，他们简直是圣人，因此得到了老百姓的信任，佛教很快地就传开了。

蔡愔和秦景经过了千山万水，碰到了无数的困难，终于到了天竺国。天竺人听见中国派使者来求佛经，表示欢迎。虽然两国的语言、文字不同，但有了翻译官，也凑合着能够彼此了解。蔡愔和秦景在天竺住了一段时间，初步学习了当地的语言、文字。天竺有两位沙门（沙门，就是高级僧人的意思），一个叫摄摩腾、一个叫竺法兰，他们也略微懂得中国的语言、文字。由于他们的帮助，蔡愔和秦景也懂得了一点佛教的道理。他们邀请这两位沙门到中国来，他们也同意了。这么着，蔡愔和秦景带着这两位沙门，一幅佛像和四十二章佛经，回到中国来了。

他们用一匹白马驮着佛经，好不容易经过西域，到了洛阳，在东门外的鸿胪寺（招待外国人的宾馆）里受到了招待。蔡愔和秦景朝见汉明帝，呈上佛像和佛经，引见了两位沙门。

汉明帝见了佛像，也记不清梦里看见的是不是他，可是头顶上还真有一圈白光，不是他还有谁呢？他翻了翻佛经，字也不认识，摄摩腾和竺法兰给他讲解了一段，他也听不明白，只是点了点头。他吩咐人修理鸿胪寺，把佛像供在里面，请两位沙门主持。那匹驮佛经的白马也养在里面，鸿胪寺就称为白马寺。

汉明帝听不懂佛经，王公大臣也不相信佛教，到白马寺里去烧香的人并不多。大伙儿只把白马寺里的佛像、佛经和两位沙门当作一种外国传来的玩意儿。谁觉得好玩儿，就去看看；看了就回来，谁也不怎么重视白马寺。只有楚王刘英派使者到洛阳，向两位沙门请教。两个沙门就画了一幅佛像，抄了一章佛经，交给使者，还告诉他怎么样供佛，怎么样礼拜，怎么样祈祷。使者回到楚国，照样说了一遍。楚王刘英就在宫里供着佛像，早晚礼拜，祷告佛祖保佑他，让他一切事情都能够"逢凶化吉、遇难呈祥"。他借着信佛的名义，结交方士，制造金龟、玉鹤，刻制图文，作为一种"符命"。

公元70年（汉明帝十三年），有人向汉明帝告发，说楚王刘英跟渔阳人王平、颜忠等私造图文，纠集党徒，自己设置诸侯、王公、将军、二千石（俸禄在二千石粮食的官员），大逆不道，应当处死。汉明帝派人调查以后，认为刘英确实有谋反的情形。他废了刘英的爵位，把他送到丹阳，给他五百户维持生活。刘英到了丹阳就自杀了。

当时一般儒生对于汉明帝把鸿胪寺改为白马寺，供奉佛像，本来都有意见，可是不便反对。之后楚王刘英借着信佛的名义，联络方士，刻制图文，引起了一场风波，一班儒生就趁着机会请汉明帝专门尊重儒家。汉明帝自己并不相信佛教。儒家的学说能够叫贵族子弟和大臣们尊重宗室、不去夺他的皇位，他是愿意尊重儒家的。因此，他尽管取经、求佛像，同时又在南宫创办了一个贵族子弟学校，让外戚郭氏、阴氏、马氏等的子弟学习五经，尤其是《孝经》。以后他到了鲁地，祭祀孔子和他七十二个弟子，亲自上了讲堂，吩咐皇太子和列王讲解经书。

为了宣扬文教，尊重儒家，汉明帝特别重视太学。从太学里出来的人才还真不少。东汉有几个很了不起的名士都曾经在太学里念过书。可是在汉明帝时期，还有个书香子弟，他居然抛了书本、扔了笔杆，那才有意思呢。

投笔从戎

那个抛了书本、扔了笔杆的书香子弟叫班超。他是班彪的儿子,班固的兄弟。当年班彪离开了隗嚣,跟窦融在一起。后来汉光武请他做文官,整理历史。他死了以后,汉明帝叫他的儿子班固做兰台令史,编辑历史书籍。班固的兄弟班超跟着他哥哥到了京师,帮着他做抄写工作。没多久,他也做了兰台令史。哥儿俩都像他们父亲那样很有学问,可是性情不一样。班固喜欢研究九流百家的学说,专心致志地编写历史。班超呢,他不愿意自己老趴在案头上写东西,眼看匈奴和西域不断地侵犯着边疆。他一听到好几个西域国家帮着匈奴掠夺边界上的居民和牲口,就扔了笔杆,挺气愤地说:"大丈夫应当像傅介子、张骞那样到塞外去立功,怎么能老闷在书斋里写文章呢?"他准备扔了笔杆去投军。

那时候显亲侯窦固(窦融的侄子,汉光武的女婿)执掌着兵权。为了抵抗匈奴,他曾经出过几次兵。他要采用汉武帝的办法,先去联络西域,斩断匈奴的右胳膊,再去对付匈奴。公元74年(永平十七年),他派班超为使者去通西域。班超带着随从的人和礼物到了鄯善。鄯善王虽然归附了匈奴,向匈奴纳税、进贡,可是因为匈奴还要勒索财物,他也不大满意。因为汉朝这几十年来顾不到西域这一边,他只好像西域别的国王一样勉强听着匈奴的命令。这次汉朝又派使者来,他愿意脱离匈奴结交汉朝。班超住了几天,正打算再往西到别的国家去,忽然觉得鄯善王对待他们不像前几天那么殷勤,供给他们的酒食也不那么丰富。班超起了疑。这里面准有鬼。

他跟随从的人员说:"鄯善王对待咱们跟前几天不一样。你们看得出来吗?"他们说:"可不是吗?我们也觉得有点不一样,可不知道为什么。"班超说:"我猜想一定是因为匈奴的使者到了。鄯善王怕得罪匈奴,才故意对咱们冷淡起来。我真想不出还有什么别的原因。"话虽如此，这究竟是一种推想。刚巧鄯善王的底下人送酒食来。班超装作挺有把握地问他，说："匈奴的使者已经来了几天了？住在什么地方？"鄯善王原来瞒着班超，正跟匈奴的使者打着交道呢。那个底下人给班超这么一诈，还以为他早已知道了，就老老实实地说："来了三天了。他们住的地方离这儿有三十里地。"班超把那个人扣留着，不让他去透露风声。他把三十六个随从全召集起来，一块儿喝起酒来。

大伙儿正在兴高采烈的时候，班超站起来，对他们说："你们跟我到了西域，原来是为了立功来的。万没想到匈奴的使者到这儿才几天，鄯善王就对咱们不怎么客气了。要是他看咱们人数少，把咱们抓起来，送给匈奴，他向单于立了功，咱们连尸骨都不能还乡了。你们大伙儿看该怎么办？"他们说："我们逃也逃不了啦。是死是活，全听您的！"班超说："大丈夫不跑到老虎洞里去，怎么逮得着虎崽子呢？现在只有一个办法最好：趁着黑夜，到匈奴的帐篷周围，一面放火，一面进攻。他们不知道咱们有多少兵马，一定着慌。只要杀了匈奴的使者，鄯善王胆就大了，这样，他才敢抵抗匈奴。大丈夫立大功，称英雄，在此一举了。"他们都说："好！就这么拼一拼吧！"

一切都准备好。到了半夜里，班超率领着三十六个壮士向匈奴的帐篷那边偷袭过去。那天晚上正赶上刮大风。班超吩咐十个壮士拿着鼓躲在匈奴的帐篷后面，二十个壮士埋伏在帐篷前面，自己跟其余的六个人顺着风向放火。火一烧起来，十个人同时擂鼓、呐喊，其余的人大喊大叫地杀进帐篷里去。匈奴的使者从梦里吓醒，急得走投无路。班超打头冲进帐篷，手起刀落，一下子砍死了三个匈奴兵。其余的壮士跟着班超进了帐篷，杀了匈奴的使者和三十多个随从。他们割下使者的脑袋，跑到外边，立刻把所有的帐篷都烧了。那些没逃出来的匈奴兵有给烧死的，有逃了的。班超他们回到自己的营里，天刚刚发白。

班超请鄯善王过来。他一瞧见匈奴使者的人头，又是高兴又是怕。班超对他说："从今以后，只要你一心一意抵抗匈奴，匈奴就不敢再来侵犯你

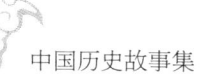

们。"鄯善王慌忙趴在地下，磕着头说："愿意听从汉天子的命令。"班超扶他起来，好言好语地安慰了他一番。鄯善王为了表示真心交好，就叫他儿子跟着班超到洛阳去伺候汉朝的天子。

班超回去向窦固报告联络鄯善的经过。窦固很高兴地向汉明帝奏明班超的功劳。汉明帝再派班超去通于阗（tián）。叫他多带些兵马去。班超说："于阗地方大，路又远。宣扬威德不在人多，主要是帮助当地的人民抵抗匈奴。要是出了岔子，就是多带几千个士兵去，也不顶事，而且反倒多了累赘。还不如仍旧带着原来的三十六个壮士去。只要随机应变，也就够了。"汉明帝觉得既然派他到西域去宣扬威德，就叫他多带些礼物去。

班超带着原班人马，走了好多日子，才到了于阗。于阗王已经知道了班超的厉害。他在鄯善杀了匈奴的使者，鄯善王还把他儿子送到中原去做抵押，这些事情他都听到了。因此，他只好接见班超他们。可是于阗也算是西域的一个大国，班超的人马又不多，于阗王在接见班超的时候并不怎么热心。班超要他脱离匈奴，联络汉朝。他也知道老百姓是一向反对匈奴的侵略的，可是他仗着匈奴，可以压制自己的老百姓，匈奴对他也没有什么大害处。因此一时决定不下。他叫巫人去向大神请示。巫人就作起法来，他假装大神，开口说："你为什么要去结交汉朝？汉朝使者的那匹马倒还不错，可以拿来祭我。"于阗王就派人向班超请求把那匹马送给他。班超知道那个巫人捣的是什么鬼，就说："可以。叫巫人亲自来取。"那巫人得意洋洋地到了班超那儿向他要马。班超也不跟他说话，立刻拔出刀来，把他杀了。他提着巫人的脑袋去见于阗王，对他说："这个人头正跟匈奴使者的人头一样。你结交汉朝，就有好处；你要是再勾结匈奴，这人头就是个榜样。两条路，你自己挑吧！你为什么不去打听打听鄯善王是怎么送他儿子到汉朝去的？"

于阗王瞧见了那个人头，已经愣住了，再给班超这么大胆地一说，不由得软了半截。他说："愿意归向汉朝。"他就暗地里发兵，杀了匈奴的将官，把他的人头献给班超。班超这才把随身带来的礼物送了不少给于阗王和他手下的大官。他们得到了金、银、绸缎和布帛，都很高兴。于阗王也像鄯善王那样派他的儿子到汉朝去做抵押。于阗、鄯善是南路主要的国家。他们结交了汉朝，别的国家大多也都跟着过来了。北面的龟兹（Qiū cí）和疏勒还站在匈奴那一边。这是因为那个龟兹王是匈奴立的，他还仗着匈奴的威力，占据着天山北道，进攻疏勒，杀了疏勒王，立龟兹人兜题为疏勒王。疏勒在于阗的西北，班超联络了于阗，打算再去收服疏勒。他了解了这些情况，就断定疏勒人决不会心甘情愿地让别国的人做他们的王的。他派手下的田虑到疏勒去，告诉他怎么样去对付兜题。

田虑带着十几个壮士到了疏勒，见了兜题，劝他结交汉朝。兜题不敢得罪汉朝的使者，可是也不愿意结交汉朝。田虑见兜题左右只有几个卫士，就出来吩咐那十几个壮士怎么下手。他们突然冲进帐篷，拖倒兜题，把他绑上。那几个卫士愣了一下，都逃散了。班超早已料到疏勒人是不会帮助兜题的。果然，大伙儿装聋作哑地都躲开了。田虑把兜题拖到外边，班超也正好赶到。他召集了疏勒的官员和老百姓，对他们说："龟兹杀了你们的国王，你们怎么不替他报仇，反倒投降敌人呐？"他们说："我们没有力量，自己正恨着自己呐。"班超说："我是汉朝的使者，愿意帮你们主持公道。你们可以立自己的国王。"他们就立原来的王子为国王，还要求班超把兜题处死。班超说："杀了他有什么用处？不如把他放回去，也好叫龟兹知道汉天子是不愿意随便杀人的。"

班超吩咐手下人把兜题松了绑，叫他回去告诉龟兹王不要反对汉朝。兜题连连磕头，说："我一定劝告我们的大王不再反对。"他向大伙儿拜了几拜，回到龟兹去了。疏勒赶走了敌人，有了自己的国王，都欢天喜地地谢过班超，还请他住在那儿，免得龟兹再去欺负他们。班超把这件事的经过，派人去向窦固报告。窦固派使者去告诉班超暂时留在疏勒。

西域各国跟汉朝不相往来已经有六十五年了。到了这时候（公元74年，汉明帝十七年），恢复了张骞那时候的局面，彼此又都有使者来往。公元75年，汉明帝害病死了，太子即位，就是汉章帝。

公元88年，汉章帝也害病死了，享年三十一岁。太子即位，就是汉和帝，尊汉章帝的皇后窦氏为皇太后。汉和帝不是窦太后生的，他母亲梁贵人还是被窦太后害死的呢。汉和帝即位的时候才十岁，窦太后替他临朝。因为儿子不是自己生的，她只能依靠自己的一家。窦太后的哥哥窦宪执掌大权。汉朝外戚的势力又强大起来了。从汉章帝起，东汉的皇帝大多命不长，新即位的多半都是小孩子。这样，太后临朝，太后家执掌大权，差不多成了东汉的一种传统了。

智除外戚

皇太后的哥哥窦宪，身材不高，可是脸大脖子粗，长得十分威武，光是颧骨底下的那一条横肉就显得他能掌大权。那条横肉能够上下抖动，横肉一抖动，谁见了都害怕。他执掌大权以后，第一件大事就是把禁止私人煮盐和冶铁的法令废了。汉武帝费了很大的力气把煮盐和冶铁的利益从豪强手里夺过来，加强了朝廷的集中统治。这会儿，窦太后临朝，为了得到国内大族和财主们的支持，就把盐铁的利益让给他们。窦家的政权居然拿稳了。窦宪的几个兄弟都做了大官。窦家一门的威风谁都比不上，窦宪的胆子也越来越大了。他还怕谁呢？连皇室都乡侯刘畅也给他杀了。刘畅是汉和帝的伯父，刘縯（汉光武的哥哥）的孙子。他为了汉章帝的丧事，到京师来吊孝。窦太后好几次召他进宫。窦宪害怕窦太后重用刘畅，分了他的大权，就派刺客把他暗杀了。窦太后一听到大伯子被人杀害，就吩咐窦宪去捉拿凶手，追查主使的人。窦宪把杀人的大罪推在刘畅的兄弟刘刚身上，说他们弟兄不和，自相残杀。窦太后相信了。因为刘刚的封地是在青州，她就吩咐御史和青州刺史去查办刘刚。尚书韩棱上书给窦太后，说都乡侯在京师遇害，刘刚远在青州，应该先在京师捉拿凶手，才是正理。近在眼前的不追究，反倒跑到外地去查问，恐怕给奸臣暗笑。窦宪料到韩棱已经疑心到自己身上，就立刻请窦太后责备韩棱。韩棱虽然受到了责备，还是坚持他的意见。汉和帝这一朝的世族和外戚就这么成了冤家。

三公（东汉以太尉、司徒、司空为三公，名义上是朝廷上地位最高的大臣）之中太尉何敞准备亲自出马，司徒、司空倒也同意，他们派人跟着何敞一块儿去调查这件案子。调查下来，水落石出，窦宪没法抵赖，他害怕保不住命。正好南单于上书，说是因为北匈奴遭遇了饥荒又发生内乱，请汉朝发兵去平定。窦宪就借着这个机会，要求窦太后让他去打匈奴，算是赎他的死罪。虽然也有人出来反对，但窦宪究竟是窦太后的亲哥哥，她居然同意了，还拜他为车骑将军，发兵北伐。这么一来，窦宪又神气起来了。他一面叫他兄弟替他在洛阳大兴土木，盖造将军府；一面派人拿着书信给向书仆射郅寿（郅恽的儿子），嘱咐他照顾他的家属。郅寿倒是个硬汉，他不但不愿意包庇窦宪，而且还上书告发他的罪恶。冤家碰着对头，两个人在朝堂上争闹起来。郅寿批评窦宪不应该犯了罪还大兴土木给自己造大院。窦宪不服气，说郅寿自己私买公田，毁谤朝廷。郅寿气得高声大骂。恰巧窦太后出来，责备郅寿傲慢无礼，把他革了职，还把他交给廷尉去查办私买公田的案子。廷尉一味地奉承窦家，把郅寿定了死罪。幸亏何敞上书，竭力替郅寿辩护，才免了死罪。可是死罪可免，活罪难逃。郅寿还得充军。郅寿气愤不过，手指扭不过大腿，没法跟窦家评理，可也不愿意去充军，就自杀了。郅寿一死，三公九卿愤愤不平。他们联名上书，要求窦太后别让窦宪带兵。窦太后把他们的奏章搁在一边，压根儿没理他们，还是派她哥哥发兵去打匈奴。

北匈奴已经衰落了，不能抵抗汉兵。窦宪在稽落山打败了匈奴，杀了很多的匈奴兵，俘虏和投降的有二十多万人。汉兵离开边塞三千多里，一直追到燕然山。他吩咐中护军班固写了一篇颂扬功德的文章，刻在山石上。窦宪得胜还朝，比以前更加威风了。窦太后拜他为大将军，赏给他两万户的封地，叫他带着副将邓叠驻扎在凉州。窦宪的兄弟窦笃、窦景、窦瑰（guī）也都封了侯。窦家四弟兄加上他们的子弟、女婿、伯伯、叔叔、娘舅、外甥和他们的爪牙、心腹，威风得不得了。他们的势力顶破了天。只有当年的霍家才比得上这一家。各地的刺史、郡守、县令大多都是窦家门里出来的。他们只要巴结窦家弟兄，什么都不必怕。贪污勒索、贿赂公行。谁要是反对他们，谁准倒霉。只有司徒袁安和司空任隗有时候还敢说几句公道话。他们揭发了靠着贿赂得官的四十多人，把他们革了职。窦家弟兄虽然觉得这两个人碍事，可是因为他们的名望大，还不敢得罪他们。

尚书仆射乐恢也揭发了几个向窦家行贿而得官的人，上书批评窦宪。窦太后还算客气，把他的奏章搁在一边。乐恢就借个由头请求退休。这个请求马上被批准了。窦宪还不放心，暗地里派人去威胁他，逼得他只好喝毒药自杀。

窦宪逼死了郅寿和乐恢以后，满朝文武谁也不敢再在老虎头上拍苍蝇。窦家弟兄的蛮横劲儿，就更不用提了。哥儿四个当中，只有窦瑰不敢放肆，比较不错。窦笃和窦景简直闹得无法无天，尤其是窦景。他做了执金吾，手下有两百个骑兵做他的卫队。这些卫兵和家里的奴仆都骑在老百姓的脖子上，要怎么着就怎么着。他们老成群结队地在街上溜达。瞧见铺子里有什么值钱的东西，拿手一指，就是他们的了，压根儿用不着付钱。妇女当中有几分姿色的，给他们看中的，就算是他们的了，还得乖乖地送去。要不然的话，就加个罪名，把他们当作囚犯来办。因此，洛阳城里的商人和居民一瞧见窦景的卫兵出来，或者瞧见窦家的奴仆出来，就都逃的逃、关门的关门，好像见了老虎一样。当地的官府睁着眼睛当作没瞧见，谁也不敢告发。谁要是多嘴，郅寿、乐恢就是榜样。

司徒袁安瞧着外戚专权、天子年轻，国家弄得这么乱糟糟的，自己又没有力量，心里非常难受。他见了和帝和少数正直的大臣，只会流眼泪。公元92年（汉和帝四年），他憋出病来了。没有多少日子，他死了。朝廷上的大臣和许多在京师的人都伤心得好像死了父亲似的。只有窦家一门去了眼中钉，非常高兴。那时候汉和帝才十四岁。别看他岁数小，他倒是个聪明伶俐的小皇帝。他知道太常（掌管宗庙礼仪的大官）丁鸿是个忠臣，就叫他接替袁安做了司徒，还叫他兼任卫尉，统领南北宫的卫兵。朝廷上的大臣除了司徒丁鸿、司空任隗、尚书韩棱以外，别的人大多都是窦宪一党的。窦宪的女婿郭举和他父亲郭璜，还有窦宪的副手邓叠和他兄弟邓磊，都很有势力。郭璜、郭举、邓叠、邓磊都得到窦太后的信任。郭、邓两家把窦家作为靠山，互相勾结，拥护窦宪，准备造反。

十四岁的汉和帝看出了郭璜父子和邓叠弟兄谋反的苗头，想召集司徒丁鸿、司空任隗、尚书韩棱他们商议对付的办法。可是里里外外、上上下下都是窦宪的耳朵和眼睛，万一泄漏了消息，那可不是闹着玩儿的。在他的左右只有宦官。他觉得还是中常侍郑众忠实可靠，而且天天在宫里伺候着他，就是跟他说几句话，别人也不会起疑。他这么一合计，趁着郑众进来伺候他的时候，挺秘密地跟他商量怎么样才能够消灭坏党。郑众出了主意，先调窦宪回来，趁他们不防备的时候，才可以把窦家、郭家、邓家一网打尽。汉和帝听了郑众的话，下了一道诏书到凉州，说南北匈奴已经归顺，西域也平定了，大将军应当回到朝廷里来辅助皇帝。汉和帝借着讲解经书的名目，召清河王刘庆进宫。

清河王刘庆是汉章帝的儿子，汉和帝的哥哥。哥儿俩因为窦太后杀害了他们的母亲（宋贵人和梁贵人），心里都恨着她和窦家弟兄。因此，汉和帝跟清河王刘庆一商量，刘庆拼着命也干。郑众有了刘庆做帮手，才很方便地跟司徒丁鸿、司空任隗联系上了。

窦宪和邓叠到了京师，汉和帝派大臣拿着节杖到城外去迎接他们，还犒劳了他们的将士。这么犒劳下来，费了不少工夫。窦宪他们把军队驻扎在城外，自己进了城。那时候，天已经快黑了。他们决定在家里休息一夜，准备第二天一早去朝见皇上。那些奉承窦宪的大官儿都在晚上跑到将军府里去拜见窦宪。就在这个时候，汉和帝和郑众到了北宫，吩咐司徒兼卫尉丁鸿派一部分卫兵关上城门。丁鸿把所有的卫兵都用上，神不知、鬼不觉地分头布置停当。郭璜父子和邓叠弟兄从将军府出来，回到家里，就像小鸡碰到鹞鹰似的一只一只地都给抓了去，当夜下了监狱。

窦宪送出了客人，打了几个哈欠，消消停停地睡了一觉，什么都没听见。赶到天一亮，门外全是士兵。汉和帝的使者敲门进去，说有诏书到。窦宪慌忙起来，揉着眼睛，趴在地下，领受诏书。使者宣读了诏书，免去窦宪将军的职司，改封为冠军侯。窦宪只好交出大将军的印，送出使者。他派人去探听他几个兄弟的动静，才知道他们也都交还了官印。没过多少工夫，他又听到郭璜父子、邓叠弟兄都给绑到街上砍了头。接二连三的凶信急得窦宪晃晃悠悠，站也站不住，坐也坐不稳，脑子里嗡嗡地直响。他不希望别的，只希望他是在梦中。可是皇上的使者又到了，催他立刻离开将军府，回到自己的封邑去。他的兄弟窦笃、窦景、窦瑰也都分别动身走了。

窦宪哥儿四个和他们的家小回到自己的封邑以后，除了窦瑰免罪以外，其余三个人都不能再活下去。汉和帝为了报答窦太后养育之恩，总算没把这三个人处死，可是他派官员去嘱咐他们自己动手。他们都只好自杀。窦太后孤零零的一个人，过了几年，她害病死了。

跟窦宪勾结在一起的大官当中，也有定死罪的，也有自杀的。中护军班固也是窦宪的一党，在监狱里自杀了。

班固的兄弟班超一向没跟窦宪来往，当然牵累不着，而且这会儿他已经做了西域都护，正忙着呢。

天知地知

班超联络西域以后,听说西方还有个大国叫大秦(就是罗马帝国),文化很强。他就派他的助手甘英为使者带着随从人员和礼物去联络(公元97年)。甘英到了条支(古国名,在叙利亚一带),受到当地人的欢迎。那条支国是个半岛,都城造在山上,周围四十多里,西面是大海(就是地中海),海水环绕着南边和东北边,只有西北角跟大陆相连。那地方气候潮湿、又热,陆地上老有狮子、犀牛等野兽出来,旅行很不方便。甘英打算坐船去。有个安息(古伊朗国)的船夫劝告他,说:"我看你还是别去了。海大得很,行船得冒极大的风险。碰巧了,顺风顺水,也得三个月工夫;风向不凑巧的话,两年也到不了。我们到大秦去,在船上总得准备着三年粮食。在海里日子多了,船里的人老想着家,巴不得早点上岸。害了病,或者碰到了风浪,死的人可就不少。你们东方人怎么受得了哇?"

甘英谢过了那个安息人,就回到班超那边去了。刚巧安息国的使者到了。使者带着狮子和条支的大鸟作为礼物去送给汉天子。班超就派他在西域生的儿子班勇陪着安息国的使者上洛阳去。他趁着这个机会上书汉和帝要求回来。班超在西域三十年,他已经七十岁了。他说:"我死在西域也无所谓,只怕以后的人因为我不得回国,也许不敢再出来。我不奢望回到酒泉郡,但愿生入玉门关。这会儿我派儿子陪着安息国的使者来献礼物。我能够在活着的时候,让他看见父母之邦,我真够造化的了。"可是汉和帝没给他回信。

班超的妹妹曹大家也上书苦苦地央告汉和帝让她哥哥回来。汉和帝这才下了一道诏书,召班超还朝,另外派中郎将任尚为西域都护去接替他。

公元102年(汉和帝十四年)八月,班超到了洛阳,九月里就死了。死的时候已经七十一岁了。班超为了保护汉朝的边界,千辛万苦地坚持了三十多年，死了以后，也没加封。

公元106年，汉和帝病死了，享年二十七岁。皇后邓氏（太傅邓禹的孙女儿）自己没有儿子，可是她知道后宫生的孩子中有两个儿子寄养在民间。一个年龄大些，据说长年有病，可以不要；一个是婴儿，才满一百天，正合适。她就把那个婴儿立为太子。第二年正月，太子即位，就是汉殇帝，尊邓皇后为皇太后。邓太后临朝，自己还挺年轻，不便跟大臣们老在一起。跟谁去商量大事呐？谁能够老到宫里去见皇太后呐？她认为最合适的是自己的哥哥邓骘（zhì）。这情况跟窦太后临朝，重用她哥哥窦宪完全一样。邓骘做了车骑将军。就在这一年八月里，虚岁才两岁的汉殇帝死了。邓太后和邓骘一商量，就立清河王刘庆的儿子为太子，太子即位，就是汉安帝。汉安帝也不过十三岁，邓太后继续临朝。

要说呐，邓太后本人着实有一手的。她看到窦宪一家怎么败亡，不敢专用本家的人，而且一再吩咐地方官对邓家子弟和亲戚朋友有过错的一概从严惩办。她还叫邓骘推荐当时的知名之士，像杨震他们到朝廷里来办事。

杨震是华阴人（华阴，在陕西省潼关县西，华山的北边），很有学问，家里穷，靠着教书和种菜过日子。弟子们替他种菜，他不让，说是免得耽误他们的功课。他教了二十多年书。当时的读书人都说他道德高，学问好，因为他是关西人，就称他为"关西孔夫子"。到了五十岁的时候，"关西孔夫子"出了名。大将军邓骘听到了，推荐他为"茂才"（就是秀才），后来一级一级地升上去，做了荆州刺史，又由荆州刺史调任为东莱太守。他到东莱去上任的时候，路过昌邑（在山东省巨野县），在昌邑过了一宵。

昌邑县的县令王密原来是由杨震推荐为茂才的。王密也许为了感谢杨震，也许要托他提拔提拔，就在夜里去拜见他，献上十斤黄金。杨震对他说："我了解您是怎么样的人，您怎么不了解我呢？"王密说："您先别说这个。我给您送点礼，您何必客气呐？反正半夜里没有人知道，您就收了吧。"杨震挺正经地对他说："天知道，地知道；你知道，我知道。你怎么能说没有人知道呐？"王密听了，连耳朵都红了。他只好羞臊地拿着黄金回去。

杨震一生公正，不受任何私人的好处。做了多年的太守，两袖清风。子孙吃的是蔬菜，走路靠两条腿。有几个老朋友对他说："为了子孙，您也该多少置点儿产业。"杨震笑着说："让我的后世被人称为清官的子孙，这份遗产还不够阔气吗？"

杨震被召到京师，做了太仆，后来又升为太常。这会儿他做了司徒，大臣们谁都尊敬他。邓太后对他特别信任。朝廷上有了这么一个司徒，邓太后应该可以放心了吧。还有司空陈褒、太尉马英、大将军邓骘，这些人都还不错。就是鄛乡侯郑众和龙亭侯蔡伦虽然是宦官，也都忠心耿耿，不敢为非作歹。朝廷上有了这么些大臣，汉安帝也已经二十六岁了，为什么邓太后还要自己临朝，不把朝廷的大权交还给皇帝呐？难道大臣当中就没有人去劝告太后吗？

邓太后的叔伯哥哥邓康也是个大官。他曾经上书请太后还政，邓太后把他革了职。还有郎中杜根早就上过奏章，请太后把大权还给年富力强的皇上。您猜太后怎么待他来着？她吩咐人把杜根装在口袋里，活活地把他打死，扔在城外野地里。半夜里他苏醒过来，逃到宜城山中，更名改姓，给一家做了十五年酒保。

为什么邓太后不肯让汉安帝管理朝政呢？她要抓权，这谁都明白，可是也有人说她有她的苦衷。当初邓太后因为听说汉安帝长得聪明伶俐，才立他为皇帝，万没想到汉安帝长大了，越来越不像话，只知道荒淫，不知道上进。邓太后担心他太没有用，外面不说，内心很不高兴。她原来叫济北河间王五岁以上的子女四十多人和邓家近亲的子孙三十多人到京师里，给他们办了一个学馆，让他们学习经书。每回考试的时候，她亲自监考。河间王的儿子刘翼，人才出众。太后很重视他，立他为平原王。汉安帝的奶妈王圣怀疑太后打算立刘翼为皇帝，就勾结了李闰和江京两个内侍，帮她在汉安帝跟前说邓太后坏话。汉安帝挺信任奶妈，对邓太后又恨又怕。

公元121年（汉安帝十四年），邓太后病了，还咯了血。可是她勉强起床，照常办事。那一年庄稼收成不好。邓太后听到老百姓没饭吃，怕他们起来反抗官府，怕汉朝天下保不住，还真整夜地睡不着觉，自己节衣缩食，还劝王公大臣都这么办，用节省下来的钱去救济灾民。她抱着病下了道诏书，大赦天下。等春季完了，她也死了。临朝一十八年的邓太后，死的时候才四十一岁。邓太后一死，汉安帝就亲自掌权了。俗语说，"一朝天子一朝臣"，汉安帝掌了权，就有一批人交了运。一大批的大舅子、小舅子都做了大官，中常侍樊丰、刘安、陈达，还有内侍李闰、江京、奶妈王圣等一下子都参与了朝政。这一批人交了运，另一批人就倒霉。

汉安帝原来怕邓太后要立平原王刘翼，当时是又恨又怕。这会儿奶妈王圣和内侍江京、李闰等又扇起小扇子来了。邓家的子弟还保得住吗？这时候，邓太后的兄弟一辈只有大将军邓骘还活着，其余几个兄弟已经死了，他们的子弟可都封了侯。汉安帝就把他们都废为平民，接着又逼他们自杀了事。邓骘和他儿子气愤得不愿意再活下去，索性不吃不喝，都绝食死了。平原王刘翼改封为侯，送回河间。幸亏他关着门跟谁都不往来，总算没再出事儿。

外戚邓家算是完了，新的外戚和宦官江京、李闰他们都封为侯。奶妈王圣和她的女儿伯荣在宫里直进直出，威风无比。汉安帝什么都不管，成天跟这些人胡闹。宫廷里荒淫无度，秽气熏天。司徒杨震好几次上书劝告汉安帝，汉安帝就是不理他。就在这三四年里面（公元121—124年），西羌进攻金城、武威；鲜卑进攻居庸关；北匈奴和车师进攻河西。汉安帝真是个宝贝，在这种情况下，他还能够安心地吃喝玩乐。这还不够，他封奶妈王圣为野王君，下了一道诏书，给她修建高楼大厦；朝廷大事交给中常侍樊丰他们去办。司徒杨震屡次上书劝阻，汉安帝叫他做了太尉。司徒也好，太尉也好，杨震一个劲儿劝告汉安帝不该信任宦官，可汉安帝是"擀面杖吹火"，一窍不通。

樊丰、周广、谢恽他们知道太尉杨震也只有这一手，就什么都不怕了。他们假传圣旨，动用国库，给自己大兴土木，修盖花园。杨震自然又是上书告发。樊丰他们把他恨透了，就请汉安帝免去杨震的官职，交还太尉的印绶。杨震只好住在京师，关上大门，谢绝宾客。樊丰又在汉安帝跟前咬着耳朵说："杨震原来是太后的心腹，邓家受了惩罚，他一定怨恨皇上。依我说还不如送他回乡吧。"

这么着，杨震只好动身回到家乡华阴去。他的门生都去送他。他到了城西夕阳亭，对门生们说："有生必有死，本来用不着难受；只是我受了皇恩，不能除灭奸臣，还有什么面目见人呐？我死以后，你们要用葬一般读书人的制度葬我，切不可铺张奢侈。"这位拿"天知、地知"提醒人的"关西孔夫子"就自杀了。门生们痛哭不必说了，连过路的人也没有不流眼泪的。

杨震一死，汉安帝清静多了。他就带着年轻漂亮的阎皇后、国舅阎显、中常侍樊丰、江京等离开洛阳，浩浩荡荡地往南边游玩去。万没想到，这位荒唐的皇帝这一去呀，可就不能再回来了。

豺狼当道

汉安帝到了宛城,乐极生悲,害起病来了。他只好打消往南游玩的念头,赶紧回来。这位三十二岁的皇帝就糊里糊涂地死在半道上。阎皇后忍不住大哭起来,阎显、江京、樊丰他们连忙向她摆摆手,说:"不能哭。要是大臣们知道皇上晏驾,立了济阴王,咱们还活得下去吗?"阎皇后只好收了眼泪。

原来汉安帝的后宫李氏生了个儿子叫刘保,已经立为太子。阎皇后怕太子的母亲夺她的地位,就把李氏毒死,又叫江京、樊丰他们诬告太子谋反。汉安帝就把十岁的太子刘保废了,立他为济阴王。过了半年,汉安帝死在路上。因此,阎显、江京、樊丰他们不让别人知道皇帝病死的消息,急急忙忙地回到京师,把另立新皇的计策定了以后,才给汉安帝发丧。阎皇后打算自己临朝,就挑了个幼儿刘懿(济北王刘寿的儿子,汉章帝的孙子),立为皇帝。她自己做了皇太后。

阎太后临朝,哥哥阎显做了车骑将军,执掌了大权,几个兄弟也都做了大官。东汉的天下就这么属于外戚阎家了。阎显还怕前朝几个有势力的人碍着他,先把那地位最高,可都是有职无权的三公(太尉、司徒、司空)都换了人,然后他跟新的三公联名弹劾大将军耿宝(汉安帝的妃子耿贵人的哥哥)、中常侍樊丰、谢恽、周广和奶妈野王君王圣,说他们结党营私,大逆不道。阎太后下了一道诏书,这几个人就全完了。新上台的有阎太后和阎显的几个兄弟:阎景、阎耀、阎晏。阎家的威风就好比当年的霍家、窦家一样。

可惜好景不长,过了几个月,娃娃皇帝刘懿害了病,眼看活不成了。中常侍孙程想趁着机会自己抓权,就秘密地联络了十八个中黄门,大家伙儿对天起誓，决定去迎接废太子刘保。娃娃皇帝果然死了。阎太后和阎显他们还没商议好去迎接哪个王子，孙程他们已经布置停当。在一个晚上，他们突然发动起来，杀了内侍江京、刘安、陈达，活捉了李闰。李闰投降了，愿意跟着他们一起干。当天晚上他们就请十一岁的小孩子济阴王刘保即位，就是汉顺帝。孙程传出汉顺帝的命令，指挥全部的羽林军（保卫皇帝的军队），杀了卫尉阎景，逼着阎太后交出玉玺。

汉顺帝收了玉玺，派人发兵拿着节杖把阎显、阎耀、阎晏下了监狱，一个个都处了死刑，把阎太后软禁在离宫。没过几天阎太后也死了。孙程他们十九个宦官都封了侯。东汉的政权，一眨巴眼儿就从外戚手里转到了宦官手里。

公元132年（阳嘉元年，汉顺帝即位第7年），汉顺帝十八岁了，立贵人梁氏为皇后。梁皇后的父亲梁商做了执金吾。尚书令左雄请汉顺帝叫各郡国推荐有才能的人到京师里来，由皇上亲自考试策论。果然，来了不少人，其中最出名的有汝南人陈蕃，颍川人李膺，下邳人陈球等三十多人。汉顺帝都拜他们为郎中。还有南郑人李固，扶风人马融，南阳人张衡也参加了策论考试，各人发表了对于政治的看法和改进的办法。

汉顺帝看了所有的策论，把李固评为第一，马融的一篇也很好，就拜他们两个人为议郎。张衡更了不起，他是专门研究天文和数学的。据他的研究，他断定天是圆的，地可能也是圆的。他用铜制造了一个测量天文的仪器，叫"浑天仪"，制造了一个测量地震的仪器，叫"地动仪"。可是因为当时在朝廷里不是宦官当权，就是外戚当权，真正有本领的人也不能得到重用。

汉顺帝靠着宦官做了皇帝，当然重用宦官。浮阳侯孙程死了以后，汉顺帝格外开恩，让孙程的养子孙寿继承爵位和封地。当初汉武帝和汉宣帝利用宦官是因为宦官没有媳妇儿，当然就没有子女和女婿、外孙子等，不至于像外戚那样变成大族来威胁朝廷。现在开了一个例子，宦官的养子可以继承爵位和封地，养子也可以得到封赏，而养子是要多少有多少的。这么着，宫里的宦官多到几百家，甚至上千家，彼此争权夺利，闹得乱糟糟地，没有一天安宁。

孙程以后，宦官曹节、曹腾、孟贲等都得到了汉顺帝的宠用。梁皇后的哥哥梁冀和梁冀的兄弟梁不疑也老跟曹节他们来往。这时候，梁皇后的父亲梁商做了大将军。大将军梁商虽然是外戚，可是为了保全他一家的荣华富贵，他叫他儿子一辈好好地去结交中常侍曹节、曹腾他们。这就形成了一个外戚和宦官联合起来共同对付士族豪强的局面。朝廷上有不少官员见风转舵、争先恐后地向曹节他们献殷勤。

公元141年（永和六年），大将军梁商害病死了。汉顺帝自己没有权力，只好让梁冀接着他父亲做了大将军，梁不疑做了河南尹。

梁冀跟他父亲大不相同。别看他两眼直腾腾，说话结结巴巴，好像木头人儿似的，他从小就懂得耍钱、斗鸡；长大了，打猎、喝酒、欺压别人，着实有两下子。他做河南尹的时候，对付老百姓简直像狼对付羊一样。父亲做了大将军，妹妹做了皇后，谁敢在太岁头上动土说他不好？

有一天，洛阳令吕放偶然在梁商面前谈到梁冀，说话当中，有点不满意梁冀的口气。梁商把他儿子责备了几句。梁冀直怪吕放多嘴，就派人把他暗杀了。他还把这个罪名加在别人身上，屈死了一百多人。梁商给他瞒过了，汉顺帝更是蒙在鼓里。现在皇上的这位大舅子河南尹梁冀做了大将军，各地的官府都向他送礼贺喜，皇上的亲信曹节、曹腾、孟贲等都是他的爪牙，他更可以无法无天了。俗语说，"上梁不正下梁歪"，在上开头总算秘密行贿，在下就公开行贿，公开勒索了。老百姓被逼得活不下去，只好纷纷起来反抗官府，专杀贪官污吏。朝廷上的大官一听到各地都有农民起义，再也不能安安稳稳地睡觉了。

谏议大夫周举上书给汉顺帝。他说："要消灭盗贼，必须先把地方官彻底地查一查。爱护人民的官员应当升职，贪官污吏就该查办。"汉顺帝同意了。他下了诏书，大赦天下，接着就派周举、杜乔、张纲等八个大臣为使者分头到各地去考察一番。周举、杜乔他们都动身走了。这八个人之中，武阳人张纲最年轻。他是有什么就说什么，想怎么干就怎么干的。他认为真要整顿政治的话，首先应该惩办朝廷上违法乱纪的大官，那些地方上的小官自然就不敢胆大妄为了。他到了洛阳都亭，越想越不是味儿，就把他的车毁了，把车轮埋在地下，不去了。人家问他："你怎么啦？"他说："豺狼当道，何必查问狐狸（狐狸，指违法乱纪的小官）？"他就上书弹劾大将军梁冀和河南尹梁不疑。

张纲弹劾梁冀的消息一传出去，好像捅了马蜂窝，整个洛阳城全都骚动起来。汉顺帝正宠着梁皇后，梁家的子弟和亲戚布满了朝廷。他们说："张纲这小子，看他有几个脑袋！"汉顺帝也知道另外有不少人是向着张纲那样的大臣的，他只好把他的奏章搁在一边，没把他办罪。别的使者报告上来的大多也提到梁冀和宦官的一些毛病。这些报告上来以后，好像石沉大海，全都没有下文。大将军梁冀可把张纲恨透了。他得想法把他害了才解恨。

刚巧广陵那边有公文到来，说广陵大盗张婴，手下有好几万人马，扰乱徐州、扬州（扬州，在安徽省合肥市，不是现在江苏省的扬州）一带，杀害刺史，请朝廷发兵去围剿。梁冀真比豺狼还狠，他趁着这个机会，嘱咐别人推荐张纲。朝廷就派张纲为广陵太守，让他到张婴那儿去送死。

张纲到了广陵，带着十几个随从亲自去见张婴，说他是来惩办贪官污吏，并不是来跟人民为难的。张婴是条好汉，好汉识好汉，张婴被张纲说服了。两个人做了朋友，愿意共同为民除害。张纲吩咐张婴挑选一批能力较强的首领，量才录用，其余一万多人自愿回家种地。地方官不敢欺压老百姓，广陵一带就这么安定下来了。

张纲治理广陵，立了大功，汉顺帝打算封他。梁冀出来拦阻，因此作罢。汉顺帝还想重用他，叫他回朝。张婴他们得到了这个消息，联名上书挽留。汉顺帝就让他留在那儿。过了一年，张纲害病死了。死的时候，他才三十六岁。老百姓拥到太守府，哭个不停。张婴他们五百多人都穿着孝，把他的灵柩送到武阳本乡，给他安葬完了才回去。

汉顺帝听到了这个消息，也叹息了一番，拜张纲的儿子张续为郎中。汉顺帝因为张纲的死，心中很难受，就在这一年（公元144年），他自己也害病死了。他死的时候，才三十岁。两岁的太子即位，就是汉冲帝。不到半年，婴儿皇帝汉冲帝死了。汉顺帝绝了后，立谁做皇帝呐？公卿大臣提出了两个人，一个是清河王刘蒜，一个是勃海王刘缵（zuǎn），他们都是汉章帝的曾孙。刘蒜年长，刘缵才八岁。公卿大臣大多向着刘蒜。太尉李固劝梁冀顾全大局，立年龄较大的刘蒜为皇帝。梁冀跟梁太后商量下来，认为年幼无知的小孩子容易对付，就决定立八岁的刘缵为皇帝，就是汉质帝。

跋扈将军

八岁的汉质帝还真伶俐,就是不懂事。他瞧着梁冀掌握着大权,独断独行,连皇上也不搁在眼里,就在朝堂上当着文武百官面指着梁冀说:"大将军是个跋扈将军。"梁冀听了,气得眼珠子都蹦出来了。他自言自语:"这这这小子现在就这这这么厉害,赶明儿长长长大了,那那那还了得!"他就嘱咐内侍把毒药放在饼里拿上去。汉质帝吃了饼,觉得肚子很不舒服。他召太尉李固进来,问他:"吃了饼,肚子闷,口干,喝点儿水还能活吗?"梁冀在一边说:"不不不能喝;喝了恐怕要要要吐。"梁冀还没说下去,汉质帝已经倒在地下,滚了几滚,死了。李固趴在汉质帝的尸体上痛哭了一场,请梁太后和梁冀查办内侍。要是张纲还活着,他一定又是那句话:"豺狼当道,何必查问狐狸?"

李固和杜乔他们恐怕梁冀又要挑个小娃娃做皇帝,就打算约会公卿大臣去迎接清河王刘蒜。

太尉李固、大鸿胪杜乔和别的几位大臣联名上书,请大将军梁冀立清河王刘蒜。梁冀和梁太后可另有打算。他们已经看中了一个小白脸,就是蠡(lǐ)吾侯刘志。汉顺帝出殡的时候,刘志才十三岁,他也来送殡。梁太后见他长得清秀,眼珠子黑白分明,想把自己的小妹妹许给他。因为在丧事期间,不便提亲,她就让刘志暂时回去。过了两年,刘志已经十五岁了。梁太后召他进宫,越看越中意。她正商议着这门亲事,汉质帝吃了饼,被毒死了。梁太后和梁冀既然决定把他们的妹妹嫁给刘志,当然最好能立他为皇帝。

第二天,梁冀召集了公卿大臣商议立新君的事。他端着肩膀,突着嘴,两眼直瞪,来势汹汹地大声宣布,说:"立……立……立蠡吾侯!"朝廷上除了李固、杜乔他们几个大臣以外，全都是应声虫。他们一齐说："大将军的主意错不了。"李固和杜乔起来反对。梁冀吆喝一声，说："退……退朝！"

李固还想立清河王刘蒜。他写信给梁冀，说了一大篇道理。梁冀看了，把信扔在地下，请梁太后拿主意。梁太后下了一道诏书，把李固免了职，让杜乔代替他为太尉。十五岁的小孩子刘志即位，就是汉桓帝。梁太后替他临朝，梁冀替他掌权。

汉桓帝全靠着梁家做了皇帝，自然一切全听他们的。转过了年，才算是汉桓帝元年（建和元年，公元147年）。八月里，汉桓帝娶梁太后的小妹妹为媳妇儿。姐儿俩就这么分成两辈，一个叫梁太后，一个叫梁皇后。为了这一回的婚礼，太尉杜乔又得罪了梁冀。原来梁冀要动用国库，拿最阔气的聘礼去迎接他妹妹。杜乔不答应。他说不能破坏规矩。梁冀嘴里说不过他，心里可把他恨透了。刚巧洛阳发生了地震，朝廷上一班马屁鬼就说京师地震，罪在太尉。梁太后就把太尉杜乔免了职。李固、杜乔全丢了官。

就在这个时候，甘陵人刘文和南郡人刘鲔要立刘蒜。他们说清河王刘蒜是真命天子。他们打算借着刘蒜立大功，就拿着刀威胁着清河相谢嵩，说："我们立清河王为天子，有你的好处。你要是不同意，那我们可就对不起你了。"谢嵩责备他们不该造反，他们就把谢嵩杀了。清河王刘蒜听说有人威胁谢嵩，立刻吩咐王宫里的卫兵去救。刘文他们抵敌不住，当时就给逮住了。卫兵把刘文、刘鲔押到清河王刘蒜面前，刘蒜把他们都杀了。他把这件事向朝廷报告。汉桓帝长得漂亮，可他是"聪明面孔笨肚肠"，他听信宦官的话，把清河王刘蒜加个罪名，降了一级，改封为侯。刘蒜气愤不过，喝了毒药自杀了。梁冀趁着这个机会，要消灭李固和杜乔。他认为这两个人虽然都免了职，可是他们仍然是士族豪强的首领。他就说李固、杜乔和刘文、刘鲔是同党，请太后把他们交给廷尉。梁太后怕出事，不准梁冀逮捕杜乔。梁冀出来，赶紧先把李固下了监狱。

李固的门生王调、赵承等几十个人自己上了刑具，一齐到宫门请愿，要求释放李固。梁太后怕他们把事情闹大，就把李固放了。李固一出监狱，京城里家家户户都上街庆贺。大街小巷挤满了人，欢欢蹦蹦地喊着："万岁！"梁冀一想："这可了不得！"他去见梁太后，对她说："李固收买人心。咱们将来准吃他的亏，不如趁早把他拿来办罪。"梁太后还没答应，梁冀就自作主张传出命令来，再把李固下了监狱。李固不愿意再一次受到折磨，就在监狱里写了一封绝命书，自杀了。

梁冀逼死了李固，又派人去告诉杜乔及早自杀，免得牵累到妻子、儿女。第二天他又派人到杜家去探听，可没听到哭声。梁冀见过了梁太后，把杜乔下了监狱。杜乔也给逼死了。

汉桓帝即位第一年就杀害了这两个出名的大臣。外面沸沸扬扬地都怪着梁太后。她心里也挺不踏实。公元150年（和平元年）正月，梁太后身子不舒服。她下了一道诏书，大赦天下，又把朝政归还给汉桓帝。过了一个月，她死了。梁太后一死，朝廷大权名义上由汉桓帝掌管，实际上反倒落在梁冀一个人手里。梁冀前后加封，一共三万户，儿子也都受了封。谁有他那么威风呢？

梁冀为了自己的享受，大兴土木，盖了不少高楼大厦，又圈了几十里地作为梁家的花园。花园里面有河流和假山，亭、台、楼、阁，应有尽有。这还不算。他又在河南城西开辟了一个极大的园林，接连不断的有几十里地。梁冀喜欢小白兔。他命令各地交纳兔子，烙上记号。谁要是伤害这种兔子就是死罪。有个西域人不知道这个禁令，偶然打死了一只兔子。为了这件案子，牵牵连连地杀了十多个人。梁冀仗着皇家的势力还向外国征求各种特产和贵重的物品。他在京师里曾经接待了不少西域商人。

他把良家子女抓来作为奴婢。这种奴婢称为"自卖人"，意思是说，他们都是自愿卖给梁家的。他还派人去调查有钱的人家，把财主抓来，随便给他一个罪名，叫他拿出钱来赎罪。稍不满意，就定死罪。有个扶风人孙奋，很有钱财。他可是"瓷公鸡，一毛不拔"的守财奴。梁冀送给他一匹马，向他借钱五千万缗（mín，量词，用于成串的铜钱）。孙奋哪儿舍得。后来他实在被逼得没有办法，一咬牙，给了他三千万缗。梁冀一看，短了两千万缗,冒了火儿。他吩咐当地的官府把孙奋和他兄弟都抓来,说他们的母亲是将军府里逃出来的丫头,被她盗去十斛珍珠、一千斤紫金,都应该追还。孙奋哥儿俩不肯承认,就活活地被官府打死,家产没收,一共值一亿七千多万缗。官府也有好处,一大半送给了梁冀,算是追还珍珠和紫金的。

梁冀这么无法无天地闹着,汉桓帝是管不着他的。公元151年(元嘉元年)元旦,大臣们向汉桓帝拜年。大将军梁冀带着宝剑大摇大摆地走上朝堂里来。成都人张陵是当时的尚书。他吆喝一声,吩咐羽林军夺去梁冀的宝剑。梁冀没提防这一着,只好慌里慌张地趴在地下承认错误。张陵大声地说:"梁冀目无皇上,应当交给廷尉办罪!"汉桓帝连忙替梁冀解围,罚他一年的俸禄。梁冀只好拜了拜,退出去了。他有点害怕张陵,倒也不敢去惹他。

新年刚过去,接着就是刮大风,大树都给连根拔起来。夏天大旱,有些地方又有饿死人的事。第二年,京师发生了两次地震。第三年(公元153年,汉桓帝即位第7年),黄河发大水,冀州一带,河堤决了口,老百姓来不及逃的,都给淹死了。没淹死的,有几十万户流离失所。当地的官府不但不管,还贪污勒索,难民越来越多。梁冀不敢惹张陵,就派另一个跟他过不去的人去做冀州刺史。那个人是南阳人朱穆,也是个硬汉。

朱穆才渡过河,那些贪官污吏已经吓坏了。他们害怕朱穆查办他们,当时就有四十多人扔了官印,逃走了。朱穆一到,果然,查办起来,铁面无私。那些贪污的官吏一个也逃不出他的手掌心。有的自杀了事。有的死在监狱里。老百姓早已把他们恨透了。大伙儿都说:"天有眼睛,来了朱刺史。"

就在这个时候,宦官赵忠的父亲死了。赵忠回到安平本乡去办丧事。出殡的排场不用说多么阔气了。他大胆地违反了当时的制度,像埋葬皇上那样地在他父亲的棺材里放着玉匣。这就引起了议论,可是赵忠的势力多么大啊,谁也不敢出来反对。等到赵忠一走,就有人向朱穆告发。安平是属冀州管的。冀州刺史朱穆就派郡吏仔细调查。郡吏知道朱穆的厉害,不敢马虎。他们调查以后,确实有了把握,就刨开坟头,劈开棺材。里面果然有玉匣。

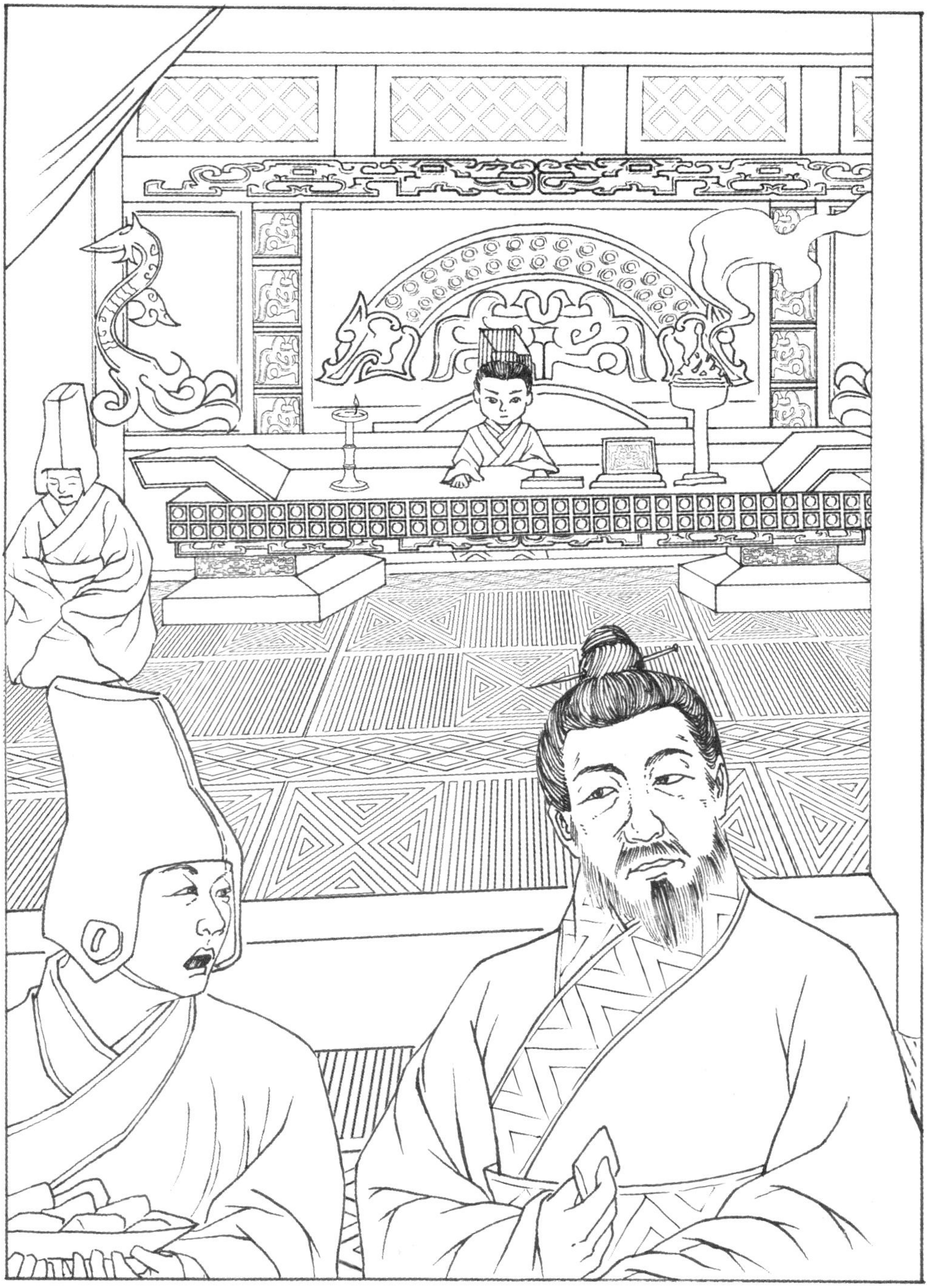

当时就把赵忠的家属下了监狱。

赵忠得到这个消息,不但不肯认错,反倒气得双脚乱跳。他跑到汉桓帝跟前哭诉,说朱穆刨他父亲的坟,还无法无天地逮捕了他的家属。大将军梁冀本来讨厌朱穆,也从旁加枝添叶地说朱穆坏话。汉桓帝给他们俩这么那么一说,眼珠子往上一翻,算是生了气。他立刻派使者把朱穆逮回来,交给廷尉,罚他去做工匠。

这个消息一传出去,整个洛阳城纷纷地议论起来。当时就有好几千太学生出来打抱不平。他们对于外戚、宦官,早已恨得咬牙切齿。现在宦官赵忠犯了国法,外戚梁冀还帮他陷害忠良,大伙儿嚷着要去救援朱穆。他们就决定罢课,公推太学生刘陶带头,写了一封公信,好几千人一齐到了宫门前表示抗议。刘陶把那封公信递进去,要求释放朱穆,不然的话,他们愿意全体关在监狱里,为的是不让忠臣蒙冤受屈。

汉桓帝看了这封公信,翻了翻白眼,只好把朱穆赦了,让他回到本乡南阳去。就这样,太学生救出了朱穆。

宦官五侯

朱穆虽然被救了出来，可国家大权还掌握在梁冀手里。梁皇后有这么一个掌握大权的哥哥，那种骄横劲儿就不用提了。她因为自己没有儿子，最恨别人生孩子。因此，宫人有了喜，没有一个不给她害死的。汉桓帝越看她越讨厌，干脆不上她那儿去。每到晚上，梁皇后气得胸脯一鼓一鼓像拉风箱似的。她胸脯里装不下这么多的别扭，气出病来，咽了气。

她一死，贵人梁猛出了头。那梁猛原来姓邓，父亲邓香早死，母亲宣氏再嫁给孙寿的舅舅梁纪。孙寿见她长得挺美，把她收为自己的女儿，送她到宫里，后来封为贵人。大家都以为她是梁冀的女儿，都叫她梁贵人。梁冀恐怕梁贵人的母亲泄露秘密，就派刺客去刺杀她。不料那个刺客被人逮住。审问下来，才知道是大将军梁冀派去的。梁贵人知道了底细，把梁冀派人去暗杀她母亲的事告诉了汉桓帝。汉桓帝正宠着梁贵人，就把梁冀当作仇人。梁冀曾经杀害过不少大臣，作威作福，小看皇上。现在他竟敢得罪梁贵人，汉桓帝火儿更大了。他气得肚子发胀，闷闷不乐地上厕所去了。小黄门唐衡随身跟着他。汉桓帝一瞧没有别人，就问小黄门："宫中上下，谁跟梁家有怨？"小黄门低声地说："中常侍单超（shàn），小黄门左悺（quǎn），还有中常侍徐璜、黄门令具瑗（yuàn）。他们都……"汉桓帝没等他说完，就摆摆手，说："我知道了。"

汉桓帝挺秘密地跟单超、徐璜、具瑗、左悺、唐衡等商量定当，发动羽林军一千多人，突然围住梁冀的住宅，收了大将军的印。梁冀慌里慌张，直发抖，两眼一黑，什么也瞧不见了。赶到他清醒过来，知道活不了啦，只好跟着他老婆孙寿一块儿喝了毒药自杀。梁家、孙家和他们的亲戚全都完蛋了。有的处了死刑，有的废为平民。大官、小官去了三百多人，朝廷上差不多空了。老百姓欢欢喜喜的，不用提多高兴了。梁冀的家产充公，汉桓帝有了这笔款子，下了一道诏书，减去天下租税一半，所有梁家的花园、园林等一律开放，让给穷人耕种。国内的紧张局面暂时又缓和了一下。

论功行赏，单超、徐璜、具瑗、左悺、唐衡五个宦官同一天里都封为侯，就是所谓宦官"五侯"。尚书令以下有功劳的七个人，也都先后封了侯。单超对汉桓帝说："小黄门刘普、赵忠等同心协力地消灭了奸臣，也有功劳。"汉桓帝慷慨得很，就又封刘普、赵忠等八个内侍为乡侯。打这儿起，东汉的政权又从外戚手里转到宦官手里了。

汉桓帝还以为梁贵人是梁冀的女儿。等到事情弄明白了，才知道她原来姓邓，就立邓贵人为皇后。立了皇后，再拜三公九卿。东汉朝廷一下子好像有点儿新气象。大伙儿都盼望着汉室中兴。

要打算中兴，就得搜罗人才。尚书令陈蕃推荐了五个名士：南昌人徐穉（zhì）、广戚人姜肱（gōng）、平陵人韦著、汝南人袁闳（hóng）、阳翟人李昙（tán）。汉桓帝分别派人去迎接他们。这五个读书人，学问好、品格高、名望大，可是脾气也很怪。他们宁可一面教书，一面耕种，也不愿意给昏君当奴才。他们好像都约定了似的，一个也没来。汉桓帝本来并不真心实意地要搜罗人才，不来就拉倒。

陈蕃还不灰心，他又请汉桓帝派使者去聘请安阳名士魏桓。魏桓也像徐穉他们一样，不愿意动身。朋友们都劝他，说："就是到京师里去走一趟也好嘛。"魏桓对他们说："读书人出去做官，总得辅助皇上，教导人民，才对得起国家。现在后宫多到几千人，请问能减少吗？供玩儿的马多到一万匹，请问能减少吗？皇上左右的那一批宦官，请问去得了吗？"他们叹了一口气，说："这恐怕办不到。"魏桓说："对呀！那么你们劝我去，你们要我的命，是怎么着？要是我活着出去，死了回来，对你们有什么好处？"大伙儿这才没有话说。

魏桓、徐穉他们不去，汉桓帝也不稀罕他们。他有一大批封了侯的宦官就足够了。中常侍侯览并没参与那一次除灭梁家的事，他给汉桓帝献了五千匹绢，汉桓帝也封他为侯，还把他跟单超他们一块儿列入功臣里面。这些宦官的骄横劲儿压倒所有的大臣。白马令（白马，地名，在河南省滑县；令，县令）李云冒冒失失地上了一个奏章，批评汉桓帝不该滥封宦官。他说："这么多的宦官，没有什么了不起的功劳，就封了一万户以上，这样干，在西北边塞上的将士们恐怕要人心离散了。"他还说："皇帝是治理天下的。现在乱给爵位，宠用小人，贿赂公行，不理朝政。难道不要治理天下了吗？"

汉桓帝看了，眼珠子向上直翻，立刻下了一道命令，把李云下了监狱，叫中常侍管霸严刑拷打。大臣杜众立刻上书，愿意和白马令李云一同死。汉桓帝更加火儿了，把杜众也下了监狱。陈蕃等几个大臣联名上书，替李云和杜众求情。汉桓帝要让他们瞧瞧到底是谁治理天下的，就把陈蕃他们革了职，吩咐小黄门传出命令把李云、杜众处了死刑。你说他宠用宦官，他觉得还没宠用够呐。当时就把中常侍单超拜为车骑将军，叫他掌握兵权。宦官的势力顶破了天。

宦官单超做车骑将军没多久，死了。其余的四个侯，徐璜、具瑗、左悺、唐衡没有个头儿压在上面，更加无法无天了。他们大兴土木，盖造大厦。他们虽然都是失去生殖能力的男子，但不要媳妇儿总觉得不像个样儿。他们就搜罗了许多美人儿，把她们打扮成宫里的妃子似的，日日夜夜伺候他们。他们因为不能生儿育女，就收了一些族里的子弟或者不是同姓的人作为义子。这义子也能够继承爵位和俸禄，就有不少没皮没脸的人巴不得叫宦官爸爸。

这四个大宦官有的是义子、兄弟和侄儿。他们都做了大官。当时的河东太守、济阴太守、陈留太守、河内太守等等都是这几个大宦官的兄弟或者侄儿。至于做县令的，那就更多得没法数了。这些无才无德的大官、小官只知道贪污、勒索，压根儿不管老百姓的死活。老百姓受了冤屈，也没有地方可以告发。

徐璜的兄弟徐盛做了河内太守，侄儿徐宣做了下邳令。别说是做太守的可以作威作福，就是做个小小的县令，也可以无法无天地欺压良民。下邳令徐宣只要瞧见一个美貌的女子，不管是谁家的，就非要求送给他不可。以前的汝南太守李嵩，家在下邳。他的女儿给徐宣看上了。那时候，李嵩已经死了，娘儿俩住在家里。徐宣派人去说亲，要李家的小姑娘做他的姨太太。李家不答应，徐宣就派几个公人把她抢了来。小姑娘死都不依，徐宣火儿了，叫人把她绑在柱子上，毒打了一顿，再问她依不依。李姑娘骂他是畜生。徐宣露着牙齿笑了。拿箭把她射死了。

李家向当地的太守鸣冤告状，太守害怕徐宣，也不调查，也不追问，只是把这件案子拖下去。刚巧有个东海相黄浮，是个不怕死活的硬汉，因为下邳是属东海管的，李家告在他那儿。黄浮就派使者传徐宣到东海来，当面审问他。徐宣仗着他叔叔徐璜的势力，把嘴角使劲地往下一拉，露出犬牙，显出狗咬人的样子，说："你敢把我怎么样？"黄浮吩咐底下人剥去徐宣的衣帽，把他反绑了。徐宣嚷着说："你反了吗？你不怕死吗？你们真敢碰我？"黄浮大喝一声，说："推出去砍了！"徐宣这才打着哆嗦，跪在地上喊"饶命"。东海的官员也都慌了，拦住他，说："这可使不得！万万使不得！您要杀了徐宣，祸事不小。"黄浮说："我今天把这个贼子宰了，明天我死，我也甘心！"说着，他亲自监斩，砍了徐宣。全城的人没有一个不痛快的。

黄浮做事，痛快固然痛快，可是徐璜怎么能放过他呢？他一定要替他侄儿报仇，他跪在地上，哭哭啼啼地对汉桓帝说："黄浮受了李嵩家的贿赂，害死我的侄儿。请皇上给我做主。"汉桓帝的耳朵是专为听宦官的话长着的。他就把东海相黄浮革职论罪。

汉桓帝又听了宦官的话，出卖爵位和官职。这是因为连年的灾荒和疫病使朝廷减少了收入，再加上为了抵抗西羌和匈奴又花了不少军费，弄得库房又空了。泰山的农民又起来反抗官兵，杀了当地的都尉。这一次的起义尽管又被血腥的统治硬压下去，但朝廷可伤了元气。公元161年（延熹四年），东方发生了地震，连岱山（就是泰山）和尤来山（就是徂来山，在山东省泰安县东南）都裂开了。种种天灾、人祸引起了天下不安，朝廷会怎么办呢？

禁锢党人

公元165年（延熹八年，汉桓帝第19年），李膺做了司隶校尉。陈蕃做了太尉，王畅做了尚书。太学生三万多人都歌颂着这三个大臣，说李膺是天下模范，陈蕃不怕豪强，王畅是优秀人物。大伙儿议论纷纷，评论当时的人物，他们把君子和小人分别开来：君子跟君子为一党，小人跟小人为一党。朝廷上执掌大权的宦官们都把反对他们的人称为"党人"。打这儿起，"党人"就不断地遭到迫害，闹得人心惶惶，谁也不知道什么时候给人加上一个"党人"的名目，就会下了监狱。

李膺做了司隶校尉，有人告发宦官张让的兄弟张朔。张朔是野王（地名，在河南省沁阳市）的县令，贪污、勒索，无恶不作。经人告发，他知道司隶校尉的厉害，就离开野王县，逃到京师，躲在他哥哥张让家里。李膺听到了这个风声，亲自带领着公人到张让家去搜查。搜查了半天，可没见到张朔的影子。这怎么办呐？他们再仔细看了一遍，就瞧见张让家里有复壁（中间有夹道的墙壁），就吩咐手下人打破复壁，进去搜查。果然张朔藏在里面。他就像逮小鸡似的给逮了去，押在洛阳监狱里。

张让派人去说情，已经来不及了。张朔供认以后，早给砍了。张让气得什么似的，马上向汉桓帝哭诉。汉桓帝知道张朔有罪，不好去难为李膺，可是总觉得李膺太瞧不起宦官了。

一波未平，一波又起。有个河南方士张成，素来结交宦官。据说他能够看风向，推测吉凶。就在公元165年，中常侍侯览透出消息来，说日内就要大赦。张成马上装腔作势地当着众人看了看风向，就说皇上快要下诏书大赦天下了。别人不信。他要人家传扬他这个方士的本领，就跟人家打赌，叫他儿子去杀人。司隶李膺把那个凶手拿来办罪。第二天，大赦的诏书果然下来了。张成得意洋洋地对众人说:"你们看我是不是未卜先知?诏书下来了,不怕司隶不把我的儿子放出来。"这话传到李膺耳朵里,李膺更加冒了火儿,他说:"预先知道大赦就故意去杀人,大赦也不该赦到他身上。"说完,就把张成的儿子杀了。张成哪儿肯甘休?他请中常侍侯览、小黄门张让给他想办法报仇。侯览他们就替张成出了个鬼主意,叫他去嘱咐自己的弟子牢修上书,控告李膺勾结一些太学生和像游民似的所谓名士联成一党,毁谤朝廷,败坏风俗。

汉桓帝本来已经恨透了那些批评朝廷的儒生,这会儿看了牢修的控告书,就下了命令,逮捕党人。太尉陈蕃看了党人的名单,都是天下知名之士,他不肯签署。汉桓帝火儿更大了,当时就把李膺下了监狱。还有太仆杜密、御史中丞陈翔,以及陈寔(shí)、范滂等一共两百多人都得按名单逮捕。有些被指为"党人"的名士,一听到风声,逃的逃,躲的躲。朝廷出了赏格,通令各郡国,非把这些人抓来不可。

公元167年,贾彪到了洛阳,见了城门校尉窦武和尚书霍谞(xǔ),请他们替党人申冤。这时候,汉桓帝已经立贵人窦氏为皇后。窦武是窦皇后的父亲,封为槐里侯。他听了贾彪的话,上书给汉桓帝,请他释放党人。他还交上了城门校尉和槐里侯的印,自愿免职还乡。汉桓帝把这两颗印发还给他。尚书霍谞也上书,请求释放党人。汉桓帝不得不考虑一下。李膺以攻为守,开始向敌人进攻。他向宦官反击,列举了一些宦官子弟,说他们跟他是同党。宦官才害怕了,就对汉桓帝说:"现在天时不正,应当大赦天下了。"汉桓帝就把两百多个党人一概释放,可是把他们的名字都留下来,一辈子不准他们做官。

就在这年冬天,汉桓帝害了病。他立了三次皇后(梁后、邓后、窦后),有几十个贵人,上千的宫女。可就是没有儿子。汉桓帝一死,窦皇后慌了手脚。她连忙召她父亲窦武进宫,商议立嗣。他们又跟几个大臣商议了一下,就立河间王刘开的曾孙,十二岁的小孩子刘宏为皇帝,就是汉灵帝,尊窦皇后为皇太后。十二岁的孩子懂得什么,当然由窦太后临朝,窦武为大将军,陈蕃为太尉。大将军窦武、太尉陈蕃同心协力，辅助王室，接着就征求天下名士。李膺、杜密他们又重新回来，参与朝政。天下人都拉长着脖子等着过好日子。

窦太后挺重视陈蕃，还拜他为太傅，对她自己的父亲窦武更不必说了。可是她在宫里，天天瞧着中常侍曹节、王甫他们奉承她，好得不能再好。她把他们当作了亲信。他们请求什么，她就答应什么；他们要封谁，她就封谁。命令下来，窦武和陈蕃实在不能同意，可是又不便反对。

陈蕃私底下对窦武说："我已经快八十了，还贪图什么？我还打算为朝廷除害，帮助将军立功，才留在这儿。不消除宦官，没法治理天下。"窦武完全同意。他到了宫里，要求窦太后消灭曹节他们。窦太后怎么也下不了这个决心。她还说："汉朝哪一代没有宦官？"

陈蕃上书，列举宦官侯览、曹节、王甫等的罪恶，请太后立刻把他们杀了，免得发生祸患。窦太后把陈蕃的奏章搁在一边。接着，又有别的大臣上书，要求罢免宦官。这么打草惊蛇地一来，蛇没打着，反倒给蛇咬了。曹节、王甫他们先下毒手。他们拿着节杖，说陈蕃、窦武造反，先后把他们都杀了。他们进了长乐宫，逼着窦太后交出玉玺，把她关在南宫。为了这场变乱，不但陈蕃和窦武两家的宗族和亲戚、门人都遭了殃，连带被害的还有好几家。李膺、杜密他们因为没跟陈蕃、窦武在一起，总算从宽处罚，削职为民。别的同情陈蕃、窦武的可是怕死的大臣，只能暗地里轻轻地叹气，还怕有人听见。

李膺和杜密等人回到家乡，名声更加大了。天下名士，尤其是那些一辈子不准做官的"党人"，把他们作为名士的首领。这些士人批评朝廷，更加痛恨宦官。宦官也更加痛恨他们。党人和宦官做定了死对头。

中常侍侯览因为山阳高平人张俭曾经上书告发过他，一心想报仇，就是没有机会。原来张俭曾经做过东部督邮（督邮，郡守的助手，督察郡内的属县的官）。他到了中常侍侯览的家乡，见到侯览一家，尤其是他母亲，横行不法，残害百姓。因此，张俭上书告发。没想到这个奏章落在侯览手里，给他扣下了，从此结了仇。张俭有个同乡人朱并，原来是他的手下，因为品行不端，被张俭轰走。朱并就去投奔侯览。侯览嘱咐他上书告发张俭，说他和同乡二十四人结成一党，不但毁谤朝廷，而且私立名号，企图造反。中常侍曹节趁着这个机会嘱咐朝廷上几个心腹一起上奏章，再一次逮捕党人，把李膺、杜密、范滂这些人都包括在内。

那时候（公元169年，建灵二年），汉灵帝才十四岁。他问曹节："什么叫党人？为什么要杀害他们？"曹节指手画脚地把党人怎么可怕，怎么要推翻朝廷、篡夺皇位，说了一大骡车。汉灵帝听得缩短了脖子，连忙答应他下了诏书，去消灭党人。

逮捕党人的诏书一下来，各郡国又都骚动起来。颍川襄城的一些士人得到了这个消息，慌忙跑到李膺家里，催他赶快逃走。李膺说："我一逃，反倒害了别人。再说我已经六十了，死就死吧，还逃到哪儿去呐？"他就自己进了监狱。这位前司隶校尉李膺给宦官几次三番地陷害，最终丢了性命。他的门生和他所推荐的一些官吏都被"禁锢"（禁锢，就是一辈子不准做官的意思；锢 gù）。

像李膺那样被杀的有一百多人。杜密自杀了。别的党人或者有党人嫌疑而被杀、被禁锢的还有六七百人。太学生被逮捕的一千多人。

宦官杀了这么多的党人，当然是称心如意了。可是中常侍侯览因为他的死对头张俭还没拿到，挺不高兴。他请汉灵帝通令郡国一定要捉拿张俭到案，谁窝藏张俭的，跟张俭同样办罪。这一来，郡国官吏到处捉拿张俭。张俭各处躲藏，大家情愿冒着危险，保护着他。他东躲西藏，后来到了东莱，住在一个叫李笃的家里。外黄令毛钦拿着刀到了门口。李笃请他进去，招待他坐下，对他说："张俭犯了罪，我也包庇不了。要是他真在这儿，他是个正派人，难道您乐意抓他吗？"毛钦说："从前蘧伯玉（春秋卫国人，孔子的朋友；蘧 qú）认为专为自己做个君子，应该觉得羞耻。现在您怎么想独占仁义呐？"李笃微微一笑，说："哪儿，哪儿？您不是已经分了一半了吗？"毛钦叹息了一声，走了。

张俭不像李膺、杜密、范滂他们那样情愿自己出去，不愿意连累别人。他还想活命，各处躲藏，以致有好几家人家因为收留过他而遭了祸，轻的下了监狱，受了拷打，重的处了死刑。

有个陈留人夏馥（fù），也是党人中的一个名士。他说："自己作孽，说话不小心，还要东躲西藏，连累别人，这样活着还有什么意思！"他就把头发和胡子全都铰了，逃到林虑山（在河南省林州市），更名改姓，给人家做佣人。天天干活，脸和手变得又黑又粗，谁也看不出他是个读书人。豺狼当道，像夏馥那样隐姓埋名、给人家做佣人或者从此不露面的名士着实还有不少。

官逼民反

公元178年（光和元年，汉灵帝即位第11年），宫里有一只母鸡，鸡冠越长越高。有一天，忽然打起鸣儿来了。母鸡变成公鸡原是动物生理上的一种变态发展，但在古人看来可是个不吉之兆。汉灵帝也着慌了。他问大臣们怎么样可以消灾。大臣们大多隔靴搔痒地回答了几句。议郎蔡邕（yōng）说得比较详细，可是到底怎么办还是不明不白。汉灵帝特地召他进宫。

汉灵帝召蔡邕进宫，对他说："有什么说什么，不必顾虑。"蔡邕见汉灵帝这么诚恳地问他，就上了一个秘密的奏章，把朝廷中谁是君子谁是小人都写在上面。汉灵帝看了，叹息了一番。他上更衣室去的时候，中常侍曹节把奏章偷看了一下。这一来，蔡邕的奏章全给宦官集团知道了。中常侍程璜立刻派人告发蔡邕，说他毁谤朝廷，谋害大臣。程璜他们又在汉灵帝跟前加枝添叶地说蔡邕大逆不道，应当处死。汉灵帝昏庸，就把蔡邕下了监狱。宦官又用些贿赂，把蔡邕定了死罪。想不到宦官当中也有个打抱不平的人叫吕强。他知道蔡邕的冤屈，尽力在汉灵帝面前替蔡邕说情作保。汉灵帝就叫吕强传出命令把蔡邕免了死罪，罚他和他全家充军到朔方（在内蒙古自治区杭锦旗北）去。

蔡邕反对宦官，差点送了命。相反地，谁能够巴结宦官，就可以做官。扶风有个大财主叫孟佗（tuó），他结交了中常侍张让的一个管家奴，不断地送礼物给他。那个管家奴很感激，问孟佗有什么需要他帮忙的地方。孟佗说："只要你们在宾客们面前拜我一拜，我就感激不尽了。"有一天，孟佗去拜见张让。张让门前的车马至少有几百辆，孟佗的车没法挤过去。那个管家奴率领着一群奴仆出来迎接孟佗，向他跪拜。接着就把孟佗连人带车抬到大门里去了。宾客们见了，都认为孟佗是张让的好朋友，大伙儿争前恐后地把值钱的东西送给孟佗。孟佗分一部分给张让，张让很高兴，让孟佗做了凉州刺史。

汉灵帝昏昏庸庸地信任宦官，只知道吃、喝、玩、乐。可是就有一样，库房里的钱老不够用。他在西园开了一个挺特别的铺子，让有钱的人方便到这儿来买官职和爵位。四百石的官职定价四百万；两千石的官职定价两千万；就是凭才德选上的官员也得付半价或三分之一的价钱；县令的缺随县的好坏决定价钱；没有钱的也可以买官，准他上任之后加倍付款。这么公开地允许官吏去搜刮民脂民膏，老百姓可就活不下去了。

"卖官鬻（yù）爵"越来越不像话。连三公九卿也定了价钱："公"一级要价一千万，"卿"一级要价五百万。可是由朝廷出面叫人来买公卿的爵位，在面子上太说不过去，汉灵帝就暗地里嘱咐宦官去做这桩买卖。

护羌校尉段颎（jiǒng）花了一笔极大的款子，做上了太尉。他一味地奉承中常侍曹节、王甫他们。这些宦官有了太尉做帮手，还怕什么呐？他们的父兄、子弟都做了官，布满天下，在各地无法无天地虐待老百姓。光是王甫的养子王吉一个人儿，仗着王甫的势，仅仅做了五年沛相，就杀害了一万多人！司隶校尉阳球抓住了王甫和段颎贪污勒索的证据，冷不防地把他们定了死罪。司徒刘郃（hé）和别的三四个大臣也想排斥宦官，可是他们的计划给曹节知道了。他在汉灵帝跟前反咬一口，说刘郃他们谋反。汉灵帝听了曹节的话，把这几个大臣全都杀了。

朝廷上敢说话的大臣死的死了，免职的免职了，剩下几个比较正派的人，自己还不知道早上起来，能不能活到晚上。全国的老百姓受着贪官污吏、大族豪强的压迫，再加上连年的灾荒。这样的日子叫老百姓怎么过得下去？那时候，钜鹿郡张家有弟兄三个，张角、张宝、张梁。三个人都挺有本领，还乐意帮助老百姓，大伙儿把他们当作首领，起来反抗朝廷。

张角曾经读过书，相信黄老（信仰黄帝和老子的道教）。他懂得医道，给人治病挺有效。穷人看病，还不要钱。他很快地出了名。他看到绝大多数的农民只盼望能够安心生产、过着太平的日子，在受不了痛苦的时候，又只能央告老天爷。他考虑了好久，才决定宣扬一个教门，叫"太平道"，收了一些弟子，跟他一块儿传教、治病。每回发生瘟疫，张角把药预先煎好，配成现成的药水，盛在瓶子里，随时给人治病。他还利用宗教的精神治疗，叫病人跪在坛前，自己念着符咒，然后给他喝药水。他就这样救活了不少人。远远近近到他家来求医的，每天总有一百多人。张角自己称自己为"太平道人"，人们可都尊他为"太平真人"。

相信太平道的人越来越多了。张角就派他的兄弟和弟子周游四方，一面治病，一面传道。大约过了十年光景，太平道传遍了青州、徐州、幽州、冀州、荆州、扬州、兖（yǎn）州、豫州。这八个州的老百姓不论信不信，没有不知道太平真人的。各地教徒发展到几十万，张角、张宝、张梁的势力和影响传播到全中国。郡县的官吏认为太平道是劝人为善、给人治病的教门，谁也不去真正过问。朝廷上有一两个大臣曾经上书，请朝廷下令禁止太平道。汉灵帝正忙着起造林园，没把太平道放在心里。

没想到太平道一起来反抗朝廷，全国几十万农民同时起义，不到十天工夫，天下响应。所有跟着张角、张宝、张梁起义的农民头上都裹着黄巾，当作标记。起义军就称为"黄巾军"。

各地的起义军好像大河决了口子一样，人数越来越多，官兵哪儿抵抗得了？汉灵帝只好让各州郡自己招募将士，用心抵抗黄巾军。这么一来，各地的宗室贵族、外戚将军、太守、刺史、地主豪强以及所谓英雄好汉、流氓地痞等等，都借着征讨黄巾军的名义，趁着机会抢夺地盘、扩张势力，把东汉的天下闹得四分五裂、七零八碎，然后大鱼吃小鱼，把中国分成魏、蜀、吴三国割据的局面。到了公元220年（汉灵帝的儿子汉献帝31年），东汉亡于魏。魏、蜀、吴各有皇帝，各立朝廷，正式分成了三国。

当时汉灵帝为了抵抗黄巾军，拜何进为大将军，尚书卢植为北中郎将，北地太守皇甫嵩（皇甫规的侄儿）为左中郎将，谏议大夫朱儁（jùn）为右中郎将，分头出发。黄巾军也真厉害，和官兵对抗了二十多年，才被压下去，可是接着汉朝也就亡了。

三国时期

董卓夺权

董卓是陇西临洮人。他是个大高个儿，胳膊粗、力气大，射箭打仗很有一手。黄巾军起义失败后，他官运亨通，步步高升，实力相当雄厚。

那时候，董卓的军队驻扎在河东。一天，大将军何进派使者送给他一份通告，嘱咐他带领兵马到京师来。原来，汉灵帝刚刚病死了，何进想趁机借董卓的力量，除掉把持朝政的宦官。董卓一听，忍不住乐出声来。

董卓手下的谋士李儒献了一个计。董卓先上个奏章，请朝廷把中常侍宦官张让等人先拿来办罪，同时报告说自己的兵马跟着就到。他们故意把消息散播出去，声势一大，人们都给吓唬住了。等董卓的军队到了渑池（Miǎn chí），李儒又请董卓把军队驻扎下来，先看看京师的动静。如果张让跟何进闹起来了，那么，等到他们俩打得伤亡惨重时，自己再进京，就省事了——这叫作"渔翁得利"。董卓完全同意，一一照办。

董卓的奏章果然引起了中常侍张让等人的骚动。他们向各方面行贿，连何进的兄弟车骑将军何苗也被拉到他们一边去。何苗在何太后和何进跟前替宦官辩护，他说："哪朝哪代没有宦官？凭什么要杀他们呢？俗语说'喝水的别忘了掏井的'，咱们家要不是中常侍提拔，哪儿能有今天？再说，董卓进了京师，他能不能听我们的指挥，谁能担保？我说不如大事化小，小事化了，跟中常侍和了吧。"何进本来是墙头草，风吹哪边哪边倒。听了何苗的话，就让何太后下了诏书，吩咐董卓的军队停止前进。

袁绍一听到何进变了卦，急忙忙地去见他，对他说："将军还蒙在鼓里吗？您要是再不把自己的人布置好，将军就要变成窦氏了。"何进最怕自己像窦武那样被中常侍砍去脑袋，袁绍这么一说，他马上任命袁绍为司隶校尉，任命王允为河南尹，先让自己的人抓住京师的统治。袁绍又催董卓赶快进兵。

宦官张让、赵忠、段珪商量着说："再不动手，咱们全要被灭门了。"他们就在长乐宫里埋伏了武士，假传太后的命令，召何进进宫。何进到了长乐宫，就被张让、赵忠、段珪和他们所布置的武士们围住。段珪指着何进说："先帝晏驾，你不来守灵；先帝出殡，你又不去送殡。这就是大逆不道！"张让数落说："王美人是怎么死的？先帝原来要废去太后，全靠我们替她想办法，劝先帝回心转意，重新跟她和好。将军恩将仇报，你这安的是什么心？"原来汉灵帝有两个儿子，一个叫刘辩，十四岁，是何进的妹妹何皇后生的；一个叫刘协，九岁，是王美人生的。王美人生了刘协不久，就被何皇后毒死了。何进给他们说得哑口无言。

张让他们杀了何进，假传诏书，革去袁绍和王允的官职，任命樊陵为司隶校尉，许相为河南尹，先要把京师的统治权力抢过去。

何进一死，何进大营里的将士好像被捅了窝的马蜂似的，全出来了。他们赶到南宫，在青琐门（汉代宫门名）外大声嚷着，要求宫中把张让他们交出来。袁绍派他兄弟袁术带着两百名勇士围住南宫，同时传出命令，把樊陵和许相抓来杀了。袁术下令进攻南宫，先把青琐门外的房子烧起来。火光照到宫里，张让他们慌了手脚，就逼着少帝、陈留王他们到了北宫，再从北宫逃到外边，走小道到小平津去了。

袁绍和袁术带着士兵打进南宫，只要见到宦官，不论大小，斩尽杀绝。接着又赶到北宫，正碰到被何进的部将打败的车骑将军何苗，把他杀了。袁绍下令，叫士兵分头屠杀宦官。这一来，所有的宦官，不分好歹，都被见一个杀一个、见两个杀一双。最倒霉的是那些仅仅因为没有胡子，也被当作宦官杀了的人。当时就这么乱糟糟地杀了两千多人，可就没找到中常侍的头头张让和段珪。

张让和段珪他们带着少帝、陈留王和几十个手下，半夜里到了小平津。忽然后面追兵到了，逼得张让、段珪他们投河自杀。

尚书卢植和大臣闵贡扶着少帝刘辩和陈留王刘协一脚高一脚低地走着。

他们经过北邙山下，正往南走的时候，忽然见到无数的旗号遮住了刚出来的太阳，跑马的尘土飞得半天高，从西边过来了一大队人马截住他们的去路。在场的几个臣下吓得脸都白了，少帝刘辩哇的一声哭了出来，陈留王刘协只是流眼泪。大伙儿正在着慌的时候，前面突然出来了一个浓眉大眼的大高个儿，跑到少帝旁边。前司徒崔烈吆喝一声，说："你是什么人？还不快给我滚开！"

那个大汉回答说："我们一天一宿跑了三百里地，才赶到这儿。你倒叫我滚开？你以为我的刀砍不了你们的脑袋吗？"他说着，跑到闵贡跟前，要把闵贡怀抱里的陈留王抱过去。陈留王一见那个浓眉大眼的将军去抱他，吓得往闵贡的胳肢窝里直躲。大伙儿又是害怕又是纳闷：那家伙是谁呀？那个将军笑了笑，就跟陈留王的马并着走，一面安慰他，一面说："请放心。我是董卓，特地来保护你们。"大臣们一听，心里连连叫苦。有个人对董卓说："如……如今，乱子已经平定，诏……诏书也下了，外面……外面的兵马不必进……进京了。"董卓说："诸公都是国家大臣，自己不能辅助皇室，保卫京师，让国家乱到这步田地。我董卓见京师被大火烧城，拼着命赶来保驾，你们倒不让我进去。像话吗？"大臣们给他说得闭口无言，只好怀着鬼胎，让他"保驾"。

董卓问少帝："这回的祸乱是怎么起来的？"少帝哭哭啼啼地回答了两句，可是谁也听不明白。董卓又问了问陈留王，他比少帝说得明白多了。董卓就想："大的不中用，还是这个小的懂点事。"他就一直跟着陈留王，心里暗自盘算。

董卓到了京师，保驾有功，自然少不了被封赏。但董卓的野心可远不止几个赏钱，他打算自己掌握大权。可是兵马太少，步兵和骑兵合在一起才三千人马，怎么能把别人镇压住呢？谋士李儒又使了个计：他请董卓吩咐将士在夜深人静的时候带领着一支兵马悄悄地出城，到了大白天，再带领这支人马大张旗鼓地进城，说是西凉调来的兵马。这么一来二去地兜了几趟，人家都摸不清董卓到底调来了多少人马，有的说有五万人，有的说有十万人，有的说四城门外都是西凉的兵马。董卓的声势就这么大起来了。俗语说："水往低处流,人往高处走。"甚至连何进手下的军队也纷纷地投到董卓这边来,这样一来,司隶校尉袁绍也害怕了。

董卓又召集文武百官,对他们说:"我们这个少帝不中用。我要学伊尹、霍光,把他废了,改立陈留王当皇帝。你们想必都同意吧?"大臣们一听,愣了。大伙儿你看看我,我瞧瞧你,谁也不敢回答。董卓接着说:"那么就把我们商议的写下来吧。"他拿眼睛向朝堂上一扫,就瞧见尚书卢植出来反对,说:"伊尹、霍光由于大臣们的要求,才把昏君废了。我们的皇上并没做错什么事,不能把他当作昏君,你怎么能跟伊尹、霍光比呢?"

董卓听了,气得瞪眼睛、吹胡子,拔出宝剑来要斩卢植。侍中蔡邕(yōng)慌忙把董卓拦住,劝他别这么容不得人。董卓对蔡邕有好感,就听了他的话,免了卢植的死罪,把他革了职。卢植还怕董卓派人暗杀他,就急急忙忙地绕道逃到本乡,从此不再出来了。

大臣们一见卢植被革了职,谁还再敢反对。董卓把废去少帝、改立陈留王的议案写下来,派人去交给太傅袁隗,向他征求意见。袁隗也不敢反对,这么着,朝中大臣,由太傅袁隗和司空董卓带头,逼着何太后下了一道诏书,立陈留王刘协为帝,就是汉献帝;少帝刘辩退位,改封为弘农王。董卓逼着弘农王立刻离开皇宫。同时派人叫何太后搬到永安宫去。何太后哭得死去活来,口口声声骂着董卓。董卓一听就来气,派人送给太后一杯毒酒,毒死了何太后。

董卓立了汉献帝,自己做了太尉。为了重用名士,优待党人,董卓先替几个已经死了的人申了冤。他把陈蕃、窦武等不少人的案子重新处理,恢复他们生前的爵位,修理故墓,派使者去吊祭,有意识地提拔他们的子孙,让他们做了官。这么一来,就有一批人向着董卓,说他办事公道。他就趁着人家对他满意的时候,再把重要的官职调整一下。他拜司徒黄琬为太尉,司空杨彪为司徒,光禄勋荀爽为司空;自己做了相国。大家都升了职,都很满意,谁不向着董卓才怪呢!他们连忙替他请求皇上给他上朝时候的三种特权，就是：上朝可以不必快步走；拜见皇上可以不报自己的名字；上朝的时候，可以不摘下宝剑、不脱去靴子。

董卓抓到了大权，就嚷嚷着要把朝廷上过去依靠外戚和宦官的毛病改一改。他重用了很多像蔡邕这样的名士。可董卓究竟是西凉的土霸，完全保持着强盗的气派。他让自己的将士和士兵们以"保护治安"为名义，去抢美女和财物，还起了一个冠冕堂皇的名字，叫"搜牢"。这谁受得了？

朝廷上有了这么一个想杀就杀、想抢就抢的魔王，时间一长，百姓们怨气冲天，州郡大臣们也开始对董卓心生不满。

同盟异心

东郡太守桥瑁（mào）曾经做过兖（yǎn）州刺史，在太守和刺史当中算是很有威望的。他借用三公的名义向各州郡发出通告，宣布董卓的罪状，号召州郡发兵去征讨董卓。通告到了冀州后，袁绍成功说服冀州州牧韩馥同意起兵，之后还干脆派人到各地约他们一同起兵。

十一路人马先后到酸枣（在河南省延津县北）开会。开会的时候，大伙儿慷慨激昂地说了话，起了誓，决心征讨董卓，辅助皇室，公推袁绍为盟主，订立了盟约。袁绍就自立为车骑将军，兼司隶校尉，任命曹操为奋武将军，袁绍拿盟主的身份正式发出通告，号召各地起义征讨董卓。通告发出后，又多了两路兵马，这样就有十三路兵马了。

董卓派中郎将徐荣带着校尉李傕（jué）、郭汜（sì）、张济和几万兵马巡逻颍川、汝南一带。徐荣要到哪儿就到哪儿，没碰到任何人的反抗。到了梁县（在河南省汝州市东），碰上了长沙太守孙坚的兵马。孙坚原来跟南阳太守袁术合在一起，打算去征讨董卓，近来又跟颍川太守李旻（mín）交上了朋友。他们两个人都是打仗的能手，一见到徐荣，就打起来了。

孙坚跟徐荣刚一交手，差点摔了个跟斗，勉勉强强支撑了一会儿，找个空子就往回跑。徐荣不肯放松，紧紧地追着。正好颍川太守李旻从横腰里过来，斜插进去，截住了徐荣，让孙坚快走。没想到他救了孙坚，自己突然腾了空，结果竟被徐荣活捉了去，当了俘虏。孙坚打了败仗，一时不敢再出去。徐荣把俘虏送去给董卓。董卓把颍川太守李旻骂了一顿，杀了。

这时，探子从北面回来报告，说河内太守王匡向河阳津进兵，准备夺取洛阳。董卓还真能耍花样，他假意派大军正面去应战，暗地里派中郎将吕布带领一万精兵偷偷地渡过小平津，绕到王匡背后，前后夹攻，把王匡的兵马打得落花流水。王匡带着少数的残兵败将逃回河内，向盟主袁绍报告打败仗的情况，还加枝添叶地说董卓的兵马怎么强大。袁绍因为董卓杀了他叔父袁隗和袁术的哥哥袁基，还把这两家灭了门，他当然要报这个仇。可是再一思量，做大事的人大多是顾不了家的，再说董卓的军队这么厉害，打得王匡差不多全军覆没。袁绍觉得自己无能为力，怎么敢出去跟董卓拼呢？他得先培养实力。这一点点兵马是万万不能受到损失的。

奋武将军曹操哪儿知道袁绍的心思，他一再请求盟主发兵去征讨董卓。袁绍始终按兵不动。曹操向大伙儿宣告，说："举义兵，除暴乱，名正言顺。现在各路兵马都到了，就该出去作战。诸位还有什么决定不了的呢？逆贼董卓烧毁了宫殿，劫走了天子，强迫人民搬家，海内震动，人心惶惶。这正是天怒人怨，消灭逆贼的时候。只要大家同心协力，打一仗就可以平定天下。请别错过这个时机呀！"他这么说着，要求各路将领去打董卓。他把嗓子都讲哑了，可是人家就没像他这么热心。他们只怕自己像王匡和孙坚那样挨打，像李旻那样被杀。再说各人有各人的心思，打了董卓，抢到的地盘算是谁的呢？盟主不发动，急什么呢？

曹操眼看着这些人刚订了盟约，同盟异心，心里头直生气。他就独自带着夏侯惇（dūn）、夏侯渊、曹仁、曹洪、李典、乐进他们往西去打董卓。陈留孝廉卫兹愿意一块儿去。曹操和卫兹虽然有了一些兵马，可是他们自己没有地盘，在给养方面还得依靠陈留太守张邈的帮助。因此，他们要去进攻董卓，在道义上还得向张邈请示一下。张邈同意了，还拨给他们几千人马。曹操自己打头阵，请卫兹在后队接应，勇气百倍地从酸枣出发直到成皋，再从成皋去夺取荥阳（xíng）。一路上好像小船跑顺风那么称心。

曹操的兵马到了汴（biàn）水（在河南省荥阳市北），正像孙坚在梁地一样，也碰上了董卓的大将徐荣。原来董卓一听到曹操向成皋进兵，马上把徐荣的大军调到汴水，候在那儿。曹操的兵马少，再说没料到徐荣早已布置了阵势，他们处在很不利的地位。幸亏曹操手下的人有点能耐，打了一整天，才垮了下来。军队一垮，分头乱窜，死伤的人数就更多了。夏侯惇、夏侯渊、曹仁、曹洪他们几个人拼着命保护曹操向荥阳退去。

天快黑了,董卓的军队还紧紧地追赶着曹操。曹操只希望他的马能比别人的跑得快。正在逃跑的时候,忽然听到后面弓弦响,他慌忙躲开,肩膀上已经中了箭。他还没往后看,又来了一箭,射中了马屁股。那匹马往前一跪,倒了,把曹操摔在地上。后面几个士兵一窝蜂拥上来。正在这个节骨眼儿,曹洪赶到。他杀散了敌兵,跳下马来,扶起曹操,替他拔出了箭,敷上随身带着的刀伤药,请他上马。曹操说:"兄弟,你没有马怎么行呢?"曹洪说:"天下可以没有我,可是少不了您。"曹操还想推让,后面喊声又近了。他只好骑上曹洪的马赶紧跑了,曹洪跨开大步,赛跑似的跟着他。两个人又跑了几里地,天已经黑了。忽然瞧见前面一溜儿全是火把,一大队兵马拦住去路。曹操和曹洪这一下惊得差点瘫了。

他们跑又跑不了,只好豁出性命拼吧。可是再一看,惭愧,原来是卫兹的军队。他们这才放了心。可是卫兹自己已经阵亡了,兵马又不多,怎么也不能对付徐荣。他们不敢停留,连夜赶路,离开了荥阳。徐荣虽然打败了曹操,可是心想曹操只有这点兵马都能跟他打上一整天,酸枣有十多万人马,决不能小看,因此也就收兵回去了。

曹操他们回到酸枣,只剩了五六百人,幸亏几个将军都没伤亡。曹操看看自己的兵马这么少,又估计张邈、刘岱、桥瑁、袁遗他们几个人驻扎在酸枣的兵马有十多万人,这十多万人难道还不能去打董卓吗?可是他们不但按兵不动,还每天喝酒请客,好像是来玩儿似的,压根儿就没有真心征讨董卓的意思。

曹操再把他作战的计划,详细说给他们听。末了,他说:"诸公老在这儿待着,难道要等董卓自己下台吗?我怕天下人会笑话我们的。"

张邈认为关东军都是临时凑起来的,没有作战的经验,论实力,远抵不上董卓的西北军。他只是微微一笑,对曹操说:"你刚受了点委屈,总得休养一下。你治好了肩上的箭伤再说吧。"曹操气得要命,决定自己再去招兵,就带着夏侯惇他们离开酸枣,到了扬州。他见了扬州刺史陈温和丹阳太守周昕（xīn），向他们说了不少征讨董卓的话。他们不好意思拒绝，仅仅给他四千士兵。曹操就带着这四千士兵走了。没想到这些人不愿意跟着他打仗，发生了叛变。曹操跟夏侯惇他们杀散了叛兵，保全了自己，可是不能把他们镇压下去。没参加叛变的只有五百来人。曹操又在沿路招募了五百来人，再加上曹操、曹洪他们的佃（diàn）客（即租种曹家土地的农民），武装起来当了家兵，就这么凑成一支几千人的队伍。这次他不再到酸枣去依靠张邈，他干脆渡过黄河，赶到河内，跟盟主袁绍驻扎在一起。

曹操到了河内，才知道酸枣那边出了事啦。原来兖州刺史刘岱成心要兼并东郡太守桥瑁的军队。他派人去向桥瑁借粮。桥瑁说："自己的粮草还不够，哪儿能借给别人呢？"刘岱趁着桥瑁没做准备的时候，带着兵马突然冲进桥瑁的军营，把首先发出通告征讨董卓的桥瑁杀了，还把东郡的兵马接收过去，另派自己人去做东郡太守。刘岱杀了桥瑁，势力就比以前大了。盟主袁绍管不了这些事，再说他自己还想把刘岱当老师，学一学他这一招呢。

曹操知道了桥瑁被杀的事，不由得叹息着说："董卓还没打，自己人先杀了自己人。同盟异心，怎么能成大事呢？"他又听说南阳太守袁术跟长沙太守孙坚联合起来，轰走了豫州刺史孔伯，让孙坚做了豫州刺史；名士刘表占据了江南，做了荆州刺史。原来兴义兵，除强暴，现在争着占地盘，还互相攻打。天下这么乱糟糟的，自己又只有这么一点点人马，能干什么？还不如回家去，春天夏天读读书，秋天冬天打打猎，好得多呢。

转过了年，就是初平二年（公元191年），袁绍和冀州刺史韩馥打算立幽州州牧刘虞为帝。他们认为董卓劫走了十一岁的汉献帝，生死不明，刘虞是宗室中最有威望的人，让他做皇帝，那可要比汉献帝强得多。你看，从刘虞到了幽州以后，就注重耕种；在上谷开了市场，让胡人跟汉人做买卖，他发展了渔阳的盐铁生产。人民的生活都有所改善，连青州、徐州的人也有不少跑到幽州去归附刘虞的。要是他做了皇帝，那么董卓劫走的那个小皇帝就不起作用，董卓也就失了势了。袁绍特意问曹操，看他有什么意见。

曹操可有他的主张。他说："我们一起兵，各地豪杰纷纷响应，就因为我们是义兵。现在皇上年轻,没有力量,受着奸臣的压制,他可并没有什么罪恶,凭什么废了他呐?要是废了他,另立别人,别人也可以同样再立别人,天下怎么能安定呐?诸君向北(刘虞在北方),我是宁可向西忠于现在的皇上的。"

袁绍同时还写信给南阳太守袁术,向他征求意见。袁术自己打算做皇帝,要是大臣们立个年长有能耐的人做皇帝,反倒对他不利。他就冠冕堂皇地拒绝了。

曹操和袁术虽然用心不同,但是他们都拒绝了袁绍的主张。袁绍和韩馥又商量了一下,认为不能为了他们两个人的反对误了大事。他们就照原来的计划,派使者到幽州,尊刘虞为帝。不料刘虞很严肃地拒绝了,还把使者和袁绍狠狠地批评了一顿。他说:"现在天下不安,皇上受苦,我受了朝廷厚恩,没能够替国家擦去耻辱,自己已经够害臊了。诸君占据着州郡,就该同心协力辅助王室,怎么反倒谋起反来了?你们要把我拖到臭水坑里去吗?"

袁绍他们又派使者第二次去请刘虞,刘虞还是坚决拒绝了。他说:"你们是不是成心要逼我逃到国外去?"这一来,大伙儿才不再多啰嗦。可是他们始终不向董卓进兵。等到带来的粮食吃完了,他们好像已经完成了任务,一个接着一个回去了。

曲意逢迎

有一天晚上,月光好像水银似的洒了一地。司徒王允一个人静悄悄地踱到后花园,站在蔷薇花架子旁边,对着月亮暗暗地流眼泪。忽然从牡丹亭那边传过来女人叹气的声音,夜这么静,月儿这么明,他直纳闷:深更半夜,还有谁在这儿诉委屈呐?

王允慢慢地过去一瞧,原来是歌女貂蝉(diāo chán)在那儿烧夜香。貂蝉从小被卖给王府,学习歌舞,现在已经十六七岁了。她不但能歌善舞,长得也漂亮,王允挺喜欢她,不把她当作一般的丫头看待。交谈后发现貂蝉是想趁着没有人的时候,在这儿烧炷香,替王允求福分忧。

王允一听,"啊"了一声,愣在一边。他瞧了瞧貂蝉,又瞧了瞧香炉,很温和地说:"你真有这么好心眼吗?"貂蝉说:"要是我能替大人分忧的话,上刀山,下火海,我也干。"王允扶起貂蝉来,自言自语:"想得到汉朝的天下,还靠着她呢!"接着,他又说,"这儿不是讲话的地方。咱们到书房里去吧。"

貂蝉跟着王允进了书房,王允跪在地上,向她又是磕头又是拜,吓得貂蝉慌忙跪在地上,说:"大人,大人,您这是干什么啊?快请起来。只要有用得着我的地方,大人只管说,就是把我的身子剁成泥,骨头磨成面,我也是乐意的。"王允就跟貂蝉商量个计策去对付董卓和董卓的心腹大将,也是他的干儿子——吕布。

第二天,王允把家藏的一些珠宝送给吕布。吕布收了,非常高兴。他亲自到王允府中去拜谢。他说:"我只是个武夫,司徒是朝廷大臣,您送给我这么珍贵的东西,我实在过意不去。"王允说:"当今天下英雄,要数将军了。我也凑合着当了太师的部下,才敢向将军表示敬意。"吕布听了这几句话，心里挺舒服。王允把吕布让进后堂，请他喝杯酒。吕布酒量大，越喝越精神。王允吩咐使唤丫头斟酒。两个人一面喝酒，一面随便聊起天来了。有个丫头在斟酒的时候，一不留神，把酒溅到吕布的袖子上。王允火了，他说："毛手毛脚的，下去，都下去，叫小姐出来。"

不一会儿，两个小丫头带路，貂蝉出来了。吕布一瞧，两只眼睛盯着她直发愣，天底下竟有这么招人疼的小姑娘。他故意问王允："这位小姐是……？"王允说："我家的老闺女貂蝉。承蒙将军错爱，把我当作自己人，我才叫我家的老闺女出来，让她见识见识将军——见过将军，敬杯酒。"貂蝉斟了一杯酒，羞答答地递给吕布。吕布接过酒来，两个人眉来眼去地就想说话，可是谁也不便开口。王允开口了，他说："蝉儿，央告将军多喝几杯，我们一家人全靠董太师跟吕将军呐。"吕布请貂蝉坐，貂蝉红着脸要进去。王允说："自己人怕什么？将军叫你坐，你就坐吧。"貂蝉慢条斯理地挨着王允坐了下来。

吕布一面喝酒，一面净瞅着貂蝉，还问长问短，问到她的婆家。他说："令爱真可爱，不知道哪家的小伙子有这么大的福气。"王允说："我妄想高攀，把小女嫁给将军，不知道她有没有这份福气？"貂蝉站起来，向吕布飞个媚眼，低着头逃进去了。吕布立刻向王允拱一拱手，说："岳父在上，受小婿一拜。"他趴在地下拜了三拜。王允慌忙把他扶起，对他说："早晚择个日子，我就把她送到府上。"吕布再三谢过王允，带着一肚子的快乐回去了。

过了两天，王允在朝堂上见了董卓，趁着吕布不在跟前，对董卓说："我想请太师光临敝舍，喝杯淡酒，也好让我风光风光。不知道太师肯不肯赏光？"董卓说："司徒何必客气。你请客，我一定到。就是明天，好不好？"

第二天中午，董卓去了，左右前后拿着长戟的卫兵就有一百来个，威风凛凛地到了司徒府。王允说了几句恭维的话，就请董卓到后堂喝酒。王允说："太师的功德连伊尹、周公也比不上。"董卓呵呵大笑，说："司徒夸奖了。"

他们喝了几杯，就出来了一队歌女向董卓行过礼，按着音乐舞蹈起来。

董卓瞅着那个领队的小妞儿长得特别出众，就问王允："这个女孩子叫什么名儿？真像只小松鼠，又像只小飞燕。"王允说："太师说得对。她叫貂蝉，是我家的歌女。貂，比松鼠大点；蝉，可比燕子小。"说着，两个人都笑了起来。董卓又加了一句："貂蝉也好，小松鼠、小飞燕也好，她长得可真美。"王允吩咐貂蝉给太师斟酒。貂蝉就叫歌女们散了，自己捧着一杯酒送到董卓面前。董卓左手接着杯子，右手凑到貂蝉的下巴上，一抬，说："多大啦？"貂蝉低下头去，眼睛斜瞟着向董卓微微一笑，走又不敢走，站又站不稳，扭扭捏捏地好像向董卓告饶似的。王允替她说："十七啦。要是太师不嫌她丑陋，就带回去做个使唤丫头吧。"

董卓睁大了眼睛，望着王允，连声说："哎呀呀！这这这叫我怎么说呢？"貂蝉又想逃进去，给王允留住了。王允说："她能够伺候太师，真是太有造化了。"董卓谢过了王允。王允吩咐手下的人准备车马，先把貂蝉送到太师府。

没想到有个"耳报神"向吕布报告了，吕布心里自然按捺不住怒火，跑去找王允评理。幸好王允机智，说董卓是接貂蝉回去和吕布成亲的，这才遮掩过去。

吕布一夜没睡好觉。第二天，他上太师府去瞧瞧，一点没有给他办喜事的动静。他到了中堂，问了问使女们。她们说："太师陪着新夫人，还没起来呐。"吕布听了，连头发都气得直竖起来。他一直进去，到了董卓卧房的廊下，偷偷地往里瞧了瞧。貂蝉正在窗户下梳头。她从镜子里瞧见了吕布，马上皱着眉头，拿起手绢擦眼睛。吕布走近一步，貂蝉回过身子来，拿手指头指着自己的心口，又指了指董卓的床，眼泪像散了线的珍珠似的扑簌簌地掉下来了。吕布见了，心里像给刀子扎着一样。

董卓瞧见貂蝉指手画脚地向窗外打招呼，就问："谁呀？"吕布说："是我！"董卓问："有事没有？"吕布只好说："没有。"董卓起来了，对吕布说："没事，你就出去吧。哎，奉先，中堂里候着，咱们一块儿见皇上去。"

董卓到了朝堂上，同别的几个大臣一块儿商议朝廷大事。吕布拿着方天画戟（jǐ）站在董卓背后，心里净惦记着貂蝉。他瞅个空子，溜出来了，急急忙忙地跑到太师府，下了马，带着画戟直到后堂去找貂蝉。貂蝉见了，好像碰到了救星，匆匆忙忙地对他说："这儿不便说话，请到后花园等我。"吕布到了凤仪亭，把画戟靠着亭柱搁着，在莲花池旁边等着。果然，貂蝉来了。她一见吕布，就扑过去，抽抽搭搭地说："我忍辱负重就是为了要再见将军一面，表明我的心迹。今天见到了将军，我的心愿了了。今生不能伺候将军，来世再见吧。"说着，她攀着栏杆，直往莲花池里跳去。吕布慌忙把她拉住，流着眼泪，说："我早就知道你的心了。要是我不能把你救出来，我不是大丈夫。你可千万不能死啊！"

貂蝉拉住吕布的手，水汪汪的眼睛盯着吕布，挺难受地说："那叫我怎么办？"吕布说："以后再说吧。今天我偷空来瞧瞧你，时间久了，怕太师起疑。我得赶紧回去。"他迈开一步，打算拿着画戟走了。貂蝉扯住他的袍角，很生气地说："我听到将军的名儿，一向认为您是当今天下最出名的英雄。没想到您跟我同样都是受着别人欺压的。您这么怕他，那我还有什么盼头呢？"吕布被她说得又是害臊、又是气愤。他只好再留一会儿，好言好语地安慰着她。两个人都不愿意分开，不由得越抱越紧，越哭越伤心。

忽然来了个晴天霹雳，只听到一声吆喝："你们在这儿干什么？"吕布放开貂蝉，回头一瞧，原来是董卓！这一吓，非同小可。他扔下貂蝉，撒腿就跑。董卓抄起画戟，直赶过去。可是他身子肥大，赶不上吕布。他就把画戟当作标枪掷了过去。吕布知道董卓的厉害，早就防着了。他眼快手快，把画戟丢在地上，飞似的跑出园门去了。

董卓本想杀了吕布，但李儒劝他不要为了一个女子误了大事，便还回了画戟，不想追究了。

董卓走到卧房，瞧见貂蝉已经哭成泪人儿了。他说："你为什么跟吕布私通？"貂蝉抽搭着说："我在后园看花，吕布突然进来调戏我。我吓得往后躲。他说：'我是太师的儿子，你躲什么？'他拿着画戟把我赶到凤仪亭。我见他居心不良，恐怕受到侮辱，就爬上栏杆，往莲花池跳去。谁知道给他抱住了。正在这个生死关头，太师您来了，救了我的性命。"她诉完了委屈，提高了嗓子哭着说，"太师，您得替我做主哇！"

董卓听了，半信半疑。他说："我把你赏给吕布，成全你们的心愿吧。"貂蝉听了，差点晕了过去。她定了定神，挺坚决地说："我一心一意地伺候太师，怎么忽然把我扔给您家的狗奴才？好吧，您把我的尸首给他吧！"说着，两只眼睛盯着墙上挂着的宝剑，跑上几步，拔出宝剑，往脖子上抹去。

董卓之死

董卓一见貂蝉要抹脖子，慌忙夺去宝剑，把她抱在怀里，像哄孩子似的哄着她，说："我说着玩儿，别当真。"貂蝉的性命保住了，但吕布对董卓起了杀心。

吕布对王允说："司徒，我真想杀了他，可是碍于父子的名分，我怕被人议论。哎，真叫我左右为难。"王允摇摇头，说："将军姓吕，他姓董，本来就不是一家人。再说他掷戟的时候，难道还有父子之情吗？"吕布突然站起来，捏紧了拳头向空中一挥，说："对！司徒一句话提醒了我。我非报这个仇不可！"王允说："报仇还是小事。将军为国家除暴，这是流芳百世的大事业。要是一直这么帮助他下去，那才叫遗臭万年哪。"吕布对天起誓，愿意听从王司徒的吩咐。

就这么着，王允约了尚书仆射士孙瑞、司隶校尉黄琬和吕布这几个心腹一块儿商议。大伙儿起了誓，定了计，分头进行。

初平三年（公元192年）四月，十二岁的汉献帝刚恢复健康，准备亲自临朝了。董卓由郿坞到了太师府，再由太师府带着卫兵上未央宫去。他很是小心，处处防备着别人的暗算，朝服里面穿着上等铁甲。他一出来，两旁的卫兵排成一条夹道。这还不算，他还有谋士李儒跟着，有他的干儿子吕布拿着画戟保护着他，他才放心。

这一天，李儒有病，在家里休养。董卓带着中郎将吕布和骑都尉李肃上宫里去。到了北掖门，大队的卫兵留在门外，只有十几个亲信的武士进去。李肃扶着董卓的车慢慢地走，吕布跟在后面。董卓进了北掖门，就瞧见司徒王允、仆射士孙瑞、司隶校尉黄琬他们站在那儿迎接他，向他行礼。董太师向来不还礼的，今天却特别客气，向他们点了点头。他正纳闷怎么他们也有人带着剑呐？只见李肃跨上一步，冷不防地拿出短刀来对准董卓的胸膛直刺过去。谁知道李肃的短刀扎着铁甲，根本没有伤到董卓。董卓站起来，在车上一个飞腿把李肃踢出一丈开外。有个扮作卫兵的大臣拿起刀来直刺董卓的喉咙，董卓用胳膊一挡，就把那把刀撇在地下，可是自己的手腕受了伤。他想跳下车来，没想到衣服被钩住，肥大的身子倒了下来，半个身子还挂在车上。这时候，他才叫了一声："奉先在哪儿？"

吕布从车后出来，大声地宣布，说："皇上有诏书，杀乱臣董卓！"董卓瞪了他一眼，说："狗奴才，你……"话还没说完，吕布的画戟已经扎穿了他的喉头。李肃冲上去，一刀把他的脑袋割了下来。官员和卫兵一下子都喊着"万岁！""万岁！"

吕布拿出来的诏书是尚书仆射士孙瑞准备好，挺秘密地交给吕布的。文武百官大多都痛恨董卓，杀了他，倒痛快。长安的老百姓一听到董卓被砍头了，高兴得发疯似的。有不少人跑到街道上唱着、蹦着，一大群一大群地跳起舞来。又有不少人认为董卓使的坏全是李儒出的主意。他们就冲到李儒家里把他也杀了。

司徒王允和司隶校尉黄琬一看到老百姓这么高兴，就让他们好好地庆祝一番，还把董卓的尸首搁在热闹的街口，让大家瞧个够。当时连穷人家也卖了衣服什么的，买些酒和肉大吃一顿，痛快痛快。

司徒王允叫吕布和皇甫嵩带着一队兵马到郿（méi）坞去抄董卓的家。吕布不想别的，一心只想快点把貂蝉接到自己的家里来。他比皇甫嵩更心急，一路跑得飞快。这时候，董卓的女婿中郎将牛辅正在陕州，防备着朱俊（jùn）那一头，校尉李傕、郭汜、张济他们还在陈留、颍川一带借着肃清乱党的因由，到处干着抢劫和勒索的勾当。留在郿坞的只有董卓的兄弟左将军董旻和董卓的侄儿中军校尉董璜。这两个人在吕布和皇甫嵩没到郿坞以前已经被手下的人杀了。

城里的老百姓一听到董卓死了，董旻、董璜被剁成了肉泥，一下子不知道有多少人冲到董卓的家里去。吕布和皇甫嵩从库房中抄出了黄金三万斤，白银九万斤，多得数不清的珠宝、玉器、古玩，还有各色各样的绫罗绸缎等。他们又找到了一个地窨（yìn）子（地下室；地窖），里面关着一些不肯屈从的良家妇女。吕布希望能在这儿找到貂蝉，可是没有。皇甫嵩把她们都放了。

吕布找来找去，就是找不到貂蝉。她可能已经被杀了。男男女女被杀的很多，尸首乱七八糟的，尸体又不全，要认也没法认。吕布只好失魂落魄地跟着皇甫嵩把那些金银财宝和别的值钱的东西搬到长安去。

汉献帝论功行赏，任命王允为"录尚书事"（官衔），吕布为奋威将军，封为温侯。仆射士孙瑞说他没有什么功劳，把封赏都辞了。王允和吕布共同管理朝政。他们追查董卓一党的人，有的处死，有的充军。左中郎将蔡邕想起董卓跟他私人的交情，不由得叹了一口气，给王允听到了。王允责备他，说："董卓逆贼，差点亡了汉室。今天把他处死，大快人心。你也是朝廷的大臣，反倒长吁短叹地替他伤心。你不是董卓一党的人吗？"

蔡邕承认了自己的罪。他对王允说："我虽然没有才能，多少也知道些道理，怎么肯背叛朝廷向着董卓呐？只因为想起了私人的交情，情感上压制不了。我确实犯了大罪，可是我恳求您从宽处罚。不论脸上刺字或者砍去一只脚都可以，只希望留下一条命，让我把那部汉朝的历史写完，就是您的大恩大德了。"王允把他交给廷尉。

太尉马日䃅（mì dī）替蔡邕说情。他对王允说："伯喈（bó jiē，蔡邕的字）很有学问，又熟悉汉朝的事情，让他完成那部重要的著作，也是件好事情。他的罪不算太大。要是把他处死，恐怕叫人失望。"王允摇摇头，说："从前汉武帝没杀司马迁，让他写书。他就借题发挥，毁谤朝廷。这种毁谤的文章就这样传到后世。现在国家衰弱，皇上年轻，要是让蔡邕那样反对我们的人耍笔杆，这种书不但没有用处，而且我们都将给他暗暗地骂呢。"马日䃅只能在背后批评王允。蔡邕就这么叹气惹祸，在监狱里给逼死了。

迁都屯田

汉献帝从十四五岁的时候就被董卓挟在胳肢窝里,没想到董卓死后又被李傕、郭汜捏在手里,还受着韩暹(xiān)的气。他见了曹操,就把希望寄托在他身上。汉献帝按照曹操有功请赏、有罪请罚的话,赏罚了一些人。可曹操觉得人多嘴杂,自己的人又不在朝廷里,许多事情做不了主,总有点不对劲儿,他得想个办法改变这种情况。跟谁去商量商量呢?他就想起屡次帮助过他的董昭来了。

曹操请董昭跟他面对面地坐着,很直率地问他:"我到了这儿,应该怎么办呢?"董昭说:"将军兴义兵,除暴乱,朝见天子,辅助王室,功劳比得上五霸。可是我看这儿的将军们各有各的打算,他们未必能顾全大局,服从命令。将军要想在这儿辅助天子,恐怕多有不便。不如迁都到许城去,这是最好的办法。但是这几年来,朝廷流离失所,谁都知道不幸。现在刚回到原来的京都,大家都希望从此能安居下来。在这种情况下,再要建议迁都,必然有不少人会起来反对。我认为大人物做大事才能立大功。希望将军计算计算利害的大小、多少,下个决心。"

曹操说:"我就想这么干,可是杨奉近在大梁,他的兵马多,不会为难我们吗?"董昭摇摇头,说:"杨奉兵马虽然多,但他可是孤立无援的。因此,他愿意跟将军有所联络。将军拜为镇东将军,封为费亭侯,都是他推荐的呀。只要派使者送些厚礼给他,向他答谢上次的情义,我看他是可以结交的。同时跟他说明京都缺少粮食,许城有粮食,可是转运不便,只好请天子和大臣们暂时搬到那边去。这样,就不必再为粮食担心了。杨奉这个人,有勇无谋,一定不会起疑。即使以后他反悔,再出兵阻挠,那时候将军已经把天子接到许城,他还能怎么样?"

曹操谢过了董昭，马上派使者去给杨奉送礼，一面上朝奏本，请汉献帝和大臣们到许城去，免得在这里挨饿受冻。汉献帝同意了，大臣们听说到了那边都有饭吃，不必再亲自去挖野菜，巴不得早点动身。

建安二年（公元197年）九月，曹操保护着汉献帝和大臣们向东往许城去。他预防有人出来阻挠，另派曹洪带领一队人马先在阳城山中（阳城，山名，在河南省登封市东北）埋伏着。杨奉接待了曹操的使者，收了礼物，不想多事。可是后来他经不住韩暹再三挑拨，只好出兵跟他一块儿去劫驾。他们刚到了阳城，就碰上曹洪的伏兵，被杀得大败而回。杨奉的军队里只有一个骑都尉徐晃算是有本领的将军。他曾经劝过杨奉去归附曹操。曹操也很重视他。这一次徐晃就趁着机会带着亲信的一支人马投奔到曹操这边来了。杨奉损失了不少人马，又失去了这么一个得力的部将徐晃，自己觉得势力孤单，不能跟曹操作对，也守不住大梁，就逃到扬州去投奔袁术。韩暹原本是依赖杨奉的，也只好跟着他去。

曹操打退了杨奉、韩暹，一路平安地到了许城，暂时请汉献帝宿在大营里。他马上动员所有的人力，征用一切材料，在很短的时期内建造宫殿，设立宗庙社稷。从这时起，许城就作为汉朝的京都了。为了说着方便，我们以后称许城为许都。宫殿落成，汉献帝正式临朝，拜曹操为大将军，封武平侯。他又请汉献帝下道诏书，责备袁绍，说他地广兵多，不来勤王，反倒自作主张，在各地布置私党，攻打别的州郡。

袁绍接到诏书，还真有点惊慌。他听了谋士们的劝告，马上上个奏章替自己分辩，曹操认为袁绍既然还不敢抗拒朝廷，就请汉献帝任命他为太尉。这第二次的诏书到了冀州，袁绍又神气起来了。但他觉得太尉在大将军底下，叫他在曹操手下做事，那可多丢人呀，就怒气冲冲地说："曹操三番两次走上了绝路，都靠我把他救活。他今天反倒挟着天子发号施令爬到我头上来了！"他不接受太尉的官职。曹操不愿意在这个时候跟袁绍闹翻，只好请求汉献帝把自己大将军的头衔让给袁绍，还封他为邺（yè）侯。袁绍能做大将军，总算有了面子，就把邺侯的封号辞了。

袁绍接受了大将军的头衔，底下的事就容易安排了。汉献帝任命曹操为司空兼任车骑将军，荀彧（yù）为侍中尚书令。曹操一心要搜罗人才，请荀彧推荐些人。荀彧推荐了他的侄儿蜀郡太守荀攸和颍川人郭嘉。曹操跟他们一谈，彼此都很投缘。曹操竭力称赞荀攸，说他是个不平凡的人，有了他就可以商议天下大事，用不着再担心了，就推荐他为尚书兼任军师。曹操跟郭嘉谈论完天下大事以后，高兴地说："帮我成大事的就是这个人。"郭嘉于是被任命为司空祭酒。从此，这三个颍川名士都做了曹操的谋士。他又任命山阳人满宠为许令，董昭为洛阳令，程昱为东平相，其余像曹洪、曹仁、夏侯惇、夏侯渊、李典、乐进、典韦、于禁、徐晃等武将，分别提升，各有封赏。

北海太守孔融也是个名士，他的老师郑玄更是当时数一数二的经学大师。曹操想把他们都请到朝廷里来。孔融来了，做了将作大匠（"将作大匠"，地位很高的官职，是掌管建筑宫室的）。郑玄老先生说是年老多病，挺客气地推辞了。

这么一来，满朝文武大多是曹操的人，朝廷大权就很自然地落在他手中了。可是这个大权实在不容易掌握。别说各州郡的牧守大多割据着地盘，不听朝廷的命令，就是连年的饥荒也不能不叫天下大乱哪。这十年来，没有一年不打仗，再加上水灾、旱灾和虫灾。就说没有天灾，老百姓种的庄稼也不一定能让他们自己去收割，收割了也不能留给自己吃。全国有不少农民干脆不种庄稼，流亡到哪儿算哪儿。有的不是当上了黄巾，就是当上了官兵。黄巾得势就当黄巾，官兵得势就当官兵，有时候黄巾就是官兵，官兵也就是黄巾。哪儿有粮食，就到哪儿去。弄到了粮食，吃饱就算，一般的人，谁也没法把粮食储藏起来。袁绍在河北，粮食不够，士兵们摘桑葚儿填填肚子；袁术在江淮，粮食供应不上，士兵们只好到河里掏蛤蜊和河蚌当饭吃。老百姓连草根、树皮都吃不上，饿死人是常有的事。什么城邑、什么乡村，简直分不出来，都是冷清清的，难得看见有人来往。不种庄稼，没有粮食，别说老百姓，就是官兵也活不下去啊！

就在这个粮食万分短缺的情况下，有个羽林监（管理羽林军的一种官职，相当于皇帝的卫士长）姓枣名祗（zhī），想出了一个提倡生产粮食的办法，向曹操建议。以前曹操听了毛玠（jiè）要他着手耕种、发展蚕桑的话，总认为好是好，就是办不到。这会儿他听到枣祗说有办法，曹操就好像抓住了一个救星似的拉着枣祗，请他并排坐着，急切地问："怎么能让粮食增产呐？"枣祗就把他的计划说了出来。

枣祗增产粮食的计划叫"屯田制"。他请曹操招收那些没法过日子的和流浪的农民到许都来，由官家给他们土地，借给他们一些粮食，把他们组织成一支农业生产的大军。他们不是兵，用不着打仗；他们不是地主，也不是普通的自耕农，用不着纳田租、出官差。他们叫"屯田客"。屯田客耕种官家的土地，每年收割的粮食一半归官家，一半归自己所有。用官家的牛耕种的，官家得六成，自己得四成。屯田客别的负担都没有，只是不能随便离开自己居住的地方，更不能扔了庄稼、半途而废地逃到外地去。逃亡的按逃兵办罪，主要的纪律就是这一条。

这种把一年的收获跟官家对分或者四六分的屯田客的田租，要比汉朝一般自耕农的田租重些，可是因为不再缴其他的赋税，也没有每户出绢两匹和绵两斤的户口税，农民们获得的收成更多，自然就有干劲多了。那时候，官府动不动就要农民出官差，甚至地主豪强也老叫农民给他们白干活儿。战争一发生，官差更多。有时候眼看庄稼快熟了，官差的命令一到，只好把庄稼扔下不管，那才痛心哪。现在做了屯田客，只要勤勤恳恳地干庄稼活儿，什么官差都不落在他们头上，他们就觉得松了一口气。屯田制一施行，比原来层层压迫、重重剥削的情况好一些，比那刨草根、剥树皮、饿死人的情况更好得多了。因此，枣祗的计划很快就实行起来了。

曹操任命枣祗为屯田都尉，另外再让原来的车骑都尉任峻为典农中郎将，叫他们负责主管屯田大事。屯田都尉枣祗和典农中郎将任峻底下又设置了许多田官。他们除了推行屯田制以外，还建了一些水利工程，挖了几条河渠，开了一些稻田。一年下来，光是许都就得到公粮一百万斛（hú）。这是个了不起的大事。曹操把屯田制在他势力所能达到的各州郡都推行开去，各地都设置了田官。此后，凡是推行屯田制、有田官的地方，谷仓都是满满的。以后几年，曹操征伐四方，就不必为了粮食太操心了。

曹操执掌朝廷大权，推行屯田制，兴修水利。可是他不能把汉朝的政权限于兖州，更不能限于许都一个城。他召集谋士，对他们说："大家都知道北方的袁绍和南方的袁术是国家的祸患，就是江东的孙策也不该小看了哇。我希望多知道一些关于江东方面的事。"颍川人钟繇（yáo）跟荀彧在一起。他看了看荀彧对曹操说："听说孙策跟袁术也是面和心不和的。"曹操说："那么咱们该想办法去联络一头才是啊。"

钟繇就把他所知道的有关孙策的事说了一说。

神亭交手

孙策，字伯符，吴郡富春人。大伙儿都说他的力气比得上楚霸王项羽，所以叫他"小霸王"。自他父亲孙坚被刘表的部下黄祖射死以后，他便归附了袁术。袁术老叹息着说："要是我有个像孙郎那样的儿子，我死了也能闭上眼睛了。"话虽如此，他却没有重用孙策，两次都没让孙策做太守。

孙策知道跟着袁术难有出头之日，便想办法去夺取江东。他跟袁术说愿意去打扬州刺史刘繇（yáo），帮袁术平定天下。袁术觉得孙策不可能成功，就给了他一千多个士兵和几十匹马，还带了程普、黄盖、韩当、周泰等几个将军，还有谋士朱治、吕范。周瑜听说孙策到了历阳（在安徽省和县），就向他叔叔借了一些兵马和粮食黑天白日地赶到历阳。孙策高兴地说："公瑾（周瑜的字）来了，一定能成功！"

孙策渡过江去，夺下了牛渚营（在安徽省当涂县西北）和秣陵（在南京市地区），又往东去攻打秣陵以南和以东的地区，连着打下了梅陵（在安徽省南陵县）、湖熟、江乘（湖熟，古文作湖孰；江乘，古县名，属丹阳郡），接着就向曲阿（在江苏省丹阳）去打刘繇。刘繇急忙派兵遣将分头防守。他的同郡东莱黄县人太史慈前些日子到了曲阿，刘繇把他留在军中。那时候，有人对刘繇说，太史慈可以做将军。刘繇晃着脑袋说："我要是用了他，不会给别人讥笑吗？"他对太史慈说："我知道你挺勇敢，可是年纪太轻，现在先做些侦察敌人的工作。等到你立了功，我再提拔你。"太史慈心里不乐意，可是侦察工作也很重要，他就不说了。

有一天，他带着一个骑兵到神亭岭（在江苏省镇江南）去侦察，两个人正走着，突然遇到了小霸王孙策。孙策带着程普、黄盖、韩当、周泰他们也到岭上来侦察。太史慈并不认识孙策，他瞧见那个领队的是个小伙子，看样子不是个平常的军官，就大声问了一声："谁是孙策？"孙策反问一句："你是什么人？"

"我，东莱太史慈，特地来捉小霸王！"

孙策笑了笑，说："哦，我就是！请吧！你们两个一起来！我用不着帮手。我要是怕你们两个，就不是孙伯符！"太史慈说："你们都来，我也不怕！"两个小伙子就一枪来、一枪去地交上手了。程普他们看孙策和太史慈决斗，暗暗地喝彩。太史慈打算把孙策引到岭下去，就一面对打，一面往后退；后来干脆快马加鞭，跑了。孙策紧紧跟上。到了平地，太史慈回过马来再打。孙策一枪刺去，太史慈闪过，左手抓住了孙策的枪，右手一枪扎过去，也给孙策抓住了。两个人抓住了两支枪，彼此使劲地拉扯，全都滚下马来。长枪没法使，只好空手对空手，互相揪着。孙策手快，把太史慈脊梁上背着的短戟抽去。就在这一眨眼的工夫，太史慈摘了孙策的头盔。短戟刺头盔，头盔砸短戟，又打了一会儿。刘繇接应的军队到了，孙策着了慌，恰巧程普、黄盖他们也赶到了。孙策和太史慈各放开手，天也黑了，双方都收兵回去。

太史慈见了刘繇，正想报告他跟孙策交手的情况，才开个头，就被刘繇狠狠地骂了一顿，还说以后不准出去交战。太史慈听了，心灰意冷，别的将士也都觉得不对劲。这么一来，刘繇连着打了败仗，扔了曲阿，逃到丹徒（在江苏省镇江），又从丹徒逃到芜湖（在安徽省当涂县西南），躲在山里。最后，太史慈退到泾县（在安徽省东南），守在那儿。

孙策进了曲阿，出榜安民，又通告临近的各郡县：凡是刘繇的部下来投降的，不咎既往；人民愿意从军的，全家都免役免勤；不愿意从军的，听便，官府不得强迫。这个通告出去才十几天，就得到了新兵两万多名，马一千多匹，孙策的名望传遍了江东。

孙策进兵泾县，他跟周瑜定了计策要活捉太史慈。太史慈尽管英勇，尽管还有一些兵马，可是他怎么敌得过孙策和周瑜呢？他打得精疲力尽，中了埋伏，被送到孙策的大营里来了。孙策见了，亲自替他松了绑，把自己的袍子脱下来给他披上,诚诚恳恳地对他说:"我知道子义(太史慈字子义)是个大丈夫。刘繇是个蠢材,不能重用你,他怎么能不打败仗?"太史慈见孙策这么待他,就归附了他。

孙策拉着太史慈的手,乐着说:"咱们在神亭交手,我要是被你逮住,你害不害我?"太史慈笑着说:"那可说不定。"两个人都大笑起来。孙策因为泾县以西还有不少城邑没收过来,就向太史慈讨主意。太史慈说:"刘繇连着打了败仗,士兵的意志都有些动摇,至少还有一万多个散兵没有归宿。要是抓住时间,我能够出去替将军安抚他们,我相信,他们是会来归顺的。可是我自己说这种话,很不合适。"孙策跪得端端正正地(古人席地而坐,跪着不是下跪的意思)对他说:"这正是我心里的话,非常合适!"他就派太史慈去招收刘繇的散兵。

孙策手下的人都说:"太史慈这一去啊,准是肉包子打狗,一去不回头。"孙策对他们说:"子义是讲信义的,我信得过他。再说,他离开了我们,去帮谁呀?"孙策给太史慈送行,握住他的手,说:"大概什么时候能回来?"太史慈说:"至多六十天。"果然,不到两个月,他把泾县以西六个县都收下了,还收集了一万多名士兵。大伙儿都夸他们俩称得上是知心朋友。

孙策渡过钱塘江,打败了跟他作对的军队和当地的"强人",收留了会稽太守王朗(会稽在浙江省绍兴),就自己做了会稽太守。打这儿起,孙策就跟袁术肩膀一般平,不再是他的属下听他的使唤了。

袁术听到孙策占领江东,自己做了会稽太守,当时就打算发兵。部将纪灵拦住他,说:"要是现在就跟孙策翻脸,以后咱们一有行动,就得担心后方了。不如先取徐州,然后再去征伐江东。"袁术说:"吕布、刘备联在一起,咱们进攻徐州,也不容易呀。"纪灵说他有个计策,叫吕布帮他夹攻刘备。这么一来,刘备就够受了。

刘备占领徐州已经一年多了。除了关羽和张飞这两个像亲弟兄一样的心腹以外,他又重用了东海人麋(mí)竺、下邳(pī)人陈登、北海人孙乾。刘备的兵马虽然不多,好在大伙儿同心协力,还能守住徐州。谁知道袁术从寿春发兵来夺徐州，就又引起了一场大战。

袁术到了寿春，自称为扬州伯。他常说刘家的气数早已完了，就打算自己做皇帝。以前听说孙坚得到了传国的玉玺，早想把玉玺弄到手。孙坚死了以后，孙策陪着他母亲把灵柩运到曲阿去安葬。袁术趁火打劫夺到了这颗"传国之宝"。从此他更想做皇帝了。他把这个意思向他的部下稍微透露了一点，没想到就有好多人起来反对。他只好暂时不再提了。他认为徐州接近扬州，要是兼并了徐州，地面广了，人口多了，到那时候他择个日子登基，别人就不至于再反对了。因此，他拜纪灵为大将，率领大军去夺徐州。

辕门射戟

刘备没等袁术的兵马进来，就叫张飞和原来陶谦的部将下邳相曹豹镇守下邳（在江苏省睢宁西北），自己跟关羽把军队驻扎在盱眙（xū yí，在安徽省凤阳县东）前哨，准备对敌。纪灵的兵马一到，就在盱眙打起来了。打了一个多月，彼此有输有赢，双方僵持在那儿。

袁术依着纪灵的计策，写信给吕布，约他夹攻刘备，偷袭徐州，答应送给他粮食二十万斛（hú），马五百匹，还有金银绸缎多少多少。吕布贪图这些礼物，就想发兵。他问了问谋士陈宫。陈宫说："小沛（在江苏省沛县）本来就不是将军长住的地方。现在既然有了机会，就该夺取徐州。"

吕布带着张辽、高顺等偷偷地从小沛出发，往东到了下邳以西四十里的地界驻扎下来。他们还没发动进攻，张飞手下的一个将军派人跑到吕布营里来报信，请吕布快去攻打下邳。

原来张飞守着下邳，日日夜夜巡逻四周。他不肯轻易相信别人，什么事情都由他亲自检查。这就引起了下邳相曹豹的不满。曹豹是陶谦部下的将军，自以为他是本地的主人。张飞这么负责地守城，在曹豹看来，是喧宾夺主。曹豹就自立营寨，不跟张飞来往，当然也就不听他的指挥了。张飞以为曹豹究竟不是自己人，谁能保证袁术或者吕布不去拉拢他呐？这么着，两个人互相猜疑，隔阂越来越深。曹豹还真不出张飞所料，打算去投奔吕布。张飞看出了曹豹这几天行动有些可疑，特地请他过来喝酒，想在喝酒的时候套他的话。不料曹豹粗声粗气地说"军中不喝酒"，把他拒绝了。张飞一生气，把准备请客的酒一个人全喝了。那还不醉？

曹豹一知道张飞醉成个泥人，就马上带着一队人马来杀张飞。这一来，倒把张飞闹醒了，他随手抄起那支丈八蛇矛，晃晃悠悠地跨上马，就跟曹豹打起来。士兵们摸不着头脑，不知道帮哪一边好，就都抱着胳膊肘看两只老虎搏斗。曹豹究竟不是张飞的对手，一不留神，被张飞一矛扎穿了心窝。张飞解了恨，酒涌上来了，"哇"的一声，吐了一地。他吩咐士兵们守住营寨，自己往大营里休息去了。

丹阳人许眈（dān）早就看出张飞不信任他，连那一千多名丹阳兵也只是防备着使用。他一见曹豹是这样的下场，半夜里就派人去向吕布送信，说张飞杀了曹豹，城中大乱，请他赶快进兵，自己作为内应。吕布连夜进兵，到了下邳西门，天刚蒙蒙亮。许眈带着一千多名丹阳兵开了城门，把吕布的军队迎接进去。张飞慌慌张张地出去迎敌，已经来不及了。他只好杀出东门，带着一部分人马向盱眙跑去。

刘备正跟袁术打得不可开交，一得到下邳失守的信儿，只好放弃盱眙这一头，马上退回来，想去跟吕布评个理。他在半路上遇到张飞的军队，就合起来再去夺取下邳。不料到了下邳，又被吕布的军队杀了一阵。他只好往东南跑，打算去占领广陵（在江苏省江都市东北），又被袁术的军队杀了一阵。这两阵打下来，逼得刘备连个歇脚的地方都没了，只好再往北逃到海西（在江苏省东海县南），暂时把军队驻扎下来。

军队倒是驻扎下来了，可又碰到了一个大困难。粮食没有了，军队里发生了恐慌，那还了得！幸亏大财主糜（mí）竺的老家就在那边，他家里还藏着不少粮食。糜竺把家产全拿出来作为军饷，总算救了急。糜竺又看到刘备孤孤单单地连家小都没了，就把自己的妹妹嫁给他，就是后来的糜夫人。

刘备有了军饷，又有了家小，稍微安心了一点。可是这一点点地盘怎么保得住呐？刘备能屈能伸，他写信给吕布愿意向他投降。

吕布跟刘备本来并没有仇恨，只是为了贪图地盘和袁术的财物，他才恩将仇报地帮了袁术夹攻刘备。他得到了徐州，就很满意，一面出榜安民，一面派部将高顺去见纪灵，索取袁术所答应的粮食和金银财宝。纪灵说："您请先回去，我马上去向袁将军转达。"高顺只好回去向吕布报告。

过了几天，袁术的信来了，信上说："刘备还没消灭，战争就完不了！

等到逮住了刘备，我答应的东西一定如数奉上。"吕布看了，火往头顶直冒，就要发兵去打袁术。这时候，刘备的信也到了。吕布和陈宫一商量，陈宫说："袁术占据寿春，进可以攻，退可以守。我们不能轻易跟他作战。不如就请玄德（刘备，字玄德）回来，让他住在小沛，做个助手。将来进攻寿春，可以叫他做先锋。"

吕布同意了，当时派人去请刘备。没几天工夫，刘备他们到了徐州。吕布先把刘备的家小送过去，让他们见面。刘备就去拜见吕布，谢谢他一番好意。吕布说："并不是我要夺取徐州，只因为张飞将军在这儿又是醉酒又是杀人，我怕他再闯出祸来，所以只好替将军守住了城。"刘备说："将军不辞辛苦，主持徐州，这是徐州人民的造化。"吕布也不再客气，就请刘备屯兵小沛，还派人送粮食和布帛给他。刘备和吕布就这么又和好了。

吕布跟刘备合到一块儿，对袁术就不利了。他特地派韩胤（yìn）为使者去讨好吕布，运去粮食二十万斛。吕布见了粮食，殷殷勤勤地招待了韩胤，表示愿意帮袁术的忙。韩胤回去向袁术一报告，袁术认为二十万斛粮食已经把吕布收买了。他马上再派纪灵为大将，发兵三万去打刘备，刘备当然只好向吕布求救。

吕布手下的将军都说："将军原来要杀刘备，现在就可以借袁术的手去掐刘备的脖子了。"吕布说："不对，不对。玄德屯兵小沛，对我没有害处。要是袁术打败玄德，夺去了小沛，那么他北边联络泰山一带几个将军，我就被围住了。咱们应当去救玄德。"

吕布马上发兵，把军队驻扎在纪灵和刘备两个军营的当中。纪灵不便向刘备进攻，可是他得劝吕布别管闲事。吕布扎了营，就分头请刘备和纪灵到他大营里来喝酒，说有要事相商。

刘备带着关羽和张飞先到了。吕布对他说："今天我替将军解围，将来您可别忘了我啊！"刘备向他谢了又谢。吕布请刘备先坐下，刘备就唯命是从地坐下。关羽和张飞站在他背后侍候着。忽然进来了一个卫士，报告说："纪将军到！"刘备听了，吓了一大跳，就站起来想躲一躲。吕布叫他坐着。

他说："我替你们讲和，怕什么？"刘备这才又坐下。纪灵进来，一看见刘备坐在那儿，也吓了一大跳，扭转身就想退出去。吕布连忙过去，一把扯住纪灵。纪灵着急地说："怎么，你要杀我吗？"吕布说："不杀你！"

纪灵放了心，他又问："那么，是不是帮我杀大耳朵（指刘备）？"吕布说："也不是。"纪灵说："那你叫我来干什么？"吕布请纪灵坐在他左边，指着右边的刘备，说："玄德是我兄弟。我兄弟被你们围困，我只能来救他。我平生不喜欢斗，我也喜欢劝人家别斗。"说着，他两只手拉着两个仇人，叫他们见了礼再说话。刘备和纪灵在吕布帐中都是客，彼此没有办法，只好勉强作个揖，两个人都挺别扭地坐了下来，看主人把他们怎么办。

吕布对他们两个人说："我劝你们两家讲和，又怕你们不同意，我只好让老天爷来决定。如果天意叫你们别斗，那你们就不准斗；如果天意让你们斗，那我不管，你们就斗去。好不好？"他们不知道到底有什么天意，都含含糊糊地答应了。吕布叫手下人摆上酒席，纪灵坐在左手，刘备坐在右手，他自个儿居中，喝起酒来了。大伙儿喝了三杯，吕布吩咐左右拿他的画戟插在辕门外。他对纪灵和刘备说："辕门离中军一百五十步，我一箭射去，如果射中画戟上的小枝，你们两家就罢兵，如果射不中，你们回去交战。谁不听我的劝告，就是跟我作对！"纪灵心里琢磨着："画戟插得那么远，怎么就能射中？"他答应了。刘备当然也答应了，他可暗暗地祝祷着："唯愿老天爷让他射中才好哇。"

吕布搭上箭，扯满了弓，叫了一声："着！"只听见"飕"的一声，那一支箭飞去，不高不低，不偏不倚，正射中了画戟上的小枝。帐上帐下的将士们一个劲儿地喝彩，都嚷着说："将军天威！"吕布哈哈大笑，把那张弓往后一扔，两只手拉着两个人，说："这是天意，你们两家不可再打了！"回头对士兵说："拿大杯来！大家干一杯！"

纪灵很为难地说："将军吩咐，不敢不听。可是叫我怎么去回报呐？"吕布说："我不能叫你为难。请替我捎一封信去。"

纪灵回去向袁术一五一十地报告辕门射戟的情况，并交上吕布的信。袁术听了报告，看了信，咬着牙，连鼻子都气歪了。他要亲自率领大军去打吕布。

割发代首

袁术的兵马，听上去声势浩大，事实上却是一群乌合之众。袁术和吕布在淮河一战，袁术不仅打了个大败仗，自己还被气得够呛，回到淮南，跟孙策又闹翻了。原来袁术还把孙策当作他的属下，派人到江东向他要兵要粮。孙策回他一封信，狠狠地把袁术数落了一顿，说袁术自称为帝，大逆不道，他正准备联合各路诸侯兴兵问罪。曹操得知袁孙二人不合，马上派使者带着诏书到江东拜孙策为骑都尉，让他继承他父亲的爵位为乌程侯，兼任会稽太守，嘱咐他和吴郡太守共同去征讨袁术。这样一来，袁术就不足以成为自己的威胁了。曹操还让吕布做了左将军，答应将来升他的官职，徐州方面也不致马上造反。袁绍正跟公孙瓒（zàn）打上了，一时也腾不出工夫来。

曹操这么四面八方都顾到了，才认为是时候要征讨张绣，报宛城之仇了。建安三年（公元198年），曹操再一次发兵去征伐张绣。那时候正是收割麦子的时节。曹操下了一道命令，说："大小将士不得糟蹋麦子，践踏麦子的人，杀头！"命令一下来，谁也不敢马虎，军官经过麦田都下了马，一手牵马，一手扶麦。曹操自己也很小心地拉住缰绳慢慢地走。冷不防麦田里飞起了一只斑鸠正从曹操的坐骑面前掠过，那匹马突然一惊，窜到麦田里，踩坏了一大片麦子。曹操就召主簿来，问他："应该定什么罪？"主簿说："您是一军之主，怎么能定罪呐？"曹操说："我自己下了命令自己破坏，怎么能叫别人信服？但是我既然做了大军的统领，不能自杀，也得自罚。"他就拔出宝剑来把头发割去一绺，作为人头扔在地下。这叫作"割发代首"，也是执行命令的一种变通办法。

大军继续向穰城进发。穰城由张绣自己守着。他一面守住城，不跟曹兵交战，一面火速向刘表求救。刘表发兵守住安众（在南阳郡），截住曹操的后路。

曹操一探听到刘表出兵，就准备分兵两路，一路围攻穰城，一路袭击刘表的援兵；他忽然接到荀彧的密报，说袁绍的谋士田丰又劝袁绍趁着曹兵在外作战，立刻发兵去偷袭许都。曹操为了防备万一，只好离开穰城。可是他不能就这么白来一趟，一定要在退兵的时候，打个胜仗。他知道前面安众那边有刘表的军队挡住去路，后面张绣的军队准追上来，就准备在这儿打一仗。他连夜把大部分的人马埋伏妥当，叫一部分的人马假装逃跑的样子，自己带着精兵断后。张绣一见曹操退兵，就要追赶。贾诩（xǔ）拦住他，说："不能追！追上去准吃亏。"张绣眼看着曹兵纷纷逃跑，连队伍都乱了，他怎么肯错过机会？他不听贾诩的劝告，率领军队一直追到安众。刘表的军队一见张绣打了胜仗，也出来一块儿去追敌人。没想到一转过山腰，到了山沟地区，曹操的伏兵突然起来，左右夹攻，杀得张绣和刘表的军队死伤无数，大败而回。

张绣带着残兵败将回到城里，喘了口气，向贾诩赔不是。贾诩对他说："别说这些了。赶快整顿队伍，再追上去，准能打个胜仗。"张绣垂头丧气地说："我没听先生的话，以致大败而回，怎么这会儿倒叫我再追上去呢？"贾诩说："用兵变化无穷，这回追上去跟上回不同，一定能打胜仗。"

张绣重整队伍，立刻又追上去。果然，曹兵不敢回头抵抗，他们一边逃跑，一边把辎（zī）重都扔了。张绣看曹兵逃远了，就收拾了沿路的许多辎重，得胜回来。他问贾诩，说："上回我率领精兵去追赶，您说一定失败；这回我带着一队败兵去追赶，您说一定得胜。前后两次都应了您的话，这是怎么回事？请先生指教。"贾诩说："其实，说来也很简单。将军善于用兵，究竟还不是曹公的对手。曹公并没打败仗，他为什么突然退兵呢？他这样自己退兵，必然有布置，他必然亲自断后，指挥作战。我们冒冒失失地追上去，正中了他的圈套，因此，非败不可。曹公没打败仗，突然退兵，国内必有变故。他布置了埋伏，打了胜仗，杀得我军大败而回，他自己巴不得早点赶回许都去，留下几个将军断后就是了。将士们认为已经打了胜仗，万事大吉，做梦也不会想到我们会再追上去。再说，曹操一走，别的将军虽说勇猛，究竟不是将军的对手，因此，败兵也能打个胜仗。"张绣听了，十分钦佩。

曹操回到许都，派人去探听袁绍发兵的情况，才知道他没能听从田丰的话，并没发兵来。曹操放了心。哪儿知道一波未平，一波又起，刘备那边派使者来讨救兵，说吕布派中郎将高顺和北地太守张辽进攻沛城。曹操早就知道吕布反复无常，可没料到他这么快就叛变了。他派夏侯惇带领几千兵马去援助刘备。曹兵到了沛城，还没扎营，高顺率领着七百名冲锋队突然冲杀过来。夏侯惇匆匆应战，打了败仗。他正想回身，左眼中了一箭，只好忍痛逃回。高顺回头再攻沛城，刚巧刘备、关羽和张飞出城去接应夏侯惇。夏侯惇已经受了伤跑回去了，刘备就跟高顺交战。正在紧要关头，张辽的一队兵马把关羽和张飞冲散了。刘备一个人支持不了，带着几个亲随往梁地逃去。

沛城只留着孙乾、糜竺等几个人，没法守。高顺攻破沛城，孙乾他们乘乱逃出城去，连刘备的家小也顾不得了。她们做了俘虏，被押走了。

曹兵打败仗的消息传到许都，曹操召回夏侯惇，给他看医调养，自己准备率领大军去征讨吕布。吕布见曹军人多势众，为了保全身家，只好投降。吕布见了曹操，还是狂妄自大，他说："您一向担心的不过是我吕布。现在我服了。您发号施令，我做您的副手，天下不足忧了。"曹操早就恨透吕布了，这会儿听了吕布的话，更加讨厌他。刘备说："您知道吕布是怎么伺候丁原和董卓的。"这么着，曹操就下令把吕布绞死了。

青梅煮酒

刘备和曹操杀了吕布以后，一同回到许都，朝见了汉献帝。刘备本是汉朝皇家的后代，汉献帝排了排辈分，尊刘备为皇叔，由于曹操的推荐，拜他为左将军。左将军刘备见曹操十分尊重他，心里反倒不安。他别的什么都不怕，就怕曹操对他有所猜忌。他觉得自己在曹操身边，好像笼子里的鸟似的，有翅膀飞不出去不必说了，就怕一不小心，断送性命。他就故意不谈国家大事，也不议论谁是谁非，在后园种起菜来了。一种上菜，兴趣挺浓，经常在菜园子里浇水、锄草。关羽和张飞见他每天过着这种生活，这不是大材小用吗？暗地里还怪他不该这么消沉下去。曹操也挺纳闷，刘备老在家里干什么啊？他派个心腹暗地里去探听刘备的行动。那个心腹回来报告刘备浇水锄地的情形，他反倒不安起来。

有一天，汉献帝的丈人，车骑将军董承暗地里派心腹来找刘备，叫他去商议大事。原来汉献帝心里怨恨曹操，怪他太专权。他写了一道诏书，叫董贵人把诏书缝在衣带里，就是所谓"衣带诏"。他把这条衣带赐给董承。董承拆开衣带，看了密诏，就约了他的三个心腹，四个人很秘密地商议下来，认为刘皇叔可靠，就把他也拉过去，让他看了"衣带诏"，大伙儿决定想办法消灭曹操。

刘备恐怕曹操起疑，索性什么地方都不去，专心侍弄菜园子。正在他害怕曹操，提心吊胆的时候，许褚和张辽突然到了菜园，对刘备说："曹公请使君（州郡长官的尊称）马上过去。"刘备急切地问："有什么紧要的事？"许褚说："不知道。"刘备只好硬着头皮跟着他们走，心里扑腾扑腾地直跳。他拜见了曹操。曹操冲他乐了乐，说："您在家里可干得好事！"刘备吓得脸都白了。他还没说什么，曹操一把拉住他的手就往后园走。刘备提心吊胆地、毕恭毕敬地跟着，只听见曹操继续说："种菜也不容易呀。"刘备这才透了一口气，说："没事，消遣消遣。见笑了。"曹操说："我一见后园梅子青了，就想起，'望梅止渴'来了。去年征讨张绣的时候，道上缺水，将士们渴得要命。我抬头望见前面的树林子，拿马鞭子向前一指，说：'前面就是梅林，青梅有的是，就是酸了点。'将士们听了，嘴里滋出唾沫来，大伙儿就不渴了。今天见到了青梅，不能不欣赏一下，就备了些酒，请您过来聊聊。"刘备这才放了心，坐下来陪他。

刘备心里踏实得多了。天气也凉快了点，天上还起了乌云，刮着风，好像就要下雨。两个人有说有笑地喝着酒，就像知心朋友一样。曹操是主人，年龄比刘备大，地位又比他高，说话比较豪爽、随便，大有老大哥的神气。刘备在他跟前多少带着小心谨慎，好像学生在老师跟前的味儿。他们聊着聊着，就聊到天下大势和四方豪杰上头去了。曹操左手掀起胡子，右手拿着酒杯，眼睛盯着刘备，笑着说："当今天下英雄，就只使君跟我曹操两个人罢了。"刘备听了，吓得魂儿出了窍，不由得打了一个寒战，连手里的筷子也掉了。他刚想弯腰去拣，突然"嗡喇喇"的一声霹雳，慌得他把勺儿也碰到地下。曹操把他当作唯一的敌手，两雄不两立，他还活得了吗？因此，吓得他连筷子、勺子都掉在地下。就在这紧要关头，他机灵地借着天打雷，把话岔开去，说："天威真是厉害。俗语说，一个响雷下来，连捂耳朵都来不及。真是这个样子。"他别别扭扭地乐了乐，接着说，"我是连放筷子都来不及，见笑，见笑。"就这么把他害怕曹操的惊慌劲儿瞒过去了。

打这儿起，他更加下定决心，要跟董承他们一起，钻孔觅缝地找机会杀曹操。凑巧青州刺史袁谭从青州去迎袁术，袁术要从徐州过去，曹操因为刘备熟悉那一带的情况，就派他去截击袁术。程昱、郭嘉和董昭三个谋士，一听说刘备带着关羽、张飞走了，三步并两步地跑到曹操跟前，叫他别派刘备去。曹操眼珠子一转，马上派人追上去，可是刘备他们已经走远了。

刘备一到徐州，就打了胜仗。他把这个功劳让给曹操派去的两个将军，叫他们回到许都去送捷报，自己带着关羽和张飞直到下邳，假传命令叫徐州

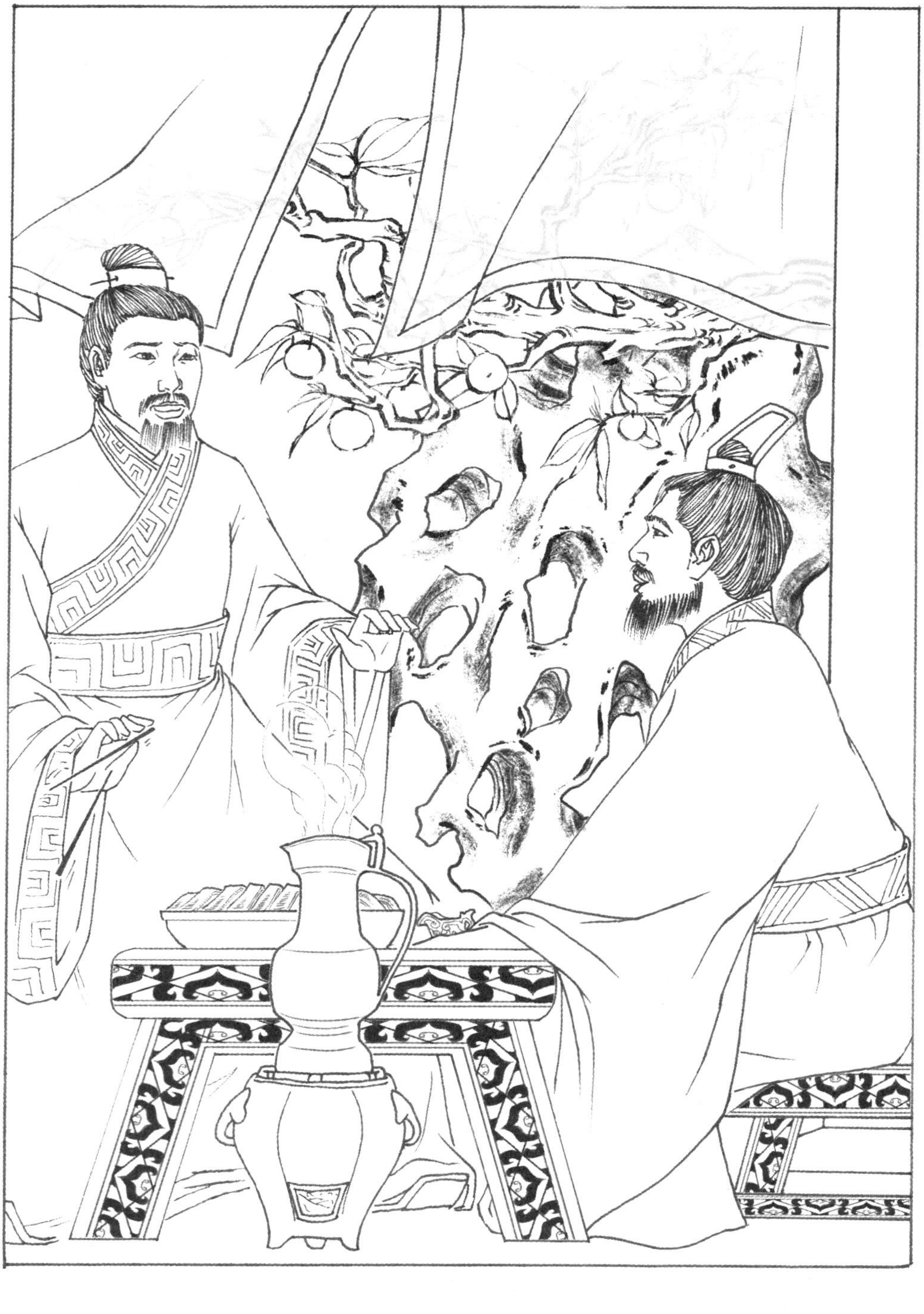

刺史车胄出城迎接。车胄做梦也没想到刘备来夺徐州。他出来迎接，还没见到刘备，就被关羽一刀劈死。刘备趁机宣布说："车胄谋反，已经奉命处死了，别的人一律免罪。"城里的军民人等不知道底细，再说刘备进来并不损害他们的身家性命，大伙儿都没话说。

刘备就留关羽守下邳，执行太守的职务。自己回到小沛，一家人又团聚了，心中十分高兴。这还是小事。徐州本来是陶谦的老根，陶谦临死把这个地盘让给刘备，后来被吕布夺了去；吕布死了，曹操接收过去，叫车胄守着。这会儿徐州重新落在刘备手里，老百姓倒也欢喜，五年来没忘了刘备，好像欢迎老主人回家似的那么迎接他。没几天工夫，临近的郡县大多背叛曹操投到刘备这边来。刘备的手下很快就有了几万人。他赶紧派孙乾（qián）为使者去见袁绍，约他一块儿去征讨曹操。袁绍此前灭了公孙瓒，兼并了幽州，原来打算发兵南下，一见刘备派孙乾来跟他联络，满口答应，当时就派使者跟着孙乾到徐州去回拜刘备。

刘备跟袁绍有了联络，胆儿就大了。正好曹操派司空长史沛国人刘岱（dài）和中郎将扶风人王忠带领一万兵马打过来了。他们到了徐州，就给刘备的军队截住。刘岱出马责备刘备不该忘恩负义，背叛曹公。刘备向他行个礼，说："实在因为车胄有意谋害我，只好把他杀了。请回报曹公，免伤和气。"王忠大声嚷着说："别胡说八道。趁早投降，还有商量。"刘备冷笑一声，说："曹公自己来，我不敢说；像你们这种人，就是再来一百个，能把我怎么样？"刘岱和王忠听了，气得不再开口，立刻冲杀过去。这边关羽和张飞早已一刀、一矛，马上把他们杀了回去。刘岱、王忠不是关羽、张飞的对手，只能逃跑，不能还手。

他们一口气跑了几十里地，才扎了营，守住阵脚。刘岱、王忠打了败仗，派人回到许都向曹操求救。曹操因为已经到了年底，吩咐暂且退兵，准备过了年再去征讨。

一转过年，就是建安五年（公元200年），就在正月里，董承联络心腹时，竟把约会刘备，内外夹攻曹操的计谋给泄漏了。曹操把董承他们一并拿来杀了，还灭了三族。他对汉献帝说："董承谋反，董贵人也不能无罪。"汉献帝因为下过"衣带诏"，自己心虚，只好眼看着董贵人被拉出宫去勒死了。

曹操扑灭了内部反对他的人，就要发兵亲自去征讨刘备。将士们都说："跟您争天下的是袁绍，他现在正要打过来，您怎么反倒扔了这头往东去打刘备？要是袁绍从后面偷袭过来，怎么办？"曹操说："刘备野心不小，今天不消灭他，将来必有后患。"郭嘉同意这种看法，他还说："袁绍性子迟缓，多疑，即使他要来侵犯，一定不能太快。刘备刚起来叛变，大伙儿还没一心一意地归附他，立刻打过去，准能把他打败。"曹操分一部分精兵把守官渡，把大军移向东边去了。

刘备一探听到曹操发大军来，知道自己不能抵抗，马上派孙乾去向袁绍求救。谋士田丰劝袁绍立刻进攻许都。他说："曹操跟刘备一打起来，不是几天就能了结的。您趁着这个机会，发兵去袭击空虚的许都，一下子就能把曹操灭了。"田丰哪儿知道袁绍的心思：袁绍是不愿意消灭曹操的，正像当初他不愿意消灭董卓，之后也不愿意消灭李傕、郭汜一样。要是他立刻发兵去打许都，曹操必然赶回来，刘备必然在后面追击他，这样前后夹攻，曹操一定支持不住。曹操一下场，袁绍只能辅助汉献帝，他再也不能浑水摸鱼，怎么能自己做天子呐？他只希望曹操篡位，到那时候他再征伐曹操，把他杀了，然后自己即位，那就名正言顺地可以稳做皇帝了。可是这些心里的话怎么说得出口呐？他听了田丰的话，故意装出愁眉苦脸的样子对他说："我三个儿子当中最心爱的是小儿子尚儿。他现在病着，我正闷得慌，哪儿还有心思出兵打仗？"说着，他请孙乾先回去，还说但愿小儿子病好了，到那时候他才能出兵。

孙乾一走，田丰痛心得再也憋不住了。他拿起手杖连连打地，说："嗐，碰到这么一个难得的时候，为了婴儿的病，失去机会，多么可惜呀！"袁绍终于没去袭击许都。刘备这一点兵马挡不住曹操大军的进攻。小沛城很快就被攻破了。刘备跟着张飞杀出重围，四面的敌人一下子又围上来。他们拼着命打了一阵，好容易各自冲杀出来，可是彼此失散了。张飞带着一部分随身的士兵往芒砀山（dàng）那边跑去，刘备只顾往北走，打算到青州去投奔袁谭。

曹操攻下了小沛，回头向下邳进攻。下邳由关羽守着，刘备的家小也在里面。曹操把所有带来的兵马都用上，把下邳城围得密密层层。关羽出城几次作战，每次都打了败仗，有一次险些给逮了去。他还想单刀匹马地冲杀出去，可是两位嫂嫂怎么办呐？想起自己徒然有一身本领，还没做过什么大事，就这么年轻地死去，实在不甘心。他不愿意死，可是在敌人重重包围之下，也没法活。正在他愁眉不展，下不了决心的时候，曹操派张辽来见他，劝他投降。据说关羽向张辽提出三个条件：第一，他只降汉不降曹；第二，不准侵犯两位嫂嫂；第三，一旦打听到刘备在哪儿，他就要去投奔他。张辽回报了曹操，曹操都答允了。张辽就这么领着关羽出来投降了。

曹操平了徐州，带着关羽他们回到许都来。一路上关羽和刘备的家小同行，晚上宿在驿舍里，他们被分配在一间屋子里。关羽就在烛光底下通宵看着《春秋》。曹操知道了，格外尊敬关羽。

他们到了许都，曹操拜关羽为偏将军，待他十分殷勤，真所谓"三日一小宴，五日一大宴"，还时常送他礼物。关羽从没表示高兴。只有一次，曹操把吕布留下的那匹赤兔马送给关羽，关羽头一次向曹操道了谢。曹操紧接着派张辽去探听关羽对他有什么意见。关羽挺直爽地说："曹公这么恩待我，我是十分感激的。但是我和刘将军是生死之交，我没法忘了他。说句老实话，我不能老待在这儿。可是曹公这么待我，我也忘不了他。我要走的话，一定要立个功，报效了曹公之后，才敢辞去。"张辽回去跟曹操一说，曹操叹息着说："真是个义士。要是他能长在这儿，多好哇。"

曹操四下派人去打听刘备的下落，有的说逃到芒砀山去了，有的说已经到了青州了，也有人说逃到汝南去了。曹操这边谁也不知道他已经到了邺城。原来刘备到了青州，青州刺史袁谭是袁绍的长子，曾由刘备举为茂才，一向很尊重刘备。这次殷勤招待不必说了，还火速写信给他父亲。袁绍非常高兴，亲自离开邺城两百里去迎接刘备，安慰他说，一定发兵去征伐曹操。这时，谋士田丰却又跳出来反对，说怎么也不能去打曹操。袁绍火了，嫌他阻挠大计，扰乱军心，把他下了监狱。

官渡之战

为了专心致志地去对付袁绍,曹操先是笼络了孙权,然后亲自到官渡(在河南省中牟县东北)守住南岸。袁绍的大军驻扎在官渡北面的阳武。袁绍一探听到曹操亲自到了官渡,就要率领军队迎上去。谋士沮授(jū)拦住他,说:"我军尽管人多,可没像南军那么勇猛;南军尽管勇猛,粮草可没像我们那么充足。因此,南军利于速战,我军利于坚守。只要我们坚守下去,日子一多,他们粮草接济不上,到那时候,南军必然败退,我们就能够大获全胜。"袁绍很不耐烦地说:"你也要学田丰吗?怎么老阻碍我进军?"沮授一想,田丰还关在监牢里呐,他连着说:"是,是!"

袁绍把大军向前推进,渡过了河,到了南岸,驻扎下来,东西几十里全是军营。曹操的兵马虽说不多,他也把军队分别布置一下,跟袁绍的军营针锋相对地扎营下寨。正像沮授说的,南军利于速战,曹操首先发兵叫战。打了一阵,占不到什么便宜,只好退回原地,修起土垒,守住营寨。

袁绍看对方守住阵营,没法打过去,就吩咐士兵在曹操的军营外面堆起土山来,土山上再筑高台。将士们上了高台,向曹营射箭。曹兵慌忙拿盾牌或挡箭牌遮住身子,他们在军营里也只能在盾牌底下小心地爬来爬去。袁绍的将士们在高台上瞧着,得意地哈哈大笑。曹操立刻召集谋士们商议对付高台的办法。他们制造了一种发石车。车上安着机关,扳动机关能让十几斤重的石头飞出去。因为石头打出去的声音很大,这种车也叫霹雳车,也就是后世所谓的"炮车"。霹雳车真顶事,大石头打出去,居然能把对面土山上的高台打垮。袁军士兵被打得头破血流,个个愁眉苦脸,谁也不再哈哈大笑了。

袁绍一见土山高台没有用了,就叫谋士们再想别的办法。他们说:"明攻不如暗攻。"就叫士兵们专在夜里挖地道，打算偷偷地直接通到曹营里去。尽管士兵们在夜里偷挖地道，可是成千上万的人使用铁锹、土筐，离曹营又这么近，曹兵早已望见了。他们向曹操报告，说敌人在土山下挖坑道。曹操马上吩咐士兵在军营前面挖一条又长又深的壕沟，预先把所有的地道都切断。袁绍的地道失去了作用。他们只好退回去，守住自己的阵营。

这样，曹军打不过去，袁军也打不过来，双方只能各自守营，谁也攻不了谁。这么相持了一个多月，曹军的粮草越来越少，眼看着快接济不上了。曹操一边派人到许都向荀彧讨主意，一边召主管军粮的人来，对他说："兵多粮少，怎么办呐？你得想个法子。"主管的人说："可以改用小斛称粮食。"曹操说："好，暂时就这么办吧。"没想到几天下来，军营里议论纷纷，说曹公用欺骗的办法克扣军粮。曹操听到了，皱了皱眉头，对主管军粮的人说："我要借你的头压一压将士们，要不，我怕发生兵变。"他立刻叫武士把他砍了，把人头挂在军门，罪名是："用小斛贪污军粮。"

将士们怨恨曹操的一场风波，立刻就平了。同时他又接到荀彧的回信，大意说："袁绍把自己的兵马都用在官渡，要跟您决个胜负。您是拿最软弱的力量去抵抗最强大的敌人。这是生死存亡的关头。袁绍兵马虽然多，可是他不能用。您这么神武英明，形势又对我们有利，不怕不能成功。如今尽管粮草缺乏，但是还没像楚汉在荥阳、成皋（gāo）相持着的时候那么严重。我们以袁绍十分之一的兵马守住官渡，正像掐住他的喉咙一样，前后已经半年了。只要坚持下去，粮草尽量再想办法，袁军准会发生变化。这是以少胜多、用奇兵的好机会，千万不可失去。"

荀彧先打发使者把回信送去，接着就想办法再运去一些军粮。曹操收到了荀彧的回信，鼓励将士们下决心坚守阵地。又过了两天，他一见运粮的来了，高兴地说："再过半个月，我们一定可以攻破袁绍的军队，那时候，你们就不用再这样辛苦了。"他连着派了好几个将士混到袁军的地界去探听军情。

偏将军徐晃的部将史涣抓到了袁军的一个探子，解到徐晃营里，盘问下来，才知道袁绍派将军韩猛从冀州押运的几千辆粮草马上就可以到了。徐晃把这个消息告诉了曹操。荀攸在旁边说："韩猛有勇无谋，瞧不起别人。要是派个精细的将军带领几千骑兵到半路去袭击运粮队，烧毁粮草，袁军必然慌乱起来。"曹操就派徐晃和史涣带着骑兵先去，跟着又派张辽和许褚两个大将去接应。当天晚上。韩猛押着几千辆粮车过来，路过山谷，徐晃和史涣突然杀出去，韩猛心慌意乱地对付着徐晃。史涣带领一部分骑兵从后面放火烧粮草。韩猛抵挡不住，逃了。

袁军的将士望见北边起火，火速报告袁绍，袁绍正要打发人去探听出了什么事情，韩猛的败兵跑来报告，说："粮草被劫！"袁绍立刻派张郃（hé）和高览两位将军前去对敌。他们到了半路，正碰上徐晃和史涣烧了粮车回来，马上就打起来了。交锋没多少工夫，背后张辽和许褚的兵马赶到，杀散了袁兵，四个将军合在一起，急急地回到官渡去了。

韩猛光身回报袁绍，袁绍气得要杀韩猛。众将官代他求饶，免了死罪。谋士审配对袁绍说："行军以粮食为重，不可不用心提防。路上的粮车被烧毁，数量有限，乌巢（在河南省延津县）是聚藏粮食的地方，必须派强有力的军队守卫着才好。"袁绍说："我早就准备了。你还是回邺城去，监督粮草，源源不断地送来。"审配就回去筹备粮食。

到了建安五年（公元 200 年）的十月里，袁绍又派军队去运粮食，特地吩咐大将淳于琼带领一万多人马驻扎在乌巢，保护粮草和辎（zī）重。沮授又对袁绍说："光是淳于琼守乌巢，还不一定可靠。最好再派一支军队在运粮道上来往巡逻，提防曹兵再来劫粮。"袁绍摇摇头，没回答他。乌巢离大营才四十里路，怕什么？沮授闷闷不乐地退出去了。他刚出去，另一个谋士南阳人许攸进来。他是来给袁绍献计的。

原来曹营里粮草又起恐慌了。曹操特地打发使者到许都去催。这个使者被袁军捉住，送到许攸那里。许攸搜出曹操写给荀彧催粮的信，就进去对袁绍说："曹操屯军官渡已经八个月了，许都必然空虚。我们只要分一路兵马趁着夜晚直接去袭击，一定可以把许都打下来。曹操在这儿粮草已经完了，趁此机会，两路夹攻，准能活捉曹操。"说着他把曹操催粮的信给他看。袁绍看了，说："曹操诡计多端。你怎么知道这封信不是他故意写给你看的？这是诱敌之计，我可不上他的当！"

许攸万没想到这么一个妙计会碰鼻子。他还想再说下去，刚巧谋士审配从邺城派人送信来。袁绍急急忙忙拆开一看，先是报告运粮的事，接着都是控告许攸的话。大意是，审配查出许攸在冀州受了多少贿赂，他的子侄侵吞了多少公款等等，现在审配已经把许攸一家和子侄等都收在监狱里。袁绍看了，直冒火儿，指着许攸的鼻子，责备他，说："你贪财受贿，又不能治家，还在我跟前耍嘴皮子。看在你过去的分上，自便吧！可别再多嘴了。"

许攸出来，又是害臊又是恨。他想自杀，又不甘心。再想想自己过去跟曹操也有交情，何必一定要赖在这儿现眼呐？他叹了一口气，连夜溜了。到了曹营附近的地方，就给伏路的曹兵拿住。许攸对他们说："我是曹公的老朋友，快去通报，说南阳许攸来拜访。"士兵不敢怠慢，一面去通报，一面领着他进去。曹操刚脱了靴子，准备歇息，一听说许攸来了，来不及穿靴子，就趿（tā）拉着鞋出来迎接，高兴得拍着手说："哎呀子远（许攸，字子远），您肯来，我就好了。"

他们原来是朋友，两个人一坐下，曹操就问他怎么样对付袁绍。许攸说："有人说许都空虚，教袁绍一路进攻官渡，一路连夜袭击许都，两面夹攻，使您为难。"曹操吓了一大跳，说："那还了得！是谁献这个毒计？"许攸说："还有谁呢？只是袁绍不听我的话，反倒把我的家小下了监狱，我才投奔到您这儿来。"曹操很感激地说："袁绍不听您的话，怎么能不失败呢？现在您来了，请多多指教。"

许攸问："您营里还有多少军粮？"曹操回答说："还可支撑一年。"许攸冷笑一声，说："不对吧，您再说说。"曹操说："可以支撑半年。"许攸生气了，站起来说："告辞了！"曹操慌忙把他拉住，说："怎么啦？"许攸责备他，说："还问我怎么啦？我诚心诚意地来投奔您，您还故意骗我！"曹操说："请别见怪。这种事不好说。"他放低声音，说："军营里只有这个月的数目了，怎么办呢？"许攸正经地说："内无粮草，外无救兵，危急就在眼前。我是来替您救急的。袁绍有辎重一万多车，全都囤积在乌巢，派淳于琼保管着。淳于琼是个酒鬼，防备很差，只要使用几千骑兵突然打进去，把所有的辎重都烧了。不出三天，袁军不战自败，不攻自破。"曹操连连点头，殷勤地招待着许攸。

第二天，曹操叫荀攸、贾诩、曹洪、许攸把守大营，叫夏侯惇、夏侯渊带领一支兵马埋伏在大营左边，曹仁、李典带领另一支兵马埋伏在大营右边。自己的阵地布置妥当以后，曹操再叫张辽、许褚在前，徐晃、于禁在后，自己在中间，率领五千人马，打着袁军的旗号，带着柴草和一些引火的东西，在月光掩映下，往乌巢进发。他们路过有袁军驻扎的地方，就被截住，袁军问他们："哪儿来的？"曹兵回答得挺干脆："袁公恐怕曹操来劫粮，我们奉命往乌巢去增援。"袁军见是自家的旗号，又是往乌巢增援的方向，就让他们过去。到了囤粮的地方，已经三更天了。一声鼓响，四围放起火来，将士们直杀到营寨里去。这时候淳于琼醉醺醺地正睡得香，一听到战鼓和喊杀的声音，匆匆忙忙地出去抵抗。一霎时，火焰四起，烧红了半边天。

袁绍得到了警报，出营一看，东北角上火光满天，知道乌巢出了事，立刻召集文武百官，商议发兵去救。中郎将张郃说："我愿意跟高览带领一支兵马立刻去救乌巢。"谋士郭图说："曹军劫粮，曹操必然亲自率领，曹营必然空虚。我们只要派一部分兵马去救乌巢，用大部分兵马去袭击曹操的大营。曹操知道了，必然赶回官渡，这样，不但救了乌巢，而且夺取了曹操的大营，叫曹操前后受敌，走投无路。"袁绍就对张郃说："你和高览快去攻打曹操的大营。"张郃不同意这个办法，他说："不能这样！曹操来劫粮草，一定带了足够的兵马。淳于琼要是打了败仗，乌巢一失，我们什么都完了。我们必须用全力去救乌巢。"郭图火了，他对张郃说："你懂得什么？"袁绍催张郃快去攻打曹营，另外派蒋奇去救乌巢。

蒋奇带领一队人马直往乌巢，到了半路，碰到淳于琼的残兵败将。蒋奇骂他们没用，叫他们站在两旁让自己的人马先走。他走了一段路，忽然张辽、许褚从淳于琼的队伍中冲出来了，他们大喝一声："蒋奇不准走！"蒋奇来不及抵抗，被张辽一刀斩于马下。原来曹操杀了淳于琼，消灭了他的军队，把他们的旗子和军衣都拿来，叫张辽和许褚的士兵扮作淳于琼的败兵去截击袁绍的援军。蒋奇中了计，全军覆没。

张郃、高览只好领命进攻曹营，只对付中路，没想到左边夏侯惇、夏侯渊，右边曹仁、李典，中路曹洪，一齐杀出来，袁军抵挡不住三路夹攻，大败而逃。他们还没逃回大营，乌巢的一些士兵倒先到了。他们是曹操故意放回来向袁绍报告消息的，可是那群残兵说话咿咿哇哇，很不利落，原来每个人的鼻子都被割去了。袁绍见了他们这副模样，连自己的鼻子也给气歪了。郭图在旁边，还想把自己的过错推给别人，就在袁绍跟前说张郃和高览的坏话，说他们故意不肯用心，以致打了败仗。袁绍气得要命，派人去召张郃、高览快到大营里来受处分。高览也气得要命，他一狠心，杀了袁绍派来的人，跟张郃一起带着自己亲信的兵马投降了曹操。曹操马上封张郃为偏将军都亭侯，高览为偏将军东莱侯。

袁绍失去了一个谋士（许攸），跑了两个将军（张郃、高览），乌巢的粮食和辎重又全烧了，士兵们已经慌了神，一见曹操放回来的一千多个俘虏，个个割去了鼻子，大伙儿好像被捅了窝儿的马蜂似的骚乱起来。白天就提心吊胆，晚上更不敢好好休息。果然，到了三更时分，曹军打过来了，打头阵的还是张郃和高览的士兵。他们本来是一家人，有的还是朋友。张郃的士兵一招呼，还真有一部分人跑过去。袁军一阵乱打，死伤的死伤，投降的投降，到了天亮，各自收兵，袁绍这边的人马失了一半。

袁绍正在中军惊惶失措的时候，将士们进来报告，说："外面沸沸扬扬地都说着，说什么曹操兵分两路。一路取酸枣，进攻邺郡；一路取黎阳，截断我们的归路。"袁绍得到了这个消息，马上分三万人马去救邺郡，再派三万人马去救黎阳，连夜起行。其实，曹操压根儿没有这么多兵马分两路进攻，他只是采用许攸的计策，叫大小三军到处去散播这种谣言，袁军人数虽然多，但打了两三阵败仗，已经变成了惊弓之鸟。袁绍自己也早已心虚，这就中了计，先把六万人马分两路退去。曹操探听到袁绍果然调动兵马，就用全力直冲过去。袁军不敢对敌，四散奔走。袁绍和他儿子袁谭来不及戴头盔、穿铠甲，就穿着便服、戴着头巾，上了马，带着八百名骑兵，匆匆地渡过河去。曹操没料到袁绍这么早就跑了，赶紧过河直追上去，但已经让袁绍逃了。

曹操大获全胜，前后杀了袁绍的士兵七八万人。袁军抛弃的辎重、珍宝、绸缎以及图书档案等全归曹军所有。沮授来不及渡河，被曹军拿住，送到大营里。他大声嚷嚷："我不投降！你们杀吧！"曹操过去跟他也有交情，好言好语地对他说："袁绍无谋，不用您的计策，以致失败。现在天下未定，我正需要跟您共同商议大事，请不要过于固执了。"曹操免了他的罪，留在营里，优待着他。可是沮授偷了马匹准备逃回袁绍那边去。曹操这才把他杀了。

曹操到了袁绍的大营里，检查图书文件，发现一大沓书信，都是许都和军队里的一些人暗地里写给袁绍的。接近曹操的人就说："这是证据。要仔细对一对姓名，把他们揪出来一个个杀了。"曹操说："当袁绍强大的时候，我自己也保不住，还能怪别人吗？"他就把这些信全都烧了。他把袁绍营里的财物、珍宝，全都赏给将士们，大伙儿非常高兴。可是粮食不够了，袁绍营里也没有多余的粮食，乌巢的囤粮早已烧了。曹军不能接着渡河，只好让袁绍退回黎阳。

三顾茅庐

徐庶，颍川人。听说刘备招贤纳士，便主动相投，被刘备当作谋士收下了。他用计打败夏侯惇和于禁后，更受刘备尊敬了，便对刘备说："我们这儿有个杰出的人才，就在襄阳城外二十里的隆中（山名，在湖北省襄阳西），将军要不要见见他？"刘备说："既是名士，我怎么会不愿意见他呢？不知道他比得上先生吗？"徐庶说："我跟他比呀，那是乌鸦比凤凰。他把自己比作管仲、乐毅。照我看来，他比管仲、乐毅还强。"刘备有些不大相信。他说："先生既然知道他，就请您辛苦一趟，请他来吧。"徐庶摇摇头，说："这样的人只能将军亲自去请。他肯不肯来，还得看将军的诚意如何。他自己怎么肯来呢？"刘备就说："好！那我就亲自去请他。可是他到底是谁呀？"

徐庶十分郑重地说："他姓诸葛，名亮，字孔明。因为他住的地方有条卧龙岗（在河南省南阳市西南），人们就称他为卧龙先生。后来因为他的好朋友都在这一带，大伙儿一要求，他就搬到隆中，搭了几间茅庐，靠耕种过日子。可是朋友们仍然叫他卧龙先生。"

刘备好像忽然猜着谜语似的说："哦，我知道了。隐士司马德操先生说的伏龙凤雏，准是他。"徐庶说："伏龙、凤雏（chú）是两个人：凤雏是襄阳庞士元，伏龙正是诸葛孔明。"刘备当时就要请徐庶带路去拜访诸葛亮。徐庶摇摇头，说："不行！我知道他的脾气。将军得自己想法去请他。别提起我，也不要说起水镜先生（司马德操有'水镜先生'之称）。"

第二天，正是好天气。刘备带着关羽、张飞和几个随从到了隆中，寻到了诸葛孔明的村子。过了小桥，沿着黄土的矮墙走去，正瞧见徐庶所说的小溪旁一溜儿七八棵倒挂的柳树，中间夹着的净是些弯弯扭扭的老梅树，长满了花骨朵儿，可还没开。正对着小溪就是两扇木柴编成的围墙大门，一扇关着，一扇半敞着。他们进去，到了院里，就有个小哥出来，问："你们找谁?"刘备下了马，说："刘皇叔刘备求见孔明先生。"小哥把他上下打量了一下，又看了看身后跟着的一群人，回答说："先生早晨就出去了，还没回来。"刘备又问："什么时候能回来?"他说："那可说不上，有时候三五天，有时候十来天，不一定。"

刘备呆呆地站了一会儿，不知道该怎么办才好。张飞说："碰不到，就回去!"刘备说："再等一等吧。"关羽说："不如先回去，以后再派人来探听吧。"刘备嘱咐小哥，说："请告诉诸葛先生，刘备特来拜访。"他只好上了马，走了。走了几里地，到了一个小灌木林，迎面来了一个穿布袍、戴头巾的文人，逍遥自在地迈过来。刘备想，在山野里过来了这么一个读书人，不必说准是诸葛孔明了，于是下了马，向他行个礼，说："先生就是卧龙先生吗?"那个士人说："将军是谁？打哪儿来？"刘备毕恭毕敬地告诉了他。那个人说："我是孔明的朋友，博陵人崔州平（太尉崔烈的儿子）。"刘备说："久闻大名，难得见面，就在这儿草地上坐一会儿吧。"两个人就坐下了。关羽、张飞也下了马，站在旁边。

崔州平好像已经知道了刘备特来访问诸葛亮的用意，故意问他："将军为什么要见孔明呢？"刘备说："方今天下大乱，汉室衰弱，人民遭殃。我求见孔明先生，想跟他谈谈治国安邦的道理。"崔州平微微一笑，说："天下大势，分久必合，合久必分。天运如此，人力怎能勉强。将军用心固然可嘉，只怕徒费人力，无济于事。"刘备说："尽我的力量就是了。不知道先生能不能同到敝县，随时赐教。"崔州平说："对不起，我愿意老死山林，不愿意去求功名。我想孔明也不见得愿意下山。"他站起来，拱了拱手，说声"再见"，就走了。刘备只好跟关羽、张飞他们上了马。张飞气呼呼地说："真倒霉！孔明没见到，倒碰上了这么一个没出息的书呆子，费了这么多工夫！"关羽也冷冷地说："孔明跟这种人做朋友，我看他这个人也不过如此。"刘备一边跟他们走，一边安慰他们，说："孔明跟他不一样。我相信水镜先生和元直（徐庶，字元直）的话是可靠的。"

他们回到了新野。过了几天,刘备派人去探听,说是诸葛先生正在家里。刘备还是请徐庶和赵云守在城里,自己带着关、张二人再一次往隆中去。那天正飞着雪花,可是雪不大,天气也不太冷。他们一路走去,一路欣赏风景,百忙中难得有这个机会。到了隆中,离孔明的茅庐只有五六里地了,碰上了两个士人,一老一少,正在那里欣赏雪景。刘备下了马,向他们作揖,彼此通了姓名,才知道他们都是孔明的朋友。那个年长的是颖川人石广元,那个年轻的是汝南人孟公威。他们刚从孔明家里出来,说是邀他去踏雪寻梅的。哪儿知道孔明架子大,说什么有心事,不去。

刘备对他们说:"久闻二公大名,难得相见。我们正是去拜访诸葛先生的,请一同去吧。"石广元摇摇头,说:"老朽是'今日有酒今日醉'的无用废物,国家大事从不过问。请将军自便吧。"孟公威也拱了拱手,走了。刘备、关羽、张飞上了马,一直到了庄上,正碰到上次见过的那个小哥在院子里扫雪。刘备下马去问他:"先生在家吗?"他说:"在,正在看书呢。"

雪停了,天反倒冷了些,外面没有休息的屋子,他们三个人拴了马,都进去了。刘备瞧见一位年轻的读书人,就向他行礼,说:"上次来拜访,先生不在。今天冒雪而来……"那少年说:"将军就是刘豫州了。我是孔明的兄弟诸葛均。"刘备很高兴地说:"哦,原来是弟兄两位。今天令兄在家吗?"诸葛均说:"请坐,请坐,大家请坐。我们弟兄三个。长兄诸葛瑾,在江东。孔明是二家兄。他送走了两位朋友,说有要紧的事出门去了。一两天,三五天,不一定能回来。真对不起。"

刘备皱着眉头,说:"我怎么这么不凑巧,两次都没见到他!"张飞说:"走吧!人家不在,待着干吗?"关羽说:"怕再下雪。还是留几句话,咱们先回去吧。"刘备就跟诸葛均说了一番仰慕诸葛亮的话。诸葛均说:"待家兄回来,我告诉他回拜将军吧。"刘备摆摆手,说:"不,不。不敢惊动令兄,过几天,我们再来拜访。"

刘备回到新野之后,过了五六天,又要去访问诸葛亮。关羽和张飞都不同意他去。张飞首先说:"咱们已经去了两次,要是他懂道理,就该来回拜。"关羽说："上两次碰到了诸葛先生的朋友，听他们说的话，不是把国家大事推给命运，就是自己醉生梦死，不图上进。您又不想隐居，跟这种隐士打什么交道？"刘备可不同意他们的看法。他说："你们不要看错了。孔明先生不是隐士。他把自己比作管仲、乐毅，这说明他是有志向要做一番事业的，只是没碰见齐桓公、燕昭王就是了。可是我算什么呢？没有势力，没有地位，我凭什么要求他来帮助我呢？我一而再、再而三地去拜访孔明先生，要是他能看在我这一片诚意上，肯跟我们在一起，那就是我的造化了。如果你们还不明白我的心思，那么，这一次我就独自去吧。"他们这才说："还是一同去吧。"

三个人连手下的人都不带，再一次到了隆中诸葛亮的院子里，诸葛亮亲自出来迎接。刘备叫关羽和张飞等在外面，自己跟着他进去。诸葛亮很抱歉地说："蒙将军不弃，屡次下顾，真叫我过意不去。我自己知道年幼学浅，太不懂事，惭愧得很。"刘备四周一看没有别的人，就坦率地说："汉室衰落，奸臣霸占朝政，主上受着欺压已经好久了。我知道自己无才无德，没有力量，可是我还想为天下申明大义，只恨自己想不出办法来，以致这几年来东奔西跑，直到今天，毫无成就，可是又不肯从此罢休。因此，特地来拜见先生，请先生指教我该怎么办。"

诸葛亮一见刘备这么实心实意地把自己的心事全说了出来，初次见面就够朋友，正像从前燕昭王见了乐毅把自己的心事全说了出来一样。诸葛亮也就把心里的话老老实实地告诉了他。他说："自从董卓作乱以来，群雄并起，抢夺地盘、占据州郡的人，数也数不清楚。曹操比起袁绍来，名望小，人马不多，可是他居然兼并了袁绍，转弱为强。这不但依靠时机，也在于人谋。现在曹操已经拥有一百万人马，挟着天子号令诸侯，实在没法跟他针锋相对地斗争了。孙权占据着江东，已经三辈了（从孙坚、孙策到孙权），地势险要，民众归附，有才能的人愿意替他出力，根基已经巩固，现在只能跟他交好，作为外援，可不能轻易动摇他了。再说到我们这儿，荆州这一地区，北边直通汉沔（miǎn；这里指汉水中下游一带。汉水，古代通称沔水），南边

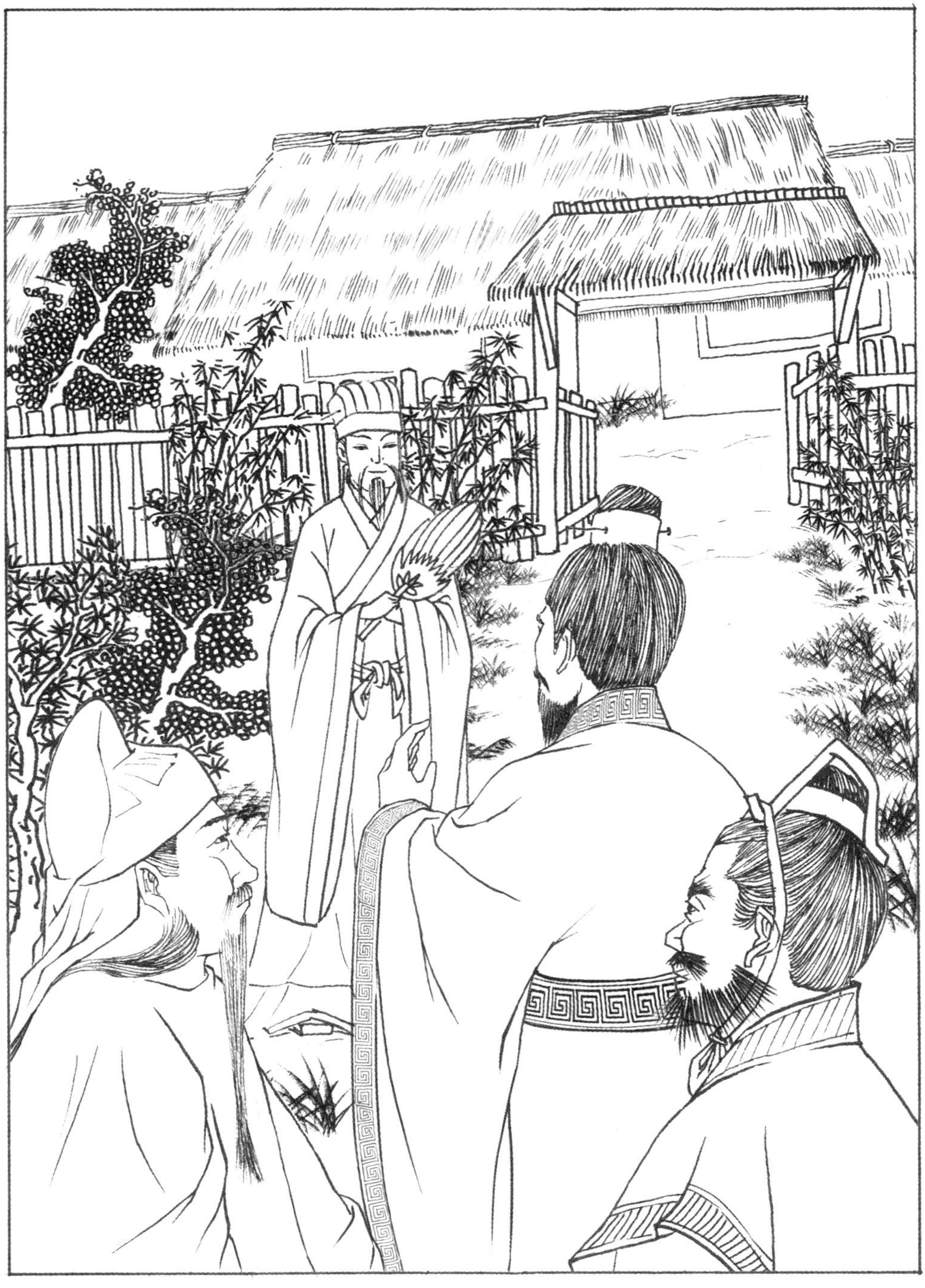

可以尽量利用南海（这里泛指南方近海地方）的利益，东边连接吴会（吴郡和会稽郡），西边通到巴蜀。这一大片地区从古以来就称为用武之地。可是这块土地的主人守不住这块土地。这是上天留给将军的，不知道将军有没有这个意思。还有益州，那也是个险要的地方，几千里都是肥沃的土地，一向称为天府之国，高祖曾经拿这地方作为根据，建立了汉帝国。可是刘璋懦弱无能，不能统治益州。那个占据益州北部的张鲁呢，尽管在他的地盘里物产丰富，百姓勤劳，可他不知道安抚百姓，救济穷人。那两个头儿这个样子，怎么不叫人失望呢？凡是有见识有才能的人都希望能得到一位英明的君王去领导他们。将军既然是皇室，素来注重信义，四海闻名，求贤若渴，怎么能不叫人钦佩呢？要是将军能占领荆州和益州，凭着地形，保卫疆土，西边跟戎族和好，南边安抚夷越，对外跟孙权结交，对内整顿政治，一旦天下发生变动，就吩咐一个上将带领荆州的军队进攻宛城和洛阳，将军自己率领益州的大军从秦川（陕西一带）出发，直取中原。老百姓谁不会拿着吃的喝的来迎接将军？能够这样，霸主的事业可以成功，汉室可以再兴起来了。"

刘备听着，打心眼里钦佩诸葛亮。心里还真奇怪：一个年纪轻轻的读书人怎么能把天下大势看得这么清楚！他愿意拜他为老师，他说："先生的话句句开导了我。为了汉皇室，为了老百姓，请先生今天就下山吧！"诸葛孔明认为他得到了一个知己，他对刘备的情义大大超过了对崔州平、石广元、孟公威他们。这几年来，他是多么寂寞和孤独啊！他见到了刘备，不再感到寂寞和孤独了。就很爽直地说："承蒙将军不弃，我愿意尽心效劳！"

诸葛亮下山的时候才二十七岁。他们到了新野，当时由徐庶和赵云迎接进去。徐庶和孔明原来是朋友，大家能在一起，格外称心。刘备把孔明当作老师看待，越来越亲密。关羽和张飞背地里咬着耳朵，有些不高兴。刘备向他们解释，说："我得到孔明正像鱼得到水一样，请你们不要议论。"关羽和张飞总算没话说了。

孙刘结盟

公元208年，曹操废除了"三公"，恢复丞相制度，并自任汉朝丞相，大权在握。曹操基本平定北方后，亲自带兵南下。刘表一死，他的儿子刘琮举荆州之众投降曹操。刘备艰难逃跑，在当阳长坂被曹军追上，好不容易才杀出包围圈。正在此时，鲁肃来了。

鲁肃是孙权派来给刘表吊丧的。可是，孙权跟刘表有杀父之仇（指孙坚被刘表的部将黄祖所杀的事），怎么反倒派鲁肃来通好呢？原来鲁肃已经跟孙权商议过，打算联络刘备，抵抗曹操，因此，孙权派鲁肃借吊丧的名义顺便来见刘备。没想到刘琮投降了曹操，刘备从当阳败退，鲁肃就在半路跟刘备相见，问他准备上哪儿去。刘备假意地说："以前跟苍梧（广西壮族自治区梧州）太守吴巨有点交情，想去投奔他。"鲁肃很坦率地对他说："苍梧远在岭南，地方偏僻，对使君帮助不大。我说您不如联络我们孙将军。孙将军虚心待人，江东英雄多归附他。现在他拥有六个郡，兵精粮足，可以建立大事业。我为使君着想，不如派心腹去跟他联络，共同抵抗曹军。"

刘备心里愿意，可还没回答，诸葛亮在旁边插一句，说："刘使君和孙将军素来没有来往，怎么能轻易去见他呢？"鲁肃微微一笑，对他说："我跟令兄子瑜（诸葛瑾，字子瑜）是朋友。这样吧：我带您到江东去，一来可以跟令兄相会，二来可以跟孙将军商议大事。您看怎么样？"诸葛亮回头对刘备说："事情已经很急了，请让我去见孙将军吧。"刘备同意了，就说："那么，就请先生辛苦一趟。"鲁肃带着诸葛亮动身的时候，向刘备献计，说："为了联络东吴，便于接应，使君不如屯兵樊口（在湖北省鄂州市）。"刘备点了点头。

诸葛亮和鲁肃到柴桑去见了孙权。这时候，曹操大军已经占领了江陵，准备向东进兵，可还没到东吴地界，孙权正屯兵柴桑，看看风头。鲁肃把诸葛亮引见给孙权。孙权见他是个年少英俊的士人，对他很客气。诸葛亮见孙权相貌堂堂，眼神敏锐，不像个庸碌之辈，对他也很尊敬。孙权先开口，说："先生光临，有何指教？"诸葛亮说："几年来海内大乱，将军起兵江东，刘豫州起兵汝南，跟曹操共争天下。不料曹操平河北，破荆州，扫除豪强，威震四海，逼得英雄无用武之地，所以刘豫州逃到这儿。请将军合计合计：如果能够拿吴越的人马去跟中原对敌，那么不如早点跟曹操断绝来往……"孙权皱着眉头说："曹操拥兵百万，顺流东来，我们这儿有人主张作战，有人主张讲和。究竟主战主和，决议不下。"诸葛亮接着说："如果不能抵抗，为什么不放下刀枪，面朝北地伺候曹操呐？现在将军外表上好像听从曹操，内心里摇摇摆摆，没有个准主意。当断不断，大祸快临头了！"

孙权生气似的说："要这么说，刘豫州为什么不投降曹操呢？"诸葛亮说："从前田横，不过是个齐国的壮士，他还能坚守忠义，不愿屈服。何况刘豫州是王室子孙，英才盖世，人们归向他像水归向大海一样，怎么能低三下四地去投降曹操呢？"孙权把话接过去，说："对！我也不能低三下四地把东吴的土地、十万甲兵交给别人！我认为没有刘豫州不能对抗曹操，可是，刘豫州新近打了败仗，怎么还能再抵抗曹军呢？"诸葛亮摇了摇手，说："不对。刘豫州虽然在当阳遭到挫折，可是士兵回来的和关羽的水军就有一万多人，刘琦的江夏士兵也有一万多人。曹兵老远追来，一日一夜跑了三百多里，弄得士兵精疲力尽。再说北方人不会水战，坐船也不习惯。荆州百姓被曹操所逼，并不心服。从这几点看来，我可以断定：曹军不是不能打败的。只要将军和刘豫州结成联盟，两处的兵马联合起来，同心协力地抵抗，一定能把曹军打败。曹军一败，必然回到北方去。这样，荆州和东吴都能保全，势力强盛，造成三分天下的形势。成功不成功，全在今天了！"

孙权召集臣下，商议或是出兵抗曹或是派使者求和。恰巧曹操派使者送信来。孙权一看，上面写着：

近来奉命征伐有罪的人。旗子向南一指，刘琮束手归顺。现在率领水军八十万，愿意跟将军在东吴相会，打猎玩玩。

孙权把这封信给他手下的人看，大伙儿吓得说不出话来，好像大祸已经临头，谁也不敢开口。前辈老大臣张昭，在东吴人士中很有声望，他四面一瞧，大伙儿都望着他，好像要请他出个主意似的。张昭就先开口，说："曹公借着天子的名义，号令天下，征伐四方。我们要是抗拒他，在名义上就是抗拒朝廷，名不正，言也不顺。拿军事的形势来说，将军可以抵抗曹操的，全靠这条长江。现在曹操得了荆州，占领了大片的土地，刘表的水军都归他指挥，大小战船就有一千多只。曹操有了这些水军，加上原来的步兵，水陆并进，所谓长江天险，他已经占了一半，跟我们一样可以利用了。他率领八十万水军，我们的兵马能有多少？寡不敌众，我说不如派使者去迎接曹公。"

老大臣张昭这么大胆地一说，大伙儿松了一口气，说话的人就多了。有的说："一打仗，老百姓就得遭殃。"有的说："刘备打了败仗，派诸葛亮来求救，我们何必把别人家的棺材扛到自己的家里来呢？"孙权听着听着，低下头去。不一会儿他站起来，进了更衣室。鲁肃跟了进去。孙权知道他跟进来的意思，拉着他的手，说："你说吧，怎么办呢？"鲁肃说："他们刚才说的那些话都听不得。各人都为自己打算，不能跟这些人商议大事。要说投降的话，我鲁肃可以投降，将军您可不能投降！"孙权一愣，说："那为什么？"鲁肃说："我们迎接曹操，请他来统治东吴，我们照样可以做官。退一步说，做不了大官，也能做小官，不坐高车驷马，还能坐牛车，照样可以跟名士们来往。将军您要是迎接曹操，自己的地盘就完了，您还能上哪儿去呐？请将军早定大计，别听那些没志气的话！"

孙权叹了一口气，说："他们这么商议，真叫我失望。你的话正合我的心意。可是要开战的话，叫谁统率军队呢？"鲁肃说："那还用提吗？请快叫公瑾来商议。"孙权点点头。两个人才出来。孙权立刻派人到鄱阳（在江西省鄱阳县）召周瑜回来。当时主战主和没做决定，大伙儿暂时散了。鲁肃就到宾馆去见诸葛亮,把这些情况告诉了他。诸葛亮说:"公瑾到这儿,我想去拜见他。"鲁肃说:"到时候,我陪您去。"

周瑜一到,先去见过孙权。孙权就召集臣下,再一次商议大计。周瑜对孙权说:"曹操尽管托名为汉室的丞相,其实是汉室的奸贼!将军您这么有雄才大略的英雄,继承父兄的事业,占领江东,地方数千里,兵精粮足,应当号召天下,为汉室除暴去害,怎么能去迎接汉贼呢?"孙权故意慢吞吞地说:"谁愿意迎接曹操?就怕寡不敌众。"他拿眼睛往文官队里扫了扫,"所以召你来商量商量。"周瑜说:"您说寡不敌众,我敢说,这是曹操自来送死!请让我说明道理:北方并没平定,马超、韩遂还在关西,不受曹操的指挥,这都是曹操的后患。曹操顾前不顾后,打了南边打东边,犯了兵家的大忌。这是一不利。南方的将士长于水战,北方的将士长于陆战。现在曹操不利用马匹而用船只,叫将士们骑了马再坐船。弃长用短,这是二不利。目下正是严冬腊月,马没有草料,这是三不利。强迫北方的士兵,老远地跑到多湖沼的南方来,水土不服,必然生病,这是四不利。曹操犯了这许多大忌,兵马再多,又有什么用?将军活捉曹操,正是时候了。我愿意率领几万精兵,出屯夏口,一定能替将军打败曹操!"

右边站着的二三十个武将,像程普、黄盖他们,听了这话,个个扬眉吐气,摩拳擦掌地准备干一下子。左边站着的二三十个文官,像张昭、顾雍他们,低着头,偷偷地你看看我、我瞧瞧你。孙权握紧拳头,在案桌上"砰"地一敲,说:"老贼早想篡位了,就因为怕袁绍、袁术、吕布、刘表和我这些人。现在他们都给灭了,就剩下我了。我跟老贼,势不两立。你说应当开战,不应当投降,正合我的心意!"周瑜逼上一句,说:"将军下了决心了吗?"孙权站起来,拔出刀来,"啪"的一声,把案桌砍去一只角,向文武百官宣布说:"诸位将官有谁再提起投降曹操的,就跟这案桌一样!"张昭他们吓得不敢再开口,主战主和的争论就这么结束了。

周瑜和鲁肃出来,两个人说了几句话。周瑜请鲁肃去邀请诸葛亮。三个人一块儿喝酒谈心。诸葛亮把曹军的实际情况说了出来,周瑜、鲁肃听了,同声地说:"好极了。"

诸葛亮辞去,天已经快黑了。到了晚上,周瑜独自去见孙权,对他说:"咱们这儿有些人劝将军迎接曹操,是因为给曹操的那封信吓唬住了,说什么'率领水军八十万',完全是虚张声势。诸葛亮已经探听明白:曹操自己的北方士兵不过十五六万人,这十五六万人马连着奔波作战,已经疲惫不堪了。至于荆州投降的士兵,至多也不过七八万人,这七八万人不是曹操的兵马,他们是被迫改编,人人三心二意,一有机会,大多愿意归向刘氏。将军您想:叫疲惫不堪的士兵带领心怀二意的降兵,遥远地跑到江东来,人数再多,也不必担心。咱们跟刘豫州和刘琦的军队联合起来,荆州的降兵就不会甘心替曹操打仗。咱们只要有五万精兵,就可以打败曹军了。"

孙权听了,拍拍周瑜的肩膀,说:"公瑾,你这么一说,我可以宽心了。子布(张昭,字子布)他们这些人,只顾到自己的妻子儿女,一点没有远见,真叫我失望。只有你跟子敬(鲁肃,字子敬)和我同心,这是上天叫你们二人来帮助我的!"接着,他眼珠子转了转,说:"五万精兵一时不能齐全。这会儿战船、兵器、粮草等都准备妥当的有三万人马。请你和子敬、程普先带着这三万人马去,我再集合第二批精兵,亲自接应你们。万一你们在前面不能称心如意,就回到我这儿来,我一定跟孟德(曹操,字孟德)亲自决一死战!"

第二天,孙权就拜周瑜为左督,程普为右督,鲁肃为赞军校尉,发兵三万,准备去跟刘备会师,共同抗曹。周瑜自从跟诸葛亮见面谈话以后,就想跟他共事。他向孙权推荐,孙权就叫诸葛瑾去说,劝他留在东吴。诸葛瑾奉命去邀请诸葛亮,诸葛亮反倒请他哥哥去投刘备。诸葛瑾知道两个人都不可能离开自己的主人,就向孙权回报,说:"我兄弟一心归向刘氏,正像我一心伺候将军一样。他不肯留在这儿,正像我不肯跟着他去一样。好在两家结盟,同心抗曹,也不必都在一处。"孙权把这个意思告诉了周瑜。周瑜就请诸葛亮一同坐船,率领水军到樊口去会刘备。

刘备在樊口眼巴巴地等着东吴发兵来,天天派水兵在江面上巡逻,一听到周瑜的战船到了,就派糜竺去慰劳周瑜。周瑜对糜竺和诸葛亮说:"我心里真想拜见刘豫州,可是我率领大军,不能轻易离开。要是刘豫州肯劳他的驾,那就是我的造化了。"糜竺和诸葛亮辞别周瑜,回去见了刘备。刘备立刻坐了小船去会见周瑜,对他说:"将军决定抵抗曹公,大计定得好!可不知道将军带来多少人马?"周瑜说:"三万。"刘备皱了皱眉头,说:"好,就是太少了些。"周瑜微微一笑,说:"兵不在多,还得看怎么调度。请豫州看我破曹!"刘备不由得称赞他几句,回去跟诸葛亮他们商量调动将士,帮着周瑜共同抗曹。

周瑜继续进军,战船开到赤壁(在湖北省嘉鱼县东北,长江南岸),跟曹军的前哨遥遥相对,好像乌云聚在一起,随时都能来一场暴风骤雨。

火烧赤壁

建安十三年（公元 208 年）十一月初，曹军追刘备到巴丘（在湖南省岳州巴陵，后称岳阳），再往东到了赤壁山的对岸，大军驻扎在乌林。这时候，孙权坐镇柴桑后方，刘备跑到樊口，刘琦在夏口，周瑜到了赤壁前线，跟曹军隔江相对。曹军的前哨眼看南岸的吴军不多，将士们想占个便宜，给它一个迎头痛击，就派了一部分战船去试探一下。不料两军一交锋，曹军就败下去，回到北岸。周瑜收军结营，驻扎在南岸。这场战斗的试探，好像满天的乌云，下了几滴小雨，又停下了。

曹操原来想利用荆州的水军作为先锋，带动大批的北军一下子就能把吴军压住。没想到刚一交锋就吃了败仗。他责问荆州的降将蔡瑁、张允："为什么东吴兵少，反倒占了上风？"蔡瑁回答说："荆州的水军好久没操练了，青州和徐州的将士本来不惯于水战，所以反为兵少的所败。我说，只要扎好水寨，操练十几天，就是青州、徐州的士兵也准能学会水战。"曹操觉得有理，就吩咐蔡瑁、张允两个将军去训练水军。

蔡瑁、张允先立了水寨，大船停在外围，好像筑了一座水城，小船在里面来往接应。因为北方人不惯于坐船，更别说在水面上打仗了。曹操就让荆州的将士为教练，帮着青州和徐州的士兵天天操练。一到晚上，战船上点上灯火，照得水面通红，岸上的旱寨更是灯火相连，望不到头。

五六天过去了，水寨里的北军还是水土不服，一碰到刮风，起了波浪，有不少人晕船，动不动就吐，饭是更不想吃了。岸上旱寨里的北军并没受到波浪，可是情况也很不好。那年正赶上冬瘟，人还算死得不多，可是病倒的或者感到不舒服的不少，急得曹操一面叫人准备大量的医药，一面召集谋士们商议怎么能防止晕船。有人献计，说："把战船用铁链锁在一起，三五只一排或十几只一起，不光用铁链锁住，还可以用木条或铁板钉住，合成一只巨大的方船。这样，就不怕风浪，士兵们也不会晕船了。"大伙儿认为这办法好，曹操同意先试试。果然，战船互相锁住，人在上面好像在平地一样，连马都可以下船来回地走了。曹操就下令叫军中铁工连夜打造铁链、铁环、大钉，把绝大部分的战船一批一批地联合起来。士兵们这才喜气洋洋，不再呕吐了。

程昱用手托着下巴颏，闭着眼睛考虑了好久，才对曹操说："不行！战船不能锁！几只大船锁在一起，行动不便。万一敌人用火攻，只要几只船起火，连着就都烧起来，逃都逃不了，那还了得！"大伙儿听了，着急地说："哎呀，那还了得！赶快先把战船拆散了吧！"曹操笑了笑，说："这倒用不着担心。"荀攸也着急了，他说："火攻不能不防，丞相为什么发笑？"曹操说："你们只知其一，不知其二。我早就料到这一点了。要不，我怎么能同意锁船呐？你们知道目前正是严冬腊月，不刮风也就罢了，一刮起风来，十之八九不是西风就是北风。咱们兵在北岸，东吴兵在南岸，他们要是用火攻，不是自己烧自己吗？如果在春天或者十月小阳春的时节，一刮风就是东南风，那就万万不能把战船都锁起来了。"大伙儿听了，才放了心，不得不钦佩曹操高见出众，又想得周到。

那天正是十一月十五日，明月当空，水波不兴。曹操和将士们在大船上喝酒赏月，一眼望去，沿江都是灯火，江面上的倒影，闪闪发光，已经够叫曹操兴奋了，抬头一看，那颗滚圆的、静静的月儿也正瞧着他。他已经喝了六七分醉，拿着长矛站在船头，又是高兴，又是感慨无穷。忽然听见岸上的乌鸦"哇哇"地叫着向南飞去。曹操望着月亮，听了乌鸦的声音，心中有所感触。他对左右说："我拿着这支长矛，破黄巾，擒吕布，灭袁术，除袁绍，深入塞北，击退乌桓。我今年已经五十四岁了，如果这次能够打下江南，统一中原，就不算虚度一生了。诸君请别见笑，我说，对酒当歌，人生几何？好像早晨的露珠儿，一转眼就消失了。要是不做点儿事，岂不虚度一生？"说着，他当场作了一首歌，哼了起来，其中有四句是这样写的：

月明星稀，乌鹊南飞，

绕树三匝，何枝可依？

大伙儿听了，心里都触动了一下，谁都不说话，让月亮静静地照着，照得真有点叫人憋得慌。还是曹操哈哈大笑。他说："作诗唱歌嘛，就这么凑凑词儿，请诸君别介意。还是进来，再喝几杯吧！"

他们刚进了船舱坐下，有个军官进来报告，说："东吴有人送信来。"曹操召他进来，一见，是个打鱼的老大爷。他呈上书信，原来是东吴的大将黄盖派他的心腹扮作渔翁来送信。那信上写着：

我黄盖受了孙氏三世厚恩，一向当着将军。三个主人都待我不薄。但是天下事情，还得顾到大势。拿江东六郡山越之人去抵挡中原百万大军，兵力强弱，相差多远，这是谁都看得明白的。江东的将士和官吏，不论有见识没见识，可都知道不能抗拒大军。只有周瑜和鲁肃两个人，不知道天高地厚，又浅薄又鲁莽，没法跟他们说理。我受了点气，倒是小事，今天归顺朝廷，这是大义。周瑜所带领的人马，一来人数不多，二来斗志不强，容易消灭。交锋那一天，我为前部，到时候一定随机应变，立功图报。

曹操把信翻过来掉过去，看了又看，眼睛盯着使者说："你们也耍花招来个假投降，是不是？"使者竭力辩白，说："黄老将军因为反对周瑜，挨了一顿毒打。他是真心诚意地来归顺丞相，一则为国效劳，二则也为自己报仇雪恨。是非利害摆在眼前，丞相用不着怀疑。"曹操对他说："黄将军如果真心归降，朝廷一定给他高官厚禄。我不写回信，你们随时来通消息就是了。"

其实，这是周瑜和黄盖的"苦肉计"，东吴的使者一走，曹操为了防备特地再派探子到东吴去探听动静。第二天，两次派出的探子先后来报，他们都说东吴内部不和，就把详细的情况说了个大概。他们说周瑜召集将士们，叫他们准备三个月的粮草，一定要把曹军打回去。老将黄盖再一次劝告周瑜听从张昭他们一帮老大臣的话，归顺朝廷。周瑜怒气冲冲地说："我奉讨虏将军（指孙权）的命令跟刘豫州同心破曹，你竟敢说出投降的话，扰乱军心。不把你办罪，那还了得！"

黄盖也惹了火儿。他骂着说："你受了讨虏将军的命令，就这么狂妄自大，我黄盖一向跟着破虏将军（指孙坚）、讨逆将军（指孙策）在东南一带打了多少次仗，立了多少次大功，你这小子算老几？也敢在老前辈跟前作威作福！"周瑜气得暴跳如雷，吆喝着说："推出去砍了！"将士们苦苦央告，请周瑜从宽处罚。周瑜不好过于使性，就吩咐左右把黄盖责打五十军棍。武士们当场把黄盖剥去衣服，拖翻在地，噼噼啪啪地打得黄盖皮破肉绽（zhàn），鲜血迸流。

探子们末了说："周瑜打黄盖这件事，谁都知道。东吴有不少人都替黄盖打抱不平，可是听说黄盖已经认了错，服了。这会儿正在医治、休养。"曹操和谋士们听了这个报告，信以为真，就眼巴巴地等着黄盖来投降。万一是个假投降，那也没什么，等他到了这儿再杀他也不晚。

过了五六天，黄盖又去了一封信，大意说："周瑜防备严密，一时不能脱身。这几天当中将有运粮船到，江面由我巡查，到时候船上插着青龙旗的就是粮船，也就是投归朝廷的船。"

黄盖按照周瑜的计划，准备了几十只大船，船上装满了干草、芦苇、灌饱了膏油，上面盖着油布，船头插着青龙旗。一切布置停当，请周瑜检查。那天正刮着风，江面上波浪翻腾，水花直打到岸上来，船上的旗子呼呼地飘得欢。周瑜看着看着，想起了一桩心事，一霎时头晕眼花，差点倒了下去。回到营里，就病倒了。鲁肃慌了手脚，连忙给他请医调治。周瑜说："用不着请大夫，还是请孔明先生过来商量商量吧。"好在樊口离赤壁不远，鲁肃很快地请到了诸葛亮，跟他说了说周瑜在江边得病的情况，两个人进去看周瑜，略略一谈，周瑜叫手下的人都退出去，他对诸葛亮和鲁肃说："不瞒二位，我这个病是刮风刮出来的。"诸葛亮说："我知道。给您开个方子，怎么样？"周瑜愣了一下，说："请先生指教。"

诸葛亮拿起笔来写了四句话。周瑜和鲁肃一看，上面写着：

> 要破曹操，
> 当用火攻；
> 万事俱备，
> 独缺东风。

周瑜脱口而出地说："是呀，可怎么办呢？"诸葛亮说："虽说天有不测风云，可是风云也得顺从季节。目前严冬腊月，西北风是经常的。后天就是冬至。冬至一阳生（冬的尽头就是春的开始），春气转了，到时候，十之八九能起东南风。"周瑜给他这么一说，病完全好了。当时送走了诸葛亮，立刻叫黄盖继续准备。

果然，到了冬至那天，刮起东南风来了。黄盖又去了一封信给曹操，约定晚上带着几十只粮船到北营来投降。

一到黄昏时分，风越刮越大。黄盖率领着几十只大船准备出发。每只大船船尾拴着两三只小船，弓箭手都躲在小船里。一声号令，船队依次出发，到了江心，扯满了风帆，直向北岸驶去。北岸的曹军早已做了准备，等着接收粮船了。那天晚上，星光闪闪，江面上还望得见船只移动。曹操带着几个谋士和卫队正在楼船上瞭望。忽然瞧见对岸的船队顺风而来，隐隐约约还飘着青龙旗。曹操理了理胡子，得意地说："黄盖果然来了。"贾诩皱着眉头，说："今天起了东南风，咱们得防备意外。"程昱接着说："来船轻快得很，绝不是粮船。"曹操忽然叫了一声："哎呀，那还了得！"他立刻下令派将军们发出一队小船去传命令："让来船抛在江心，不准过来！"一面叫各船将士准备弓箭。

号令刚下去，东吴的大船已经过来了，离北岸才两里光景。一眨巴眼儿的工夫，几十条大船同时起火，火焰冲天，火船被狂风刮着，好像射箭一样地直飞到北营里来。火趁风势，风助火威，水寨中一处起火，就成了火种，立刻烧到别的船。水寨外围都是大船，大船三五只一排，十几只一连，都用铁链锁住，还用木条和铁板钉住，散都没法散，逃也没法逃，只能听天由命，让大火烧个够。这还不算，东吴大船后面的小船，离了大船，立刻排成队伍，不慌不忙地逼近北营，接连发射火箭。不但水寨里的战船被烧，连岸上的营寨也着了火。岸上的人和马烧死了不少，水里的士兵被烧得焦头烂额，扑通扑通地都掉在水里，好像要把长江填满似的。曹操正在上岸不得、下水不能的紧要关头，幸亏张辽带着一队小船把他救了出来，一面叫水兵射箭保护着曹操，一面像飞一样地逃了。

黄盖在火光中瞧见了曹操，不顾死活地追上去。划船的水兵正如猎狗见了小兔子，一个劲儿地追，小兔子更是玩命地逃。黄盖看着越追越近了，没防到乱箭飞来，肩膀上中了一箭，一个倒仰掉在水里。后面韩当的水军赶到，黄盖在水里大声喊叫救命。韩当听出是黄盖的声音，连忙把他救起，叫人送回大营医治。北营的战船只有一部分沿江逃去，可是东吴的战船集中起来，周瑜亲自擂鼓，从后追赶，杀得曹兵死伤了一大半。赤壁山的对面一片大火，红了半条江。

曹操逃了一程，上了岸。将士们陆续找到了他，集合了一队人马，急忙忙向乌林退去，沿路又给赵云、张飞、关羽他们截击，杀出一重，又是一重。赶到东方发白，才逃出了虎口。检点兵马，只有几千名士兵。曹操准备退到南郡去。士兵们报告：前面有两条道，一条是通南郡的大道，一条是抄华容的小道。大道远，好走；小道近，可是路窄地险。到底走哪条好，将士们意见不一。曹操眯着眼睛琢磨了一下，说："抄华容小道。"

他们走了一段，的确路窄地险，不大好走，这且不说，大风没停，倒也罢了，忽然下起雨来。风越刮越大，雨越下越急，小道变成了泥坑。曹兵拖泥带水地走着，一步一滑，一滑一跌，已经可怜极了。那些骑马的也好不了多少，马蹄陷在泥坑里，拔都拔不出来。将士们就叫小兵沿路铺草。小兵们肚子早就饿了，身子淋成了落汤鸡，天又冷，冻得直哆嗦。好在小道上没有追兵，可是也许正因为没有追兵，大伙儿一松劲，更走不动了。有些士兵干脆倒在道上。道又窄，一溜几十个人一躺下，就把道儿堵住了。曹操为了鼓励士气，故意哈哈大笑。将士们挺纳闷地问："我们到了这步田地，哭都哭不出来，丞相怎么还发笑呐？"

曹操说："人们都说周瑜、诸葛亮足智多谋，我看也不过如此。要是在这儿埋伏着一队兵马，我们还不全做了俘虏吗？他们一定以为我不会像平常人那样走小道，而我却偏偏抄小道走，这就出乎他们的意料，所以我笑他们到底平常。"

话虽如此，曹操认为华容道上毕竟不是休息的地方，万一敌人追上来，那可不是闹着玩的。他就从士兵蹚出的道上踩着过去，路上还是有说有笑地一直到了江陵。谁都佩服他在极端困难的时候，还有这种乐观劲儿。

采用中策

　　为了巩固孙刘联盟，孙权将自己的妹妹嫁给了刘备。但孙刘二人都想夺取益州，又因先前"借荆州"一事而心存芥蒂。孙权便派人把妹妹接了回去，又打算趁着刘备不在，发兵去夺荆州。没想到曹操也趁着这机会来打东吴。他知道荆州由诸葛亮、关羽他们守着，没法从这边过去，就在建安十七年（公元212年）十月，率领大军从合肥那边去打孙权。

　　曹操亲自到了濡须坞的对岸，瞭望对面船坞，战船整齐，队伍分明，不由得叹了口气，说："生子当如孙仲谋（孙权，字仲谋），而刘景升（刘表，字景升）的儿子简直跟猪狗一样。"

　　曹军和吴军相持一两个月，打了几阵仗，双方有输有赢。转眼到了春天，南方多雨，道路泥泞，不便行军。孙权给曹操写了一封信，信中说："春季雨水多，你们北方人对这种天气很不习惯，我劝您还是快回去吧。"他又说，"足下（您）不死，我就不能安定。"曹操看了来信，哈哈大笑，说："孙仲谋说的真是大实话。"他就下令退兵。孙权也回到了建业。

　　孙权一来怕曹操随时再打过来，二来不愿意让刘备安安定定地得到益州，就故意向刘备求救，要求他带兵回来同心抗曹。刘备气可大了，他说："他无缘无故地劫夺我的妻子，还有脸来向我求救！"刘备的军师庞统说："我们已经到了这儿，怎么也不能随便回去。我有三条计策，请将军自己挑吧。"刘备说："请问哪三条？"庞统说："马上挑选精锐的士兵日夜赶路直接去袭击成都。益州的刘璋兵力不足，又没做准备，大军突然进去，马到成功。这是上策。其次，杨怀、高沛是刘璋的两名大将，现在守着白水关（在四川省广元市昭化区西北）。听说他们屡次劝刘璋叫将军回到荆州去。我们不如借着孙权来请救兵的因由，就说荆州紧急，只好带兵回去。我们表面上装作动身的样子，派人去向他们辞行。他们一来钦佩将军，二来听说将军回去，心里高兴，一定出来送行。趁着他们出来，突然把他们逮住，接收他们的军队，再向成都进军。这是中策。再其次，我们把军队退到白帝城（在重庆市奉节县东），跟荆州连接起来，合成一片，慢慢再想办法进取益州。这是下策。要是疑虑不决，进退不定，必然遭到极大的困难。将军可不能老这么耗下去啊！"

刘备为难了一下，说："还是采取中策吧。"当时就给刘璋写了封信，大意说："乐进屯兵襄阳，跟关羽相持。孙氏跟我原来唇齿相依，现在曹操兴兵下江南，关羽兵力又弱，要是我不快点去救，荆州必然给曹操夺去。曹操拿下了荆州，往西进兵，必然来侵犯益州。曹操那边的威胁要比张鲁更大。张鲁好比小贼，不必担心。因此，我恳求您借给我一万精兵、一万斛粮食，帮我回去，使我能够打退曹操。打退了曹操，回来再去征伐张鲁也不晚。"

这封信送到成都，刘璋看了，很不高兴。他把刘备迎接进来，原来要自己出兵出粮去打张鲁。现在他回去对付曹操，这对益州并没好处，还要借这么多兵马和粮食，更不能随便答应。再说，益州的文武百官，除了张松、法正他们几个人以外，别的人都说帮助刘备没有好处。可是刘璋又不敢得罪刘备。他就给刘备四千人马，粮食也打个对折，给他五千斛。刘备有意鼓动他手下的将士，说："我们为了保卫益州，替他去打强大的敌人。向他要些人马和粮食，他竟这么舍不得给！怎么叫我们的将士替他去卖命呐？"

刘璋的使者回去一说，张松听了，直怪刘备不该回去。他偷偷地写信给刘备和法正，说："大事眼看就快成功了，怎么能走呢？"张松这么劝刘备夺取益州的计谋，被他的哥哥广汉太守张肃知道了。张肃怕自己受到牵累，就向刘璋告发。刘璋马上把张松抓去，杀了。接着就通知镇守关口的将军们不准再跟刘备来往。

刘备也火了，立刻把白水军的将领杨怀和高沛召来，责备他们只知道挑拨离间，不遵守部属的礼节，就这样把他们杀了。白水军原来是刘璋叫刘备监督的，刘备就把这支军队接收过来。他留着一部分兵马守住葭（jiā）萌关和白水关，率领大队兵马往南占领了涪（fú）城。刘璋派刘璝（guī）、吴懿这些将军发兵去打刘备。他们都打了败仗，退到绵竹（在四川省德阳市北）。吴懿认为刘备是个英雄，他带着一部分人马投降了。刘璋又派李严和费观两位将军统领绵竹的兵马去夺涪城，他们又被黄忠、魏延打败。刘璝和刘璋的儿子刘循退到雒城（雒音 luò；雒城在四川省广汉市），守在那儿。李严和费观也像吴懿一样带着自己的部下投降了刘备，刘备的军队就更强大了。他很得意，就在涪城大摆酒席，犒劳将士们。

刘备继续攻打雒城，守城的将军张任出来交战。他很勇敢，打了一阵胜仗，把刘备的兵马打得往后退去。张任不肯放松，一直追过去，可就这么中了庞统的埋伏，被逮住了。刘备命令他投降。张任很严厉地回答说："老臣决不能伺候两个主人！"他就这么给杀了。刘备叹息了一会儿，叫人把他的尸首好好地埋了。

张任一死，城里的将军们坚决守城，不再出来作战。他们尽力保持着通往成都的运粮道路。因此，城里粮草不缺乏。但雒城守了一年多，还没给打下来。

刘备打不下雒城，心里很着急，这时候葭萌关方面又来了警报。葭萌关的守将霍峻派人来报告，说刘璋发兵一万多人从阆中（阆音 làng；阆中属巴西郡治，在四川省阆中市南）去进攻。霍峻只有一千多人，幸亏他很有本领，坚守关口，使一万多敌人在关前占不到多大便宜。刘备不能再派兵到葭萌关去，这边又怕刘璋在巴东截断后路，他只好写信给诸葛亮，请他从荆州再派些兵马来。庞统急于取得胜利，巴不得早点攻下雒城。他亲自出阵攻城。没防到城头上的箭像下大雨似的下来。庞统中了箭，受了重伤，回到营里就死了，死的时候才三十六岁。刘备伤心得痛哭流涕，以后只要一提起庞统，他就流眼泪。

刘备失去了庞统，好像失去了一只胳膊。他派"飞马报"去请诸葛亮亲自到蜀地来指挥作战。诸葛亮收到了刘备的信，马上召集关羽、张飞、赵云他们商议一下。他们听到庞统阵亡的消息，都很难受，诸葛亮更止不住流泪。接着，他对关羽他们说："主公在涪城进退两难，我不能不去。"关羽说："军师一走，谁守荆州？"诸葛亮说："主公的意思是要我带着翼德和子龙同去，这镇守荆州的重担只好落在将军的肩膀上了。我就把印绶移交给您，请您勉为其难。"关羽接受了，对诸葛亮说："军师放心。我一定听从主公和军师的嘱咐，死守荆州。"

张飞和赵云就要跟关羽分手，请诸葛亮安排发兵动身。诸葛亮还是放心不下荆州，就问关羽："如果曹操打过来，你怎么办？"关羽说："全力抵抗！"诸葛亮又问："如果曹操跟孙权联合进攻，怎么办？"关羽说："分两路抵抗！"诸葛亮皱了皱眉头，说："这么一来，荆州危险了！"关羽眼珠子转了转，似信非信地说："那怎么办呢？"诸葛亮说："我有八个字，将军只要牢牢记住，就可以守住荆州。"诸葛亮接着说："这八个字就是：北拒曹操，东和孙权。"关羽说："军师的话我一定听。"

诸葛亮留下马良、糜竺、糜芳、关平、周仓等和一部分兵马帮着关羽守荆州，自己带领两万大军逆流而上去跟刘备会合。

一身是胆

刘备请诸葛亮坐镇成都,请法正为随军参谋,自己率领将士向汉中进兵。同时派巴西太守张飞和他的助手马超、吴兰,往北去占领下辨(县名,属武都郡,在甘肃省成县),自己把大军驻扎在阳平关(在陕西省勉县西北),派兵遣将去攻打夏侯渊。曹操正像法正说的一样,他担心内部发生叛变,自己不能脱出身来。他下了命令,吩咐夏侯渊挡住阳平关那一头,叫曹洪去争夺下辨。

曹操自己住在邺城,派丞相长史王必在许都总督御林军马。主簿司马懿对曹操说:"王必性情宽和,恐怕不大合适。"曹操说:"王必跟着我吃过苦头,经历过困难,忠诚可靠,我看还可以。"这时候,关羽在荆州越来越强大,许都内部就有人把关羽作为后援去反抗曹操。京兆人金祎(yī)原来是汉武帝的托孤大臣金日䃅(mì dī)的后人。他认为他家祖祖辈辈做了汉朝的臣下,现在眼看汉朝的天下快要转到魏王(即曹操,公元216年被汉献帝封为魏王)的手里了,就暗地里结交了少府耿纪、丞相司直韦晃、太医令吉本和吉本的两个儿子吉邈(miǎo)、吉穆这几个人共同商议,准备杀了王必,夺取御林军,拿天子的名义去征伐魏王曹操,联系关羽,发动政变。因为金祎是王必的朋友,不便出面,他就躲在后面指挥,让太医令吉本领头去干。

吉本他们就在建安二十三年(公元218年)元旦晚上,趁着大伙儿庆祝新年的热闹劲,率领家丁一千多人突然火烧军营,攻打王必。王必正在营里喝酒,一见外边起火,慌忙骑上快马逃去,肩膀上已经中了一箭。左右扶着他逃跑。他逃到自己的朋友金祎的家门口,想进去躲一躲。他一敲门,门里的人还以为金祎回来了,急着问:"王必那家伙杀了没有?"王必听了,好像踩了毒蛇,回头就跑。他手下的人把他送到南门。他受了伤,躲在南城,全靠颍川典农中朗将严匡发兵出来镇压，才把这场叛变平定下去。严匡屯田许下，他发兵进城，跟金祎、吉本他们打了一阵。金祎，吉本、吉邈哥儿俩全被杀了，耿纪、韦晃被士兵逮住，杀头示众。王必受伤过重，没几天也死了。

就因为许都内部太不稳定，曹操自己就坐镇邺城，非万不得已，他是不愿意轻易出去了。他一得到报告，说刘备分两路进攻汉中，就派"飞马报"叫曹洪去争夺下辨。张飞叫马超和吴兰出去攻打。吴兰阵亡，马超逃回。张飞一看情况不妙，只好拼死抵抗，不再出去挑战了。阳平关那一头碰到夏侯渊、张郃、徐晃他们的抵抗，不但占不到便宜，还打了一阵败仗，急得刘备只好写信给诸葛亮请他再派些兵马来。诸葛亮害怕本地人不愿意出去打仗，要是再派一支大军到阳平关去，也许对后方不利，就跟犍为人杨洪商议，问他该怎么办。杨洪说："汉中是益州的嗓子眼儿，没有汉中就没有益州。趁早发兵，不必犹豫。"

诸葛亮得到了本地人的支持，就发兵两万，派黄忠老将为统帅，连夜赶去帮助刘备。这次他知道杨洪有见识，又因为蜀郡太守法正跟着刘备往北去了，就表荐杨洪领蜀郡太守。刘备在阳平关跟夏侯渊对峙了一年多，很不得手，这会儿讨虏将军黄忠一到，就派他为先锋，大军跟着往南，渡过沔水，到了定军山（在陕西省勉县西南），挑个险要的地区安营下寨。夏侯渊就把军队调到那边，准备进攻，一面向曹操报告，请他再发兵来接应。曹操因为刘备接连侵犯汉中已经一年多了，就亲自到了长安。这时候，他怕夏侯渊出岔子，特地派人去劝告他，说："做将军的不能光凭勇猛，还得有胆小的时候。勇敢是根本，但是勇敢必须有智谋。有勇无谋，就是所谓匹夫之勇。你得在这上头多多留神。"

夏侯渊微微地笑了笑，有心要在"这上头"多多留神。可是他在阳平关，一直占着上风；他一探听到盘踞定军山的敌人不过一二万，带兵的原来是个老头儿，他知道要多多留神，可没法把个老头儿放在眼里。他马上带领着得力的将士往山上进兵去夺刘备的军营。法正请刘备叫将士们坚决守住军营，不跟夏侯渊作战。曹兵上来，山上的弓箭手就把他们射回去。夏侯渊进攻几次，都没成功。从早晨到中午，从中午到下午，几次叫战，就是没有人出来应战。不用说，他们见了夏侯渊这么勇猛的进攻，害怕了。到了黄昏时分，曹兵没碰到对手，有点腻烦了。

法正仔细察看敌人的情况，对刘备说："敌人已经松了劲，咱们可以下去了。"刘备就叫黄忠出战。黄忠率领神兵居高临下，跑下山去，鼓声和喊杀声震动天地，突然冲进曹营，杀得曹兵纷纷逃跑。夏侯渊亲自出来，正碰到黄忠老将，被他一刀劈落马下。益州刺史赵颙（yóng）赶紧来救，也被黄忠劈了一刀。两员大将就这么仅仅挨了两刀，双双完蛋。刘备一见前锋得胜，催促全部人马跟着追赶，杀得敌人连爬带滚，东逃西窜，死伤了一半人马。张郃火速派人向曹操报告战争的情况，自己带着残兵败将退到汉水东岸，远远地摆下阵势，只等刘备的军队渡河过来，就在中流给他一个迎头痛击。刘备到了汉水，怕前面有埋伏，就在西岸安营下寨。

建安二十四年（公元219年）三月，曹操亲自从长安出发，由斜谷（陕西省褒斜谷的北口）去救汉中。刘备听到了，对将军们说："曹操虽然亲自来，也无能为力，汉川是给咱们拿定了。"他下令守住关口要道，不跟曹操交战。两军隔水相持了十多天，好像双方都在准备什么，谁都不愿先动手似的。黄忠的部将张著探听到曹军的粮食存在北山下，有几千万袋米。黄忠认为可以去袭击一下，或者抢些来或者把它烧了。刘备就派黄忠和张著带领一支兵马先过去，派赵云和他的部将张翼在后面接应。黄忠跟赵云约定时刻，两支兵马会齐，去夺取粮食。

当夜黄忠带领人马偷偷地渡过汉水，直到北山，天才亮了，只见北山下整袋的粮食堆积如山。守卫粮食的少数士兵一见蜀兵进来，慌忙逃散。黄忠毫无困难地打了进去，反倒觉得有些太方便了。要是他留神一下，就该知道曹兵逃散，准有蹊跷。曹操打仗一向爱劫别人的粮草，自己存粮的地方哪有一点不防备的道理？黄忠想了一想，正准备叫搬运粮食的士兵退回去，突然一阵鼓响，张郃和徐晃两路兵马冲杀过来。黄忠挡住张郃，张著挡住徐晃，两支蜀兵边打边退。幸亏黄忠挥舞着一把大刀，左砍右劈，杀了不少人。接着，他抡着大刀风车似的转了几转，杀开一条血路，才逃了出来。可是这么交战下来，早已过了跟赵云约定的时刻。

到了约定的时候，赵云还不见黄忠他们回来，就对部将张翼说："你守住营寨，不可出去。营里两旁布置弓箭，以备万一。"自己带着几十个骑兵走出营门去看一下。走着走着，一直到了汉水，只见前面无数人马正在交战。他做梦也没想到曹操的大队人马会追杀蜀兵一直到了西岸。张郃紧紧地赶着黄忠，正碰上赵云。赵云放过黄忠，大喊一声，挺着长枪过来，好像小鸡啄小米，咯咯咯咯，一枪一个，连着戳倒了几十个曹兵。张郃一见赵云，心中暗暗着急。他早知道这位常山赵子龙，就是十一年前大闹当阳长坂坡的英雄，怎么也不敢小看他。他还没拿定主意究竟跟赵云交手好呐还是趁早退兵，谁知道赵云已经把张郃的军队打散了。曹兵见到赵云的长枪，就拼命往回跑。黄忠手下的士兵也勇气百倍地跟着赵云来了个回马枪。有人指着东南方一团人群说："张将军给敌人围上了！"赵云向东南方冲过去，杀入重围，救出张著，收集散兵，各回各营。

哪儿知道张郃、徐晃回头一看赵云的兵马不多，他们把散乱了的队伍集合起来，重整旗鼓，又追过来了。他们看准了赵云的营寨，一定要把它夺过来。守营的部将张翼一见曹兵像潮水似的涌过来，连忙对赵云说："追兵近了，怎么办？快关上营门，躲到军壁后面去吧。"赵云很有把握地说："别忙！把营门全打开，把旗子都收起来，也别打鼓。你叫弓箭手都伏在壕沟里。"他这么布置完了，又告诉张翼射箭和反攻的暗号，然后他一个人站在营门外好像等待客人似的。张郃、徐晃带着大队人马冲了过来，离营门不远，就望见赵云单枪匹马地候在那儿，反倒吓了一跳。再一望营门大开，旗子不见了，全营鸦雀无声，不由得起了疑。抬头一看，天快黑下来了。要是再上去中了埋伏，那可不是闹着玩的。他们在前面这么一犹豫，队伍就停下来了。有人对张郃说："冲过去试试！已经到了这儿，总不能白跑一趟。"张郃就派一部分兵马过去。有几个莽撞鬼想夺头功，不顾前后地冲到营门不到两百步了，赵云不动声色；不到一百步了，赵云还是不动声色地横着长枪等着，他那匹马好像在地下扎了根。曹兵大喊大叫地冲上来，赵云突然把枪一招，壕沟里的大弓小弓一齐发箭，前面一排人叫了一声："哎呀！"都倒下了，后面的人扭转屁股就逃。张郃、徐晃阻拦不住，自己反倒被挤在中间站不住脚，往后一瞧，只听得喊声大震，战鼓好像霹雷似的打着，谁都不知道有多少蜀兵追杀过来。赵云、黄忠、张著各带一队兵马追到汉水。曹兵吓破了胆，自相践踏，掉在水里。汉水上游河床本来不深，不用船就可以走来走去，可是掉在水里或者被挤倒，也能淹死，而且淹死了很多人。

第二天早上，刘备带着法正到了赵云那边，看了看昨天交战的地方，问了问他们如何以少胜多。张翼指手画脚地说了个大概。刘备高兴地说："子龙一身都是胆！"接着又说："打了这一仗，往后只要守住阵地，不必再出去作战了。"

痛失荆州

公元219年8月,关羽在樊城水淹七军,活捉于禁,杀了庞德,大获全胜。曹操听从司马懿的办法,一面下令叫镇守宛城的徐晃发兵营救樊城,一面打发使者去见孙权,叫他进攻荆州。使者还说魏王在前方拉住关羽,东吴在后面进攻南郡,前后夹攻,一定能把关羽打败;打败了关羽,荆州全归东吴。孙权跟大伙儿商议后,写了回信给曹操,表示愿意为朝廷效劳去征伐关羽。他就叫吕蒙回到建业,当面讨论夺取南郡的详细计划。孙权要的是荆州,并不是成心帮助曹操,曹操要的是解除樊城之围,也并不是成心帮助孙权。双方都希望对方去跟关羽大战一场,死伤的人马越多越好,自己可以坐享其成。关羽这边,既要夺取樊城,又得防备孙权偷袭荆州。论形势,郏(jiá)下方面已经派人去了;陆浑的孙狼已经收了兵马,接了印绶,情愿听从指挥;许都以南凡是反对曹操的都纷纷响应关羽。关羽就打算绕过樊城去打郏下,再由郏下去打宛城,然后直捣许都。如果能把后方的军队多调些到这儿来,打胜仗是有把握的。可是他担心自己的供应线拉得太长,万一南郡被东吴夺去,那可不是闹着玩儿的。因此,他再三叮嘱糜芳和傅士仁小心镇守荆州,又因为吕蒙屯兵陆口,关羽只好把大部分军队留在南郡。这还不够,为了防备沿江袭击,又在江边设置岗楼,二十里或者三十里一个岗,起了烽火台,派兵守着。关羽知道吕蒙的厉害,他屯兵陆口,不用说矛头就是对着自己。因此,关羽对于吕蒙这一头的防备,一点也不敢放松。

吕蒙回到陆口,一探听到关羽这么小心谨慎地把重兵留在南郡,江边还布置了这么多的岗哨,急得他无法可想。人家见他越没办法越发愁,他的旧病又发了。他原来有病,很可能是心脏病,一发作起来,疼得他神志昏迷。这会儿他一探听到关羽布置得这么严实,简直没有缝子可钻,他就害起病来了。真病也罢，假病也罢，他趁此机会上书给孙权，说他病重活不了啦。孙权只好叫吕蒙回去治疗、休养，还发个通知给陆口的将士们，吩咐他们安心等候新的统帅。

陆口的士兵们因为统帅病重，议论纷纷，安不下心来。等了几天，新的统帅下来了。大伙儿一见，差点笑出声音来。原来这位新来的统帅是个白面小书生，看过去叫他抓只小鸡都费劲。说起话来，小嗓子嘤嘤呦呦（yōu）赛过一个小姑娘，叫他来接替吕蒙，正像叫小鸽子来接替鹞（yào）鹰。这哪儿成呢？

"赛姑娘挂帅"的消息传到襄阳，关羽马上派人去仔细探听。派去的人回来报告，说："屯兵陆口的新统帅是江东大族的一个公子哥儿，叫什么陆逊，原来是个屯田都尉，做过县官。"关羽问了问将士们和当地的向导："陆逊是谁？哪儿人？多大年纪？"大伙儿都说："没听说过。"原来是个无名之辈。关羽听了，半信半疑。可是，不管怎么样，吕蒙害病离开陆口是事实，来了个少年将军接替他也是事实，关羽就稍稍调动一部分后方的军队到襄阳来。

没过几天，陆逊派使者带着礼物来见关羽，奉上一封信，大意说："水淹七军，于禁被捉。远远近近听到了这个消息，哪一个不赞叹将军的神威？从前晋文公城濮之战，淮阴侯（韩信）背水破赵，也比不上这次将军的功劳。敌国打了败仗，我们做同盟的听了也高兴。听说徐晃到了樊城，他一定想找个机会挽救一下。曹操是个狡猾的贼子，他一定会偷偷地增加兵马。古人说，打了胜仗之后，容易小看敌人。但愿将军劝勉部下多多留神，希望将军发挥威力，消灭敌人，把胜仗打到底。我是个书生，才疏学浅，这次被派到西边来，很担心不能胜任。好在将军在近旁，随时可以讨教。奉上薄礼一份，请收下作为我的拜见礼吧。"

关羽看了信，才知道这个曾经做过屯田都尉的陆逊很不错，果然是个晚辈，倒难得他这么恭敬、诚恳。他这才放了心，把荆州大部分的军队陆续调到襄樊这边来。听说曹操的大将徐晃已经离开了宛城，上樊城去了，他的兵马一到，樊城当然更难攻了。大水又一天天地退下去，大小船只和木筏子的用处就越来越不大了。关羽打算趁着徐晃的兵马还没到，大水还没完全退去，先攻下樊城。因此，他亲自督战，加紧攻城。没想到城上放冷箭，一箭射中了关羽的左胳膊。关平他们赶紧送他回营，叫随军医官拔出箭头，敷上药膏，没有几天就快愈合了。不料箭头有毒，胳膊还是肿疼，一到阴天或下雨，整个胳膊又酸又疼，要老这样，怎么还能挥动青龙偃月刀上阵杀敌呢？这个消息一传出去，曹仁他们更加用心守城，坚决不退兵了。

有个民间医生找到军营里来，说他愿意医治毒箭的伤痛，为的是要替他师傅报仇。关平一看，是个老大爷，头发、胡子全白了，可是眼睛挺有神，脸色红通通的，像个年轻小伙子。关平请他进来，问他："老先生尊姓大名？令师是谁？您要向谁报仇？"他说："我叫吴普，广陵人。"接着他就把他师傅的冤屈说了说。

他的师傅是个大名鼎鼎的民间医生叫华佗，一生替人治病，年纪快到一百岁了，看上去还是个壮士。他曾经替曹操治过病。曹操因为不时要犯头疼病，就把华佗留在身边。华佗本来也是个士人，不愿意为了曹操一个人老跟着他替他管药箱，推说回家去取药方，到了家里就住下了。曹操催他几次，他说妻子有病，不能离开。曹操派人去打听，原来华佗不愿意伺候曹操，他的妻子并没害病。曹操气得眼珠子直转，把华佗下了监狱，要把他处死。那时候，荀彧还在，他劝曹操说："华佗精通医术，有关人命，还是免了他的罪好。"曹操说："不怕天下没有像他一样的医生。"最终把他杀了。华佗临死时，交给监狱官一卷药方，可治百病。监狱官怕得罪曹操，不敢收。华佗也不勉强，叫他拿火来把药方全烧了。

华佗尽管给杀了，药方尽管给烧了，可是他的本领已经传给了他的弟子，其中最出名的有两个，一个就是这次来求见关羽的广陵人吴普，一个是彭城人樊阿。他们从华佗那里学到了治病的药方，还有割大腿、破肚子等外科手术，樊阿尤其擅长于针灸。这会儿吴普跟关平说了底细，关平向他父亲一报告，关羽就请他相见。吴普拜见了关羽，看了伤口，就说："毒已经到了骨头，必须刮骨才能去毒。"关羽就请他动手医治。将士们进帐来探病，关羽请他们一同喝酒。他右手拿着杯子，左手让大夫开刀。一个小卒子拿着盘子蹲在底下盛血。吴普把伤口开大了，挖深了，露出骨头来，上面已经有点发黑了。他就用尖刀在骨头上细细地刮，发出"瑟瑟瑟"的声音来，听见的人不由得脊梁发冷。关羽有说有笑地喝着酒，眉头也没皱一下。大伙儿都认为关羽真了不起。他是个英雄好汉，不怕疼，那是没说的。可是在他左右的这些将士们还不知道华佗的本领。他发明了一种药叫"麻沸散"，可以喝到肚子里，也可以敷在肌肉上。喝了麻沸散，醉得像死人一样，全身不知痛痒；敷上麻沸散，局部麻木，刀割也不大感觉到疼。这还不算，为了叫开刀的地方快点愈合，吴普还使了一种特别的针线把伤口缝上。完了，他说，过几天就好，线脚自然会褪去，用不着拆，不过最重要的是静心休养，不能冒火儿。他又说，打仗也不在乎一天两天，要能消灭曹操，那就是替他师傅报仇了。关羽连连点头，想请他留在营里。吴普推辞，说："害病的老百姓比军营里的将军多。只好失陪了。"

关羽送出了华佗的门生，休养了几天，箭伤果然很快地愈合了。现在他很快又可以自由地挥动青龙偃月刀了，其他什么都不担心，就担心粮草供应不上。关羽在襄樊的人马多了，于禁七军中投降的就有几万人，粮草的供应越来越困难。没说的，糜芳和傅士仁的后勤工作做得不够好。关羽责备他们，说："要是再不用心把粮草按时运上来，我回来非治你们的罪不可。"他的责备和警告只能叫糜芳和傅士仁他们泄气。粮食还是不太够。当初东吴和蜀划分荆州，拿湘水为界。孙权在湘水东边设置关口，就叫湘关。湘关里储藏着不少粮食。关羽的军队不管关口不关口，把湘关的米抢了去。

孙权得到湘关的米被劫的消息，气得什么似的，正好陆逊来了报告，请吕将军赶快发兵去袭击关羽的后方。以前所谓吕蒙病重，所谓无名之辈的陆逊接替吕蒙等等，原来是个计，为的是叫关羽不去防备陆口这面的进攻。关羽果然中了计，把后方大部分的军队都调走了。

吕蒙把战船扮作商船，叫摇橹的士兵扮作商人，穿上那时候一般商人所穿的白衣服，将士们都躲在船舱里。一批一批的商船由白衣人摇橹过江，到了北岸。北岸岗楼上的士兵瞧见大批商船都泊在北岸，就出来盘问。白衣人说："我们都是客商，江面上起了风，到这儿来避一避。"说着就拿出一些货物来送给士兵们，求他们行个方便，让他们在这边躲躲风浪。士兵们一见都是白衣商人，就让他们停在江边。没想到到了晚上，船舱里的将士一齐出来，把岗楼上的士兵全都抓住，连一个也没跑掉。吕蒙就这样把江边的岗楼全都夺过来，烽火台一点星火也没放。吕蒙的大军神不知鬼不觉地到了公安。

镇守公安的将军傅士仁突然瞧见东吴的大军已经到了城下，慌了手脚，匆匆地关上城门，再作计较。吕蒙派人去劝他投降。一来，岗楼不举烽火，他也有罪，将来人们说他做了东吴的内应，他也没法分辩；二来，关羽平日对他很傲慢，近来还说回来要办他的罪。他替自己这么一考虑，就投降了。吕蒙着实有一手，待他很好，还带着他渡过江到了江陵，劝南郡太守糜芳一同投降。糜芳大开城门，带着牛肉和酒出城来把吕蒙的军队迎接进去。

吕蒙进了城，把于禁从监狱里放出来，收在营里，接着安慰了荆州将士们的家属，嘱咐士兵们严守纪律，不得侵犯人家的一草一木。有个吕蒙手下的士兵，也是他的同郡人，他因为下雨，拿了老百姓家的一顶斗笠遮盖官家的铠甲。吕蒙认为他犯了军令，流着眼泪把他杀了。这么一来，上上下下全都挺小心的，连道上丢了的东西都没人敢捡了。吕蒙有意收买人心，经常派手下的亲信去抚慰年老的人和穷苦的人家，有病的给他们一些医药，受冻挨饿的给他们一些衣服和粮食。他又把关羽的库房财宝都加上封条，等候孙权来处理。

公安、江陵全落在吕蒙手里，关羽的后方失了。

败走麦城

关羽离开樊城退到襄阳,又从襄阳往南郡逃去。曹仁听了都督护军赵俨(yǎn)的意见没有追击关羽。曹操也特地派"飞马报"嘱咐曹仁不可去追。

关羽不见曹兵追来,略略宽了宽心,把军队驻扎下来。他还想探听一下究竟荆州(南郡)怎么样了。谁知道接连来了报告,麋芳、傅士仁投降了东吴,荆州全失了。关羽对赵累他们说:"目前前后受敌,救兵一时又不能到,怎么办?"赵累说:"陆口的守将过去曾经跟咱们订过盟约,同心抗曹,也曾经写信来表示交好。现在吕蒙帮助曹操向咱们进攻,这是违背盟约的。咱们可以派使者去责备他,看他怎么回答。"关羽一想,这话很有道理,就给吕蒙写了封信,派使者送到南郡去。没想到这一来,事情弄得更糟了。吕蒙抓住机会,进行拉拢。他一听到关羽派使者来,就叫人到城外把使者和随从的人迎接进来,很殷勤地招待着他们。

吕蒙看了关羽给他的信,很客气地对使者说:"我对关将军十分钦佩,怎么也不敢得罪他。可是今天的事很叫我为难,您想想,我受了主人的命令,怎么能自己做主呐?"他请使者和随从的人到驿舍里休息几天,让他们接见接见当地的人们。他又四面派人去通知关羽的将士们的家属,说他们可以随时到驿舍里去探听他们亲人的消息,如果要捎封信或者要捎些什么东西给他们在前方的亲人,使者可以替他们捎去。不光这样,使者还可以在城里随便走走,到老百姓家里去看看,聊聊天。人们都说东吴人待他们很好,病人还给医药,穷人还给粮食。将士们的家属和老百姓根本没把东吴的士兵当作敌人看。相反地,他们觉得彼此相处得很好,连关羽的使者也这么想。

使者回到关羽那边,把吕蒙的话说了一遍,还说:"城里(指江陵)很安宁。君侯和将士们的家眷都很安全,连日常的供应都照顾得周全。"关羽瞪了他一眼，骂着说："住口！这是敌人的诡计，不能听！"可是关羽一时大意，仅仅把使者训斥一顿，就让他们出来了。使者他们一出了军门，将士们纷纷来向他们探问家中的情况。使者实话实说，告诉他们各家都好，还把捎来的信分给他们。大伙儿都放了心。只不过，他们对吴人一放了心，就都不愿意再打仗了。当天晚上，就有一些将士偷偷地逃回荆州去了。

关羽又急又恨，只好催动人马分头向江陵方面打过去。走了一程，正碰上东吴将士拦住去路。可是这些将士都不是关羽的对手，关羽很快就把他们杀退了。不料杀退一批，又来了一批。吕蒙和陆逊的两路兵马会合起来，围住了关羽。幸亏青龙偃月刀和赤兔马发挥威力，终于杀散敌人，冲出重围。正好碰到关平和廖化的两支兵马赶到，合在一起，守住阵营。可是手下将士越来越少了。

关平说："军心已经乱了，咱们不能待在这儿。得先占领一座城，暂时守住，等待救兵。"赵累说："这儿离麦城（在湖北省当阳市东南）不远，麦城虽小，但可以屯兵。"关羽想不出别的办法来，只好往西占领了麦城。从八月中旬水淹七军打了个大胜仗，到十一月孤军占领麦城，已经三个月了，时间不算太短。谁也不明白为什么成都方面没有一点消息。是因为关羽本来打算单独消灭曹操，不愿意受到别人的牵制？还是因为诸葛亮他们不同意关羽自作主张单独出兵？反正成都方面并没派人来，连音讯都没有。关羽能够得到的一些音讯，全是从东吴方面传过来的。那就是陆逊往西打过去了。

刘备所设置的宜都太守樊友扔了城逃了，郡县的长官和当地各部族的首领都投降了陆逊。陆逊留用了这些长官，还把金印、银印、铜印分别发给这些部族的首领；接着他打败了蜀将詹晏等和那些有武装的秭（zǐ）归大姓，前后消灭了几万人。孙权就拜陆逊为右护军、镇西将军，封为列侯，叫他屯兵夷陵，镇守峡口（西陵峡口，在湖北省宜昌市西北）。陆逊夺下了宜都，麦城的东、南、西三面全是敌人，北面这一路因为曹仁不追赶，倒勉强可以绕道。

都督赵累就对关羽说:"刘封、孟达屯兵上庸,赶快派人突围出去,往西北跑,向他们去求救兵。只要他们能发兵来,就可以守住麦城,等待成都的大军。士兵们有了这个指望,准能安心守城。"关羽问:"谁能突围出去?"廖化说:"我去!"关平说:"我帮你突围,护送一程。"关羽就写了封信,交给廖化,藏妥了。关平带着一支骑兵,开了北门出去。一出了城,就有吴兵上来截住去路,被关平杀了一阵。廖化趁着乱劲,杀出重围,连夜往上庸去了。关平回到城里,关上城门,不再出战。

廖化赶到上庸,见了刘封、孟达,呈上关羽求救的信。谁知道廖化天大的希望落了空,他做梦也没想到刘封和孟达虽然各有各的心思,可是他们在对关羽不满意这一点上倒是相同的。他们推托说:"这儿是个山城,四周有不少部族,他们归附我们还没多久,并不心服。要是我们轻易出兵,怕连这儿也守不住。"廖化什么话都说完了,末了,他趴在地下磕头,脑袋磕出血来。他说:"你们不发兵去,关将军一定完了!"孟达说:"我们就是出去,一杯水也救不了大火。"廖化气可大了,骂他们见死不救,猪狗不如,上马往成都去了。

关羽被围在麦城,时时刻刻盼望着上庸兵到。可有关救兵的消息就像石沉大海,音讯全无。赵累说:"现在内无粮草,外无救兵。不如杀出去,回到西川,再想办法。"关羽说:"我也这么想。"他上了城门楼子,瞭望了一下,又问了问当地的向导:"从这儿往北,地势怎么样?"他们回答说:"都是山沟小道,可通西川。"关羽就准备走这条小道。周仓催他动身,说:"请君侯快走,沿路多多保重。我在这儿死守到底。城可破,头可断,我决不投降!"有几个跟着周仓的士兵冲天起誓说:"我们决不投降!"

可是要跑出去也不容易。上次关平帮着廖化冲了出去以后,吕蒙下令加紧包围,把四面城门围了个风雨不透。他还怕万一关羽突围出去,也得有个准备,就跟将士们商议,说:"关羽兵少,如果出来,绝不敢走大路。麦城北边有条小道可通西川,他要逃走,一定走这条小道。"大伙儿都同意,就请他下令布置。吕蒙叫朱然带领五千精兵,埋伏在离麦城二十里的北边山坡上，嘱咐他，说："关羽的人马要是过来，不可跟他们作战，等他们过去了，才从后面大喊大叫地追杀一阵，让他们逃去。"他又叫潘章带领一千精兵埋伏在临沮小路上。

吕蒙这么分头布置，孙权完全同意。为了进一步打击关羽的军心，孙权从江陵派使者到麦城去劝他投降。关羽一听东吴派使者来，就先跟手下的将士商议怎么对付他，然后叫士兵让东吴的使者坐着筐子，把筐子吊到城头上来。使者见了关羽，说："真人面前用不着说假话。将军统管的荆州九郡全都丢了，汉中王（指刘备）当然不会高兴。现在您在这儿内无粮草，外无救兵，麦城也不能再守下去。大丈夫不怕死，死并不难，可是死了又能怎么样呐？吴侯（指孙权）一向敬仰将军，他愿意请将军仍旧镇守荆州，不知道将军能不能归顺吴侯？"

左右将士低着头不说话，关羽皱着眉头，慢慢地理着胡子，半睁着眼睛看了看使者，刚张了张嘴，又闭上了。使者凑上去，说："将军有什么为难之处，尽管说。"关羽挺了挺腰，说："吴侯总该知道我的脾气吧。关某一生刚强，不甘屈服。现在兵临城下，叫我投降，哈哈哈哈，真是没见过世面的人的想法。要是吴侯真心求和、愿意订立盟约的话，先退兵十里，才有商量余地。"

使者回去，说关羽愿意投降，要求退兵十里，在南门相见。关羽叫人在城头上竖起长幡和长旗，又做了一些草人扮作士兵排列在城门楼子上。吕蒙果然退兵十里，等候关羽投降。关羽趁着这个机会，带着关平、赵累他们开了北门，偷偷地向西北逃去。为了避免沿路招摇，留下的几百个士兵都解散了。跟着关羽一同走的，才十几个骑兵。初更以后就进了北山，静悄悄地走了二十多里，只听见一阵鼓声，伏兵一齐起来追赶。赵累拼尽全力对付敌人。他还以为幸亏敌人动手晚了一步，才给他挡住背后的敌人，好让关平他们向前跑去。他一见敌人不敢再上来，才带着伤赶上关平他们，继续前进。他们好像是被猎人追赶着的小鹿，一面快跑，一面竖起耳朵，四面听听动静。他们这才逃出敌人的包围，开始踏上通向西川的小道，往临沮走去。

这时候已经十二月了，天气很冷。赵累对关平说："要是上庸或者成都能有一队兵马在这儿接应我们，我们就可以脱离虎口了。"关平赌气似的说："咱们不能盼望他们，只能依靠自己了！"说着说着，他们到了漳乡（在当阳市东北，临沮县西面），突然一声鼓响，东吴的偏将军潘璋出来截住去路。关羽见了，提着青龙偃月刀过去，大喝一声："滚开！"好像半空中打了个霹雳，吓得潘璋的马猛地一蹦，把潘璋颠下马来，跌了个仰面朝天。关羽不愿意多杀人，两腿夹住赤兔马，使劲地往前跑。没想到山路两边的伏兵一齐起来，长钩、套索同时并举，赤兔马被绊倒，栽了个大跟头，关羽翻身落马，跌出两丈以外，连大刀也丢了。他拔出宝剑来，还想杀散敌人，不料一脚踩空，跌到陷坑里，当时就被潘璋的司马马忠逮住了。关平、赵累火速赶来，又被敌人四面围住。他们拼着命打了一阵。末了，赵累死在乱军之中，关平打得筋疲力尽，也给逮住。

马忠、潘璋、朱然他们费了很大的劲，十分小心地把关羽、关平送到吕蒙的大营。吕蒙还想劝他们投降，被关羽骂了一顿。他本来打算把他们押到孙权那边去，可是江陵离临沮两三百里地，谁也保不住半道上不出岔子。他就把关羽和关平父子杀了。关羽这年五十八岁。

朱然、潘璋他们到了麦城，用竹竿挑着人头，大声嚷着，叫守城的将士出来投降。周仓上了城门楼子，往下一看，果然是关羽、关平的头颅。他眼睛使劲一睁，眼犄角全裂开了，大叫一声，从城头上跳下去，摔了个粉身碎骨。麦城也给东吴拿去了。

关羽的那匹赤兔马被马忠拿去。吕蒙早就听说它是匹天下闻名的千里马，想把它献给孙权，也可能孙权会赏给他。但他这个打算落了空，赤兔马几天不吃，咽了气。大伙儿直叹息。

这次孙权任用吕蒙，杀了关羽，夺取了荆州九个郡，就在公安开庆功会，大赏功臣，尤其是吕蒙，吕蒙的得意劲就不用提了。

煮豆燃萁

曹操的病不是突然发作起来的。从他在汉中打了败仗回到洛阳，已经很累了。接着，关羽进攻襄樊，于禁七军全部被消灭，他的身体就越来越差劲。等到他病得厉害的时候，有些官员说打醮（jiào）可以免灾。曹操说："我在军中三十多年，从不相信灵异的事。死生有命，何必求神求鬼贻笑大方。"接着他立了遗嘱，大意说：现在天下还没安定，不必遵守古代的制度，安葬完毕就可以除去孝服；将军士兵屯兵在外的不得离开岗位；各地官吏必须各守各位，入殓要朴素，只穿平日的衣服；灵柩葬在高陵（在邺城西），坟里不得埋藏金玉珍宝。

曹操的一班左右心腹，如曹洪、陈群、贾诩、华歆、司马懿等一听到魏王病重，就一同到了榻前，等候着最后的嘱咐。曹操吩咐手下人把他平日所收藏的名香分给伺候他的一班妇女，嘱咐她们："生活必须勤俭，要多做女工，做了鞋卖钱，可以自己养活自己。"说了这话，他就不再开口。这几个心腹大臣急于要知道有关朝廷的大事。曹操连分香、卖鞋这些琐碎的事儿都详细说了，可就不谈今后的国家大事，好像说："以后的事你们自己干，我就撒手不管了。"这位一生精明、三国时代杰出的政治家、军事家、文学家就这么咽了气，享寿六十六岁。

曹操死的时候，太子曹丕还在邺城，洛阳的军队失了统帅骚动起来。有人主张把消息压一压，暂不发丧。谏议大夫贾逵（kuí）认为这么重大的事情不应当不让大伙儿知道。大臣们同意发丧，派使者到各地去报丧。

青州兵（28年以前曹操打败黄巾所改编的军队）自作主张地敲着鼓一批批地走散了。大伙儿都说应当马上禁止他们走动，不服从的就该办罪，跑了的应当去征伐。贾逵竭力反对，说："使不得！"他跟大伙儿商议一下，就发给青州兵一种证明，凭着证明，青州兵所到的地方就有当地的官员招待他们。一场骚动才安定下来。

不料一波刚平，一波又起，曹丕没来，曹丕的兄弟曹彰带着一部分兵马从长安赶到洛阳。谏议大夫贾逵是办理丧事的大官，也是洛阳军营的总管。曹彰就问他："先王的玺绶在哪儿？"明摆着他是想把曹操的大印接过去。贾逵很严厉地回答他，说："一家有一家的长子，一国有一国的太子，先王的玺绶不是君侯您该问的！"曹彰好像斗败了的公鸡似的，只好把翎毛收起，不敢再争了。

在洛阳的文武百官把曹操的遗体入了殓，灵柩运到邺城，由太子曹丕主丧。尚书陈矫说："应当先请太子即位，免得发生变化。"他们就奉了卞（biàn）王后的命令，立曹丕为魏王。一天工夫就把即位大礼办好了。第二天，御史大夫华歆从汉献帝那边领到诏书，赶来了。这样，曹丕就正式地继承他父亲为魏王、丞相、领冀州州牧。魏王曹丕尊父亲曹操为魏武王，尊母亲卞氏为王太后。接着，他任命贾诩为太尉，华歆为相国，王朗为御史大夫，其他大小官员各有升赏。曹彰和别的王弟都回到自己的封地去（曹丕有异母兄弟二十多人）。只有临淄侯曹植根本没来。有人告发他，说他整天喝酒，使者去报丧，他不但不哭，还把使者骂了一顿，轰出来了。这打哪儿说起？

原来卞氏生了四个儿子，就是曹丕、曹彰、曹植、曹熊。小儿子曹熊早死；三儿子曹植多才多艺，是个才子；二儿子曹彰，很有力气，武艺高强，喜欢做将军，因为他胡子是金黄色的，得了个外号叫"黄须儿"，曹操就担心黄须儿有勇无谋，不敢重用；曹丕才能比曹植差，可是能耍心眼儿。曹操自己是个才子，文学好，早就喜爱曹植，爱他聪明，爱他诗词歌赋都比别人强。当时的一些名士，如杨修、丁仪和丁仪的兄弟丁廙（yì）等都帮着曹植。曹操屡次三番地要立曹植为太子，可是另有一批人，如贾诩、华歆、陈群、贾逵等使着各种花招反对曹植，连宫人和左右伺候曹操的人都得了曹丕的好处，替他说话。曹操也怕自己家遭受袁绍和刘表的下场（袁、刘两家都因为不立长子，兄弟争位，弄得一败涂地），就立曹丕为魏太子。

曹丕得到了自己被立为太子的消息，高兴得像撒欢的小猫，又蹦又跳，他两手抱住议郎辛毗（pí）的脖颈子说："辛君，您知道我有多么高兴吗？"辛毗把这话告诉了他女儿宪英。宪英叹了一口气，说："太子是接替君王，主持宗庙社稷的，职责多么重大！接替君王，不能不担心，主持国家，不能不害怕。应当担心、害怕的时候，反倒欢蹦乱跳，怎么能长久呢？魏恐怕长不了啦！"

曹丕还怕地位不稳，就想尽各种办法让曹操不喜欢曹植。曹植也真是聪明一世，懵懂一时，他自己太随便，不留神遵守制度。他竟坐着车马私开司马门（司马门是皇宫的外门，只有天子或天子的特使才能使用。其他人即便奉皇帝命令进出，也不能骑马或坐车，只能步行）。监视他的人立刻向曹操报告。曹操气极了，把那个管司马门的大官定了死罪，杀了。他也越来越不喜欢曹植了。俗语说，祸不单行。后来，曹植的媳妇又因为违反制度给曹操杀了。原因是，曹操定了一条规矩：他家里的人不准穿绣花的绸缎衣服。有一天，曹操从高台上往下瞧，瞧见一个穿绣花衣服的女人，冒了火儿。一问，是曹植的媳妇。曹操说她违反制度，叫她自杀了事。打这儿起，曹植更加心灰意懒，天天喝酒解闷，无聊得很。

曹仁被关羽围攻，连着请求救兵的时候，曹操叫曹植为中郎将征虏将军，派他去支援曹仁。曹丕和跟着他的一批人着慌了，魏王这么重用曹植，对太子是不利的。大伙儿设了个计，叫曹丕去向曹植道喜。曹丕送酒食去跟他兄弟一块儿喝酒。曹植本来就喜欢喝酒，一喝就喝开了。起先，曹丕给他敬酒，后来向他劝酒，末了简直逼他喝了。曹植给他灌得烂醉，倒在炕上不省人事。正在这个时候，曹操下令召他去，连催几次，曹植不能接见使者，不能接受命令。这会儿曹操可真火了，骂曹植酒醉糊涂，自暴自弃。打这儿起，他讨厌曹植和跟着他的一班人。帮着曹植的那些人当中，杨修是个头儿。曹操怕将来可能发生变乱，再说杨修又是袁术的外甥，就借个罪名把他杀了。杨修被杀后过了一百多天，曹操死了，曹丕即位为魏王。

魏王曹丕一听曹植侮辱使者，还喝酒骂人，有失孝子的体统，又听说丁仪、丁廙还打算造反，要立曹植为王，他立刻派许褚带着一队卫兵连夜动身赶到临淄（在山东省淄河东岸），把曹植、丁仪、丁廙等都逮住，押到邺城。曹丕先把丁家两弟兄和两家的男丁一概杀光，然后再亲自审问曹植。

母亲卞太后急得直揉胸膛。曹丕、曹植是一奶同胞，都是她的亲生儿子。她把曹丕叫来，流着眼泪对他说："你兄弟平生喜欢喝酒，脾气怪僻，性情疏狂，是我平日教养不严。你要是能够体念同胞之情，留他一条性命，我就是死了，也可以闭上眼睛。"曹丕跪着说："母亲放心！三弟的才学我也喜爱，我怎么能害他呐？我只是警戒警戒他，好叫他改改脾气。"卞太后这才擦着眼泪进去了。

曹丕出来，坐在大殿上，叫曹植进去相见。曹植趴在地下请罪。曹丕说："我和你虽然是兄弟，可是照国法，我们是君臣。你怎么能狂妄自大，蔑视法令制度？父亲在的时候，你老拿自己的文章向别人夸耀。我怀疑也许有人替你代写。今天我要亲自考考你：限你走七步，作诗一首。如果你真有才能，免你一死；如果不能，足见你一向欺诈，绝不宽容！"曹植说："请出题目。"曹丕叫他起来，对他说："我和你是兄弟，就拿兄弟二人为题，可是不许犯着兄弟字样。来吧。"

曹植开始迈了两三步，接着走一步，念一句：

煮豆燃豆萁，
豆在釜中泣；
本是同根生，
相煎何太急！

曹丕听了，掉了眼泪。他母亲卞太后从殿后出来，哭着说："做哥哥的别把兄弟逼得太紧了！"曹丕慌忙离开席位，说："请母亲放心！"他下了一道命令，说："植弟是我同胞兄弟，我对天下尚且无所不容，何况兄弟？为了骨肉之亲，免他死罪，把他改封就是了。"他就把曹植的封地减少，改封为安乡侯。

公元220年，汉献帝让位于曹丕，曹丕就这样当上了皇帝，国号叫魏，定都洛阳，他自己就是魏文帝，并尊他父亲曹操为魏武帝。

火烧连营

曹丕当了皇帝，魏代替了汉，刘备听闻此事，伤心得不得了。刘备手下的官员们，以诸葛亮为首，都劝他即位，让汉朝继续下去。公元221年，刘备在成都自立为皇帝，自认为是正统，把国家还叫作汉；也就是历史上所称的"蜀国"。诸葛亮做了蜀国的丞相。

公元221年，刘备为报吴夺荆州、关羽被杀之仇，率大军攻吴。吴将陆逊为避其锋，坚守不战。刘备派吴班带着几千人在平地上扎了营，耀武扬威地在吴军关前叫战，大声嚷嚷地要吴兵出来尝尝刀枪的滋味。东吴的将士耐着性子，不理他们。有些蜀兵开始骂街，有的甚至脱了衣服，光着上身，干脆躺在树底下乘凉。韩当、徐盛、潘璋他们这几个东吴的将军见了，气得直发抖，脸皮都发了青，鼻翅一扇一扇地去见陆逊，嚷着说："真气死人！"潘璋憋着一肚子的火儿，躲在韩当和徐盛的背后，净喘气，不开口。陆逊说："你们怎么啦？"

韩当说："刘备手下有个将军，叫吴班，他带着几千个士兵在平地上扎营，正对着我们。这明明是不把我们放在眼里。他们还提高嗓子对着我们直骂街，说我们不敢出去，骂我们是胆小鬼，是狗！他们这么骂下去，我们的耳朵也受不了！"

陆逊点了点头，又是正经又像开玩笑似的说："那你们就捂住耳朵，别理他们！"他接着向将军们解释，说："我早就看了地形，蜀兵在平地上扎营的才几千人，可见前面山谷里全是伏兵。吴班大声嚷嚷地骂我们，更可见得是要引我们出去。我们怎么也不能上这个当。蜀兵占领山头，居高临下，我们上去进攻，一定吃亏。可是他们翻山越岭地过来，伏在山谷里腾不出地方来，兵马又多，挤在树林子的岩石当间，也长不了，到时候，他们只好出来。那时候我自有办法收拾他们。现在你们必须鼓励士兵加紧防守,千万不可疏忽。"将军们听了,还是不明白,他们总以为陆逊究竟年轻,胆儿小。

过了三天,蜀兵从山谷中出来,吴兵呆呆地瞪着眼睛说:"险些上了圈套。"陆逊对将士们说:"我之所以不听从诸君去打吴班,就料到刘备有这一招。现在伏兵已经出来,我们就可以偷偷地躲到山谷里去了。"他就派一部分人马绕到猇(xiāo)亭的后面去。

刘备因为等了半年,叫人上去骂街,人家还是不出来,"安排香饵钓鳖鱼"的计策行不通,再等下去,日子越久,耗费的粮食越多,他就叫伏兵从山谷中出来,战船里的士兵也都上了岸,三路兵马并成一路,准备过了夏天,到秋季来个总攻击,于是就在沿江一带安营下寨,拿树木编造栅栏。因为天气热、太阳毒,营寨大多扎在低洼的多草木的险要地区,还用树木连枝带叶地搭了无数的"凉棚"。

侍中马良已经从武陵带着五溪的首领胡王沙摩柯和一支人马到了。他对刘备说:"树栅连营,就水歇凉,好是好,可有一件,万一东吴用火攻,怎么办?"刘备说:"如果为了避暑,把军营扎在树林子里不是更凉快吗?我们离开树林子,沿江扎营,也是为了防备这一点。现在东吴更不能用火攻了。你想:从北岸烧过来吧,大伏天哪来的西北风?从南岸烧过来吧,他们得先占领南岸的树林子的南面,要烧先烧树林子,他们怎么能够穿火过来?再说我们的军营并不挨着树林子,何必怕火攻呐?"马良和别的将士们这才放心了。

到了闰六月,刘备还没发动进攻,那边陆逊倒先准备动手了。将士们都说:"要打刘备,早就该动手了。现在蜀兵已经进来了五六百里地,相持了七八个月,一切主要的关口要道,他们早已布置了防御。他们不打过来已经上上大吉了,我们打过去,一定没有好处。"陆逊说:"刘备老奸巨猾,阅历丰富。他发兵来的时候,一定考虑周到,我们不能跟他对敌。到了今天,他们在这儿待了这许多日子,一直占不到便宜,士兵疲劳,精神沮丧,他也想不出好主意来。我们要打败蜀兵,是时候了。"他一面写信给吴王孙权,说明可以打败敌人的一些道理，一面派鲜于丹带领一支兵马先向连营试探一下，叫韩当和徐盛在后面接应。

鲜于丹带着几千人马偷偷地绕到蜀营附近的地方，突然一阵鼓声，冲杀过去。万没想到他们才冲了一百来步，就被木栅挡住。大伙儿正想拔去木桩，蜀兵已经由左右两旁出来厮杀。一霎时，临近几个连营里的将军一齐杀到，吴兵死伤了一大半，鲜于丹再也抵挡不住，拼死逃跑，正碰上胡王沙摩柯从横里过来，射了他一箭，射中了肩膀。幸亏韩当、徐盛的一支兵马赶到，救出鲜于丹，带着残兵败将逃回吴营，向陆逊请罪。

陆逊说："这不是你们的过失，是我要试试敌人的虚实和连营的情况。"韩当说："蜀兵强大，难以攻破；硬要打过去，恐怕白白损失兵马。"鲜于丹说："我们原来想突然攻他一个营，没想到他们的营寨一个挨着一个，一眨巴眼的工夫，各营一齐杀到，我们只好退回来了。"陆逊说："我知道攻打连营的办法了。试了一次，我们就更加有了把握。"

他召集将士们，向他们说明火攻的计划。首先派韩当带领五千人马埋伏在大江北岸；叫朱然率领一万水军，船上多伏弓箭手，但等敌人败退的时候，沿着南岸追击敌人；叫徐盛、鲜于丹带领一万人为前队，用茅草和松明（古代照明工具，是一种含有大量油脂的松木）束成火把，沾上油脂，每人带上十来个；叫宋谦和潘璋带领五千名刀斧手和五千名火箭手埋伏在南岸的树林子里，但等三更时分，由树林子里冲出去，直奔江边，火烧连营。

碰巧那天晚上起了东南风，到了半夜，风刮得更大。徐盛、鲜于丹、宋谦、潘璋把人马分成四队，顺风放火，每隔一营，烧一营，四十多个大营，只点了二十个，就同时起火了。也是刘备一时大意，总以为吴军屡战屡败，不敢过来。他只知道北岸不能用火攻，南岸树林子里也不能放火，因为那是自己烧自己。谁知道人家出了树林子直扑江边的树栅连营。没一会儿工夫，烧红了半边天，连江面上也全是火光。胡王沙摩柯死在乱军之中，士兵们被射死的、烧死的、挤到江里淹死的，就有一万多人。将军傅彤（róng）和从事程畿（jī），还有关羽的儿子关兴、张飞的儿子张绍，带领着一部分人马保护着刘备逃出火网,到了北岸,占领了马鞍山(在湖北宜昌西北),临时守住山口,不让吴兵上来。

好容易挨到天亮,有几批败退下来的蜀兵找到马鞍山来,人数倒增加了不少,可是没多久,埋伏在北岸的韩当和率领战船的朱然都赶到那边,水陆两路又展开了血战。看情况马鞍山也难守下去,刘备这时候才体会到逆流行船的困难,吩咐程畿传令下去,叫水军们扔了战船,上岸往西逃跑,免得留在那边的水军全军覆没。刘备在山上往下一望,长江一带还冒着浓烟,水面上乱七八糟地漂着战船、器械,还有无数的尸首,差不多把长江堵住了。他叹了口气,又是惭愧,又是懊恼地说:"我还真败在陆逊这娃娃手里,这不是天数吗?"话还没说完,只见有一批士兵往山上跑。有个将军报告说:"吴军放火烧山,请皇上快走。"刘备叫将士们冲下山去。傅彤、关兴、张绍他们冲了好几次,还是冲不出去。蜀兵心慌意乱,简直土崩瓦解,又死了不少人。好在那边树木不多,一时也烧不到山上来,接着天也黑了,吴军把马鞍山四面围上,扎营下寨,暂时休息一下。

刘备趁着这个机会,准备连夜逃去。傅彤杀出山口,让刘备先走,自己在后面保护。吴军紧紧追赶,才把傅彤的后队拦住。傅彤跟吴军大打一阵,手下的人一个一个倒下去,最后就剩下傅彤一个人了,他可越打越精神。吴兵大声嚷着说:"投降吧!你一个人拼死也没用。"傅彤骂着说:"吴狗!大汉将军哪儿有投降的?"他又扎死了几个吴兵,受了重伤,咽了气。就因为有这一点工夫,刘备他们才冲出包围,往西跑去。

程畿到了江边,吩咐水军们上岸往西退去,他自己坐在战船里慢慢地逆流而上。左右对他说:"后面的追兵就快到了,请坐小船快逃吧!"程畿说:"我在军队里只知道追杀敌人;在敌人面前逃跑可没学过。"他也像傅彤一样,受了重伤,死了。

第二天,吴兵还是紧紧地追赶着。蜀兵到了一个山沟子里,道路挺窄,眼看着快给追上了。刘备被逼得没办法,吩咐将士们脱去铠甲,堆在道上,士兵们把军用的锣鼓什么的也都扔在一起,不仅把山道堵住,还把这些东西烧起来。吴兵赶到这儿，过不去。他们只好停下来，把那些正在烧着的铠甲什么的拨开，接着追赶。蜀兵沿路有逃散的，有倒在路上的，到后来跟着刘备的才几百个骑兵了。幸得赵云及时赶到，把刘备接到白帝城，整顿军队，布置防御。

刘备因为东征失败，又悔又恨，又听说孙夫人以为他战死投江自杀，就更闷闷不乐，害起病来了。他紧急召诸葛亮来白帝城，将太子刘禅托付给诸葛亮和赵云后便晏驾了，享寿六十三岁。

街亭之战

公元226年，魏文帝曹丕病死，太子曹叡（ruì）即位，也就是魏明帝。吴王孙权趁着魏有丧事，就亲自发兵去攻打江夏郡，遭到了失败。诸葛亮没在这一年出兵，也许他像古人所说的那样，尊重春秋的道义，不趁着人家有丧事去进攻，也许他还得训练兵马，准备粮草。

公元227年，诸葛亮向后主刘禅上了一个奏章（《出师表》）就率领大军北伐，把天水、南安、安定三个群和各属县都拿下来了。曹魏派张郃带领五万人马来救天水，诸葛亮料定张郃一定先来争夺交通要道街亭（在甘肃省清水县东北），便派马谡（sù）去守街亭，还另外派巴西人王平为裨将军，做马谡的助手。诸葛亮叮嘱说："这次安营扎寨必须守住要道，只要挡住敌人就行，不必出去跟他们交战。"

马谡带着王平和两万多人马到了街亭，看了看地形，微微一笑，对王平说："丞相心眼可真多。这儿地形险要，旁边还有一座山，山上又有树林子，正可以布置埋伏。魏兵怎么敢过来？"

王平提醒他说："丞相说了：这次安营扎寨，要加强壁垒，多架栅栏，守住要道，不让敌人过来。我们一面在要道口扎营，一面叫士兵上山砍木头，布置栅栏，好不好？"马谡撇了撇嘴，说："你别忙。这儿正可以在山上扎营，居高临下，那要比平地上扎营更有利。"王平只记着诸葛亮要他们守住要道，不同意在山上扎营，就说："要是敌人四面围上来，怎么办？"马谡很有把握地说："敌人围上来，我们就冲下去。居高临下，势如破竹，还怕不能杀退敌人吗？"

另外有个将军叫李盛的，他只知道捧马谡，不愿意听王平的话。他显着不耐烦的神气说："王将军，你少说几句行不行？我们的参军熟读兵书。你这一点想法，参军还能不知道？"

王平总觉得不能在山上扎营，他又说："我看这座山是个绝地。要是敌人断了我们的水道，没有水，不打仗也活不了。"马谡向王平瞪了一眼，说："你懂得什么！兵法说：'置之死地而后生。'如果魏兵断绝我们的水道，难道我们的士兵就不会拼命？一拼命，十个抵得上一百个。还怕没有水喝？"

将军李盛还想说："马参军熟读兵书，是有学问的人。你呀，你还认不到十个字，懂得什么呐？"可是他再一想，这话太挖苦人了，就换个口气，说："平时丞相行军还老问问我们的参军，你怎么反倒不听参军的指挥了？"马谡就决定在山上扎营。

王平最后央告说："那么，请给我一部分兵马在临近的地方另外扎个营寨，大军扎在山上，两个军营成了犄角，魏兵过来，彼此可以接应。"马谡勉强答应了，可是仅仅拨给他一千人马。王平带着这一千人马，在离山十里的地方扎了营寨。马谡和李盛就把两万多兵马扎在山上。当时画了地图，注明扎营的地点，派人送到祁山大营。

"知己知彼，百战百胜。"这话一点不假。马谡只听说张郃去救天水，可不知道魏军除了张郃的五万人马以外，还有司马懿的十多万人马。两路大军会合起来，很快就到了。司马懿早已探听明白这边的情况，就派张郃去对付王平那一路的蜀兵，自己率领大军连夜赶到街亭；第二天，天一亮，就把马谡扎营的山头围上，在山下布置阵势，赶紧筑起壁垒来。司马懿带着十多万兵马，还不能马上跟两万兵马的马谡交战吗？他为什么还要赶筑壁垒，守住阵脚呐？他是个行军作战的行家。他要采取少用力、多占便宜的办法对付马谡。就下了一道命令："守住阵营，不准上山，只围不攻，只守不战！"

马谡一见魏兵围上了山，就下令叫士兵分头冲下山去，就是他所说的"居高临下，势如破竹"。没想到人家的队伍动也不动，只是出动全部弓箭手、弩箭手，往上射箭。蜀兵被射死射伤了不少，只好往回退。马谡不让他们上来，再一次下令往下冲，就再一次被射死射伤不少，其余退到山上。就这样一天当中，冲了十几次，都给人家顶回来。山下的魏兵越围越欢，山上的蜀兵越来越慌。山上山下交通被割断，山上的士兵没法下山去打水。营里连做饭都不成，两万人揭不开锅，不打自乱，乱哄哄地闹到半夜，纷纷空手逃下山去，投奔魏营。马谡和李盛禁止不了。他们还盼着王平来救，可是王平只有一千人马，光是对付张郃已经不容易了，哪儿还能过来接应？马谡和李盛只好带领这支孤军杀出重围，往西逃跑，沿路被魏兵截击，打一阵，败一阵，败一阵，逃一阵。两万兵马被杀得就剩下几千人了。

马谡的残兵败将竟还逃在王平前面。王平才一千人，勉强守住营盘。他叫士兵们拼命打鼓，装作进攻的模样。张郃怕他有埋伏，不敢逼上去。他不见张郃过来，就慢慢地退兵回去。张郃见他这么不慌不忙地退去，怕他是个诱兵之计，不敢追。这么着，王平的一千人马，不但一个也不少，沿路还收集了不少马谡的散兵，挺镇静地向阳平关退去。马谡不见魏兵追来，才透了一口气，也向阳平关退去。

司马懿和张郃为什么不去追赶马谡和王平呢？为什么不一直追到阳平关去呢？张郃不敢自作主张，特地来问司马懿该怎么办。司马懿说："马谡、王平一定会退到阳平关去。要是咱们沿着这条道追上去，不但阳平关打不进去，而且诸葛亮的大军必然从祁山向咱们的背后打过来。到那时候，咱们前后受敌，一定吃亏。诸葛亮一听到失了街亭，他一定退兵。我们向那一路追上去，准能打个胜仗。你不如带领一支人马往东去对付赵云和魏延的军队。他们也一定向阳平关退去。他们退兵，你追击一阵，打赢了也不必穷追，只要把他们的辎重夺过来就是了。我自己带领大军去夺西县（故城在秦州汉中府）。"

张郃还不明白。他说："我们为什么不趁这个机会去收复天水、南安、安定三个郡，反倒去争夺一个小小的县城？"司马懿说："我已经探听明白，西县虽然是个小城，但它是蜀军囤积粮食的地方，而且像街亭一样，也是通向三个郡的要道。只要夺取西县，那三个郡用不着打就可以收复。"这样决定下来，司马懿就叫张郃往东进兵，叫曹真往北进兵，自己率领十五万大军往西转南进兵。

诸葛亮正在西边。他自从派马谡去守街亭，派魏延往东进兵以后，一直不大放心。有一天，街亭那边派人送地图来。他拿来一看，正像当头挨了一棍子似的那么一愣，当时脸色发白，两眼发直。过了一会儿，他叫了一声"哎呀"，连连摇头、叹气。左右见他这个样儿，连着说："丞相，丞相，您怎么啦？"他又叹了一口大气，说："可恨马谡，不听我的话，自作聪明，把大军扎在山上，街亭一定守不住。街亭失守，不但天水三郡去了，连我们这儿也保不住。"大伙儿听了，好像大祸临头一样，慌忙请诸葛亮快想办法。诸葛亮立刻派人分头去向魏延、赵云、姜维他们传令，火速退兵，退守阳平关，自己带领一万人马退到西县，连夜搬运粮食。

阳平关会合后，诸葛亮问了马谡、李盛、王平和从街亭退回来的士兵以后，马谡承认自己的过错。各路将士听了，都把牙齿咬得格格直响，痛恨马谡和李盛不听丞相的指挥，以致许多郡县得而复失，前功尽弃。诸葛亮吆喝一声，先把将军李盛砍了。他对马谡说："我要是不把你办罪，全军不服。"他就把马谡下了监狱。

马谡在监狱里给诸葛亮写了一封信，说："丞相平日待我像自己的儿子一样，我也把丞相当作父亲。这一次是我犯了死罪，但愿丞相能够念及'杀鲧（gǔn）用禹'的故事（相传鲧治水失败，舜帝把他杀了，又用鲧的儿子禹去治水），我死了也可以闭上眼睛了。"他写了这封绝命书，就自杀了。他死的时候才三十九岁。

诸葛亮亲自祭祀马谡，还抹着眼泪哭得很伤心。当时在场的士兵都掉了眼泪。诸葛亮依法惩办了马谡，可是很好地照顾他的家小，还把他的儿子当作自己的孩子看待。

裨将军王平几次劝阻马谡，在退兵的时候还能够收集散兵，安全地压队回来，不愧为大将的风度。诸葛亮特别表扬了他，拜他为参军，升为讨寇将军，封为亭侯。

三路伐魏

公元234年春二月,汉丞相诸葛亮第六次出兵北伐,同时打发使者到东吴,约吴主也出兵,东西两面夹攻,使魏分散力量,难于应付。四月里,诸葛亮率领十万大军由斜谷到了渭水南岸的郿县,屯兵五丈原(镇名,在陕西省宝鸡市岐山县)。这西边的形势固然严峻,可是长安有司马懿的军队守着,蜀兵又是远道而来,只要司马懿派兵守住关口、要道,诸葛亮是不能很快就打过去的。为此,魏明帝倒特别注意东吴那一边。

吴主孙权一直打算往北扩张地盘,这会儿诸葛亮打发使者来约他一同发兵,他就下了决心,分三路进兵。他自己率领大军为第一路,到了巢湖口(巢湖也叫焦湖,在安徽省中部),向合肥新城(在安徽合肥)进军,大军号称十万,声势十分浩大。他派陆逊、诸葛瑾带领一万人马为第二路,进入江夏、沔口,准备进攻襄阳,又派将军孙韶、张承带领一万人马为第三路,进入淮地,向广陵、淮阴进军。三路兵马同时并进。

魏明帝曹叡认为东吴这一边的三路进攻,要比蜀兵从斜谷过来更加严重。因此,对付西边,他仅仅派了将军秦朗带领两万人马去帮助司马懿,嘱咐他们严守阵地,不可出战,自己坐着龙船,率领大军,御驾亲征去对付东吴。他还在路上,镇守合肥新城的满宠,向他献计,准备故意放弃新城,引吴兵进入寿春,在那里消灭他们。魏明帝不同意,他说:"先帝(指魏文帝曹丕)挑选了重要的地区驻扎军队:东,屯兵守合肥;南,屯兵守襄阳;西,屯兵守祁山。敌人到了这三个地方,都被打败,就因为地势好。孙权进攻新城,一定不会成功,只要将士们坚决守住,待我大军一到,也许孙权已经跑了。"

满宠就用原来的一点兵马坚守新城。吴主一看没法打进去,就下了命令，叫士兵们用木头大量地制造攻城的器具，如云梯、撞车等，派自己的侄儿将军孙泰率领将士攻城。满宠招募了一批勇士，拿松明作为火把，浸上麻油，由将军张颖等率领，从上风放火，向吴兵反攻。那天正赶上刮大风，松明加上麻油，一点就着。这班勇士拿松明作为飞镖，遥远地向云梯什么的扔过去。扔到哪儿，烧到哪儿，大量的攻城用的木头架子被烧毁，还烧死了不少士兵。孙泰又被城上的乱箭射死。大将一死，士兵纷纷逃回。

吴主打了一个败仗，正在进退两难，不知道下一步该怎么办的时候，倒霉的事又连着来了。第一件事是"秋老虎"。那年秋天闷热得叫人喘不过气来，军营里发生了瘟疫，官吏、士兵害了病，已经死了不少人。第二件是魏帝率领大军来了。吴主原来估计魏帝不能出来，也许像上回那样往西到长安去。这会儿一听到他亲自率领大军到合肥来了，"好汉不吃眼前亏"，他就下令退兵。他这第一路退兵，右边的第三路孙韶他们配合不上，也只好退回来了。

左边第二路陆逊、诸葛瑾他们离第一路比较远。陆逊一听到魏帝亲自到合肥来，就打发心腹韩扁给吴主送去奏章，说他准备改变原来的作战计划，不去向襄阳进攻，而要赶到东边去切断魏兵的归路，约吴主前后夹攻，活捉曹叡。没想到韩扁到了沔中，吴兵已经退去，自己反倒给魏兵的巡逻队拿住。幸亏他的一个手下眼快腿快逃回去，就近向诸葛瑾报告了经过。

诸葛瑾吓了一大跳，马上给陆逊去信，说："皇上已经回去了，敌人逮住了韩扁，知道了我们的计划，我们必然吃亏。再说天旱水干，还是快点退兵吧！"陆逊看了信，对来人说："请回报大将军，急事缓处，我自有办法。"说着他像平日一样，继续跟将军们在一起干他们的事儿。

使者回去向诸葛瑾回话，诸葛瑾担心陆逊太大意了。就问使者："大都督还作些什么准备？"使者说："这我可不知道。我光知道他还督促士兵们在营外种芜菁（菁音 jīng；就是大头菜，也叫疙瘩菜）、豆子什么的，自己不是跟将军们下棋，就是跟他们比箭玩儿。"

诸葛瑾听了，放了心，他说："伯言（陆逊，字伯言）足智多谋，一定有办法。"他就亲自去见陆逊，问他详细的情形。陆逊说："敌人知道我们的皇上已经带着大军回去了，他用不着担心东边这一路，就必然用全力来对付我们，而且料到我们退兵，他就一定布置兵马沿路截击。我们这儿一退，让敌人看出我们害怕，他就会趁着机会逼上来，我们难保不打败仗。因此，我们必须另想办法，让敌人摸不透我们的意图，然后我们才能够回去。"

他们两个人很秘密地商量定了，马上行动起来。诸葛瑾率领战船，陆逊率领步兵、骑兵，不但不往后退，反倒水陆并进，浩浩荡荡地向襄阳进军。魏人一向害怕陆逊，这会儿一探听到他亲自来进攻襄阳，马上把那些已经出来的军队调回去，准备坚守襄阳。吴兵就这样没在路上跟魏兵交战。陆逊的大军到了白围（在白河口），假意地说去打猎，暗地里派将军周峻、张梁等袭击江夏郡的新市、安陆、石阳几个小城。

石阳倒是个热闹的地方，那天东门外正赶上集市，赶集的人还真不少。周峻他们突然打过去，老百姓惊惶失措，有的人甚至扔了货物，都往城里逃。守城的魏将下令关门，可是城门口挤满了人，城门没法儿关。魏兵一瞧前面的吴兵已经到了，就横了心，把拥挤的人杀了一些，才勉强把城门关上。吴兵就在城外杀了一千来人，还带回了一些"俘虏"。

此后，魏军大忙了一阵，加强了襄阳的防守，吴兵却没过来。第二天探听下来，才知道东吴大军已经退回去了。

东吴十多万人马的三路进攻，并没跟魏展开大规模的战斗，仅仅由于满宠招募了一些勇士，烧毁了东吴攻城的器具，射死了吴主的侄儿，就这么烟消云散了。难道吴主孙权就这么不中用吗？他以前曾经任用周瑜，火烧赤壁，打败了曹操；任用吕蒙，夺取荆州，消灭了关羽；任用陆逊，火烧连营，赶走了刘备。为什么这一次他不把十多万兵马的大军交给大都督陆逊，而仅仅给他一万人马，把他当个次要的配角呐？为什么要自己率领这十多万人的主力军，可又不敢跟敌人拼个死活呐？有人说，做了皇帝，谁还肯拼死？把兵权交给别人吧，总不如自己拿着好。咱们且不管这些个，反正东吴这次北伐就这么虎头蛇尾地吹了。

东边除了威胁，魏明帝就在寿春封赏有功劳的将士。大臣们都向魏明帝建议，说："司马懿正跟诸葛亮相持着难分难解，皇上是不是可以再一次御驾亲征，到长安去一下？"魏明帝说："孙权一逃，诸葛亮一定吓破了胆，司马懿的大军足足可以抵制他，用不着我担心了。"他留下一部分的兵马守在那儿，自己带着其余的将军和大臣回去了，真的不怎么把司马懿那边的战争放在心上。

魏明帝坐着龙船东征回来，已经是八月了。他还真大模大样地替汉朝的皇帝安葬。原来汉献帝让位曹丕以后，曹丕封他为山阳公，不愁吃、不愁穿，多磕头，少说话，无声无息地又活了十四年。今年五十四岁，三月里害病死了。东汉从汉光武刘秀到汉献帝刘协，一共八代，十三个皇帝，一百九十六年（公元25年到220年），已经完了。魏明帝曹叡曾经穿着孝给他发过丧。这会儿按照安葬皇帝的仪式把他葬在禅陵（禅音shàn；让位的意思，陵，就是大坟，禅陵在河南省修武县北；修武县原来叫山阳县），还让他的孙子刘康继承他做山阳公。

安葬了汉献帝以后，魏明帝正想知道郿县那边的情况，司马懿的奏章到了。从诸葛亮四月到了郿县，在渭水南岸扎了营，司马懿跟他对抗着已经一百多天了。司马懿有了秦朗两万兵马的支援，一直依照魏明帝的命令只守不战。这会儿派人送奏章来，请求魏明帝让他出去跟诸葛亮大战一场。司马懿一向主张坚守，他怎么会要求出去作战呢？这里面准有花样。

鞠躬尽瘁

司马懿素来害怕诸葛亮,他一听到诸葛亮屯兵五丈原,心里急得什么似的。一般的将士们只知道蜀兵来了,可还不知道究竟在哪儿扎营。为了安定军心,司马懿故意对将士们说:"如果诸葛亮从武功(山名,在陕西省武功县南)那边沿山往东过来,我没法不担心;如果从五丈原那边过来,将士们可以放心。"探听下来,果然诸葛亮屯兵五丈原。魏将由于司马懿说了那一番话,安心得多了。

司马懿下了命令:"只守不战!"他对将士们说:"让蜀兵多消耗粮食。日子一长,他们打又打不过来,运来的一些粮食越吃越少,木牛流马(诸葛亮设计的用于运送粮食的双轮车和独轮车)也不能大量地供应粮食。咱们只要坚持三四个月,他们必然退去。赶到他们退兵,咱们用全力追击,一定能打胜仗。"

诸葛亮这一回已经料到司马懿有这一招儿,因此,他利用木牛流马,早在斜谷口积聚了粮食,还不断地继续运送。蜀兵有了这么多粮食,一年半载绝不会饿肚子。不光这样,诸葛亮又作了长期打算,他下了决心,北伐不成功,就永远不回去。他分出一部分的士兵在渭河南岸开了不少荒地,开始耕种。这些士兵跟附近的农民杂居在一起。蜀兵纪律严明,不侵犯老百姓,不拿他们的东西。为这个,屯田的士兵和居民做到了相安无事。军队屯田种地,生产粮食,诸葛亮就可以跟司马懿相持下去,要坚持多久就多久,非跟他拼个上下高低不行。

诸葛亮派人向司马懿下战书,还说,不出来交战的不是好汉。司马懿硬是不出来,不是好汉就不是好汉。蜀兵天天到司马懿的营门口叫战,骂魏将都是"胆小鬼""没皮没脸、没耻没羞""缩在甲壳里的王八"等等,什么难听的词儿都用上了，魏兵的耳朵起了茧子。将军们更加受不了，屡次三番地要求出去打。司马懿好像没事人似的就是不答应。就这么着，两军对峙了一百来天。要是在往年，蜀兵早已吃完了粮食回去了。可是这一回，别说一百天，就是一年两年也能坚持下去，蜀兵非把司马懿引出来不可。

有人向诸葛亮献计，拿那时候轻视妇女的风俗习惯去嘲笑司马懿。诸葛亮笑了笑，说："不妨试试，也好让他们知道害臊。"他们就打发使者给司马懿送去一套妇女的衣服，外加发钗、耳环，还有胭脂、花粉什么的，叫他"好好打扮打扮，赶快回到千金小姐的闺房里去，别再在这儿带着兵马丢人现眼啦！"

司马懿和他的将军们见到了诸葛亮送去的这份礼物，听了使者传达的这种讽刺话，这一气呀，真不得了啦。有的吹胡子、瞪眼睛、鼓腮帮子，有的气了个倒仰儿。司马懿本来想故意笑一笑，把这口大气硬咽下去，可是他一见将军们气得鼻子眼儿都喷了火，他也只好跟着他们绷着脸，翻了翻眼皮子。

将军们嚷着说："我们也算是上过阵的将军，怎么受得了这号侮辱？请下命令，我们情愿决一死战！赢不了蜀兵，甘心受军法处分！"司马懿说："谁愿意受气？我也不是不敢出战，就因为皇上嘱咐我们只守不战，我才千忍受万忍受，怎么也不敢违抗皇上的命令。"他说了这话，瞧了瞧各人的脸，还是竖着眉毛，咕嘟着嘴。他怕不能把他们的火儿硬压下去，就说："你们既然都要出战，我就立刻上个奏章，要求皇上答应我们大战一场。你们看怎么样？"大伙儿只好同意他先上奏章。

司马懿真有两下子，他一面把将士们的火儿压下去，一面还想探听探听诸葛亮的近况，就很有礼貌地招待着送女衣和胭脂花粉的使者。他一点也不问打仗的事，只是像聊家常似的说："孔明先生身体可好？事情一定很忙吧。睡觉好吗？胃口不坏吧。"使者还以为这些都是客套话，又不是什么军事秘密，就很天真地回答说："诸葛公起得早，睡得晚，打二十板屁股的刑罚也得他亲自批准。胃口不算好，一天也就是吃这么一小碗饭。"司马懿送走使者，对将士们说："诸葛孔明吃得少，事务烦，能长得了吗？"

诸葛亮确实又忙又烦，一向如此，可是吃得少还是近来的现象。他一向闲不着，文件都得亲自批阅。主簿杨颙（yóng）在八九年前曾经劝过他，说："我每回看到丞相自己校阅文件，总觉得您太累了。治国治家都需要有个体制，上上下下各有专职，不可互相侵犯。就拿治家来说，做主人的必须把工作分配好：谁下地，谁做饭；公鸡打鸣儿，狗管门，牛驮东西，马跑远路。各种各类的工作都要按照专责完成，主人自己就不会老忙不过来。如果他什么事情都要亲自动手，不再叫别人去干，那么，他为了这些琐碎的事，弄得筋疲力尽，结果，没有一件事情做得好。难道他的智慧能力还不如他手下的人吗？难道他还不如鸡、狗、牛、马吗？不是的。毛病在于他失了做主人的法度喽。所以古人说：'坐着谈论大道理的叫王公，起来实干的叫士大夫。'现在丞相亲自办理这些烦琐的事，一天到晚流着汗，您不觉得太辛苦吗？"

诸葛亮不能同意他的说法，认为分工负责固然需要，亲自动手也少不了。再说他自己也有内心的痛苦，那就是合适的帮手太少，这话他可说不出口。但是他知道杨主簿讲这番话是出于好心。他很感激地谢了谢他的劝告，然后说："我不是不知道，但是受了先帝嘱托的重任，唯恐自己尽力不够，辜负了先帝。"

诸葛亮这么鞠躬尽瘁地干下去，人家还不谅解他，甚至连后主刘禅也觉得自己没掌握着大权，他说："朝政由葛氏去办，祭祀我来。"这也许是实话，因为先主曾经嘱咐他要像伺候父亲那样伺候丞相，可是把应当像父亲那样受尊敬的丞相称为"葛氏"（葛家人），分明是在发牢骚了。也可能由于诸葛亮过分地自己负责，不轻易信任别人，以致蜀中的人才越来越少，而自己累得吃不下饭。这会儿使者向司马懿透露出这一个紧要的情报，司马懿一面给魏明帝上个奏章，一面鼓励将士们，说："诸葛亮活不了多久啦。"

魏明帝接到了司马懿的奏章，对大臣们说："司马懿同意我坚守不战的计策，怎么这会儿又要求打了呐？"老大臣卫尉辛毗说："司马懿本来不要打,一定是因为将士们受不了诸葛亮的侮辱,他才上了这个奏章,请皇上帮他一下,才可以压服他们。"魏明帝拜辛毗为大将军军师,拿着节杖到渭河去传达命令。

皇上派一位老大臣到军营里来,还让他做了大将军军师,这个地位多高哇。他还拿着皇上的节杖来传达命令,这是一件十分郑重的大事。全军的将士们又是害怕又是兴奋地想早些知道皇上的诏书。司马懿和几个主要的将军把辛毗迎接进去。辛毗奉着节杖宣布说:"谁敢再要求出战,就是违抗天子的命令!"将士们只好你瞧瞧我、我瞧瞧你,谁也不敢再吭声了。

蜀营里得到这个消息,马上报告上去。护军姜维对诸葛亮说:"辛毗这个老头儿拿着节杖来传达命令,贼兵绝不会再出来了!"诸葛亮说:"司马懿本来不敢出来交战,他这么装腔作势地上奏章要求开仗,完全是做给将士们看的,表示他并不是不敢打。要不然的话,将军接受了皇上的命令,率领三军,他在外面,皇上再有命令下来,也可以不接受。如果司马懿能够打得过我们的话,他早就动手了,哪儿有跑了一千里地去请求作战的道理?"

诸葛亮给司马懿送去了妇女的服装和首饰,司马懿忍着气,始终不敢出来,这会儿辛毗一到,魏明帝的命令一传,更可以不必出战了。诸葛亮退又不愿意退,打又打不进去,有力没处用,这么耗了一百多天,急得心里闷闷不乐,到了八月里,害起病来了。他还想坚持一下,哪儿知道病情越来越严重,他只好向后主上个奏章,报告害病的情况。后主急得什么似的,马上派尚书仆射李福赶到五丈原去慰问。

李福见了诸葛亮,传达后主的命令,代他问安。诸葛亮流着眼泪说:"我不幸半途而废,没完成北伐大事,辜负了先帝的嘱咐。我死之后,诸公千万要忠心辅助皇上,为国家出力。劝皇上清心寡欲,爱护人民。以后我还要再给皇上上个奏章。"李福一一记在心头,就动身回报后主去了。

诸葛亮勉强起来,叫左右把他扶上小车,还想再一次到各营去看一遍。没想到他才看了几个军营,已经头晕眼花,再也支撑不住了。他对着军营深深地叹了口气,说:"唉!我再也不能临阵讨贼了!国家没能统一,人民吃尽苦头，天哪，天哪！这叫我太难受了！"

他回到内帐，闭着眼睛休息一会儿，就叫长史杨仪、护军姜维、尚书费祎他们进去，嘱咐后事，告诉他们怎么退兵，怎么断后，怎么对付可能发生的变化，等等。他们偷偷地擦着眼泪，只能劝他安心休养。诸葛亮嘱咐完了，宽了宽心，病好像轻松点了，安安静静地睡着了。

过了几天，丞相的病突然又严重起来。大伙儿正在慌乱的时候，尚书仆射李福又来了，他见到诸葛亮闭着眼睛，已经奄奄一息了，轻轻地哭着说："唉，我耽误了国家大事！前几天我不敢问，这会儿又来不及问了。"诸葛亮听到李福说话，慢慢地睁开了眼睛，对他说："我知道你要问的是什么。国家大事一时哪儿说得完。以后你们可以去问蒋公琰（就是蒋琬；琰 yǎn）。"李福点了点头，说："公琰之后，谁可以继任他呐？"诸葛亮闭上了眼睛，又说了句："费……费文伟（就是费祎）可以……接着他。"李福又问："费文伟之后呐？"没有回答的声音。大伙儿围着他，叫："丞相！丞相！"他却已经睡着了，从此不再醒来。那一年，这位三国时代伟大的政治家和军事家才五十四岁。

杨仪、姜维他们按照诸葛亮的遗嘱，不把他去世的消息透露出去，只是把尸体裹着装在车里，叫各军营按前后次序不慌不忙地退去，由大将魏延断后。魏延可不愿意压队，他就单独行动，率领着自己的一队兵马向南谷口退去（南谷也叫褒谷，在褒城县北，北谷也叫斜谷，在邱县西南，是一个山谷，长470里，总称褒斜谷，在陕西省终南山）。大军就由姜维压队了。

经历了一番周折后，北伐大军回到成都。后主和满朝文武全都挂孝，痛哭流涕地到城外去接灵，后主为了纪念他，尊他为忠武侯，下令大赦天下。

装病夺权

公元239年，魏明帝曹叡病重，传令召司马懿进宫。曹叡没有儿子，只有个养子曹芳做了太子，但当时只有十几岁。曹叡拉着司马懿的手，急促地说："你跟大将军曹爽辅助太子。我因为放不下心，一直等着你来。现在见到了你，可以托付后事，我就心满意足了。"接着他叫太子曹芳过去抱住司马懿的脖子。司马懿流着眼泪说："请皇上放心，臣一定尽心竭力伺候他。"多挨一时是一时的魏明帝这才咽了气。

大将军曹爽因为自己年轻，司马懿年长，所以就像尊敬父亲那样尊敬司马懿，什么事情总是先征求他的意见。但何进的孙子何晏等人（何进就是召董卓进京的那个大将军）对曹爽说："大权不能交给外人，免得将来发生祸患。"曹爽便将司马懿从太尉升成太傅，高高在上，却没有实权。

曹爽对司马懿一向很有礼貌，只有在用人上不太客气。他把自己的心腹升了官，司马懿竟然也不去干涉他。曹爽觉得自己地位稳了，整日饮酒作乐。

大司农桓范，被称为"智囊"，规劝曹爽，说："大将军的职位多高、多重要哇，您跟着兄弟们出去打猎玩儿，已经太不妥当，怎么有时候天黑了还不回来？万一有人关了城门，不让您进来，怎么办？"曹爽撇了撇嘴，说："谁敢？您也太多心了。"

曹爽的几个兄弟当中，老二曹羲劝诫他两个兄弟不可奢侈荒淫，免得将来遭到祸患。他这话是说给大哥曹爽听的。曹爽也知道老二在他面前批评老三、老四，分明是指着张三骂李四，他心里不痛快，对待曹羲就冷淡些了。只有太傅司马懿不批评他，也不跟他在一起。他老说害病，躲在家里不出来，却没有人知道他真害了病还是不愿意参与朝政。

河南尹李胜原来是南阳人,他做了大官,还想回到故乡去,最好能在本地做大官,那多风光啊。魏正始九年(公元248年)冬天,曹爽推荐他为荆州刺史,叫他去向司马懿辞行,顺便看看他的情况。

李胜到了太傅府,求见司马懿。司马懿因为病着,不能立刻出来迎接。过了一会儿,里面传出话来,请客人进去。李胜进去一瞧,司马懿坐在床头,身上盖着被子,两个使唤丫头伺候着他。李胜过去向他问好,接着就说:"我没有一点功劳,蒙皇上大恩,让我担任本州刺史(本州就是本地方,指荆州),特来向太傅辞行。"

司马懿转过头来,眼睛迷迷糊糊地望着李胜,正想开口,突然连连咳嗽了一阵,气喘喘地说:"哦,委屈你啦!并州在北方,接近胡人,你要好好防备呀。唉,我病成这个样子,恐怕再也见不到你啦。"李胜说:"不是并州。我是说本州来着。"司马懿皱了皱眉头,说:"啊?你是从并州来的?""不是,我是到本州去做刺史,本州,就是荆州。""哦,你从荆州来。"李胜摇了摇脑袋,高声地又说了一遍。这回听明白了,司马懿笑了笑,说:"我耳朵沉,没听清楚。你做本州刺史,太好了。你一定能够做大事,立大功。唉,可惜我活不成啦!"说着,掉下眼泪来。他又咳了几声,慢慢地提起手来,哆里哆嗦地指着嘴,好像说口渴要喝什么似的。

一个使唤丫头马上把准备好了的一碗粥端给他,他不用手去接,把嘴凑到碗上,就这么喝着。没喝上几口,粥都流了下来,胡子上、衣襟上全是。那个丫头替他擦了擦。李胜见他这么可怜,不知道该怎么安慰他才好。司马懿喝了几口粥,就不要了。他接着说:"人生总有一死。像我这样年老体衰、多病多痛的,死了倒也少受点罪。我就是放心不下两个不肖子。拜托你照顾照顾我的儿子师儿、昭儿。你见到大将军,千万请他包涵点。"说了这话,他好像支持不住,只好躺下了。

李胜告辞出来,回去向曹爽一五一十地说了一遍。末了他说:"司马公神已经没了,耳聋眼花,说话颠三倒四,就差一口气了。用不着担心。"曹爽听了,不用说多么高兴。李胜离开了曹爽,自己上任去了。

一转眼就是新年。少帝曹芳按规矩到高平陵（魏明帝坟，在洛阳城南门外90里）去祭祀他父亲。大将军曹爽带着羽林军和他的兄弟、心腹都跟了去。司马懿因为病得只差一口气，当然没去。

祭祀费不了多大工夫，顺便还可以打猎玩儿。大司农桓范拦住曹爽，说："主公统领羽林军，责任重大，不能不去，可是你们兄弟几个不该都出去。万一城里有变，怎么办？"曹爽瞪了他一眼，说："城里有变？谁敢？你别胡说八道！"

曹爽他们出了南门，浩浩荡荡地直奔高平陵。等到他们走远了，司马懿的"病"突然就好了，耳朵一点不聋，眼睛很有神，立刻带着他两个儿子司马师和司马昭率领自己的兵马，借着皇太后的命令，关上城门，占据武库，叫司徒高柔执行大将军的职务，接收曹爽的军营，太仆王观执行中领军的职务，接收曹羲的军营，然后亲自去见郭太后，说大将军曹爽辜负了先帝托孤的大恩，荒淫无度，作恶多端，应当革职。郭太后吓了一大跳，她说："皇上在外面，朝廷大事我管不着，怎么办？"司马懿说："臣另上奏章给皇上，太后不必担心。"郭太后不答应也得答应，只好同意。

司马懿马上写了一个奏章，由他领衔，跟着签名的有太尉蒋济、尚书令司马孚等。奏章上列举曹爽和他兄弟的罪状；说太后吩咐，曹爽他们应当革职，马上交出兵权，回到自己的家里去；要不然的话，就要军法处置；司马懿屯兵洛水浮桥，以防非常。这个奏章马上送到了高平陵。

曹爽接到了司马懿的奏章，不敢送去给少帝，可是他的兄弟们都知道了。大伙儿慌里慌张，不知道该怎么办。他们商量了一下，只好带着少帝暂时在伊水南边扎营过夜，叫手下的人砍了些树木，架在营前，作为防御，又征发了当地屯田的士兵几千人，守在那儿。

曹爽正想打发人到城里去探听情况，司马懿已经派两个大臣来了。一个是侍中许允，一个是尚书陈泰。他们传达司马懿和郭太后的命令，说曹爽应该早些回去，承认自己的过错，可以从宽发落。曹爽又想回去，又不敢回去，心里正像十五个吊桶打水，七上八下，定不下来。正在这万分为难的时候,"智囊"桓范到了。他是曹爽这边的人,建议曹爽拿皇上的命令,征讨叛逆的臣下司马懿。

可曹爽和他的兄弟没有这份胆量,一时决定不下。司马懿又派人来了。来人说:"太后有令,大将军只是革职免官,别的没有什么。司马公指着洛水起誓,只要大将军交出兵权,绝不难为你们。"曹爽愁眉苦脸地思考了一个晚上,最终不顾桓范的建议,说:"革职也好,免官也好,反正我还可以做个大财主!"桓范听了这种没志气的话,放声大哭,说:"曹子丹(曹真,字子丹,曹爽的父亲)也是个好人,怎么生出你们这些兄弟,真是猪狗不如!我没想到跟着你们,今天连坐灭族!"

天一亮,曹爽向少帝曹芳说明自己情愿免官,把兵权交出来,让许允、陈泰带回洛阳去。

司马懿把少帝曹芳接到宫里去,让曹爽弟兄们回到将军府。当天晚上司马懿派兵包围将军府,四个角落搭起高楼,叫人在楼上察看曹爽弟兄的举动。曹爽在大厅里坐着闷得慌,带着弹弓到后园东南角走动走动。楼上放哨的人就像唱歌似的哼着说:"前大将军往东南走了!"曹爽听了,感觉被监视了,心里很别扭,跟他兄弟们商量着说:"不知道太傅要把我们怎么着。"

就这样几天过去了,将军府里一片太平,啥事都没发生。可是粮食不够了,饭菜也没了。关着就关着,监视着就监视着,可是饿肚子怎么受得了?曹爽写了一封信,向司马懿诉委屈。司马懿马上派人送去大米一百斛,还有干肉、豆豉(chǐ)、大豆等。曹爽收到了这些吃的东西,很感激地说:"司马公果然没有害我们的心思!"

又过了一天,情况突然紧张起来,据说有人告发曹爽一党谋反。廷尉就把曹爽他们都下了监狱,定了个大逆不道、企图谋反的罪名,把他们全都满门抄斩,财产一概没收。

司马懿杀了曹爽他们,掌握着朝廷大权。刘放、孙资他们上个奏章,说司马懿立了这么大的功劳,应当升为丞相,加九锡。诏书下来,拜司马懿为丞相,加九锡,可是司马懿坚决推辞了。

带酒进宫

公元252年，吴主孙权病死，享寿七十一岁。临死前，他将朝政托付给了诸葛恪（kè；诸葛瑾长子）、孙弘和孙峻等人。孙弘素来跟诸葛恪不和，怕将来被诸葛恪压制，就秘不发丧，要假传诏书先把诸葛恪杀了。孙峻知道了这个阴谋，告诉了诸葛恪。诸葛恪请孙弘过来商议大事。孙弘一到就被杀了。这样一来，诸葛恪掌握吴国大权，给吴主发丧，让十岁的太子孙亮即位，诸葛恪为太傅，腾胤为卫将军，吕岱为大司马。

太傅诸葛恪协掌朝政，首先废除了一些苛刻的法令，废除关税，减少官差。就有不少人说他好，诸葛恪出来，人们踮着脚尖，伸着脖子，要看一看这位太傅长得什么样。

诸葛恪为了防备曹魏的侵犯，亲自率领军队到了东兴，修筑了一条大堤。大堤左右是山，就在山上造两个城，城里各留一千人，司马师（司马懿的大儿子）趁着东吴大丧进军东吴，被早有准备的诸葛恪打败了。司马师和司马昭（司马懿的二儿子）包了所有罪责，得到了人心。

诸葛恪得胜回朝，吴主孙亮加封诸葛恪为阳都侯，叫他做了荆州和扬州的州牧，总督东吴所有的军队，大权归他一人掌握。

第二年（公元253年），诸葛恪又要出兵攻魏。大臣们都不同意，说是因为刚打了仗，士兵们太疲劳了。诸葛恪认为正因为刚打了胜仗，是击败敌人的好机会。他就一面调动各郡的兵马，一面派使者去约蜀汉共同出兵伐魏。蜀汉大将军费祎刚被魏投降的一个将军刺死，大伙儿都不愿意出兵。卫将军姜维一向主张北伐中原，以前老被大将军费祎暗暗地劝阻或者限制他的兵马，这会儿费祎死了，他就率领几万人马从武都出发，经过石营，围攻狄道（属陇西郡，在甘肃临洮）。诸葛恪一听到姜维出兵，马上统领二十万大军进攻淮南。将士们认为淮南地区太大，不如集中力量围攻新城，新城被围，司马师一定发兵去救，那时候给远来的救兵一个迎头痛击，准能打个大胜仗。诸葛恪同意了，就把进攻淮南的军队转到西边围攻新城。

魏大将军司马师采用避重就轻的办法，吩咐镇东将军毌（guàn）丘俭照旧镇守扬州，不可出动，新城能守就守，不能守的话，也不必去救。他用大部分的力量去对付西方，吩咐征西将军郭淮、雍州刺史陈泰发动关中全部的兵马火速赶到狄道去抵抗姜维。陈泰的兵马赶到洛门（在甘肃省天水市），姜维因为粮草接应不上，已经退回去了。诸葛恪还继续围攻新城，快三个月了。可还没能打下来。

镇守新城的魏将张特，虽然只有三四千士兵，打死和病死的已有一半，可他还是坚守着。后来城墙打得快塌下来，没法再支持下去，他就假意地对吴人说："我们不愿意再打了，可是魏有一条法令：被围攻过一百天而救兵不到的，即使投降，家族可以免罪。我们被围已经九十多天了，恳求大军再宽限几天，我们就大开城门，欢迎大军。"诸葛恪信了，下令暂缓攻城。士兵们趁着机会，透了口气，休息几天。没想到张特一夜工夫就把城墙修补好了。第二天，城门楼子上的将士大声嚷嚷地说："我们宁可拼个死活，也不能向吴狗投降！"

诸葛恪听了，鼻子眼儿喷了火，再下令攻城。可是士兵们才透了口气，精神散漫，再说那年七月里天气闷热得像搁在笼屉里蒸似的，军营中遭到疫病，死了不少人，有中暑死的，有泻肚子死的，还有不少人病着躺在地下。诸葛恪因为打不下城，已经气得火往上撞，一听到说害病的人这么多，更是火上加油，大骂士兵装病，还责备将军们，说以后要惩办装病的和谎报的将士，把几个敢于说话的将军革了职。这么一来，白天公开说话的人没有了，晚上偷偷地逃跑的人可就多起来了。将军当中也有逃到毌丘俭那边去的。毌丘俭这才知道吴兵确实疲劳了，就发兵去救新城。

魏救兵还没到，吴兵就起了恐慌。诸葛恪只好下令退兵，还退得很快，连军械、物资都来不及搬。这些东西扔了也就算了。士兵当中害病的可就惨了。沿路有病死的，有几个人互相拉着走不动一块儿摔倒跌死的。没死的唉声叹气地都说受不了。诸葛恪好像没事人似的把军队扎在江渚一个月。诏书接连下来，催他回去。到了八月，吴军才回到建业。

诸葛恪自己知道对他不满意的人越来越多，他怕遭到毒手，每天提心吊胆地防备着。他把朝廷上的大臣改换了一些，还把宫里的卫兵换上一些自己亲信的人。因为今年出兵失了威望，他就整顿军队，准备进攻青州和徐州。侍中孙峻向吴主孙亮说诸葛恪的坏话，说官吏和老百姓都怨恨太傅，还说他近来的行动不像个大臣。那时候，孙亮才十一岁，懂得什么呐？外边的军事全由诸葛恪统管，宫里的事全听孙峻摆布。孙峻怎么说，孙亮就怎么依。十月里有一天，孙峻和吴主孙亮摆上酒席，特地请诸葛恪进宫喝酒，给诸葛恪接风，还请了一些大臣作陪。

诸葛恪到了宫门口，停下车，不想进去了。他推说肚子不舒服，其实他是害怕孙峻对他不怀好意。恰好，孙峻出来迎接他，一听到诸葛恪说肚子不舒服，孙峻就说："要是您身子不舒服，您还是回去吧。皇上面前我替您说去。"诸葛恪给孙峻这么一说，倒放了心。他说："我还能坚持，见了皇上再说吧。"孙峻哈了哈腰，先进去了。散骑常侍张约和朱恩偷偷地告诉诸葛恪，说："今天的酒席，怕有别的用意，不可不防。"诸葛恪说："这些崽子们能把我怎么着？我只怕酒里搁毒药，这倒不可不防。我不如自己带酒进宫。"他就跟着张约进去，照常带剑上殿，拜见了吴主，坐下。酒席开始，说说笑笑，挺高兴的，诸葛恪自己带着酒，可还没喝。

孙峻说："要是太傅的贵恙（对对方的病的敬称）还没完全好，不敢喝酒，您是不是可以把平常喝的药酒拿来？这样，大家都喝酒，多好呐。"诸葛恪点点头，就拿出自己带来的酒，大伙儿这才兴高采烈地喝开了。约莫着喝了两三杯，吴主孙亮找个借口进去了，孙峻也悄悄离席进了更衣室，脱去长袍，换上短褂。等孙峻出来的时候，他右手搁在背后，突然对大伙儿说："皇上有诏书，把诸葛恪逮捕啦！"诸葛恪蹦了起来，拔出宝剑，还没来得及砍，孙峻手起刀落，诸葛恪人头落地，宝剑也从手里掉下了。张约连忙拣起宝剑，向孙峻砍去，孙峻往右一躲，左手受了伤，右手向左砍去，砍断了张约的右胳膊。卫士们上了殿，杀了张约。孙峻对大伙儿说："叛逆的人已经杀了，别的人没事，照常喝酒吧！"话是这么说，可是嘴再怎么馋，也没有心思再吃喝，一个一个都溜了。

孙峻一面吩咐士兵把那两具尸首用苇席裹着，扔在城外乱尸岗子里；一面派武士们把诸葛恪的全家都抄斩了。接着还得查办跟诸葛恪有联络的人家。

吴朝廷上的大臣们见风转舵，公推孙峻为太尉。那些加倍热心奉承的人说："太尉还不够，得再往上升。"这么着，孙峻做了丞相、大将军，总督所有的军队。这么一转眼的工夫，诸葛恪的大权就落在孙峻的手里了。

孙峻做了丞相，查办了跟诸葛恪交好的大臣，收买的收买，杀的杀，连吴主孙权的两个儿子——齐王孙奋跟废太子南阳王孙和，也逃不了。孙奋有造化，保了一条命，废为平民。孙和的妻子张氏是诸葛恪的外甥女儿，他命令孙和自杀，别人一概免罪。孙和临死向夫人张氏和二夫人何氏哭哭啼啼地告别。张氏说："有福同享，有祸同当，我不愿意一个人活着。"她就自杀了。二夫人何氏生了个儿子叫孙皓（hào），孙和还有三个儿子孙德、孙谦、孙俊，他们都比孙皓小。何氏流着眼泪说："要是都死了，谁抚养这些孤儿呐？"她忍受着一切艰苦，抚养着孙皓和他的三个兄弟。

诸葛恪被灭门的消息传到洛阳，司马师知道自己比诸葛恪更威风，他的主人能不害怕吗？魏大臣当中未必没有像孙峻那样的人啊！

路人皆知

司马师到底比诸葛恪厉害，他抓住了不少像孙峻那样的人，把他们全杀了。不仅如此，他还指责魏主曹芳不配做国君，叫他回到原来齐王的封地去，另立魏文帝曹丕的孙子曹髦（máo）为魏帝，那时曹髦才十四岁。后司马师病死，魏的大权就落在弟弟司马昭手里了。

卫将军姜维认为司马师已经死了，司马昭刚接替，一定不能离开洛阳，这是北伐中原的好机会。征西将军张翼不同意出兵，他说："国家小，人民疲劳，不该老是动兵。"姜维不听他的话，带着他和车骑将军夏侯霸率领几万人马到了枹罕（fú hǎn，县名，属陇西郡），向狄道进攻（姜维第四次北伐）。魏征西将军郭淮在这一年死了，雍州刺史陈泰接替他为征西将军，镇守陈仓。他叫雍州新刺史王经守住狄道，告诉他陈仓的兵马没到以前，不可单独出战。可是蜀兵进攻狄道，王经沉不住气。他一合计自己的兵马已经足够对付姜维了，就发兵三万，跟姜维在洮西打了一仗。姜维叫夏侯霸抄小道绕到王经的背后，自己打正面，前后夹攻，把王经打得大败而逃，三万士兵逃回狄道城的只有一万多点，其余的不是给打死，就是逃散了。姜维还要追上去，张翼拦住他，说："已经打了一个胜仗，可以停了。再打下去，我怕前功尽弃，反倒画蛇添足了。"姜维听到张翼说他"画蛇添足"，有点生气，还是率领军队去围狄道。

哪儿知道情况变了。魏征西将军陈泰从陈仓赶去，到了狄道城东南山上。他吩咐士兵使劲地打鼓，又在山上放起火来，让城里的人知道救兵到了。除了这一路的救兵以外，还有第二路救兵。兖州刺史邓艾，接到诏书，做了安西将军，率领一队兵马日夜赶来，跟陈泰一同抵抗姜维。司马昭还不放心，邓艾之后，又派了第三路救兵。他派太尉司马孚带领一队兵马作为后应。姜维没料到忽然来了这么多救兵,已经有点心虚,跟陈泰打了一仗,占不到便宜,只好往西退去,正应了张翼所说的"画蛇添足"那句话。他把军队驻扎在钟提(在羌中,是蜀汉的凉州地界),暂时休息一下。

第二年,就是公元256年,后主刘禅拜卫将军姜维为大将军。七月,大将军姜维再一次出兵,没想到人家早已做了准备。姜维在段谷(在甘肃天水)中了邓艾的埋伏,死伤了不少兵马,亏得夏侯霸前来接应,姜维的残兵败将才得以回到汉中。第五次北伐又失败了。蜀人因此怨恨姜维。姜维上书请求处分,降级为卫将军,执行大将军的职务。

姜维一心要征伐中原,他一听到司马昭把关中一部分的军队调到淮南去打诸葛诞(公元257年),就又率领几万兵马经过骆谷到了沈岭(第六次北伐)。诸葛诞是魏镇东大将军,统领扬州军事,司马昭怎么会去征伐他呐?

镇东大将军诸葛诞跟那些被司马懿和司马师所杀的大臣都是好朋友。诸葛诞很不安心,怕他们的命运也会轮到自己身上来。他就把自己的财产拿出来救济有困难的人,有意地赦免罪犯,为的是收买民心。他收养了一些门客和情愿替他卖命的勇士,借口防备东吴,向司马昭请求多给他一些兵马,还要在淮南造座城。

司马昭多么机警啊。他一探听东吴的动静,才知道:吴大将军孙峻已经死了,他的叔伯兄弟孙綝(chēn)接替他做了卫将军,后来又升为大将军;有些人不服,孙綝作威作福,一不高兴,就把他们杀了;吴主孙亮跟孙綝又合不到一块儿去;东吴大臣之中经常不和,等等。司马昭一琢磨,在这种情况下,东吴不可能进攻寿春。那么,诸葛诞为什么要扩充军队呢?又为什么还要造一座城呢?他不由得起了疑,便派长史贾充去慰劳诸葛诞,实则为了察看诸葛诞的行动。

贾充到了寿春,见了诸葛诞。两个人喝酒谈天,挺对劲儿。谈天当中,贾充好像很随便地问了句:"听说洛阳方面有不少大臣愿意看到推位让国,您看怎么样?"诸葛诞这个火性子,立刻变了脸。他责备贾充,说:"你们父子都受了魏君的大恩,你怎么这么胡说八道的?"贾充红着脸说:"我不过把别人的话告诉您，您何必生气呐？"诸葛诞很坚决地说："哼！生气算什么。要是京师里发生叛变，我拼着命也干，难道光是生气就算了吗？"

贾充回去向司马昭报告，司马昭皱着眉头，不知道该怎么办。贾充献了个计，说："不如把他调到京师里来。"司马昭说："好是好，就怕他不来，那不是逼他反吗？"贾充摇头晃脑，好像背书似的说："早反祸小，迟反祸大！"司马昭就请魏主曹髦下了一道诏书，拜诸葛诞为司空，叫他速回京师上任，兵符移交给扬州刺史乐綝。果然，诸葛诞见了诏书害怕了。他怀疑扬州刺史乐綝跟他作对，要夺他的兵权，就先把他杀了。他打算关起门来保护自己，马上招集淮南、淮北各郡县屯田的官兵十多万人和扬州新归附的士兵四五万人，准备了足够吃一年的粮食，又派长史吴纲带着小儿子诸葛靓到东吴称臣求救。

吴纲到了东吴，吴人很是高兴。大将军孙綝一面派唐咨等几个将军和新从魏投降过来的文钦父子，发兵三万去帮助诸葛诞，一面请吴主孙亮拜诸葛诞为大司徒、骠骑将军、青州州牧等，还封他为寿春侯。

魏大将军司马昭率领二十六万大军，连关中的兵马都调动了一部分，几路进兵，围攻寿春。双方打了几仗，魏兵占了上风，可是司马昭不急于进攻，也不愿意光用兵力。他要用计策去分化诸葛诞和帮他的那些人。诸葛诞他们没有统一的领导，遇到困难，内部闹了意见。大将军孙綝亲自出来，打了一个败仗，不怪自己无能，反倒发了脾气，杀了自己的一个将军，回到建业去了，还把打败仗的过错推给别人，说要惩办那些打败仗的人。这样一来，将士们又是害怕又是不服气，这就给了司马昭一个招收东吴将士的好机会。

文钦和诸葛诞由猜忌到自相残杀，诸葛诞把文钦杀了。文钦的两个儿子文鸯和文虎逃出城去，投奔魏营。魏官员们认为文钦一家背叛了朝廷，应当把他们办罪。司马昭另有高招，他要利用文钦的两个儿子去招收别的将士，于是反倒重用他们，叫他们带领几百个骑兵一面绕着城墙走，让城里的人看看，一面让人大声嚷嚷地说："城里的人听明白了：文钦的儿子都不杀，别的人还怕什么呐?"

司马昭拜文鸯、文虎为将军,封为关内侯。城里的人知道了,都很高兴。除了少数愿意跟着诸葛诞一同死的人以外,别的人大多没有斗志。到了这时候,司马昭才用全力四面进攻,真是水到渠成,很快地拿下了寿春。接着,诸葛诞被灭了族。唐咨等几个将军和十多万士兵全都投降了。有人对司马昭说:"十多万士兵当中有一部分是吴兵,吴兵的家小都在江南,将来必有后患,不如把他们坑杀了吧。"司马昭说:"带头的大恶人已经给杀了,别的人何必多杀呢?吴兵要回去的话,就让他们回去,正可以显示朝廷的宽大。"因此,投降的人一个都没杀,还让文鸯、文虎把他们父亲的尸首埋了。他又下了一道命令:"凡是被诸葛诞逼迫而参加叛乱的将士吏民,一概免罪。"这一下,大家都高兴了。

司马昭打了个大胜仗,又得了个喜信,邓艾来了捷报,说姜维听到诸葛诞死了,已经退回成都,西边没有战事了。

司马昭回到洛阳,文武百官都称颂他的功德。诏书下来,拜司马昭为相国,封晋公,加九锡。司马昭把这些全推辞了。他还是做着大将军。过了两年,就是公元260年,诏书又下来,再一次拜司马昭为相国,封晋公,加九锡。司马昭又推辞了。可是魏主曹髦并不因此感到满意,他自己没有实权,恨透了司马昭。有一天,他对几个大臣说:"司马昭的心,过路人都知道。我不能坐着等死,今天我就该跟你们一同去惩罚他。"大臣们劝他忍耐一下,可千万不能得罪大将军。曹髦可真恼了,他从怀里拿出一道诏书来,扔在地上,说:"你们拿去!我已经下了决心,死也不怕,再说还不一定死!"说着他就进去禀告太后。

谁知道魏主曹髦认为是心腹的那三个大臣,听了他要惩罚司马昭,倒有两个急急忙忙地去向司马昭通风报信。曹髦集合了宫里的卫兵和一些供使唤的奴仆们,大喊大叫地从宫里打出来,他自己拔出宝剑,拿在手里,好像是个领队的将军。他们一出来,就碰到了司马昭的兄弟屯骑校尉司马伷(zhòu)带着一队士兵过来。皇上左右的人一声吆喝,司马伷和众人就逃散

了。中护军贾充也带着一队武士跑上去,魏主拿起宝剑挥着说:"你们反了吗?"众人都害怕了,哪儿能跟皇上打呢?全都准备逃了。有个太子舍人叫成济的,他跟贾充在一起,问他:"事情急了,怎么办呢?"贾充大声地说:"司马公养着你们,就是为了今天!还用问吗?"成济这才胆大了,拿起长枪向前刺去,魏主曹髦还想用宝剑来招架,可枪头刺进胸口,穿了脊梁。成济把长枪往回一拉,魏主从车上跌出来,死了。

司马昭等着消息,一听到魏主给杀了,不知道是高兴还是担心,哆里哆嗦地趴在地下,没起来。

文武百官好像捅了窝的马蜂,嗡嗡地乱着。司马昭只好到了朝堂上,召集大臣们商议商议。大臣们都到了,就缺了个尚书左仆射陈泰。可是陈泰的子弟和内内外外的人都逼着他去,陈泰也只好走了。他见了司马昭,哭了。司马昭也抽抽搭搭地说:"玄伯(陈泰,字玄伯),你说叫我怎么办呢?你替我想个办法啊!"陈泰说:"只有杀了贾充,才可以多少向天下赔个不是!"司马昭呆了好久,说道:"你再想个轻一点的办法。"陈泰说:"依我说啊,只有再重一点的,没有更轻一点的!"司马昭就不再开口了。他吩咐左右替太后写了一道诏书,说曹髦不孝,废为平民,照平民的礼节把他的尸首埋了。后来由于太傅司马孚他们的请求,总算用诸侯王的礼节把他葬了。

去了一个皇帝,还得再立一个。司马昭和大臣们决定立魏武帝曹操的孙子、燕王曹宇的儿子曹奂为新君,太后同意了。司马昭派自己的大儿子司马炎到邺城去迎接曹奂。那时候曹奂已经十五岁了。他跟着司马炎到了洛阳,拜见了太后,继承魏明帝曹叡为魏主,就是后来的魏元帝;然后大赦天下,改元为景元元年(公元260年),拜司马昭为相国,封晋公,加九锡。司马昭照例又推辞了。

天大的事不是就完了吗?没想到大伙儿还在议论纷纷,他们说:"凶手不办罪,将来谁都可以杀皇上了!"司马昭就上了一个奏章,说成济大逆不道,应当灭族。成济当然不服。他一见士兵们来抓他,就脱去衣服,光着身子上了屋顶,大声嚷嚷着把司马昭和贾充臭骂了一顿。士兵们四面八方地向他射箭，他才从屋顶上摔下来，再也不能骂了。

  第二年八月，太后下诏，再拜司马昭为相国，封晋公，加九锡。司马昭坚决地又推辞了。又过了一年，就是公元262年，十月，大将军司马昭接到军报，说蜀大将军姜维又出兵了，已经到了洮阳。司马昭笑了笑，对左右说："姜维自顾不暇，还能怎么样？安西将军邓艾又有能耐。西方的事用不着我操心。"大伙儿又是相信，又是不敢相信，姜维怎么会自顾不暇？要是他真的自顾不暇，怎么又打到洮阳来了呢？

乐不思蜀

汉大将军姜维受了前丞相诸葛亮的托付，一心要北伐中原，恢复汉室，可是究竟因为力量薄弱，每次出兵都没能成功。这就给反对他的人一个话柄，其中最能说姜维坏话的要数中常侍宦官黄皓了。司马昭所说的"姜维自顾不暇"，就是指黄皓跟他作对。姜维第七次北伐又失败后，黄皓便以姜维打败仗为由，请后主刘禅把姜维革职。姜维在半道上得到这个信儿，不敢回成都，他退到沓中（在甘肃省舟曲县），请求后主让他在那边种麦子，说是可以多生产粮食。后主心想，只要姜维不妨碍他吃喝玩乐，就让他留在边缘角落里了。

司马昭探听到姜维躲在沓中，就要发兵去打汉中。他任命钟会为镇西将军，都督关中，又吩咐征西将军邓艾跟钟会一起操练兵马，布置伐蜀的准备。

姜维一听说邓艾、钟会在关中练兵，起了恐慌。他马上上了个奏章。说："司马昭派钟会都督关中，近来又在操练兵马，就是为了侵犯汉中，请皇上派左车骑将军张翼和右车骑将军廖化带领军队分别去镇守阳平关和阴平桥头。事先做个准备，才不致临时吃亏。"

后主接到奏章，跟中常侍黄皓商量。黄皓酸溜溜地说："这又是姜维好大喜功。他老是这么喜欢打仗，不让人家过安静的日子。蜀中多山，沿河关口重重，这是天然的防御。魏人怎么敢进来呢？如果皇上不信，可以算个卦问问鬼神。"后主一想，还是黄皓想得周到，就叫他去找巫人算个卦。呵！真能凑合，"鬼神"说了话了："皇上后福无穷，敌人绝不敢来。"后主信了，落得吃吃喝喝，坐享太平，就把姜维的奏章搁在一边。朝廷上别的大臣谁也不知道姜维来了这么一个奏章。

这么过了半年，并不见一个魏兵进来。后主更加相信了黄皓和巫人，直怪姜维的奏章纯属吃饱了饭瞎起劲。谁知道突然来了个晴天霹雳，把整个西蜀都震动了：魏兵三路进攻，势如破竹，蜀汉亡国大祸临头了。

公元263年秋天，魏大将军司马昭请魏元帝曹奂下了诏书，大规模地进攻西蜀。司马昭派征西将军邓艾率领三万人马从狄道出发，直奔甘松（在洮水西）、沓中，牵制姜维。这是第一路。派雍州刺史诸葛绪率领三万人马，从祁山出发，直奔武街桥头（城州同谷县，旧名武街城），截断姜维的归路。这是第二路。派镇西将军钟会统领十万大军进攻汉中。这是第三路。第三路的十万兵马又分成三路，分别从斜谷、骆谷、子午谷同时进攻。他又派廷尉卫瓘（guàn）拿着皇上给他的节杖，监督邓艾和钟会的军队。卫瓘还做了镇西将军钟会的军师。

魏兵像山洪暴发似的向西蜀冲了过来。这下子后主刘禅可算想起姜维的奏章来了。他慌忙派右车骑将军廖化率领两万人马赶到沓中去接应姜维，派左车骑将军张翼和辅国大将军董厥率领两万人马赶到阳平关去帮助守在那边的将士。张翼和董厥往北到了阴平，听到魏雍州刺史诸葛绪正向建威过来，他们就把军队驻扎下来，准备在这儿抵抗诸葛绪。他们一停下来，守卫前方的将士可就得不到援兵了。作为汉中前卫的两座城，汉城和乐城，才各有五千士兵，钟会派去围攻这两座城的就有两万人马。光是这一地区，双方的兵力就差了一倍。钟会自己率领大军，派护军胡烈为先锋，进攻阳平关。

阳平关的守将付金（qiān）主张坚守关口，副将蒋舒主张出去对敌。最后付金同意让蒋舒出去打退敌人，自己继续守城。哪知道蒋舒是个叛徒。他骗了付金，带领兵马把胡烈迎接进来。付金急得连城门都来不及关，只好率领一队士兵出去交战。究竟因为兵马太少，最终在战斗中丧了命。

钟会听到胡烈打下了关口，就一点阻碍都没有地进了阳平关。关里积存着许多粮食和军用物资。这些都让钟会接收过去，不必说了，汉城和乐城也全都打下来了。

在钟会进攻汉中的同时，征西将军邓艾派天水太守、陇西太守、金城太守率领三路兵马围攻姜维的军营。姜维究竟是个能征善战的大将，他叫将士们守住军营，魏兵就没法打进去。姜维就这么守住军营，日夜盼着救兵。就在这个时候，姜维探听到钟会的大军已经进了汉中，他死守着也没有什么意义，就下令退兵。魏兵在背后紧紧地跟着，就在强川（也叫强水，源出阴平西北强山）大战一场。姜维打了败仗，总算甩去追兵，向武街桥头退到阴平去。没想到走了一程，就听到诸葛绪已经占领了桥头，截断了蜀兵的归路。

幸亏姜维熟悉这一带的地形和道路，总算甩去了魏兵的前后夹击。他退到白水，跟廖化、张翼、董厥他们会合在一起，退到剑阁（汉属广汉郡，地在葭萌县），决定在那里抵御钟会的大军。

邓艾想跟钟会比个高低，立个大功。他就独出心裁，率领一队精兵从阴平出发，到了剑阁以西一百里的小道上，专挑没有人的地方，翻山越岭地向绵竹进军。逢山开路，遇水搭桥，静悄悄地走了七百多里，没碰到一个敌人。镇守江油（在四川省江油市）的将军马邈没想到邓艾的军队会翻山越岭地从背后过来，吓得直接开城门，投降了。诸葛瞻和儿子诸葛尚不愿意投降，都被杀了。

邓艾拿下绵竹，顺利向成都进军。蜀人做梦也没想到魏兵这么快就到了。后主刘禅为了保住性命便向邓艾投降了。

邓艾到了成都北门，刘禅率领儿子和文武大臣六十多人去迎接。他自己叫人反绑着两手，还叫人扛着一口棺材，表示他愿意让邓艾把他处死。邓艾拿着节杖，代替魏元帝给刘禅松绑，吩咐人把刘禅的棺材烧了，然后请刘禅换上衣服，到军营里相见。

邓艾拿着节杖，拜刘禅行骠骑将军，太子奉车，诸王驸马都尉。他手下的大臣，按各人地位的高低，分别拜为魏的官员。

姜维看到后主刘禅的诏书让他投降，便投降了钟会，还成功取得了钟会的信任。

魏军这次伐蜀节节胜利，功臣钟会、邓艾却各有各的心思。钟会上书说邓艾有谋反的行动，把邓艾父子押上了囚车，邓艾虽然后来被救，却意外被部下田续杀了。钟会想灭了司马昭，但他手下的将士们心不齐，以致在内乱中被杀。姜维本想忍辱负重，等钟会杀尽北方来的将军们，自己再杀了钟会和魏兵，重新立刘禅为汉帝。可是在内乱中，究竟因为敌人太多，杀不出去，最终自杀了。姜维在公元228年投到诸葛亮手下，那时候他才二十七岁，三十多年来，一直忠心耿耿地继承着诸葛亮恢复中原的大志，就是力量不够，没能成功。他死的时候（公元264年），已是六十二岁。

司马昭把刘禅接到洛阳，好让蜀汉的太守们失去效忠的对象。他还请魏元帝封刘禅为安乐公，大摆酒席，还特地叫人表演蜀地的歌舞。旁人看了，也替刘禅难受。但刘禅自己好像特别欣赏本国本地的音乐和舞蹈，咧着嘴乐个不停。

有一天，司马昭问刘禅："你是不是很想念蜀地？"刘禅回答说："这儿多好，我不想念蜀地。"司马昭一愣，他想："也许他故意这么回答我，好让我对他放心。"他们两个人这一问一答的话都被郤（xì）正听到了。他偷偷地告诉刘禅，说："您不该这么回答晋王（司马昭）。以后他要是再问起，您就该流着眼泪，抽抽搭搭地说：'先人坟墓都在岷、蜀，现在路远迢迢，我没法尽孝，心里悲伤，没有一天不想念。'您这么说，晋王可能放我们回去。"刘禅点点头，说："我记住了！"

没过几天，司马昭果然又问了："你不想念蜀地吗？"这回刘禅把郤正告诉他的话利落地背了一遍。刚背完，忽然想起郤正叫他流着眼泪抽抽搭搭地说。可是话已经很快地说完了，再抽搭不太自然，哭又哭不出，眼泪挤不出来，他就闭上眼睛装作要哭的样子。司马昭听了，又是一愣，他说："怎么跟郤正说的完全一样？"刘禅睁开眼睛，傻里傻气地看着司马昭，说："您说得对，是他教我的。"司马昭不由得笑了一声。左右的人使劲儿地咬住嘴唇，可还是"噗哧"地笑了出来。司马昭这才认清楚阿斗（刘禅小名阿斗）原来是个低能儿，这种人成不了事，闯不了祸，就费些粮食养活着他吧。

刘禅四十八岁投降魏国，就这么窝窝囊囊地活到六十五岁才死了（公元271年）。

晋王称帝

魏大臣们早已看出魏主曹奂只是个挂名的国君，朝廷大权和各地兵权可都在晋王司马昭手里。他们都想攀龙附凤，要做开国元勋，纷纷谈论着推位让国的大礼。司马昭因为东吴还没平定，就把这些大臣批评了一番，让他们知道他不愿意自己称帝。可是为了他的儿子司马炎着想，要把他放在仅仅次于自己的地位上，他建议除了相国以外，再加个副相国的职位。公元264年八月，中抚军司马炎做了副相国。司马炎做了副相国才一个月，文武百官要求魏主曹奂拜司马炎为抚军大将军，掌握兵权。

第二年（公元265年）五月，魏元帝曹奂特别优待晋王，让他的旗帜、车马、衣服等跟皇上所使用的一个样。这还不算，还把司马昭的妻子称为后，世子称为太子。可惜那年八月里，才活到五十五岁的司马昭害病死了，太子司马炎继承他为晋王。司马炎做了晋王，任命魏司徒何曾为晋丞相，镇南将军王沈为御史大夫，中护军贾充为卫将军，议郎裴秀为尚书令光禄大夫。这些大臣都是晋王手下得力的人。他们共同请求司马炎即位，司马炎还再三推辞。他们就劝魏元帝曹奂把皇位让给晋王。曹奂本来是个傀儡皇帝，朝廷大权早已落在司马氏手里，只因为司马昭不愿意自己登基，曹奂才像摆设似的摆到今天。现在朝廷上的大臣都劝曹奂让位，他只好下了一道诏书劝晋王司马炎顺从天命，顺从民意。

公元265年十二月，洛阳南郊造了一座让位坛，曹奂很隆重地举行了推位让国的典礼，正像当年汉献帝把君位让给曹丕一样。参加让位典礼的除了原来魏朝廷的文武百官以外，还有匈奴南单于和临近边疆的各部族，一共好几万人。

晋王司马炎即位，就是晋武帝，国号大晋，改魏咸熙二年为晋泰始元年，封魏主曹奂为陈留王，给他一万户的俸禄，让他搬到邺城去住。魏从曹丕称帝，前后五个人做了皇帝（曹丕、曹叡、曹芳、曹髦、曹奂），一共才四十六年就亡了。

陈留王曹奂上殿，拜别新君，辞别旧臣。旧臣已经变成了新君的新臣，谁也不敢向曹奂送别，只有一个八十六岁的太傅司马孚（司马懿的兄弟，司马炎的叔祖父），倚老卖老，出来送他，拉住他的手，流着眼泪说："臣死的那一天，仍旧是大魏的忠实的臣下！"

晋武帝把魏宗室所有分封的王，一律降低一级，改封为侯，追尊他的祖父司马懿为宣皇帝，伯父司马师为景皇帝，父亲司马昭为文皇帝。他看到曹魏因为骨肉猜忌，做国君的得不到自己亲族的帮助，以致孤立亡国，他就大封宗室。前一朝的曹家人因为依靠别人，自己反倒失了势力，现在皇上刚即位，专靠自己司马家的人，他就放心得多了。

当然，朝廷上还得重用原来的一批大臣。晋武帝就拜何曾为太尉，贾充为车骑将军，王沈为骠骑将军，还有一批老大臣分别担任太傅、太保、司徒、司空等职务，真是人才济济。没多久，又拜原来的车骑将军陈骞为大将军。

晋武帝封了宗室，安排了文武百官以后，总该兴兵伐吴了吧。不，他不但不发兵去，还派使者到东吴去报丧，表示两国通好的意思。他不急于攻打别人，首先要巩固自己的政权，进行一些改革。主要的有四件事情：

第一，废除禁锢。魏从曹丕称帝以来，一向骨肉猜忌，防备宗室内部抢夺君位，就定了一条法令：曹家本族不得在地方上做官。魏从刘家夺得天下，又怕刘家人复辟，就又定了一条法令：原来刘家的宗室不得在地方上做官。晋武帝下了一道诏书，废除禁锢，让曹家人和刘家人都可以做官。这道诏书一下来，大伙儿都说新君好。晋武帝干脆好人做到底，再恩待恩待在外边的将士和官吏。按照魏的法令，凡是出征的或者镇守外地的将军，和在州郡里做长吏的，都必须在京师里留着人质。这条法令现在也废除了。

第二，实行宽大。晋武帝看到曹魏待人太刻薄，自己成心宽大待人。以前定了罪被杀的大臣,从现在开始,不再牵累到下一代,他们的子孙,只要有才能,一概可以做官。他故意提拔这样的人,还让他们在自己的左右,表示他不计较过去。

第三,提倡节俭。晋武帝又看到曹魏的几个皇帝和宗室,排场太大,生活太奢侈,他就特别提倡节俭。刚巧有人来报告,说牛绳折了,要换一条新的。这就怪了。难道像换一条牛绳那么鸡毛蒜皮的事,也需要新即位的皇上过问吗?原来这儿说的牛不是普通的牛,牛绳也不是普通的牛绳。那种牛是祭祀用的,牵牛的绳特别讲究,叫青丝,是用上等的蚕丝染成青色,再由专门的工匠打成很精巧的绳。主管这件事的大臣就把供应青丝作为一项相当可观的开支。晋武帝借着这件事,下了一道诏书,说明节约俭朴的重要,他规定祭祀用的牛不得再用青丝,可用青麻代替。不但这样,连奢华的歌舞和百戏也一概禁止。

第四,设置谏官(谏官是直言规劝皇帝的人)。秦汉以来有谏大夫,东汉有谏议大夫,其中也真有直言规劝皇上的大臣。魏不赞成朝廷中有这种向皇上提意见的官,就把这个制度废了。这会儿晋武帝重新设置谏官,不但表示他愿意听听别人的批评,还打算开条直言的道路,至少在制度上是这样。

第二年三月,吴主孙皓打发两个大臣为使者到洛阳来吊孝(司马昭死于上年八月)。晋武帝虽然有心灭吴,可是雍州、凉州、梁州很不安宁,这些地区有不少部族经常反抗官府,住在并州的匈奴也不安心。后方没平定下来,他是绝不会轻易去打东吴的。为了这个缘故,他很有礼貌地招待着东吴的使者,说话当中透着尊敬吴主,愿意跟他交好下去的意思。两个使者当中有一个叫丁忠,他一看晋武帝这么客气,认为他是害怕东吴,回来就对吴主孙皓说:"北方并没做打仗的准备,我们可以趁着机会去袭击弋阳(郡名,在河南省),准能把这个地方打下来。"

刚在一年半以前,吴丞相濮阳兴和左将军张布两个大臣把原来年轻的太子废了,立孙皓为吴主。孙皓即位,很像个样儿,还做了几件像样的事:他下了诏书,开放粮仓,救济穷人;把多余的宫女放出去,把她们婚配给没有妻子的人；连养在御花园里的鸟兽都放归山林。当时人们都称赞他是个有道明君。万没想到一旦他觉得坐稳了君位，立刻就露出暴君的本性来了，荒淫暴虐到了家，搜罗进来的美人要比放出去的宫女多得多，上上下下对他全没指望了。丞相濮阳兴和左将军张布后悔立了这么一个国君，背地里叹着气。不知道怎么传到孙皓的耳朵里，他趁着这两位大臣上朝的时候，把他们拿住，定个罪名发配到广州去，半道上又把他们杀了。散骑常侍王蕃（fán）不愿意委曲求全地奉承孙皓，孙皓发了脾气，吆喝一声，就把他砍了。

这会儿丁忠唆使孙皓去打弋阳，他心头直痒痒，真想干一下子。镇西大将军陆凯（陆逊本家的侄儿）反对出兵，他说："北方新近兼并了巴蜀，派使者跟我们来往，这可并不是怕我们，而是成心养精蓄锐，等待时机。现在敌人势力强大，我们这会儿碰碰运气去偷袭一下，我实在看不出有什么好处。"

吴主孙皓总算听了陆凯的劝告，没出兵，可是打这儿起，他跟晋绝了交。

公元267年，吴主孙皓大兴土木，盖了昭明宫，又造了御花园，老百姓怨天怨地，正直的大臣也有意见，吴主孙皓就想建立武功来提高自己的威望，于公元268年十月和十二月两次向北进攻。一次进攻襄阳，被晋荆州刺史胡烈打回来；一次进攻合肥，被晋安东将军王骏打回来。这两次晋兵都打了胜仗，把吴兵打得拼命地逃跑，晋兵却并没追赶过来，也没顺手夺取东吴的一寸土地。这是为什么呐？原来晋武帝有他的难处。他宁可放长线钓大鱼，先要安抚西方和北方，再慢慢地去收服东吴。

当初邓艾镇守边疆的时候，有几万名鲜卑人投奔过来。他把这些外族人安顿在雍州和凉州中间，跟汉人杂居。晋武帝为防备他们发生叛变，就在公元269年二月，把雍、凉、梁三个州分出一部分土地，设置一个秦州（在甘肃省南部天水、陇西、武都、甘谷一带的地区）。因为荆州刺史胡烈在西方一向有威望，就把他调到秦州，总管那个地区和那边的各部族。

胡烈调到秦州，晋武帝可并不忽视荆州。他立定志向要统一中原，准备全面安排一下对付东吴的军事计划。

三分一统

公元280年正月，镇南大将军杜预打中路，向江陵进兵；安东将军王浑打东路，向横江（在安徽省）进兵。两路兵马打到哪儿，胜到哪儿。二月，龙骧将军王濬和巴东监军唐彬率领水军打西路，向秭归进兵。这一路困难重重，开头几天连船都不能通。原来吴人按照建平太守吾彦的计划，在大江险要的地段布置了铁链、铁锁，把大江拦腰截住，又把一丈多高的铁锥子安在水面下，好像无数的尖刀暗礁，王濬的船没法过来。这些情况终于给王濬摸清了。他要进兵，首先得把水底下的铁锥子打扫干净。

晋兵造了几十条很大的木筏子。一条木筏子大的有一百多步长，扎了一些草人，披上铠甲，拿着刀枪，站在上面。这一队木筏子由水性好的士兵带领着作为先锋。这些木筏子碰到铁锥子，铁锥子就扎在木筏子底下，好像一个人走过野草地，芒刺粘在鞋上和裤腿上一样，有的还把底扎穿了。反正木筏子不怕漏水，底扎破了，也沉不了。

跟着"扫锥队"的是"烧链队"。这一队的木筏子，平面上铺着泥土，上面架着很大的火把。多么大呐？几个人还抱不过来。多么长呐？有十多丈长。巨大的火把吃足了油，一点就着。这些火筏子在战船前面开路。别说是木桩，就是铁链铁锁，给这么大的火把烧了一会儿也都烧断了。东吴只凭这些木桩、铁锥、铁链封锁江面，守卫的士兵并不多，也不是王濬这队水兵的对手，压根儿没展开大战就逃散了。这样，扫除了水底下和江面上阻碍前进的玩意儿，大队的战船就一点阻碍都没有地顺流而下。

王濬这一路水军，打下了丹阳（在现在湖北枝江）、西陵、荆门、夷道、乐乡，就跟进攻江陵的杜预的大军会师了。原来王濬还没打进乐乡的头一天，杜预就派部将周旨带领八百名勇士，穿上吴兵的军服，连夜渡过河去，埋伏在乐乡城外，他们还在巴山（在松滋市）虚张旗子，放火烧山。东吴都督孙歆害怕了，不敢往巴山那边走。他派出一队兵马去抵抗从西面过来的王濬那一路。吴兵打了败仗，逃回来。周旨他们八百人趁着乱劲，跟着逃兵进了城。他们一直冲到军营内帐去见东吴都督孙歆，孙歆竟还以为是自己人，没得说，他只好乖乖地当了俘虏。王濬在水上打败了东吴水军都督陆景的兵马，由于杜预派周旨带领八百人在陆上配合，很快地就接收了乐乡。

杜预打下了江陵，真是势如破竹、一劈到底那么容易。沅水、湘水以南，零陵、桂阳、衡阳，直到广州，所有郡县都一股脑地投降了。杜预又把自己带领的兵马分一部分给王濬、唐彬，加强他们的兵力，叫他们继续往东再打过去。他因为荆州已经打下了，就请坐镇襄阳的大都督贾充再往东搬到项城去。

王濬、唐彬得到了杜预分给他们的兵马向夏口进兵。进攻夏口的平南将军胡奋打下了公安，跟建威将军王戎会在一起，王濬又跟他们会师。这样，王濬、胡奋、王戎这三路兵马一同打下夏口、武昌，把吴兵像赶鸭子似的顺流赶去，沿路郡县望风投降。大军的矛头一直向着建业。

到了这时候，吴主孙皓慌了。他派丞相张悌率领丹阳（这个丹阳在现在江苏省）太守沈莹、护军孙震、副军师诸葛靓（诸葛诞的儿子；靓 jìng），发兵三万渡江迎敌。这三万人是东吴的精兵。三月渡江过去，还打了一个胜仗。后来晋军集中起来，将军士兵越打越多。吴兵大败，好像山崩那样垮下来。大将、小将和领队的军官没法阻止。张悌阵亡，孙震、沈莹他们死在乱军之中，诸葛靓失踪。建业人心惶惶，好像早晚就会被晋兵杀了。王濬打下了西陵，就接到杜预给他的信。信上说："将军已经攻破了东吴西边的防守，就应当顺流而下，直接向建业进军，去征伐几辈子的叛逆，去拯救吴人脱离火坑。将来将军得胜还朝，也是一生的大好事。"

王濬听了杜预的话，直接往建业打过去。吴主孙皓派游击将军张象带领一万水军去抵抗。张象一看，满江都是王濬的战船。白天，旗子遮盖了太阳，晚上，灯火压倒了月亮，吓得他没打就投降了。孙皓派出去的将军和一万名水兵居然没交战就投降了，那还了得！他召集几个大臣，问他们："听说我们的将士不肯打仗,是这样的吗?说!说啊!"

这几个大臣哭丧着脸,叹了口气,半天说不出一句话来。恰巧有个将军叫陶濬的,到了建业来见吴主。吴主问他水军的消息。陶濬说:"巴蜀的船都小得很,不能跟咱们的战船比。只要给我两万水兵,把大号的战船都用上,我就能把巴蜀的小船撞沉!"吴主在绝望当中得到了这么一颗大救星,高兴极了,马上拜他为大将,把节杖交给他,让他去发号施令。

陶濬召集了两万水兵,准备了几百只大船,打算第二天出发去消灭敌人。为了鼓舞士气,他对士兵们说:"巴蜀的船都小得很,不能跟咱们的战船比。咱们的大船一出去,就可以把巴蜀的小船撞沉。"士兵们一听,愣了。笑,不敢笑;哭,哭不出来。原来这位大将是个糊涂虫,他看的是七八年前的皇历。以前的情况确是这样,新的情况他可不知道。这会儿巴蜀下来的都是大船哪。跟着这么一个大将去送命,太冤啦。当天晚上,这两万士兵逃得一干二净。第二天,这位大将也不见了,就剩下一根光杆子的节杖。

打东路的安车将军王浑把军队驻扎在江北。司马伷(zhòu)他们也到了徐塘(在安徽省合肥东北)。王濬的水军已经过了三山。吴主孙皓急得不知道该怎么办。有几个懂得怎么活命的大臣对他说:"陛下为什么不学安乐公刘禅的样儿呐?"他点了点头,就打发使者分头向王浑、王濬、司马伷三个将军请求投降,还把玉玺奉给司马伷。

王濬率领八万大军,长江一百里接连不断的都是战船。七十一岁的王老将军亲自带头,在动雷似的战鼓声中进了石头城(就是建业)。城头上飘扬着无数的白旗,真所谓"一片降幡出石头"。王濬带着一队兵马进了城,安了营。吴主孙皓叫人扛着一口棺材,自己露着上身,反绑着两手,领着一批大臣,到军门来领罪。王濬亲自给孙皓松了绑,叫他换上衣帽,吩咐左右把棺木烧了,然后请东吴君臣到军中相见。

孙皓双手捧上东吴的图籍。王濬收下了。东吴从公元229年孙权称帝,传了四个君主(孙权,儿子孙亮、孙休,孙子孙皓),到这一年(公元280年)共五十一年,就亡了。

洛阳朝廷听到东吴已经平定的消息，大臣们都向晋武帝上寿。贾充也从项城回来凑热闹。四月，诏书下来，封孙皓为归命侯，每年还给他相当阔气的生活费用。接着又下了诏书，打发使者分别到荆州、扬州去抚慰吴人：州牧、郡守以下的大小官员照旧供职，都不撤换，废除以前苛虐（刻毒残虐）的法令，一切从简，东吴的大族、名士，量才录用；孙氏贵族出身的将军和官吏渡过江来的，免除徭役十年，老百姓渡过江来的，免除徭役二十年。这些收买人心的措施，尤其是废除苛虐的法令，都叫吴人高兴。

五月，司马伷派使者送孙皓和他的家小，还有那颗玉玺，到了洛阳。孙皓带着儿子，脸上抹着泥土，绑着上身，到了东门，可不敢进去。晋武帝派个大臣给孙皓松了绑，赐给他衣服和车马，还叫他第三天去拜见皇上。

到了第三天，晋武帝召集文武百官和四方的使者开个大会，连公卿大臣的子弟学生也都参加。孙皓上殿，趴在晋武帝面前磕头，还真把脑门子在地下磕了几个响头。晋武帝请他起来，给他一个座位，对他说："这个座位我给你准备好久了。"孙皓心里一百个不服，可是怎么说得出口来呢？他上身也露了，两手也反绑过了，脸上也抹过泥土了，响头也磕了。这么一个只怕死不怕丢脸的人，已经投降了，怎么还敢在新主人面前逞强呢？他听了晋武帝这么一说，很别扭地坐下来，用手摸了摸座位，心里又想着："这个座位是不是刘禅坐过的？他投降以后又活了好多年（刘禅死在公元271年），不知道我还能活上几年？"

过了一段时间，王浑、王濬、杜预、司马伷他们先后回到洛阳。晋武帝大封灭吴的功臣。从此，三分天下，一统归晋。晋武帝下了诏书，废除州、郡的兵马，大郡设置武官一百人，小郡五十人。这样一来，士兵数量大大减少，天下太平。可是有的人说："天下尽管太平，忘了作战准备的，必定有危险。"有的说："州郡没有兵马，盗贼起来怎么办？各部族乱了怎么办？外族打进来又怎么办？"晋武帝没听他们的，还是大量地裁去军备。以后的西晋碰到了不少困难，究竟是因为州郡没有兵马，还是由于别的什么原因，那就得看以后怎么发展了。

编后记

　　林汉达的《中国历史故事集》自问世以来，畅销近半个世纪，历经几代读者严选品鉴，已成为通俗历史读物中的经典之作。林汉达带给我们的不仅是一部气势恢宏的经典历史读物，还是一座内涵丰蕴的语文"宝库"。

　　本书分为五个部分：春秋时期、战国时期、西汉时期、东汉时期和三国时期。我们从林汉达所著的《春秋故事》《战国故事》《西汉故事》《东汉故事》和《三国故事新编》中选取了经典名篇，其中不乏以往林汉达历史故事集中未收录的佳作，例如：《曲意逢迎》《孙刘联盟》《败走麦城》《火烧连营》《路人皆知》等。为了保证故事的连贯性和可读性，我们适当地在文章开头补充了故事背景和人物介绍，还在文章末尾设计了一些小小的铺垫。

　　为了更适合当下的小读者们阅读，我们在原来版本的基础上把古今地名进行了对照、修改。在保留原作风格的基础上，对一些不符合现代用语规范的词句进行了相应的小修改。

　　希望小读者们能通过这 100 多个小故事，领略中国历史上风云变幻的大事件，在倾听历史回声的过程中真正理解历史，并且产生对祖国的认同感、归属感和自豪感。

编者
2022 年 12 月